FOLIO
JUNIOR

Titre original :
Die Stadt der Träumenden Bücher

Édition originale publiée en Allemagne
en 2004 par Piper Verlag GmbH,
München

Couverture : Walter Moers
et Oliver Schmitt
Mise en couleur de la couverture :
Florian Biege
Maquette et composition :
Oliver Schmitt
Illustrations : Walter Moers

Première partie

Le Testament de Dancelot

Dans les espaces creux, froids et encaissés
Les ombres aux ombres s'accouplent
De vieux livres rêvent du temps
Où ils étaient des arbres
Où le charbon engendrait le diamant
On ne connaît ni lumière ni bienfaits
Dans l'univers gouverné par l'esprit
Que l'on nomme le roi des Ombres.

Prologue

Ici commence l'histoire. Elle raconte comment je suis entré en possession du *Livre sanglant*, comment j'ai atteint l'Orm. Cette histoire n'est pas destinée aux lecteurs au cuir tendre et aux nerfs fragiles – à qui je recommande d'emblée de reposer cet ouvrage et de filer du côté de la littérature pour enfants. Hop ! Disparaissez, buveurs de camomille et pleurnicheuses, lavettes et trouillards : en ces lieux, la lecture demeure une authentique aventure ! Un mot que je définis à l'ancienne d'après le *Dictionnaire zamonien* : « **Entreprise audacieuse motivée par le besoin de recherches ou de mouvement, émaillée de terribles menaces, de dangers imprévisibles qui débouchent parfois sur une issue fatale.** »

Oui, je parle d'un pays où la lecture peut rendre fou. Où les livres risquent de blesser, d'empoisonner, et même de tuer. Seul celui qui est prêt à accepter le risque de me lire, à mettre sa vie en jeu pour avoir sa part de mon histoire, doit me suivre jusqu'au prochain paragraphe. Je félicite les autres d'avoir pris la lâche mais saine décision de rester en arrière. Bon vent, poules mouillées ! Je vous souhaite une longue et morne existence. J'agite la main en signe d'adieu !

Bien. Maintenant que la foule de mes lecteurs s'est vraisemblablement réduite à un groupuscule de téméraires, j'aimerais les accueillir cordialement – je vous salue, audacieux amis, vous êtes du bois dont on fait les aventuriers ! Mais ne perdons pas plus de temps et entamons notre périple. Car il s'agit bien d'un voyage qui nous mènera à Bouquinbourg, la Cité des *livres qui rêvent*. Nouez bien vos lacets, le chemin commence par sinuer dans un terrain rocheux et inégal, puis traverse une monotone campagne couverte d'herbes aux tiges serrées et coupantes qui vous arrivent à la taille. Pour finir, vous devrez emprunter des sentiers obscurs, labyrinthiques et périlleux qui s'enfoncent dans les entrailles de la terre. Je ne peux prévoir combien d'entre vous feront demi-tour. Tout juste puis-je vous recommander de ne jamais perdre courage.

Et ne dites pas que je ne vous ai pas prévenus !

Vers Bouquinbourg

En Zamonie occidentale, sur le plateau de Dull, quand on marche vers l'est et que l'on a enfin traversé les mers herbeuses et ondulantes, l'horizon s'ouvre tout à coup comme un rideau de théâtre sur un paysage plat et infini, prolongé au loin par le désert Sucré. Dans cette contrée inculte à la végétation clairsemée, le marcheur peut, par beau temps, quand l'air est transparent, apercevoir un point qui grossit très vite s'il avance d'un bon pas. Ce point se pare de contours anguleux, se couvre de toits pointus et prend la forme de la ville légendaire qui porte le nom de Bouquinbourg.

Déjà, on la sent de loin. Elle dégage une odeur de vieux livres. C'est comme si on ouvrait brusquement la porte d'une gigantesque bouquinerie, comme si une poussière de papier ou que la moisissure de millions d'in-folio en cours de désagrégation vous tourbillonnait en pleine figure. Certaines personnes n'aiment pas ces effluves et font demi-tour dès qu'ils leur montent au nez. Je le concède, ils ne sont pas agréables, c'est une odeur désespérément surannée qui évoque la décomposition, l'éphémérité et la pourriture. Avec un soupçon d'acidité qui rappelle le citronnier. L'arôme excitant du vieux cuir. La fragrance épicée et intelligente de l'encre d'imprimerie. Enfin, par-dessus tout, la senteur rassurante du bois.

Je ne parle pas de matière vivante, des forêts de résineux et des jeunes aiguilles de pin, je parle du bois mort, écorcé, blanchi, broyé, détrempé, encollé, pressé et massicoté – bref, du papier. Oui, mes amis affamés de savoir, vous percevez aussi ce parfum évocateur d'une sagesse oubliée et de traditions artisanales. Maintenant vous ne pouvez plus réprimer le désir d'ouvrir un vieux bouquin, n'est-ce pas ? Hâtons-nous ! À chaque enjambée en direction de Bouquinbourg, les effluences sont plus intenses, plus engageantes. Nous voyons se dessiner les maisons au pignon pointu ; des centaines, des milliers de longues cheminées s'élèvent au-dessus des toits, obscurcissent le ciel de leurs grasses fumées et ajoutent d'autres arômes à l'odeur des livres : ceux du café fraîchement passé, du pain chaud, de la viande truffée d'herbes qui grésille au-dessus du charbon de bois. Nous forçons l'allure. À l'envie pressante de feuilleter quelques pages se joint celle d'une tasse de chocolat chaud à la cannelle avec une part de gâteau juste sortie du four. Plus vite ! Plus vite !

Nous finissons par atteindre les bornes de la ville, fatigués, affamés, assoiffés, curieux et un peu déçus. Il n'y a ni remparts impressionnants ni porte gardée – telle une couverture de livre géante qui s'ouvrirait en grinçant après un coup de heurtoir – seulement quelques rues étroites, empruntées par toutes sortes de Zamoniens pressés qui entrent dans la cité ou la quittent. La plupart portent sous le bras une pile d'ouvrages reliés, d'autres tirent des charrettes pleines de volumes. Cette image serait celle de n'importe quelle ville s'il n'y avait tous ces livres.

Nous voici donc, audacieux compagnons de route, devant la magie de Bouquinbourg, face à son entrée d'aspect banal. Nous allons en franchir le seuil invisible, pénétrer et explorer ses mystères.

Tout de suite.

Auparavant, je voudrais m'arrêter un instant et vous indiquer ce qui m'a amené ici. Tout voyage a ses raisons, et les miennes ont rapport au dégoût et à l'inconscience juvénile, au souhait de rompre avec l'habitude, de connaître la vie et le monde. En outre, j'ai voulu tenir une promesse faite à un mourant. Pour finir, et ce n'est pas le moindre de mes motifs, je suis sur la piste d'un fascinant secret. Mais chaque chose en son temps, mes amis !

La citadelle des Dragons

Quand un jeune habitant de la citadelle des Dragons[1] est en âge d'apprendre à lire et à écrire, ses parents lui attribuent un *parrain en écriture*. La plupart du temps, il s'agit d'un membre de la famille ou du cercle étroit d'amis qui prend en charge l'éducation littéraire du jeune dragon. Le parrain lui enseigne l'écriture et la lecture, l'initie à la création poétique zamonienne, lui recommande des lectures et lui apprend le métier d'écrivain. Il lui fait réciter des poèmes, enrichit son vocabulaire – et ainsi de suite ; il ne s'agit que de mesures utiles au développement artistique de son filleul.

Dancelot de Tournerimes, mon parrain et oncle maternel, patriarche de la citadelle des Dragons, avait déjà plus

---

Toutes les notes de cet ouvrage sont du traducteur de zamonien, Walter Moers. [*N.d.E.*]

1. Celui qui s'y connaît un peu en histoire ou en littérature zamonienne sait que la citadelle des Dragons est un rocher creux situé en Zamonie occidentale et qui, non loin de Troutrou, domine le plateau de Dull. La citadelle est habitée par des dragons qui parlent, se déplacent en station verticale, et s'adonnent à l'écriture – les ignorants trouveront ailleurs comment ils en sont arrivés là. Voir : « De la citadelle des Dragons au mont Kâf – La demi-biographie de Hildegunst Taillemythes », in *Ensel et Krete*, ainsi que *Rumo et le Miracle des ténèbres*, p. 41-69. En fait, pour comprendre la suite, ceci n'a aucune importance.

LA CITADELLE DES DRAGONS

de huit cents ans quand il me prit sous son aile. Dancelot était un versificateur sérieux sans ambitions excessives ; il composait sur commande, essentiellement des éloges à l'occasion des fêtes. En outre, il était considéré comme un excellent auteur de discours de table et d'éloges funèbres. C'était plus un liseur qu'un écrivain, un être qui jouissait mieux de la page finie que de son élaboration. Membre de nombreux jurys littéraires, lecteur indépendant et nègre, il organisait des concours d'écriture. Lui-même n'avait rédigé qu'un seul ouvrage – *Du plaisir horticole* – dans lequel il avait brillamment thématisé le gavage du chou-fleur et les implications philosophiques du compostage. Dancelot aimait presque autant le jardinage que la littérature et ne se lassait jamais d'établir des parallèles entre la nature domestiquée et l'écriture. Un fraisier qu'il avait planté revêtait à ses yeux la même importance qu'un poème de sa composition ; il comparait le nombre de rangées d'asperges à celui des rimes, un tas de compost équivalait à un essai philosophique. Permettez-moi, patients amis, de vous citer un bref extrait de son ouvrage épuisé de longue date – la description d'un simple chou-fleur bleu le dépeint de manière nettement plus vivante que des milliers de mots venant de moi :

Le gavage du chou-fleur bleu est proprement stupéfiant. C'est l'inflorescence et non l'accroissement des feuilles qui entre en jeu. Le jardinier favorise l'adiposité temporaire de l'ombelle florale. Ses innombrables petits bourgeons réunis en une pomme compacte à pédoncule engraissent pour constituer une masse informe de lard végétal

bleuâtre. Le chou-fleur est donc une fleur accidentée dans sa propre graisse avant l'éclosion, ou plus précisément une multitude accidentée de fleurs, une ombelle paniculée qui a mal tourné. Comment cette créature gavée, avec ses ovaires gonflés de gras, peut-elle se diffuser à travers le monde ? Après une incursion dans l'anormal, elle retourne à la nature. Évidemment, le jardinier ne lui en laisse guère le temps, il récolte le chou au sommet de son égarement, au stade extrême et le plus savoureux de son engraissement – au moment où ce patapouf végétal équivaut, question goût, à une boulette de viande hachée. Par contre, le sélectionneur de semence laisse sans l'importuner cette masse bleue donner le meilleur d'elle-même dans son coin du jardin. Quand il revient la voir trois semaines plus tard, il trouve à la place des trois livres de lard végétal un buisson de fleurs disjointes entouré d'un bourdonnement d'abeilles, de feux follets et d'insectes grignoteurs. Les petits pédoncules d'un bleu délicat, artificiellement épaissis, ont converti leur corpulence en longueur ; les tiges charnues portent à leur extrémité un grand nombre de fleurs jaunes finement réparties. Les quelques bourgeons qui ont résisté bleuissent, gonflent et produisent des graines. Cette vaillante petite troupe de justes et de fidèles à la nature sauve la corporation du chou-fleur.

Voilà du Dancelot de Tournerimes tout craché. Attaché à la nature, amoureux de la langue, toujours précis dans ses observations, optimiste, un peu excentrique et aussi ennuyeux que possible dès qu'il s'agit de l'objet de son travail littéraire : le chou-fleur.

Je garde seulement de bons souvenirs de lui, à l'exception des trois mois qui ont suivi sa blessure à la tête causée par une pierre lancée avec une fronde – pendant l'un des nombreux sièges de la citadelle des Dragons. À l'époque, il se prenait pour une armoire remplie de lunettes pas nettoyées. Je craignais qu'il ne revienne plus de son univers démentiel, mais il guérit du grave coup reçu. Sa dernière grippe lui fut malheureusement fatale.

La Mort de Dancelot

Lorsque Dancelot rendit l'âme après une longue et fructueuse vie de dragon, à huit cent quatre-vingts ans, je comptais soixante-dix-sept printemps et n'avais jamais quitté la citadelle des Dragons. Il décéda des suites d'une grippe pourtant bénigne, qui avait trop exigé de son système immunitaire affaibli (événement qui ne fit que renforcer mes doutes quant à la fiabilité des systèmes immunitaires).

En ce jour funeste, j'étais donc assis à son chevet et

notai le dialogue suivant, car Dancelot m'avait enjoint d'enregistrer ses dernières paroles. Non pas qu'il ait été orgueilleux au point de vouloir transmettre ses soupirs d'agonisant à la postérité, mais il croyait que c'était pour moi une chance unique d'accéder à des matériaux authentiques. Il me quitta en accomplissant son devoir de parrain en écriture.

Dancelot : Je meurs, mon fils.

Moi *(muet, luttant contre les larmes)* : Bouh…

Dancelot : Par fatalisme ou par indulgence philosophique liée à l'âge, je suis très loin d'approuver ce qui m'arrive, mais il faut bien que je m'y fasse. Chacun d'entre nous reçoit un unique tonneau, et le mien a été passablement rempli.

(A posteriori, *je suis heureux que Dancelot ait utilisé cette image, car elle montre qu'il pensait avoir eu une vie riche et féconde. Comparer sa vie à un tonneau bien rempli et non à un seau vide révèle que l'on a accompli de grandes actions.)*

Dancelot : Écoute, mon garçon, je n'ai pas grand-chose à te léguer, nulle fortune pécuniaire en tout cas. Tu le sais. Je ne suis pas devenu l'un de ces écrivains de l'espèce dragonne, riches comme Crésus, qui entassent leurs droits d'auteur par sacs dans leur cave. Je te laisserai mon jardin, mais je sais que tu n'accordes pas grande importance aux légumes.

(C'était vrai. Jeune dragon, je ne montrais d'inclination ni pour la glorification du chou-fleur, ni pour les hymnes à la

rhubarbe contenus dans l'ouvrage horticole de Dancelot, et je n'en faisais pas mystère. Les idées de Dancelot germèrent seulement au cours de ces dernières années : j'aménageai même un jardin, cultivai des choux-fleurs bleus et cherchai parfois l'inspiration dans cette nature domestiquée.)

Dancelot : Je suis plutôt fauché en ce moment…

(En dépit de la situation oppressante, je ne pus m'empêcher de pouffer de rire : dans son état, l'emploi de l'expression « fauché » avait quelque chose d'involontairement comique, c'était une erreur dans le tiroir de l'humour noir. Dans un de mes manuscrits, Dancelot l'avait soulignée en rouge. Mais mon rire retenu dans mon mouchoir pouvait passer pour le bruit de quelqu'un qui se mouche afin d'étouffer ses larmes.)

Dancelot : … et ne peux donc rien te transmettre de matériel.

(Je fis un signe de dénégation et sanglotai, cette fois parce que j'étais ému. Il était en train de mourir et se souciait de mon avenir. C'était touchant.)

Dancelot : Mais je possède quelque chose de plus précieux que tous les trésors de Zamonie. Du moins pour un écrivain.

(Je le regardai, les yeux noyés de larmes.)

Dancelot : Oui, on pourrait dire que c'est probablement, avec l'Orm, l'objet le plus précieux qu'un écrivain puisse acquérir dans sa vie.

(Il y mettait un certain suspense. À sa place, je me serais efforcé de lâcher au plus vite les informations nécessaires. Je me penchai vers lui.)

Dancelot : Je suis en possession du texte le plus grandiose de toute la littérature zamonienne.

(« Oh, mon Dieu ! me dis-je. Il commence à délirer, ou bien il veut me léguer sa bibliothèque poussiéreuse et il évoque la première édition du Chevalier Ampule, *ce vieux bouquin de Gryphius Rapeurdodes, qu'il considère comme un modèle et que je trouve illisible ».)*

Moi : Que veux-tu dire ?

Dancelot : Il y a quelque temps, un jeune poète zamonien qui résidait hors de la citadelle des Dragons m'a envoyé un manuscrit. Avec le timide baratin habituel – « ceci n'est qu'un modeste essai, un pas hésitant dans l'incertain, etc. » – il m'a demandé de lui dire ce que j'en pensais, avec ses remerciements anticipés.

Je me suis fait un devoir de lire tous les manuscrits que l'on m'a envoyés sans que je les aie demandés. Je peux affirmer à bon droit que ces lectures ont occupé une partie non négligeable de ma vie et m'ont usé les nerfs.

(Dancelot eut une quinte de toux maladive.)

Dancelot : L'histoire n'était pas longue, quelques pages à peine. Je prenais justement mon petit-déjeuner. Je m'étais servi une tasse de café et j'avais lu tout le journal. Je me suis aussitôt attelé à ce texte – chaque jour, une bonne action avant de vaquer à autre chose, tu me connais, pourquoi pas au petit-déjeuner. Depuis des années, j'étais accoutumé à l'habituel bredouillement des jeunes écrivains luttant avec le style, la grammaire, les chagrins d'amour et le dégoût du monde. En soupirant, j'ai commencé ma lecture.

(Dancelot poussa un soupir à fendre l'âme, sans que je sache s'il mimait l'action décrite ou si ce souffle avait un rapport avec son imminent trépas.)

Dancelot : Trois bonnes heures plus tard, quand j'ai repris ma tasse, elle était toujours aussi pleine et le café glacé. Pourtant je n'avais mis ni trois heures ni cinq minutes à lire cette histoire. Sans doute suis-je resté immobile sur ma chaise, la lettre à la main, dans une sorte d'état de choc. Son contenu m'avait frappé avec la violence d'une pierre lancée à la fronde.

(Quelques-uns des désagréables souvenirs de l'époque où Dancelot s'était pris pour une armoire remplie de lunettes pas nettoyées se ravivèrent brièvement – et à cet instant, je dois l'avouer, une idée incroyable me traversa l'esprit : « J'espère qu'il ne va pas me claquer entre les doigts avant de me raconter ce qu'il y avait dans cette maudite lettre. »

Non, je ne pensai pas : « J'espère qu'il ne va pas mourir », « Parrain, il faut que tu vives ! », ou quelque chose d'approchant. Je formulai mentalement la phrase précédente, et j'ai honte aujourd'hui d'avoir employé le mot « claquer ». Dancelot prit mon poignet et le serra comme un étau. Il s'assit et me contempla, les yeux grands ouverts.)

Dancelot : Ce sont les dernières paroles d'un mourant, et il veut te transmettre quelque chose de sensationnel ! Remarque les ficelles du métier ! Personne ne peut s'empêcher de lire la suite ! Personne !

(Dancelot était à l'agonie et il ne trouvait rien de plus urgent que de m'enseigner ce truc trivial pour écrivain de foire : c'était le fait d'un parrain au summum de sa générosité. Je sanglotai d'émotion, Dancelot relâcha son étreinte et reposa la tête sur son oreiller.)

Dancelot : Cette histoire n'était pas longue, dix pages manuscrites, mais jamais, tu m'entends, au grand jamais, je n'ai lu un texte si proche de la perfection.

(Dancelot avait été un lecteur passionné, peut-être le plus consciencieux de la citadelle des Dragons : cette remarque me parut d'autant plus impressionnante. Ma curiosité prenait des dimensions démesurées.)

Moi : Qu'y avait-il dans ce manuscrit, Dancelot ?

Dancelot : Mon garçon, je n'ai plus le temps de te le raconter. Le texte est caché dans la première édition du *Chevalier Ampule* que je voudrais te léguer avec l'ensemble de ma bibliothèque.

(J'en étais sûr ! Mes yeux s'embuèrent de nouveau.)

Dancelot : Je sais que tu n'aimes pas particulièrement ce vieux bouquin, mais j'imagine qu'un jour tu te prendras d'affection pour Rapeurdodes. C'est une question d'âge. Jettes-y un coup d'œil à l'occasion.

(Je le lui promis en hochant courageusement la tête.)

Dancelot : Je veux encore te dire une chose : ce texte était si bien tourné, sans défaut, qu'il a radicalement changé ma vie. J'ai décidé d'arrêter d'écrire parce que je ne pouvais atteindre cette perfection. Si je n'avais pas lu cette histoire, j'aurais continué à obéir à mes idées diffuses sur la grande littérature, proches de celles de Gryphius Rapeurdodes. Je n'aurais jamais su à quoi ressemble un style irréprochable. Mais j'en avais un exemple entre les mains. Je me résignai avec joie. Je n'ai pas pris ma retraite par paresse ou par crainte, ni pour les mauvaises raisons habituelles, mais par humilité devant la véritable noblesse esthétique. J'ai décidé de mettre ma vie au service de l'écriture. De m'en tenir aux choses transmissibles. Tu le sais : au chou-fleur.

(Dancelot marqua une longue pause. Je crus qu'il était mort, quand il poursuivit.)

Dancelot : J'ai commis la plus grande faute de ma vie : j'ai écrit à ce jeune génie une lettre dans laquelle je lui ai recommandé de se rendre à Bouquinbourg avec son manuscrit pour y chercher un éditeur.

(Dancelot poussa un lourd soupir.)

Dancelot : Ç'a été la fin de notre correspondance. Je n'en ai plus jamais entendu parler. Il a probablement suivi mon conseil et aura eu un accident pendant le voyage, à moins qu'il ne soit tombé entre les mains de bandits de grand chemin ou de démons des moissons. J'aurais dû me presser d'aller à ses devants, tendre une main protectrice au-dessus de sa tête et de son œuvre, et qu'est-ce que j'ai fait ? Je l'ai envoyé à Bouquinbourg, dans l'antre du lion, une cité peuplée de vendeurs de littérature, de grippe-sous et de charognards. Une ville remplie d'éditeurs ! J'aurais pu tout aussi bien l'envoyer, avec une cloche autour du cou, dans une forêt pleine de loups-garous !

(Mon parrain en écriture émit un râle, comme si du sang gargouillait dans sa gorge.)

Dancelot : J'espère que toi, mon garçon, tu ne commettras pas mes erreurs, que je peux compter sur toi. Je sais que tu as l'étoffe du plus grand auteur de Zamonie. Que tu atteindras l'Orm. La lecture de ce récit t'y aidera.

(Dancelot tenait encore à l'ancienne croyance en l'Orm, une sorte de force mystérieuse qui doit éclairer les écrivains à l'instant de la plus haute inspiration. Nous, jeunes auteurs éclairés, nous nous moquions de cet antique tour de passe-passe, mais, par respect pour nos parrains, nous nous gardions de faire des remarques cyniques à propos de l'Orm. Entre nous, nous n'avions pas cette retenue. Je connais des centaines de blagues à ce sujet.)

Moi : C'est promis, Dancelot.

Dancelot : Ne te laisse pas intimider ! Le choc que tu subiras sera terrible ! Tu perdras tout espoir, tu seras tenté d'abandonner la carrière littéraire. Tu envisageras peut-être de te tuer.

(Divaguait-il ? Aucun texte au monde ne pouvait avoir cet effet sur moi.)

Dancelot : Tu devras surmonter la crise. Voyage ! Traverse la Zamonie ! Élargis tes horizons ! Découvre le monde ! À un moment, le choc se transformera en inspiration. Tu ressentiras le besoin de te mesurer à cette perfection. Un jour, si tu n'abandonnes pas, tu y parviendras ! Il y a en toi, mon garçon, un talent sans équivalent dans la Céci… tadelle des Dragons.

(Dans la Cécitadelle des Dragons ? Pourquoi ses paupières, à ces mots, commencèrent-elles à trembler ?)

Dancelot : Et n'oublie pas, mon filleul : l'important n'est pas le début d'une histoire. Ni la fin.

Moi : Qu'est-ce que c'est, alors ?

Dancelot : Ce qui se passe entre les deux.

(De sa vie il n'avait prononcé une telle platitude. Son intelligence était-elle en train de l'abandonner ?)

Moi : Je vais le noter, Dancelot.

Dancelot : Pourquoi fait-il si froid ici ?

(Il régnait une chaleur étouffante : malgré tout, nous entretenions un immense feu dans la cheminée. Il me regarda de ses yeux éteints où la camarde triomphante se reflétait déjà.)

Dancelot : Il fait terriblement froid… Est-ce que quelqu'un peut fermer la porte de l'armoire ? Que fait ce chien noir dans le coin ? Pourquoi me fixe-t-il comme ça ? Pourquoi porte-t-il des lunettes ? Des lunettes pas nettoyées ?

(Il tourna les yeux vers un angle de la pièce où le seul être vivant était une petite araignée verte accrochée à sa toile pendue au plafond. Dancelot respira lentement, lourdement, et ferma les yeux pour toujours.)

8

La Lettre

Les jours suivants, je fus trop occupé par les événements consécutifs à la mort de Dancelot – l'enterrement, le classement de ses œuvres posthumes, la cérémonie – pour m'interroger sur ses dernières paroles. Comme j'étais son filleul en écriture, je devais composer l'ode funèbre, un hymne d'au moins cent alexandrins qui fut lu pendant la crémation, devant tous les habitants de la citadelle des Dragons. Ensuite, du haut de la forteresse, je pus disperser ses cendres aux quatre vents. Un instant, les restes de Dancelot flottèrent dans les airs comme un fin voile gris, puis ils se dispersèrent en un léger brouillard qui descendit avec lenteur et s'évapora enfin.

J'avais hérité de sa petite maison avec sa bibliothèque et son jardin ; je décidai de quitter le foyer parental et de m'y installer. Le déménagement me prit quelques jours et, pour finir, je rangeai mes propres livres dans la bibliothèque de mon oncle. Sans arrêt, des manuscrits que Dancelot avait placés entre ses ouvrages, peut-être pour les dissimuler aux regards indiscrets, dégringolaient à mes pieds. C'étaient des notes, des idées esquissées, parfois des poèmes entiers. Voici l'un d'entre eux :

Je suis de bois noir et toujours fermée
Depuis qu'une pierre ils m'ont lancée
Mille verres troubles en moi sont rangés
Depuis que ma tête est dérangée
Les cachets ne me font plus d'effet
Je suis une armoire pleine de lunettes pas nettoyées.

Seigneur ! Je n'avais jamais imaginé que Dancelot, dans sa phase d'insomnie, avait écrit des poèmes ! J'envisageai un instant de détruire ce manuscrit pour éloigner cette souillure versifiée de ses œuvres posthumes. Je me ravisai – le poète est attaché à la vérité, pour le meilleur et pour le pire –, ses écrits appartiennent à la communauté des lecteurs. Haletant, je continuai à mettre de l'ordre dans

ses livres, jusqu'au moment où je parvins à la lettre R – Dancelot avait classé ses livres selon l'ordre alphabétique des auteurs. Là, le *Chevalier Ampule* de Rapeurdodes me tomba entre les mains ; je repensai à la mystérieuse allusion de Dancelot sur son lit de mort. Un manuscrit sensationnel devait être caché dans cet ouvrage. Je l'ouvris avec curiosité.

Entre la couverture et la première page, il y avait effectivement une lettre pliée, dix feuilles légèrement jaunies, des piqûres d'humidité – était-ce le texte dont il avait fait l'éloge ? Je le sortis et le soupesai. Dancelot avait suscité ma curiosité et m'avait solennellement prévenu. Il avait prophétisé que sa lecture changerait ma vie comme elle avait bouleversé la sienne. Bon, pourquoi pas ? J'avais soif de changement ! J'étais encore jeune : je venais d'avoir soixante-dix-sept ans.

Dehors, le soleil brillait, à l'intérieur de la maison, la présence virtuelle de mon parrain en écriture ne cessait de me tourmenter. L'odeur de tabac de ses nombreuses pipes, le papier chiffonné sur le bureau, le début d'un discours de banquet, une tasse de thé à moitié vide, et sur le mur, son antique portrait de jeunesse qui me regardait fixement.

Il était omniprésent, et l'idée de passer la nuit seul dans cette maison m'angoissa. Je décidai de sortir, de m'asseoir sur une des murailles de la citadelle et de lire le manuscrit en plein air. En soupirant, je tartinai sur une tranche de pain la confiture de fraises confectionnée par Dancelot.

Je suis certain que je n'oublierai jamais ce jour. Le soleil avait depuis longtemps dépassé son zénith, mais il faisait encore chaud, et la plupart des habitants de la citadelle des Dragons se tenaient dehors. On avait installé des tables et des chaises dans les rues. Vautrés sur ces sièges, des sauriens avides de soleil jouaient aux cartes, lisaient un livre et se faisaient des confidences. Des rires et des chants partout – un soir d'été sous les remparts.

Comme j'avais du mal à trouver un endroit tranquille, je poursuivis mon chemin et finis par étudier mon manuscrit en marchant.

Il me vint d'abord à l'esprit que chaque mot se trouvait à la bonne place. Cela n'a évidemment rien de particulier, toute page écrite donne au premier regard ce sentiment. Il faut lire un texte avec minutie pour s'apercevoir que çà et là quelque chose ne va pas, que des signes de ponctuation sont mal placés, que des fautes d'orthographe se

sont glissées dans les mots, qu'on a utilisé des métaphores bancales, accumulé des formules inflationnistes ; quelque temps est nécessaire pour constater toutes les erreurs que l'on peut commettre quand on écrit. Mais cette page était différente – elle me faisait l'effet, en dehors même de son contenu, d'une œuvre d'art impeccable. J'étais comme devant un tableau ou une sculpture dont on peut juger, au premier coup d'œil, s'il s'agit d'une composition kitsch ou d'un chef-d'œuvre. Aucun texte ne m'avait fait une telle impression auparavant – alors que je ne l'avais même pas lu. Il était calligraphié par un artiste. Chaque lettre s'affirmait dans sa perfection souveraine, c'était un ballet

de signes ordonnés sur toute la page, selon la chorégraphie d'une ronde envoûtante. Je mis longtemps à m'arracher à cette fascination et à entreprendre ma lecture.

Chaque mot est *vraiment* à sa place, me dis-je après avoir lu la première page. Non seulement chaque formule, mais chaque signe de ponctuation, chaque virgule – même les espaces entre les mots semblaient d'une importance irrévocable. Et le contenu ? Il traitait, je n'en dirai pas plus, des pensées d'un écrivain en état d'*horror vacui*, livré à l'angoisse de la feuille blanche. Le complexe de l'écriture absolue l'avait paralysé, et il se creusait désespérément la tête pour savoir comment débuter son histoire.

Ce n'est pas une idée bien originale, je vous l'accorde. Combien de textes n'ont pas dépassé le récit de cette situation professionnelle classique qui tient presque du cliché ! J'en connais des douzaines, dont quelques-uns des miens. La plupart du temps, ils ne témoignent pas de la grandeur de l'écrivain, mais de son incapacité : comme il n'a pas d'idée, il écrit qu'il n'a pas d'idée – tel un flûtiste oublieux de sa partition, qui se mettrait à souffler n'importe quoi dans son instrument parce que c'est son métier.

Mais le manuscrit traitait cette idée éculée de façon si brillante, si spirituelle, si profonde et si désopilante qu'en l'espace de quelques paragraphes, il me plongea dans un état de fiévreuse exubérance. C'était comme si, légèrement éméché après quelques verres de vin, je dansais avec une jeune et belle dragonne au son d'une musique céleste. Mon cerveau semblait tourner sur son axe. Jaillissant comme des étoiles filantes, des pensées tombaient comme grêle et s'éteignaient en grésillant sur mon écorce cérébrale. Elles se répandaient en ricanant sous mon crâne, me portaient à rire, m'obligeaient à acquiescer ou à contester bruyamment – jamais la lecture n'avait provoqué chez moi réaction plus vive.

Je devais avoir une drôle d'allure tandis que je paradais dans la rue, déclamant à haute voix, agitant la lettre, éclatant parfois d'un rire hystérique, ou trépignant d'enthousiasme. Mais, dans la citadelle des Dragons, l'excentricité fait partie des bonnes manières, si bien que personne ne me rappela à l'ordre. Peut-être étais-je en train de répéter une pièce de théâtre dont le personnage principal sombrait dans la folie.

Je poursuivis ma lecture. Tout dans cette écriture était juste, si parfait que les larmes me vinrent aux yeux – ce qui d'habitude ne m'arrive qu'avec une émouvante musique. C'était… gigantesque, extraterrestre, tellement irrévocable ! Je sanglotai sans retenue et continuai ma lecture à travers un voile de larmes jusqu'à ce qu'une nouvelle pensée me divertisse, de sorte que mes larmes se tarirent et qu'un rire convulsif me prit. Je beuglais comme un imbécile qui a trop bu tout en me tapant sur les cuisses – nom de l'Orm, que c'était drôle ! Je repris mon souffle, me calmai un instant, me mordis les lèvres, pressai ma patte sur mes lèvres – sans pouvoir réprimer un fou rire. Hypnotisé, je relisais la formulation, sans cesse interrompu par des accès d'hystérie. Ouaaah ! Je n'avais jamais rien vu de plus désopilant ! Un truc extraordinaire, la blague des blagues ! Mes yeux s'emplirent de larmes. Ce n'étaient pas des plaisanteries de routine – même en rêve, jamais une chose aussi spirituelle et amusante ne me serait venue à l'esprit. Par toutes les muses de Zamonie, quelle merveille !

Un moment s'écoula avant que la dernière grande salve de rire ne s'atténue et que, reprenant haleine en gémissant, je puisse poursuivre, secoué, à l'occasion, de nouveaux pouffements. J'avais pleuré comme si j'avais perdu

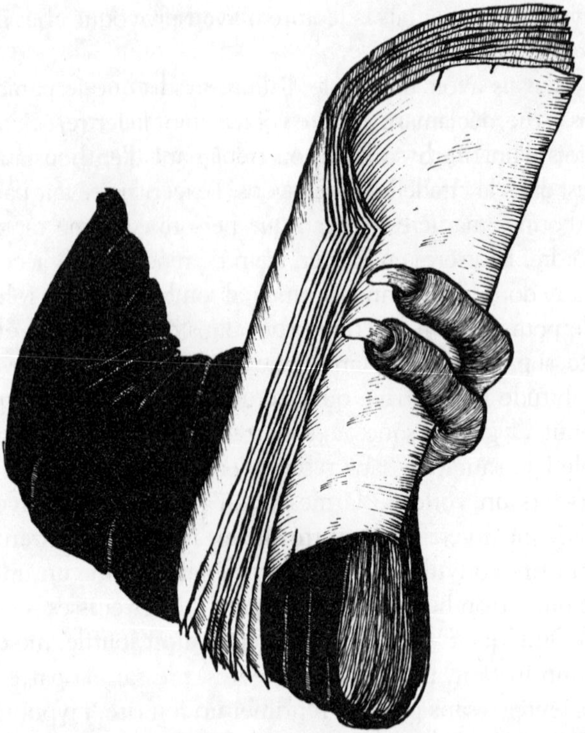

père et mère, les larmes continuaient à ruisseler sur mon visage. L'air accablé, deux parents éloignés venant à ma rencontre soulevèrent leur couvre-chef, croyant que je portais le deuil de mon défunt parrain. À cet instant, je ne pus m'empêcher de me remettre à hurler de rire ; ils s'éloignèrent rapidement devant mon hilarité hystérique, et, retrouvant mon calme, je repris ma lecture.

Une guirlande d'associations courait sur la page suivante, qui me sembla d'une telle fraîcheur, d'une originalité si impitoyable et d'une telle profondeur que j'eus honte de la banalité de tout ce que j'avais écrit. Comme des rayons de soleil, les métaphores zébraient et illuminaient mon cerveau, j'exultais et frappais dans mes mains, à défaut de souligner d'un double trait rouge chaque formule et d'écrire « Oui ! Oui ! Exactement ! » dans la marge. Je me souviens d'avoir embrassé tous les mots d'une phrase qui m'avait particulièrement plu.

Des gens me croisaient en hochant la tête : joyeux, je traversai les rues de la forteresse, la lettre à la main, en dansant, sans leur accorder la moindre attention. De simples signes sur du papier m'apportaient une pure extase. L'auteur de ces lignes catapultait ses semblables dans un territoire qui, jusqu'alors, leur était resté fermé. Je haletais d'humilité.

Puis je tombai sur un paragraphe empreint d'une tonalité nouvelle, claire et légère comme une cloche de verre. Les mots devinrent diamants, les phrases diadèmes. C'étaient des pensées concentrées sous la haute pression de l'esprit, des termes polis, lissés, dédoublés, calculés avec une précision scientifique, ajoutés à des perles fines d'une perfection cristalline qui rappelaient la structure exacte et unique des flocons de neige. Une froidure émanait de ces phrases, qui me faisait frissonner ; ce n'était pas la morsure terrestre de la glace, mais la grande, la majestueuse, l'éternelle froidure de l'espace cosmique. C'étaient la pensée, l'écriture sous leur forme la plus pure – de ma vie je n'avais approché de si près la pureté absolue.

Je ne citerai qu'une seule phrase, celle de la fin. La phrase libératrice qui, enfin venue à l'esprit de l'auteur tourmenté par l'angoisse créatrice, lui avait permis de commencer son travail. Depuis, je l'utilise chaque fois que la peur me saisit devant la feuille blanche. Elle est infaillible et son effet imparable : le nœud explose, le flot des mots se déverse sur le vide du papier. Elle agit comme une formule magique, parfois je lui prête réellement ce pouvoir. Si elle n'est pas l'œuvre d'un magicien, elle est la phrase la plus géniale imaginée par un écrivain. La voici : « *Ici commence l'histoire.* »

J'éloignai la lettre de mes yeux, je sentis mes genoux se ramollir, je tombai épuisé – je vous dois la vérité, mes amis –, je me couchai de tout mon long sur le pavé. Finie l'extase, l'ivresse laissait place à l'abattement. Un froid inquiétant se répandit dans mes veines, la peur s'empara de moi. Dancelot l'avait prédit : cette lettre allait me bouleverser. Je voulais mourir. Comment avais-je pu avoir la prétention de devenir écrivain ? Mes tentatives dilettantes de griffonner des pensées sur le papier avaient-elles le moindre rapport avec cet art magique dont je venais d'être le témoin ? Comment pourrais-je m'élever à de telles altitudes – sans les ailes de l'inspiration éthérée dont disposait l'auteur ? Je me remis à pleurer, versant cette fois les larmes amères du désespoir.

Des habitants de la forteresse furent obligés de m'enjamber. Soucieux, ils me demandaient ce que j'avais. Je ne pris pas la peine de leur répondre. Je restai à cet endroit des heures durant, paralysé, alors que la nuit tombait et que les étoiles commençaient à scintiller au-dessus de ma tête. Dancelot, mon parrain en écriture, était quelque part là-haut, qui posait sur moi son sourire.

« Dancelot, hurlai-je en direction de la voûte étoilée, où es-tu ? Emporte-moi au royaume des morts !

– Ferme-la et rentre chez toi, ivrogne ! » cria quelqu'un à sa fenêtre.

Deux veilleurs de nuit qui, vraisemblablement, me prenaient pour un jeune poète éméché en crise créatrice (ce en quoi ils n'avaient pas complètement tort) m'attrapèrent sous les bras et me ramenèrent chez moi en prononçant des platitudes pour me ragaillardir : « Ça ira mieux ! », « Avec le temps, ça passera ! ». Là, je me jetai sur mon lit. Tard dans la nuit, je me rendis compte que je tenais encore ma tartine de confiture. Dans l'intervalle, elle s'était tout écrasée.

Le lendemain matin, je décidai de quitter la citadelle des Dragons. Toute la nuit, j'examinai les possibilités : je pouvais me jeter dans le vide du haut de la forteresse, me réfugier dans l'alcool, mettre un point final à ma carrière artistique et commencer une vie d'ermite, cultiver le chou-fleur dans le jardin de Dancelot. Mais je choisis de suivre le conseil de mon parrain et d'entreprendre un long voyage. J'écrivis une lettre d'adieu sous forme de sonnet à mes parents et amis, afin de les rassurer. Je levai mes économies et préparai mon baluchon, deux pots de confiture de Dancelot, une miche de pain et une bouteille d'eau.

Je quittai la citadelle au petit jour, me glissai comme un voleur dans les rues vides et ne respirai qu'en pleine campagne. Je marchai pendant des jours et des jours sans presque m'arrêter, car j'avais un but : aller à Bouquinbourg pour retrouver la trace de ce mystérieux écrivain dont l'art m'avait conduit à de tels sommets. Dans mon assurance juvénile, je l'imaginais prendre la place laissée vacante par mon parrain en écriture et devenir mon propre maître. Il devait m'aider à accéder à cette sphère où s'écrivait la littérature. Je ne savais pas à quoi il ressemblait, j'ignorais son nom, je me demandais même s'il vivait encore, mais j'étais convaincu que je le trouverais – oh, confiance absolue de la jeunesse !

J'arrivai ainsi à Bouquinbourg, où je suis désormais en votre compagnie, amis lecteurs sans peur et sans reproches ! Ici, aux bornes de la Cité des *livres qui rêvent*, commence réellement mon histoire.

8

La Cité des livres qui rêvent

Quand on s'était habitué à l'odeur écrasante du papier en décomposition qui montait des entrailles de Bouquinbourg, que les premières crises d'éternuements allergiques suscitées par les tourbillons de poussière étaient passées, que les yeux cessaient lentement de verser des larmes provoquées par la fumée piquante de mille cheminées, on pouvait enfin commencer à admirer les innombrables merveilles de la ville.

Bouquinbourg comptait plus de cinq mille boutiques de livres d'occasion officiellement enregistrées, et un millier de bouquineries semi-légales. En dehors des ouvrages écrits, on y proposait des boissons alcoolisées, du tabac, des plantes et des essences euphorisantes, dont on prétendait que la consommation favorisait le plaisir de la lecture et la concentration. Il y avait un nombre incalculable de marchands ambulants qui, munis d'étagères sur roues, de voitures à bras, de musettes ou de brouettes, vendaient des imprimés de toutes sortes.

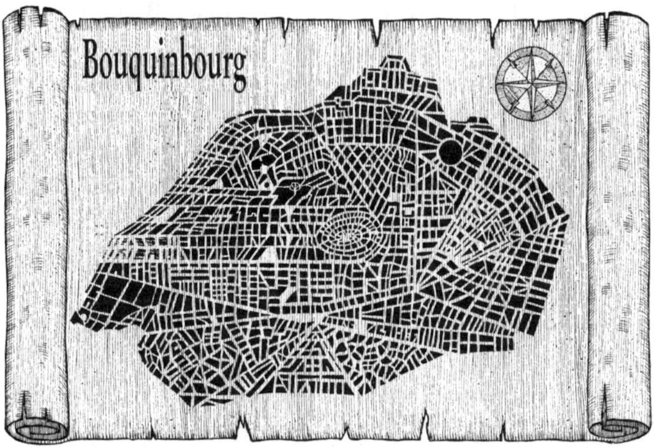

Bouquinbourg réunissait plus de six cents maisons d'édition, cinquante-cinq imprimeries, une douzaine d'usines à papier et un nombre croissant d'ateliers spécialisés dans la fabrication de caractères en plomb et d'encre d'imprimerie. Certaines boutiques proposaient des milliers de signets et d'ex-libris différents, des ateliers de tailleurs de pierre s'étaient spécialisés dans la taille de lutrins ; des menuiseries et des magasins de meubles étaient remplis de pupitres et de rayonnages. Il y avait des opticiens, fabricants de lunettes de lecture et de loupes et, à chaque coin de rue, des cafés dotés d'une cheminée, où des écrivains, vingt-quatre heures sur vingt-quatre, faisaient des lectures.

Je vis les milliers de casernes de pompiers, parfaitement entretenues, avec de puissantes cloches d'alerte au-dessus des portails et des voitures à cheval attelées, des réservoirs en cuivre sur les remorques. Dans le passé, cinq incendies catastrophiques avaient détruit de grandes parties de la ville et les livres : sur ce plan, Bouquinbourg était considérée comme la cité la plus dangereuse du continent. En raison des vents violents qui balayaient sans cesse ses rues, été comme hiver, il y faisait frais, froid ou glacial. On se tenait volontiers à l'intérieur, on chauffait beaucoup et, naturellement, on lisait avec ardeur. Les poêles qui fonctionnaient constamment, la dispersion des étincelles dans le voisinage immédiat de livres qui s'enflammaient facilement créaient un état de menace constant, un nouvel incendie pouvant éclater à tout moment.

Je dus résister à l'envie de me précipiter dans la meilleure librairie et de fouiller parmi les in-folio, car je n'en serais pas ressorti avant le soir – il fallait d'abord que je trouve de quoi me loger. Les yeux brillants, je passai devant les vitrines en essayant de repérer les plus prometteuses.

Ils étaient là, les *livres qui rêvent*. C'est ainsi que l'on appelait dans cette ville les stocks de livres d'occasion parce que, d'un point de vue commerçant, ils n'étaient plus vraiment vivants et pas encore morts. Leur état intermédiaire semblait les plonger dans la somnolence. Ils avaient vécu, ils se dégradaient et s'enfonçaient dans leur crépuscule, par millions, sur les étagères et dans les caisses, les caves et les catacombes de Bouquinbourg. Chacun d'entre eux ne rêvait que d'une chose : qu'une main s'empare de lui, l'ouvre, l'achète et l'emporte pour qu'il puisse s'éveiller à une nouvelle vie.

Ici : *Le Tigre dans la chaussette de laine* de Caliban Sycorax, édition originale ! Là : *La Langue rasée* d'Andrastea Sinopa – avec les célèbres illustrations d'Elihou Balanceau ! Là encore : *Les Mulhôtels de Chairondulée*, le légendaire et humoristique guide de voyage de Yodler de Trépat, dans un état impeccable ! *Un village nommé Flocon de neige* de La Palissade-Honko, l'autobiographie maintes fois glorifiée d'un grand criminel, écrite dans les cachots de Ferblanville – signée par l'auteur avec son sang ! *La vie est plus terrifiante que la mort* – les aphorismes et maximes désespérés de P.H.T. Farcevol, reliés pleine peau de chauve-souris ! *Le Tambour des fourmis* de Sansemina de Trainfantôme, composé dans la légendaire écriture au miroir ! *L'Invité de verre* de Zodiak Cridecloche ! Le roman expérimental de Hampo Ansse, *Le chien qui n'aboyait que la veille* – rien que des ouvrages que je voulais lire depuis que Dancelot m'en avait parlé avec enthousiasme. J'écrasais mes naseaux sur toutes les vitrines, j'avançais à tâtons comme un ivrogne, à la vitesse d'un escargot. Puis je me ressaisis : je décidai de ne plus regarder un seul titre et de considérer Bouquinbourg comme un tout. N'apercevant que les arbres, je n'avais pas vu la forêt. Après l'existence tranquille et sans rêves d'un écrivain dans la citadelle des Dragons, que seul, de temps à autre, un siège ennemi venait perturber, la marche dans les rues de Bouquinbourg déversait sur moi une averse d'impressions. Les images, les couleurs, les scènes, les bruits et les odeurs, rien n'était familier ou ennuyeux. Les Zamoniens poursuivaient de multiples destins – et chacun possédait un visage inconnu. À la citadelle, il n'y avait que la sempiternelle parade de visages familiers, des parents, des amis, des voisins, des connaissances – ici, tout était nouveauté et objet de curiosité.

En fait, je rencontrai aussi tel ou tel habitant de la citadelle des Dragons. On s'arrêtait brièvement, on se saluait poliment, on échangeait quelques formules toutes faites, on se souhaitait un agréable séjour, puis on prenait congé. En voyage, on manifeste ce genre de réserve dans l'idée que l'on n'est pas parti à l'étranger pour découvrir ses compatriotes.

Mais il fallait explorer, explorer ces terres inconnues ! Il y avait partout des écrivains décharnés qui déclamaient leurs œuvres à gorge déployée, dans l'espoir qu'un éditeur ou un mécène riche comme Crésus les remarque au

passage. J'observais que quelques silhouettes manifestement bien nourries rôdaient autour de ces poètes des rues, de gros Cochongliers qui les écoutaient avec attention en prenant des notes. Ils n'avaient rien de généreux bienfaiteurs, il s'agissait plutôt d'agents littéraires qui obligeaient les auteurs pleins d'espoir à signer des contrats léonins pour les transformer en nègres et les pressurer, jusqu'à tarir leur dernière idée originale – Dancelot m'en avait parlé.

Des agents nattes-tifs-touffes patrouillaient en petits groupes à la recherche de vendeurs à la sauvette qui ne disposaient pas de licence. Dès qu'ils apparaissaient, ces derniers fourraient à toute vitesse leurs ouvrages dans des sacs, et des charrettes de livres se mettaient en branle.

Les Journalapattes – des nains agiles vêtus de leurs capes traditionnelles faites de jeux d'épreuves – criaient dans les rues les derniers ragots du monde de la littérature et, pour une modeste somme, permettaient aux passants de lire les détails sur leur vêtement :

Le saviez-vous ? *Mouliat de Coque a bradé son récit* La Grosse Caisse de citrons *au plus offrant, les éditions Citronnelle.*

Incroyable ! *Le comité de lecture du roman d'Ogden Ogden* Un pélican dans la pâte feuilletée *en retarde la sortie de six mois.*

Inouï ! *Fantotas Zinzin a pompé le dernier chapitre des* Buveurs de vérité *dans* Bois et folie *d'Uggli Gnon.*

Des chasseurs de livres couraient d'une boutique à l'autre pour monnayer leur butin ou obtenir de nouveaux contrats. Les chasseurs de livres ! On les reconnaissait à leur lampe de mineur et à leur torche à méduse, à leurs vêtements résistants et guerriers en cuir, aux parties d'armure et à la cotte de mailles, aux instruments et aux armes qu'ils portaient : haches et sabres, pics et loupes, cordes, ficelles et bouteilles d'eau. L'un d'eux sortit directement des égouts à mes pieds : un spécimen impressionnant, avec un casque en tôle et un masque en fil de fer. Ces accessoires n'étaient pas seulement faits pour protéger de la poussière ou des dangereux insectes qui pullulaient dans les mystérieux souterrains de Bouquinbourg. Dancelot m'avait raconté que, dans les entrailles de la Terre, les chasseurs de livres, non contents de se disputer leur récolte, se faisaient régulièrement la guerre et s'entretuaient. En voyant cette créature blindée surgir du sol, haletante et grognante, on n'avait aucune peine à le croire.

La plupart des passants étaient de simples curistes, venus visiter la Cité des *livres qui rêvent*. Ils étaient poussés par troupeaux dans les rues par des guides munis de porte-voix en métal qui, par exemple, criaient dans quelle maison d'édition Urian Noisèche avait bazardé *La Vallée des phares*. Les visiteurs les suivaient en jacassant et, en tendant le cou comme des oies excitées, s'étonnaient de chaque poncif.

Sans cesse, une grosse brute de Jambonsanglant me barrait le chemin pour me glisser dans la main l'un de ces prospectus annonçant dans quelle librairie tel écrivain aurait l'honneur de lire des extraits de son œuvre à *l'heure de la bûche*. Je mis du temps à ignorer cette forme d'agression.

Des silhouettes naines déguisées en livres titubaient dans tous les sens, faisant la réclame de *La Sirène dans la tasse de thé* ou de *L'Enterrement du scarabée*. Il leur arrivait de se heurter parce que, vêtus de leur faux bouquin, ils ne voyaient pas clair. La plupart tombaient en silence et tentaient de se relever sous les rires de la foule.

J'admirai avec étonnement le savoir-faire d'un saltimbanque qui jonglait avec douze gros volumes. Celui qui, un jour, a lancé un livre en l'air et a essayé de le rattraper sait combien l'exercice est difficile. Il faut cependant que j'ajoute une information : ce jongleur avait quatre bras. Quand on leur jetait un peu d'argent, d'autres artistes ambulants, déguisés en héros de l'histoire littéraire zamonienne,

récitaient de leur mieux des passages appris par cœur. Au croisement de deux rues, je vis Hario Junglé, personnage des *Déjetés*, Okou Okra de *Quand les pierres pleurent* et la protagoniste phtisique Zanilla Tartatou, du chef-d'œuvre de Gofid Letterkerl, *Zanilla et le Murch*.

« Je ne suis qu'une Écaillée des montagnes, dramatisait l'actrice qui jouait Zanilla, et toi, mon bien-aimé, tu es un Murch. Jamais nous ne vivrons ensemble. Sautons, ensemble, du haut de la gorge des Démons ! »

Ces quelques phrases suffirent à faire monter mes larmes. Gofid Letterkerl était un génie ! J'eus du mal à me détourner de ce spectacle.

Encore ! Encore ! Dans les vitrines, des affiches que j'étudiais attentivement vantaient des soirées de déclamation, des salons littéraires, des sorties de livres et des concours de rimes. Des marchands ambulants m'arrachaient sans cesse à ma lecture, tentaient de m'imposer leurs vieux bouquins et me poursuivaient dans la rue en déclamant à tue-tête des extraits de leur camelote.

Fuyant l'un de ces importuns, je passai devant une maison peinte en noir dont l'enseigne en bois au-dessus de la porte annonçait qu'il s'agissait du *Cabinet des livres dangereux*. Un jeune Canidion vêtu d'une cape rouge faisait les cent pas et chuchotait aux passants en montrant les dents : « Entrez dans le *Cabinet des livres dangereux* à vos risques et périls ! Interdit aux enfants et aux personnes âgées ! Attendez-vous au pire ! Il y a ici des ouvrages qui peuvent mordre ! Des livres qui attentent à la vie ! Des bouquins qui volent, étranglent, empoisonnent ! Rien que de l'authentique ! Ce n'est pas un train fantôme, c'est la réalité, mesdames messieurs ! Avant d'entrer dans le *Cabinet des livres dangereux*, faites votre testament et embrassez vos proches ! »

À intervalles réguliers, on sortait par une porte latérale des corps allongés sur des civières et recouverts d'un drap ; par les fenêtres barricadées à l'aide de planches clouées provenaient des cris étouffés. Malgré ça, le flot des curieux ne tarissait pas.

« Ce n'est qu'un piège à touristes, me dit un demi-nain en habit chamarré. Personne ne serait assez taré pour laisser le public accéder à d'authentiques *livres dangereux*. Imagines-tu la scène si c'étaient des vrais ? Est-ce qu'une ivresse ormienne t'intéresse ?

– Quoi ? » répliquai-je agacé.

Le nain ouvrit son manteau et, à l'intérieur, me présenta une douzaine de petits flacons. Il regardait avec nervosité autour de lui et referma son vêtement.

« C'est le sang d'authentiques écrivains en qui l'Orm circule, chuchota-t-il avec un air de conspirateur. Une goutte dans un verre de vin, et tu vois en hallucination des romans complets ! Seulement cinq pyras[1] le flacon !

---

1. La monnaie et les unités de mesure zamoniennes sont une affaire si compliquée qu'elles justifieraient à elles seules un ouvrage particulier – d'ailleurs écrit sous la forme du BUNKER en cent volumes, où Aristote de Bunker, mathématicien druidique et économiste national, inventorie et explique avec minutie tous les systèmes de conversion de Zamonie. Il est évident que, sur un continent dont les habitants sont parfois gros comme un petit pois, grands comme un arbre ou comme un géant, il existe des monnaies et des unités de mesure extrêmement différentes. Ce qui pour l'Homobonsaï s'appelle le « pixel » est pour le Compteraves le *forrtz*. Si je traduisais ces deux unités par le « mètre », ce serait faux dans les deux cas, bien que les Homobonsaïs comme les Compteraves aient chacun une unité de mesure qui, proportionnellement à leur taille, correspond à un mètre. Et je n'aborde ni le *farf* farfadoux ni le *gork* voltigorkien ! Les habitants de la citadelle des Dragons, et donc Taillemythes, se conformaient à un système strictement poétique et très compliqué, avec des unités comme l'hexamètre, la hauteur de chute ou la densité métaphorique.

Certaines races hunniques avaient une petite monnaie de la taille d'une meule, alors que des gens comme les Eydéites se servaient de l'échange

– Non, merci ! Je suis moi-même écrivain !

– Vous autres, snobs de la citadelle des Dragons, vous ne vous prenez pas pour rien ! me cria le nain pendant que je m'éloignais. Vous n'écrivez qu'avec de l'encre ! Et vous n'êtes pas nombreux à parvenir à l'Orm ! »

Grand Dieu, j'étais manifestement tombé dans l'un des coins les plus sordides de Bouquinbourg. Je venais juste de remarquer qu'un grand nombre de chasseurs de livres y traînaient et manigançaient de sombres affaires avec des silhouettes douteuses. On tirait de sacs en cuir des livres à la couverture ornée de pierres précieuses en échange de grosses bourses pleines de pyras. Je devais être arrivé sur une espèce de marché noir.

« Vous cherchez des livres de la *Liste d'or* ? » me demanda un chasseur de livres, vêtu de cuir sombre de la tête aux pieds. Il portait en guise de masque la mosaïque d'une tête de mort, une ceinture avec une douzaine de couteaux et dans ses bottes deux haches.

« Viens avec moi dans la ruelle, là-derrière, je te montrerai des livres dont tu n'as jamais rêvé.

– Merci beaucoup ! dis-je en tentant de m'éloigner. Ça ne m'intéresse pas. »

Le chasseur de livres éclata d'un rire sardonique.

« Je n'ai pas de livres ! beugla-t-il dans mon dos. Je

---

télépathique de thèses. Malgré ces différentes conceptions de l'« argent », le pyra, pièce en forme de minuscule pyramide d'argent, était le moyen généralement reconnu pour régler la circulation monétaire, en particulier dans des villes à vocation commerciale, comme Bouquinbourg.

Par commodité, je me suis permis de traduire les unités zamoniennes en unités européennes quand Taillemythes parle de proportions, de distances ou de poids ; cependant, pour conserver au texte son authenticité, je n'ai pas traduit le pyra dont la valeur correspond à peu près à un sesterce de l'époque de Virgile.

voulais juste te tordre le cou et te trancher les mains pour les mettre dans du vinaigre et les vendre ! À Bouquinbourg, les reliques de la citadelle des Dragons sont très recherchées. »

Je m'empressai de quitter ce quartier louche. Quelques rues plus loin, les choses redevinrent normales : il n'y avait que d'innocents touristes et des saltimbanques, mettant en scène des spectacles populaires de marionnettes. Je respirai. Il était probable que le chasseur de livres s'était livré à une plaisanterie macabre, mais l'idée que des morceaux de corps de dragon puissent avoir une valeur marchande à Bouquinbourg me donna des frissons.

Je me replongeai dans la foule des passants. Une classe de Farfadoux trottinait timidement devant moi en se donnant la main. De leurs grands yeux brillants, les écoliers regardaient leurs poètes préférés.

« Là ! là ! Hosian Rapido ! » piaillaient-ils soudain en tendant leurs petits doigts vers quelqu'un. Ou : « Là ! là ! Keilhard de Jardinàfleursbleues prend son café ! »

Régulièrement, un enfant du groupe s'évanouissait.

Je poursuivais mon chemin et je dois avouer que toutes les merveilles aperçues torturaient ma mémoire. C'était comme si je me promenais dans un album avec une profusion d'illustrations où chaque idée esthétique surpassait la précédente. Des lettres promeneuses faisaient la réclame de presses d'imprimerie modernes. Sur certains murs étaient peints des personnages de romans connus. Il y avait des monuments d'écrivain. Des boutiques de livres d'occasion déversaient leur flot de vieux bouquins dans la rue. Des silhouettes de toutes sortes fouillaient dans les caisses et s'arrachaient des livres. Des serpents de Midgard géants tiraient d'immenses voitures remplies d'ouvrages anciens, de l'intérieur desquelles de grossiers Compteraves lançaient de grandes quantités de cette camelote sur la foule. Dans cette ville, il fallait constamment se baisser pour ne pas recevoir un volume sur la tête. Au milieu de cette agitation, je percevais des bouts de phrase, mais toute discussion, quelle qu'en fût la forme, gravitait autour des livres :

« … cette littérature chrecque me ferait entrer dans la forêt des loups-garous… »

« … ce soir, à l'heure de la bûche, il y a une lecture à la librairie du Nombre d'or… »

« … acheté la première édition du deuxième roman d'Aurora Janus, avec une double coquille dans la préface, pour trois pyras seulement… »

« … si quelqu'un a atteint l'Orm, c'est bien Dölerich Hirnfidler. »

« … typographiquement, c'est une honte pour toute la branche… »

« … on devrait écrire un roman de notes de bas de page, rien que des notes de bas de page au bas des notes de bas de page, ça serait… »

Je finis par m'arrêter à un carrefour, je fis demi-tour et comptai les librairies dans les rues que je venais de parcourir : il y en avait soixante et une. Mon cœur battait la chamade. Ici, la vie et la littérature semblaient ne faire qu'un, tout tournait autour des mots imprimés. C'était ma ville. Ma nouvelle patrie.

16

L'Auberge de la peur

Je découvris une petite pension au nom fort prometteur, **À la plume d'or**, qui fleurait le bon vieux temps en évoquant un ouvrage d'écrivain à succès et un repos nocturne sur des oreillers en plumes d'oie.

Plein d'espoir, j'entrai dans le hall sombre et, marchant sur des tapis qui sentaient le moisi, je m'approchai d'un comptoir en bois. Comme personne n'apparaissait, j'agitai une sonnette en cuivre. Elle était fendue. Le son dissonant emplit la réception. Je me retournai et tentai de distinguer dans l'ombre des couloirs divergents l'arrivée empressée de quelques membres du personnel. Mais rien, je me retournai vers le comptoir – et, soudain, à mon grand effroi, le réceptionniste parut surgir tout droit du sol. À son teint pâle, je reconnus un Brouillassebourgeois. Je m'étais familiarisé avec ce genre de personnage en lisant la nouvelle exemplaire de Sébag Sérioza, *Gens humides*, et j'avais déjà croisé ces créatures zamoniennes un peu étranges dans les rues de la ville.

« Oui, vous désirez ? demanda-t-il sur le ton de quelqu'un qui va rendre l'âme.

– Je… voudrais une chambre… », répondis-je d'une voix tremblante.

À peine cinq minutes plus tard, je regrettai amèrement de ne pas avoir pris mes jambes à mon cou. En effet, la chambre que, sur l'insistance du réceptionniste, j'avais payée d'avance se révéla être un débarras de la pire espèce. Avec l'assurance du somnambule, j'avais vraisemblablement choisi le plus mauvais gîte de Bouquinbourg. Pas la moindre trace de couette douce et molle, mais une couverture râpeuse sur un matelas jamais aéré, grouillant de vie. Dans la pièce voisine, une horde de Yétis tentait de transformer les meubles en instruments de musique. La tapisserie se détachait des murs avec un bruit de succion, quelque chose cavalait en piaillant sous le plancher. Hors de portée, dans le coin le plus élevé de la pièce, une chauve-souris blanche et borgne, pendue la tête en bas, attendait apparemment que je m'endorme pour commencer son horrible travail. Je remarquai alors que les fenêtres étaient dépourvues de rideaux. J'étais sûr que, dès cinq heures du matin, le soleil entrerait impitoyablement dans la pièce et que je n'arriverais plus à fermer l'œil : le moindre rai de lumière m'empêche de dormir. Mais je refusais les masques de sommeil depuis que j'en avais essayé un et que j'avais oublié, le lendemain matin, de le retirer. Pendant quelques minutes, j'avais été pris de panique, persuadé que j'étais brusquement devenu aveugle. J'avais couru dans tous les sens comme une poule que l'on vient de décapiter, et après avoir basculé violemment par-dessus un tabouret, je m'étais démis l'épaule.

De toute façon, je n'avais pas l'intention de passer la nuit dans cet hôtel. Enfin libéré de mon baluchon, je me débarrassai superficiellement de la poussière du voyage en utilisant le jus saumâtre qui croupissait dans le lavabo : pour l'instant, c'était suffisant. Les boutiques de livres d'occasion de Bouquinbourg étaient ouvertes vingt-quatre heures sur vingt-quatre. J'avais faim, soif, et l'envie effrénée de passer la nuit à fouiller dans les livres. Je saluai la chauve-souris et les Yétis avant de me replonger dans l'agitation de la ville.

Une partie de Bouquinbourg, peut-être un dixième, se trouve en surface. Le reste, de loin le secteur le plus étendu, est souterrain. Comme une énorme fourmilière, l'agglomération dispose d'un système de tunnels, d'une succession de puits, de gouffres, de galeries et de cavités qui s'enfoncent sur plusieurs kilomètres et forment une immense pelote inextricable.

Aujourd'hui, plus personne n'est capable de dire quand et comment ce système est apparu. Quelques historiens affirment qu'il tire notamment son origine d'une famille de fourmis préhistoriques qui l'a construit il y a plusieurs millions d'années pour y cacher ses gigantesques œufs. À l'inverse, les marchands de livres d'occasion de la ville jurent que ce réseau a été creusé durant des millénaires par des générations de libraires pour y entreposer leurs livres – ce qui est sûrement vrai pour certains quartiers qui sont très éloignés de la surface.

De nombreuses théories enrichissent ces spéculations. Personnellement, je soutiens une théorie moyenne selon laquelle les premiers tunnels ont été créés par des insectes préhistoriques, puis aménagés pendant des siècles, des millénaires, par des êtres de plus en plus civilisés. Une chose est sûre : ce monde souterrain existe, il n'a pas encore été complètement exploré et de nombreux espaces sont bourrés de livres, de plus en plus anciens et précieux au fur et à mesure que l'on descend dans les catacombes.

Quand vous flânez dans les rues de Bouquinbourg, rien ne vous fait penser au labyrinthe qui s'enfonce sous le pavé. J'enregistrai avec ravissement que dans cette ville je n'allais pas mourir de faim. À côté des cafés et des auberges, d'innombrables kiosques proposaient un grand choix d'aliments et de boissons à des prix avantageux : saucisses grillées, poussins farcis, vers cuits dans la glaise, vessies de souris rôties, bière à la vapeur, galettes volantes, cacahouètes chaudes, limonade froide. À tous les coins de rue, on tombait sur un débit de fondue. Dans une marmite en fonte posée sur un petit feu, du fromage se liquéfiait : pour quelques sous, on pouvait y tremper un morceau de pain.

J'en achetai une bonne tranche, la plongeai longuement dans le liquide, y mordis à belles dents et bus deux grands verres de limonade fraîche. Comme je m'étais privé pendant mes longues journées de marche, cette grosse quantité de nourriture et de liquide me rassasia, tout en me procurant l'impression malsaine d'avoir trop bu et trop mangé, ce qui, un moment, me préoccupa. Je me mis à craindre les prémices d'une maladie incurable, jusqu'à ce que ce malaise disparaisse dans un flot de violentes flatulences, après une balade d'une petite heure.

Que n'ai-je pas vu au cours de cette promenade ! Je persistai à éviter les bouquineries pour ne pas traverser le quartier en titubant et en gémissant sous d'énormes paquets de livres. Partout étaient exposés à des prix dérisoires les plus incroyables trésors : *Là où la digue tournoie* d'Ektro Retourdeau pour cinq pyras, avec autographe ! *Les Catacombes de Bouquinbourg*, description très prisée de l'état des labyrinthes bouquinbourgeois, par Colophonius Clairdepluie, le légendaire chasseur de livres... pour trois pyras ! *Des chardons après tout*, les mémoires de l'ultrapessimiste et mélancolique Humri Destain pour six malheureux pyras !

Pas de doute, j'étais dans l'Élysée des écrivains. Avec la petite somme que Dancelot m'avait laissée en héritage, j'aurais pu m'acheter *illico* une véritable bibliothèque, de quoi faire envie à tous les habitants de la citadelle des Dragons. Dans un premier temps, je me contentai de suivre le mouvement.

10

La Boutique de Ramenart

Mon étonnement devant l'agitation des rues s'étant en partie émoussé, les bousculades des Jambonsanglants et la gêne causée par les marchands ambulants commencèrent à m'énerver. Par ailleurs, comme la nuit avançait et qu'il faisait de plus en plus frais, je décidai enfin d'aller explorer une bouquinerie. Mais laquelle ? Une grande avec un choix varié ? Ou une boutique spécialisée ? Dans ce cas, quelle spécialité ? Poésie ? Romans policiers ? Littérature d'épouvante et rikchadémoniaque ? Philosophie graalsundienne ? Baroque florinthien ? Elles étaient toutes attirantes, avec leurs vitrines éclairées à la bougie, débordantes de friandises littéraires. Par facilité, j'optai pour celle qui était juste devant moi. Un signe étrange était gravé sur la porte d'entrée : un disque divisé par trois lignes courbes en parties égales.

Dans cette boutique, la lumière était si faible que l'on ne pouvait déchiffrer les titres exposés dans la vitrine. Mais c'était cela justement qui, à mes yeux, la rendait plus mystérieuse, plus attirante que les autres. Il fallait entrer !

Le tintement discret d'une sonnette annonça mon arrivée. L'odeur familière des vieux bouquins me remplit les naseaux. Un instant, je crus être seul. Je mis du temps à m'habituer à l'obscurité, pourtant je réussis à distinguer, sortie de l'ombre grise des étagères, une silhouette bossue dont les énormes yeux globuleux brillaient dans le noir. J'entendis un claquement rythmique assourdi.

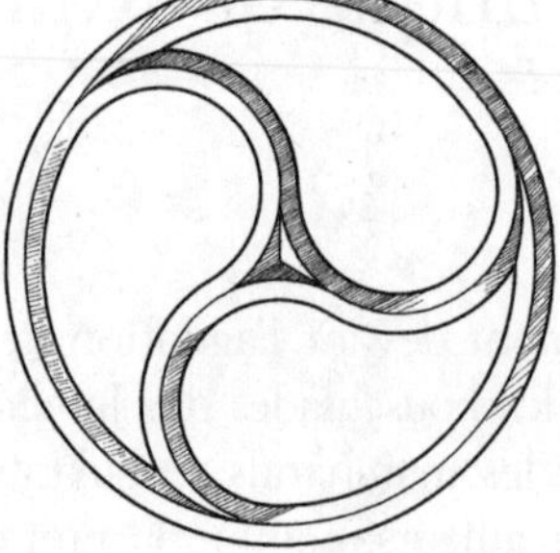

« Puis-je vous aider ? demanda le gnome d'une voix fluette et cassée, comme si sa langue était en parchemin. Vous vous intéressez aux écrits du professeur Abdoul Rossignolet ? »

Ah, mon Dieu ! J'étais entré dans une échoppe spécialisée dans les écrits de ce fou des monts Obscurs. Il fallait que ça tombe sur moi ! Je ne connaissais que partiellement l'œuvre de Rossignolet, mais cela avait suffi pour me montrer que son point de vue philosophique était fort éloigné de ma passion poétique.

« Vaguement », répliquai-je avec froideur.

Vite, il fallait sortir avant d'accepter, par politesse, de me faire refiler un de ces vieux bouquins illisibles.

« Sans vagues, pas de grands fonds, objecta le gnome. Vous serez peut-être tenté par une étude critique consacrée au travail de Rossignolet sur la labyrinthique zamonienne ? C'est une œuvre majeure du Dr Oztafane Colibril, un des élèves les plus doués de Rossignolet. J'affirme sans crainte que l'on peut y apprendre certaines choses sur le décodage des dédales.

– À vrai dire, je ne m'intéresse pas spécialement aux labyrinthes, fis-je, battant en retraite. Je crains de m'être trompé de boutique.

– Oh, vous ne vous passionnez pas pour les sciences ? Vous recherchez des livres d'agrément ? De la littérature escapiste pour fuir la réalité ? Vous voulez des *romans* ? Effectivement, vous frappez à la mauvaise porte. Je n'ai que des ouvrages spécialisés. »

Dans sa voix, il n'y avait ni hostilité ni arrogance. C'était une information polie. Je saisis la poignée de la porte.

« Excusez-moi, fis-je bêtement en appuyant sur le bec-de-cane. J'arrive tout juste dans cette ville.

– Vous venez de la citadelle des Dragons ? »

Je m'immobilisai. Il y a dans la vie d'un dragon à station verticale une réalité inéluctable : au premier regard, chacun sait où il est né. Je n'ai pas encore réussi à déterminer si c'est un avantage ou un inconvénient.

« On ne peut rien vous cacher, répondis-je.

– Je vous prie de pardonner ma remarque expéditive à propos des romans. Je suis obligé d'ajouter quelques formules toutes faites pour me débarrasser des touristes qui n'arrêtent pas de débarquer chez moi en réclamant des éditions originales dédicacées de la série du *Prince de Sangfroy*. Bien que ma boutique soit uniquement consacrée à la littérature spécialisée, j'ai ingurgité beaucoup de romans venus de la citadelle des Dragons. »

La silhouette ratatinée se pencha sur une table couverte de livres et alluma une bougie.

« Excusez-moi pour la mauvaise lumière. Je pense mieux dans le noir. »

La flamme de la mèche allumée lança sur le visage du gnome une intense lueur inquiétante qui se mit à danser nerveusement, puis faiblit et s'apaisa. Le propriétaire de la boutique était un Eydéite : je pouvais l'affirmer sans en avoir jamais vu. De nombreuses encyclopédies enseignaient qu'ils avaient un crâne caractéristique où l'on devinait au moins trois cerveaux. Je compris que le mystérieux claquement venait de là. On entend les Eydéites penser. Leur pensée est sonore.

« Omar ben Ramenart. »

L'Eydéite me tendit un fagot de doigts que je secouai avec précaution.

« Hildegunst Taillemythes.

– Vous avez déjà publié ?

– Uniquement à la citadelle des Dragons.

– Vous ne m'en voudrez pas de n'avoir rien lu de vous. »

Je ris d'un air gêné. J'avais l'impression d'être l'idiot du village. J'étais une page blanche.

« Mais comme je viens de le dire, je me suis longuement intéressé à la littérature des dragons. J'ai écrit une thèse qui traite de l'influence de la circulation sanguine sur la continuité stylistique chez les grands sauriens littérateurs.

– Ah bon ? dis-je comme si je savais de quoi il retournait. À quelle conclusion êtes-vous parvenu ?

– Au fait que la circulation sanguine des êtres à sang froid est parfaitement compatible avec l'harmonie d'une œuvre littéraire. Les dragons sont des écrivains-nés, je peux le prouver scientifiquement.

– C'est très flatteur.

– Je suis d'avis que, sur un plan purement organique, cette espèce est faite pour l'écriture. Une longue vie convient à la maturité de l'écrivain. La griffe à trois doigts est idéale pour tenir un instrument d'écriture. L'épaisse peau du saurien le protège très efficacement des mauvaises critiques. »

L'Eydéite gloussa.

« La citadelle des Dragons a publié quelques-uns des meilleurs romans de l'histoire de la littérature zamonienne. *Espace sans bonheur* de Sartorius Tourniambes. Ou *La Manne des rayons de lune* de Harold Fondlarime ! *La Station des flamants roses* de Hyldia de Tannedrames ! *La Nuit sans rimes* ! *Le Chant des huîtres* ! *Amorce prude* ! Sans oublier le *Chevalier Ampule* de Gryphius Rapeurdodes.

– Vous connaissez le *Chevalier Ampule* ?

– Bien sûr ! Vous vous souvenez du passage où les lunettes du chevalier tombent dans son armure : pratiquement aveugle, il doit se battre en duel, la lance à la main ? À la suite d'un coup de massue, un chapitre durant, il a la mâchoire décrochée. Il ne peut plus s'exprimer qu'en recourant à la langue des signes. Comme j'ai ri ! Un chef-d'œuvre comique ! »

Je n'étais jamais allé aussi loin dans le roman. Pressé par Dancelot de le lire, j'avais balancé dans un coin cet ennuyeux bouquin au bout de cent pages consacrées à l'entretien des lances.

« Bien sûr, mentis-je, la mâchoire inférieure. Quel délice !

– Il faut commencer par souffrir en lisant les cent pages d'introduction consacrées à l'entretien des lances, dit Ramenart, mais après, ça commence vraiment. Le chapitre où, sur cent pages, l'écrivain n'emploie jamais la lettre E – un trait de génie de la grammaire lipienne ! »

L'Eydéite se racla la gorge et cita :

« Rôti, mon dindon
dit :
Ton plaisir aboutit
Quand ton dindon rôti,
Sitôt cuit, sitôt dit,
Dans ton plat gît ! »

Il sourit de l'air du connaisseur.

« Oui, oui… dis-je. Un trait de génie. »

Je n'avais jamais lu ces bêtises !

« Mais il n'y a pas que les romans ! s'écria Ramenart en verve. La citadelle des Dragons produit aussi une excellente littérature spécialisée. *Du plaisir horticole*, par exemple. À marquer d'une pierre blanche parmi les descriptions de la nature domestiquée. »

J'étais sidéré.

« Vous connaissez Dancelot de Tournerimes ? »

Je finis par lâcher le bec-de-cane.

« Connaître ? Vous plaisantez ? Je pourrais vous le réciter en dormant :

Dans ces conditions, il ne nous reste que la nature pour nous rassurer. De façon presque instinctive, nous sortons et allons au jardin ; dans le bruissement des arbres, sous les étoiles, nous respirons plus librement – nous avons le cœur plus léger. Des étoiles nous venons, aux étoiles nous retournons. La vie n'est qu'un périple dans l'inconnu. »

Ce petit Eydéite connaissait l'œuvre de Dancelot mieux que moi. Une larme coula de mon œil gauche.

« Mais vous aussi, vous l'appréciez ! L'effet de cette citation sur vous compense votre ignorance du *Chevalier Ampule*. »

Je sursautai. Nom d'un Canidion ! J'avais oublié que les Eydéites étaient capables de lire dans les pensées ! Il fallait que je sois plus prudent.

« On peut réprimer la parole, mais pas les idées, dit Ramenart en souriant. L'effort est inutile. Je sais déjà tant de choses sur vous que je peux m'épargner de lire dans votre esprit. Vous connaissez personnellement Dancelot de Tournerimes, n'est-ce pas ?

– C'était mon parrain en écriture. Il est mort dernièrement.

– Oh ! Vraiment ? Excusez la brutalité de ma question ! Sincères condoléances. Cet homme était un génie.

– Merci. Ce n'est pas ce qu'il aurait dit.

– Cela ne le rend que plus précieux. Quand on possède le potentiel que l'on devine rien qu'en lisant *Du plaisir horticole*, on touche à la véritable grandeur. »

J'aurais aimé que Dancelot entende ces mots de son vivant. À nouveau, les larmes me montèrent aux yeux.

« Mais asseyez-vous ! Si vous avez parcouru la longue route qui sépare notre ville de la citadelle des Dragons, vous devez être épuisé. Voulez-vous un café à la muscade ? »

Le marchand se dandina en direction d'une cafetière posée sur une étagère.

Tout à coup, je sentis mes membres s'alourdir. J'avais marché depuis l'aurore. À l'hôtel, je m'étais à peine reposé, puis j'avais déambulé plusieurs heures dans la cité. Les mots qu'il venait de prononcer me faisaient prendre conscience que j'étais épuisé. Je me laissai tomber sur une chaise et essuyai mes larmes.

« Soyez sans crainte, je ne vais pas continuer à lire dans vos pensées, ponctua Ramenart en me tendant une tasse de café au parfum prometteur. Puis-je vous poser la question rituelle : quel bon vent vous amène à Bouquinbourg ? N'y voyez pas de curiosité. Mais je puis peut-être vous être utile. »

Il me souriait gentiment.

C'est sans doute la providence qui m'a conduit dans cette boutique, me dis-je. Puisque j'avais trouvé ici un ami de la prose de Dancelot, pourquoi ne pas commencer mon enquête chez lui ?

« Je cherche un écrivain.

– Vous risquez plus sûrement de le trouver à Bouquinbourg que, disons, dans le cimetière marécageux de Dull. »

L'Eydéite s'amusa de sa propre plaisanterie et son

rire retentit comme une crise d'asthme. Je sortis mon manuscrit.

« Peut-être pourriez-vous lire ça. Je voudrais localiser la personne qui l'a écrit. Je ne sais ni son nom ni à quoi elle ressemble. J'ignore même si elle vit encore.

– Vous poursuivez un fantôme, dit l'Eydéite en gloussant, bon, faites voir. »

Le libraire commença par examiner la qualité du papier en frottant une feuille entre deux doigts, geste typique de sa profession.

« Hum, papier de Graalsund, d'une grande finesse. Papeterie de Boisdescie, deux cents grammes. »

Il renifla le manuscrit.

« Un peu trop acidulé. Arôme de pêche. Bois de bouleau, une pointe d'aiguilles de pin. Le produit de blanchiment n'a pas été assez délayé. Il boise un peu sur les bords. »

Il employait le jargon des libraires de Bouquinbourg que j'avais déjà entendu dans la bouche des marchands ambulants.

Ramenart passa l'index sur la tranche.

« Rognage inégal, une entaille tous les cinq millimètres. La machine était trop vieille. Probablement un rognoir de 556. La réglure est encore imprimée à la sépia, d'où je conclus… »

Je me risquai à l'interrompre :

« Vous pourriez peut-être lire.

– Hein ? »

Il sembla sortir d'un état de transse et fixa longuement l'écriture de la première page. Manifestement, il s'étonnait, comme moi, de la beauté calligraphique du manuscrit. Puis il entreprit sa lecture.

Au bout de quelques instants, il commença à murmurer des phrases qui ressemblaient à des incantations. Il se comportait comme si je n'étais pas là. Plusieurs fois, il éclata d'un rire éraillé.

« Oui, oui ! C'est ça ! »

Il avait l'air très excité, et j'eus l'impression qu'il imitait mes propres réactions devant la lettre, quand j'étais dans la citadelle des Dragons. Il passait sans transition des éclats de rire aux accès de larmes, haletait, étouffait, se frappait le front avec la main et n'arrêtait pas de déclamer son approbation ou son enthousiasme :

« Oui, vraiment ! Oui ! Excellent ! C'est... c'est parfait ! »

Puis il baissa la feuille et resta de longues minutes sans rien dire, les yeux fixés dans l'obscurité.

J'osai me racler la gorge. Ramenart sursauta, posa sur moi un regard brillant. Ses pupilles couleur d'ambre tremblaient.

« Alors ? Vous en connaissez l'auteur ? demandai-je.

– C'est inouï ! murmura Ramenart.

– Je sais. Celui qui a écrit ça est un géant. »

L'Eydéite me rendit le manuscrit en fermant à demi les paupières. La boutique s'assombrit.

« Il faut que vous quittiez Bouquinbourg, chuchota-t-il. Vous êtes en grand danger !

– Quoi ?

– Je vous en prie, sortez de chez moi ! Retournez immédiatement à la citadelle des Dragons ! Ou ailleurs, mais disparaissez de cette ville ! Surtout n'allez pas à l'hôtel, quel qu'il soit ! Ne montrez ce manuscrit à personne ! À per-son-ne, vous entendez ? Détruisez-le ! Fuyez Bouquinbourg, le plus vite possible ! »

Cette série de recommandations était aux antipodes de ce que j'attendais. Premièrement, je serais bien resté un peu dans cette boutique pour bavarder avec ce gentil Eydéite. Deuxièmement, j'étais très heureux d'avoir enfin tourné le dos à la citadelle des Dragons, et je n'y serais pas revenu pour tout l'or du monde. Troisièmement, je voulais à un moment ou un autre rentrer à l'auberge à cause de mes affaires. Quatrièmement, j'avais l'intention de montrer mon manuscrit à toute personne qui accepterait de le regarder. Cinquièmement, je refusais de renoncer à ce pan de la littérature la plus pure que j'aie jamais lue, et, sixièmement, je ne voulais en aucun cas quitter cette ville magnifique qui semblait donner corps à tous mes rêves. Mais avant que je puisse faire valoir un seul de ces arguments, le gnome m'avait poussé dehors.

« Obéissez à mes objurgations ! marmonna-t-il en m'éloignant. Quittez cette ville par le chemin le plus court ! Au revoir. Non, adieu pour toujours ! Fuyez ! Fuyez tant qu'il en est encore temps ! Et évitez le tricercle ! »

Il claqua la porte, la verrouilla et suspendit dans sa vitrine un écriteau « Fermé ». Dans la boutique, il faisait encore plus noir qu'avant.

Colophonius Clairdepluie

Bouleversé, je me mis à errer dans les rues environnantes. Oh, mes fidèles amis, apatride et épuisé comme je l'étais, ce chaud et froid avait eu raison de moi. D'abord le douloureux souvenir de Dancelot, puis l'aimable accueil de Ramenart, et juste après, ce congé brutal… Quel butor mal dégrossi !

Je savais que les marchands de livres d'occasion – en particulier ceux de Bouquinbourg – étaient portés sur l'excentricité : c'était pour ainsi dire une question d'honneur professionnel. Mais à quoi Ramenart avait-il pensé en me mettant en garde contre le tricercle ? S'agissait-il du signe sur sa porte ? L'Eydéite n'était probablement qu'un original à l'esprit dérangé, sujet à des sautes d'humeur prononcées. Rien d'étonnant, avec la lecture permanente des écrits détraqués du professeur Abdoul Rossignolet !

J'essayai de me débarrasser du souvenir de l'incident en planifiant mes initiatives suivantes. Il fallait d'abord que je me renseigne sur la ville et ses lois coutumières. J'avais besoin d'un guide de voyage, d'un plan de la ville. Il y aurait probablement des directives écrites concernant la fréquentation des boutiques de livres d'occasion. Sans le faire exprès, j'avais peut-être enfreint une législation en vigueur nulle part ailleurs.

À ce point de mes réflexions, je repensai au livre de Colophonius Clairdepluie, *Les Catacombes de Bouquinbourg*, aperçu en vitrine. C'était un ouvrage qui s'appliquait apparemment à décrire les mystères de la ville. Je voulais me le procurer et le savourer en buvant quelques tasses de café dans un débit de boissons bien chauffé. Je pourrais ainsi passer une nuit blanche et devenir du jour au lendemain un connaisseur de Bouquinbourg – sans devoir affronter la compagnie douteuse de la chauve-souris blanche et des bruyants Yétis à l'hôtel *À la plume d'or*. Le lendemain matin, j'irais chercher mes affaires et changerais d'auberge.

Je retrouvai très vite la boutique. Le livre était toujours en vitrine. Je l'achetai à un prix dérisoire, avec un plan de la ville et un guide du livre d'occasion, puis j'emportai mes trésors dans un mastroquet voisin, où se tenait justement une séance de lectures : toutes les demi-heures, un pauvre poète, jamais le même, montait sur la table et lisait un poème qui, dans la citadelle des Dragons, lui aurait valu d'être badigeonné de goudron et précipité du haut des créneaux.

Étonné, je stationnai longuement devant un panneau où l'on avait écrit à la craie tous les délices que l'on pouvait commander. L'abondance de mets littéraires provoqua mon embarras : *vin d'encre* et *café de roman à quatre sous*, papier comestible sucré sur lequel on pouvait aussi écrire, *cacao au baiser de muse* et *eau d'idée* (en fait, une eau-de-vie très forte), *pralines à chocottes avec farce surprise* (destinées à la lecture à haute voix de romans d'épouvante, certaines parfumées au vinaigre, à l'huile de foie de morue ou aux fourmis séchées), dix-sept sortes de pâtisseries qui portaient les noms de princes classiques de la poésie, par exemple, les *escargots d'Ojahnn Golgo Fontheweg* et les *gâteaux Dölerich Hirnfidler*. Les *pâtés Prince de Sangfroy* et les *pâtons Pasdomaz* répondaient aux exigences d'une cuisine soignée. Mais il y avait aussi une *salade légère de syllabes*, un mélange de pâtes à lettres et de champignons encore appelés *trombones de la mort*. J'en avais la tête qui tournait.

Je finis par reprendre mes esprits et commandai. Pourvu d'un grand bol de *café au lait à la vanille « inspiration »* et d'une friandise appelée *boucle de poète*, je m'assis à la table la plus excentrée, directement à côté du poêle, dont le feu n'arrêtait pas de crépiter. Je bus une gorgée, mordis dans le délicieux gâteau, sortis *Les Catacombes de Bouquinbourg* et entrepris ma lecture.

Un nain à la désagréable voix de fausset faisait de son mieux pour déclamer un essai fleuri consacré à son aversion pour les éponges de toilette, mais sans nuire à ma concentration – je suis capable de lire dans les pires conditions, si l'ouvrage me passionne.

Et *Les Catacombes de Bouquinbourg* comblaient largement mes espérances. Ce livre n'était pas seulement informatif, l'écriture en était captivante. Il témoignait d'une inhabituelle qualité littéraire pour un ouvrage spécialisé. Au bout de quelques paragraphes, l'épouvantable lecture se réduisit à un bruit de fond, à peine plus dérangeant qu'un gazouillis d'oiseau. Pour ma part, je m'attachais aux pas de Colophonius Clairdepluie, le plus grand chasseur de livres et héros de Bouquinbourg ; je descendis avec lui dans l'extrême dédale de la ville, pour lui arracher ses étonnants secrets.

Mes fidèles amis, Colophonius Clairdepluie n'a pas toujours été chasseur de livres à Bouquinbourg. Oh, non, il y eut même une époque où il ne s'appelait pas Colophonius Clairdepluie. Chez les chasseurs de livres, une règle professionnelle voulait que l'on prenne un pseudonyme qui attire l'attention et, d'emblée, Clairdepluie s'était distingué de ses collègues en optant pour un nom aux accents moins guerriers que les autres.

En fait, il s'appelait Taron Trekko. Et ce n'était qu'un Canidion qui, au cours de ses vagabondages, avait atterri par hasard dans la Cité des *livres qui rêvent*. Certes, à l'époque, il n'avait pas la moindre idée de la littérature. Comme la plupart des jeunes Canidions, il disposait d'une mémoire colossale et à l'instar de ses congénères, il exploitait ce don et gagnait sa vie dans les auberges en tant qu'artiste de la mathématique : il multipliait des nombres à cent chiffres tout en jonglant avec des œufs frais. Mais dès son arrivée à Bouquinbourg, la querelle entre la mathématique zamonienne originelle et l'arithmétique druidique éclata, qui partagea la population de Zamonie en deux camps irréconciliables. Presque toutes les prestations artistiques de mathématique finissaient en pugilat. Dès qu'un Canidion pointait le museau à la porte d'un bistrot, le patron lançait une chope dans sa direction.

Taron Trekko risquait de mourir de faim dans une ville qui grouillait d'auberges et de gens désireux de s'amuser. Mais il comprit vite ce qui, à Bouquinbourg, pouvait lui permettre de gagner plus d'argent que les jeux arithmétiques pour ivrognes. Les livres rares. Cette idée ne relevait pas du tour de force, car presque tout le monde vendait de la littérature. Mais il existait une catégorie d'ouvrages particulièrement recherchés : les volumes de la *Liste d'or*.

On ne les trouvait dans aucune des bouquineries de Bouquinbourg. Ils apparaissaient rarement, et étaient aussitôt achetés aux enchères par un riche collectionneur : il s'agissait de légendes qui suscitaient partout des convoitises comparables à l'engouement pour les diamants géants dans la citadelle des Dragons. *Le Livre sanglant*, *La Malédiction du démon de Nokimo Norken* ou *Le Manuel des gestes dangereux* en faisaient partie. Avec une centaine d'autres.

Une certaine catégorie d'aventuriers – les chasseurs de livres – s'était spécialisée dans la quête d'œuvres précieuses et fouillait dans les entrailles de Bouquinbourg pour les rapporter à la surface. Les uns étaient à la solde de collectionneurs ou de libraires, d'autres travaillaient pour leur propre compte. Les récompenses annoncées étaient tellement astronomiques qu'un seul exemplaire de la *Liste d'or* pouvait enrichir un chasseur de livres.

C'était une profession dangereuse, la plus dangereuse de Bouquinbourg. Téméraires compagnons, vous vous imaginez sûrement la recherche d'un ouvrage disparu comme l'ennuyeuse activité vespérale d'un bouquiniste gâteux, mais ici, dans les gouffres de cette ville mystérieuse, elle impliquait plus de risques mortels que la chasse aux scorpions de cristal dans les grottes de verre des Gorges des Démons. Les catacombes grouillaient de périls.

On disait que les labyrinthes communiquaient avec le monde souterrain, l'empire mystérieux du mal qui, pensait-on, s'étendait sous la Zamonie. Mais, d'après Colophonius Clairdepluie, les menaces qui rôdaient sous la ville, dans l'obscurité, étaient suffisamment concrètes et dangereuses pour que l'on ne fasse pas appel aux contes de nourrice.

On ne sait pas bien quand les premiers chasseurs de livres sont descendus dans les ténèbres. Cet événement aurait coïncidé avec la naissance, à Bouquinbourg, de la profession de bouquiniste. Pendant des siècles, des millénaires même, cette cité avait été en Zamonie la plaque tournante du commerce éditorial, entre l'époque des premiers livres manuscrits et celle de la production de masse contemporaine.

De très bonne heure, on établit que les conditions climatiques de sécheresse du labyrinthe étaient idéales pour la conservation du papier. On y installa les bibliothèques nationales, des princes y cachèrent leurs trésors littéraires, des pirates leur butin, des libraires leurs éditions originales, des éditeurs leurs stocks.

Au début, Bouquinbourg n'était pas une vraie ville, mais existait presque exclusivement sous terre ; il s'agissait juste de grottes habitées communiquant de plus en plus étroitement par un entrelacs de tunnels artificiels, de puits, de galeries et d'escaliers, où vivaient des tribus et des bandes de créatures diverses. En surface, il n'y avait que les entrées et quelques cabanes. Avec le temps, celles-ci donnèrent naissance à la ville à ciel ouvert, qui finit par atteindre ses dimensions actuelles.

L'histoire de Bouquinbourg connut une ère sauvage, anarchique. Une époque sans foi ni loi où le labyrinthe fut régulièrement le théâtre d'agressions et de razzias, d'homicides volontaires et involontaires, de guerres visant à la conquête de précieuses bibliothèques. Des princes guerriers et des pirates sans scrupules gouvernaient les catacombes ; ils se battaient à mort et s'arrachaient sans cesse leurs trésors. On déplaçait et on enterrait des livres, des propriétaires ensevelissaient leurs collections pour les protéger des pirates. Après leur mort, de riches libraires se faisaient momifier et emmurer avec leurs ouvrages précieux. Il y avait des volumes uniques, de grande valeur, pour lesquels on avait transformé des secteurs entiers du dédale en pièges mortels, avec des murs mobiles, des fosses hérissées de lances, des alarmes automatiques capables de transpercer ou de décapiter les voleurs imprudents. Certains tunnels pouvaient se remplir d'eau ou d'acide en un clin d'œil quand on trébuchait sur un fil de fer, ou on était réduit en bouillie par une poutre qui tombait d'un plafond. On avait infesté des couloirs en y lâchant des insectes et d'autres bêtes qui, échappant à tout contrôle, avaient fini par rendre les catacombes encore plus maléfiques. Les Biblalchimistes, une société secrète de bouquinistes férus d'alchimie, s'y livraient à des rituels indescriptibles. On pense que les *livres dangereux* sont apparus à cette époque anarchique.

S'ensuivirent des épidémies et des catastrophes naturelles, des tremblements de terre et des éruptions volcaniques souterraines qui chassèrent du labyrinthe tous les êtres doués de raison ; seuls demeurèrent les plus têtus et les plus résistants.

C'est de là que date le vrai début de la vie civilisée et de la bouquinerie professionnelle dans la ville. On étala des trésors au grand jour, des librairies et des maisons apparurent, on fonda des corporations, on vota des lois, on proscrivit le crime, on leva des impôts. Les accès au monde souterrain furent stabilisés, d'autres murés, l'on ferma les issues à l'aide de portes et de plaques d'égout ; tout ce qui était resté ouvert fut rigoureusement surveillé. Désormais, on put entrer dans les seuls secteurs du dédale qui avaient été mesurés, cartographiés, et jugés sûrs. Encore ne s'agissait-il que des bouquinistes qui avaient acquis une licence. Il leur incombait d'exploiter les tunnels autorisés et de vendre les livres qu'ils y trouvaient. Ils étaient libres d'explorer certains secteurs plus profonds, mais bientôt plus personne ne s'y risqua : la plupart des audacieux en remontaient plus morts que vifs, ou n'en revenaient pas du tout. C'est là que les premiers chasseurs de livres entrèrent en scène.

C'étaient de téméraires aventuriers qui avaient passé des accords avec des marchands ou des collectionneurs pour leur procurer des ouvrages rares. En ce temps-là, la *Liste d'or* n'existait pas encore. Des légendes se répandirent. Les chasseurs de livres commencèrent par chercher sans discernement les ouvrages précieux, arguant que plus un volume était ancien et précieux, plus il se trouvait loin sous terre. Les chasseurs étaient pour la plupart des créatures grossières et insensibles, d'anciens mercenaires et des criminels qui ne connaissaient pratiquement rien à la littérature ni à la bouquinerie. Ils s'illustraient avant tout par leur intrépidité.

À l'époque, comme aujourd'hui, les chasseurs de livres obéissaient à des lois élémentaires. On ignorait où débouchaient les catacombes, si on en ressortait. De ce fait, une convention fut adoptée : la boutique où l'on aboutissait pouvait vendre les ouvrages capturés et garder dix pour cent du bénéfice. La trésorerie municipale de Bouquinbourg encaissait le même pourcentage. Les chasseurs de livres se taillaient la part du lion. Personne n'ignorait qu'ils empruntaient aussi des chemins illégaux, les égouts, les puits d'aération ou des tunnels creusés en secret, pour brader ensuite leur butin au marché noir.

Avec le temps, les chasseurs avaient mis au point diverses méthodes pour regagner la surface. Ils marquaient les rayonnages à la craie, dévidaient de longues ficelles ou jalonnaient leur parcours de morceaux de papier, de grains de riz, de perles de verre ou de petits cailloux. Ils dessinaient des cartes primitives et éclairaient de nombreux secteurs du labyrinthe en installant des lampes où, dans un liquide nutritif, végétaient des méduses phosphorescentes. Ils délimitaient des territoires, faisaient jaillir du rocher des sources d'eau potable et y déposaient des provisions. À leur modeste manière, ils civilisaient un peu les catacombes de Bouquinbourg.

Malgré tout, la chasse aux livres était et restait un gagne-pain risqué, car, de génération en génération, il fallait conquérir de nouvelles régions, et plus on s'enfonçait, plus le danger grandissait. Des créatures inconnues, des insectes géants, des volatiles suceurs de sang, des vers de lave, des scarabées mordeurs et des serpents venimeux venaient compliquer leur tâche. Mais le pire ennemi du chasseur de livres, finalement, c'était le chasseur de livres.

Plus les ouvrages précieux s'étaient raréfiés, plus la concurrence s'était intensifiée. Si, au début, l'offre avait paru excédentaire, dorénavant de nombreux chasseurs recherchaient l'unique bibliothèque disparue, ou le même volume de la *Liste d'or*. Il arrivait qu'ils s'adonnent à une course contre la montre ou à une lutte mortelle dont un seul sortait vainqueur. Les catacombes de Bouquinbourg étaient jonchées de squelettes de chasseurs, une hache plantée dans le crâne. Plus les mœurs se raffinaient dans la ville, plus la brutalité s'installait sous terre où, pour finir, régna une guerre constante, chacun contre tout le monde, sans loi et sans pitié. Taron Trekko n'aurait pu choisir de moment plus défavorable pour adopter son nom d'artiste, Colophonius Clairdepluie, et devenir chasseur de livres.

Colophonius Clairdepluie fut dans cette profession le premier Canidion, une origine qui le prédestinait à cette tâche. Les Canidions sont résistants, possèdent une bonne constitution, une excellente mémoire, un rare sens de l'orientation et une imagination fertile. Alors que la plupart des chasseurs de livres se distinguent seulement par leur témérité et leur brutalité, Clairdepluie apporta avec lui une nouvelle capacité : l'intelligence. Il était plus sujet à l'angoisse que ses collègues, moins fort qu'eux, il avait davantage de scrupules et ne disposait pas de leur énergie criminelle. Mais, ambitieux, il avait mijoté le projet de devenir le meilleur chasseur de livres de tous les temps. Son principal instrument serait sa prodigieuse mémoire.

Tout en se nourrissant d'aumônes (et, comme il l'avoua, de petits larcins et de vols de nourriture), il passa une partie de son temps à la bibliothèque municipale et dans de nombreuses librairies, afin d'acquérir le savoir qui lui semblait indispensable. Il apprit plusieurs dizaines de langues anciennes, s'imprégna des cartes antiques du monde souterrain de Bouquinbourg et réunit tout cela dans sa tête pour former un grand projet.

Clairdepluie étudia l'histoire de la fabrication et de

l'art du livre, du manuscrit à l'imprimerie moderne, et travailla brièvement dans une imprimerie et une papeterie. Il s'exerça à reconnaître différents papiers, les yeux bandés, et, à l'odeur, les encres, pour les identifier dans le

noir complet. À l'université de Bouquinbourg, il suivit des cours de géologie, d'archéologie et d'exploitation minière. Il étudia la flore et la faune souterraines et sut quelles plantes, quels champignons, quels reptiles et insectes du labyrinthe étaient comestibles, lesquels s'avéraient vénéneux, inoffensifs ou dangereux. Il apprit à se nourrir en mâchant certaines racines, en attrapant les vers les plus nourrissants, et à trouver des sources d'eau potable à la lecture d'indices géologiques.

Puis Clairdepluie entra en apprentissage chez un parfumeur d'ex-libris. C'était un métier que l'on ne pouvait apprendre qu'à Bouquinbourg. Depuis des siècles, les collectionneurs aisés avaient l'habitude de marquer leurs ouvrages de senteurs spécialement préparées. Ils apportaient ainsi à leurs objets précieux une empreinte olfactive, un arôme exclusif que l'on percevait même dans le noir – avantage inestimable si l'on cachait ses livres sous terre.

Colophonius Clairdepluie possédait un bon odorat. Les Canidions ne disposaient pas d'un flair aussi aiguisé que les Darous ou les chiens car, de génération en génération, leurs capacités et leurs instincts animaux s'étaient émoussés. Mais ils sentaient des nuances qui restaient imperceptibles à la plupart des autres créatures zamoniennes. Clairdepluie flaira la bibliothèque du parfumeur d'ex-libris Olfactorio de Papyros dont l'entreprise familiale avait, durant de nombreuses générations, contribué à embaumer des bibliothèques légendaires et des livres rares. Il se pénétra des titres de ces livres et de leurs auteurs, des dates, des lieux de leur disparition, et d'autres faits qu'il put apprendre à leur sujet. Il huma le cuir et le papier, la toile de lin et le carton ; il apprit comment les odeurs de ces différents matériaux réagissaient quand on les imprégnait de jus de citron, d'eau de rose ou de centaines d'autres arômes.

Les *Livres de cuisine fumés* des éditions du Safran ; les manuscrits à la mélisse du docteur de la Cigogne, naturopathe ; les *Livres de l'aiguille de pin* de l'époque verte, l'autobiographie frottée aux amandes de Zaans de Florinth ; les *Livres au curry du démon Rikcha*, la bibliothèque éthérée du comte Rochedeuf. Colophonius Clairdepluie connaissait tous les parfums des livres. Il apprit que ces derniers pouvaient rappeler la terre, la neige, la tomate, la mer, le poisson, la cannelle, le miel, la fourrure mouillée, l'herbe sèche et le bois brûlé. Et il sut, au-delà, comment ces odeurs se transformaient au cours des siècles, se mélangeaient aux arômes du monde souterrain et souvent se transmutaient.

Naturellement, Clairdepluie explora la littérature zamonienne. Il lut tout ce qui lui tomba sous la main, romans, poèmes ou essais, pièces de théâtre, correspondances ou biographies. Il devint une encyclopédie ambulante, tous les coins de sa mémoire s'encombrèrent de textes et de faits relatifs à la littérature, à la vie et à l'œuvre des artistes les plus divers.

Colophonius Clairdepluie entraîna son esprit, sans oublier son corps : il élabora une technique respiratoire pour survivre dans les pires conditions, et il maigrit pour atteindre le poids minimal lui permettant de se glisser dans les couloirs et les passages les plus étroits. Pour finir, il se trouva qualifié à tous égards pour entamer une carrière de chasseur de livres. Et il se prépara à le faire en frappant un grand coup qui résonnerait dans tout Bouquinbourg.

Pour sa première expédition, il ne choisit pas n'importe

quelle bouquinerie. Pas question, non plus, de se mettre en chasse sans but précis. Il prit une initiative que toute la ville jugea insensée. Dans *Les Feuilles volantes*, il annonça où et quand il s'enfoncerait dans le labyrinthe, à quel endroit il réapparaîtrait. Il cita les titres des trois livres qu'il comptait remonter au grand jour :

La Princesse Lait d'argent, unique exemplaire de la première édition autographiée d'un conte signé Hermo le Persan, consacré à la naissance des Darous et relié en feuilles de nurne.

Le Livre des cannibales d'Orlog Goo, description des us et coutumes de l'Armée des cannibales à la faim dévorante, après la rédaction duquel l'auteur fut consumé par ses sujets d'étude.

Et *Les Douze Mille Règles*, obscure description des principes biblalchimistes, peut-être l'ouvrage le plus controversé de toute la Zamonie.

C'était en fait une annonce assez présomptueuse, car ces trois livres, inscrits en tête de la *Liste d'or*, étaient de longue date considérés comme perdus. Un seul d'entre eux aurait fait la fortune de son découvreur. Enfin, pour que son geste soit *encore* plus spectaculaire, Clairdepluie fit savoir qu'il mettrait publiquement fin à ses jours si, sous huitaine, il ne réussissait pas à remonter les œuvres citées.

Tout Bouquinbourg s'accordait à dire que le Canidion avait perdu la raison. Il lui était absolument impossible de réaliser ce qu'aucun chasseur de livres n'avait jamais réussi, à savoir rapporter plusieurs ouvrages de la *Liste d'or*. En une seule semaine !

Néanmoins, le téméraire Canidion entra dans le labyrinthe de Bouquinbourg à l'heure fixée, sous les quolibets de nombreux spectateurs. La semaine s'écoula, et l'on paria sur l'échec de Clairdepluie. Le jour dit, une foule immense se réunit autour de la boutique où il devait refaire surface. Vers midi, il en sortit en chancelant. Clairdepluie était couvert de sang de la tête aux pieds, une flèche en fer était fichée dans son épaule droite, mais, sous son bras, il portait les trois livres : *La Princesse Lait d'argent*, *Le Livre des cannibales* et *Les Douze Mille Règles*. Il sourit, fit un signe aux badauds étonnés et s'évanouit.

Dans le chapitre suivant de son livre, Colophonius détaillait comment il avait planifié son expédition avant de se lancer. Pour commencer, il avait rassemblé toutes ses connaissances intellectuelles pour tracer le plan général du labyrinthe. Puis il avait recoupé les faits qu'il avait collectés à propos des ouvrages recherchés. Il savait précisément dans quelles circonstances ils avaient été imprimés, connaissait les adresses des boutiques où l'on avait livré les premières éditions. Dans la phase d'après, il avait observé leur parcours à l'aide de documents : la destruction partielle du stock lors d'un grand incendie à Bouquinbourg, la vente d'un contingent sauvegardé à un autre bouquiniste, le pilonnage d'invendus, la conservation de quelques exemplaires – *et cetera, et cetera.* En dépouillant des journaux intimes, des lettres et des comptes d'éditeur, il apprit comment les ouvrages s'étaient vendus, pourquoi leur commercialisation avait été un fiasco et où ils avaient été achetés en bloc, à vil prix. Il apprit d'autres détails fort utiles : à une date indéterminée, un exemplaire du premier tirage de *La Princesse Lait d'argent* était apparu dans la vitrine d'une boutique ; ce livre avait fini par atteindre un prix astronomique à une vente aux enchères. En rentrant chez lui, l'acheteur avait été dévalisé et l'ouvrage avait disparu. Clairdepluie découvrit qu'un célèbre pirate dénommé « La Main rouge », soupçonné d'avoir dérobé ce livre, avait été emmuré vivant par un autre criminel, « Goliot le Maçon ». Dans la succession de ce dernier, il trouva une carte indiquant les endroits où ce malfrat avait caché ses victimes et son butin.

Dans le labyrinthe, l'étude de l'histoire de la littérature zamonienne lui fut d'un grand secours. Il savait à quelle époque tel écrivain avait vécu et à quelle école artistique il avait appartenu, quelles boutiques se consacraient à quels auteurs et à quels domaines. Au vu de la jaquette et du dos du livre, il était capable de déterminer de quel tirage celui-ci faisait partie, quand il avait été publié et combien d'exemplaires avaient été imprimés. À l'inverse des autres chasseurs de livres, Clairdepluie n'était pas contraint de fouiller systématiquement dans toutes les piles. Il se contentait de traverser les couloirs avec sa lampe à méduse et de jeter un coup d'œil à droite ou à gauche. Même l'ordre dans lequel les diverses collections étaient emmagasinées lui fournissait des renseignements importants et le conduisait vers les trésors recherchés.

L'apprentissage de parfumeur d'ex-libris lui servait aussi. Il lui suffisait de respirer pour savoir à quel collectionneur une salle remplie d'in-folio avait appartenu, qui avait donné à tous ces livres l'odeur du café fraîchement moulu. Clairdepluie était assuré de ne pas y trouver les œuvres recherchées, car l'exemplaire de *La Princesse Lait d'argent* avait été la propriété d'un excentrique qui raffolait des chats, au point qu'il avait fait parfumer ses livres au pipi de mistigri. Un chasseur moins calé aurait flairé partout pour deviner l'odeur en question, mais Clairdepluie savait qu'au bout d'une centaine d'années les éléments olfactifs qui imitaient l'urine se chargeaient de l'effluve particulier et pénétrant de l'algue pourrissante. Quand enfin, au plus profond du dédale, il se retrouva devant un mur en ruine et sentit la mer, il sut qu'il avait découvert son premier livre.

Dans le cas des *Douze Mille Règles*, Clairdepluie savait, grâce à ses études littéraires, en quelle année cet ouvrage avait été mis à l'index et brûlé par la police des mœurs nattes-tifs-touffes. Comme chaque fois dans ce genre de cas, on n'en avait conservé qu'un exemplaire, que l'on avait solennellement descendu dans les catacombes avant de l'emmurer. Des chasseurs de livres l'avaient trouvé une centaine d'années plus tard. Puis il avait changé plusieurs fois de propriétaire avant de disparaître dans un incendie. Depuis, il était jugé définitivement perdu. Clairdepluie examina attentivement les annales et y découvrit la déclaration de faillite du commerçant à qui appartenait la boutique détruite. Il fouilla dans la bibliothèque bouquin-bourgeoise des manuscrits posthumes et trouva le journal de la femme du bouquiniste. Elle y avouait que son mari était l'auteur du sinistre et qu'il avait caché ses ouvrages les plus précieux dans le labyrinthe. Comme elle avait participé à l'opération, elle décrivait précisément le chemin parcouru.

Clairdepluie joua aussi les détectives pour trouver *Le Livre des cannibales*. Mais je veux, chers lecteurs, vous épargner ce troisième récit en me contentant de souligner qu'il mit à profit sa vaste connaissance de la fabrication du papier dans l'Antiquité, de la fonte du plomb des lettres destinées aux notes de bas de page, du déclin de l'isosyllabisme ornien pendant les guerres des bardes zamoniens, et de l'utilisation de l'huile pour la conservation des reliures en chevreau.

Bref : Colophonius Clairdepluie trouva les livres demandés avant la fin du délai, en trois jours précisément, si bien qu'il dut passer les quatre suivants dans le labyrinthe pour respecter le temps qui lui était imparti.

Quand il voulut remonter à la surface, il fut attaqué par un autre chasseur de livres. Comme nous l'avons déjà mentionné, la seule chose qui manquait à Clairdepluie sur le plan professionnel, c'était l'énergie criminelle de ses collègues. Il n'avait simplement pas pensé que quelqu'un puisse lui disputer ses prises.

Rongkong Virgule était l'un des plus célèbres et dangereux chasseurs de livres de Bouquinbourg, une crapule qui devait ses succès au fait qu'il ne cherchait jamais les volumes rares, mais contraignait les autres à les lui abandonner. Il avait entendu l'annonce pompeuse de Clairdepluie et s'était mis aux aguets sous la boutique où celui-ci devait réapparaître. Il n'avait rien eu à faire d'autre avant de tirer une flèche en fer dans le dos de Clairdepluie.

Par bonheur, le projectile passa près du cœur et traversa seulement l'épaule. Une violente bagarre éclata. Clairdepluie n'avait pas d'arme mais réussit, avec ses mâchoires canidionnes, à lui infliger tant de blessures que, perdant son sang en abondance, le brigand finit par prendre la fuite – non sans jurer à Clairdepluie une haine éternelle.

Parvenu à la surface, le Canidion s'évanouit et ne se réveilla qu'une semaine plus tard. Mais il avait respecté sa proclamation, et *Les Feuilles volantes* propagèrent la nouvelle comme une traînée de poudre : du jour au lendemain, Colophonius Clairdepluie était devenu le plus renommé des chasseurs de livres.

Il aurait pu aussi être le plus riche, car les collectionneurs et les libraires l'assaillirent de commandes, mais Clairdepluie les refusa. Après s'être reposé, il retourna à la chasse – armé cette fois et toujours vigilant face à Rongkong Virgule – mais conserva pour lui la plupart des livres qu'il dénichait. On comprit très vite quel était son projet : il voulait réunir tous les ouvrages de la *Liste d'or*. Il y parvint à une vitesse stupéfiante, en rapportant d'autres volumes qui ne figuraient pas sur la liste mais possédaient une grande valeur. Il les vendit aux enchères et, avec cet argent, s'acheta une des plus belles maisons anciennes de Bouquinbourg où il installa la Bibliothèque de la Liste d'or. Désormais, on allait pouvoir étudier sous surveillance ces ouvrages rares, dans un but scientifique. Colophonius Clairdepluie devint ainsi le héros de Bouquinbourg, un aventurier, un modèle et un bienfaiteur.

Malgré la richesse et la célébrité, il ne put résister à l'attrait du labyrinthe, même si celui-ci se révélait de plus en plus dangereux. Aimé à Bouquinbourg, Clairdepluie était en effet haï dans les catacombes. Quelques chasseurs de livres parmi les plus brutaux lui collaient aux semelles et tentaient de lui faire lâcher son butin. Il y avait Nassim Ghandari, que l'on avait surnommé « le Lacet » parce qu'il avançait sans bruit et travaillait avec un fil métallique. Polder l'Invisible, ainsi appelé parce qu'il était si décharné que, dans le noir, on le confondait avec une poutre jusqu'à ce qu'il vous envoie une flèche empoisonnée à l'aide d'une sarbacane. Échoécho, en imitant des voix et des bruits, poussait ses victimes à la folie, les entraînait dans des pièges mortels et les dévorait pour effacer toute trace. Chekani Rampant était tombé dans une telle déchéance morale qu'il ne se déplaçait plus que sur le ventre, caché sous des manuscrits dispersés, avec l'agilité et la ductilité du serpent, tout comme Tarik Tabari, Hoggno le Bourreau, Hadwin Paxi, Eramoun Forêtgrise, les jumeaux Toto, Isleif Chesmou, Barbedor Songecreux, Laggsiff le Blond. Colophonius Clairdepluie rencontra involontairement chacun d'entre eux et quelques autres. Mais aucun ne réussit à lui faire lâcher un seul livre, la plupart repartant avec de vilaines blessures. Certains abandonnèrent le métier, d'autres firent ensuite un grand détour pour l'éviter. Un seul continua à le défier : Rongkong Virgule le Terrible. Avide de vengeance, le chasseur de livres le plus terrifiant se tenait sans cesse à l'affût. Tous deux se livrèrent une douzaine de combats singuliers sans merci, desquels aucun ne sortit vainqueur, souvent parce que les affrontements s'interrompaient faute d'adversaires. Clairdepluie a notamment relaté un duel à l'arbalète : lardé de flèches empoisonnées, il réussit à se réfugier à temps dans la boutique d'Omar ben Ramenart qui le soigna. Imaginez ma surprise lorsque, dans le livre de Clairdepluie, j'aperçus le nom du lunatique Eydéite chez qui j'étais interdit de séjour !

Mais les chasseurs de livres n'étaient pas les seuls dangers aux aguets sous la ville. Nul autre que Colophonius Clairdepluie n'était descendu aussi profondément dans le dédale, et personne n'avait vu autant de merveilles et d'horreurs que lui. Il décrivit des cavernes, de véritables abîmes, remplies d'une multitude de volumes anciens dévorés par des mites et des vers phosphorescents. Des insectes aveugles et translucides dans les galeries, en quête de tout ce qui était à la portée de leurs antennes longues d'un mètre et plus. D'effroyables créatures volantes appelées Harpyres et dont le terrible cri faillit un jour lui faire perdre la raison. La Voie ferrée des Gnomes rubigineux, un énorme et très ancien système de rails probablement construit il y a des milliers d'années par un peuple de nains très habiles. Il dépeignit la gigantesque décharge des catacombes où pourrissaient des millions d'ouvrages.

Il était convaincu de l'existence des Effroyables Rongelivres, ce peuple de cyclopes qui, dans les entrailles de Bouquinbourg, dévorent tout ce qui vit. Clairdepluie n'avait jamais douté de la légende populaire selon laquelle des géants, pensionnaires des grottes les plus vastes et les plus profondes, réchauffent les volcans de Zamonie. Colophonius avait vu dans ce dédale souterrain tant de choses invraisemblables qu'il ne croyait plus à l'impossible.

Si dans ce livre la frontière entre la vérité et la poésie avait été franchie, elle l'avait été d'une manière si subtile que je ne me souciais pas de savoir de quel côté je me trouvais. Avec son histoire, Clairdepluie m'avait complètement fasciné. Je dévorais les chapitres les uns après les autres pendant qu'autour de moi la vie nocturne se déployait. Je me contentais de faire signe pour qu'on m'apporte une nouvelle cafetière et poursuivais ma lecture avec avidité. Il est malheureusement impossible, amis lecteurs, de rendre tous les détails de l'univers qui s'étendait sous mes pieds, et que Clairdepluie décrivait – il y en avait trop.

Mais je voudrais encore évoquer un chapitre, le dernier, véritable début de l'ouvrage de Clairdepluie : celui qui est consacré au roi des Ombres.

L'histoire du roi des Ombres est l'une des légendes les plus récentes de l'univers souterrain de Bouquinbourg : elle n'a que quelques douzaines d'années. Elle raconte la naissance d'une créature qui a traîné sa monstruosité dans les catacombes et instauré un régime de terreur dépassant de loin les cruautés des chasseurs de livres. Voici cette légende :

Beaucoup d'ombres rôdent dans la lumière diffuse des catacombes de Bouquinbourg. Les silhouettes de créatures vivantes, d'objets morts, de bestioles rampantes, volantes, grouillantes, de chasseurs de livres, de stalactites et de stalagmites, un univers de formes dansant sans trêve ni repos aux plafonds et sur les étagères, ce qui en a effrayé ou affolé plus d'un. À une époque récente, cette communauté d'individus désincarnés a rejeté l'anarchie et s'est choisi un chef. La légende dit qu'ils auraient jeté des ombres sur d'autres ombres, entassé les nuances des ténèbres, les contours, jusqu'à ce qu'une créature intermédiaire naisse, mi-morte, mi-vive, mi-solide, mi-incorporelle, mi-visible, mi-invisible : leur souverain, leur esprit, leur exécuteur qui devint le roi des Ombres.

Telle est la version populaire de cette légende. D'autres théories ont été échafaudées autour de la personne ou l'ombre de ce roi. Les chasseurs de livres disaient qu'il était l'âme des livres qui rêvent, la colère substantifiée de ceux qui avaient été oubliés et ensevelis dans les catacombes. Ils croyaient que cet esprit était venu se venger des vivants et qu'il résidait dans un bâtiment souterrain appelé le « château des Ombres ». C'était la variante des chasseurs de livres.

Les quelques bouquinistes qui osaient s'aventurer à une certaine profondeur affirmaient que le roi des Ombres n'était qu'un monstrueux parasite, un hybride d'insecte et de chauve-souris produit par la nature malsaine du labyrinthe, dans le seul but d'en détruire les livres précieux. C'était la variante des bouquinistes.

En revanche, les scientifiques essayèrent de démontrer

que le roi des Ombres était une antique créature qui avait réussi à sortir des entrailles du système caverneux. Ils croyaient qu'il ne poursuivait aucun objectif mais que, succombant aveuglément à ses instincts animaux, il se jetait sur tout ce qu'il rencontrait pour se nourrir. C'était la variante empirique.

Les Chrecs prédirent que le roi des Ombres causerait la fin de Bouquinbourg, déclencherait une catastrophe qui allait tout engloutir et rayer la ville de la carte de la Zamonie. C'était la variante chrecque.

En revanche, les enfants de Bouquinbourg étaient persuadés que le roi des Ombres était un démon qui, la nuit, provoquait dans leurs penderies des bruits à dresser les cheveux sur la tête. C'était la variante des penderies.

Mais tous s'accordaient à reconnaître l'existence du roi des Ombres. Esprit, animal ou monstre : beaucoup l'avaient entendu, certains avaient été pourchassés, assassinés. Quiconque avait perçu sa voix la comparait au bruissement des pages d'un livre sous le souffle du vent. Et quiconque l'avait vu était mort sur-le-champ.

On trouvait sans arrêt des cadavres de chasseurs de livres, ensanglantés et atrocement mutilés, avec des centaines de blessures où étaient plantés de minuscules morceaux de papier – phénomène que l'on expliquait par le fait que le roi des Ombres tuait ses victimes avec une arme en papier, peut-être avec l'un des fameux *livres dangereux*. Parfois, au cours d'une nuit particulièrement silencieuse, on entendait dans tout Bouquinbourg son hurlement effrayant venu des profondeurs.

Colophonius Clairdepluie était persuadé de l'existence du roi des Ombres, mais contrairement à la majorité des Bouquinbourgeois, il ne croyait pas à sa méchanceté foncière. Il pensait même qu'un jour cette mystérieuse créature lui avait sauvé la vie alors qu'il était pris dans une embuscade de Rongkong. Virgule était sur le point de lui lancer une immense étagère, et à l'instant où Clairdepluie allait être écrasé, quelqu'un avait repoussé le meuble. Quand Clairdepluie s'était relevé, le monstre avait disparu, mais Colophonius avait été désormais convaincu d'avoir rencontré le roi des Ombres.

Depuis cet incident, il avait été obsédé par cette légende. Il voulait démontrer, en le chassant et en le capturant, qu'il s'agissait d'un être intelligent et bienveillant. Non pas pour le tuer et l'exposer : Clairdepluie souhaitait gagner l'amitié du roi des Ombres afin de le libérer.

Il fit installer des barreaux dans une partie de sa maison en s'inspirant du labyrinthe, avec des murs couverts de livres anciens, le tout discrètement éclairé par des lampes à méduse. Clairdepluie pensait que le roi des Ombres pourrait s'y sentir bien et s'habituer à l'univers aérien jusqu'à ce qu'un jour, après s'être prêté à l'observation, il soit rendu à la liberté.

À la dernière page de son ouvrage, Clairdepluie décrivait les préparatifs de son excursion scientifique et annonçait l'écriture d'un deuxième livre racontant sa quête du roi des Ombres. Ses recherches l'avaient mené chez un scribe collectionneur du nom de Phistomefel Suiffard, réputé pour sa vaste connaissance des légendes et des récits sur le roi des Ombres. L'enthousiasme de Suiffard, savant reconnu, fut tel qu'il soutint Clairdepluie de toutes ses forces et investit l'ensemble de sa fortune dans l'affaire. Sa vieille maison au cœur de la ville allait être le point de départ de l'expédition de Colophonius Clairdepluie dans les catacombes.

Mais le dernier mot des *Catacombes de Bouquinbourg* appartenait à son éditeur. Il en écrivit le triste épilogue : l'entrée de Clairdepluie dans le dédale souterrain fut la dernière occasion de voir le plus grand de tous les chasseurs de livres. En effet, mes courageux amis, Colophonius n'est jamais revenu de sa quête.

Café aux épices et tartine d'abeilles

Je refermai le livre et respirai profondément. Un découvreur, un aventurier, un savant, un collectionneur et une fin mystérieuse, le tout au service de la littérature. Colophonius Clairdepluie était un héros selon mon cœur.

La lecture était terminée depuis longtemps. Le public s'était dispersé. Quelques auditeurs attardés buvaient leur café ou discutaient. L'un d'entre eux, assis en solitaire à la table d'en face, me regardait en gloussant sans vergogne. C'était un Cochonglier, bardé de piquants, dodu et vêtu d'une cape noire. Il leva sa tasse dans ma direction : « À la santé de Colophonius Clairdepluie, le plus grand de tous les chasseurs de livres ! »

Il me regarda en clignant de ses petits yeux porcins.

« Puis-je vous offrir un café aux épices ? me proposa-t-il. Avec une tartine d'abeilles ? »

Je n'avais rien à objecter. J'avais fini mon livre. Ma tasse était vide et, de nouveau, j'avais faim. Tout repas qui ne pèserait pas sur mon maigre viatique était le bienvenu. Je le remerciai et m'installai à sa table.

« Que me vaut l'honneur ? demandai-je.

– Celui qui s'intéresse à Colophonius Clairdepluie mérite un café aux épices. Et une tartine d'abeilles. »

Il fit signe au serveur.

« J'ignorais que c'était une personnalité aussi intéressante, dis-je.

– La plus brillante de Bouquinbourg, vous pouvez me croire. Ça fait longtemps que vous êtes dans notre ville ?

– Pas longtemps.

– *Pas longtemps* – un bon titre de livre ! s'exclama le Cochonglier en griffonnant quelques mots sur un bloc-notes posé sur la table. Excusez-moi, c'est une déformation professionnelle. Je suis maniaque : je dois trouver des titres qui se vendent. Vous venez de la citadelle des Dragons ?

– Qu'est-ce qui vous fait dire ça ? » soufflai-je.

Le Cochonglier éclata de rire :

« Excusez-moi. Cette question doit vous taper sur les nerfs, puisque votre adresse est pour ainsi dire tatouée sur votre front.

– Oui. Mais il y a des choses plus graves.

– C'est vrai. Surtout quand une adresse possède cette distinction. Les écrivains sont très bien vus dans cette ville.

– J'aimerais d'abord le devenir.

– *J'aimerais d'abord le devenir* – c'est aussi un beau titre ! Intéressant. Vous êtes un talent sur le point d'éclore. Ça doit être le plus bel instant d'une carrière artistique. Le cœur déborde de sensations et d'initiatives, le cerveau brûle d'idées lumineuses.

– Je ne peux rien affirmer de tel. Ce sont des stéréotypes de l'état créatif. À l'instant, par exemple, je n'ai pas une seule idée.

– Vous pouvez peut-être écrire là-dessus ! La peur de la feuille blanche, l'angoisse d'être consumé dès vos jeunes années. Un sujet formidable ! »

Je pensai au manuscrit dans ma poche et ne pus m'empêcher de rire.

« Ça aussi, c'est un cliché.

– Vous avez raison, répliqua-t-il en riant. Qu'est-ce que je sais de l'écriture ? Je suis tout juste capable de calculer. Permettez que je me présente : Claudio Harpapatte, agent artistique. »

Il sortit une carte de visite de son portefeuille et me la tendit.

Claudio Harpapatte
Impresario. Agent littéraire. Conseiller juridique

Service juridique et communications en tout genre
Nous nous chargeons de votre déclaration d'impôts !

7, rue de la Cannelle, Bouquinbourg

« Vous conseillez les artistes ?

– C'est mon métier. Vous avez besoin d'un conseil ?

– Pas pour l'instant. Je n'ai encore rien écrit qui exigerait un conseil.

– Ça viendra, ça viendra. Le moment venu, vous vous souviendrez peut-être de ma carte. »

On nous servit les boissons et les tartines, épaisses comme le pouce, garnies d'une généreuse couche de beurre et de miel où nageaient des abeilles mortes. Le café aux épices sentait la muscade. Je contemplais les insectes avec étonnement.

Harpapatte se mit à rire :

« C'est une spécialité de Bouquinbourg à laquelle on s'habitue facilement. Après, on ne peut plus s'en passer, je vous le promets ! dit-il. Du pain bis tout juste sorti du four, avec du beurre au poivre et du miel fourré aux abeilles grillées. Celles-ci, avant d'être torréfiées, ont été débarrassées de leur venin et de leur dard, ne craignez rien ! Elles sont délicieusement croustillantes ! »

Je pris ma tartine.

« Mais prudence ! avertit Harpapatte. Il arrive une fois tous les cinquante ans qu'une abeille ait été mal préparée.

Si le poison pénètre dans le sang, on peut passer quelques semaines désagréables : délires et spasmes buccaux. Il s'agit d'abeilles du Démon, élevées dans la vallée du Miel, une espèce très agressive. Mais le danger latent et l'incertitude font partie du plaisir que procure une tartine d'abeilles de Bouquinbourg. C'est une sensation forte, vous comprenez. Il suffit de mâcher longuement et de faire attention au dard. Ça n'en devient que meilleur. »

Je mordis prudemment et mastiquai avec recueillement. Les abeilles étaient délicieuses, on aurait cru des amandes. Je goufiniai[1] des dents en signe de reconnaissance.

« Excellent, dis-je.

– Essayez le café aux épices, me recommanda Harpapatte. C'est le meilleur de Bouquinbourg. »

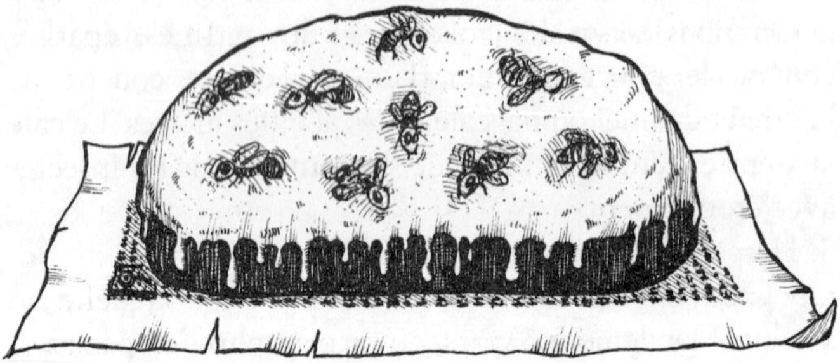

1. Je suis désolé, mais j'en suis réduit à de simples suppositions quant au sens du verbe « goufinier ». Je l'ai moi-même inventé afin de traduire un verbe du zamonien qui m'est complètement inconnu. Il s'agit vraisemblablement d'un mot appartenant au dialecte de la citadelle des Dragons. Je crois pouvoir dire qu'il désigne un bruit que seuls les dragons peuvent émettre avec leurs dents, en signe de satisfaction. J'ai essayé de le contrefaire pendant des journées entières, sans jamais y parvenir.

J'avalai une gorgée. Le liquide était brûlant, fort, et remplit mon estomac d'une agréable chaleur. Je sentis le sang me monter à la tête, une légère euphorie s'empara de moi.

« Il y a une bonne pincée d'ouchane, du pays De Lucca. Cinquante-cinq degrés ! Il faut le boire religieusement ! »

Harpapatte éclata de rire.

Je hochai la tête. De ma vie, je n'avais rien avalé de plus fort que du vin. Cinquante-cinq degrés ! Les habitants des capitales savaient vivre. Je me sentais farouche et libre, ivre et très éloigné de ma ville natale.

« Avez-vous rencontré Clairdepluie ? m'informai-je, la langue soudain déliée. Il est comment ?

– J'ai été invité plusieurs fois chez lui, et j'ai admiré sa bibliothèque. J'étais présent quand il est revenu de sa première expédition et s'est évanoui sous nos yeux. Puis quand il est descendu à la recherche du roi des Ombres.

– Vous croyez qu'il est mort ?

– Je l'espère.

– Je ne comprends pas.

– J'espère *pour lui* qu'il est mort. Personne ne sait vraiment ce qui se passe sous cette ville, fit Harpapatte en frappant deux fois le sol du pied. Mais une chose est sûre : ce n'est pas très réjouissant. Ça fait cinq ans que Clairdepluie a disparu. Sous les livres, pour ainsi dire.

– Un bon titre : *Sous les livres*. »

Ces mots m'avaient échappé. Harpapatte me regarda, ébahi.

« C'est vrai, dit-il en griffonnant dans son carnet. S'il était encore en vie, il aurait passé cinq ans au fond. On ne le souhaite à personne.

– Vous croyez aux légendes ? Au roi des Ombres, et

à toutes ces histoires ? Aux Effroyables Rongelivres ? Au château des Ombres ? » commentai-je en souriant béatement.

Harpapatte me regarda avec gravité.

« Personne à Bouquinbourg ne doute des tristes réalités du monde souterrain. Anarchie. Chaos. N'allez pas croire que nous répandions ces bruits pour attirer les touristes. Imaginez ce que nous pourrions faire avec ces catacombes si elles étaient entièrement exploitées ! Quatre-vingts ou quatre-vingt-dix pour cent sont inutilisés, sous la coupe d'on ne sait quelles créatures. Est-ce que, d'un point de vue commercial, vous trouvez ça raisonnable ? C'est idiot ! »

Harpapatte était furieux. Une franche colère se lisait dans son regard.

« Mais nous ne pouvons pas fermer les yeux devant ce qui se passe ici. J'en ai vu qui se risquaient dans les catacombes et réussissaient à remonter à la surface. Des gens aux membres lacérés, mordus de partout. Qui ne pouvaient plus que crier ou délirer avant de mourir. L'un d'entre eux s'est planté son couteau dans le cœur, devant moi. »

Le regard porcin de Claudio Harpapatte s'était démesurément ouvert. Il semblait me transpercer, revoir cet effrayant souvenir. Embarrassé, je bus bruyamment mon café en écarquillant les yeux pour voir mon image déformée au fond de la tasse.

Harpapatte se secoua et avala une grande gorgée. Puis il se pencha légèrement vers l'avant, tapa sur mon bras et se mit à glousser.

« Mais laissons ça ! Bouquinbourg a aussi ses bons côtés. Qu'est-ce qui vous amène dans notre ville ? »

Je n'avais aucune envie de parler une nouvelle fois de la perte que j'avais subie.

« Je cherche quelqu'un, annonçai-je.
– Ah. Un éditeur ?
– Non, un écrivain.
– Son nom ?
– Je ne le connais pas.
– Qu'a-t-il écrit ?
– Aucune idée.
– Il est comment, physiquement ?
– Pas la moindre idée.
– Oh, oh ! Vous êtes donc sur ses talons. »

Harpapatte éclata d'un rire joyeux. Je réfléchis un instant à l'avertissement de l'Eydéite, puis sortis la lettre.

« J'ai un de ses manuscrits.
– Parfait, c'est presque comme une carte de visite. Je peux voir ? »

J'hésitai un instant avant de lui tendre le manuscrit. Harpapatte lut. Je me penchai imperceptiblement en avant pour étudier ses réactions. Il déchiffra sans laisser paraître la moindre émotion, en marmonnant, les commissures des lèvres baissées – comme le font la plupart des gens qui pour des raisons professionnelles sont obligés de lire beaucoup. Je cherchais sur son visage les signes de la stupéfaction ou de l'enthousiasme, mais ne vis rien de tout cela. Au milieu de la lecture, il s'interrompit et me regarda comme quelqu'un qui ne comprend pas.

« Et alors ? demanda-t-il. Pourquoi vous le cherchez ?
– Vous ne devinez pas ? »

Harpapatte reposa les yeux sur le manuscrit.

« Non, quelque chose m'a échappé ?
– Vous ne trouvez pas que ce texte est extraordinaire ?
– Extraordinaire dans quel sens ?
– Extraordinairement bon.

– Ça ? Non. »

Il me rendit les feuilles. Je demeurai interdit.

« Je vais vous révéler quelque chose, fit Harpapatte en jetant un regard de côté et en baissant la voix comme s'il me confiait un secret compromettant. Il se peut que ce texte soit effectivement extraordinaire. Il est aussi possible que ce soit le pire travail bâclé. La personne *la moins à même* de juger, c'est moi. Je suis incapable de distinguer un bon manuscrit d'un morceau de tarte. J'ignore combien de grande littérature m'est passée entre les mains sans que je m'en sois rendu compte. Vous voulez savoir ce qui m'intéresse vraiment ?

– Oui, mentis-je poliment.

– La brique.

– La brique ?

– La brique et le mortier. J'aime la maçonnerie. Tous les soirs, je vais dans mon jardin et je construis un petit mur. Ça me détend. Le lendemain matin, je le détruis. Le soir, je le reconstruis. J'aime l'odeur humide du mortier. Les courbatures que provoque ce travail. Le bon air, le mouvement. Cette bonne fatigue me procure un excellent sommeil. »

J'acquiesçai.

« Dans mon métier, il ne s'agit pas de distinguer la bonne littérature de la mauvaise. Il est vraiment rare qu'en son temps la bonne littérature soit reconnue. Les meilleurs écrivains meurent dans la pauvreté. Les mauvais gagnent de l'argent. Ça a toujours été comme ça. Que m'apporte un génie littéraire qui ne sera pas découvert avant le siècle prochain ? Moi aussi, je serai mort. J'ai besoin d'incapables célèbres.

– Ça me semble juste. »

Harpapatte me jeta un regard soucieux.

« Ai-je été *trop* sincère ? soupira-t-il. J'ai le cœur sur les lèvres. C'est mon point faible. Bien des gens supportent mal la vérité.

– J'ai décidé que la vérité ne m'ôterait pas le plaisir du travail, dis-je. Je sais que l'écriture est une dure activité, rarement récompensée à sa juste valeur.

– C'est une bonne attitude. Restez-lui fidèle, vous vous épargnerez bien des larmes. Vous savez, je sais y faire avec les gens. C'est mon capital. Je fréquente aussi bien les artistes sensibles que les éditeurs durs en affaires. Je suis comme un lubrifiant : on sait à peine que j'existe, je suis pratiquement invisible, mais je suis partout, et sans moi rien ne marche. Personne ne croit vraiment que je sois important, certains me méprisent – y compris quelques-uns de mes meilleurs clients – mais sans moi les rotatives ne tourneraient pas. Je suis l'huile dans les rouages. »

Harpapatte avala une grosse gorgée et s'essuya les lèvres.

« C'est peut-être la meilleure histoire de la littérature zamonienne, dit-il en tapant sur le manuscrit. Ou les pleurnicheries d'un plumitif sans talent – je n'en ai pas la moindre idée. Je sais lire ces signes, mais je suis incapable de les interpréter. Pour moi, tous les textes sont pareils. Du baratin. Des mots alignés. Rien de plus. Qu'il s'agisse de la liste des courses de ma femme ou du poème le plus parfait de Photonian Kodiak – ça ne me fait ni chaud ni froid. Et vous savez ce que ça signifie pour mon métier ? C'est une grâce. Si je le pouvais, je tomberais sûrement amoureux de ce texte – comme vous. Je passerais ma vie à chercher cet écrivain. Je le trouverais sans doute. Et j'essayerais en vain de le mettre sur le marché. Au lieu de conclure demain matin un contrat exclusif avec Sokel Trans pour trois nouveaux ouvrages d'analphabètes. »

Je connaissais les livres de Trans. Il n'y avait aucun texte, juste le dessin d'un objet ou d'un animal, sur des pages grand format. Ses œuvres jouissaient d'une très grande popularité parmi les illettrés et atteignaient d'immenses tirages.

« Mais je peux vous aider, dit Harpapatte. Peut-être. En vous donnant une adresse. C'est une boutique de livres d'occasion au cœur de la ville. Le propriétaire s'y connaît en manuscrits comme personne. Tenez ! »

Il me tendit une autre carte de visite qui disait :

Phistomefel Suiffard

Expert en écriture diplômé et bouquiniste
Spécialiste de la « Liste d'or »
Analyse de l'écriture et divination

333, rue de l'Homme-Noir, Bouquinbourg

« Phistomefel Suiffard ? m'exclamai-je, stupéfié. Le propriétaire de la maison…

– … où Clairdepluie a eu accès au labyrinthe. Un notable. Si vous lui rendez visite, vous entrez dans l'Histoire. Sa maison vaut la peine d'être vue. »

Il éclata d'un rire bienveillant.

« Je n'y manquerai pas.

– Allez-y demain, il n'ouvre qu'à midi et le soir, il ferme de bonne heure. Les marchands du centre-ville peuvent se permettre ce genre de fantaisie. À l'occasion, n'hésitez pas à jeter un coup d'œil sur son stock. Il est vraiment unique.

– Merci beaucoup. Y compris pour ce merveilleux repas.

– C'était un investissement commercial. “Invite un artiste ambitieux à déjeuner, il te remboursera peut-être toute sa vie” : c'est une devise d'agent littéraire. Malheureusement, en ce qui me concerne, elle ne s'est pas encore réalisée. »

J'avalais rapidement la dernière bouchée de ma tartine aux abeilles et allais me lever pour prendre congé d'Harpapatte quand je sentis la douleur d'une piqûre dans le palais.

« Ak ! fis-je.

– Qu'est-ce qui se passe ? » demanda Harpapatte.

Je lui montrai ma bouche.

« Ak ! » répétai-je.

Harpapatte prit peur :

« Un dard d'abeille ? Ne bougez pas ! Ouvrez grand la bouche ! Pas de panique ! Elle est morte, elle ne peut donc plus vous injecter son venin. Mais il suffirait d'appuyer un peu sur son ventre pour que le poison pénètre dans votre système sanguin et fasse de vous une épave balbutiante ! Laissez-moi faire ! »

J'ouvris la bouche le plus largement possible pour qu'il puisse intervenir. Il fourgonna tout au fond de ma gorge en gémissant. Je retenais ma respiration. Je sentis de nouveau une brève douleur au palais. L'impresario retira sa patte : il tenait l'abeille morte et riait.

« Vous n'oublierez jamais cette tartine d'abeilles, fit-il. Mais je vous avais prévenu : pas de plaisir sans danger. »

J'essuyai la sueur sur mon front.

« Mille mercis ! soufflai-je, la respiration courte. Je ne sais comment…

– Excusez-moi, dit brusquement Harpapatte en envoyant d'une pichenette l'abeille par terre. Cette nuit a été longue, remplie de mauvais poèmes. Je suis capable de supporter quelques nuits blanches. On se reverra peut-être. »

Je lui serrai la main. Regardant fixement dans le vide, Harpapatte murmura :

« Hum ! *Quelques nuits blanches.* Un bon titre, n'est-ce pas ?

– En fait, non, répliquai-je. Ça paraît ennuyeux.

– C'est vrai ! approuva l'agent littéraire en riant. Je suis vraiment mort de fatigue. »

Après son départ, je restai un moment assis, guettant les battements irréguliers de mon cœur, inquiet à l'idée qu'un reste du venin de l'abeille ait pu gagner mon appareil circulatoire. Mais mon cœur battait avec la régularité d'une horloge.

De l'Auberge de l'épouvante à la maison de la Chrecque

Je rentrai à l'hôtel. La nuit était avancée, mais de nombreuses bouquineries restaient ouvertes. Les rues étaient follement animées. Il y avait partout des gens attroupés qui se faisaient la lecture à haute voix, riaient, bavardaient et buvaient du vin, de la bière à la vapeur ou du café.

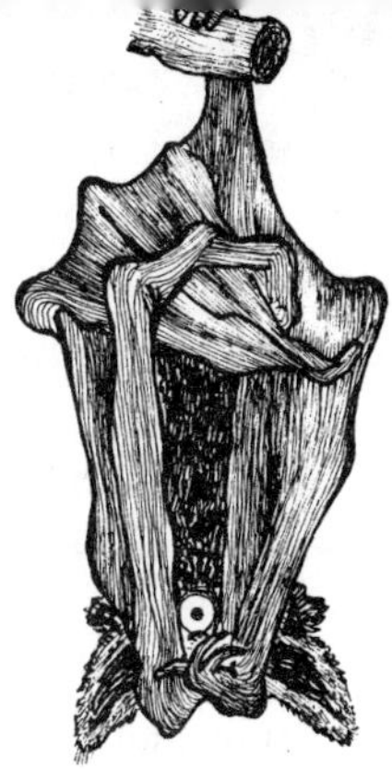

Je regardai plusieurs vitrines et eus de la peine à résister à la tentation : je finis par entrer dans une boutique et me mis à farfouiller.

Il m'en coûta beaucoup pour me détourner de cette agitation et regagner ma chambre d'hôtel. Apparemment, dans la pièce d'à côté, les Yétis s'étaient calmés : ils ronflaient et geignaient comme des cornemuses constipées. Je m'étendis sur le lit. Je voulais me reposer quelques minutes, les pieds surélevés. Je fixai la chauve-souris dans son coin, elle en fit autant. Puis je m'endormis.

Dans mon rêve, je parcourais un long tunnel aux murailles couvertes de rayonnages pleins de très vieux in-folio. Dancelot me précédait. C'était un esprit volant et transparent qui n'arrêtait pas de crier : « Descends ! Descends ! Descends ! »

Tous les personnages rencontrés dans mes lectures venaient à notre rencontre : le prince de Sangfroy, héros de ma jeunesse, passait en galopant sur son cheval Tempête-de-neige ; Prospopa Thonatas, le marchand de tapis poitrinaire des *Nouilles du Tsarlife* ; Coriolan Coriorinth, le contrebandier philosophe de *L'Auspice de la pierre ponce* ; les douze frères des *Douze Frères*, et beaucoup d'autres héros de romans populaires. Tous criaient : « Demi-tour ! Demi-tour ! Retourne d'où tu viens ! » Mais Dancelot les traversait, avec moi à sa suite, car j'étais aussi un esprit volant. Des profondeurs du tunnel surgit une chauve-souris blanche, géante et borgne, qui fonça sur moi en criant. Des abeilles grillées l'accompagnaient en bourdonnant sauvagement. La chauve-souris ouvrit son effroyable gueule, prête à m'avaler. Je me souviens d'avoir pensé à cet instant : « Hé ! elle ne peut pas me dévorer, je suis un esprit ! » Mais elle m'avait déjà englouti.

Je me réveillai. La chauve-souris était toujours immobile dans son coin et me regardait de son œil unique en boule de loto. Dans la chambre voisine, les Yétis qui venaient juste de se réveiller reprirent leur bruyante querelle. Une bagarre s'ensuivit. Des meubles furent mis en pièces. Dans ma chambre, un tableau se décrocha. Je me levai en gémissant. Ivre de sommeil, je fis mon baluchon et quittai cette auberge de l'épouvante.

J'allais mon petit bonhomme de chemin. L'air frais du matin désembrouilla mon cerveau et me remit les idées en place. Ayant envie d'un petit-déjeuner, je pris dans un kiosque une tasse de café et un *rongelivre*, une pâtisserie en forme de bouquin fourré à la compote de pomme, garnie d'amandes et de pistaches. Curieusement, cette spécialité portait le même nom que les célèbres créatures cruelles qui, disait-on, traînaient leur monstruosité dans les souterrains de la ville. Au moment de me servir ce gâteau cuit au four, le marchand le posa sur une page arrachée d'un très vieil ouvrage et le piqua avec une aiguille, libérant le parfum de la cannelle contenu dans la garniture.

Il y avait là un autre habitant de la citadelle des Dragons, Faxilian Pêchauver, un ancien camarade de classe. Je lui décrivis la mort de Dancelot. Il me présenta ses condoléances et, quand j'eus évoqué la misère de mon hébergement, me donna l'adresse d'une auberge qui, à ses dires, était soignée et d'un prix raisonnable. Puis on se souhaita bon voyage et on se sépara.

Un peu plus tard, je trouvai dans une rue étroite cette petite pension d'où sortaient quelques joyeux Nattes-tifs-touffes qui avaient bien dormi. Si ces gens vétilleux, amoureux de l'ordre et réputés près de leurs sous choisissaient cet établissement, c'est qu'il était propre et bon marché, peut-être même tranquille, les Nattes-tifs-touffes ne craignant pas de mobiliser la police quand on les dérangeait dans leur sommeil.

Je demandai à voir une chambre. Il n'y avait pas une seule chauve-souris, l'eau dans la cuvette était claire comme du cristal, les serviettes et la literie impeccables. Aucun bruit intempestif ne provenait de la chambre voisine, mis à part les voix assourdies de gens polis. Je payai une semaine d'avance et, pour la première fois depuis mon arrivée dans cette ville, je me lavai consciencieusement de la tête aux pieds. Puis ainsi rafraîchi et poussé par la curiosité, j'entamai ma deuxième expédition.

Des livres. Des livres, des livres et des livres. Des vieux livres, des livres neufs, des livres chers, des livres bon marché, des livres en vitrine, sur des étagères, dans des charrettes, dans des sacs, jetés en tas ou méticuleusement rangés. Empilés avec audace, exposés sur le trottoir, empaquetés (*Tentez votre chance – Achetez notre paquet-surprise !*), présentés sur des colonnes de marbre, enfermés derrière le grillage de sombres bibliothèques en bois (*Ne pas toucher – premières éditions signées !*). Des livres reliés en cuir, en toile, en fourrure ou en soie, aux fers en cuivre, fer, argent et or. Dans plusieurs vitrines, certains étaient surchargés de diamants.

Il y avait des romans d'aventures avec un mouchoir pour éponger la sueur, des romans d'épouvante avec des feuilles de valériane séchées que vous pouviez respirer pour vous rassurer quand la tension montait. Des livres avec de lourdes serrures scellées par la censure natte-tif-touffe (*Achat autorisé, lecture interdite !*). Une boutique ne vendait que des œuvres à moitié écrites, des manuscrits interrompus parce que l'auteur était mort au beau milieu de leur rédaction. L'une ne proposait que des textes écrits en miroir par des gauchers. Une autre des romans dont les personnages étaient des insectes. Je vis une bouquinerie uniquement fréquentée par des nains à barbe blonde qui portaient un bandeau sur l'œil. Une boutique pour Darous où l'on ne commercialisait que des manuels d'échecs.

En revanche, les grandes librairies n'étaient pas spécialisées et, pour la plupart, présentaient les ouvrages de façon désordonnée – un concept manifestement apprécié par la clientèle, à en juger par le plaisir de ceux qui fouillaient dans les tas. Dans les magasins spécialisés, il était presque impossible de trouver à un prix raisonnable une première édition signée par un auteur célèbre. Par contre, dans les paquets-surprises d'une grosse boutique, on pouvait parfaitement découvrir un volume dont la valeur dépassait largement le prix payé, et si, dans ces lieux gigantesques, l'on se risquait à descendre dans les sous-sols, les chances de repérer un objet de valeur augmentaient de façon spectaculaire.

À Bouquinbourg régnait une loi tacite : le prix inscrit dans un livre fait foi, basta ! Vu le nombre de vieux bouquins introduits sans arrêt dans la ville, il arrivait qu'au moment de l'inventaire, des commerçants et des apprentis, submergés par leur travail, se trompent sur la valeur d'un ouvrage. Parfois, ils n'avaient pas le temps de regarder la marchandise : on bradait des caisses et des sacs entiers. Des livres inestimables se retrouvaient ainsi dans le commerce, mal classés, jetés aux oubliettes ou ensevelis sous des piles d'une camelote bon marché. Ils tombaient derrière des rayons, sommeillaient dans des caisses sous des prospectus jaunis ou restaient à des hauteurs inaccessibles avant d'être rongés par les rats et les vers de bois. Ces trésors étaient la principale raison de l'attrait exercé par Bouquinbourg. Les touristes étaient pour ainsi dire des chasseurs de livres dotés du statut d'amateurs : celui qui cherchait suffisamment longtemps pouvait en être récompensé.

Dès leur arrivée, la plupart des visiteurs étaient dirigés par les guides dans les boutiques géantes où étaient empilés des articles sans intérêt. Mais le personnel y mêlait sans arrêt quelques volumes précieux, afin qu'un heureux touriste puisse faire quelque trouvaille. Le geste de celui-ci brandissant triomphalement l'ouvrage et clamant sa joie à la vue du prix dérisoire constituait la publicité la plus efficace. Le bruit que quelqu'un avait acquis pour quelques pyras la première édition du *Fanal dans la pénombre* de Miko Kokomix se répandait comme une traînée de poudre et, toute la nuit, le commerce était plein de clients qui tentaient leur chance.

Les propriétaires de ces grands magasins avaient muré, bouché ou barricadé avec des étagères les passages qui conduisaient au dédale afin que les clients ne puissent s'y égarer. Mais dès qu'on s'éloignait des cafés bon marché et de ces grandes librairies, les choses devenaient plus intéressantes. Les boutiques étaient plus petites et spécialisées, les façades plus esthétiques et caractéristiques, les livres proposés plus anciens et plus chers. De là, on avait accès à certains quartiers des catacombes. *Certains* quartiers, bien entendu ! Car ces magasins ne laissaient

leurs clients descendre que de quelques étages. Les passages suivants étaient également murés et bouchés. Il était possible de se perdre pendant plusieurs heures dans les souterrains, mais tôt ou tard chacun retrouvait le chemin de la sortie.

Si l'on poursuivait sa route vers le centre, les maisons étaient de plus en plus vieilles et délabrées, les échoppes encore plus petites – et les touristes plus rares. Parfois, il fallait actionner une cloche ou un heurtoir pour entrer. Mais de là, on pouvait *vraiment* descendre dans le labyrinthe sans restriction, à ses risques et périls. Quand un client n'était pas chasseur de livres, le personnel l'avertissait, lui enseignait les dangers et attirait son attention sur le fait qu'on lui procurerait des flambeaux, des lampes à pétrole, des provisions, des cartes et des armes. On lui proposait des kilomètres de ficelle

résistante attachée dans la boutique à un crochet : une méthode grâce à laquelle l'aventure restait relativement sans danger. D'autres boutiques offraient des visites guidées en mettant à la disposition de leurs clients des apprentis formés qui connaissaient certaines parties des catacombes.

J'avais appris tout ça en lisant le livre de Clairdepluie, un savoir qui, dans ces insignifiantes bouquineries, m'ouvrirait les portes d'un univers mystérieux. Mais pour l'instant je n'avais aucune envie de quitter la surface de la ville. Je devais remplir une mission bien particulière : me rendre chez Phistomefel Suiffard au 333 de la rue de l'Homme-Noir.

J'arrivai sur une grande place. Après toutes ces rues et ruelles, c'était un spectacle étonnant. Plus étonnant encore le fait que cette place n'était pas pavée mais que partout bâillaient de grands trous entre lesquels des touristes passaient. En voyant des gens dans ces fosses, je me souvins : c'était le célébrissime Cimetière des poètes oubliés ! Un nom employé dans le langage populaire, puisque ce lieu avait été pragmatiquement et officiellement baptisé place des Fosses. Il y avait là une des attractions un peu honteuses que Dancelot avait toujours évoquée en baissant la voix. Il ne s'agissait pas d'un vrai cimetière : personne n'y était vraiment enterré. Dans les trous logeaient les écrivains qui ne pouvaient se payer un toit. Ils écrivaient des poèmes pour les touristes qui leur jetaient quelque menue monnaie.

Je frissonnai. Ces niches ressemblaient réellement à des tombes fraîchement creusées, et dans chacune végétait un auteur raté. Ces écrivains portaient des vêtements sales et déchirés ou s'enveloppaient dans de vieilles couvertures, et ils écrivaient au dos de feuilles de papier usagées. Ces trous leur servaient de logement. La nuit, ou quand il pleuvait, ils tiraient quelques planches au-dessus de leur tête. C'était le barreau le plus bas de l'échelle sociale des écrivains de Zamonie, le cauchemar de tout membre de la corporation scripturaire.

« Mon frère est forgeron, criait un touriste en se penchant sur un trou, écris quelque chose sur le fer à cheval. »

« Ma femme s'appelle Grella, rugissait un autre. Fais-moi un poème pour elle. »

« Hé, poète ! grognait un Jambonsanglant. Compose-moi quelque chose ! »

Je traversai la place en hâtant le pas. Je savais que des écrivains au passé brillant avaient échoué ici, et j'avais toutes les peines du monde à ne pas regarder. Mais c'était presque impossible et, malgré moi, je jetai des regards à droite et à gauche. Des enfants ricanants lançaient du sable sur la tête de ces pauvres bougres. Un touriste ivre était tombé dans une fosse et ses amis l'aidaient à remonter tout en criant à tue-tête, tandis qu'un chien levait la patte de l'autre côté. Le poète n'y prêtait aucune attention et rédigeait un poème sur un morceau de carton.

À cet instant, une chose affreuse se produisit : je reconnus un congénère ! Ovidios de Versevers, idole de ma jeunesse, était blotti au fond de l'une des fosses. Je m'étais assis à ses pieds pendant ses chères lectures à la citadelle des Dragons. Plus tard, il était parti chercher la célébrité à l'étranger, et depuis, on n'avait plus entendu parler de lui.

Versevers avait composé un sonnet pour touristes et le lisait d'une voix éraillée. Les spectateurs lui jetaient des piécettes et gloussaient bêtement. Découvrant ses dents gâtées, il se confondait en remerciements quand il m'aperçut et reconnut en moi un congénère. Ses yeux s'emplirent de larmes.

Je me détournai et m'enfuis de cet horrible lieu. C'était terrible d'en arriver là ! Dans notre profession, on se sentait toujours menacé de précarité, le succès et l'insuccès voisinaient. Je marchais, ou plutôt je courais pour m'éloigner du Cimetière des poètes oubliés.

Quand enfin je m'arrêtai, j'étais dans une rue misérable. Manifestement, j'avais quitté le quartier des touristes, car il n'y avait plus ici de boutiques de livres d'occasion mais des taudis d'où s'échappaient les odeurs les plus désagréables. Dans les couloirs d'entrée, des silhouettes encapuchonnées fainéantaient. Au moment où je passais, l'une d'elles me siffla :

« Hé ! vous cherchez une critique féroce ? »

Ah ! mon Dieu, j'étais tombé dans la rue des Empoisonneurs ! Il y avait longtemps que ce n'était plus une curiosité de Bouquinbourg mais un endroit à éviter, si l'on avait encore une étincelle de raison. La rue des Empoisonneurs : la rue des critiques soudoyés, la plus mal famée de la ville ! Ici vivait le vrai rebut de Bouquinbourg : les critiques littéraires autoproclamés qui, contre paiement, écrivaient des articles assassins. On pouvait y louer des seringues infectées et les envoyer dans le dos des confrères détestés – quand on avait besoin de ces méthodes et qu'on n'avait aucun scrupule. Les critiques poursuivaient leurs victimes pour anéantir leur carrière et leur réputation.

« Vous voulez une critique impitoyable ? susurra le gribouilleur. Je travaille pour tous les grands journaux !

– Non, merci ! » répondis-je en résistant à l'envie de lui sauter à la gorge.

Mais ne pouvant m'empêcher de lui faire une remarque, je m'arrêtai.

« De quel droit, créature égoutière, traînes-tu dans la boue d'où tu proviens le travail d'honnêtes écrivains ? »

L'encapuchonné lâcha un rot répugnant.

« Et toi, qui es-tu pour oser m'insulter ?

– Moi ? Je suis Hildegunst Taillemythes ! répliquai-je avec fierté.

– Hum, Taillemythes, murmura-t-il en sortant un bloc-notes de sous sa cape et en y inscrivant quelques mots. Encore rien publié, hum, sinon je le saurais. La littérature zamonienne actuelle n'a pas de secrets pour moi. Mais comme tu es originaire de la citadelle des Dragons, tu t'y mettras. Maudits sauriens, vous êtes des incontinents de la plume ! »

Je m'éloignai. Comment discuter avec ce genre de vermine ?

« Darla Dirladada[1] ! cria-t-il dans mon dos. Inutile de noter mon nom. Tu entendras parler de moi. »

La rue des Empoisonneurs était évidemment une impasse. Dans l'entrée obscure d'une maison se tenaient deux chasseurs de livres qui discutaient haut et fort du prix d'ouvrages vendus au marché noir. Je fus obligé de repasser

---

1. Pour ceux qui ne sont pas familiarisés avec la biographie de Hildegunst Taillemythes, il est peut-être intéressant de savoir qu'il s'agit pour lui d'une rencontre fatale qui aura des effets considérables sur sa vie ultérieure. Darla Dirladada deviendra son ennemi mortel et le poursuivra avec acharnement de ses critiques acerbes dès que Taillemythes entreprendra de publier. Pour plus amples détails, voir diverses digressions dans « De la citadelle des Dragons au mont Kâf », in *Ensel et Krete*.

devant ces taudis et ce sagouin qui rouscaillait dans mon dos. Je me secouai comme un chien trempé de pluie quand enfin je quittai ce nœud de serpents.

Je traversai le quartier des typographes où les murs des maisons étaient recouverts de vieux caractères en plomb et finis par flâner le long de l'allée des Lecteurs. Par les fenêtres ouvertes, on entendait les gémissements et les jurons des correcteurs d'édition en train de travailler. Manifestement, nombre d'entre eux s'arrachaient les cheveux devant les erreurs loufoques et l'incorrection des signes de ponctuation. Un cri de colère sortit d'une fenêtre

du premier étage, suivi d'une pluie de feuilles manuscrites qui me tomba sur la tête.

J'avais définitivement quitté les secteurs touristiques et m'enfonçais dans le centre de la ville, au cœur de Bouquinbourg. C'est là que, d'après le livre de Clairdepluie, se trouvaient les plus vieilles bouquineries de la ville. Les antiques maisons à colombages et toit pointu se serraient les unes contre les autres, comme de vieux magiciens prêts à tomber, et me regardaient du haut des trous noirs de leurs fenêtres.

Alors que le quartier était fort pittoresque, pratiquement aucun touriste ne s'y égarait. Il n'y avait à cet endroit ni marchands ambulants ni poètes déclamant leurs rimes, ni feuilles volantes, ni fromage fondu, rien que d'antiques maisons aux vitrines aveugles, barbouillées de suie à l'intérieur pour empêcher la lumière d'abîmer les livres. On ne voyait quasiment plus d'enseignes, si bien qu'il fallait deviner dans quelles échoppes on vendait des livres d'occasion. On pratiquait ici la bouquinerie au plus haut niveau et, derrière les vitres noircies, il y avait peut-être des collectionneurs riches comme Crésus et des marchands célèbres qui négociaient des livres de la valeur de biens immobiliers. Dans ce quartier, on se déplaçait involontairement sur la pointe des pieds.

Comme il n'était pas midi et que la boutique de Phistomefel Suiffard était encore fermée, je m'arrêtai à un carrefour et me demandai si je n'allais pas tuer le temps en entrant dans le premier magasin venu. À la porte de l'un d'entre eux, au-dessus de la vitrine noircie, des figures grimaçantes étaient sculptées sur les poutres du colombage, et je retrouvai le tricercle qui ornait la boutique de Ramenart. Je lus la minuscule plaque :

INAZÉA ANAZAZI
Littérature chrecque et formules imprécatoires

Oh ! Oh ! Une bouquinerie chrecque ! Vraisemblablement tenue par d'authentiques Chrecs ! C'était un vieux rêve de mon enfance de rencontrer une Chrecque en chair et en os. Les Chrecs peuplaient les livres pour enfants et les contes anciens que Dancelot me lisait pour m'endormir – et ils avaient naturellement hanté aussi mes cauchemars. Voilà que j'avais l'occasion d'en rencontrer une dans la réalité, tout en ayant suffisamment vieilli pour ne pas m'enfuir en hurlant. Il fallait entrer ! J'appuyai sur la poignée avec d'agréables frissons.

Le grincement métallique des charnières non graissées depuis une éternité annonça mon arrivée. L'intérieur de la boutique baignait dans la pénombre de quelques lampes à huile. De la poussière de livres soulevée par cette irruption se mit à danser autour de moi et pénétra dans mes narines. J'éternuai.

Une longue et maigre silhouette vêtue de noir jaillit de derrière une pile de livres comme un diable de sa boîte et s'écria : « Vous désirez ? »

Mon cœur faillit s'arrêter. La Chrecque était vraiment horrible.

« Moi ? Euh… Rien du tout, balbutiai-je. Je voulais juste jeter un œil.

– Juste jeter un œil ? répéta la Chrecque toujours aussi fort.

– Euh, oui ! Vous permettez ? »

L'échalas fléchit dans ma direction tout en nouant avec nervosité ses doigts effilés.

« C'est une boutique spécialisée, croassa-t-elle avec hostilité. Je doute que vous trouviez ici ce que vous cherchez.

– Ah bon ? répliquai-je. Quelle est votre spécialité ?

– La littérature chrecque ! » dit-elle pour me river mon clou, comme si ce mot pouvait me chasser de son antre.

Je fis celui que rien n'impressionnait et glissai mon regard sur le dos des ouvrages. Des livres de diseuses de bonne aventure, des formules pour faire disparaître les verrues, des anathèmes : rien qui aurait pu intéresser un dragon éclairé comme moi. Je ne comprenais pas un mot de ces écrits métaphysiques pour épouvantails à moineaux, mais le comportement peu accueillant de cette vieille chouette m'avait provoqué. Au lieu de disparaître, je restai dans la boutique et jouai les obséquieux le long des étagères.

« Oh ! De la littérature chrecque, susurrai-je, comme c'est émouvant ! Je me passionne pour la divination dans les entrailles de crapaud. Je vais un peu fouiller dans vos trésors. »

J'avais décidé d'inculquer un peu de savoir-vivre à cette revenante. Désormais je voulais la traiter de haut. Je pris un de ses livres.

« Hum, *Prédiction du destin par l'interprétation des rêves* de Noppes Pa. Voilà qui m'intéresse !

– Remettez immédiatement ce livre à sa place, je vous prie. C'est une commande.

– Pour qui ? demandai-je d'un ton tranchant.

– Pour, euh, pour… Je ne connais pas le nom du client.

– Vous pourriez en théorie l'avoir commandé pour moi. Vous ne connaissez pas non plus mon nom. »

Désemparée, la Chrecque tordit ses doigts qu'elle avait fins comme des crayons. Je lançai le livre dans la direction de l'étagère de telle façon qu'il retomba par terre et que le dos de la reliure se déchira.

« Hop là ! » m'écriai-je.

La Chrecque se pencha en geignant sur le livre.

« Qu'est-ce que c'est que ça ? m'écriai-je avec ravissement en montrant du doigt un gros bouquin. Un livre de malédictions orniques ! »

Je feuilletai le précieux ouvrage avec maladresse, cornai quelques pages et me mis à lire à haute voix quelques phrases tout en agitant ma main libre en signe d'invocation :

Entre les cannes élancées des bambous,
Au-dessus de l'herbe des fantômes,
Là où brûlent des yeux morts
Flotte un esprit de lumière et d'éther…

La Chrecque leva le bras devant son visage pour se protéger et alla se mettre à l'abri.

« Arrêtez ! cria-t-elle. Ce sont des malédictions très efficaces ! »

C'était à se tordre de rire : elle croyait vraiment à ces charlataneries ! Je jetai ce livre à l'écart. Il tomba lourdement dans une vieille caisse en bois d'où s'échappa un nuage de fine poussière. Une idée me vint.

Je me tournai lentement vers la Chrecque. Je pointai un doigt inquisiteur dans sa direction et déployai légèrement mes ailes parcheminées, bombant ma cape à la hauteur de mes épaules.

« J'ai encore une question », fis-je.

C'était un vieux truc de dragon. Mes ailes ne me permettent pas de voler : elles sont l'héritage d'un quelconque ptérodactyle de mon ascendance préhistorique, mais elles s'étalent merveilleusement. C'est toujours amusant d'observer l'effet de surprise. Je sortis mon manuscrit de ma cape et le mis sous le nez de la Chrecque – si près qu'elle pouvait en lire les caractères.

« Connaissez-vous par hasard l'auteur de ces lignes ? » demandai-je brutalement.

Le visage de la Chrecque se pétrifia. Hypnotisée, elle regardait fixement mon texte tout en gémissant. Puis elle chancela, heurta une étagère, s'y accrocha et se mit à geindre comme si elle allait avoir un infarctus. Sa violente réaction me décontenança.

« Vous connaissez cet écrivain, n'est-ce pas ? affirmai-je. Votre comportement ne peut s'interpréter autrement.

– Non ! Je ne connais personne, criailla la Chrecque. Sortez !

– Il faut absolument que je sache qui a écrit ça. Vous devez m'aider ! »

La Chrecque fit un pas en avant et regarda autour d'elle, comme si elle se mettait aux aguets. Elle plissa les yeux et prononça sur un ton théâtral :

« Il s'enfoncera dans les profondeurs ! Il sera banni parmi les livres vivants ! Il cheminera avec celui que tous connaissent sans savoir son nom ! »

Je savais que les Chrecs se servaient de ce genre de sentence cryptique pour impressionner leur clientèle. Mais avec moi, ça ne marchait pas.

« C'est une menace ? Ou une prophétie chrecque ?

– Voilà ce qui arrivera si ce manuscrit n'est pas détruit sur-le-champ. Je ne peux pas en dire plus. Et maintenant, sortez !

– Manifestement vous savez qui... rétorquai-je.

– Sortez ! glapit la Chrecque de sa voix aiguë. Ou j'appelle la police des livres ! »

Elle se retira derrière son comptoir et saisit la ficelle qui pendait à une grosse cloche accrochée au plafond.

« Dehors ! » cria-t-elle avec haine.

Je n'avais plus rien à faire dans cette boutique. Je m'apprêtai à déguerpir.

« Une chose encore ! dis-je. Que signifie le tricercle à votre porte ?

– Je ne sais pas, répondit la Chrecque. Adieu pour toujours. Ne vous aventurez plus dans ma boutique !

– Je croyais que les Chrecs étaient omniscients. C'est inouï comme vous savez peu de choses », ponctuai-je en guise d'au revoir.

J'ouvris lentement la porte, fis grincer les charnières et sortis en traînant les pieds.

Décontenancé, je m'arrêtai dans la lumière du soleil et écoutai les bruits qui provenaient de la boutique. La Chrecque proférait des jurons incompréhensibles tout en fourrageant dans sa serrure. Encore une porte qui se verrouillait derrière moi.

Magnifique ! Je progressais à grands pas. Moins de deux jours après mon arrivée à Bouquinbourg, j'étais interdit de séjour dans deux commerces.

Le Laboratoire de lettres de Phistomefel Suiffard

Soixante-dix-sept, soixante-dix-huit… Par chance, les nombres de la mystique ancienne m'étaient familiers, sinon je n'aurais pas pu lire les numéros des maisons. La rue de l'Homme-Noir était la plus vieille de Bouquinbourg. Les demeures y étaient si anciennes et délabrées qu'elles s'enfonçaient à moitié dans le sol et que leurs toits ressemblaient à des chapeaux d'alchimistes posés de travers sur des ruines. Des chardons poussaient sur les murs, et d'épais tapis de gazon où nichaient des oiseaux s'étalaient sur les bardeaux. Les faîtages des constructions opposées se touchaient presque, tant elles penchaient. Ces vestiges paraissaient se rapprocher pour mieux savoir qui j'étais, moi l'indésirable. Il était midi et le soleil brillait, mais je ne me déplaçais qu'à l'ombre dans des rues étroites. Il me semblait qu'elles formaient un seul bloc où je m'étais introduit comme un voleur. En dehors du bourdonnement des insectes et du miaulement des chats, on n'entendait aucun bruit. À de nombreux endroits, l'herbe jaillissait entre les pavés et, de temps à autre, des rats décharnés traversaient la rue sans demander leur reste. Qui habitait encore ici ? Pas étonnant qu'aucun visiteur ne vînt se perdre dans ce quartier. J'avais l'impression d'être entré par une porte invisible et de me promener dans un autre temps, des siècles, peut-être des millénaires en arrière, à une époque oubliée, en pleine décadence.

Cent vingt-sept, cent vingt-huit... Je frissonnai, et ne pus m'empêcher de penser au chapitre du livre de Clairdepluie où il parlait de cette région, de sa sombre histoire – et de la légende de l'Homme noir de Bouquinbourg. Les Biblalchimistes avaient vécu ici de longue date et déterminé le destin de la ville. La biblalchimie était une variante bouquinbourgeoise de l'alchimie. Les Biblalchimistes étaient des scientifiques, des médecins, des charlatans et des bouquinistes qui avaient fondé une corporation. L'imprimerie, les vieux livres, la chimie, la biologie, la physique et la littérature se mariaient malignement à la magie incantatoire, à la divination, à l'astrologie et autres charlataneries ; ce qui en résultait était capable de remplir des bibliothèques entières de littérature d'épouvante.

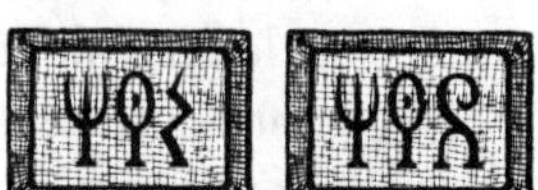

Deux cent quatre, deux cent cinq... Dans ces vieilles maisons, on s'était livré à d'étranges expériences – on avait changé de l'encre d'imprimerie en sang, puis retransformé le sang en encre – pour on ne sait quelles folles raisons. Il avait dû se produire des scènes ineffables quand, réunis dans les rues les nuits de pleine lune, les Biblalchimistes accomplissaient les rituels fixés dans le *Livre des douze mille règles* et réalisaient leurs cruelles expériences sur des animaux ou d'autres créatures. Cela se passait après que les Bouquinbourgeois avaient été chassés des labyrinthes par des catastrophes naturelles et des épidémies, à l'époque où la civilisation commençait seulement à bourgeonner : phase transitoire entre la barbarie et la loi, entre les cultes magiques et l'authentique culture.

C'est dans une rue adjacente à la rue de l'Homme-Noir, la rue des Souffrances, qu'était né le premier Souffretard. On y avait élevé des chats volants et même, disait-on, des livres vivants. En proie à la folie des grandeurs, et désireux de créer dans la réalité tout ce que l'on pouvait imaginer sur le papier, les Biblalchimistes avaient multiplié leurs effroyables expériences ; longtemps, cette région grouilla de monstres indescriptibles.

Deux cent quarante-huit, deux cent quarante-neuf… Un jour, racontait Clairdepluie, les Biblalchimistes voulurent fabriquer un géant, une gigantesque créature en papier qui devait protéger Bouquinbourg de tous ses ennemis. On fit bouillir des livres, on mélangea de l'encre d'imprimerie et des herbes, on se livra à des actes rituels, et l'on finit par modeler un personnage haut comme trois maisons, fait

d'une bouillie de papier, de carcasses d'animaux broyées et de terre du cimetière de Dull. On l'aspergea d'encre pour qu'il soit encore plus effrayant et on le nomma l'Homme noir. Puis dix Biblalchimistes mirent fin à leurs jours et offrirent leur sang afin de le lui injecter.

Pour finir, on lui ficha une barre de fer dans la tête et, un jour d'orage, on lui planta les pieds dans deux baquets remplis d'eau. Un violent éclair traversa la barre de fer et lui donna la vie. L'Homme noir poussa un cri terrible et, parcouru de décharges électriques, sortit de l'eau. Les Biblalchimistes exultaient et jetaient leur chapeau en l'air, quand l'Homme noir se pencha, se saisit de l'un d'entre eux et l'avala tout cru. Puis il se mit à déambuler à travers la ville, attrapant et engloutissant les habitants éperdus qui se présentaient sur son passage. Arrachant les toits des maisons, il y plongeait la main et prenait tout ce qui bougeait pour le dévorer.

Un Bouquinbourgeois courageux finit par l'enflammer avec une torche. Mais, titubant et hurlant, le géant

parcourut la ville et mit le feu aux maisons, aux rues, les unes après les autres, jusqu'à ce qu'enfin il s'effondre en ne laissant qu'un tas de cendre grise. Ce fut, dit-on, le premier grand incendie de Bouquinbourg.

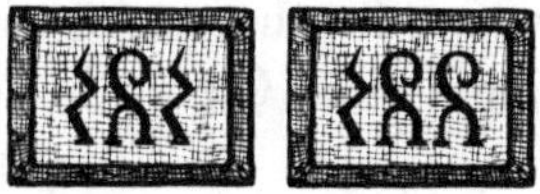

Trois cents, trois cent un… Il se pouvait qu'un marchand de livres d'occasion distrait ait renversé une lampe à huile et que, durant des siècles, on ait brodé cette histoire à faire dresser les cheveux sur la tête.

Trois cent onze, trois cent douze… Cependant, quand on se glissait entre ces ruines d'un noir de jais, ce vieux conte de nourrice paraissait plausible. Si un jour en Zamonie on avait changé l'encre d'imprimerie en sang, ça ne pouvait être qu'au cœur de cette ville folle.

Trois cent vingt-deux, trois cent vingt-trois… Le centre de Bouquinbourg était un monde intermédiaire entre la folie et la réalité, une alchimie liquéfiée en architecture.

Trois cent trente-deux… Trois cent trente-trois ! Je m'arrêtai car je me trouvais enfin au numéro que je recherchais : 333, rue de l'Homme-Noir. C'était la boutique de Phistomefel Suiffard.

Mais quelle déception ! La maison était probablement la plus petite de toutes celles que j'avais vues à Bouquinbourg. C'était plutôt une cabane de sorcière ou de jardinier, coincée entre deux ruines obscures et hantée par des chauves-souris. Seul fait remarquable : elle tenait encore debout. Car elle devait être plusieurs fois centenaire, la maison du 333 de la rue de l'Homme-Noir : les colombages présentaient un aspect brut, mal dégrossi, caractéristique de l'architecture des premiers temps de la ville. Des branches d'arbre tordues serpentaient dans les murs, le bois pétrifié était noir comme du charbon. Les pierres étaient disposées par couches entre les poutres et les poteaux, apparemment sans mortier : art que plus personne aujourd'hui ne maîtrise. Du granit et du marbre, de minuscules galets et de la lave éteinte, du minerai de fer, même des pierres semi-précieuses, des topazes et des opales, du quartz et du feldspath, tous ces matériaux avaient été choisis avec une telle intelligence, taillés avec une telle habileté, polis avec une telle adresse et assemblés avec un tel raffinement qu'aucune pierre n'était posée au mauvais endroit et que chacune en soutenait une autre. Au bout de tant d'années, l'ensemble aurait dû s'effriter, la maison aurait dû s'écrouler, mais cet ancien mode de construction triomphait du temps.

Honteux de mon jugement hâtif, je regardai la chose de plus près. Cette maison était effectivement une œuvre d'art, une mosaïque en trois dimensions, réfléchie jusque dans ses détails microscopiques : entre les petites pierres, il y en avait de minuscules, et entre celles-ci de plus petites encore, de la taille d'un grain de riz. Tout était fait pour durer des milliers d'années. C'est comme ça que l'on crée un art intemporel, pensai-je. Et que l'on devrait pouvoir écrire.

« Oui, cette maison est un bijou, on ne s'en aperçoit qu'au second coup d'œil », dit une voix de gorge.

Surpris dans ma contemplation, je sursautai.

Appuyé à l'encadrement de la porte, qui s'était ouverte sans bruit, se tenait un Verrequin. J'en avais déjà vu quelques-uns à Bouquinbourg, mais celui-ci était particulièrement impressionnant. Le corps vermiforme avait un aspect grotesque avec ses quatorze petits bras maigrichons et sa tête sans cou, à mâchoire de requin. Le chapeau d'apiculteur n'atténuait en rien la bizarrerie de cette apparition.

« Je m'appelle Suiffard. Phistomefel Suiffard. Vous vous intéressez à la protoarchitecture ?

– Pas vraiment, répliquai-je décontenancé, tout en cherchant la carte de visite. J'ai eu votre adresse par Claudio Harpapatte…

– Ah, ce bon Claudio ! Vous venez pour les livres.

– Ce n'est pas ça non plus. Je possède un manuscrit que…

– Vous désirez une expertise ?

– Exactement.

– Magnifique ! Voici une distraction bienvenue. J'étais déjà en train de nettoyer ma ruche – par pur ennui. »

Phistomefel Suiffard s'effaça, et j'entrai en m'inclinant avec politesse.

« Hildegunst Taillemythes.

– Enchanté. Vous êtes originaire de la citadelle des Dragons, n'est-ce pas ? Je suis un grand admirateur de la littérature dragonienne ! Je vous en prie, suivez-moi dans mon laboratoire ! »

Le Verrequin me précéda en clapotant. Je le suivis dans un petit couloir sombre.

« Ne vous fiez pas à mon chapeau, poursuivit-il, je ne suis pas un véritable apiculteur. Ce n'est qu'un violon d'Ingres. Quand les abeilles ne produisent plus, je les grille et les noie dans du miel. Vous me trouvez insensible ?

– Non, répondis-je en me passant la langue sur le palais, où il y avait encore un endroit légèrement enflammé.

– Tout ce travail pour un seul pot de miel au printemps, c'est tout simplement ridicule. Je porte juste ce chapeau parce que je trouve ça chic. »

Suiffard éclata d'un rire guttural.

Le couloir aboutissait à un rideau fait de caractères d'imprimerie en plomb, liés les uns aux autres par de fins cordonnets. Suiffard y glissa son corps volumineux. Je le suivis.

Pour la troisième fois ce jour-là, je pénétrai dans un autre monde. Le premier avait été la boutique poussiéreuse et moisie de la Chrecque, la deuxième l'inquiétant centre historique de Bouquinbourg et, à présent, j'entrai dans un monde de lettres : une pièce consacrée à l'écriture et à ses recherches. Elle était hexagonale, avec un plafond qui se terminait en pointe. Un rideau de velours rouge bouchait la grande fenêtre. Les cinq autres murs étaient garnis de rayonnages sur lesquels étaient stockées des piles de papiers multicolores, de tous les formats. Des éprouvettes, des bouteilles, des récipients divers, remplis de liquides et de poudres. Des centaines de plumes d'oie soigneusement rangées sur de petits supports en bois. Des plumes métalliques classées dans des coffrets ornés de perles. Il y avait des encres de toutes les couleurs : noire, bleue, rouge, verte, violette, jaune, sépia et même dorée et argentée. Des tampons encreurs, de la cire à cacheter, des loupes de diverses grosseurs, des microscopes, du matériel de laboratoire. Tout était plongé dans la lumière chaude et agitée des bougies qui tremblotaient sur les étagères.

« C'est mon laboratoire scripturaire, dit Suiffard non sans fierté. Je mène des recherches sur les mots. »

J'étais surtout sidéré par la taille de la pièce. De l'extérieur, cette maison m'avait paru si petite que j'avais peine à croire qu'elle puisse contenir ce vaste laboratoire. Mon admiration pour l'architecture antique de Bouquinbourg se transforma en vénération tandis que j'essayais de m'imprégner des détails de ce lieu exceptionnel.

Il y avait des lettres partout. L'alphabet zamonien était imprimé sur le rideau de velours devant la fenêtre. Des tableaux d'oculiste chargés de différentes écritures, des diplômes encadrés, des ardoises crayonnées, de minuscules papiers couverts de notes étaient accrochés au mur, entre les étagères. Un énorme pupitre était encombré de manuscrits, d'encriers et de loupes. Des caractères d'imprimerie aux corps variés, taillés dans le bois ou coulés dans le plomb, s'étalaient sur de petites tables. Des bouteilles d'encre étaient garnies d'étiquettes en indiquant l'année et la composition, comme pour du vin de garde. Du plafond pendaient des cordelettes auxquelles étaient accrochées des tablettes de plâtre garnies de hiéroglyphes. Çà et là, j'apercevais d'étranges mécaniques à l'utilité et l'origine mystérieuses. Le sol était carrelé de plaques de marbre gris où étaient gravés différents alphabets présentant un intérêt esthétique : runes druidiques, gothique chrec, natte-tif-touffe primitif, vieux zamonien, etc.

Le centre de la pièce était occupé par une grande trappe

fermée : était-ce l'entrée du labyrinthe ? Dans un coin était posée une petite caisse pleine d'in-folio : je n'avais pas vu d'autres livres dans cette maison. Étrange dénuement pour une boutique de bouquins d'occasion. Y avait-il une bibliothèque attenante ?

« J'ai encore une petite cuisine et une chambre à coucher, mais je passe l'essentiel de mon temps dans cette pièce », dit Suiffard comme s'il lisait dans mes pensées.

Pas de bibliothèque ? Mais où se trouvaient donc ses livres ?

C'est alors seulement que j'aperçus l'étagère avec les Souffretards[1]. Il y en avait six qui s'agitaient dans leurs bocaux et frappaient à la paroi de verre.

Suiffard m'expliqua :

« Je teste sur les Souffretards la qualité sonore des textes. Je leur lis des poèmes et de la prose. Naturellement, ils n'en comprennent pas un traître mot, mais ils réagissent avec une grande sensibilité à la mélodie de la langue. Ils se tordent de douleur quand ils entendent de la mauvaise poésie. Quand elle est bonne, ils se mettent à chanter. Ils reconnaissent un texte triste à sa sonorité et se répandent en pleurs. »

---

1. Les Souffretards permettent aux scientifiques zamoniens d'étudier couramment les effets des produits chimiques et des médicaments sur des cobayes, sans devoir intervenir sur des créatures vivantes. Un Souffretard se compose essentiellement de tourbe des marais du cimetière de Dull et d'un mélange de sables mouvants d'Ouiztanbek, de graisse, de glycérine et de résine liquide. On pétrit ces éléments pour former un Souffretard que l'on anime avec une pile alchimique.

Introduit dans un bocal rempli de liquide nutritif, le Souffretard bien soigné et placé dans de bonnes conditions de conservation survit à peu près un mois. Il présente toutes les caractéristiques de la vraie vie, réagit au froid, à la chaleur et à toutes les combinaisons chimiques possibles.

Nous nous arrêtâmes devant l'une des mécaniques bizarres, une sphère en bois, pareille à un globe, mais sans carte ; en revanche, les lettres de l'alphabet zamonien y étaient taillées.

« C'est une machine à écrire les romans, dit Suiffard en riant. Un appareil antique avec lequel un jour on a cru pouvoir fabriquer de la littérature de façon mécanique. Une idiotie caractéristique des Biblalchimistes. La sphère est remplie de caractères syllabiques en plomb. Quand on appuie sur un levier, ceux-ci dégringolent et tombent dans un certain ordre. Il n'en résulte évidemment que des phrases comme "*pilgendron soulfrige fonso nat tuba haloubrats*". C'est pire que les poèmes bégayants du gagaïsme zamonien ! J'ai un faible pour ce bric-à-brac inutile. Là devant vous, c'est une batterie d'inspiration biblalchimique. Et ça, c'est un réfrigérateur à idées. »

Suiffard me désigna deux autres engins grotesques.

« L'époque où l'on a considéré ce genre de choses comme un progrès technique devait être très candide. Toutes les légendes sur les rituels obscurs et les sacrifices sont des âneries. C'étaient des enfants qui jouaient avec des lettres et de l'encre d'imprimerie. En revanche, quand je considère notre activité littéraire moderne… »

Suiffard roula des yeux.

J'acquiesçai par un signe de tête.

« Si vous me le demandez, reprit-il, je vous dirai que nous vivons aujourd'hui à l'ère des ténèbres, ce qui n'était pas le cas autrefois.

– Autrefois, il n'y avait pas de critiques à gages, répondis-je. Je crois que nous parlons la même langue. »

Je fis un signe en direction de la trappe.

« C'est… ?

– Oui, confirma Suiffard. Mon entrée privée dans le labyrinthe bouquinbourgeois. L'escalier qui conduit au monde souterrain. Hou hou ! »

Il agita ses quatorze petits bras.

« Est-ce l'entrée par laquelle Clairdepluie… ? »

Suiffard interrompit de nouveau ma question hésitante :

« Exactement. C'est par ici que Clairdepluie s'est lancé à la recherche du roi des Ombres. »

Il prit un air grave.

« Il y a cinq ans de cela, mais je continue à vivre dans l'espoir qu'un jour il reviendra. »

Il soupira.

« J'ai lu son livre, dis-je. Depuis je m'interroge sur la part de réalité et de fiction. »

Le corps de Suiffard se métamorphosa d'une manière impressionnante. Lui qui, auparavant, donnait l'impression d'être mou et fragile se contracta et grandit. Son regard se durcit. Ses poings se serrèrent.

« On ne peut pas douter de la crédibilité de Colophonius Clairdepluie ! » tonna-t-il en me dominant de toute sa hauteur.

Les éprouvettes cliquetèrent sur les étagères.

« C'était un héros ! Un authentique héros et aventurier. Il n'avait pas besoin d'inventer toutes ces histoires. Il les a toutes vécues. Et il l'a payé cher. »

En entendant la voix de Suiffard, les Souffretards tremblèrent et certains se mirent à pleurer. Moi-même, devant son aspect soudain intimidant, je reculai. Il s'en rendit compte et changea immédiatement d'attitude. L'expert en écriture, rentré en lui-même, dit en baissant la voix :

« Excusez-moi, ça continue à être pour moi un sujet très sensible. Colophonius Clairdepluie était un ami. »

Je cherchai les mots justes pour changer prudemment de conversation.

« Est-ce que vous croyez à l'existence du roi des Ombres ? » demandai-je.

Suiffard réfléchit un instant.

« Ce n'est pas la bonne question, chuchota-t-il. Pas un seul habitant de Bouquinbourg ne doute sérieusement de son existence. Les nuits paisibles, j'entends souvent ses hurlements. Il y a une question beaucoup plus intéressante : est-ce qu'il est bon ou méchant ? Clairdepluie croyait à sa bonté fondamentale. D'autres, au contraire, affirment que Colophonius a été tué par le roi des Ombres en personne.

– Quelle est votre opinion ?

– Il y a sous nos pieds un million de dangers susceptibles de provoquer sa disparition. Il y a des Tiqxxxxes qui peuvent atteindre la taille d'un cheval. Il y a les Effroyables Rongelivres. Des chasseurs de livres assoiffés de vengeance. Et qui sait quelles autres créatures impitoyables rôdent dans les ténèbres. Pourquoi faudrait-il que le roi des Ombres soit responsable de la mort de Clairdepluie ? Seigneur ! On pourrait spéculer indéfiniment là-dessus.

– Au fait, savez-vous d'où les Effroyables Rongelivres tirent leur nom ? l'interrogeai-je. Sont-ils vraiment si terribles ?

– Les chasseurs de livres leur ont donné ce nom parce que les Rongelivres se goinfrent des ouvrages les plus précieux. On dit qu'ils s'en nourrissent quand ils ne trouvent rien de vivant à dévorer dans les parages. »

Suiffard éclata de rire :

« Les chasseurs de livres pensent qu'il est plus terrible d'avaler un livre qu'un être vivant.

– Ils semblent avoir leurs propres règles.

– Les chasseurs de livres sont dangereux. Prenez-y garde ! J'ai affaire à eux pour des raisons professionnelles, mais j'essaie le plus possible de limiter les contacts. Quand j'en rencontre un, je suis soulagé à son départ. Parce que j'ai survécu.

– Pourrions-nous en venir à l'essentiel ? » proposai-je.

Suiffard gloussa :

« Vous avez du travail pour moi ? Vous ne voudriez pas d'abord un thé ? Ou une tartine d'abeilles ?

– Non, merci ! dis-je en faisant un geste de refus. Je ne veux pas abuser de votre hospitalité. Je cherche l'auteur d'un manuscrit. Il doit y avoir ici quelque part… »

Je fouillai sous ma cape sans rien trouver. Après ma sortie théâtrale de la maison de la Chrecque, je l'avais fourré dans je ne savais quelle poche.

« Montrez-moi ça », grommela Suiffard en s'emparant du texte quand je l'eus enfin retrouvé.

Il cala un épais monocle devant son œil droit et déplia le papier.

« Hum… fit-il, le papier vient des papeteries de Boisdescie, deux cents grammes, papier hyperfin à la cuve de Graalsund. Rognage inégal, probablement un rognoir trop vieux de 556 ou 557. Forte acidité.

– Je sais, dis-je en marquant mon impatience. Il s'agit du contenu. »

J'étais curieux de savoir quelle allait être sa réaction. S'il avait le sens de la littérature, il devrait manifester son émotion.

Phistomefel Suiffard leva la lettre à hauteur de son

monocle. Dès la première phrase, un éclair invisible sembla parcourir son corps spongieux. Il se raidit et trembla, de petites ondes d'excitation roulèrent à travers ses bourrelets graisseux. Il émit un bruit que seuls les Verrequins sont capables de produire, un sifflement creux accompagné d'un bourdonnement mat. Il respira profondément et lut un moment en silence. Soudain, il éclata de rire – un véritable rugissement. Un accès continu qui faisait clapoter son buste comme une outre remplie d'eau. Il se calma, souffla et haleta, gloussa bêtement et ne cessa d'exprimer sa satisfaction et son émotion sans mot dire.

Je ne pus m'empêcher de rire. Oui, il révélait le même spectre de sensations que cette lettre avait déclenché chez Ramenart et chez moi. Il était féru de littérature, et il avait de l'humour.

Finalement, l'expert en écriture sombra dans une réflexion muette. Il ne sembla plus se soucier de ma présence. Le regard vitreux, il resta plusieurs minutes sans bouger. Puis il baissa la lettre et se réveilla d'une profonde transe.

« Mon Dieu ! dit-il avec des larmes dans les yeux. C'est vraiment sensationnel. Le travail d'un génie.

– Alors ? demandai-je, impatient. Vous connaissez l'auteur ? Ou vous pouvez me donner un renseignement ?

– Ce n'est pas si simple, dit Suiffard avec un sourire tout en examinant mes feuilles, cette fois avec une loupe géante. Je dois d'abord procéder à une analyse syllabique. Créer un parallélogramme graphologique. Une étude du style serait nécessaire. Il faut que je convertisse l'intensité métaphorique en nombre de lettres. Que j'effectue un calibrage calligraphique au microscope alphabétique. Un essai acoustique avec les Souffretards. Une étude des pellicules épidermiques sur le papier. Oui, tout le programme. Ça durera… au moins la nuit. Disons ceci : si vous me confiez maintenant votre manuscrit, je pourrai demain midi vous dire quelque chose. Sûrement pas le nom de l'auteur, mais certaines de ses particularités. S'il est droitier ou gaucher. Quel âge il avait quand il a écrit ce texte. De quelle région de Zamonie il est originaire. Son poids. Ses traits de caractère, son tempérament. Quels auteurs l'ont influencé. Quelle encre il a utilisée. Sa provenance. *Et cetera*. Si, après ce manuscrit, il est devenu célèbre, on pourra trouver son nom. Mais ça prendra un moment. Il faudra que je fasse des recherches aux archives. Vous restez encore un peu à Bouquinbourg ?

– Ça dépend du prix de l'expertise. »

Suiffard gloussa.

« Ne vous faites pas de souci ! Ça sera sur le compte de la maison.

– Je ne peux pas accepter.

– Oh, vous savez, en principe je travaille pour rien. Je gagne ma vie avec les livres d'occasion. »

J'avais complètement oublié cette donnée. De quels livres parlait-il ? Ceux de la caisse dans le coin de la pièce ?

« Je peux déjà vous dire que nous avons affaire à un papier de grande valeur, poursuivit Suiffard. Bien entendu, il faut que je détermine exactement *quelle* est cette valeur. Vous devriez vous garder d'en parler à quiconque. Il y a une foule d'éléments douteux à Bouquinbourg. Des gens se sont déjà introduits chez moi à la faveur de la nuit pour dérober une deuxième édition non signée.

– Vous voulez conserver mon manuscrit ?

– Si vous voulez un résultat rapide, oui. Mais si vous préférez consulter quelqu'un d'autre… proposa-t-il en me tendant mon manuscrit, je peux vous donner l'adresse d'excellents confrères.

– Non, non. Gardez-le pour cette nuit. Je suis assez pressé.

– Je vais vous remettre un reçu, dit-il.

– Ce n'est pas nécessaire, répondis-je tout honteux. Je vous fais confiance.

– Non, j'y tiens. Je suis membre de la guilde des experts en écriture de Bouquinbourg. Chez nous, tout est réglementé. »

Il rédigea un reçu et me le tendit.

« Voilà, ponctua-t-il. C'était le travail, passons maintenant au plaisir. Voulez-vous jeter un coup d'œil sur mon assortiment ?

– Volontiers. »

De quel assortiment s'agissait-il ? De celui des Souffretards ?

Suiffard fit un signe en direction de la caisse.

« Allez-y ! Fouillez ! Peut-être trouverez-vous un petit truc. »

Il voulait probablement me dire à mots couverts que je pouvais acheter un livre en contrepartie de son travail gratuit. Peut-être en découvrirais-je un qui me permettrait de simuler l'enthousiasme. Je m'approchai de la caisse, me mis à genoux et soulevai le premier vieux bouquin venu. Je faillis le laisser retomber aussitôt : c'était le *Livre sanglant* !

Suiffard joua les indifférents. Il lissait les pages de mon manuscrit avec un gros presse-papiers, tout en marmonnant.

J'écarquillai les yeux devant le fameux livre. Incroyable ! C'était effectivement l'édition reliée pleine peau d'aile de chauve-souris, écrite, disait-on, avec du sang de démon ! L'un des ouvrages les plus recherchés de la *Liste d'or* ! Un objet unique. Ce livre n'avait pas la valeur d'un immeuble mais d'un quartier tout entier.

« Ouvrez-le ! » me recommanda Suiffard en souriant d'un air béat.

Les mains tremblantes, je tournai les pages du pesant ouvrage. Mon regard tomba sur le passage suivant.

« Les sorcières prennent racine entre les bouleaux. » Je n'arrive pas à expliquer pourquoi ces quelques mots provoquèrent en moi une peur inconnue. Une sueur froide coula sur mon front.

Je refermai violemment le livre et le reposai.

« Intéressant, commentai-je d'une voix tremblante.

– La démonologie ne plaît pas à tout le monde, dit Suiffard. Moi-même, je trouve ça trop sombre. Je ne lis pas ce genre d'ouvrage, j'en suis simplement le propriétaire. Continuez à fouiller ! Vous repérerez peut-être quelque œuvre qui vous conviendra. »

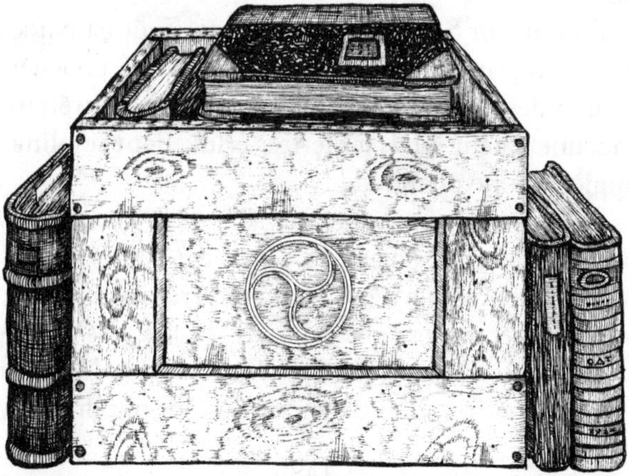

Je sortis le livre suivant de la caisse. Je sursautai une nouvelle fois à la lecture du titre : *Le Silence des sirènes* du comte Glandu de Pasdomaz, une édition originale signée. Je l'accorde, c'est de la sous-littérature, mais pas n'importe laquelle ! Il s'agissait du seul livre de cet auteur qui n'avait remporté aucun succès : la première édition avait été pilonnée, à l'exception de cet unique exemplaire. Puis la réussite était venue – et la valeur du *Silence des sirènes* avait énormément augmenté. Bien entendu, le livre avait été réimprimé, mais cet exemplaire de la première édition avec des illustrations d'Almono Verma valait une fortune. J'osai soulever la couverture et regarder le prix. Il était inscrit au crayon dans un coin en chiffres minuscules. La somme astronomique me donna le vertige. Je reposai cet ouvrage avec précaution.

« Vous n'avez pas envie de romans populaires ? me demanda Suiffard. En effet, c'est pour les jeunes gens. Regardez donc le suivant ! »

Je sortis un lourd volume de la caisse.

« *Les Chroniques du soleil !* dis-je dans un souffle. Une perle rare !

– Eh oui ! fit Suiffard en gloussant. Tout ça parce que l'encre d'imprimerie a été mélangée à de la poussière de diamants des ténèbres lunaires. Sur le plan littéraire, ça n'a aucune valeur. Mais les lettres étincellent si joliment à la lumière d'une chandelle !

– Je ne crois pas que ce soit pour ma bourse », remarquai-je en me levant.

Jamais encore, je n'avais vu de tels trésors.

« Vous avez raison, dit Suiffard. Je me suis juste permis une plaisanterie. J'ai voulu faire un peu le fanfaron. Ce sont les petites joies d'une profession solitaire. Si vous continuez à fouiller, vous découvrirez encore sept titres de la *Liste d'or*. Et de ceux qui sont en tête.

– On m'a recommandé votre boutique pour son choix. Avec raison !

– Ouais, fit Suiffard. Les uns bourrent d'immenses hangars de milliers de livres et occupent des armées de vendeurs. Je préfère travailler seul. Je suis pour la spécialisation. Très exactement, c'est ici la boutique la plus spécialisée de Bouquinbourg. Maintenant, vous comprenez pourquoi je peux renoncer aux honoraires. »

Sur ces mots, il m'accompagna jusque sur le seuil de sa boutique.

« Puis-je encore vous donner un conseil pour la route ? me suggéra Phistomefel Suiffard à l'instant où je me retrouvai dans la rue. Un bon tuyau ?

– Bien sûr.

– Allez donc faire un tour de ce côté-là, ce soir. »

Il me tendit un prospectus.

Invitation

« De la note originelle à la musique oculistique de Carnavallon »
Concert historique de trombonettes dans la conque de Bouquinbourg
Avec l'orchestre de trombonettes de Brouillassebourg
sponsorisé par Phistomefel Suiffard
Après le coucher du soleil au parc municipal
Entrée libre !
N'oubliez pas d'emporter un bon cache-nez

« De quoi s'agit-il ? demandai-je. D'une soirée musicale ?

– Pas vraiment. Ça dépasse le simple concert. Croyez-moi, vous en aurez pour votre argent. C'est vraiment une attraction. Pas pour les touristes.

– Sincèrement, j'avais prévu d'aller ce soir écouter de la littérature. "L'heure de la bûche" : vous connaissez… »

Suiffard fit un geste dédaigneux.

« Ah ! L'heure de la bûche ! Ça a lieu tous les soirs ! En revanche, l'orchestre de trombonettes de Brouillassebourg, ça ne se voit pas tous les jours. C'est un événement ! Mais je ne veux pas vous influencer : vous êtes peut-être allergique à la trombonette.

– Je ne peux pas l'affirmer. Je n'en ai jamais entendu.

– Alors, il faut absolument que vous y alliez. C'est une aventure acoustique. Moi-même, j'aimerais m'y rendre, mais le travail… soupira-t-il, en même temps qu'il tapotait mon manuscrit.

– Au revoir, dis-je. Je reviendrai demain à midi.

– Oui, à demain ! »

Suiffard fit encore un signe de la main et ferma doucement sa porte.

Après m'être éloigné du centre et être entré dans le quartier le plus animé de la ville – en faisant un grand détour pour éviter la rue des Empoisonneurs et le Cimetière des poètes oubliés – je fis une constatation : la rue de l'Homme-Noir s'enroulait plusieurs fois en spirale autour du centre géographique de la ville, avec pour point géométrique la maison de Phistomefel. C'était sûrement une des toutes premières constructions en surface.

L’Heure de la bûche

L’heure de la bûche, c’était le moment paisible de la soirée, une agréable conclusion dans l’activité quotidienne du commerce littéraire. L’heure de la bûche commençait quand on posait de lourds rondins de bois dans les cheminées, qu’on allumait les pipes, que des vins épais comme du sang développaient leurs arômes au fond de verres ventrus et que des maîtres lecteurs entamaient leurs lectures. Les branches crépitaient et craquaient, une lueur jaune emplissait les salles de lecture. On ouvrait de vieux in-folio et des premières éditions qui sortaient de l’imprimerie ; les auditeurs s’approchaient pour entendre des textes renommés ou sulfureux, des essais ou des nouvelles, des extraits de romans ou des lettres, des poèmes ou de la prose. L’heure de la bûche, c’était l’instant où le corps se reposait et où l’âme commençait vraiment à s’éveiller, où les esprits de la littérature sortaient du papier pour danser autour des auditeurs et des lecteurs.

En outre, l’heure de la bûche – il fallait bien le reconnaître – c’était l’heure de la réclame. Fait humiliant mais incontournable, la littérature zamonienne était soumise aux lois du marché. Et à Bouquinbourg, cité de livres innombrables, il était difficile de focaliser l’intérêt général sur une œuvre nouvelle. Avant tout, l'heure de la bûche, avec ses lectures, servait cet objectif.

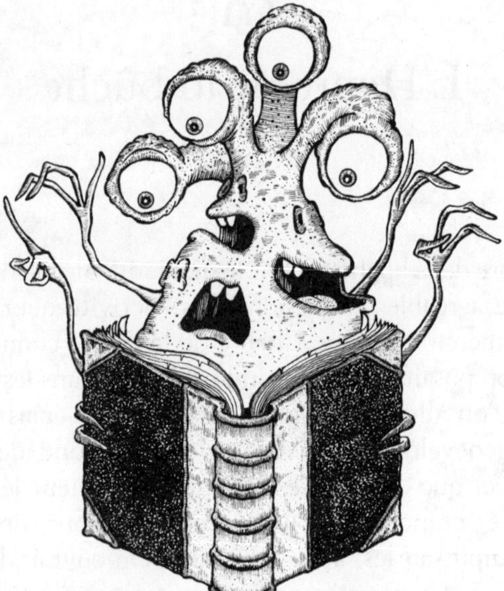

Les maîtres lecteurs de Bouquinbourg faisaient partie d'une corporation séculaire, régie par des règles strictes et protégée par de sévères concours d'entrée. Les lecteurs professionnels avaient été élevés à rude école et maîtrisaient leur art. C'étaient souvent d'anciens comédiens ou des chanteurs qui disposaient de puissantes cordes vocales et d'une gestuelle extraordinaire. On savait en Zamonie que les lecteurs bouquinbourgeois étaient les meilleurs. Quand le texte l'exigeait, leur voix s'élevait jusqu'au soprano léger et descendait jusqu'à la basse profonde. Ils chantaient à l'improviste, comme des rossignols, ou hurlaient comme des loups-garous, feulaient comme des chats sauvages et chuintaient comme des fantômes de goguelins. Ils pouvaient entraîner leur public dans les pires angoisses ou provoquer des rires hystériques.

Tout écrivain rêvait d'être lu en public par les maîtres lecteurs, mais ce plaisir était rare, car ces derniers étaient lunatiques et compliqués, et celui à qui ils tournaient le dos était alors considéré comme un auteur de seconde zone, malgré les prix littéraires ou le nombre de livres vendus.

J'étais devant un tableau noir qui annonçait les manifestations de la soirée. J'avais le choix entre *Un bateau plein de petits pois* de Hetlébem Espyon, *L'Aérien Visage* de Béhémot Ouragan, *Mes secondes sont plus longues que vos cheveux* de Coconus Coconoa et *Le Merci malade* de Goliat de la Veille. Il y avait en outre des conférences sur *La Maison aux cent pieds*, *Souffle et ombre*, *Là où le vent te pousse*, *S'il le faut, demain* et *Le gâteau pour rire qui n'amusait personne* – tout ça dans une seule rue, à côté d'une vingtaine d'autres spectacles de moindre qualité –, lectures et conférences gratuites, avec parfois une bière offerte !

Je me glissai avec vivacité d'une vitrine à l'autre et regardai les gens se rassembler autour des cheminées qui crépitaient, une tasse de thé ou un verre de vin à la main, riant et discutant, tout heureux à la perspective de ce qu'ils allaient entendre. Devais-je effectivement y renoncer pour assister à un concert de trombonettes ?

La voix de Suiffard résonnait dans ma tête : *Ah ! L'heure de la bûche ! Ça a lieu tous les soirs ! En revanche l'orchestre de trombonettes de Brouillassebourg, ça ne se voit pas tous les jours.*

C'était vrai : l'heure de la bûche était quotidienne, et

j'avais vraiment envie de rester quelque temps en ville. Les allusions de Phistomefel Suiffard m'avaient rendu curieux. Il avait parlé d'un *événement*. Et dit que ce n'était *pas pour les touristes*. Ce qui me piquait d'autant plus que j'en étais un moi-même. L'heure de la bûche était conçue pour les masses – j'étais appelé à connaître les sphères supérieures. À l'invitation personnelle de l'un des citoyens les mieux considérés de la ville. Je me détachai des vitrines, mes pas me dirigèrent presque instinctivement vers le parc municipal.

Le soleil était couché depuis longtemps. Il faisait frais. J'avais un peu froid parce que j'avais oublié d'emporter un bon cache-nez. Comme presque tous les gens en étaient pourvus, je me sentis encore plus déplacé : j'étais le seul dragon. Nous étions assis dehors, devant une scène, sur des chaises de jardin alignées. J'aurais préféré passer la soirée dans une boutique devant un feu crépitant, avec un verre de vin chaud offert par la maison, tandis qu'un illustre maître lecteur aurait lu *S'il le faut, demain*, roman qui traitait subtilement des « occasions manquées ».

Des occasions manquées, ah ! Je ratais à cet instant la lecture à trois voix du *Gâteau pour rire qui n'amusait personne*, la biographie légendairement drôle d'Anecdotion

Bricole. Ou une soirée de poèmes de Zepp Ouppo, mon idole en poésie. À la place, j'attendais en tremblant de froid un concert d'instruments à vent, probable torture. Je m'apprêtais à partir quand enfin les musiciens montèrent sur la scène ! Mon cœur s'alourdit encore : c'étaient des Brouillassebourgeois ! Je l'avais complètement oublié ! Rien que des musiciens de Brouillassebourg ! Naturellement, je refusais de m'associer aux préjugés qui couraient sur les habitants de cette cité. Mais il était notoire que le climat les poussait à la mélancolie, et qu'ils formaient un groupe de dépressifs à tendance suicidaire. On allait jusqu'à les accuser de complots criminels, de piraterie côtière et autres forfaits.

Le spectacle qu'offraient les Brouillassebourgeois ne remontait pas le moral : dans leur costume noir, ils ressemblaient à des nuages de pluie boursouflés, le visage spongieux et bouffi, la peau décolorée et les yeux chassieux. Ils regardaient le public si tristement qu'ils paraissaient sur le point d'éclater en sanglots ou de commettre un suicide collectif. J'eus soudain l'impression désagréable de devoir assister à un enterrement, et promenai nerveusement mon regard sur le public. Je découvris alors au premier rang Omar ben Ramenart. Il me dévisagea d'un air réprobateur. Inazéa Anazazi, la Chrecque de la boutique de littérature d'épouvante, était assise à ses côtés. Elle lui parlait en me montrant d'un doigt accusateur. Je me ratatinai sur mon inconfortable siège. J'allais vraiment m'amuser.

Le concert débuta par une ouverture pénible : les musiciens gonflaient les joues, ce qui accusait leurs traits batraciens. Les premières notes sortirent écrasées et difformes des instruments, coups de klaxon dissonants qui défiaient les lois de l'harmonie[1]. Apparemment, les musiciens jouaient sans se soucier les uns des autres et certains de leurs instruments n'émettaient que des râles : j'en croyais à peine mes oreilles. Ce n'était pas mauvais, c'était horrible : une torture préméditée et, pour moi, le signal final de la retraite.

M'emparant de ma cape, je m'apprêtais à demander à mon voisin de me laisser passer quand les premiers sons harmonieux perlèrent dans l'atmosphère glacée. Plusieurs musiciens se mirent à jouer alternativement en duo. Je compris que les instrumentistes n'avaient fait que s'échauffer. Je décidai de leur donner une nouvelle chance.

Un trombonettiste joua un thème très gracieux, léger, que les autres, à leur tour, attaquèrent. Soudain, l'ensemble retentit d'un bloc. Je regardai autour de moi pour enregistrer les réactions du public et constatai que tout le monde avait les yeux fermés et balançait doucement le buste au rythme de la mélodie. Peut-être ce geste était-il

1. J'aiderais peut-être le lecteur en décrivant ici brièvement la trombonette que Taillemythes désigne justement comme un instrument connu de ses lecteurs zamoniens.

Les trombonettes sont les seuls instruments qui peuvent faire l'objet d'un élevage. La coquille trombonienne (qui doit son nom à une lointaine ressemblance avec la trompette et le trombone) vit dans les massifs coralliens de la côte zamonienne occidentale, en particulier près de Brouillassebourg. Il s'agit d'un très long coquillage tubulaire en forme de tubéreuse. Vivant, il emplit le monde marin d'une musique spectrale qui rappelle le chant des baleines.

Les pêcheurs à pied furent les premiers à avoir l'idée de détourner de leur destinée ces coquillages régulièrement rejetés sur la côte, pour en faire des instruments de musique. Ils les munirent d'une anche et de pistons. Avec le temps, ils parvinrent à en tirer les sons les plus subtils et à les manier avec une harmonieuse dextérité. Plus tard, ils entreprirent d'élever artificiellement la coquille trombonienne pour fabriquer des instruments et commercer avec toute la Zamonie.

de bon ton et permettait-il de s'épargner la triste vision du visage amphibien des Brouillassebourgeois ; je fermai les yeux et me concentrai sur la musique.

Paupières closes, je vis une troupe exubérante de Guêpelfes qui traversaient les airs en dansant dans un paysage de collines inondées de lumière printanière. Le thème suggéré par le vol des elfes semblait jaillir d'une harpe, tant la suite des notes entrant dans mon oreille était aérienne, pétillante. Les guêpes formaient une ronde, et à chaque petite variation le tableau changeait : des papillons citrins volaient en essaim, une troupe de colibris se joignait au ballet des Guêpelfes, des graines de pissenlit flottaient dans les airs. Un sentiment printanier me transportait. C'était comme si ma mauvaise humeur s'était littéralement envolée. Une note nouvelle et cristalline retentit, un arc-en-ciel s'arrondit au-dessus de cette mise en scène.

J'ouvris les yeux, vaguement gêné par les images kitsch qui m'avaient traversé l'esprit. Je regardai autour de moi pour vérifier que personne n'avait remarqué ma brève extase. Ce que je vis était inouï : le public était en état de ravissement collectif. Les yeux fermés, les auditeurs fredonnaient en chœur et se balançaient en rythme comme des métronomes. Tout d'un coup, les trombonettistes posèrent leur instrument, et les spectateurs se réveillèrent de leur transe. Toussotements et raclements de pied. Les musiciens nettoyèrent leur embouchure avec d'assez longs écouvillons et feuilletèrent leurs partitions. Ce que l'on avait entendu n'était qu'une mise en train. Le vrai concert n'avait pas encore commencé.

18

Le Concert de trombonettes

Un Brouillassebourgeois adipeux se leva, inspira, souffla une note pure et la tint.

Longtemps.

Très longtemps.

Incroyablement longtemps – en défiant les lois du souffle. Sans respirer, sans faire trembler la note ni l'affaiblir, pendant plusieurs minutes. C'était une note toute simple, ni basse ni aiguë, intermédiaire.

Je refermai les yeux et vis une barre d'acier noir rectiligne qui traversait une salle blanche entièrement vide. Et, à cet instant, je sus – mes amis, ne me demandez pas pourquoi ! – que c'était *la note originelle de Livresse*, la première à avoir obtenu une reconnaissance officielle dans l'histoire de la musique zamonienne.

J'avais les oreilles qui bourdonnaient. Une histoire remonta à ma conscience. Était-ce un souvenir d'école ? Ou la réminiscence ternie de quelque lecture ? La note de Livresse avait donné naissance à une légende : le souverain de cette ville, le prince Orian de Livresse, avait chargé ses maîtres de musique de trouver la note originelle. Cette note devait, selon son désir, devenir le fondement de toute la musique zamonienne, l'étalon à partir duquel toute musique serait composée et interprétée. Ce son ne devait être ni affecté, ni guindé, ni extrême, ni intermédiaire, ni prosaïque, mais accessible à tous. Orian exigea cette note sur-le-champ.

Les maîtres de musique s'égaillèrent dans toutes les directions et mesurèrent l'éventail des sons possibles, entre le bruit assourdissant du marteau du forgeron sur l'enclume et l'inaudible cri d'angoisse de l'huître dont on ouvre violemment la coquille. Mais tous étaient trop forts ou trop doux, trop stridents ou trop sourds, trop discordants ou trop profonds, trop maigres ou trop volumineux, trop purs ou trop vagues. Les maîtres de musique étaient désespérés, car le prince était connu pour sa cruauté. Les sujets désobéissants étaient contraints d'avaler du verre florinthien.

Un jour, complètement désespéré, l'un d'entre eux passa devant une maison d'où provenait la note idéale : ni trop haute, ni trop basse, inaltérée, continue et solide. Une note innocente, franche, sur laquelle on pouvait bâtir des symphonies.

Le maître de musique – un jeune célibataire natte-tif-touffe de bonne famille – entra dans la maison où il trouva une jeune Natte-tif-touffe, belle à croquer, au corps parfait, qui jouait de la flûte à bec. Le maître de musique tomba éperdument amoureux, sentiment qui lui fut bien rendu. Il amena sa bien-aimée chez le prince, devant qui elle joua la note. Ainsi découverte, celle-ci fut déclarée officiellement note originelle.

Mais la légende, on le devine, ne s'arrête pas là. Il fallait qu'elle finisse mal, comme toutes les histoires zamoniennes. Le prince tomba lui aussi amoureux de la jeune fille et fit avaler à son rival une assiettée de poignards en verre, si bien que ce dernier mourut à grand renfort de râles. Là-dessus, dévorée par le chagrin, la jeune fille ingurgita plusieurs objets contondants et périt dans d'atroces convulsions. Pour finir, rongé par la culpabilité, le prince Orian de Livresse croqua les joyaux de sa couronne et périt d'une mort affreuse, des suites de graves hémorragies internes. Mais depuis, la note originelle est à la base de toute la musique zamonienne.

Cette petite histoire riche en rebondissements venait de se reconstituer devant moi, comme une mise en scène de théâtre – provoquée par le son unique d'une trombonette qui, lentement, allait s'éteignant.

J'ouvris les yeux. Le gros trombonettiste détacha les lèvres de son instrument et s'assit. Je me calai sur ma chaise. C'était incroyable : cette musique sans paroles déployait un tel contenu narratif ! Mieux qu'une lecture. Ou qu'une musique traditionnelle. Oui, il s'agissait d'une nouvelle discipline artistique : la musique littéraire !

Cinq autres trombonettistes se levèrent. Ils inspirèrent brièvement et jouèrent cinq notes, une seule chacun, en alternance, et toujours la même : une gamme pentatonique, une simple musique première, le début d'une suite musicale, ancestrale, mais touchante et pure comme un chant d'enfant, comme la mélodie d'un peuple primitif.

Je fermai de nouveau les yeux et vis un panorama préhistorique. La boule rouge du couchant inondait le paysage volcanique d'une lumière qui donnait aux pierres l'aspect d'une lave en fusion. Hors la pierre, il n'y avait rien, aucun être vivant. Pas même une plante pour offenser cette simple géologie par sa présence. Une profonde quiétude m'envahit. Le soleil disparut rapidement. Un ciel bleu foncé formait une voûte au-dessus des rochers. Peu à peu, de nouvelles notes se glissèrent dans le jeu des trombonettistes et, à chacune d'elles, une étoile s'alluma, blanche et scintillante. Puis les musiciens se mirent à actionner leurs pistons encore plus subtilement, et des météores brasillèrent dans le noir. Une note très basse gronda et, avec elle, une comète traversa mon ciel de rêve dans un bruit de tonnerre, traînant derrière elle un panache vert clair. Les trombonettes entraient successivement dans la partie, et plus la musique s'amplifiait, plus je voyais de concentrations d'astres rougeoyants, qui finirent par former des galaxies complètes. D'un seul coup, je compris quelle musique l'on jouait ici.

C'était de la *musique astronomique* : un égarement bizarre dans l'histoire de la musique zamonienne, imposé autrefois par un empereur des premiers temps du nom de Slendro Pelogg le bien Ordonné. Ce despote bureaucrate atteint d'une grave maladie se croyait menacé par la liberté de création inhérente à l'art musical, si bien qu'il voulut la faire entrer de force dans un système exact. Pour cela, l'ordre cosmique lui semblait le plus approprié. Pelogg décréta que toute la musique zamonienne devait être en harmonie avec l'univers : désormais les musiciens accordèrent leurs instruments à longueur d'année en s'inspirant des cartes du ciel et des constellations, des orbites cométaires et des phases de la lune. C'était une erreur tant sur le plan musical qu'astronomique. Elle ne permit pas de créer une musique marquée par l'harmonie cosmique mais un pénible folklore tapageur, à cause de l'incompatibilité de l'art et de l'astronomie. Pour achever cette fâcheuse histoire, précisons que les principaux musiciens de l'époque prirent d'assaut le palais du despote et poignardèrent ce dernier à coups de diapason.

Toutes ces images limpides défilaient dans ma tête : perdant son sang par des douzaines de plaies, Pelogg traversa en titubant les jardins du palais et finit par tomber dans un étang à poissons rouges dont l'eau se teinta de rose. La musique des trombonettes était devenue une cacophonie à peine supportable et, quittant le cadavre du despote, mon regard remonta vers le firmament où le chaos faisait rage. Des planètes et des étoiles dansaient sauvagement au son de cette musique stridente, jusqu'à ce que l'univers finisse par former un tourbillon de corps célestes qui disparut dans les ténèbres du néant. À cet instant, les trombonettes s'arrêtèrent.

J'ouvris brusquement les yeux. J'étais assis sur le bord de ma chaise de jardin, gémissant, trempé de sueur malgré le froid.

Le public excité discutait. J'aperçus Ramenart. La Chrecque lui épongeait le front.

« C'est grandiose, dit un nain voisin. Je l'ai entendu des douzaines de fois, et ça me fait toujours le même effet. À vrai dire, c'est de mieux en mieux.

– L'impression d'être emporté dans le tourbillon des étoiles s'intensifie toujours, fit quelqu'un derrière moi. L'espace d'une délicieuse seconde, je me suis pris pour un astre. »

C'était incroyable ! Nous avions tous partagé une vision identique. Le public formait manifestement une communauté qui écoutait fréquemment cette musique. Et voyait les mêmes images, rêvait les mêmes histoires. Si je n'avais pas été présent, je n'aurais pas cru à cette forme de communication artistique. Je ne regrettais plus d'être venu. Il fallait absolument que, le lendemain, je remercie Phistomefel Suiffard de vive voix.

Les instrumentistes se remirent à jouer, une musique nasale alliant la flûte et la lyre. Je fermai les yeux de bonne grâce. Je vis des châteaux forts sous un ciel gris. Des oriflammes agitées par le vent au-dessus de montagnes de cadavres de guerriers en armure couverts de sang caillé. Des corbeaux querelleurs perchés sur des gibets alourdis par des corps. Des bûchers en flammes surmontés de squelettes enchaînés. J'étais manifestement au Moyen Âge.

Je me demandai, sans arriver à le comprendre, comment les musiciens tiraient de leurs trombonettes des sons qui ressemblaient à ceux des premiers instruments à vent et à cordes datant de cette époque : des trompes braillardes et des vielles monotones, des cornemuses plaintives capables d'attendrir un caillou, et des violes mal accordées. D'un seul coup, j'aperçus un de mes paysages préférés : de longues rangées de vigne verte sous le soleil radieux de l'été. Et au centre, une montagne qui ressemblait au crâne ouvert d'un géant, rempli d'une eau noire.

Ce devait être la Bordegogne, le plus gros vignoble de

Zamonie, autour du crâne bolloguien de Gargilaine. Là aussi, je connaissais, sans savoir d'où je la tenais, l'histoire de Gizzard d'Oulfo et de son légendaire vin de la Comète. À cet instant, mon cerveau enregistra tous les détails de cet horrible drame médiéval :

Tous les mille ans, la comète de Sautilleul entre dans notre système solaire et passe si près de notre planète qu'avec son éclat, elle transforme un été en une seule longue journée.

Gizzard d'Oulfo, le plus puissant vigneron du Moyen Âge zamonien, propriétaire de nombreux vignobles en Bordegogne et alchimiste à ses heures, était persuadé que les vignes plantées avant cet été sans nuits produiraient un vin dont la maturité surpasserait toutes les productions passées : il voulait créer le vin de la Comète.

Celle-ci s'approcha, le jour le plus long arriva ; l'incandescence du soleil et la lumière du corps céleste transformèrent les vignes de Gizzard d'Oulfo au-delà de toutes les espérances. Les plantes poussèrent beaucoup plus vite, les grains devinrent gros comme des melons : on fut obligé de les cueillir un par un, à deux mains, et de les porter en haletant au pressoir. Le jus était épais et lourd, riche et délicieux : le vin de la Comète était le meilleur de tous les temps. Gizzard en possédait un millier de barriques. Un jour, Oulfo convoqua chez lui tous ses vignerons, tonneliers et fouleurs, planteurs et vendangeurs. Puis on ferma les portes. Il s'empara d'une hache et, sans un mot, entreprit de percer ses tonneaux. On crut qu'il avait perdu la raison et on voulut l'en empêcher, mais Gizzard d'Oulfo ne s'arrêta qu'après avoir détruit son dernier fût et répandu la dernière goutte : la propriété tout entière était inondée du vin de la Comète.

Pour finir, Gizzard d'Oulfo brandit une bouteille et annonça d'une voix triomphante :

« Voilà ! C'est la dernière, l'unique bouteille de vin de la Comète. Le nectar le plus délicieux, le meilleur, le plus rare et le plus précieux de Zamonie. Je n'ai plus besoin de stocker mes fûts et mes bouteilles, de m'en occuper, je n'ai plus besoin de payer des impôts ni de verser des salaires, je n'ai plus besoin de me laisser terroriser par l'administration des vins et alcools de Zamonie. Il me suffit de posséder cette bouteille inestimable, de la regarder prendre chaque jour un peu plus de valeur. Ma retraite commence.

– Et nous ? demanda l'un des ouvriers. Qu'allons-nous devenir ? »

Gizzard d'Oulfo le regarda avec pitié.

« Vous ? Naturellement, vous serez au chômage. Je vous licencie tous sans préavis. »

À cet instant seulement, alors qu'il était là, au milieu de centaines de travailleurs mis à la porte, et qu'il tenait la plus précieuse bouteille de vin de tous les temps, il se rendit compte qu'il aurait peut-être mieux fait d'annoncer les licenciements par écrit. Les yeux des ouvriers brillaient d'une folie meurtrière – et de l'envie de posséder cette bouteille. Lentement, le cercle se referma autour d'Oulfo.

« Bon, se dit Gizzard d'Oulfo qui, s'il était un misérable patron, n'était pas un lâche. Puisque je dois mourir, que ce soit dans l'ébriété ! Personne d'autre que moi ne doit posséder le vin de la Comète. »

Il déboucha la bouteille, la vida d'un trait avant d'être maîtrisé par ses gens. Mais il avait sous-estimé la cupidité que son discours avait déclenchée. Les vendangeurs emportèrent Gizzard d'Oulfo jusqu'au plus grand pressoir de la propriété, l'y jetèrent et en pressèrent le jus jusqu'à la dernière goutte de vin de la Comète mélangé au sang de Gizzard. Puis ils versèrent cette effroyable sauce dans un magnum, obtenant de cette façon le nectar le plus rare et le plus précieux de Zamonie.

Ainsi débuta la terrible histoire du vin de la Comète, car celui-ci ne fit qu'apporter les pires malheurs à ses détenteurs successifs.

Les ouvriers condamnés pour le meurtre de Gizzard d'Oulfo furent exécutés, le propriétaire suivant fut tué par un météore, le troisième dévoré dans son sommeil par des fourmis. Là où la bouteille arrivait, le crime et l'assassinat, la folie et la guerre ne tardaient pas à survenir. Certains attribuaient toutes les qualités à cette boisson. D'autres croyaient qu'elle pouvait ramener les morts à la vie et le milieu des alchimistes, en particulier, la convoitait. Le vin de la Comète passa de main en main et suivit son parcours sanglant à travers la Zamonie jusqu'à ce que la bouteille se casse et disparaisse de la surface de la Terre, avec son contenu.

En épilogue, j'entendis encore un trémolo où résonnait toute l'horreur de cette histoire. Puis ce fut le silence absolu.

Je m'éveillai comme d'une hypnose. J'entendais autour de moi le murmure d'une foule énervée, tandis que les trombonettistes écouvillonnaient leur instrument avec satisfaction.

« Cette partie était inédite, dit le nain à côté de moi. La semaine dernière, l'histoire du vin de la Comète n'était pas au programme. »

Ah ? On ne jouait donc pas toujours la même chose. Je me sentis honoré d'avoir assisté à une sorte de première, d'être entré dans le fan-club des trombonettistes brouillassebourgeois. Dix serpents de Midgard n'auraient pas réussi à m'arracher de mon siège. J'en voulais davantage. Il me fallait des trombonettes.

Les spectateurs firent silence, et les musiciens embouchèrent leur instrument.

« Je pense que nous allons entendre de la musique à chocottes, remarqua le nain d'un air réjoui. Ça serait de mise, après l'histoire sanglante du vin de la Comète.

– De la musique à chocottes ? demandai-je.

– Laissez-vous surprendre, répondit le nain en prenant un air mystérieux. Maintenant, ça va être lugubre, hou ! là, là ! Mais dites-moi, vous n'avez pas de cache-nez ? Vous allez attraper la crève. »

Je m'en fichais complètement. Pour entendre cette composition, j'étais prêt à tous les sacrifices.

Une partie des musiciens fit monter dans la nuit des notes éblouissantes pendant que d'autres jouaient des basses discrètes. Je fermai de nouveau les yeux, mais sans distinguer cette fois un puissant panorama. En revanche, je me mis à tout connaître de la musique des derviches du bas Moyen Âge zamonien – alors que j'en étais totalement ignorant.

La musique des derviches, je le sus d'un seul coup, reposait sur une gamme de sept notes séparées par des intervalles appelés *shrutis* : deux shrutis égalaient une demi-note, quatre shrutis une note entière, et vingt-quatre shrutis une octave. L'honneur pour un musicien de voir son nom donné à un intervalle est unique dans l'histoire de la musique zamonienne. Ouladaguet Shruti, le légendaire compositeur derviche de la fin du Moyen Âge, a créé une musique que l'on peut mêler à toute autre composition. Elle se fonde sur des notes qui suscitent la peur : un hurlement de chien dans la nuit, des charnières de porte qui grincent, des ululements de chouette, des chuchotements dans le néant, des coups frappés sous l'escalier d'une cave, un ricanement vulgaire dans un grenier, des femmes qui pleurent dans les tourbières, des cris dans un asile de fous, des ongles qui raclent une ardoise – des bruits à vous donner la chair de poule, reproductibles sur des instruments de musique. Shruti réussit à marier avec bonheur la musique à chocottes à la musique populaire contemporaine. À cette époque, le public n'allait pratiquement plus aux concerts que pour se donner des frissons. Les ovations se teintèrent d'effroi, les évanouissements avaient valeur de rappel, et quand le public se pressait vers la sortie en hurlant, le concert était considéré comme un succès. On se coiffait en se dressant les cheveux sur la tête, rien n'était plus chic que de se ronger les ongles, et l'on se saluait avec un « hou hou ! » affecté en levant les mains si, dans la rue, l'on était surpris par une rencontre. Toute une série d'instruments date de cette époque : la harpe zigouillarde, la cornemuse à jetons, la cithare à trouillote, la double flûte froussinante, la scie hérissante, la boucaneuse des caves et la corne serre-kiki. C'est ainsi que l'époque d'Ouladaguet Shruti fut appelée l'ère chocoshrutienne.

La musique s'arrêta et j'ouvris les yeux. Le nain à côté de moi me regarda en grimaçant.

« À présent, vous savez ce qu'est cette musique. Nous allons passer aux choses sérieuses ! Attention aux oreilles ! »

Il recula sur son siège, ferma les yeux et soupira d'aise.

Quatre musiciens jouèrent à l'unisson un glapissement

digne de chiens de chasse qui se noient dans les douves d'un château. Deux autres instrumentistes produisirent le ricanement des démons des montagnes qui déclenche des avalanches. Le plus gros trombonettiste au centre de l'orchestre arracha de son instrument une note désespérée ressemblant au dernier souffle d'un gibier de potence. Je crus aussi entendre des gémissements d'emmurés et les chevrotements de Chrecques transformées en torches vivantes.

Légèrement effrayé, je scellai mes paupières : quelles images épouvantables cette musique allait-elle produire en moi ? Quelle histoire horrible allait-elle raconter ?

Je ne vis d'abord que des livres. J'étais dans un couloir sans fin, bourré de rayonnages et d'ouvrages anciens : était-ce une bouquinerie ? Que pouvait-il arriver d'étrange dans une bouquinerie ? Je regardai de plus près le dos des volumes. Mon Dieu, c'étaient des livres antiques, si antiques que je ne pouvais plus en déchiffrer les titres. D'étranges lampes pendues au plafond répandaient une lumière spectrale. Quelque chose bougeait en elles. Étaient-ce les lampes à méduse décrites par Colophonius Clairdepluie ?

Je venais de comprendre : nous nous trouvions dans les catacombes de Bouquinbourg ! Mais oui ! Le labyrinthe sous la ville, j'étais en plein dedans ! Fantastique : j'effectuais un voyage à l'intérieur de la Terre, dans ce monde secret et dangereux, sans risque aucun ! Il suffisait que j'écoute la musique et me laisse entraîner par les images.

Je battis des paupières. Plusieurs fois. Il était possible de passer sans peine du parc municipal aux catacombes. Yeux ouverts, le parc, yeux fermés, les catacombes.

Parc.
Catacombes.
Parc.
Catacombes.
Parc.
Catacombes.

Je finis par garder les paupières closes. Même si j'étais mal assis sur ma chaise de jardin, dans le parc de Bouquinbourg, je glissai lentement dans un sombre couloir, farci de livres, et je m'enfonçai sous la terre. Ce que la musique des trombonettes était capable de produire était extraordinaire. Et tout avait l'air tellement authentique ! Une odeur écrasante de vieux papier flottait en tout lieu. Formidable : on pouvait même sentir cette histoire ! Les lampes à méduse ne fonctionnaient pas toutes. Les bêtes prisonnières répandaient leur inquiétante lumière. D'autres verres étaient cassés et les méduses s'étaient enfuies. J'aperçus même quelques-unes de ces créatures accrochées aux étagères, et d'autres, desséchées à même le sol.

Quel monde étrange ! Ça froufroutait de partout : j'entendais sûrement les vers qui se frayaient leur chemin à travers le papier. Des rats piaillaient et des insectes gratouillaient. Et par-dessus ces bruits, un léger souffle. Soudain, je me rendis compte que je n'entendais plus la musique des trombonettes.

Je voulus rouvrir les yeux pour me rassurer. Impossible. Mes paupières étaient cousues. Pourtant je voyais distinctement le tableau oppressant du dédale souterrain. Incroyable ! Je voyais clair dans le noir. Et ce que j'éprouvais n'était plus un délicat frisson, une peur plaisante, mais de l'épouvante pure et dure.

J'essayais de me rassurer en me persuadant que c'était juste une variante, un raffinement du concert. Cette fois, j'étais au cœur du récit. J'en étais peut-être même le héros. Mais de quelle histoire s'agissait-il ? Et *qui* étais-je ?

Je poursuivis mon chemin en regardant nerveusement à droite, à gauche, au-dessus, en dessous, derrière moi. Brusquement un sentiment étrange m'envahit : j'étais capable de reconnaître les livres à leur odeur. Inutile de perdre mon temps à les expertiser : je sentais le parfum citronné de la collection perdue du prince des livres, Agoud Gaaz le Lettré, dont la bibliothèque n'avait plus pour moi la moindre importance parce que… je connaissais à présent mon histoire et mon identité : j'étais Colophonius Clairdepluie, le chasseur de livres.

Je n'en croyais pas mes yeux ! Ou plutôt c'était crédible, je n'arrivais plus à distinguer le rêve de la réalité. J'étais un autre, j'avais ses pensées, je ressentais ses peurs. Car je savais aussi pourquoi ces livres précieux qui m'entouraient n'avaient aucune signification : moi, Clairdepluie, j'avais pris la fuite. Moi, Clairdepluie, je n'étais pas seul dans ce labyrinthe. Moi, Clairdepluie, je n'étais plus chasseur, mais gibier. J'étais poursuivi par le roi des Ombres.

Je l'entendais, ce râle, ce halètement derrière les livres. Parfois, j'avais l'impression de sentir son haleine brûlante sur ma nuque, ses griffes acérées qui se tendaient vers moi. J'essayai désespérément d'ouvrir les yeux, en vain. J'étais enfermé dans le corps du chasseur de livres, prisonnier des catacombes de Bouquinbourg.

Était-il possible de mourir d'une histoire imaginée ? D'un rêve ? Que se passerait-il si Clairdepluie était tué ? S'agissait-il encore d'une histoire ? Ou de la réalité ?

Je n'étais plus capable d'en juger. Je ne savais qu'une chose : j'éprouvais son épuisement dans toutes les fibres de mon corps, ses muscles douloureux, ses poumons en feu, son cœur qui battait la chamade. Subitement, le couloir s'arrêta, je me retrouvai devant une muraille de papier. Des manuscrits empilés n'importe comment jusqu'au plafond me barraient le chemin. C'était une impasse.

Je réfléchis fébrilement. Que faire ? Demi-tour ? Pour aller me jeter dans les bras du roi des Ombres ? Ou tenter de franchir cette paroi de papier ? J'optai pour cette solution et je me mis au travail quand les papiers commencèrent à remuer. Personne ne les bougeait, les feuilles glissaient les unes sur les autres comme des serpents, se chiffonnaient, bruissaient, puis se dépliaient. Pour dessiner quelque chose, prendre une forme si horrible que…

« Aaaaaaaaah ! »

Quelqu'un hurla.

« Aaaaaaaaah ! »

Était-ce Clairdepluie qui avait la peur de sa vie ?

« Aaaaaaaaah ! »

Non, celui qui hurlait, c'était moi, Hildegunst Taillemythes, le saurien ramolli qui s'était jeté par terre pour crier grâce.

« Pitié ! implorai-je dans un sanglot. Je ne veux pas mourir !

– Vous pouvez rouvrir les yeux, fit une voix. La musique est finie. »

Je soulevai mes paupières. J'étais couché sur le dos, dans l'herbe, à côté de ma chaise de jardin. Le nain et quelques autres spectateurs se penchaient sur moi.

« C'est un touriste ? demanda quelqu'un.

– Il a l'air de venir de la citadelle des Dragons », dit un autre.

J'étais gêné. Je me relevai en gémissant, tapotai ma cape pour en enlever les brins d'herbe et me rassis. Le public tout entier me fixait. Je sentais les regards perçants de Ramenart et de la Chrecque posés sur moi, et même celui de l'orchestre.

« Ça doit être désagréable, chuchota le nain d'un air compréhensif. C'est déjà arrivé à d'autres. Vivre les dernières minutes de Colophonius Clairdepluie est une expérience très forte.

– Vous pouvez le dire », répliquai-je dans un souffle en me tassant sur mon siège.

L'idée de m'être longuement roulé par terre en criant devant tout le monde m'était naturellement désagréable. Je fus donc soulagé de voir les Brouillassebourgeois emboucher leur instrument, ce qui détourna de moi l'attention des spectateurs.

Ils donnaient l'impression de tester de nouveau leurs pistons. L'un soufflait n'importe quoi, un autre une note unique, sinon, ils ne faisaient rien. Le concert était-il terminé ? Avais-je affaire à un rituel ? Je me risquai à fermer les yeux en ayant encore plus peur qu'avant.

L'image que je perçus était assez abstraite. Pas de paysage, pas de personnages, pas d'espaces, je ne voyais que des points, de petites taches lumineuses de différentes couleurs, jaune, rouge, bleu, qui apparaissaient les unes derrière les autres en formant un cercle, lentement d'abord, puis à intervalles de plus en plus rapprochés. Les notes séparées ne constituaient pas une mélodie. Jaune, rouge, bleu, et ainsi de suite, jaune, rouge, bleu. Pour la première fois, je ne ressentais rien. Ni euphorie ni effroi. Rien qui inspirât un récit.

« Le rondo optométrique ! haleta le nain. Ils jouent la musique oculistique de Carnavallon. »

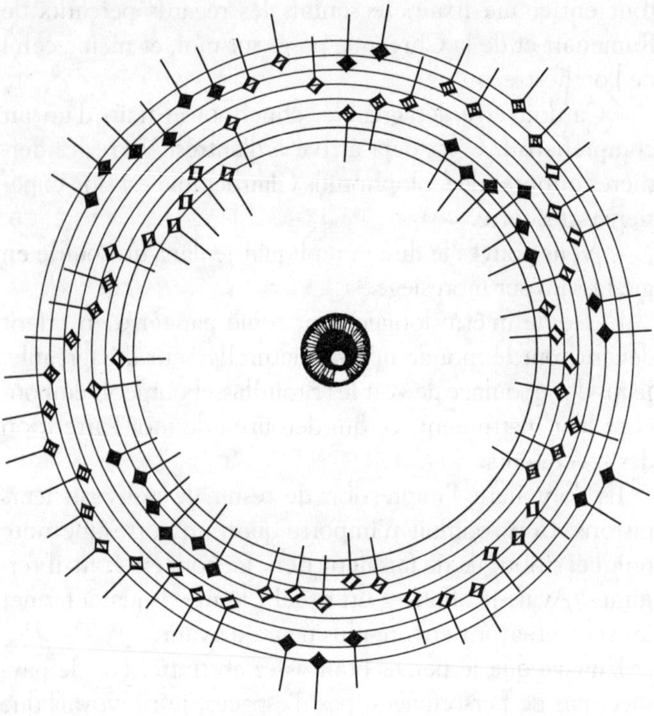

Curieusement, si je n'avais jamais entendu parler de cette musique, je savais de quoi il s'agissait. Oui, tout à coup, j'étais expert, je savais tout sur elle. Par exemple, que les ophtalmologistes de Carnavallon avaient élaboré une méthode de diagnostic permettant d'examiner l'intérieur de l'œil avec un cristal kaléidoscopique semblable à celui que l'on trouve dans les monts Écaillés. Pour examiner tous les coins de l'œil, le médecin indiquait au patient quelle direction il devait fixer : en haut, en haut à droite, au milieu à droite, en bas à droite, en bas, à gauche en bas, et ainsi de suite jusqu'à ce que le regard ait décrit un cercle complet. Les ophtalmologistes de Carnavallon étaient des Carnavallards, et l'on sait que ceux-ci ont six oreilles, qu'ils perçoivent des fréquences uniquement accessibles aux araignées. Leur cerveau transforme continuellement en musique ce qu'ils entendent, si bien qu'ils chantonnent tout le temps – comme les oculistes pendant leur travail. Un jour, l'un d'entre eux, un certain Dr Rémi Fassolassi, remarqua que le mouvement circulaire de la pupille accompagné d'un fredonnement avait un effet tranquillisant sur les patients, leur procurait même une légère transe, si bien qu'ils quittaient son cabinet l'humeur joyeuse, quasi euphorique – alors que le diagnostic aurait dû les abattre. Cela le mena à inventer la musique optométrique, dont la disposition circulaire des notes permettait au thème musical de se perpétuer. Telles étaient mes nouvelles connaissances en matière de musique oculistique.

« Le *rondo optométrique* ! réclamèrent les spectateurs. Jouez-nous le *rondo optométrique* ! »

J'ouvris les yeux et vis les trombonettistes brouillassebourgeois se lever. Des cris d'enthousiasme jaillirent de partout. Je refermai les paupières.

Trois musiciens jouaient chacun la même note, multipliant ainsi sa force, sa vigueur, son insistance. L'éclat qu'elle produisait rayonnait. Les ondes me faisaient trembler. Les triples notes se succédaient et les lumières commençaient à tourner sur leur axe. Ma vue, mon ouïe et ma pensée se mirent aussi à virevolter. De plus en plus vite. Jaune jaune jaune, rouge rouge rouge, bleu bleu bleu, un tourbillon trinitaire de couleurs, un arc-en-ciel enflammé qui s'était refermé et roulait dans les ténèbres de l'univers. Tous les doutes m'avaient abandonné, je me donnais corps et âme au plaisir que faisaient naître en moi ces notes abstraites. Nous étions entrés dans un domaine qui dépassait largement celui de la musique littéraire, où les histoires, les images, les personnages et les destins n'avaient plus d'importance. Tout ce que j'avais entendu réduisait l'épisode précédent à une stupide escarmouche, car ce que j'étais en train de vivre était si énorme qu'une seule phrase le résumait : *je devenais musique*.

Je me mis à me dissoudre. La vapeur doit éprouver cette sensation quand elle s'échappe de l'eau bouillante et s'élève dans les airs qui la rafraîchissent. Pour la première fois de ma vie, je me sentais libéré des contraintes terrestres, de mon corps, de ma propre pensée.

Puis je devins son, et le son est constitué d'ondes. J'ose l'affirmer, celui qui sait être une onde sonore a fait un grand pas dans la connaissance des mystères de l'univers. Je compris les mystères de la musique. Sa supériorité sur les autres arts venait de son immatérialité. Quand elle s'est séparée de son instrument, elle n'appartient plus qu'à elle-même, elle est libre, autonome, en état d'apesanteur, incorporelle, pure et en complète harmonie avec l'univers.

J'étais musique et je dansais avec le cercle enflammé, au-delà de toute chose. Quelque part en dessous de moi, le monde existait, il y avait mon corps, mes soucis, mais tout me semblait accessoire. Seule la présence de cette roue de feu comptait, elle tourbillonna jusqu'à ce que sa lumière multicolore semble couler, formant trois trajectoires courbes qui se réunissaient au centre.

C'est alors que je le vis : le *tricercle*.

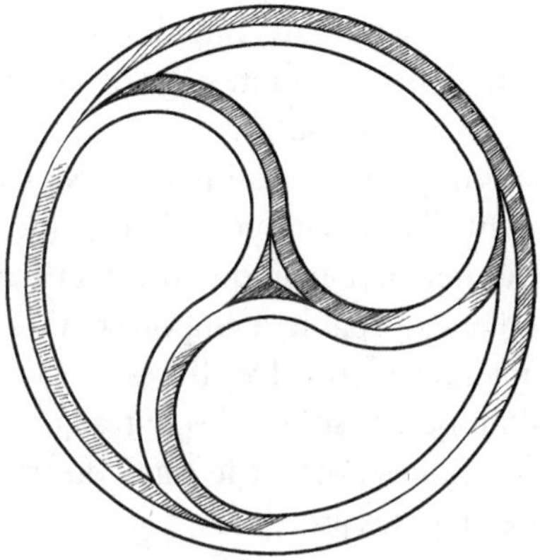

Le tricercle, le signe mystérieux qui resplendissait sur les portes de Ramenart et d'Inazéa Anazazi. Il rayonnait devant mon œil intérieur, suscité par la puissance de la musique des trombonettes qui, maintenant, jouaient à fond. Ce cercle enflammé était la chose la plus belle, la plus pure, la plus extraordinaire que j'aie jamais vue. Je voulais le servir, lui obéir, c'était mon seul désir.

Puis, tout s'arrêta brusquement. La musique cessa, le signe s'éteignit, et je tombai. Dans les tréfonds. Sur terre, en Zamonie, sur mon corps – crac ! –, mon esprit libéré de ses chaînes rejoignit impitoyablement mon corps, vint se coincer entre mes propres atomes.

J'ouvris les yeux. Les Brouillassebourgeois avaient posé leurs trombonettes et commençaient à les ranger dans leur étui. Le public se levait. Personne n'applaudissait. Troublé, je regardai autour de moi. Quelle étrange fin pour un concert aussi sensationnel ! Je voulus poser quelques questions au nain, mon voisin, mais il avait déjà disparu. Je vis Ramenart et la Chrecque s'en aller au milieu de la foule. Le public se cognait aux rangées de chaises. J'étais le dernier spectateur assis sur mon siège de jardin, abasourdi, dans le parc de Bouquinbourg.

Alors je pensai que moi aussi je n'avais plus de temps à perdre ! Il fallait d'urgence que je m'en aille ! Comment avais-je pu l'oublier. Je n'avais qu'un objectif, acquérir tous les livres que j'étais capable d'emporter. Vite, vite, avant que d'autres me précèdent ! Des livres, des livres ! Et bien entendu il fallait que ce soient des livres qui rêvent, achetés dans des boutiques portant le signe du tricercle. Je me mis à courir derrière les autres.

La Bouquinoboulimanie

On courait, on se poussait, on se bousculait pour sortir du parc. Je me retrouvai bientôt dans le groupe de tête avec Omar ben Ramenart et la Chrecque, mais nous étions à peine conscients de nous côtoyer. J'étais en mission, il fallait que j'achète des livres, beaucoup de livres, rien d'autre ne m'intéressait. Comme si la musique des trombonettes m'avait vidé le cerveau en n'y laissant que cette idée essentielle ; je courais le corps tendu comme un soldat à l'exercice, en débitant ma rengaine : *Il faut que… j'achète… des livres ! Que j'achète des livres ! Que j'achète des livres ! Des livres, des livres ! Que j'achète des livres !*

Enfin la première rangée de maisons, mais pas de bouquinerie. C'était probablement, à Bouquinbourg, la seule rue qui en était dépourvue, et il fallait que ce soit celle où nous courions ! Quelle perte de temps ! Je gémissais d'impatience, d'autres juraient. Nous devions poursuivre.

La rue suivante contenait douze bouquineries, dont trois à l'enseigne du tricercle. Poussant des cris de triomphe, la foule les prit d'assaut, pareille à une horde de barbares déchaînés, si violente et tapageuse que les clients s'enfuirent aussitôt et que les propriétaires, apeurés, se retranchèrent derrière leurs comptoirs.

Je jetai un regard fiévreux autour de moi. Des livres, enfin ! Lesquels ? Qu'importe ! L'essentiel, c'était qu'il s'agisse de livres ! Acheter ! Acheter ! Je mis la main sur un grand panier et y jetais les bouquins au hasard, les ramassais sur les étagères sans prêter attention ni aux titres ni aux auteurs, ni au prix ni à leur état. Coûteuses éditions originales ou camelote bon marché, ouvrages qui touchaient mes centres d'intérêt, ou qui pouvaient s'avérer utiles, tout me convenait. J'étais pris d'une soif inextinguible que seul un geste pouvait satisfaire : acheter, acheter, acheter.

Il se produisit un incident désagréable avec la Chrecque

qui voulut m'arracher un volume des mains. Elle tirait d'un côté, moi de l'autre, on se montra les dents, on souffla et on cracha, jusqu'à ce que brusquement elle se détourne et se précipite sur une autre pile, comme un vautour affamé sur une carcasse de mouton.

Nous étions en pleine bouquinoboulimanie ! Autour de moi, la communauté trombonettiste fouillait, poussait, bousculait, emportait des livres comme s'ils menaçaient de disparaître du jour au lendemain. Çà et là, des gens se battaient, mais chacun employait l'essentiel de son énergie à rassembler sa marchandise. Lourdement chargé, je traversai la boutique en chancelant, tout en continuant à entasser des ouvrages imprimés dans mon panier.

Maintenant les premiers, incapables d'en traîner plus, se dirigeaient vers la caisse. Des scènes dramatiques eurent lieu quand ces gens constatèrent que le prix des ouvrages choisis dépassait leurs capacités financières. Certains pleuraient, arrachaient leurs vêtements au moment où le commerçant reprenait les ouvrages. Je leur donnais raison de se comporter ainsi. Comment le marchand pouvait-il avoir le cœur si dur ?

Je finis par aller en titubant vers la caisse avec mon panier qui pesait un demi-quintal. Le bouquiniste voulut reprendre une partie considérable de mes achats, essentiellement de précieuses éditions originales – uniquement parce que je ne pouvais pas les payer ! C'était méchant et mesquin, je me mis à pleurer et à me lamenter, mais il ne se laissa pas attendrir. Je l'injuriai copieusement, et après avoir glissé dans un sac géant autant de volumes que ma bourse le permettait, je m'en allai. Fauché, mais heureux.

Arrivé à l'auberge, je vidai ma cargaison au beau milieu de ma chambre. Je regardai encore un moment cette montagne de livres, puis, dans mon lit, me renversai sur le dos avant de tomber dans un long sommeil qu'aucun rêve ne vint perturber.

Quatre cents manières d'accommoder les grenouilles

À mon réveil, je crus d'abord m'être trompé de chambre, ensuite je me demandai si, dans la nuit, un fou y avait renversé une montagne de bouquins. Quand les scènes de la veille me revinrent en mémoire. Le concert. Les trombonettes brouillassebourgeoises. La note originelle de Livresse. Le vin de la Comète de Gizzard d'Oulfo. Le roi des Ombres. La musique oculistique des Carnavallards. Le tricercle en feu. La bouquinoboulimanie.

Encore tout endormi, je me penchai sur mon butin. Je saisis l'un des livres et en lus le titre.

Techniques du ramonage de Pier O'Man.

J'en pris un autre.

Treize Coquilles à la douzaine. L'Art de fouetter l'omelette de John Duff.

Je le rejetai et en pris un autre.

Cent Blagues ébouriffantes sur les Nattes-tifs-touffes

C'était quoi, ces rossignols ? Je poursuivis mon exploration, secouant la tête à la lecture de chaque titre.

L'Art du nœud marin à l'usage des gauchers

Du bris de verre au ver de Brie

L'Apécédaire des flatulences chroniques

De la momification préhistorique des insectes dans les marais carbonifères subtropicaux (24 volumes)

Traité de cannibalisme appliqué

Comment peigner une poule

Tables de dérouillage pour ferblantiers

Fleurissez votre barbe avec les éponges naturelles

Le Grand Livre du rabot

Quatre Cents Manières d'accommoder les grenouilles

Oui, mais qui avait bien pu acheter ces inepties ? *Moi ?*

Je fouillais dans cette montagne, de plus en plus dégrisé et abattu. Il n'y avait pas un seul livre intéressant, rien que du papier à jeter, du rebut, j'avais dépensé toutes mes économies pour alimenter un feu de camp.

Désespéré, je retournai à mon lit d'un pas hésitant et me recouchai. À cet instant seulement, je ressentis une douleur à la tête. Étais-je atteint d'une incurable maladie cérébrale ? Il fallait espérer que non. La musique avait peut-être déclenché en moi une psychose latente qui allait me conduire à la camisole de force dans une cellule d'isolement à l'hôpital psychiatrique de Bouquinbourg. Elle m'avait déjà poussé à la ruine financière, pourquoi pas à la folie ? N'entendais-je pas des voix ? Indubitablement, c'étaient des voix, la démence me tenait dans ses griffes glacées et me murmurait ses ordres imbéciles dans les oreilles. Mais non, c'était l'équipe de nettoyage qui remettait de l'ordre dans la chambre voisine. J'essayai de me calmer.

Comment cela avait-il bien pu se produire ? La musique des trombonettes était-elle si puissante ? Effectivement, si elle était capable de pousser quelqu'un à se rouler par terre en gémissant et à s'imaginer qu'il était Colophonius Clairdepluie, on pouvait s'attendre à bien d'autres choses.

Il ne me restait qu'à rentrer tête basse à la citadelle des Dragons, désargenté et brisé. Je n'avais plus le moindre sou pour payer ma note d'hôtel ou mon petit-déjeuner. Est-ce que le libraire reprenait les livres ? Mais j'avais complètement oublié l'endroit où se trouvait la boutique.

Je pensai alors à Phistomefel Suiffard. Il avait dit que mon manuscrit possédait une grande valeur. Je pouvais peut-être le lui vendre !

Je me retournai en gémissant dans tous les sens. J'étais donc tombé si bas ! J'étais prêt à bazarder l'héritage de Dancelot en échange d'un petit-déjeuner. Je pouvais aller d'emblée au Cimetière des poètes oubliés et creuser ma propre tombe. Je fermai les yeux et vis le tricercle en flammes. Moins clair et moins rayonnant, mais avec toutes ses couleurs, il était beau et fascinant. Je pourrais de nouveau supporter un air de trombonette, pensai-je.

J'ouvris alors les yeux et sautai au bas de mon lit. Qu'est-ce que cette musique avait fait de moi ? Je regardai avec désespoir ce tas de livres qui n'avaient aucune valeur. Il fallait que j'aille prendre l'air. Je fis ma toilette et me mis en route.

Après m'être dérobé au regard scrutateur du réceptionniste derrière son comptoir – il m'avait vu, poussant des cris de joie, rentrer la nuit précédente avec un immense sac de livres – je mis le nez dehors. Je fus surpris de voir l'agitation qui régnait déjà dans les rues de Bouquinbourg. Je devais avoir dormi très longtemps : à en juger par la position du soleil, il était presque midi. Ça m'arrangeait : je pouvais me rendre immédiatement au laboratoire de Phistomefel Suiffard.

L'Héritage des Suiffard

Phistomefel Suiffard m'attendait avec un copieux petit-déjeuner : des tartines de miel (sans abeilles), des œufs pochés, du café au lait, du jus de pomme et des boucles de poète chaudes – comme s'il avait deviné que j'allais arriver chez lui le ventre vide.

Nous étions assis dans son agréable petite cuisine, et l'expert en écriture, gloussant, me regardait en train d'ingurgiter mon petit-déjeuner. Je bus des litres de café, avalai trois tartines, quatre œufs et deux boucles de poète, tout en lui racontant les événements de la veille.

Suiffard éclata de rire.

« J'aurais dû vous mettre en garde : en fin de compte, ce sont des musiciens brouillassebourgeois. Avec eux, il faut s'attendre à tout. J'ai assisté une fois à un concert après lequel tous les spectateurs – moi, y compris – ont profané le cimetière chrec de Bouquinbourg. Nous avons même passé une nuit en prison. C'est de l'humour brouillassebourgeois – tout a son prix. Mais dites-moi : est-ce que ça valait le détour ?

– Oui, fis-je la bouche pleine. D'une certaine façon. Mais maintenant je suis fauché.

– Je n'en crois rien.

– Qu'est-ce que vous voulez dire par là ?

– Votre manuscrit. Je l'ai examiné à fond et je pense qu'il est beaucoup plus précieux qu'il ne le paraît à première vue.

– Vraiment ? »

Mon humeur s'améliora d'un coup. Je bus une autre gorgée de café.

« C'est évident, mon cher ! Ici, à Bouquinbourg, il vaut de l'or ! Vous pourriez facilement le proposer à la vente pour une somme considérable. Si vous voulez, je vous aiderai – sans exiger de pourcentage, bien entendu. Si vous préférez le garder, on vous fera partout crédit.

– C'est vraiment formidable. Est-ce que vous avez pu en identifier l'auteur ?

– Oui.

– Ah bon ? Qui est-ce ? »

Suiffard gloussa de nouveau et se releva.

« Puis-je y mettre un peu de suspense ? Et vous montrer un des secrets les mieux gardés de Bouquinbourg ? Venez avec moi ! »

Il quitta la cuisine, je me fourrai encore une boucle de poète dans la bouche et le suivis. L'expert en écriture m'emmena dans son laboratoire et me désigna l'étagère aux Souffretards. Je regardai les bocaux, restai coi, puis les observai encore plus attentivement. Tous étaient immobiles dans leur liquide nutritif.

« Ils sont morts, annonça Suiffard. C'est la faute de votre mystérieux poète.

– Qu'est-ce que vous voulez dire ?

– Cette nuit, je leur ai lu des extraits de votre manuscrit pour tester sur eux la qualité de la mélodie. Ils ont commencé par chanter puis se sont mis à pleurer. Et pour finir, ils se sont évanouis les uns après les autres et sont morts. La qualité du texte les a tués. C'était trop pour de si petits êtres.

– Incroyable, dis-je. Ça vous était déjà arrivé ?

– Non, répondit Suiffard, jamais. »

Il me conduisit vers la trappe qui était grande ouverte.

« Je vous en prie, suivez-moi. »

Il y avait là un très vieux plan incliné en bois qui grinça quand le Verrequin y roula sa masse adipeuse. Je descendis à sa suite avec précaution. L'air était froid et humide, le lieu dépourvu d'intérêt. C'était une vieille cave avec quelques étagères poussiéreuses portant des bocaux de conserve de fruits, des pots de miel et des bouteilles de vin. Quelques toiles d'araignées, du bois de chauffage, des ustensiles brisés de son laboratoire, c'était tout.

« C'est ça qui est un des secrets les mieux gardés de Bouquinbourg ? demandai-je. Personne ne doit savoir que vous n'aimez pas faire les poussières ? »

Suiffard sourit et appuya doucement sur un rayonnage qui pivota avec le mur. J'aperçus un long couloir souterrain ventilé par de l'air pulsé. .

« Vous êtes prêt à entrer dans les catacombes de Bouquinbourg ? me suggéra Suiffard en m'indiquant le tunnel avec sa rangée de bras gauches. Ne craignez rien, c'est une visite guidée. Retour garanti. »

On entra dans la galerie discrètement éclairée par des lampes à méduse. L'atmosphère était pareille à celle de ma vision des trombonettes, mais il n'y avait ni livres ni étagères. Aux murs, largement espacées, d'énormes toiles montraient uniquement des Verrequins en costumes d'époque.

« Ce sont tous des Suiffard, dit l'érudit en écriture non sans fierté. Mes ancêtres ! Lui, c'est Prosperius Suiffard, il a été grand exécuteur des hautes œuvres. Celle-ci, avec son regard sournois, c'est Behuma Suiffard, espionne renommée, morte il y a trois cents ans. Cet effroyable type, là-derrière, c'est Hallalirotius Suiffard, un sale pirate qui, pendant une longue période d'inactivité, a dévoré ses enfants. Mais bon, on ne peut pas choisir sa parenté, n'est-ce pas ? La famille Suiffard est dispersée à travers la Zamonie. »

Un portrait éveilla mon attention. La silhouette peinte était d'une extraordinaire maigreur, elle n'avait rien de l'adiposité caractéristique des Verrequins, et la folie semblait étinceler dans son regard perçant.

« Hagob Saldaldian Suiffard, expliqua mon interlocuteur. Mon ancêtre direct. De lui, j'ai… mais j'y reviendrai plus tard. C'était un artiste. Il était sculpteur. Ma maison est remplie de ses œuvres.

– Pourtant je n'en ai vu aucune, objectai-je.

– Ce n'est pas étonnant, répondit Suiffard. On ne peut les voir à l'œil nu. Hagob faisait des microsculptures.

– Des microsculptures ?

– Oui, il a d'abord travaillé sur des noyaux de cerise et des grains de riz. Puis il a choisi des supports de plus en plus réduits. Pour finir il sculptait dans la pointe d'un cheveu.

– Est-ce possible ?

– À vrai dire, non, mais Hagob l'a réussi. Je vous en montrerai au microscope quand nous remonterons. Il a représenté toute la bataille de la forêt des Nurnes sur un cil.

– Vous descendez d'une famille extraordinaire, m'émerveillai-je.

– Oui, soupira Suiffard, malheureusement. »

Plus nous avancions dans ce couloir déclive, plus les tableaux étaient anciens, comme en témoignaient le craquèlement des couches de lasure et de peinture à l'huile, la technique de plus en plus primitive et les costumes des modèles.

« Les racines de notre arbre généalogique s'étalent jusque sur les côtes de l'océan Zamonien, et dans les fonds marins. En revanche, je ne joue pas les coquettes en disant que je me fiche pas mal de mes origines : les Suiffard ont toujours gardé leurs distances entre eux. La solitude est aussi une part de notre héritage. »

Le couloir bifurqua, mais le décor dépouillé resta inchangé : de temps à autre une lampe à méduse au plafond ou un tableau au mur, c'était tout.

« Tullafade Suiffard, surnommé le Scorpion du désert, expliqua Phistomefel. Il noyait ses ennemis dans le sable, ce qui est possible quand il s'agit de sables mouvants. »

Il me désigna un autre portrait.

« Hokusaïsaï Suiffard. Il contrôlait le monde souterrain de Ferblanville. Il se fit forger un dentier en acier et dévorait vivants ses adversaires. C'est le seul Suiffard qui soit descendu au niveau des cyclopes du Rocher du Diable. Ça, c'est Persillane Suiffard. Tous ses maris… Avec un tisonnier rougi au feu, elle les… ah, c'est trop affreux. Épargnons-nous les détails. Nous sommes presque arrivés. »

La pente continue du couloir avait dû nous emmener assez loin sous terre. Pourtant je n'avais pas encore vu un seul livre. Soudain la galerie s'interrompit : nous nous trouvions devant une porte en bois sombre garnie de ferrures.

« Nous y sommes », dit Suiffard.

Il se pencha et, la main devant la bouche, il grommela des paroles inintelligibles à l'intention de l'antique serrure rouillée.

« C'est une serrure biblalchimistique à formule incantatoire », expliqua-t-il en s'excusant presque.

Il se releva. La porte s'ouvrit en grinçant sans qu'il ait appuyé sur la poignée.

« Un truc d'alchimiste du siècle dernier. Ça n'a vraiment rien de magique. Une mécanique déclenchée par des ondes sonores. Mais il faut que ce soit les bonnes. Ça évite de s'embarrasser de clés. Après vous ! » dit Suiffard.

Je franchis le seuil et me retrouvai dans la plus grande salle que j'aie jamais vue. Sa forme n'était pas réductible à

des descriptions géométriques. Elle s'étendait dans toutes les directions, vers le haut, le bas et les côtés. Des abîmes bâillaient, des plafonds de pierre formaient une immense voûte. Des terrasses s'empilaient, des grottes se ramifiaient. D'autres cavernes leur succédaient. De puissantes stalactites pendaient au plafond, des escaliers en colimaçon tournaient autour d'énormes stalagmites. Des arches en pierre enjambaient des gorges – et partout, des lampes à méduse diffusaient leur lumière.

« Voici mon magasin », dit Suiffard d'un petit air désinvolte, comme s'il n'avait fait qu'ouvrir la porte de son bûcher.

Il devait y avoir là des centaines de milliers, peut-être des millions de volumes ! Je n'en avais pas vu autant dans tout Bouquinbourg ! Chaque endroit de cette énorme grotte naturelle avait été utilisé pour y entreposer des livres. Des étagères étaient directement taillées dans la roche, d'autres, en bois, se dressaient à des hauteurs vertigineuses, avec, appuyées contre elles, de longues échelles. Partout s'élevaient des piles d'in-folio rangées en montagnes régulières, posées les unes à côté des autres pour former des rangées infinies. J'apercevais des rayonnages en bois brut, de précieuses vitrines, des corbeilles, des tonneaux, des tombereaux et des caisses bourrés de livres.

« Je ne sais même pas combien il y en a, dit Suiffard, comme s'il avait lu dans mes pensées. Je n'en ai pas la moindre idée. J'ignore qui a apporté tous ces ouvrages. Je sais simplement que, selon la loi fondamentale de Bouquinbourg, ils m'appartiennent tous.

– Est-ce une salle artificielle ou une grotte naturelle ? demandai-je.

– Je crois qu'elle est en grande partie naturelle. Cet endroit a dû être jadis sous les eaux, comme le montrent les fossiles : tout géologue zamonien en donnerait sa tête à couper, dit Suiffard en riant. Mais la surface de la pierre paraît polie, d'où l'impression d'une grotte artificielle. Je suppose que les mains travailleuses de la nature s'en sont mêlées. Je ne peux pas en dire plus.

– Et vous en êtes l'unique propriétaire ? » fis-je bêtement.

L'idée qu'autant de livres puissent appartenir à une seule personne me semblait absurde.

« Oui, j'ai hérité de tout cela.

– C'est l'héritage des Suiffard ? L'héritage de votre famille dépravée ? Excusez-moi, mais c'est ce que j'ai cru comprendre. Vos ascendants devaient être étonnamment cultivés.

– Oh, ne croyez pas que la culture et la dépravation soient exclusives l'une de l'autre », soupira Suiffard.

Il prit un livre et le contempla d'un air songeur.

« Il faut que vous sachiez qu'à ma naissance je n'avais pas tout, poursuivit-il. J'ai grandi loin de Bouquinbourg, à Graalsund. Les affaires dont je m'occupais n'avaient rien à voir avec les livres. Elles n'ont d'ailleurs pas marché. Un jour, je me suis retrouvé sans le sou. N'ayez pas peur, je ne vais pas vous embêter avec la triste histoire de ma jeunesse désargentée. J'en viens tout de suite à la partie réjouissante. »

Suiffard remit le livre à sa place. Je laissai glisser mon regard sur l'incroyable décor de la grotte aux livres. Des chauves-souris blanches voletaient en hauteur, entre les stalactites.

« Un jour, j'ai reçu une lettre d'un notaire de Bouquinbourg, poursuivit Suiffard. Sincèrement, je n'avais aucune envie de me rendre dans cette ville poussiéreuse. Mais cette lettre disait qu'un héritage m'y attendait qui, si je ne venais pas en personne, reviendrait à la communauté. Elle ne précisait ni la nature ni la valeur du legs, mais à l'époque j'aurais accepté d'hériter une vespasienne. J'entrepris alors le voyage à Bouquinbourg. Il s'avéra que la succession de mon grand-oncle Hagob Saldaldian Suiffard se résumait à la petite maison qui se trouve maintenant à cinq cents mètres environ au-dessus de nos têtes. »

Un demi-kilomètre de terre et de pierres nous séparait

donc de la surface de la Terre ? Cette pensée ne m'était pas particulièrement agréable.

« Je recueillis ce patrimoine non sans déception, car durant mon voyage j'avais imaginé un cadeau nettement plus spectaculaire. Tout de même – une maison à soi, classée monument historique, plus besoin de payer de loyer –, dans ma situation, c'était un progrès. Habitant de Bouquinbourg, j'ai pu entreprendre gratuitement des études universitaires de littérature zamonienne, de bouquinisme et d'écriture, spécialités qui permettraient évidemment de gagner sa vie. Parallèlement, j'ai exercé divers petits métiers, de colporteur à laveur de ciseaux. Quand on a quatorze mains, on trouve toujours du travail. »

Suiffard contempla ses membres et soupira.

« Un soir, je farfouillais dans la cave de la maison à la recherche d'objets à brader, mais il n'y avait que des étagères vides. Or, à Bouquinbourg, on a besoin d'étagères. Je pensai ainsi en remonter une, la retaper et la vendre pour pas grand-chose. Quand je voulus la déplacer, il arriva ce que vous venez de voir : la porte secrète s'ouvrit et me révéla le chemin qui menait au véritable héritage d'Hagob Saldaldian.

– Votre oncle a rassemblé tout ce qui se trouve ici ?

– Hagob ? Impossible. D'après ce que je sais sur lui, il a dû se séparer d'une partie du fonds. Il sculptait des cheveux sous un microscope avec des outils de son invention. On le considérait dans Bouquinbourg comme un fou, un original. Il était connu pour mendier sa nourriture dans les boulangeries et les auberges. Vous vous imaginez ? Il était assis sur un trésor inestimable, reconstituait des scènes de l'histoire zamonienne sur un crin de cheval en bouffant des petits pains secs et des déchets de cuisine. On n'a jamais retrouvé son cadavre. Que son testament. »

Quelle histoire, mes amis ! Le testament d'un fou. La plus précieuse bibliothèque de Zamonie, sous terre. Ce matériau réclamait d'être transformé en littérature. En quelques secondes, je venais de mettre en place la structure d'un roman. Ma première idée exploitable depuis une éternité !

Suiffard se coula le long d'une rambarde en fer donnant sur un précipice dont les murs étaient entièrement garnis d'étagères.

« Le propriétaire d'une maison qui donne accès à une caverne possède automatiquement cette caverne et son contenu. C'est comme ça depuis des siècles. Cette grotte est la plus grande et la plus fournie de Bouquinbourg. Elle appartient de toute éternité à la famille Suiffard. »

Il regarda fixement le fond du précipice.

« Ça ne serait déjà pas mal si ces livres étaient de qualité moyenne. Mais ce ne sont que des raretés. Des éditions originales. Des bibliothèques perdues. Des objets millénaires à l'existence desquels plus personne ne croit. Bien des marchands de Bouquinbourg seraient heureux de posséder un seul de ces volumes. Ce n'est pas seulement la plus grande caverne de Bouquinbourg, c'est aussi le plus gros trésor de la ville. Tous les livres de la *Liste d'or* s'y trouvent.

– Vous n'avez pas peur que quelqu'un vous cambriole ? Il n'y a au-dessus de nous que cette petite maison, et cette serrure ridicule à formule incantatoire…

– Non, personne ne viendra cambrioler. Impossible.

– Ah, vous avez posé des pièges !

– Non, il n'y a pas de pièges. Ma caverne n'est pas protégée.

– Est-ce que ce n'est pas un peu… risqué ?

– Je vais vous révéler quelque chose : personne n'entrera dans cette caverne, parce que personne n'en connaît l'existence.

– Je ne comprends pas. Vous dites qu'elle appartient aux Suiffard depuis des temps immémoriaux.

– Justement. Pendant des siècles, les membres de ma famille ont effacé le moindre souvenir de cette caverne. Ils ont soudoyé des fonctionnaires. Fait supprimer des articles de la loi fondamentale. Falsifié les livres d'histoire et les cartes. Fait sûrement disparaître des personnes.

– Mon Dieu ! Comment savez-vous ça ?

– Il y a dans cette grotte d'innombrables documents de famille. Des journaux, des lettres, des papiers de toutes sortes qui ouvrent des abîmes, vous ne pouvez pas vous imaginer. Les Suiffard sont une famille complètement pourrie. Je vous l'ai déjà dit, je ne suis pas très fier de mes origines. »

Suiffard prit un air grave.

« En fait, cette caverne n'existe pas. Nous sommes les seuls à la connaître, quelques collaborateurs de confiance et moi. Colophonius Clairdepluie aussi, bien entendu. Et vous, désormais. »

Je restai un instant sans voix.

« Pourquoi *moi* ? Je ne suis qu'un étranger.

– Je vous l'expliquerai. C'est en rapport avec votre manuscrit. Mais laissez-moi d'abord vous raconter une partie vraiment intéressante de mon histoire.

– Il y a une partie *encore* plus intéressante ? »

Je ne pus m'empêcher de rire.

Suiffard lâcha la rambarde et me sourit.

« Vous savez, dans la ville les gens continuent à me considérer comme un marchand spécialisé de livres d'occasion. Un heureux héritier et un parvenu, qui a le chic pour trouver des livres précieux et qui entretient d'excellentes relations avec des collectionneurs et des chasseurs de livres, sans jamais avoir chez lui plus d'une caisse de bouquins. »

Son visage prit soudain une expression que je ne pus interpréter.

« Mais ici, sous terre, je suis quelqu'un d'autre. Vous voyez cette étagère ? Ce sont des éditions originales du IVe siècle. Chacune d'entre elles me permettrait d'acheter un quartier de Bouquinbourg. De graisser la patte d'un homme politique à vie. Ou de mettre un maire en place, en finançant sa campagne électorale. Bien entendu, je ne le fais pas.

– Bien entendu », répétai-je.

Je ne savais pas où il voulait en venir. Il fallait espérer qu'il évoquerait bientôt mon manuscrit.

« Non, je ne m'en charge pas moi-même. Je confie ça à mes hommes de paille. »

De quoi parlait-il ? J'étais mal à l'aise.

Suiffard me regarda sans ciller.

« Je n'achète pas de livres, j'achète des boutiques entières. Je fais trafic d'énormes quantités de bouquins. J'inonde le marché de livres pas chers, je ruine la concurrence environnante, et quand mes rivaux font faillite, je rachète leur librairie à des prix dérisoires. Je décide du prix des loyers à Bouquinbourg. La plupart des maisons d'édition de la ville m'appartiennent. Presque toutes les fabriques de papier et les imprimeries. L'ensemble des lecteurs d'édition de Bouquinbourg sont sur ma liste de salariés, de même que les habitants de la rue des Empoisonneurs. Je fixe le prix du papier. Les tirages. Je décide quels livres auront du succès, lesquels n'en auront pas. Je fais les écrivains à succès et je les défais quand ça me plaît. Je suis le maître de Bouquinbourg. *Je suis la littérature zamonienne.* »

Était-ce une plaisanterie ? L'expert en écriture me soumettait-il à un examen ? Me donnait-il un échantillon de son étrange humour ?

« Et ce n'est qu'un début. Partant de Bouquinbourg, je vais recouvrir la Zamonie d'un réseau commercial de livres anciens. Nous avons déjà des filiales à Graalsund, Florinth et Atlantis, et je peux vous assurer que ces magasins marchent formidablement. Un jour prochain, je contrôlerai tout le commerce du livre et le marché immobilier de la Zamonie, et de là il n'y a qu'un pas vers le pouvoir politique absolu. Vous voyez, je vois très grand.

– Vous plaisantez, répliquai-je désemparé.

– Non, je ne plaisante pas. Vous pouvez me prendre au sérieux, car il y a une chose que vous devez vraiment croire : pour les gens de votre espèce, ça sera tout sauf amusant. »

Sa voix avait pris un ton agressif qui me donna des frissons.

« Les gens de quelle espèce ? demandai-je.

– Les artistes ! s'écria Suiffard en prononçant ce mot comme s'il avait dit "les rats". Je crains que ce soit eux qui aient le plus à souffrir de mon pouvoir. Car je supprimerai la littérature. La musique. La peinture. Le théâtre. La danse. Tous les arts. Toutes ces choses inutiles et décadentes. Je ferai brûler tous les livres de Zamonie, je passerai toutes les peintures à l'acide, je briserai toutes les sculptures, je déchirerai toutes les partitions. Je ferai entasser tous les instruments de musique pour allumer des bûchers. Les cordes de violon serviront à tresser les cordes des gibets. Puis viendra le règne de la paix – la paix cosmique et l'ordre. Nous pourrons enfin respirer. Et oser un nouveau commencement. Libérés du fléau de l'art. Il n'y aura plus dans le monde que la réalité. »

Suiffard gémit voluptueusement.

Si ça n'était pas une plaisanterie, me dis-je, ce ne pouvait être que la répétition d'une pièce de théâtre. Ou le début d'une grave maladie mentale. C'était apparemment dans les gènes de la famille. La folie avait aussi brillé dans les yeux d'Hagob Saldaldian Suiffard.

« Pouvez-vous imaginer la clarté de notre pensée quand nous serons libérés de l'art ? demanda Suiffard. Quand nous aurons balayé de nos cerveaux crasseux les scories insensées de l'imagination ? Combien de temps nous gagnerons pour nous occuper des vraies choses de la vie ? Non, évidemment, vous ne le pouvez pas. Vous êtes un *poète*. »

Il me cracha ce mot au visage.

« L'abolition des arts ne pourra pratiquement pas se réaliser sans l'élimination des artistes. Je le regrette parce que j'en connais personnellement des tas. Quelques-uns sont vraiment gentils, certains sont même des amis. Mais il faut des priorités. »

Les traits de Suiffard se durcirent.

« Oui, certains amis devront mourir. Mais vous allez penser : celui qui est prêt à se rendre coupable de tels actes n'éprouve-t-il pas de remords ? La réponse est non ! Dans ma position, on ne peut pas se permettre d'éprouver des sentiments de culpabilité. Heureusement, ces émotions se réduisent au fur et à mesure que le pouvoir augmente : c'est un processus naturel. »

J'en avais vraiment assez.

« Je voudrais partir, dis-je. Est-ce que vous pourriez me rendre mon manuscrit ? »

Suiffard fit celui qui n'avait pas entendu.

« La seule forme d'art que j'autoriserai, ce sera les concerts de trombonettes, puisqu'en réalité il ne s'agit pas d'un art mais d'une science. Vous croyez probablement avoir entendu de la musique, hier. Je dois vous détromper : c'était de l'alchimie acoustique. De l'hypnose oscillatoire. La musique est l'art le plus possessif : il fallait simplement que j'utilise cette donnée. Essayez de faire danser un public sur un poème ! Ou de le faire marcher. Impossible ! Seule la musique y réussit. J'ai découvert ici les partitions de Doremius Fasolati, les rondos optométriques, et j'ai aussitôt mesuré leur potentiel. La disposition circulaire des notes m'a paru évidente avant même d'en lire une seule. Tout tourne, mon cher ! Avec l'aide de l'orchestre de trombonettes de Brouillassebourg, j'ai réussi à transformer la musique en pouvoir. Les notes en commandements militaires. Les instruments en armes. Les spectateurs en esclaves ! Vous avez pensé percevoir de la musique, mais c'étaient des ordres post-hypnotiques. Hier, on vous a fait acheter des livres, peut-être que demain vous mettrez le feu à la ville. Nous aurions pu vous imposer de vous dévorer les uns les autres, et vous l'auriez fait avec plaisir. »

La situation avait beau être désagréable, je ne me sentais pas menacé. J'étais physiquement dominé par ce ver adipeux, mais je connaissais le chemin du retour.

« Pourriez-vous me rendre, s'il vous plaît, mon manuscrit ? » demandai-je encore une fois aussi poliment et fermement que possible.

S'il ne réagissait pas, je partirais en mettant la maison sens dessus dessous jusqu'à ce que je le récupère.

« Oh, excusez-moi, dit Suiffard en retrouvant immédiatement l'amabilité de l'hôte qui m'avait reçu. Le manuscrit ! Je me suis laissé un peu aller à bavarder. »

Il se pencha vers l'avant. Sa voix prit des accents de conspirateur.

« Vous traiterez mes confessions intimes avec discrétion, n'est-ce pas ? Il me serait désagréable qu'elles parviennent aux oreilles de l'opinion publique. Le manuscrit, oui, dit-il en s'approchant d'une étagère tout en clapotant. C'est pour ça que nous sommes ici. Mais il faut que je vous montre autre chose. Dans ce livre. »

Il prit sur l'étagère un livre noir sur la couverture duquel figurait l'inquiétant tricercle doré.

« C'est un ouvrage très ancien. J'ai dû en faire renouveler la reliure. Est-ce que mon tricercle vous plaît ? C'est moi qui l'ai dessiné. »

Je gardai le silence.

« Il symbolise les trois parties constituantes du pouvoir : le pouvoir, le pouvoir et le pouvoir. »

Il éclata de rire et me tendit l'ouvrage.

« Que dois-je en faire ? demandai-je.

– Vous m'avez posé trois questions. Premièrement,

vous voulez savoir pourquoi je vous ai choisi pour vous faire ces confidences, n'est-ce pas ? Deuxièmement, vous voulez découvrir quel est le rapport entre ce discours et votre manuscrit. Et troisièmement, vous vous demandez si je dis la vérité. Jamais deux sans trois, n'est-ce pas ? L'unique réponse à ces trois questions figure dans ce livre qui porte l'emblème tripartite. Page 333 naturellement. »

J'hésitais à ouvrir le livre.

« Comment la réponse à ces questions d'aujourd'hui se trouve-t-elle dans un livre aussi ancien ?

– Les réponses à presque toutes les questions d'aujourd'hui figurent dans les vieux livres, répliqua Suiffard. Si vous voulez en prendre connaissance, ouvrez-le. Sinon, n'y touchez pas. »

Était-ce une nouvelle manifestation de son trouble mental ? Croyait-il – symptôme tout à fait habituel dans le cas d'une maladie – à des signes et des ordres cachés dans les textes, à la mystique des chiffres ou à des voix venues des livres ? C'était plausible. Mais pourquoi ne pas vérifier ? Je pouvais me convaincre que j'avais vraiment affaire à un fou : si le texte de la page 333 n'avait aucun rapport avec notre situation, mon diagnostic serait juste. Je n'aurais qu'à décamper au plus vite en espérant que cette folie ne soit pas contagieuse.

J'ouvris le livre. Page 123. À l'exception du numéro de page, celle-ci était vide. Je regardai Suiffard. Il sourit.

Je continuai à feuilleter.

Page 245. Pas de texte, pas d'illustration. La page d'en face était vide.

Page 299. Pas de texte.

« Il n'y a rien d'écrit, dis-je.

– Vous ne regardez pas au bon endroit, répliqua Suiffard en levant trois doigts. Page 333. »

Je feuilletai.

Page 312. Pas de texte.

Page 330. Pas de texte.

Page 333. Effectivement il y avait de tout petits caractères. Je posai ma main sur le papier, plissai les yeux et m'approchai. Une fraîcheur étrange envahit le bout de mes doigts. Sur cette page et celle qui lui faisait face, la même phrase apparaissait, sans cesse répétée :

Vous venez d'être empoisonné. Vous venez d'être empoisonné. Vous venez d'être empoisonné. Vous venez d'être empoisonné.
Vous venez d'être empoisonné. Vous venez d'être empoisonné. Vous venez d'être empoisonné. Vous venez d'être empoisonné.
Vous venez d'être empoisonné. Vous venez d'être empoisonné. Vous venez d'être empoisonné. Vous venez d'être empoisonné.
Vous venez d'être empoisonné. Vous venez d'être empoisonné. Vous venez d'être empoisonné. Vous venez d'être empoisonné.
Vous venez d'être empoisonné. Vous venez d'être empoisonné. Vous venez d'être empoisonné. Vous venez d'être empoisonné.
Vous venez d'être empoisonné. Vous venez d'être empoisonné. Vous venez d'être empoisonné. Vous venez d'être empoisonné.
Vous venez d'être empoisonné. Vous venez d'être empoisonné. Vous venez d'être empoisonné. Vous venez d'être empoisonné.
Vous venez d'être empoisonné. Vous venez d'être empoisonné. Vous venez d'être empoisonné. Vous venez d'être empoisonné.
Vous venez d'être empoisonné. Vous venez d'être empoisonné. Vous venez d'être empoisonné. Vous venez d'être empoisonné.
Vous venez d'être empoisonné. Vous venez d'être empoisonné. Vous venez d'être empoisonné. Vous venez d'être empoisonné.
Vous venez d'être empoisonné. Vous venez d'être empoisonné. Vous venez d'être empoisonné. Vous venez d'être empoisonné.
Vous venez d'être empoisonné. Vous venez d'être empoisonné. Vous venez d'être empoisonné. Vous venez d'être empoisonné.
Vous venez d'être empoisonné. Vous venez d'être empoisonné. Vous venez d'être empoisonné. Vous venez d'être empoisonné.
Vous venez d'être empoisonné. Vous venez d'être empoisonné. Vous venez d'être empoisonné. Vous venez d'être empoisonné.
Vous venez d'être empoisonné. Vous venez d'être empoisonné. Vous venez d'être empoisonné. Vous venez d'être empoisonné.
Vous venez d'être empoisonné. Vous venez d'être empoisonné. Vous venez d'être empoisonné. Vous venez d'être empoisonné.
Vous venez d'être empoisonné. Vous venez d'être empoisonné. Vous venez d'être empoisonné. Vous venez d'être empoisonné.
Vous venez d'être empoisonné. Vous venez d'être empoisonné. Vous venez d'être empoisonné. Vous venez d'être empoisonné.
Vous venez d'être empoisonné. Vous venez d'être empoisonné. Vous venez d'être empoisonné. Vous venez d'être empoisonné.
Vous venez d'être empoisonné. Vous venez d'être empoisonné. Vous venez d'être empoisonné. Vous venez d'être empoisonné.
Vous venez d'être empoisonné. Vous venez d'être empoisonné. Vous venez d'être empoisonné. Vous venez d'être empoisonné.
Vous venez d'être empoisonné. Vous venez d'être empoisonné. Vous venez d'être empoisonné. Vous venez d'être empoisonné.
Vous venez d'être empoisonné. Vous venez d'être empoisonné. Vous venez d'être empoisonné. Vous venez d'être empoisonné.
Vous venez d'être empoisonné. Vous venez d'être empoisonné. Vous venez d'être empoisonné. Vous venez d'être empoisonné.
Vous venez d'être empoisonné. Vous venez d'être empoisonné. Vous venez d'être empoisonné. Vous venez d'être empoisonné.
Vous venez d'être empoisonné. Vous venez d'être empoisonné. Vous venez d'être empoisonné. Vous venez d'être empoisonné.
Vous venez d'être empoisonné. Vous venez d'être empoisonné. Vous venez d'être empoisonné. Vous venez d'être empoisonné.
Vous venez d'être empoisonné. Vous venez d'être empoisonné. Vous venez d'être empoisonné. Vous venez d'être empoisonné.
Vous venez d'être empoisonné. Vous venez d'être empoisonné. Vous venez d'être empoisonné. Vous venez d'être empoisonné.
Vous venez d'être empoisonné. Vous venez d'être empoisonné. Vous venez d'être empoisonné. Vous venez d'être empoisonné.
Vous venez d'être empoisonné. Vous venez d'être empoisonné. Vous venez d'être empoisonné. Vous venez d'être empoisonné.
Vous venez d'être empoisonné. Vous venez d'être empoisonné. Vous venez d'être empoisonné. Vous venez d'être empoisonné.
Vous venez d'être empoisonné. Vous venez d'être empoisonné. Vous venez d'être empoisonné. Vous venez d'être empoisonné.
Vous venez d'être empoisonné. Vous venez d'être empoisonné. Vous venez d'être empoisonné. Vous venez d'être empoisonné.
Vous venez d'être empoisonné. Vous venez d'être empoisonné. Vous venez d'être empoisonné. Vous venez d'être empoisonné.
Vous venez d'être empoisonné. Vous venez d'être empoisonné. Vous venez d'être empoisonné. Vous venez d'être empoisonné.
Vous venez d'être empoisonné. Vous venez d'être empoisonné. Vous venez d'être empoisonné. Vous venez d'être empoisonné.
Vous venez d'être empoisonné. Vous venez d'être empoisonné. Vous venez d'être empoisonné. Vous venez d'être empoisonné.
Vous venez d'être empoisonné. Vous venez d'être empoisonné. Vous venez d'être empoisonné. Vous venez d'être empoisonné.
Vous venez d'être empoisonné. Vous venez d'être empoisonné. Vous venez d'être empoisonné. Vous venez d'être empoisonné.
Vous venez d'être empoisonné. Vous venez d'être empoisonné. Vous venez d'être empoisonné. Vous venez d'être empoisonné.
Vous venez d'être empoisonné. Vous venez d'être empoisonné. Vous venez d'être empoisonné. Vous venez d'être empoisonné.
Vous venez d'être empoisonné. Vous venez d'être empoisonné. Vous venez d'être empoisonné. Vous venez d'être empoisonné.
Vous venez d'être empoisonné. Vous venez d'être empoisonné. Vous venez d'être empoisonné. Vous venez d'être empoisonné.
Vous venez d'être empoisonné. Vous venez d'être empoisonné. Vous venez d'être empoisonné. Vous venez d'être empoisonné.
Vous venez d'être empoisonné. Vous venez d'être empoisonné. Vous venez d'être empoisonné. Vous venez d'être empoisonné.
Vous venez d'être empoisonné. Vous venez d'être empoisonné. Vous venez d'être empoisonné. Vous venez d'être empoisonné.
Vous venez d'être empoisonné. Vous venez d'être empoisonné. Vous venez d'être empoisonné. Vous venez d'être empoisonné.
Vous venez d'être empoisonné. Vous venez d'être empoisonné. Vous venez d'être empoisonné. Vous venez d'être empoisonné.
Vous venez d'être empoisonné. Vous venez d'être empoisonné. Vous venez d'être empoisonné. Vous venez d'être empoisonné.
Vous venez d'être empoisonné. Vous venez d'être empoisonné. Vous venez d'être empoisonné. Vous venez d'être empoisonné.
Vous venez d'être empoisonné. Vous venez d'être empoisonné. Vous venez d'être empoisonné. Vous venez d'être empoisonné.
Vous venez d'être empoisonné. Vous venez d'être empoisonné. Vous venez d'être empoisonné. Vous venez d'être empoisonné.
Vous venez d'être empoisonné. Vous venez d'être empoisonné. Vous venez d'être empoisonné. Vous venez d'être empoisonné.
Vous venez d'être empoisonné. Vous venez d'être empoisonné. Vous venez d'être empoisonné. Vous venez d'être empoisonné.
Vous venez d'être empoisonné. Vous venez d'être empoisonné. Vous venez d'être empoisonné. Vous venez d'être empoisonné.
Vous venez d'être empoisonné. Vous venez d'être empoisonné. Vous venez d'être empoisonné. Vous venez d'être empoisonné.
Vous venez d'être empoisonné. Vous venez d'être empoisonné. Vous venez d'être empoisonné. Vous venez d'être empoisonné.
Vous venez d'être empoisonné. Vous venez d'être empoisonné. Vous venez d'être empoisonné. Vous venez d'être empoisonné.
Vous venez d'être empoisonné. Vous venez d'être empoisonné. Vous venez d'être empoisonné. Vous venez d'être empoisonné.
Vous venez d'être empoisonné. Vous venez d'être empoisonné. Vous venez d'être empoisonné. Vous venez d'être empoisonné.
Vous venez d'être empoisonné. Vous venez d'être empoisonné. Vous venez d'être empoisonné. Vous venez d'être empoisonné.
Vous venez d'être empoisonné. Vous venez d'être empoisonné. Vous venez d'être empoisonné. Vous venez d'être empoisonné.
Vous venez d'être empoisonné. Vous venez d'être empoisonné. Vous venez d'être empoisonné. Vous venez d'être empoisonné.
Vous venez d'être empoisonné. Vous venez d'être empoisonné. Vous venez d'être empoisonné. Vous venez d'être empoisonné.
Vous venez d'être empoisonné. Vous venez d'être empoisonné. Vous venez d'être empoisonné. Vous venez d'être empoisonné.
Vous venez d'être empoisonné. Vous venez d'être empoisonné. Vous venez d'être empoisonné. Vous venez d'être empoisonné.
Vous venez d'être empoisonné. Vous venez d'être empoisonné. Vous venez d'être empoisonné. Vous venez d'être empoisonné.
Vous venez d'être empoisonné. Vous venez d'être empoisonné. Vous venez d'être empoisonné. Vous venez d'être empoisonné.
Vous venez d'être empoisonné. Vous venez d'être empoisonné. Vous venez d'être empoisonné. Vous venez d'être empoisonné.
Vous venez d'être empoisonné. Vous venez d'être empoisonné. Vous venez d'être empoisonné. Vous venez d'être empoisonné.
Vous venez d'être empoisonné. Vous venez d'être empoisonné. Vous venez d'être empoisonné. Vous venez d'être empoisonné.
Vous venez d'être empoisonné. Vous venez d'être empoisonné. Vous venez d'être empoisonné. Vous venez d'être empoisonné.
Vous venez d'être empoisonné. Vous venez d'être empoisonné. Vous venez d'être empoisonné. Vous venez d'être empoisonné.
Vous venez d'être empoisonné. Vous venez d'être empoisonné. Vous venez d'être empoisonné. Vous venez d'être empoisonné.
Vous venez d'être empoisonné. Vous venez d'être empoisonné. Vous venez d'être empoisonné. Vous venez d'être empoisonné.
Vous venez d'être empoisonné. Vous venez d'être empoisonné. Vous venez d'être empoisonné. Vous venez d'être empoisonné.

Vous venez d'être empoisonné. Vous venez d'être empoisonné. Vous venez d'être empoisonné. Vous venez d'être empoisonné.
Vous venez d'être empoisonné. Vous venez d'être empoisonné. Vous venez d'être empoisonné. Vous venez d'être empoisonné.
Vous venez d'être empoisonné. Vous venez d'être empoisonné. Vous venez d'être empoisonné. Vous venez d'être empoisonné.
Vous venez d'être empoisonné. Vous venez d'être empoisonné. Vous venez d'être empoisonné. Vous venez d'être empoisonné.
Vous venez d'être empoisonné. Vous venez d'être empoisonné. Vous venez d'être empoisonné. Vous venez d'être empoisonné.
Vous venez d'être empoisonné. Vous venez d'être empoisonné. Vous venez d'être empoisonné. Vous venez d'être empoisonné.
Vous venez d'être empoisonné. Vous venez d'être empoisonné. Vous venez d'être empoisonné. Vous venez d'être empoisonné.
Vous venez d'être empoisonné. Vous venez d'être empoisonné. Vous venez d'être empoisonné. Vous venez d'être empoisonné.
Vous venez d'être empoisonné. Vous venez d'être empoisonné. Vous venez d'être empoisonné. Vous venez d'être empoisonné.
Vous venez d'être empoisonné. Vous venez d'être empoisonné. Vous venez d'être empoisonné. Vous venez d'être empoisonné.
Vous venez d'être empoisonné. Vous venez d'être empoisonné. Vous venez d'être empoisonné. Vous venez d'être empoisonné.
Vous venez d'être empoisonné. Vous venez d'être empoisonné. Vous venez d'être empoisonné. Vous venez d'être empoisonné.
Vous venez d'être empoisonné. Vous venez d'être empoisonné. Vous venez d'être empoisonné. Vous venez d'être empoisonné.
Vous venez d'être empoisonné. Vous venez d'être empoisonné. Vous venez d'être empoisonné. Vous venez d'être empoisonné.
Vous venez d'être empoisonné. Vous venez d'être empoisonné. Vous venez d'être empoisonné. Vous venez d'être empoisonné.
Vous venez d'être empoisonné. Vous venez d'être empoisonné. Vous venez d'être empoisonné. Vous venez d'être empoisonné.
Vous venez d'être empoisonné. Vous venez d'être empoisonné. Vous venez d'être empoisonné. Vous venez d'être empoisonné.
Vous venez d'être empoisonné. Vous venez d'être empoisonné. Vous venez d'être empoisonné. Vous venez d'être empoisonné.
Vous venez d'être empoisonné. Vous venez d'être empoisonné. Vous venez d'être empoisonné. Vous venez d'être empoisonné.
Vous venez d'être empoisonné. Vous venez d'être empoisonné. Vous venez d'être empoisonné. Vous venez d'être empoisonné.
Vous venez d'être empoisonné. Vous venez d'être empoisonné. Vous venez d'être empoisonné. Vous venez d'être empoisonné.
Vous venez d'être empoisonné. Vous venez d'être empoisonné. Vous venez d'être empoisonné. Vous venez d'être empoisonné.
Vous venez d'être empoisonné. Vous venez d'être empoisonné. Vous venez d'être empoisonné. Vous venez d'être empoisonné.
Vous venez d'être empoisonné. Vous venez d'être empoisonné. Vous venez d'être empoisonné. Vous venez d'être empoisonné.
Vous venez d'être empoisonné. Vous venez d'être empoisonné. Vous venez d'être empoisonné. Vous venez d'être empoisonné.
Vous venez d'être empoisonné. Vous venez d'être empoisonné. Vous venez d'être empoisonné. Vous venez d'être empoisonné.
Vous venez d'être empoisonné. Vous venez d'être empoisonné. Vous venez d'être empoisonné. Vous venez d'être empoisonné.
Vous venez d'être empoisonné. Vous venez d'être empoisonné. Vous venez d'être empoisonné. Vous venez d'être empoisonné.
Vous venez d'être empoisonné. Vous venez d'être empoisonné. Vous venez d'être empoisonné. Vous venez d'être empoisonné.
Vous venez d'être empoisonné. Vous venez d'être empoisonné. Vous venez d'être empoisonné. Vous venez d'être empoisonné.
Vous venez d'être empoisonné. Vous venez d'être empoisonné. Vous venez d'être empoisonné. Vous venez d'être empoisonné.
Vous venez d'être empoisonné. Vous venez d'être empoisonné. Vous venez d'être empoisonné. Vous venez d'être empoisonné.
Vous venez d'être empoisonné. Vous venez d'être empoisonné. Vous venez d'être empoisonné. Vous venez d'être empoisonné.
Vous venez d'être empoisonné. Vous venez d'être empoisonné. Vous venez d'être empoisonné. Vous venez d'être empoisonné.
Vous venez d'être empoisonné. Vous venez d'être empoisonné. Vous venez d'être empoisonné. Vous venez d'être empoisonné.
Vous venez d'être empoisonné. Vous venez d'être empoisonné. Vous venez d'être empoisonné. Vous venez d'être empoisonné.
Vous venez d'être empoisonné. Vous venez d'être empoisonné. Vous venez d'être empoisonné. Vous venez d'être empoisonné.
Vous venez d'être empoisonné. Vous venez d'être empoisonné. Vous venez d'être empoisonné. Vous venez d'être empoisonné.
Vous venez d'être empoisonné. Vous venez d'être empoisonné. Vous venez d'être empoisonné. Vous venez d'être empoisonné.
Vous venez d'être empoisonné. Vous venez d'être empoisonné. Vous venez d'être empoisonné. Vous venez d'être empoisonné.
Vous venez d'être empoisonné. Vous venez d'être empoisonné. Vous venez d'être empoisonné. Vous venez d'être empoisonné.
Vous venez d'être empoisonné. Vous venez d'être empoisonné. Vous venez d'être empoisonné. Vous venez d'être empoisonné.
Vous venez d'être empoisonné. Vous venez d'être empoisonné. Vous venez d'être empoisonné. Vous venez d'être empoisonné.
Vous venez d'être empoisonné. Vous venez d'être empoisonné. Vous venez d'être empoisonné. Vous venez d'être empoisonné.
Vous venez d'être empoisonné. Vous venez d'être empoisonné. Vous venez d'être empoisonné. Vous venez d'être empoisonné.
Vous venez d'être empoisonné. Vous venez d'être empoisonné. Vous venez d'être empoisonné. Vous venez d'être empoisonné.
Vous venez d'être empoisonné. Vous venez d'être empoisonné. Vous venez d'être empoisonné. Vous venez d'être empoisonné.
Vous venez d'être empoisonné. Vous venez d'être empoisonné. Vous venez d'être empoisonné. Vous venez d'être empoisonné.
Vous venez d'être empoisonné. Vous venez d'être empoisonné. Vous venez d'être empoisonné. Vous venez d'être empoisonné.
Vous venez d'être empoisonné. Vous venez d'être empoisonné. Vous venez d'être empoisonné. Vous venez d'être empoisonné.
Vous venez d'être empoisonné. Vous venez d'être empoisonné. Vous venez d'être empoisonné. Vous venez d'être empoisonné.
Vous venez d'être empoisonné. Vous venez d'être empoisonné. Vous venez d'être empoisonné. Vous venez d'être empoisonné.
Vous venez d'être empoisonné. Vous venez d'être empoisonné. Vous venez d'être empoisonné. Vous venez d'être empoisonné.
Vous venez d'être empoisonné. Vous venez d'être empoisonné. Vous venez d'être empoisonné. Vous venez d'être empoisonné.
Vous venez d'être empoisonné. Vous venez d'être empoisonné. Vous venez d'être empoisonné. Vous venez d'être empoisonné.
Vous venez d'être empoisonné. Vous venez d'être empoisonné. Vous venez d'être empoisonné. Vous venez d'être empoisonné.
Vous venez d'être empoisonné. Vous venez d'être empoisonné. Vous venez d'être empoisonné. Vous venez d'être empoisonné.
Vous venez d'être empoisonné. Vous venez d'être empoisonné. Vous venez d'être empoisonné. Vous venez d'être empoisonné.
Vous venez d'être empoisonné. Vous venez d'être empoisonné. Vous venez d'être empoisonné. Vous venez d'être empoisonné.
Vous venez d'être empoisonné. Vous venez d'être empoisonné. Vous venez d'être empoisonné. Vous venez d'être empoisonné.
Vous venez d'être empoisonné. Vous venez d'être empoisonné. Vous venez d'être empoisonné. Vous venez d'être empoisonné.
Vous venez d'être empoisonné. Vous venez d'être empoisonné. Vous venez d'être empoisonné. Vous venez d'être empoisonné.
Vous venez d'être empoisonné. Vous venez d'être empoisonné. Vous venez d'être empoisonné. Vous venez d'être empoisonné.
Vous venez d'être empoisonné. Vous venez d'être empoisonné. Vous venez d'être empoisonné. Vous venez d'être empoisonné.
Vous venez d'être empoisonné. Vous venez d'être empoisonné. Vous venez d'être empoisonné. Vous venez d'être empoisonné.
Vous venez d'être empoisonné. Vous venez d'être empoisonné. Vous venez d'être empoisonné. Vous venez d'être empoisonné.
Vous venez d'être empoisonné. Vous venez d'être empoisonné. Vous venez d'être empoisonné. Vous venez d'être empoisonné.
Vous venez d'être empoisonné. Vous venez d'être empoisonné. Vous venez d'être empoisonné. Vous venez d'être empoisonné.
Vous venez d'être empoisonné. Vous venez d'être empoisonné. Vous venez d'être empoisonné. Vous venez d'être empoisonné.
Vous venez d'être empoisonné. Vous venez d'être empoisonné. Vous venez d'être empoisonné. Vous venez d'être empoisonné.
Vous venez d'être empoisonné. Vous venez d'être empoisonné. Vous venez d'être empoisonné. Vous venez d'être empoisonné.
Vous venez d'être empoisonné. Vous venez d'être empoisonné. Vous venez d'être empoisonné. Vous venez d'être empoisonné.
Vous venez d'être empoisonné. Vous venez d'être empoisonné. Vous venez d'être empoisonné. Vous venez d'être empoisonné.
Vous venez d'être empoisonné. Vous venez d'être empoisonné. Vous venez d'être empoisonné. Vous venez d'être empoisonné.
Vous venez d'être empoisonné. Vous venez d'être empoisonné. Vous venez d'être empoisonné. Vous venez d'être empoisonné.
Vous venez d'être empoisonné. Vous venez d'être empoisonné. Vous venez d'être empoisonné. Vous venez d'être empoisonné.

Le froid monta dans mon bras et s'empara de tout mon être. Je fus pris de vertige, ma vue se troubla, et j'entendis Suiffard ajouter : « Vous faites partie de ces rêveurs qui croient que toutes les réponses figurent dans les livres, n'est-ce pas ? Mais les livres ne sont ni bons ni utiles. Ils peuvent être extraordinairement malfaisants. Avez-vous jamais entendu parler des *livres dangereux* ? Certains d'entre eux vous tuent dès que vous les touchez. »

À cet instant, le noir se fit.

Deuxième partie

Les Catacombes de Bouquinbourg

Amoncellement de livres
Abandonné et maudit
Ourlé de fenêtres mortes
Habité de fantômes
Envahi d'animaux
De cuir et de papier
Lieu de folie et de bruits
Que l'on nomme le château des Ombres.

Le Cadavre vivant

J'avais été empoisonné, mes chers amis, par un produit déposé sur les pages d'un volume antédiluvien – désormais vous comprendrez à quoi je pensais en disant que les livres peuvent blesser, voire tuer. J'étais devenu la victime de l'un des *livres dangereux*.

Le poison agit vite, très vite. J'avais à peine touché les pages du bout des doigts qu'une onde glacée parcourut mon corps, un courant froid qui pénétra chaque vaisseau sanguin, chaque fibre nerveuse et gela chaque cellule, jusqu'à ce que je perde l'usage de mes sens, celui de la vue pour finir.

Vous venez d'être empoisonné.

Une seule phrase, celle-là, me resta. Dans le noir complet, je n'eus plus qu'une pensée répétée à l'infini :

Vous venez d'être empoisonné. Vous venez d'être empoisonné. Vous venez d'être empoisonné. Vous venez d'être empoisonné. Vous venez d'être empoisonné.

Connaissez-vous ces épouvantables rêves où l'on est pris dans une boucle infinie dans laquelle le même rêve ne cesse de se répéter ? Tel fut pour moi l'effet de cette terrible formule :

Vous venez d'être empoisonné. Vous venez d'être empoisonné.

Vous venez d'être empoisonné. Vous venez d'être empoisonné. Vous venez d'être empoisonné...

Était-ce la mort ? Ce moment où l'on entend, voit ou imagine une chose indéfiniment, jusqu'à ce que le corps se dissocie ?

Vous venez d'être empoisonné. Vous venez d'être empoisonné. Vous venez d'être empoisonné. Vous venez d'être empoisonné. Vous venez d'être empoisonné... Soudain, j'aperçus de nouveau une lumière si vive, si surprenante que j'aurais crié si j'en avais été capable. Que m'arrivait-il ?

À cet instant, je reconnus Phistomefel Suiffard. Je ne vis d'abord qu'une silhouette floue, puis peu à peu l'image se clarifia. Il se penchait sur moi et, à côté, il y avait... oui, il y avait Claudio Harpapatte, l'aimable Cochonglier et agent littéraire ! Tous deux me regardaient avec curiosité.

« Il revient à lui, dit Harpapatte.

– C'est la phase active, fit Suiffard. Je m'étonne de voir avec quelle précision ce poison peut agir après tant d'années. »

Je voulus répliquer, mais j'avais les lèvres scellées. En revanche, j'y voyais de mieux en mieux, j'avais l'impression de tout discerner, comme jamais dans ma vie. Ces deux individus apparaissaient dans une lumière artificielle qui grossissait leurs poils et leurs pores à la manière d'une loupe.

« Vous aimeriez sûrement me seriner ce que vous en pensez, dit Suiffard, mais le poison paralyse la langue tout en stimulant les perceptions acoustique et optique. Vous avez provisoirement la vision de l'aigle des monts Obscurs et l'ouïe d'une chauve-souris. Je vous en prie, ne vous énervez pas ! Les autres parties de votre corps vont rester paralysées, et bientôt vous perdrez connaissance. C'est tout l'effet que le poison aura sur vous : vous n'en mourrez pas. Vous allez vous endormir puis vous réveiller. Vous avez compris ça ? »

Je voulus hocher la tête, mais aucun de mes muscles ne bougea.

« Seigneur, quel être insensible je suis ! s'écria Suiffard pendant que Harpapatte riait comme un imbécile. Mais comment pourriez-vous me répondre ? C'est vrai, je manque de scrupules, mais je ne suis pas un assassin. Je laisse cette tâche à d'autres. Il y a sous nos pieds suffisamment de pauvres créatures qui se chargent volontiers de la sale besogne.

– Je ne te le fais pas dire, intervint Harpapatte avec impatience en jetant un regard inquiet autour de lui. Débarrassons le plancher. »

Phistomefel Suiffard l'ignora. C'était incroyable de les voir comme ça, si distinctement. Ils semblaient briller de l'intérieur, répandre des couleurs froides, irréelles. Mes pupilles devaient être extraordinairement dilatées, mon cœur battait trois fois plus vite que d'habitude, mais mon corps était raide comme une planche. J'étais un cadavre vivant.

« Ouais, mon cher, vous avez un peu trop gratté à la surface de Bouquinbourg, dit Suiffard d'une voix déformée, douloureuse. Nous vous avons transporté dans les tréfonds des catacombes, si loin qu'il nous a fallu utiliser une très, très longue ficelle pour le chemin du retour. Considérez-vous comme banni. J'aurais pu vous tuer, mais cette solution est beaucoup plus romantique. Consolez-vous en pensant que vous allez finir comme Colophonius Clairdepluie. Il a commis la même erreur que vous en s'adressant au mauvais interlocuteur. Moi. »

Harpapatte éclata d'un rire nerveux.

Suiffard me sourit gentiment.

« Au chapitre de la punition, je ne peux plus vous

expliquer ce qui concerne votre manuscrit. C'est en effet une longue histoire. Mais nous n'avons vraiment plus le temps.

– Tu viens ? insista Harpapatte.

– Regarde, dit Suiffard, la phase passive commence : il a les pupilles qui rétrécissent. »

Une grande fatigue m'envahit.

« Pupilles. Pupilles. Pupilles… »

L'écho reproduisait la voix de Suiffard de plus en plus faiblement. Mon esprit s'éteignit comme la flamme d'une bougie sous un coup de vent. De nouveau, le noir se fit.

« Je vous souhaite une bonne nuit, mon cher ! dit Suiffard. Saluez le roi des Ombres de ma part, si vous le voyez. »

J'entendis encore le rire sans joie d'Harpapatte et je m'évanouis.

Les Livres dangereux

À mon réveil, je me crus d'abord revenu au concert de trombonettes et j'hallucinai : j'étais dans les catacombes de Bouquinbourg. J'avais devant moi un couloir presque infini bourré de livres de chaque côté, éclairé par des lampes à méduse.

Mais tandis que mon corps insensible sortait lentement de sa léthargie, je commençais à comprendre que je me trouvais vraiment dans le labyrinthe souterrain de la ville. J'étais à moitié couché. On m'avait appuyé contre une étagère. Je sentis la chaleur monter dans mes pieds, puis dans mes jambes, dans mon corps et dans ma tête. Je finis par me lever en gémissant et battis ma cape pour en ôter la poussière.

Curieusement, je n'étais pas affolé. Peut-être à cause des effets résiduels du poison, ou parce que mes nerfs étaient encore trop engourdis. L'honorable compagnie des vieux ouvrages contribuait à me rasséréner. Oui, mes chers et fidèles amis, malgré la tournure fâcheuse et surprenante de mon destin, j'étais très optimiste. Qu'était-il arrivé de grave ? J'étais en vie. Je m'étais juste égaré dans une bouquinerie souterraine de Bouquinbourg. Il y avait là des couloirs, de la lumière, des étagères, des livres : je ne m'étais pas échoué dans un lieu obscur et barbare. Les livres prouvaient clairement que des gens avaient fréquenté cet endroit, que des centaines de sorties s'ouvraient quelque part au-dessus de ma tête. Il fallait seulement que je cherche assez longtemps pour en trouver une, même si ça devait durer des jours. Suiffard et Harpapatte ne m'avaient sûrement pas traîné bien loin : ces deux gidouilles n'avaient pas spécialement l'air de sportifs.

Je me mis en route en tentant d'analyser ma situation. Aucun doute : Phistomefel Suiffard et Claudio Harpapatte, mes soi-disant amis, étaient en réalité mes pires ennemis. Les années d'isolement passées à la citadelle des Dragons ne m'avaient apparemment pas aidé à comprendre la société. J'étais trop confiant.

En tout cas, je continuais à me demander ce que ces deux-là avaient contre moi. Ou était-ce le hasard qui avait fait de moi leur victime ? Étaient-ils de l'espèce des Bibliopirates, un duo entraîné à plumer les touristes naïfs ? Harpapatte m'avait attiré dans la toile d'araignée du 333 de la rue de l'Homme-Noir. Ça au moins, c'était certain. Avec Suiffard, il était probablement en train de brader mon précieux manuscrit à un riche collectionneur. La lettre était perdue pour toujours, et ma recherche du mystérieux auteur avait pris fin. À cette triste pensée, je me tâtai machinalement et sentis la lettre du premier coup dans une des poches de ma cape !

Je m'immobilisai, la sortis et la contemplai, incrédule. Suiffard devait l'avoir remise à sa place et proscrite avec moi dans les catacombes. Mais ça n'avait aucun sens ! Cette interprétation ne faisait qu'épaissir le mystère.

Il avait peur de cette lettre : c'était sûrement la raison ! Et aussi qu'elle puisse être publiquement révélée. Pour une cause qui m'échappait, ce manuscrit lui paraissait dangereux. Au point qu'il ne lui suffisait pas de le cacher sous terre dans une caverne : il lui fallait s'en débarrasser et de moi également. Qu'est-ce qui l'effrayait tant ? Pourquoi Ramenart et la Chrecque avaient-ils été si bouleversés ? Étaient-ils de mèche avec Suiffard et Harpapatte ? Quelque chose m'avait-il échappé, un message dissimulé entre les lignes que seuls des bouquinistes aguerris et des experts en écriture étaient capables de déchiffrer ? Plus j'attachais mon regard sur cette lettre, plus elle refusait de livrer son secret. Je la remis dans ma poche et poursuivis mon chemin.

Des livres, rien que des livres. Je me gardais d'y toucher. Au fur et à mesure que les effets du poison s'amenuisaient, je les considérais avec une méfiance accrue. Jamais plus je n'ouvrirais un ouvrage de mon plein gré. Le papier relié avait perdu son innocence. Les *livres dangereux* ! Les mémoires de Clairdepluie m'avaient pourtant prévenu avec insistance. Il leur avait consacré un chapitre entier : tout me revenait maintenant à l'esprit. Maintenant qu'il était trop tard.

L'histoire des *livres dangereux* avait probablement commencé quand un Bibliopirate avait défoncé le crâne d'un autre à coups de gros bouquin. À cet instant historique, on s'était rendu compte qu'un livre pouvait tuer, puis des siècles durant, on avait multiplié et affiné les méthodes de nuisance des ouvrages écrits.

Les *livres pièges* des chasseurs de livres n'étaient qu'une sous-catégorie. Ces derniers bricolaient – essentiellement pour décimer la concurrence – des imitations de volumes précieux particulièrement recherchés qui, de l'extérieur, ressemblaient à s'y méprendre à leurs modèles. Mais ils étaient pourvus, à l'intérieur, d'un mécanisme mortel. Dans un logement aménagé, il y avait des flèches empoisonnées et un dispositif d'éjection, de petits éclats de verre projetés par de minuscules catapultes, des acides caustiques dans des seringues ou des gaz toxiques comprimés. Il suffisait d'ouvrir l'un de ces ouvrages pour devenir aveugle, être gravement blessé ou mourir. Les chasseurs de livres s'équipaient de masques et de casques, de cottes de mailles, de gants en fer et d'autres dispositifs de protection : les *livres pièges* justifiaient leur habillement à la fois ingénieux et martial.

Les *livres toxiques* imprégnés de poisons de contact étaient très utilisés au Moyen Âge. Ils servirent à évincer divers opposants politiques et à renverser plusieurs rois, mais aussi à éliminer des écrivains concurrents ou des critiques opiniâtres. L'ingéniosité dont les Biblalchimistes de l'époque avaient fait preuve pour développer une multitude de poisons de contact était impressionnante. On pouvait, en touchant une seule page, être frappé de surdité, de paralysie ou de folie, contracter une maladie incurable ou sombrer dans un sommeil éternel. Certains produits toxiques déclenchaient des accès de fou rire mortels ou des pertes de mémoire, le délire ou la tremblante. D'autres provoquaient la perte des cheveux et des dents, ou la dessiccation de la langue. Par simple contact, un poison faisait résonner à vos oreilles des voix qui vous persuadaient de vous jeter par la fenêtre. En comparaison, la variante qui m'avait frappé était bénigne.

Colophonius Clairdepluie racontait qu'une certaine maison d'édition infectait un seul exemplaire de chaque tirage avec un poison de contact mortel, et en faisait même sa publicité. Ces livres étaient, pensez-vous, destinés à rester dans les rayons. Bien au contraire : ils se vendaient comme des petits pains, car ils promettaient un frisson qu'aucun livre normal n'était en mesure de donner : celui du vrai danger. C'était le plus grand suspense que le marché du livre pouvait offrir. Le front couvert de sueur et les mains fébriles, on les lisait, même lorsque leur contenu était ennuyeux. Ils étaient sans doute achetés par d'anciens guerriers et par des aventuriers qui, pour des raisons de santé, ne pouvaient plus s'exposer à de trop grandes fatigues physiques.

À la fin du Moyen Âge zamonien, les *livres toxiques* passèrent de mode, notamment parce que leur diffusion n'était plus compatible avec les règles modernes. À leur place, les *livres analphabético-terroristes* répandirent la terreur. Ils imitaient les *livres pièges* introduits clandestinement dans les bouquineries par une secte d'extrémistes hostiles à la littérature, et en poursuivaient l'action. Quand on ouvrait un *livre analphabético-terroriste*, la boutique entière explosait. La secte qui fabriquait ces bombes littéraires n'avait pas de nom puisque, par principe, ses membres refusaient les mots. En outre, ils rejetaient les phrases, les paragraphes, les chapitres, les romans, toute forme de prose et de poésie, les livres en général. À leurs yeux, les librairies faisaient injure à l'analphabétisme fanatique. Ils considéraient ces lieux comme des foyers du mal qui devaient être rayés du paysage zamonien. Ils introduisaient clandestinement leurs livres-bombes dans les librairies, les bibliothèques et les bouquineries, les cachaient entre des œuvres qui se vendaient bien ou étaient beaucoup lues, puis s'évanouissaient dans la nature. Les Analphabétistes spéculaient sur le fait que bientôt plus personne n'oserait ouvrir un livre.

À vrai dire, ils avaient sous-estimé la soif de lecture de la population zamonienne qui prit le risque de voir sauter quelques têtes pour les beaux yeux de la littérature. Avec le temps, les déflagrations se firent plus rares. Un jour, la secte se dispersa : son chef fut défiguré en fabriquant un livre-bombe, qui explosa prématurément. Mais la lecture demeura un risque à courir. Plusieurs siècles plus tard, des *livres analphabético-terroristes* pouvaient encore être cachés n'importe où, étant donné le grand nombre d'ouvrages mis en circulation. Parfois, dans les bouquineries, l'un d'entre eux se trouvait pulvérisé sans rien laisser qu'un profond cratère. À Bouquinbourg, la chose était arrivée quinze fois.

Il y avait en Zamonie autant de *livres dangereux* que de raisons de souhaiter du mal à quelqu'un. Ils naissaient de la soif de vengeance, de la convoitise, de l'envie et de la rivalité. Parfois aussi de l'amour, quand la jalousie entrait en jeu ou que les sentiments exprimés restaient sans réponse. Des oreilles d'âne empoisonnées aux contours tranchants comme des rasoirs, des vignettes qui, à leur simple contact, provoquaient un arrêt respiratoire, des ex-libris au parfum venimeux – on avait tout essayé. Celui qui avait l'habitude de tourner les pages en mouillant l'index avec sa salive vivait très dangereusement, car il était susceptible d'avaler de minuscules quantités de poison et de s'écrouler en râlant, une écume sanguinolente au coin des lèvres. De petites blessures causées par une dorure sur tranche infectée de bactéries étaient à même de causer une infection sanguine. Certains ordres post-hypnotiques codés, contenus dans des ouvrages biblalchimistes, pouvaient amener les lecteurs à se jeter, plusieurs jours plus tard, du haut d'une falaise dans la mer ou à ingurgiter un litre de mercure.

Avec le temps, les histoires sur les *livres dangereux* se multiplièrent au point qu'on ne réussit pratiquement plus à faire la différence entre la vérité et la légende. À ce qu'on disait, il y avait dans les catacombes de Bouquinbourg des volumes qui marchaient, rampaient ou volaient. Ils étaient plus sournois et cruels que certains parasites et insectes, il fallait s'armer pour s'en défendre.

On racontait que certains ouvrages chuchotaient et gémissaient dans le noir, que d'autres étranglaient leurs lecteurs avec leur signet durant leur sommeil. On murmurait qu'un lecteur avait disparu corps et âme dans un de ces *livres dangereux* et qu'on ne l'avait jamais revu. On avait juste retrouvé son livre ouvert sur son fauteuil vide – avec un nouveau personnage qui portait le nom de l'infortuné.

Voilà, mes chers amis, les pensées et les histoires qui me traversaient l'esprit pendant que j'errais dans le labyrinthe. Je ne crois ni aux fantômes ni aux sorcières, pas plus qu'aux imprécations des Chrecs ou aux formules magiques ; en revanche, j'avais vécu dans ma propre chair l'existence des *livres dangereux*. Ici, sous terre, je me promis de ne plus jamais en toucher.

Je poursuivis donc mon chemin sans y faire attention. Entre-temps, mon optimisme s'était envolé. Je ne voyais que des murs remplis de volumes que je n'osais effleurer et, de temps à autre, une méduse crevée – j'aurais pu me croire dans un labyrinthe taillé dans un champ d'orties vénéneuses. Outre celui de mes pas, je percevais pratiquement tous les bruits étranges évoqués dans la littérature d'épouvante zamonienne : crépitements et coups, gémissements et pleurs, chuchotements et ricanements – comme si j'étais tombé au beau milieu d'un air à chocottes d'Ouladaguet Shruti. Ces bruits provenaient sûrement des égouts de la ville, étaient des échos du monde supérieur. Mais après avoir traversé toutes les couches de terre et s'être égarés dans les tuyaux et les couloirs, ils s'étaient métamorphosés en musique spectrale des catacombes.

Je finis par m'effondrer. Depuis combien de temps avais-je entamé cette marche ? Une demi-journée ? Une journée ? Deux ? J'étais désorienté. Dans tous les sens du terme : temporel, spatial, moral. J'avais mal aux pieds. Ma tête bourdonnait comme une cloche. Couché par terre, j'écoutai un moment les bruits inquiétants du labyrinthe, puis je m'endormis, épuisé.

ꝣ

La Mer et les phares

Je me réveillai fatigué, affamé, assoiffé – et en mauvaise compagnie. Sur mes jambes, mes bras, mon ventre et mon visage, des dizaines d'insectes et autres vermines crapahutaient : larves transparentes, vers, serpents, carabes phosphorescents, sauterelles du livre à pattes grêles, perce-oreilles à longues pinces, araignées blanches sans yeux. Je me levai d'un bond en poussant un cri d'effroi et frappai comme un sauvage autour de moi. La vermine s'envola dans toutes les directions pendant que j'exécutais une danse grotesque et que, pris de panique, je battais ma cape pour la débarrasser de sa saleté. Un orvet du livre émit un dernier sifflement menaçant et agita son grelot avant de disparaître derrière une pile de livres. Enfin persuadé d'avoir chassé ces parasites jusqu'au dernier, je retrouvai une certaine sérénité.

Je me remis en marche. Que faire d'autre ? Dans l'intervalle, j'avais perdu mon assurance. Je n'avais aucune raison de croire que je m'étais rapproché des issues du labyrinthe. Peut-être m'étais-je même enfoncé plus profondément ? Et les insectes m'avaient montré comment l'on pouvait rapidement entrer dans l'impitoyable circuit alimentaire souterrain. Les nombreuses méduses phosphorescentes moribondes qui s'épuisaient dans une fuite insensée ne contribuaient pas à me mettre de bonne humeur : elles me rappelaient trop ma situation. Je ne tarderais pas à finir comme elles, affaibli et desséché, dévoré par des insectes sur le sol d'un tunnel. À cause d'une lettre.

Repensant à mon manuscrit, je m'arrêtai et l'extirpai de ma poche. Saurais-je y déchiffrer le message secret qui m'avait entraîné dans cette fâcheuse situation – et qui m'aiderait à m'en sortir ? C'était un espoir idiot, désespéré, mais le seul que je pouvais mobiliser à cet instant. Je me remis donc à étudier la lettre. Je la lus avec le même enthousiasme, avec les mêmes réactions que la première fois, et, provisoirement, cela me soulagea – puis j'arrivai à la dernière phrase :

Ici commence l'histoire.

Il y avait là tant d'espoir, tant d'optimisme que mes yeux se remplirent de larmes de joie. C'était la formule la plus prometteuse par laquelle on pouvait conclure un récit. Je remis le manuscrit dans ma poche et repris ma marche en réfléchissant à ces mots qui venaient de cingler mon cerveau endormi. J'eus soudain l'idée que cet auteur mystérieux avait voulu me dire quelque chose. Qu'à cet instant, quel qu'il fût, il m'avait parlé.

Ici commence l'histoire.

Mais que voulait dire cette phrase ? Que ma propre aventure ne faisait que commencer ? Ç'aurait été une pensée très rassurante. Ou fallait-il que je la prenne *encore plus* au pied de la lettre ?

Ne me demandez pas, mes fidèles amis, d'où je tirais cette conviction, mais j'étais sûr que cette formule était une énigme dont la solution me rapprocherait de ma libération. Bon, il fallait donc la prendre au pied de la lettre.

Ici commence l'histoire.

Où était cet *ici* ? *Là*, dans les catacombes ? *Là*, aux endroits où je passais ? D'accord ! Mais de quelle histoire s'agissait-il, si ce n'était pas de la mienne ? Qu'y avait-il ici en dehors de mon humble personne ? Des insectes, évidemment. Des livres, naturellement.

Cette idée de génie faillit me foudroyer : elle avait une force inouïe ! Les livres, idiot ! C'était une bêtise de les ignorer : l'aide ne pouvait venir que d'eux. J'étais encerclé par des milliers de complices intelligents que je n'utilisais pas à cause d'une mauvaise expérience et de quelques légendes sur les *livres dangereux*.

Il fallait que je réfléchisse à la méthode de Colophonius Clairdepluie qui, en son temps, avait réussi à s'orienter grâce aux livres. En premier lieu, le classement des diverses bibliothèques et collections du labyrinthe l'avait conduit à faire ses découvertes : n'était-il pas logique, dans ces conditions, que les livres puissent me ramener à la surface ?

Je ne disposais pas du savoir de Clairdepluie, mais j'avais quelques idées sur la littérature zamonienne. Et déterminer l'âge d'un volume au regard de son état, de son auteur, de son contenu et de la mention légale n'était pas un tour de force. C'était très simple : si les livres qui m'entouraient étaient vieux, je devais me trouver dans les profondeurs des catacombes. S'ils étaient plus récents, je m'approchais d'une sortie. Ce principe n'était certainement pas infaillible, mais souvent suffisant. Car la plupart des bibliothèques reflétaient l'époque où leur propriétaire avait vécu. Muni de cette simple boussole, je pourrais m'orienter et recouvrer ma liberté. À la condition d'avoir le courage d'étudier les livres.

Qu'avais-je à perdre ? Si un *livre dangereux* m'arrachait la tête ou m'envoyait une flèche empoisonnée entre les deux yeux, je trouverais une fin rapide et clémente, au lieu de mourir dans les tourments de la faim ou d'être dévoré vivant par des insectes. Mieux valait périr debout qu'en rampant comme une méduse ! Il ne s'agissait plus désormais que de surmonter la peur et d'ouvrir un livre. Je m'arrêtai.

M'avançai vers une étagère.

Saisis un volume au hasard.

Le soupesai.

Il était extraordinairement lourd, est-ce que quelque chose cliquetait à l'intérieur ?

Non.

Ou était-il trop léger parce qu'un compartiment rempli de gaz mortel y avait été aménagé ?

Non, il n'était pas trop léger.

Je fermai les yeux, détournai le visage.

Et l'ouvris.

Il ne se passa rien.

Pas d'explosion.

Pas de flèche empoisonnée.

Pas de nuage rempli d'éclats de verre.

Je touchai les pages avec précaution.

Aucune sensation d'engourdissement dans les doigts.

Étais-je en train de découvrir les signes d'une folie naissante ?

Difficile à dire.

Je serrai et desserrai les dents. Non, je ne perdais pas non plus mes instruments masticatoires. Tout était solide.

Vertiges ? Nausées ? Température ?

Rien.

Je rouvris les yeux.

Ouf ! C'était un livre normal, innocent, sans système de détonation, sans gaz mortel ou ampoule remplie d'acide. Un volume comme les autres. Du papier garni de caractères d'imprimerie, relié en cuir de cochon des marais. Ah ! Pourquoi m'étais-je attendu à autre chose, en vrai débile paranoïaque ? J'avais probablement un risque sur une myriade de trouver ici, parmi toutes ces œuvres, un *livre dangereux*.

Je lus le titre. Hé, je connaissais ce livre, bien que de façon superficielle. Il s'agissait de *Rien d'important* d'Orkos Vaderetro, l'œuvre centrale de l'égalisme graalsundien – une école philosophique qui avait inscrit l'indifférence extrémiste sur ses bannières.

Que vous lisiez cette phrase ou non n'a aucune importance, disaient les premiers mots qui, chaque fois, m'avaient empêché d'aller plus loin. J'avais replacé le livre sur son étagère : réaction qui aurait réjoui les Égalistes car elle correspondait exactement aux visées de leur philosophie : rester sans effet.

Mais cet ouvrage m'avait apporté une information importante. Il datait forcément du début du Moyen Âge zamonien, puisque les Égalistes avaient œuvré à cette époque, et que, par ailleurs, il s'agissait d'une première édition originale.

Je repris mon chemin, passai devant un grand nombre d'étagères et de livres sans leur témoigner d'intérêt et laissai derrière moi des couloirs et des couloirs. Puis je m'arrêtai, pris un autre livre au hasard, l'ouvris et lus :

« "*Hélas, la vie est trop courte, remarqua le prince Loisodété en poussant un soupir abyssal.*

– *Oui, répliqua son ami, Rocco Niapes, qui se versa un*

verre de vin en souriant, je ne te contredis pas si tu exprimes l'idée que la destinée est catastrophiquement limitée."

Madame Fonsec entra.

"Oh ! s'écria-t-elle amusée, je vois que ces messieurs discutent encore de la triste soumission de notre séjour ici-bas à une dramatique limitation temporelle." »

C'était un *roman d'abondance*, aucun doute possible, une grotesque erreur de la littérature zamonienne qui consistait à répéter une seule pensée fondamentale sous de multiples formes. Quand les Abondancistes avaient-ils écrit ? À la *fin* du Moyen Âge, j'en étais sûr ! J'étais donc sur la bonne voie, puisque j'étais passé du haut au bas Moyen Âge.

La suite ! Vite ! Je passai le long d'étagères sans en regarder le contenu. Je vis deux méduses de différentes couleurs, accrochées l'une à l'autre, qui luttaient à mort, mais ce spectacle ne pouvait plus m'émouvoir. J'étais de nouveau plein d'espoir. Puis je m'arrêtai.

L'eau ne coupe pas le pain, affirmait le premier vers d'un recueil de poèmes que je venais d'ouvrir. Comment appelait-on cela ? Oui, c'était un adynaton, une impossibilité naturelle. Et quelle école poétique commençait traditionnellement ses poèmes en évoquant les impossibilités de la nature ? Celle des Adynatonistes naturellement ! Quand les Adynatonistes avaient-ils écrit ? Avant ou après les Abondancistes ? Après, après ! J'avais dépassé le Moyen Âge et j'étais arrivé au baroque zamonien florissant.

Désormais, je faisais des recherches de plus en plus fines. Je me donnais du temps. J'examinais plusieurs livres et mobilisais tout le savoir littéraire que Dancelot de Tournerimes m'avait fourré dans la tête : est-ce qu'Horatio le

Polémique avait écrit avant ou après Pistolarius Gileton ? Quand Platoto de Nedici avait-il introduit l'Adaptionisme dans la littérature zamonienne ? Glorian Lacourge faisait-il partie du groupe institutionnel de Graalsund ou du groupe de Tralamande ? Les poésies ratatiniennes oxymoriques de Fredda la Chevelue dataient-elles de l'époque bleue ou de l'époque jaune ?

Rétrospectivement, je remerciais mon parrain en écriture de la dureté avec laquelle il m'avait fait potasser tout ça. Comme je l'avais maudit à l'époque, et voilà qu'il me sauvait peut-être la vie ! C'était comme si j'avais navigué sur une mer sombre, parsemée d'une multitude de phares plantés sur autant de petites îles. Ces phares, c'étaient les écrivains qui, à travers les siècles, s'envoyaient leurs messages solitaires ; en me fiant à leur lumière, je naviguais d'île en île : c'était mon fil rouge pour sortir du labyrinthe. J'avais oublié la faim et la soif, je prenais les ouvrages sur les étagères, je lisais, je combinais, je courais.

Je m'immobilisai et saisis un nouveau livre.

L'univers implosa, c'était la première phrase. J'avais sans doute affaire à un roman anticlimaxiste, genre où les auteurs commençaient leur œuvre par le fait le plus spectaculaire et excitant pour ensuite rendre l'action de plus en plus insignifiante, jusqu'à s'achever sur une remarque accessoire. Les Anticlimaxistes faisaient partie du romantisme zamonien. J'avais franchi une nouvelle époque.

Il détacha, gioumpf, ses lèvres des siennes et s'assit, crrr, sur la chaise délabrée. Il leva le papier, frou-frou, et l'examina, flafla.

« Ouaouh, c'est son testament ? » demanda-t-il.

Elle soupira, pffouh.

« Nous n'hériterons pas de la ferme de la Pierre Sombre, mais d'un vieux tabouret à traire. »

Il jeta le papier, zou, dans la cheminée où il brûla, criiccch. Il éclata de rire, ouaf ouaf, et cracha par terre, flac.

Elle pleura, ouin.

Aïe, aïe, de la poésie onomatopéique ! Les auteurs de l'époque doutaient probablement de l'imagination de leurs lecteurs et croyaient devoir rafraîchir leur texte avec ces sortes de minauderies – qui, pour notre goût actuel, ruinaient le texte le plus dramatique. Rolli Fantano et Montanios Trouderr avaient écrit de cette façon en se croyant terriblement modernes. Aujourd'hui, ces idioties ne servaient qu'à dater leurs livres. Cependant, c'étaient les débuts du nouveau roman zamonien, les premiers pas, les premières expériences de la nouvelle littérature – je progressais à bonne allure vers les temps modernes.

Comte d'Emplâtre ? Puis-je vous présenter le professeur Phelmegor la Fitti, l'inventeur de l'air sans oxygène ? Mes trois jolies, je vous propose une partie de rumo.

Certes ! Manifestement j'étais parvenu aux temps modernes : ces bribes de dialogue en apportaient une preuve suffisante. C'était un roman de la série du comte d'Emplâtre, précurseur de tous les polars de Zamonie. Mineola Hick en avait écrit des douzaines, il y avait juste deux cents ans. Sans être vraiment de la grande littérature, ces livres étaient très prisés, en particulier des jeunes. Ils étaient presque aussi populaires que la série du prince de Sangfroy. Ce roman, *Le Comte d'Emplâtre et le professeur hors d'haleine*, je l'avais peut-être lu une demi-douzaine de fois. Effectivement, il y avait sur l'étagère toute la collection, du *Comte d'Emplâtre et la pomme de terre ferrugineuse* au *Comte d'Emplâtre et le pirate mort-vivant.* J'avais fort envie de les relire, mais le moment n'était pas propice.

À la place, je pris un petit livre voisin. Il était relié de cuir noir et n'avait pas de titre. Je l'ouvris et lus :

LE CHEMIN DU CHASSEUR DE LIVRES

DE

RONGKONG VIRGULE

J'avais tiré dans le mille ! C'était un livre vraiment moderne. Rongkong n'était-il pas celui qui avait poursuivi Clairdepluie sans pitié ? Un contemporain, pour ainsi dire ! Poursuivant mon chemin, je lus un peu au hasard.

I. CATACOMBUM

LE CHASSEUR DE LIVRES EST AUSSI SOLITAIRE QUE LA TIQXXXXE DANS LE LABYRINTHE.
IL VIT DANS LES TÉNÈBRES. SON ESPOIR, C'EST LA MORT.

Oh ! là, là ! Quel sinistre sujet. Mais cet ouvrage portait la signature d'un chasseur de livres, et ces gens ne pouvaient pas tous avoir autant d'esprit que Colophonius Clairdepluie.

II. CATACOMBUM

TOUS LES AUTRES CHASSEURS DE LIVRES SONT ÉGAUX.
L'ÉGALITÉ DANS LA NULLITÉ.

Hum ! Un contemporain vraiment sympathique, ce Rongkong Virgule. Le genre de personnage que l'on n'aimerait pas rencontrer dans cette obscurité.

TOUT CE QUI VIT PEUT ÊTRE TUÉ.
TOUT CE QUI EST MORT PEUT ÊTRE MANGÉ.

Apparemment, j'avais affaire à la philosophie limitée d'un tueur professionnel. Pas vraiment ce que je préférais en matière de lecture. Mais c'était une œuvre contemporaine. Je rejetai ce sous-produit, m'approchai d'une étagère et pris un autre volume. Je vis un ouvrage remarquable, magnifiquement orné de fers d'argent, d'or et de cuivre, avec une reliure en acier brillant. Imaginez ma stupéfaction, mes amis, quand je l'ouvris et que, au lieu de pages et de lettres, j'aperçus un mécanisme compliqué ! En même temps, j'étais soulagé, car si j'avais eu affaire à un *livre dangereux*, j'aurais été décapité ou j'aurais reçu une flèche entre les deux yeux. Mais de quoi s'agissait-il ?

Des roues dentées tournaient, des ressorts d'horlogerie se tendaient, de minuscules bielles se mouvaient. Puis, dans la partie supérieure du livre qui ressemblait à une lanterne magique ou à un théâtre de marionnettes, un rideau de cuir s'ouvrit et de petites figurines en métal apparurent sur une scène minuscule. Elles étaient plates comme les silhouettes d'un théâtre d'ombres, mais étonnamment vivantes. De toute évidence, elles représentaient des chasseurs de livres, vêtus de leur armure martiale : une parfaite imitation. Armés de haches, ils se battaient en duel et s'envoyaient des flèches. L'action avait beau être sanglante, c'était mignon et extrêmement raffiné. Puis le rideau se baissa et, à ma grande déception, le petit théâtre disparut.

Je découvrais une invention extraordinaire, un jouet intelligent pour adultes ! Pour la première fois, en dépit de ma situation incertaine, je souhaitai posséder un livre des catacombes. Je n'avais qu'à le prendre car, étant donné l'état des choses, je ne tarderais sûrement pas à trouver une sortie et, là-haut à Bouquinbourg, ce genre d'objet rare valait sûrement une fortune.

Là, quelque chose bougeait dans la partie inférieure du livre mécanique ! Il y avait quelques douzaines de minuscules fenêtres alignées où tournaient des lettres de l'alphabet zamonien. Puis j'entendis clacclacclacclacclac ! et les lettres s'arrêtèrent pour former une phrase :

BARBEDOR SONGECREUX VOUS
SOUHAITE UN BON PASSAGE

« Comment ? » dis-je bêtement comme si le livre m'avait parlé. En guise de réponse, la mélodie d'une boîte à musique se fit entendre. C'était la marche funèbre traditionnelle de Zamonie que nous avions jouée lors de la crémation de Dancelot. Je regardai encore une fois :

BARBEDOR SONGECREUX VOUS
SOUHAITE UN BON PASSAGE

Après le spectacle de marionnettes artistement présenté, c'était un message décevant. Elliptique. Ou bien était-ce une énigme ?

Voyons, Barbedor Songecreux – n'était-ce pas le chasseur de livres dont avait parlé Clairdepluie, celui qui avait l'habitude d'éliminer ses concurrents à l'aide de livres pièges particulièrement raffinés ? Exact ! Barbedor était un ancien horloger qui utilisait ses connaissances pour…

Ce fut alors seulement que je le remarquai : un mince fil d'argent reliant le dos du livre à l'étagère qui se tendit et se mit à vibrer avec violence. Je lâchai l'objet qui tomba dans un bruit métallique et continua à jouer la marche funèbre – mais c'était trop tard. J'entendis des fils de fer bourdonner, se raidir partout dans le tunnel en gémissant, comme si l'on accordait une harpe géante, puis, dans mon dos, un roulement sourd comme un lointain tonnerre. Je jetai un regard en arrière.

À l'extrémité la plus élevée du couloir, les immenses étagères en bois se renversaient les unes derrière les autres : en tirant ce livre piège raffiné de son logement, j'avais déclenché un mécanisme caché. Comme des dominos, le premier livre entraînait le suivant dans sa chute. Des centaines, des milliers de volumes claquaient sur le sol en pente. Les rayonnages tombaient en cascade. Le bois, le papier et le cuir s'accumulaient pour former une immense vague qui roulait vers moi à une vitesse vertigineuse, pareille à un torrent de boue qui envahit le lit asséché d'une rivière.

Je me mis à courir dans la direction opposée, mais je n'allai pas bien loin. Déjà l'avalanche me rattrapait et m'emportait. J'étais pris dans un tourbillon de bouquins qui rebondissaient sur mon corps, sur ma tête, et finirent par me boucher la vue. Tombé à la renverse, je criai de toutes mes forces, et tout à coup je fus aspiré vers le bas. Comme entraîné dans une chute d'eau, je tombai avec le flot des livres au fond d'un abîme, dans un immense mugissement. Soudain une effroyable secousse, un choc, et une grêle de bouquins s'abattit et s'amoncela sur mon dos : il devait y en avoir des milliers. Un silence complet et une obscurité totale s'ensuivirent. Je ne pouvais plus bouger. Je ne respirais presque plus. J'étais enterré vivant sous les livres.

Détritrou

Au cas où, mes chers amis, vous auriez encore quelques doutes sur la dangerosité des livres, ceux-ci sont désormais dissipés. Ces objets s'étaient jetés sur moi par milliers et, réunis, avaient tenté de m'écraser pour m'étouffer. Je ne pouvais ni voir ni bouger, et parvenais difficilement à respirer. Un livre m'avait mis dans cette situation. Un *livre dangereux*.

BARBEDOR SONGECREUX VOUS
SOUHAITE UN BON PASSAGE

Je venais de comprendre. C'était apparemment de l'humour de chasseur de livres. J'étais pris dans un piège qui ne m'était pas destiné, mais qui devait frapper un concurrent de Songecreux et, avec ma confiance toute neuve pour l'imprimé, j'étais tombé dans le panneau. Clairdepluie avait relaté que les chasseurs de livres pouvaient transformer des couloirs et des secteurs entiers du labyrinthe en traquenards mortels. Apparemment, je finissais toujours par retrouver le bon sens, mais trop tard.

Comme une feuille d'automne coincée entre deux pages d'un livre, j'étais immobilisé sous une montagne d'ouvrages.

J'essayais de remuer les bras, d'allonger les jambes, de tourner la tête, mais j'arrivais à peine à courber le bout d'un doigt. Respirer devenait une torture, car c'était plus de la poussière que de l'air qui entrait dans mes poumons. Quelques instants encore et j'allais mourir étouffé.

Étouffé sous des livres : penché sur mon berceau, Dancelot ne m'avait jamais chanté que je devais disparaître de cette façon. Si le destin était capable d'ironie, j'en avais là une magnifique illustration.

Je ne savais même pas si j'étais simplement coincé ou paralysé. Peut-être que dans ma chute brutale, je m'étais cassé tous les os : les douleurs ressenties étayaient cette hypothèse. Mais rien n'avait plus d'importance. J'étais en train de dire adieu à ce monde cruel et, mes chers amis, croyez-moi : dans ces circonstances, je considérais cet instant comme une grâce. Tout valait mieux que cette torture et ces souffrances. Même la mort. Si seulement elle avait pu se hâter ! Mais ma vie se retirait avec une douloureuse lenteur.

Sous moi, quelque chose bougea. Je me sentis soulevé, une, deux, trois fois, en même temps que la montagne de papier qui pesait sur moi. Cela redoubla mes souffrances : j'étais encore plus comprimé. Cette chose qui bougeait devait avoir la force d'une baleine. Elle nous portait sans effort, moi et mon tas de bouquins. Mes côtes craquèrent et j'entendis la masse livresque se mettre en mouvement. Je perçus un roulement sourd et soudain la pression diminua. Une grande partie du papier devait avoir glissé, et je pus enfin bouger. Visiblement, mes os étaient intacts. J'avais très mal, mais je pouvais remuer mes membres, repousser les livres et reculer. Je tapai dans le tas comme un sauvage et me dégageai. L'éboulis se desserra, et je finis par mieux respirer. Puis je vis de la lumière ! Une lumière colorée et diffuse qui, près de moi, passait par d'étroites fentes. Je tendis la main, elle rencontra le vide ! Je gigotai et battis des bras comme un dément… et j'émergeai, j'émergeai de la mer de livres où j'avais failli me noyer.

Soufflant et toussant, haletant et éternuant, râlant et crachant, je me dégageai, et pour finir j'expectorai de la bave et de la poussière mêlées. Je respirai goulûment. À plusieurs reprises. Puis j'essayai de regarder autour de moi, mais les yeux encore embués, je n'aperçus que des taches de couleur floues. Je dus faire un effort considérable pour me libérer complètement de ce chaos, de cet amas branlant de papier vermoulu, de fragments, de livres entiers et dépenaillés, de couvertures et de pages détachées. J'avançai sur le ventre puis me redressai. L'expression n'est pas vraiment juste : sur cette pile instable, je n'arrêtais pas de m'enfoncer. Mais j'eus tôt fait de me débarrasser de la saleté qui obscurcissait mes yeux et de jeter un regard à l'entour, sans m'affaler de tout mon long.

Une voûte en pierre s'élançait au-dessus de ma tête. Je me trouvais dans une grotte qui avait la forme d'une demi-sphère d'au moins un kilomètre de circonférence. Le plafond était percé d'une multitude de trous, grands et petits. J'avais dû tomber avec les livres par l'un d'eux. Des colonies de méduses phosphorescentes de toutes couleurs et de toutes tailles étaient collées entre les ouvertures. Elles produisaient une forte lumière. Ce devait être une variété de l'espèce utilisée dans les lampes, capable de vivre en dehors de son liquide nutritif. Ces bêtes étaient beaucoup plus grosses et éclairaient avec plus d'intensité. Sans doute étaient-elles nées de méduses échappées des lanternes. Je ne pus m'empêcher de penser aux deux masses gélatineuses accrochées l'une à l'autre dans un combat mortel

– plutôt qu'à une agonie, j'avais peut-être assisté à un accouplement.

Des nuées de chauves-souris blanches comme neige voltigeaient en rubans infinis, directement sous le plafond, et remplissaient la grotte de leurs cris perçants. Tout d'un coup, il y eut un grand fracas : se déversant dans un trou, un torrent de poussière et de papier déferla dans la mer de livres, par bonheur à bonne distance.

Sous la lumière multicolore, tous les ouvrages en putréfaction, en piteux état ou rongés par les insectes, les bouts de papier, les débris de bois et les autres ordures ressemblaient à la surface d'une mer. D'autant que cette masse n'arrêtait pas de bouger, de monter et de redescendre. Je préférai ne pas penser aux créatures qui produisaient ce mouvement : probablement des armées de vers et de rats, d'asticots et de cafards, affairés à détruire la littérature. N'y avait-il pas un poème de Perla la Gadéon qui s'appelait *Aspiole le Conquérant* ?

Oui, mes chers amis, j'étais manifestement descendu d'un étage dans le système caverneux, j'avais glissé plus profondément encore dans ses entrailles. Je savais même comment cet endroit s'appelait : ce ne pouvait être que Détritrou, la décharge des catacombes. Colophonius Clairdepluie y était venu et avait consacré un chapitre de son livre à cette fameuse grotte et à ses environs. Il affirmait que c'était le secteur le plus sale et le plus délabré du labyrinthe. Ici, des siècles durant, ses habitants s'étaient débarrassés de leurs ordures livresques. De nombreuses cavernes habitées des régions supérieures disposaient de puits qui débouchaient dans les excavations du plafond de Détritrou. L'on y jetait tout ce qui, dans les catacombes, ne valait plus rien. Par ce moyen, les Bibliopirates faisaient disparaître le corps de leurs victimes, les princes décadents du livre leurs ordures et leurs matières fécales quotidiennes ; les Biblalchimistes leurs déchets toxiques et leurs expérimentations ratées. Clairdepluie affirmait que certains puits débouchaient à la surface de la ville, dans les maisons antiques de la rue de l'Homme-Noir.

Des immondices séculaires s'étaient accumulées ici, humus pour une effroyable végétation et des créatures de toutes sortes. Il y avait des insectes et des parasites, des plantes et des bêtes que l'on ne trouvait nulle part ailleurs dans le labyrinthe. Même les chasseurs de livres contournaient ces lieux pour ne pas attraper de graves maladies. Détritrou, c'était le revers morbide de Bouquinbourg, le ventre puant et moisi des catacombes, son impitoyable cloaque. Ici, le pouvoir n'appartenait à personne, ni aux chasseurs de livres ni au roi des Ombres. C'était la déchéance. Ce qui, à travers le dédale, parvenait à Détritrou était détruit dans cette caverne, transformé en vagues de cette mer houleuse sur laquelle je me tenais, les jambes vacillantes.

Je promenais mon regard autour de moi. Je me trouvais à peu près au centre de la grotte, à cinq cents mètres environ des bords. C'était peu, mais la traversée de cette masse de papiers mouvants n'était sûrement pas dénuée de périls. À la périphérie, il y avait de nombreuses sorties – vraisemblablement des portes par où, en des temps reculés, les habitants des catacombes charriaient et déversaient déjà leurs ordures. Le choix de l'ouverture n'avait aucune importance, car ce qu'il y avait derrière était incertain. Je me dirigeai donc au hasard vers l'une d'entre elles.

Je n'arrêtais pas de m'enfoncer, jusqu'aux chevilles, jusqu'aux genoux, ou jusqu'aux hanches, mais jamais au point de ne plus pouvoir m'en sortir. Partout où je marchais, ce n'était que grouillis et froufroutements. Je m'efforçais de ne pas regarder ce que j'avais chassé devant moi.

J'étais blanc de la tête aux pieds, couvert de poussière de livre : un fantôme. La chute avait meurtri tous mes muscles. Je versais des larmes de désespoir. Cependant, mes amis uniques, même si ce chemin de la passion marquait sûrement le point le plus bas de mon existence, je poursuivais ma marche pénible. J'avais survécu à un *livre piège* et à une descente vertigineuse, j'avais été enterré vivant et j'avais ressuscité – jamais auparavant, je n'aurais pensé être aussi coriace. Je n'étais pas destiné à finir mes jours en ce lieu ! J'avais promis à Dancelot mourant de devenir le plus grand poète de Zamonie. Je voulais tenir cette parole en dépit de tous les Suiffard et des chasseurs de livres, de toute la vermine des catacombes. J'allais me sortir de cet enfer, même si je devais me tailler un chemin à coups de dents et de griffes pour regagner la surface.

Des centaines d'idées tourbillonnaient dans mon crâne, des idées de romans, de poèmes, d'essais, de pochades, de pièces de théâtre, produites sous l'effet de la colère et de l'obstination. C'étaient les bases d'une œuvre totale, une étagère complète d'ouvrages d'Hildegunst Taillemythes – à l'instant où je n'avais vraiment aucune possibilité de prendre des notes. J'essayai de les fixer, de les clouer aux murs de mon cerveau, mais elles m'échappèrent comme des poissons gluants. Jamais je ne m'étais senti dans un tel état de créativité – et je n'avais rien sur moi pour écrire ! C'était tragique et comique à la fois, je riais et jurais tour à tour, et même les jurons que je poussais à ce moment étaient d'une originalité à vous couper le souffle.

J'avais péniblement accompli à peu près la moitié du

parcours, quand quelque chose à l'intérieur de la mer de livres se mit à faire du raffut. Non, ce n'était pas le simple bruit produit par les petites bestioles, il y avait quelque chose de plus inquiétant : une grosse créature remuait. À quelques jets de pierre, les ordures s'élevaient et retombaient de plusieurs mètres, et me rappelèrent les mouvements que j'avais perçus quand j'étais enterré sous les livres. Oui, il y avait quelque chose là-dessous. À la vue des ondes produites, je me rendis compte que cette chose m'encerclait, et que les cercles allaient se rétrécissant. Venu des profondeurs de la mer, un grondement me parvint, si menaçant que toute obstination et toute colère s'éteignirent en moi. Et avec elles les idées qui avaient erré dans ma tête. En échange, mon cœur et mon cerveau se remplirent de terreur. J'étais dans le même état que celui autour de qui tourne un requin, dans l'océan, ou un loup-garou, dans une forêt la nuit. Où était le monstre à cet instant ? Peut-être directement sous moi, la gueule grande ouverte ?

C'est alors qu'il apparut. Des livres volèrent par centaines dans les airs, du papier vermoulu se mit à bouillonner, des feuilles voltigèrent, la vermine bourdonna – avec au milieu la plus grande créature que j'aie jamais vue.

Aspiole le Conquérant !

Oui, c'était peut-être un ver, le plus gros ver de livre de Détritrou, mais pourquoi pas un serpent ou un animal inconnu : à cet instant, je me fichai cordialement de l'arbre généalogique de ce monstre. La partie visible qui émergeait de la mer était aussi grosse et haute qu'un clocher. Sa peau jaune pâle était parsemée de verrues brunes. Sous son ventre blanchâtre s'agitaient des centaines d'antennes, de pattes ou de petits bras. J'étais incapable de dire combien. À son autre extrémité, de longues dents crochues, acérées et aussi dangereuses qu'un cimeterre bordaient sa gueule béante. Un instant, le géant se figea. On n'entendait que l'air qu'il respirait. Il continua à se redresser, émit un rugissement étourdissant et, dans un bruit semblable à celui d'une forêt que l'on abattrait d'un seul tenant, se jeta dans la mer de papier. La poussière tourbillonna en gros nuages gris et l'enveloppa en totalité. Puis le monstre se recoucha et je vis son corps massif rouler droit vers moi.

Celui qui n'a jamais été obligé de se déplacer sur une masse de livres en décomposition n'a aucune idée de la difficulté que cela présente. Je ne sais pas combien de fois j'ai trébuché, je suis tombé, j'ai culbuté sur des versants de papier jauni, combien de fois je me suis repris ou j'ai progressé à quatre pattes. Je n'arrêtais pas de marcher sur des livres qui se volatilisaient en poussière ou en colonies de vers de farine, sur du papier qui se déchirait comme une pellicule de glace.

Le ver remplit la caverne de ses rugissements avides. Il répandit la panique chez les chauves-souris qui se mirent à criailler. La mer commença vraiment à s'agiter. Mes chers amis, croyez-moi, j'aurais préféré ne pas savoir plus précisément ce qui se tramait dans les bas-fonds de Détritrou, mais cette grâce ne me fut pas octroyée. Le déchaînement du ver géant ameuta l'ensemble des habitants de la décharge qui remontèrent à la surface pour voir quel intrus avait dérangé leur sieste.

C'était comme si on avait ouvert les écluses d'une grotte qui rejetait continuellement de nouvelles créatures, plus laides et plus étranges les unes que les autres. Des cafards gros comme une miche de pain, noir brillant, dotés de mandibules qui grinçaient, s'extrayaient des immondices. La couverture d'un in-folio géant s'ouvrit. Une araignée à poils blancs mobiles, armée de huit yeux saphir et de pattes plus longues que les miennes, en sortit.

Elle me regarda. Je retombai, pris d'une peur extrême à l'idée de sentir ses membres velus se poser sur ma nuque, mais au lieu de cela, j'entendis à l'entour des bruissements et des crissements, vis un long tentacule couvert d'écailles qui se soulevait des profondeurs et tâtonnait en aveugle. Une boule grasse, charnue jaillit d'entre des papiers jaunis comme une bulle de vase et, dans des bruits horribles, laissa échapper de son corps des nuées de poussière. Des crabes incolores, des fourmis et des scorpions phosphorescents, des chenilles géantes de toutes les couleurs et des serpents transparents apparurent. D'innommables créatures mixtes à peau squameuse, possédant ailes, cornes et pinces, se frayaient un chemin et s'égayaient dans toutes les directions. C'était le carnaval de la monstruosité, le résultat de siècles de malpropreté et de dégénérescence. Je traversais une mer d'immondices vivantes.

Mais tout cela était à mon avantage, mes amis, car Aspiole était aveugle et s'orientait au son : le vacarme environnant lui fit perdre ma trace. Il se jetait d'un côté et de l'autre, fouillait dans la masse poussiéreuse et, avec ses dents tranchantes comme des couteaux, taillait dans l'océan de papier pour en déchirer les habitants. Mais il y avait longtemps que j'étais hors de sa portée.

C'est alors qu'un combat éclata parmi les habitants de Détritrou, et tout le monde se battit contre tout le monde. Jamais, même dans mes pires cauchemars, je n'avais vu de scènes plus horribles. Les noirs tentacules déchiquetèrent l'araignée à poils blancs. Des dizaines de cafards encerclèrent un énorme rat aveugle et, à coups de pince, le mirent en pièces. Deux scorpions rouge flamboyant dansaient l'un autour de l'autre, le dard levé, quand soudain une gueule hurlante s'ouvrit sous eux et les avala. Trois crabes géants défonçaient avec leurs puissantes cisailles une créature qui défiait toute description – et moi, au milieu de ce scénario infernal, haletant, je crapahutais sur le tas d'ordures. À tout instant, je m'attendais à ce qu'il s'ouvre sous moi et me fasse disparaître au fond d'une gueule géante, ou qu'un bras tentaculaire me pêche et m'étrangle. Mais les monstres étaient tellement occupés à s'exterminer qu'aucun ne s'intéressait à moi. Ils glapissaient et piaillaient, faisaient gicler leurs poisons, étranglaient et piquaient, mordaient avec une sauvagerie et une cruauté extrêmes. Moi, je marchais comme si j'avais coiffé une cape qui me rendait invisible. C'était sans doute pour eux un rituel hygiénique régulier, une bataille festive qui excluait les nouveaux arrivants. Peut-être mon odeur faisait-elle de moi un ennemi ou une victime sans intérêt : qui pouvait comprendre la nature malsaine de ce lieu maudit ?

L'important, c'était d'atteindre enfin le bord de la grotte. Vivant et intact. Complètement épuisé, je mis le pied sur la terre ferme. Je me reposai un moment en gémissant et jetai un dernier regard sur cette décharge. Non loin, deux mille-pattes longs comme des arbres se battaient dans le papier vermoulu en s'aspergeant de leurs acides corrosifs. Mais la bataille était presque partout terminée. Le festin des vainqueurs débutant, le bruit que faisaient les monstres en décortiquant, mâchant et avalant s'accrut. Devant ce spectacle cruel dont je ne voudrais pas approfondir la description, mes courageux amis, une étrange impression, mélange de dégoût et de soulagement, s'empara de moi.

Car cela aurait pu m'arriver, à moi aussi, si j'avais eu moins de chance : j'aurais été avalé et digéré par Détritrou, l'immense ventre des catacombes. Je me détournai de ce théâtre avec horreur.

8

Le Royaume des morts

Le danger de mort surmonté, mes peurs réapparurent : que se passerait-il si, sur la décharge, j'avais attrapé une terrible maladie ? J'avais certainement respiré et touché des milliards de virus et de bactéries – certaines de ces bêtes avaient, elles-mêmes, l'allure des pires infections. Je me secouai et frottai ma cape pour en enlever les détritus.

La grotte donnait sur de nombreuses sorties, plus ou moins vastes. Certaines étaient complètement bouchées par des débris de livres, d'autres étaient envahies par des armées d'insectes attirés par les bruits du repas funèbre. Je choisis un tunnel où il n'y avait que quelques ouvrages recouverts d'une épaisse couche de poussière, et des méduses phosphorescentes qui, au lointain plafond, en longues processions, se hâtaient avec une lenteur d'escargot dans une direction inconnue.

L'euphorie que j'avais ressentie en retrouvant la terre ferme s'envola très vite. Il y avait peu de temps que j'avais quitté Détritrou, mais je savais pour avoir lu le livre de Colophonius Clairdepluie que les secteurs environnants de la décharge ne lui cédaient en rien en matière de dangerosité et de désolation. Pendant des siècles, les habitants des catacombes avaient utilisé ces tunnels et ces grottes pour ensevelir leurs morts. Des milliers et des milliers de cadavres y avaient trouvé une sépulture. On prétendait qu'il y avait là des mausolées dissimulés, agrémentés des pièges les plus raffinés. De riches princes du livre s'y étaient fait enterrer avec leurs précieux trésors. Curieusement, les chasseurs les plus avides n'y touchaient pas. De même, ils évitaient ce quartier, car beaucoup étaient convaincus que des spectres et des momies, des squelettes ambulants et des revenants avides de vengeance hantaient les lieux. On disait que le roi des Ombres était né parmi les tombes de Détritrou. C'était, de longue date, le royaume désolant des morts, domaine des insectes et de la vermine des bas-fonds.

Je n'ai sûrement pas besoin, mes fidèles amis, d'insister sur le fait que je ne crois pas à ces stupidités. Il n'empêche que l'esprit le plus éclairé n'éprouve aucun plaisir à se promener sur des milliers de sépultures anonymes. J'évite les cimetières, même en plein jour, et n'assiste aux enterrements et aux crémations que contraint et forcé – comme dans le cas de mon parrain en écriture. Je ne suis nullement prédisposé à la morbidité et n'ai envie d'apercevoir le visage de la mort que le moment venu. Cet environnement agissait donc de façon destructrice sur mon moral. Des souvenirs m'envahirent, ceux de mes lectures de jeunesse, de romans d'épouvante. Je ne pus m'empêcher de penser à des squelettes de mains sortant de terre, agrippant le promeneur par les chevilles et le tirant dans les profondeurs. À des spectres gémissants sortant des murs et enserrant un passant dans leur froide étreinte, et à des crânes rougeoyant dans le noir et riant comme des déments. Plus je m'éloignais de la décharge, plus le silence s'installait : à un moment donné, seuls mes pas résonnèrent.

À chacun d'eux, je m'enfonçais dans ce royaume des morts. Pas un cafard ne croisait mon chemin. Les cris des chauves-souris et autres chiroptères, qui auparavant m'avaient énervé, s'étaient tus. Hormis moi-même, les seuls êtres vivants semblaient être les méduses mutantes qui, manifestement, avaient usé de leur chance pour conquérir et peupler une partie abandonnée des catacombes. Il y en avait partout, de tailles et couleurs différentes. Solitaires ou en colonie, elles étaient collées aux murs et aux plafonds. Elles enlaçaient des rochers ou des stalagmites. J'éprouvai peu à peu du dégoût pour ces créatures. Leur capacité d'adaptation et leur présence silencieuse avaient quelque chose d'inquiétant et de repoussant. Au fur et à mesure que j'avançais, je me heurtais à des réalités qui s'accordaient avec les descriptions de Clairdepluie. J'arrivai dans un tunnel rempli de tombes retournées et vides. Çà et là, il y avait des ossements et des crânes. En revanche, de moins en moins de livres. S'il s'en était trouvé, il y a longtemps qu'ils auraient été recouverts de ces débris dans lesquels je pataugeais. Je me reposai un instant dans une caverne remplie de stalagmites, peut-être des tombes. Mais l'oppression ressentie à cet endroit, et son silence, me poussèrent à poursuivre mon chemin.

Dans une série de grottes, j'aperçus d'immenses amoncellements de radius, de cubitus et de tibias, de crânes, d'os de mains et de pieds, soigneusement rangés. Clairdepluie avait écrit que nombre d'habitants des catacombes ne s'étaient jamais donné la peine d'enterrer leurs cadavres. Ils s'étaient contentés de les entasser et de les laisser se décomposer sans souci des risques sanitaires. Une terrible épidémie répandue par une variété de rats avait dépeuplé des secteurs entiers du labyrinthe avant que les

Biblalchimistes ne trouvent enfin un poison efficace qui détruise ces parasites. Je passais devant des montagnes de cadavres tout en me persuadant que ces corps ne présentaient plus aucun danger de contamination depuis des siècles.

Je voyais des ossements partout. Quelques troglodytes inspirés les avaient utilisés à des fins décoratives, incrustant certains d'entre eux dans les murs ou pavant de crânes des tunnels entiers. Au fil du temps, les exigences et les capacités artistiques avaient dû s'affiner, car j'aperçus bien vite sur mon chemin des squelettes complets, figés dans des attitudes quotidiennes : debout, marchant, appuyés contre un mur, assis par terre et même, en groupes, dansant une ronde. Frissonnant, je traversai une grotte de sculptures figurant une place de marché : des squelettes marchandaient, flânaient, vantaient ou achetaient la marchandise – mais au lieu de commercer avec des choux, ils traitaient avec des têtes de mort.

Je finis par m'habituer à ce spectacle : la vision d'ossements en nombre infini vous rend indifférent. Je ne sursautais plus chaque fois qu'au tournant d'un tunnel une carcasse me saluait le bras levé. Il y avait quelque chose de rassurant dans cet univers mortuaire, car le défaut de vie signifie l'absence de danger. Le vivant produit le mal. Les morts sont pacifiques.

Je ne me serais pourtant pas opposé à échanger leur présence contre celle de livres d'occasion. Les cadavres et les tombes ne me donnaient aucune indication concernant mon orientation : je ne pouvais que poursuivre ma traversée dans ce cimetière apparemment infini en trébuchant à tout moment. Une grotte était tellement encombrée d'urnes qu'à mon passage j'en renversais quelques-unes.

La première déclencha une réaction en chaîne, entraînant dans sa chute des centaines d'autres urnes, et répandant leur contenu. Un courant d'air traversa la caverne et souleva des nuages de poussière qui m'enveloppèrent, pénétrèrent dans mes poumons et me collèrent les paupières. J'avais des cendres de morts dans les yeux et la bouche ! Qui savait quelles effroyables maladies les avaient emportés ! Quelques heures plus tard, je crachais encore, croyant en sentir une particule entre mes dents.

Dans ce sinistre univers, je vis des tombes et des témoignages de divers modes d'inhumation, des mausolées en pierre et des cercueils en verre, des corps en inclusion dans de l'ambre et des tombeaux titanesques qui devaient contenir les dépouilles mortelles de géants. Je tombai sur la Salle des guerriers d'argile cuite*, une grotte naturelle où une ethnie de Huns avait inhumé ses morts debout en les enfermant dans des bières de glaise recouvertes de bois auquel, pour finir, ils mettaient le feu. Avec, pour résultat, un cadavre rôti dans une gangue de terre.

Cinq tunnels permettaient de sortir de cette salle. J'empruntai le premier et, l'instant d'après, me rendis compte que je venais de commettre une dramatique erreur. Je n'avais encore jamais vu de Tiqxxxxe mais, grâce à la description précise de Clairdepluie, je m'aperçus que je me tenais directement sous une de ces immenses bestioles. Trois, quatre, cinq, six ou plus longues pattes grises d'insecte venaient de se poser autour de moi. J'étais prisonnier, mes courageux amis, prisonnier d'une cage vivante !

6

L'Araignée double

Le mieux, pour se représenter une Tiqxxxxe[1], est d'imaginer une araignée double. Avec un seul corps, mais seize pattes et, à la place des yeux, seize antennes de plusieurs mètres de long. Une créature qui se déplace non seulement sur le sol mais aussi au plafond ou sur les murs.

Clairdepluie a observé que les Tiqxxxxes sont aveugles, sourdes et dépourvues d'odorat – comme c'est souvent le cas chez les créatures souterraines, leur perception passe par le toucher. Une Tiqxxxxe ne connaît ni le haut ni le bas, ni l'avant ni l'arrière, mais un environnement infini où elle cherche à tâtons sa nourriture – en fait tout ce qui bouge. Elle explore systématiquement les tunnels et dévore tout ce qui tombe sous ses antennes : ver de livre, cafard, serpent, rat ou chasseur de livres. La Tiqxxxxe est immunisée contre les poisons élaborés par diverses créatures des catacombes et elle est pratiquement invulnérable. Ses petites écailles sont en granit résistant, sur lequel les

---

1. Il y a dans l'alphabet zamonien une lettre qui symbolise la quadrupédie et que l'on utilise dans les noms des créatures qui ont plus de huit pattes. Cette lettre manquant dans notre alphabet, j'ai eu recours à la lettre X multipliée, procédé qui, à mon avis, symbolise parfaitement la seizupédie. Cela ne signifie cependant pas que l'on doive prononcer les quatre X. Prononcez Tiqxxxxe comme si ce mot n'avait qu'un seul X.

armes les plus tranchantes rebondissent. Clairdepluie supposait que sous sa peau se cachaient des muscles en racine d'arbre, des os en fer, des organes en carbone et un cœur en diamant, traversés par de la résine plutôt que par du sang : une créature exemplaire des entrailles de la Terre, mélange végétal, animal et minéral. Ses instruments nourriciers sont aussi invincibles : une gueule pleine de dents en pierre pour mâcher, des pinces en fer pour déchirer et une longue trompe pour sucer ses proies. Clairdepluie croyait les Tiqxxxxes utiles, dans la mesure où elles débarrassent le labyrinthe de ses parasites. Il s'agit simplement de s'écarter de leur route.

J'avais malheureusement oublié cette donnée. Mais, chers amis, il y avait aussi de bonnes nouvelles !

La première : le monstre ne s'était pas encore rendu compte de ma présence. Si les observations de Clairdepluie étaient justes et que les Tiqxxxxes étaient aveugles, sourdes et anosmiques, celle-ci ne pouvait pas encore m'avoir repéré, car elle ne m'avait touché ni avec ses antennes, ni avec ses pattes. Elle avait peut-être posé ces dernières par hasard au moment où je passais sous elle, et j'étais emprisonné sans qu'elle en ait le moindre soupçon.

La deuxième bonne nouvelle était que la Tiqxxxxe était occupée à autre chose. En effet, elle était en train de vider une méduse phosphorescente qu'elle avait attrapée au plafond du tunnel. Elle avait plongé sa trompe dans la pauvre bête, produisant un bruit de succion repoussant, tandis que le pouvoir éclairant de sa victime diminuait progressivement.

Troisième bonne nouvelle : la distance entre ses pattes était suffisante pour que, avec un peu d'adresse, je puisse me faufiler. Ses antennes qui se mouvaient dans tous les sens constituaient un risque extrême, mais pour l'heure, elles s'activaient en tâtant la méduse. Il fallait par ailleurs que je fasse attention aux fils presque invisibles tendus entre ses pattes, qui lui permettaient de capturer des bestioles volantes, telles que des mites et des chauves-souris. Une machine de chasse presque parfaite.

Je repliai les pans de ma cape sur mon corps, respirai profondément, rentrai le ventre et la tête pour me faire tout petit afin de me glisser dans l'ouverture. La Tiqxxxxe ne parut pas remarquer ce qui se passait sous elle. Un grognement de satisfaction accompagnait ses bruits gourmands, signe qu'elle se concentrait sur ses agapes.

Retenant mon souffle, je progressais centimètre par centimètre. Dans la lumière rose pâle et fléchissante de la méduse à l'agonie, je voyais chaque écaille de granit sur les pattes du monstre : jamais un dragon n'avait approché l'une de ces bestioles d'aussi près. Encore un petit effort et je serais dehors. Encore… un… petit effort… je ramenai mon pied : j'étais libre ! Pour un instant seulement, hélas, car la Tiqxxxxe changea de position. Elle sortit sa trompe de la méduse et la replongea dans la masse gélatineuse. Ce faisant, elle bougea une quasi-douzaine de pattes, fourgonna et donna des coups de sabre au-dessus de ma tête, rabaissa et reposa sur le sol plusieurs antennes qui claquèrent comme des cordages mouillés. Cette fois encore, elle ne m'avait pas touché, mais j'étais dans une prison encore plus étroite.

J'avais le cœur qui battait, pourtant j'essayais de me rassurer. L'espace entre deux pattes était suffisant pour que je puisse passer, toutefois il y avait au centre une mince toile de soie d'une telle surface que j'étais obligé de marcher à quatre pattes. Je tentais d'oublier que la Tiqxxxxe m'avait repéré et qu'elle se contentait de se livrer sur moi à un jeu cruel.

J'avançais prudemment sur les genoux. De minuscules mites et moustiques de tunnel, vidés de leur substance, étaient accrochés dans la toile ; les bruits de mastication au-dessus de ma tête me rappelaient, comme l'avait affirmé Clairdepluie, que la Tiqxxxxe ne dédaignait pas la plus modeste nourriture vivante.

Je rampais entre les pattes, la cape serrée sur mon corps. Je progressais avec la lenteur et la concentration que mes nerfs m'autorisaient. Devant moi, deux antennes fouettaient le sol comme des serpents. Du liquide de la méduse coulait dans mon cou, mais je surveillais mes gestes : pas question de me précipiter. Je regardai une fois de plus au-dessus de ma tête pour me convaincre que la Tiqxxxxe était toujours accaparée par sa victime. Oui, elle était occupée. Elle suçait la méduse avec des grognements de satisfaction. Je jetai un nouveau coup d'œil dans les ténèbres du tunnel où je comptais m'enfuir. C'est alors que je la vis.

La chauve-souris blanche et borgne !

Comme si, depuis l'auberge de l'épouvante, la chambre de l'horreur de l'hôtel *À la plume d'or*, traversant mes cauchemars, elle m'avait suivi jusqu'ici. Sortant à grands coups d'ailes du noir néant, elle fonçait droit sur moi et la Tiqxxxxe.

Ce n'était évidemment pas la créature morte de ma chambre, mais au moins une proche parente, un frère ou une sœur, qui avait reçu depuis l'au-delà l'ordre de m'importuner, car cette imbécile avait visiblement l'intention de passer entre les pattes de la Tiqxxxxe. Elle n'avait pas vu la toile tendue.

Il ne me restait plus qu'à me relever et à courir. Mais la chauve-souris fut plus rapide. Un battement d'ailes suffit : prise dans le piège invisible, irrémédiablement enchevêtrée dans les fils collants, elle piailla et se débattit, signalant sa présence à la Tiqxxxxe avant même que je me sois à demi relevé.

Les pattes de la bête bougèrent avec raideur, ses antennes fouettèrent les airs comme des cordages déchirés. Je reçus un coup sur la poitrine, trébuchai sur une patte d'insecte et me retrouvai par terre, couché de tout mon long. La Tiqxxxxe arracha sa trompe du corps de la méduse, cracha de longs filets d'un liquide phosphorescent et pencha sa forme grise sur moi. Elle passa ses nombreuses antennes sur mon corps, mon visage et découvrit en même temps la chauve-souris qui cherchait à s'échapper.

Cela promettait d'être un événement dans la vie gastronomique de la Tiqxxxxe, un grand jour dont elle se souviendrait avec nostalgie. Pour hors-d'œuvre, une méduse phosphorescente bien grasse, puis en entremets, une chauve-souris blanche velue et, pour finir, en plat principal, cette gourmandise inconnue à la peau épaisse et à la transpiration appétissante. J'entendais les sucs digestifs bouillonner dans son ventre. Ses pinces claquaient d'excitation.

Elle balançait son énorme masse sur ses huit pattes arrière, tandis que les autres exécutaient au plafond un petit pas de danse. Apparemment, elle se demandait par quelle victime elle allait commencer. La grosse ou la petite ? La petite ou la grosse ? Elle n'arrivait pas à se décider, agitait ses pinces quand, tout à coup, celles-ci brandirent un livre.

Un livre ?

La peur provoquait-elle déjà en moi des hallucinations ? D'où venait ce livre ? Je tournai la tête et vis dans mon dos une silhouette cuirassée de la tête aux pieds. C'était un chasseur de livres ! Il arborait une armure faite de pièces métalliques disparates. On ne distinguait rien de son corps. Un casque et un masque de fer cachaient sa tête et son visage. Le bras tendu il poussait un livre entre les pinces de la Tiqxxxxe. Oui, un livre.

« Bouffe ça ! » dit-il d'une voix caverneuse.

Je vis encore la Tiqxxxxe mordre par réflexe, tandis que l'armure se jetait sur moi avec une extrême violence. Tout s'assombrit. Un claquement, un crissement – la Tiqxxxxe déchirait le livre –, puis j'entendis une détonation assourdissante ! Au-dessus de moi, la cuirasse vibra et cliqueta. Une onde de chaleur me submergea. Le silence revint. Un moment, il ne se passa rien, jusqu'à ce que le chasseur se lève et que je puisse ouvrir les yeux. Je me redressai. J'avais les oreilles qui sifflaient.

Le corps de la Tiqxxxxe s'était dispersé aux quatre coins du tunnel. Ses pattes étaient plantées comme des lances dans les parois et le plafond. Il y avait des écailles partout. Un liquide résineux dégoulinait du plafond.

« Je n'ai jamais pensé que l'un de ces *livres analphabético-terroristes* serait un jour utile à quelque chose, dit le chasseur en m'aidant à me relever. À cause de ces maudits bouquins, on est obligé de courir partout avec ces encombrantes armures.

– Merci, dis-je. Tu m'as sauvé la vie.

– Je n'ai fait que me débarrasser d'un *livre dangereux* », répliqua le chasseur en essuyant sa cuirasse mouillée de bave de Tiqxxxxe.

Il fit quelques pas dans le couloir et, fouillant dans les restes de granit et de carbone, recueillit… un diamant scintillant de mille éclats, gros comme le poing.

« C'est vrai, murmura-t-il. Elle a un cœur en diamant. »

Puis se tournant vers moi :

« Puis-je me présenter ? Je m'appelle Colophonius Clairdepluie. Et permets-moi, après ces émotions, de t'inviter à un petit repas, dans mon modeste chez-moi. »

Le Crâne du titan

Était-ce la fin de mes déboires, la lumière au bout du tunnel ? Colophonius Clairdepluie en personne m'avait sauvé la vie, mes amis, et maintenant il m'emmenait dans sa demeure souterraine pour me restaurer. Dans ces circonstances, que pouvait-il m'arriver de mieux ? S'il y avait quelqu'un pour m'aider, n'était-ce pas le plus grand de tous les chasseurs de livres ?

Le début de notre marche fut silencieux. Visiblement, Colophonius Clairdepluie n'était pas loquace. Il progressait devant moi à pas lourds, se contentant de dire : « Par ici ! », ou « Attention, un précipice ! », ou « Baisse la tête ! ».

On arriva bientôt dans un secteur des catacombes où il n'y avait plus une seule méduse phosphorescente, mais une roche éclairée par l'unique lumière de la torche de Clairdepluie. Durant un long moment, je ne vis que le chasseur muet qui me précédait dans d'étroits tunnels de granit et montait des escaliers naturels, comme un lugubre domestique dans un mauvais roman d'épouvante. Plus le couloir se rétrécissait, plus j'étais angoissé. La roche me rappelait avec trop d'insistance que j'avais des kilomètres de terre au-dessus de la tête.

Une fois, un être au pelage noir et au visage rouge nous barra le chemin. On aurait dit un singe effroyablement dénaturé. Il nous montra son imposante dentition et poussa des cris stridents non moins impressionnants. Clairdepluie lui régla son compte sans lâcher sa torche. Il s'empara de sa hache en argent, et quelques secondes plus tard, l'affaire était expédiée. Comme je traversais l'endroit où le combat avait eu lieu, je vis du sang vert qui coulait le long des murs.

« Ne touche pas à ce sang, m'avertit Clairdepluie. Il est toxique. »

Enfin les salles s'agrandirent. Nous traversâmes de grands halls où nos pas et l'eau qui gouttait provoquaient des échos. Des vers de lave luisants, collés aux murs, permettaient de temps à autre à mon guide peu loquace d'économiser sa torche. Plus rien ici ne rappelait la civilisation du livre des catacombes : c'étaient des cavités qui, depuis des millénaires, étaient restées intactes, personne ne savait pourquoi.

On finit par arriver dans une grotte toute noire remplie de stalactites et de stalagmites. Toujours déterminé mais silencieux, Clairdepluie traversait cette forêt de pierre, quand soudain il s'arrêta. Il brandit sa lampe et leva les yeux dans le noir, comme s'il avait entendu quelque chose. Moi aussi, j'écoutai en retenant mon souffle. Un danger nous guettait-il ? Avant que je puisse poser ma question, Clairdepluie tira de son armure une grosse clé en fer. Il l'enfonça dans un trou d'une stalactite qui se perdait dans les hauteurs des ténèbres. J'entendis un déclic puis, dans le noir, au-dessus de nos têtes, un cliquetis : un monstrueux crâne blanc descendit jusqu'à nous. Suspendu à de grosses chaînes, on aurait pu y placer la maison de Phistomefel

Suiffard. C'était le crâne d'un géant, probablement d'un cyclope, car il n'avait qu'une orbite. Dans un écho, il se posa par terre et le bruit métallique s'interrompit.

« Qu'est-ce que c'est ? m'étonnai-je.

– C'est là que j'habite quand je suis dans les catacombes, répondit Clairdepluie. Comme je l'ai trouvée, cette demeure m'appartient. Quand je m'en vais, je la remonte, car elle est remplie d'objets précieux. Attends ici ! Je vais faire de la lumière. »

Clairdepluie entra dans le crâne par l'orbite. Je me souvins que, dans son livre, il n'avait jamais évoqué l'endroit où il dormait quand il effectuait un raid dans les catacombes. Pas étonnant ! Tous les chasseurs de livres devaient tenir secret leur refuge. Quelques instants plus tard, la chaude lueur d'une bougie vacillait à l'intérieur du gîte.

« Entre ! » cria Clairdepluie.

À mon tour, je montai, avec hésitation, et franchis l'étrange entrée de son domicile.

Il était en train de placer sa torche à méduse dans un pot de terre rempli de liquide nutritif, afin que la bête puisse s'en imbiber. L'intérieur du crâne était aménagé en pièce d'habitation. Il y avait une table en bois brut, une chaise, une couche couverte d'une fourrure, deux étagères garnies de bocaux et de livres. Des armes et des éléments d'armure divers étaient accrochés aux murs, et entre eux des objets que, sous l'éclairage diffus, je n'arrivais pas à identifier, pas plus que le contenu des bocaux. Je dois avouer que, dans mon esprit, le domicile de Clairdepluie était un peu plus civilisé – mais il y avait tout de même des livres. Sûrement très précieux, me dis-je. Le diamant qui avait été le cœur d'une Tiqxxxxe brillait au milieu de la table.

« Est-ce qu'il y a des géants en dessous de nous ? demandai-je.

– Pourquoi pas ? répondit-il en s'asseyant sur la chaise. Je n'en ai jamais vu de vivants, mais il y a des grottes géantes, des vers géants et des Tiqxxxxes géantes, pourquoi pas des géants ? »

Je me serais bien assis, moi aussi, mais je ne voyais pas d'autre chaise.

« Maintenant, je peux bien le dire, grommela le chasseur de livres. Je ne suis pas Colophonius Clairdepluie.

– Quoi ? m'exclamai-je ébahi.

– J'ai pensé que tu m'accompagnerais plus facilement si je me présentais sous ce nom. Tout le monde l'aime. Personne ne m'aime. Mon vrai nom, c'est Hoggno le Bourreau. »

Hoggno le Bourreau ? Ce patronyme ne me plaisait pas du tout. Étais-je de nouveau tombé dans le piège d'un chasseur de livres ? J'avais le cœur qui battait très fort, mais je m'efforçais de ne pas montrer mon angoisse.

Il alluma une autre bougie sur la table et je distinguai presque tous les détails de la pièce. Les livres sur les étagères avaient une extrême valeur, avec leurs fers dorés et argentés. Même un amateur comme moi pouvait s'en rendre compte. Un exemplaire de l'ouvrage de Clairdepluie figurait parmi eux.

Les objets pendus aux murs entre les armes étaient des têtes réduites. Dans un panier, des crânes et des ossements soigneusement nettoyés étaient rangés. J'aperçus des scies et des scalpels. Des bocaux étaient remplis de sang et d'organes, d'autres de vers et d'asticots vivants. Des cœurs et des cervelles baignaient dans des liquides colorés. Des mains coupées. Je me souvins de ma rencontre avec le chasseur de livres au marché noir. Il avait dit : « À *Bouquinbourg, les reliques de la citadelle des Dragons sont très recherchées.* » J'avais des frissons dans le dos. J'étais dans l'antre d'un tueur professionnel, peut-être dans celle d'un malade mental.

« C'est un nom d'artiste, dit Hoggno. Et toi, comment t'appelles-tu ?

– Hilde… gunst… Taillemythes », répondis-je en faisant un grand effort.

Ma langue resta collée à mon palais car je n'avais presque plus de salive.

« C'est aussi un nom d'artiste ?

– Non, c'est mon vrai nom.

– Mais ça sonne comme un nom d'artiste », insista le chasseur de livres.

Je me gardai de le contredire encore une fois. Un silence désagréable s'ensuivit.

« Voudrais-tu pousser un peu la conversation ? demanda soudain Hoggno, si fort que je sursautai.

– Quoi ?

– La conversation. Est-ce qu'on peut discuter un brin ? Ça fait un an que je n'ai parlé à personne. »

Il avait baissé la voix au point de chuchoter ces mots. Apparemment, il avait perdu la main en matière de communication orale.

« Oh, bien sûr ! »

J'étais prêt à tout ce qui briserait la glace.

« Bien. Euh… Quelle est ton arme préférée ? s'enquit Hoggno.

– Comment ?

– Ton arme préférée. Ouais… je suis un peu rouillé, question conversation. Tu ne préfères pas, *toi*, m'interroger ?

– Non, non, répondis-je en toute hâte. Tu fais ça très bien. Mon arme préférée, c'est, euh, la hache. »

C'était évidemment un mensonge. En fait, je n'aime guère les armes.

« Ah ! ah ! fit Hoggno. Tu dis ça pour me faire plaisir ? »

Je m'abstins de lui répondre. Il fallait que je pèse chacun de mes mots.

« Excuse-moi. J'ai été impoli. Tu as juste voulu être gentil avec moi. Ça fait un an… mais je l'ai déjà dit. »

De nouveau, un silence gênant s'installa.

« Euh… » fit Hoggno.

Je me penchai.

« Euh…

– Oui… ?

– Voilà que j'ai oublié ce que je voulais te demander.

– Tu voulais peut-être te renseigner sur ma personne. Origines, profession, etc. »

Je souhaitais orienter la conversation dans une autre direction et évoquer le fait que j'étais écrivain. L'information le mettrait de bonne humeur. En fin de compte, c'étaient des gens comme nous qui le faisaient vivre.

« Bon. Quelle est ta profession ? voulut savoir Hoggno.

– Je suis écrivain ! triomphai-je. Je suis originaire de la citadelle des Dragons. Mon parrain en écriture était Dancelot de Tournerimes. »

Le chasseur grommela :

« Je ne m'intéresse pas aux écrivains vivants. Leurs livres ne rapportent rien. En tout cas, pas à moi. Un bon écrivain est un écrivain mort.

– Je n'ai pas encore publié, dis-je d'un air gêné.

– Alors tu vaux encore moins. Qu'est-ce que tu fais ici, dans les catacombes, l'écrivain sans livre ?

– On m'y a entraîné.

– Je n'ai pas entendu d'excuse plus stupide depuis que j'ai tranché les jambes de Barbedor Songecreux à coups de hache. Il m'avait dit que sa boussole était cassée quand je l'ai surpris sur mon territoire. Mais lui, au moins, il ne mentait pas : elle était vraiment bousillée. »

Hoggno désigna une boussole au verre brisé qui pendait à sa ceinture de trophées.

« Tu as tué Barbedor Songecreux ?

– Je n'ai pas dit ça. J'ai dit que je lui avais tranché les jambes avec ma hache. »

Hoggno fit un geste de la main en direction de deux bocaux qui, chacun, renfermaient un pied.

« Je ne mens pas. On m'a entraîné dans les catacombes. Est-ce que je pourrais avoir un peu d'eau ? »

J'avais aperçu une cruche remplie dans un coin de la pièce.

« Non. Ici, l'eau est rare. Qui t'a entraîné ?

– Un certain Suiffard.

– Phistomefel Suiffard ?

– Tu le connais ?

– Bien sûr. Tous les chasseurs de livres connaissent Suiffard. C'est un bon client. Tout le monde l'aime. »

Je me forçai à rire.

« Tu as lu le livre de Colophonius Clairdepluie ? demandai-je pour changer de sujet.

– Évidemment. Tout chasseur de livres l'a lu. Enfin, ceux qui savent lire. Je ne l'aime pas, mais on peut y apprendre une foule de choses, dit-il en montrant le diamant sur la table. Il fallait l'avoir lu pour savoir que dans une Tiqxxxxe il y a un diamant.

– Qu'est-ce que vous avez, vous les chasseurs de livres,

contre Clairdepluie ? » questionnai-je pour éviter que la conversation retombe.

Hoggno fit celui qui n'avait pas entendu la question.

« En fait, t'es quoi ? Un saurien ? demanda-t-il.

– Un… euh… dragon », dis-je.

Je le sentis qui, derrière son masque, me jaugeait.

« Et ça a quel goût, les dragons ? »

Je sursautai.

« Qu'est-ce que tu veux dire ?

– Quel goût ils ont, les dragons ?

– Comment pourrais-je le savoir ? Je ne suis pas cannibale.

– Moi si.

– Hein ?

– Je mange de tout. Il y a une éternité que je n'ai rien eu de frais à me mettre sous la dent. Rien que des conserves et des vers, précisa Hoggno en montrant avec dédain les bocaux remplis de sang, d'entrailles et de vers grouillant. Et des méduses phosphorescentes. Ces derniers temps, j'en ai tellement mangé, de ces maudites bestioles, que je brille dans le noir. »

Je calculai mes chances de m'enfuir. Je n'en avais guère.

« Moi non plus, ces derniers temps, je n'ai pas beaucoup mangé, répliquai-je, pensant peut-être éveiller en lui quelque compassion.

– Tu n'en as pas l'air. Tu es assez gras.

– Tu ne peux pas me dévorer ! J'ai été empoisonné. J'ai plein de poison dans le sang.

– Alors pourquoi tu n'es pas mort ?

– Euh… à mon avis, c'est un poison qui ne fait qu'endormir.

– Parfait. Ça fait une éternité que je n'ai plus pris de drogue. »

Il n'y avait pas trace d'ironie dans sa voix. Il pensait sérieusement tout ce qu'il disait.

J'avais de moins en moins d'arguments.

« Je possède un précieux manuscrit, précisai-je. Je te le donne si tu me ramènes à la surface.

– Je le prendrai quand je t'aurai avalé, c'est plus simple. »

J'étais presque à bout d'arguments.

« La conversation a assez duré, dit Hoggno. Maintenant je sais pourquoi je n'en ai jamais besoin. Les gens essaient de vous embrouiller. »

Il se leva et décrocha une hache du mur. Puis il passa lentement son pouce gantelé sur la lame, produisant un léger bruit de meule.

« Je vais faire ça vite, ça ne sera pas douloureux, promit-il. En fait, j'ignore si ça fait mal ou pas, mais je peux te garantir que c'est rapide. Je ne suis pas un bâtard malade comme Rongkong Virgule. Je tue pour survivre. Pas pour le plaisir. Je vais te traiter intégralement, manger ta viande et mettre tes organes en bocaux. Je conserverai tes mains pour les bazarder à des touristes idiots. Je réduirai ta tête et la vendrai à l'occasion d'une brocante chrecque. Déshabille-toi pour que je ne tache pas tes vêtements ! »

Je transpirais. Il fallait gagner du temps. Me battre ? Je n'avais aucune chance de succès : il était armé et cuirassé. C'était un guerrier aguerri.

« Est-ce que je peux au moins boire un coup avant que tu me tues ? »

Hoggno réfléchit.

« Non, finit-il par dire. Comme tu vas mourir dans quelques secondes, ça serait du gaspillage. »

Soudain un courant d'air traversa le crâne du titan. La

flamme des bougies vacilla et des ombres dansèrent sur les murs. Hoggno se tourna vers l'entrée et eut une exclamation de surprise.

« C'est… » dit-il en s'arrêtant au milieu de sa phrase.

Il leva sa hache.

Les bougies s'éteignirent. On se retrouva dans le noir complet à l'exception des minuscules points clairs des mèches. J'entendis un bruissement semblable à celui d'un livre feuilleté par la tempête. Puis un cri sauvage. Hoggno jura, sa hache siffla dans les airs. Je me baissai et m'accroupis. Un bruit de ferraille, quelque chose que l'on déchire, du papier que l'on froisse, puis le silence.

Je restai un moment assis dans le noir, frissonnant d'épouvante, le cœur battant la chamade. Pour finir, je cherchai la table à tâtons, trouvai les allumettes et, les doigts tremblants, allumai une bougie. J'osai à peine regarder autour de moi.

Hoggno était allongé par terre – en deux parties : la tête et son casque posés à côté de son corps. Dans sa main gauche, il tenait quelques bouts de papier sanguinolents. Je manquai de sang-froid pour soulever son casque et voir à quelle espèce Hoggno appartenait. Je m'assis sur la chaise, haletant d'effroi.

Je mis du temps à recouvrer mes esprits. Ensuite, comme sortant d'une transe, je pris la cruche d'eau et la vidai. Je m'emparai d'un couteau accroché au mur, le fourrai dans une des poches de ma cape et pris la torche à méduse dans le pot de grès. Puis je quittai cet endroit horrifiant.

La Trace sanglante

Je m'arrêtai, indécis, au pied du crâne du titan. Les flammes des bougies qui vacillaient sans cesse entre ses dents créaient une atmosphère inquiétante. Où aller ? Devais-je retourner là d'où nous étions venus ? Retraverser l'étroit labyrinthe des Tiqxxxxes et des autres créatures du Détritrou ? Non, sans façons, je ne voulais pas que ça recommence !

Fallait-il donc que je prenne l'autre direction ? Que je me dirige vers les ténèbres, vers l'inconnu ? Vers un univers peuplé de toutes sortes de monstres ? Entre la décapitation et la pendaison, je n'avais que l'embarras du choix. Brandissant ma torche dans l'obscurité, je clignai des yeux devant le néant. Tiens ! Qu'y avait-il à mes pieds ? Un petit morceau de papier.

Je le ramassai. Légèrement taché de sang, il ressemblait à celui qu'Hoggno le Bourreau tenait entre ses doigts au moment de sa mort. Poussant mon examen, je distinguai les signes en partie effacés d'une écriture qui m'était inconnue, peut-être d'anciennes runes biblalchimiques. Un peu plus loin, je remarquai un autre fragment. Je m'en approchai, le ramassai – puis j'en vis encore un, à quelques mètres de là. De quoi s'agissait-il ? D'une piste ? D'une piste tracée par le meurtrier d'Hoggno ? Dans ce cas, l'avait-il créée volontairement ou non ? Devais-je la suivre ?

J'entrevoyais là une troisième possibilité. Maintenant, je pouvais choisir entre la décapitation, la pendaison et l'écartèlement. Mais peut-être y avait-il encore une lueur d'espoir. Il était possible que le meurtrier ait oublié cet indice qui me ramènerait malgré lui vers la civilisation. Et s'il l'avait laissé consciemment, ce n'était pas forcément à seule fin de me nuire. Il lui aurait suffi de me tuer dans sa caverne sans plus de cérémonie, si telle avait été son intention.

Je laissai derrière moi ce gîte ténébreux et son intérieur terrifiant pour suivre la trace des papiers tachés de sang. Je commençai par traverser une forêt de concrétions calcaires, exclusivement fréquentée par des bestioles craintives qui s'enfuyaient en pépiant à l'approche de ma torche. Avec une épuisante régularité, des gouttes d'eau tombaient de la voûte pour me torturer avec raffinement, jusqu'à ce que je me retrouve enfin au sec dans un étroit tunnel de granit qui s'élevait en zigzag. Je me souvins du singe dénaturé qui, sur un chemin semblable, nous avait guettés, Hoggno et moi : je me demandai ce que je ferais si je rencontrais seul ce genre de créature. Sans doute n'aurais-je même pas le temps de sortir mon couteau de ma pèlerine.

Pour finir, je débouchai sur une vaste étendue de cailloux qui semblaient provenir d'un éboulement du plafond. Au-dessus de moi, je ne distinguais que l'obscurité où des chauves-souris faisaient leur boucan. Le vent chantait à mes oreilles d'une voix flûtée, envoyant à ma rencontre un invisible courant d'air frais qui persista longtemps. Il s'était coulé jusqu'à moi, à partir de la surface, en se faufilant par quelque couloir. Je lui enviai son savoir secret qui m'aurait peut-être permis de retrouver la sortie.

Puis l'atmosphère se réchauffa, et je parvins à des galeries de charbon pur. Je ramassai des quantités de petits morceaux de papier, essayai de résoudre l'énigme des runes et, perplexe, les fourrai dans mes nombreuses poches.

Au bout d'un moment, cette collecte m'énerva. Comme, de toute façon, je n'arrivais pas à déchiffrer les fragments, je cessai de les ramasser. J'avais longuement marché, les yeux rivés au sol, pour n'en rater aucun, sans plus prêter attention à la nature des parois du tunnel. Ma surprise et ma joie n'en furent que plus grandes quand je constatai tout à coup que ces dernières étaient constituées de pierres grossièrement taillées. Ce n'étaient plus des couloirs naturels mais des tunnels artificiels. J'étais revenu à la civilisation, même si elle se manifestait sous une forme très primitive. Et je continuais à trouver des papiers. Ils se raréfiaient, les intervalles qui les séparaient s'allongeaient, lorsque enfin je butai sur le premier livre.

Il était posé par terre, au milieu d'un couloir totalement vide. Ce bouquin se trouvait dans un état de décomposition avancé, et j'évitai de le toucher, comprenant qu'il risquait de tomber en poussière. Il y avait, posé dessus, un des fragments tachés de sang : quelque chose me dit qu'il s'agissait du dernier, et que dès lors, je devrais retrouver seul mon chemin. Je m'assis le dos au mur, heureux et malheureux, fatigué mais conscient. J'avais réussi, mais pour aller où ? Je m'étais échappé du secteur le plus sauvage des catacombes, de la décharge de Détritrou. Où étais-je maintenant ?

Je fermai les yeux. Juste un instant pour me reposer. Surtout, je ne devais pas m'endormir ! Mais aussitôt les images se mirent à danser devant mon regard intérieur : les effroyables insectes de la mer des livres, le ver géant, la Tiqxxxxe, Hoggno décapité… J'ouvris les paupières et constatai avec effroi que ma torche à méduse était éteinte. J'étais dans l'obscurité la plus complète. Affolé, je tâtonnai en vain à la recherche de ma torche. Quelqu'un me l'avait-il prise ? Peut-être mon mystérieux compagnon de route ? Comment y était-il parvenu en si peu de temps ? Je palpai encore les alentours : mes mains rencontrèrent le livre qui se désintégra sous mes doigts, et je sentis de gros vers mous ramper dessus. Puis j'entendis le souffle.

« Hhhhhhhhhh… »

Je n'étais pas seul. Il y avait quelque chose dans le noir.

« Hhhhhhhhhhhhhhh… »

Le souffle se rapprocha.

« Hhhhhhhhhhhhh… »

De plus en plus. Je me collai au mur.

« Hhhhhhhhhh… »

La créature était tout près de mon visage. Je l'entendais respirer, je humais son odeur. Et ce fut comme si la porte d'une gigantesque bouquinerie s'ouvrait brusquement, qu'une tempête de poussière de livre se levait, que la moisissure de millions d'in-folio en décomposition s'abattait sur mon visage – c'était le souffle du roi des Ombres !

Quelqu'un parla, et je m'éveillai. Oui, j'ouvris les yeux et revis ma torche, ni éteinte ni volée, qui éclairait gentiment le vieux bouquin et le morceau de papier taché de sang. Je ne m'étais assoupi qu'une seconde. Le temps de rêver du roi des Ombres.

Trois poètes

Effectivement, mes chers amis, j'avais entendu des voix. J'en étais sûr et certain. Ou n'étaient-ce que les restes d'un rêve ? Des échos perdus, des bruits labyrinthiques ? Je pris ma torche, me relevai en gémissant, et là !… j'entendis de nouveau quelque chose. Dans le tunnel d'après. Je pris la direction du bruit, un chuchotement incompréhensible qui disparut lorsque j'entrai dans le couloir.

En revanche, il y avait des livres ! La galerie en était pleine, ils étaient posés à même le sol, bouffés par les vers, mais qu'importe : c'étaient des livres. Tout heureux, je pataugeais dans cette décharge qui me parut plus précieuse qu'une salle du trésor emplie de diamants, quand une fois encore, je l'entendis, le susurrement, venu d'un autre corridor. N'y avait-il pas aussi une lumière ? Je couvris la flamme de ma torche et entrai dans ce nouveau passage. Collées au plafond, des méduses phosphorescentes répandaient leur étrange lueur. Cette fois, j'eus presque l'impression, en les voyant, de retrouver les rayons du soleil. Il y avait aussi des étagères, de vieux rayonnages vermoulus, mangés par les vers, empoussiérés et décorés de toiles d'araignées, mais débordants de bouquins. Petit à petit, je retrouvais un monde normal. Ah ! Le monde normal ! J'avais vraiment rabattu mes prétentions si je considérais comme normales quelques étagères piquées et pleines de volumes moisis ! Je m'approchai de l'une d'entre elles, désireux d'en choisir un.

« Et alors ? demanda quelqu'un d'une voix si tonitruante que je sursautai.

– Alors ? Pour moi, c'est complètement ringard ! répondit une autre voix. Une camelote de la pire espèce.

– Pour toi, tout ce qui n'est pas écrit en ancien zamonien runique, c'est de la camelote. Tu es désespérément vieux jeu. »

La conversation provenait du couloir voisin. Deux chasseurs de livres d'un coup ? Je sortis mon poignard de sous ma cape.

« Oh, oh ! Écoutez-moi ça ! » dit un troisième.

Je me fis tout petit contre l'étagère. *Trois* chasseurs de livres ? J'étais perdu !

La troisième voix poursuivit :

« Pour toi seul, cœur aimant, et pour vous, larmes intimes,
Je chante avec tristesse ma chanson nostalgique.
Que seul mon œil au feu languissant s'y promène
Et, que l'écoute, des lamentations coutumières, ma douce oreille.

– *Que l'écoute ma douce oreille ?* » répéta une autre voix.

Submergé par la curiosité, j'en oubliai mes angoisses. J'aurais encore pu m'enfuir sur la pointe des pieds, mais il fallait que je sache à qui j'avais affaire. Je plantai ma torche dans un trou, levai mon poignard et me coulai vers l'embranchement de ce mystérieux couloir.

Là, je repris une grande bouffée d'air, puis jetai un coup d'œil prudent. Il y avait toujours autant d'étagères bourrées de bouquins, et au milieu du tunnel j'aperçus trois étranges silhouettes enfoncées jusqu'aux genoux dans le papier répandu par terre. Je pensai d'emblée que ce n'étaient sûrement pas des chasseurs de livres.

D'une certaine façon, ils se ressemblaient, bien que de complexion différente : l'un gros et trapu, l'autre élancé, et le troisième malingre. Ils avaient en commun leur petite taille – le premier m'arrivait tout juste à la hanche – et ne possédaient qu'un œil. Le plus mince lisait à haute voix pour les autres :

« Ô, pourquoi, Nature, pourquoi, mère inflexible,
Me gratifias-tu d'un cœur trop tendre
Et dans ce cœur tendre d'un amour indomptable,
D'un désir éternel,
Ô douleur, sans m'accorder de bien-aimée ? »

Le gnome jeta le livre dans la poussière.

« Ben, moi aussi, je trouve ça kitsch, dit-il. Golgo a raison.

– Je ne trouve pas que ce soit *sssü* nul ! fit le plus petit des trois. “*Mon œil au feu languissant s'y promène*”, ça me parle assez.

– Ça te dit quoi ? demanda le plus gros d'un ton railleur. Ça te dit quoi ?

– Ben, répondit le petit, *œil* au singulier, ça me permet de m'identifier. »

Ces petits bonshommes n'avaient pas vraiment l'air de présenter une grande menace pour moi. Il s'agissait sans doute de gnomes des grottes, représentants d'un peuple de nains inoffensifs. De plus, ils paraissaient s'intéresser à la littérature, où était le danger ?

Je sortis de ma cachette et levai la main pour les saluer – quand je me souvins que je tenais un couteau. Avec ma cape au vent et mon arme brandie, je devais ressembler à un assassin sortant brusquement de l'ombre.

Les gnomes bondirent de frayeur et commencèrent par se cogner les uns aux autres, puis ils s'égaillèrent dans trois directions pour se cacher derrière des rayonnages, des piles de livres et de papiers.

« Un chasseur de livres ! cria l'un.

– Il a un couteau ! s'exclama l'autre.

– Il veut nous tuer ! » chuchota le troisième.

Je m'immobilisai et jetai mon couteau par terre.

« Je ne suis pas chasseur de livres, m'écriai-je. Je ne veux tuer personne. J'ai besoin de votre aide.

– Ouais. C'est pour ça que tu as un couteau.

– Je l'ai laissé tomber, fis-je. Je me suis juste égaré.

– Il me semble dangereux, dit l'un des gnomes. C'est un saurien. Il cache sans doute d'autres armes sous sa cape. Ces chasseurs de livres ne savent plus quoi inventer.

W. MOERS

– Je suis un dragon, plaidai-je. Je viens de la citadelle des Dragons. »

C'était la deuxième fois que je devais ainsi justifier mon identité. Ces habitants des catacombes n'avaient visiblement pas l'habitude du monde extérieur.

Derrière une pile de bouquins, un œil émergea lentement et m'observa avec curiosité.

« Tu viens de la citadelle des Dragons ?

– C'est là que je suis né. »

Un autre œil apparut entre deux gros livres rangés sur une étagère.

« Pose-lui des questions sur la littérature de la citadelle des Dragons ! suggéra le deuxième gnome.

– Comment s'appelle le chef-d'œuvre de Gryphius Rapeurdodes ? demanda une voix derrière la pile.

– Le *Chevalier Ampule* », soupirai-je.

Le gnome goufinia[1] des dents.

« Et où est le passage comique ?

– Euh… j'hésite, reconnus-je. Peut-être celui où les lunettes du chevalier tombent à l'intérieur de son armure, ou bien le chapitre lipogrammatique où Rapeurdodes s'exprime sans jamais employer la lettre E ? »

Je remerciai le ciel de m'avoir fait rencontrer Ramenart. Et je rendis grâce à l'audace qui m'avait fait mentir sans rien laisser paraître.

Le troisième gnome darda son œil unique, comme une fleur, par-dessus une pile de papiers et déclama :

---

1. Apparemment, les gnomes peuvent goufinier des dents, comme les dragons. Je pense que Taillemythes a voulu dire qu'ils exprimaient leur assentiment par un bruit particulier. Je n'ai aucun moyen de savoir comment il a pu juger que le gnome exprimait son accord avec ses dents, puisque celui-ci était caché. Nous fermerons donc les yeux sur ce qui ressort à la liberté de l'écrivain.

« Rôti, mon dindon
dit :… »

Je l'interrompis en complétant :

« Ton plaisir aboutit
Quand ton dindon rôti,
Sitôt cuit, sitôt dit,
Dans ton plat gît. »

« Ça ne peut être qu'un dragon, dit l'un des gnomes.

– Tu as raison. Seul un dragon cite sans se forcer l'ennuyeux grimoire de Rapeurdodes. Et nous, bien entendu, s'écria le deuxième.

– Le *Chevalier Ampule* n'est pas un mauvais bouquin. Il faut juste s'envoyer le chapitre qui décrit l'entretien des lances, pour trouver un grand intérêt à ce pavé, répliqua le troisième.

– Je m'appelle Hildegunst Taillemythes, déclarai-je.

– Ça ne me dit rien.

– À moi non plus.

– Jamais entendu ce nom.

– Pas étonnant, répondis-je d'un air honteux. Je n'ai jamais rien publié.

– Et que fais-tu ici dans les catacombes, si tu n'es pas chasseur de livres ?

– On m'a amené ici contre ma volonté. Je me suis perdu. La seule chose que je chasse, c'est la sortie.

– C'est comme ça depuis des milliers d'années, dit le gnome derrière son étagère. Les catacombes sont pleines de squelettes. Les gens d'en haut aiment bien jeter leurs ordures chez nous. »

Je m'abstins de relever le mot « ordures ».

« C'est la première fois que je vois un dragon en chair et en os, fit le gnome caché derrière sa pile de livres. J'ai lu tout ce qui a été écrit dans la citadelle, mais je n'avais jamais vu de vrai dragon. »

Je voulus faire honneur à cette circonstance historique en lissant ma cape.

« Nous sommes de grands admirateurs de la littérature dragonienne, indiqua le gnome campé derrière sa pile de papiers.

– Voilà qui m'honore. Vous savez maintenant qui je suis. Puis-je vous demander qui vous êtes, *vous* ? »

Le gros émergea prudemment de sa cachette et déclama :

« Mesquine question
Pour quelqu'un qui méprise tant le mot
Et qui, plein d'aversion pour toute apparence,
N'aspire à pénétrer que l'essence des êtres. »

Je tentai de déchiffrer le sens des paroles du gnome. Pour quelle raison devrais-je mépriser les mots ? D'un autre côté, j'étais *plein d'aversion pour toute apparence*. Mais je ne comprenais pas le dernier vers.

« Que veux-tu dire ? Explique-moi simplement qui tu es ! »

Le gnome s'enhardit hors de son refuge.

« Je suis, moi, une partie qui, jadis, était le Tout,
Une partie de l'ombre qui enfanta la lumière. »

Pourquoi ces mots me paraissaient-ils familiers ? Voyons… C'était une citation ! Une citation de… de…

« Ojahnn Golgo Fontheweg ! m'écriai-je. Bien sûr, c'était du Fontheweg, l'insupportable cerf dominant de la littérature classique zamonienne. Le favori de tous les critiques, le cauchemar des écoliers. Il s'agissait d'un extrait de *La Pierre philosophale*, son ouvrage le plus célèbre. Durant des décennies, Dancelot m'avait fourré ces vers dans la tête. »

Le gros sortit carrément de sa retraite. Sa peau avait la couleur d'une olive mûre.

« C'est ça. C'est mon nom.

– Ton *nom* ? Tu t'appelles Ojahnn Golgo Fontheweg ?

– Oui. Tu peux m'appeler Golgo, comme tout le monde. »

J'étais éberlué. Il y avait neuf cents ans que Fontheweg était mort.

Le gnome caché derrière le rayonnage apparut également. Il était bleu clair.

« Et moi, je suis Gofid Letterkerl, dit-il. Gofid pour les amis. »

Gofid Letterkerl était mon auteur favori. Il avait écrit *Zanilla et le Murch*, ce qui le rendait immortel à mes yeux. Certes, Letterkerl n'était pas mort, mais c'était un cochonnet de deux mètres, qui, à ma connaissance, vivait à Livresse.

« Ah bon, fis-je. Tu t'appelles Gofid Letterkerl ?

– Très certainement ! » s'écria le plus efflanqué des gnomes qui joignit les mains et déclama sur le ton du drame :

« Roule-moi dans la couverture verte
Et berce-moi de chansons
Tu me réveilleras, le moment venu
En me montrant le jour nouveau ! »

C'était bien du Gofid Letterkerl. *Ode vespérale à la nature*, si ma mémoire était bonne. Soit dit en passant, ce n'était pas l'un de ses meilleurs poèmes. Mais qui pouvaient être ces étranges nabots ?

« Et toi, comment tu t'appelles ? demandai-je au troisième. Portes-tu aussi le nom d'un grand poète ?

– Le mien n'est pas si grand, répondit timidement le plus petit des gnomes à la peau rose tendre, en émergeant de derrière sa pile de papiers. Je m'appelle Dancelot de Tournerimes. »

J'eus l'impression de recevoir un coup de fouet. Le nom de mon parrain en littérature fit écho dans le couloir, comme la voix d'un fantôme.

« **Nous sommes tous les enfants de la terre**, cita le gnome, **poussière incarnée, moisissure à venir. Dans un rythme éternel, nous marchons sans relâche, en cortège qui célèbre la vie, en cortège qui célèbre le passé.**

– Dancelot… ? » répétai-je abasourdi, comme s'il s'était tenu devant moi.

Je venais d'entendre un passage de son livre, cité sans la moindre erreur.

« … de Tournerimes, compléta le petit être. Un auteur de la citadelle des Dragons. Tu dois le connaître, si tu viens de…

– Je le connais, coupai-je. Mais comment se fait-il que tu portes son nom ?

– Nous portons tous le nom de grands écrivains, annonça fièrement Golgo.

– Je ne comprends pas bien… » fis-je.

Les trois gnomes hochèrent la tête.

« On lui dit ? » demanda Golgo.

Les deux autres acquiescèrent. Puis ils me fixèrent de nouveau et entonnèrent en chœur :

« Rengaine ta hache et de ton glaive te délivre,
Rengaine la flèche et le collet
Car tes armes ne valent pas un pet
Au royaume des Effroyables Rongelivres ! »

Involontairement, je fis un pas en arrière. Les Effroyables Rongelivres ! Il s'agissait des cyclopes omnivores du labyrinthe ! Des créatures souterraines qu'à Bouquinbourg on craignait par-dessus tout, au même titre que le roi des Ombres ! Bon sang, mais c'était bien sûr ! Ces gnomes n'avaient qu'un œil ! Des cyclopes ! Les trois borgnes avançaient avec lenteur dans ma direction.

« N'aie pas peur ! fit Golgo. Nous ne te ferons aucun mal. »

C'était vite dit ! Bien sûr, ils étaient assez petits pour des cyclopes omnivores. Mais les scorpions l'étaient aussi.

« Ce discours est réservé aux chasseurs de livres, dit Golgo. Ici, dans les profondeurs, il vaut mieux entretenir sa mauvaise réputation, sinon on a vite fait de vous trucider.

– Bon, leur dis-je en reculant légèrement. Vous êtes donc les Effroyables Rongelivres. Mais quel rapport avec les noms d'écrivains ?

– Je crois que nous devons remonter à l'origine des choses, les amis, déclara Golgo. Il est un peu bouché. »

Les autres hochèrent la tête. Les trois gnomes s'immobilisèrent.

« La chose est la suivante… commença Gofid. Tous les Rongelivres apprennent par cœur l'œuvre d'un grand écrivain. C'est le but de notre existence. Je suis en train de mémoriser l'ensemble des ouvrages de Gofid Letterkerl. Comme il écrit encore, je suis pour ainsi dire inabouti.

– Ce n'est pas mon cas, ajouta Golgo. Mon œuvre est achevée. Ojahnn Golgo Fontheweg est mort depuis neuf cents ans. Il a laissé deux cent soixante-dix romans, plus de trois mille poèmes, quatre cent cinquante pièces de théâtre et un certain nombre d'écrits remarquables dans les autres disciplines littéraires. Je dois constamment rafraîchir ma mémoire. »

Il se mit à gémir sur son propre sort.

« Et moi, je connais par cœur toute l'œuvre de Dancelot de Tournerimes, dit Dancelot d'une petite voix.

– Ce n'est pas sorcier, fit Gofid avec mépris. Il n'y a qu'un seul livre.

– Peut-être va-t-il en écrire d'autres », se défendit Dancelot.

Je m'étais figé.

« Non. Il n'en écrira pas d'autre, fis-je avec tristesse.

– D'où est-ce que tu tiens ça ?

– Il vient de mourir. C'était mon parrain en écriture. »

Les trois gnomes échangèrent un regard consterné. Dancelot se mit à pleurer, et les autres essayèrent de le consoler.

« Allez, allez, grommela Golgo. Qu'est-ce que je devrais dire, *moi* ? Mon écrivain est mort depuis neuf cents ans.

– Nous devons tous entrer un jour ou l'autre dans le grand mystère, murmura Gofid. Devant l'Orm, nous sommes tous égaux. »

Dancelot sanglotait sans retenue.

« Un seul livre, geignait-il. Un seul ! »

Golgo et Gofid me regardaient tout en tapotant gentiment l'épaule de Dancelot. Leur grand œil se mouilla, et je ne pus retenir mes larmes plus longtemps. Nous nous lamentions tous les quatre à qui mieux mieux.

Un très court chapitre où il ne se passe franchement pas grand-chose

Une fois que nous fûmes tous consolés, les Rongelivres s'écartèrent pour se concerter à voix basse. Puis ils revinrent vers moi.

« Nous avons décidé de t'amener parmi les nôtres, annonça Golgo. À condition, bien sûr, que tu sois d'accord. »

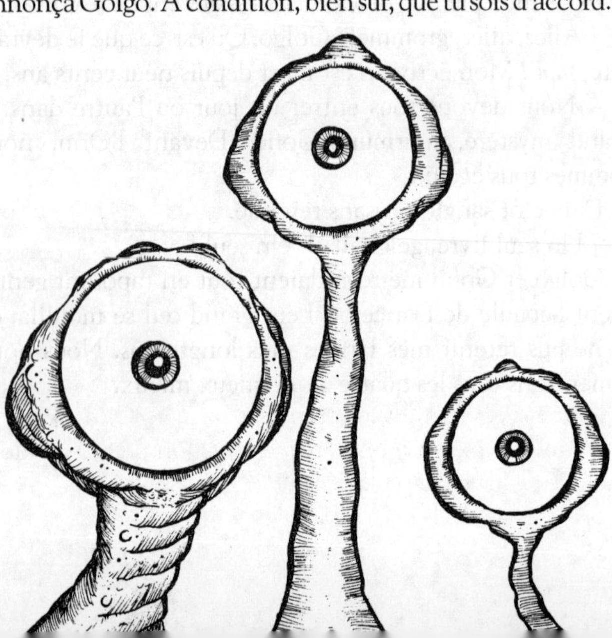

Que pouvais-je opposer à cette proposition ? Être dévoré par trois Rongelivres ou par une centaine, où était la différence ? Sans compter que j'avais désormais des doutes sur la nature terrible des Effroyables Rongelivres.

« Je suis d'accord. Est-ce loin ? » demandai-je.

Au lieu de me répondre, les trois Rongelivres ouvrirent grand leur œil. Ils me regardèrent avec intensité, et la lumière jaune de leur pupille se mit à palpiter légèrement, puis ils commencèrent à grommeler.

Oui, mes chers et fidèles amis, c'est tout ce que je peux rapporter dans ce chapitre. J'ajouterai seulement – zou ! – que nous nous sommes retrouvés à la seconde suivante dans un tout autre lieu. Ne me demandez pas comment ces gnomes avaient opéré ce tour de magie, mais nous nous retrouvâmes en un instant devant un gigantesque portail en fer, à l'entrée d'une grotte.

La Grotte de cuir

« Que s'est-il passé ? demandai-je. Je me sentais somnolent et flageolant. Où sommes-nous ?

– Tu as eu droit à un petit échantillon de notre talent en matière de euh… téléportation, déclara Golgo.

– Téléportation, oh, oh, oh ! pouffa Gofid. C'est bien ça !

– **Des étoiles nous venons, aux étoiles nous retournerons. La vie n'est qu'un périple dans l'inconnu**, cita Dancelot.

– Par la simple force de la pensée, vous avez pu me transporter d'un endroit à un autre ?

– On peut le formuler comme ça, sans mentir, répondit Golgo en souriant, pendant que les deux autres gnomes ricanaient bêtement. Viens ! Nous pénétrons dans le territoire des Effroyables Rongelivres ! »

Golgo, Gofid et Dancelot franchirent l'immense portail flanqué de deux monstrueuses sculptures en pierre. Elles représentaient des Rongelivres surdimensionnés, de gigantesques cyclopes à l'air terrifiant, avec d'inquiétantes gueules ouvertes, des yeux cyclopéens gigantesques et de menaçantes griffes acérées : un spectacle propre à vous faire tourner les talons et déguerpir sur-le-champ.

« C'est suffisant pour tenir les importuns à l'écart, expliqua Golgo. Dans le cas où quelqu'un parviendrait jusqu'ici. Jusqu'à présent, jamais un étranger n'est entré dans notre royaume. À une exception près. Et tu es la seconde. »

J'en étais encore à m'interroger sur la téléportation, tout en ayant l'impression d'émerger d'un profond sommeil. De ce fait, cette remarque ne me fit pas plus d'effet que la vue des sculptures. En silence, je suivis les trois gnomes d'un pas incertain.

Nous entrâmes dans la grotte et, tout à coup, je n'eus plus envie de dormir. Devant nous s'étendait un plateau, un vaste escalier en pierre s'enfonçait dans les profondeurs d'une immense caverne naturelle. Golgo s'immobilisa, écarta les bras, s'éclaircit la gorge et lança d'une voix forte :

« Dans les sphères du rêve et de la magie
Nous sommes entrés, me semble-t-il ! »

Nous nous arrêtâmes aussi. La scène était pour le moins singulière. Le plus étrange n'était pas les parois de la grotte, son plafond, ni même les stalactites et les stalagmites revêtues d'une tapisserie rapiécée et déclinée dans toutes les nuances du brun, brillante comme du cuir ciré. Le plus étrange n'était pas non plus la gigantesque machine plantée au milieu. Non, le plus fascinant, dans cette caverne, c'étaient ses habitants : des centaines de petits êtres borgnes qui ressemblaient à Golgo, Gofid et Dancelot, en se différenciant d'eux par d'infimes détails. Il y en avait des gros, des maigres, des grands, des petits, certains avaient des membres longs et grêles, d'autres des jambes courtes et massives, et chacun semblait disposer d'une couleur de peau particulière. Ça grouillait de partout : ils lisaient assis à de longues tables, portaient de hautes piles de livres, en poussaient de pleines brouettes dans toutes les directions ou travaillaient sur la gigantesque machine.

« C'est la machine à livres des Gnomes rubigineux », déclara Golgo, comme s'il avait tout expliqué par ces mots.

La machine ressemblait à un énorme dé d'environ soixante mètres de côté, composé d'étagères rouillées. Celles-ci, pour autant que je pouvais en juger de loin, étaient emplies de bouquins et se déplaçaient constamment de haut en bas, de droite à gauche et *vice versa*. Autour de cette mécanique couraient six étages de passerelles reliées par d'innombrables escaliers où s'affairaient les congénères de Golgo. Ils sortaient des livres, les rangeaient ou s'activaient près des engrenages et des leviers.

Le monumental appareil, avec ses passerelles et ses escaliers, n'était qu'un tas de rouille. Le mystère, c'était de savoir à quoi servait ce truc.

Au pied de la machine, il y avait de grandes tables couvertes d'in-folio, et un peu plus loin des brouettes, des caisses et d'autres étagères pleines de livres. Dans cette grotte, les méduses phosphorescentes étaient absentes, la scène était éclairée à l'aide de cierges plantés dans d'énormes lustres en fer suspendus au plafond, ou dans de magnifiques chandeliers à plusieurs branches. Des feux de charbon brûlaient au cœur de grandes cheminées creusées dans les parois.

« C'est la Grotte de cuir, annonça Gofid. Notre bibliothèque, notre académie, notre lieu de rencontres. Et voilà notre peuple : les Effroyables Rongelivres. »

Je voulus poser une question, mais Dancelot ne m'en laissa pas le temps.

« Tu t'étonnes sûrement de voir tout ce cuir. Ce sont des reliures. La grotte en est tapissée. Nous aimerions bien la revendiquer comme notre œuvre, malheureusement nous ne pouvons y prétendre. Les Gnomes rubigineux, qui ont construit la machine, en sont aussi les créateurs. Nous avons trouvé la grotte dans cet état, et nous nous contentons de l'entretenir. Nous en cirons régulièrement le cuir pour qu'il brille joliment à la lumière des chandelles. C'est l'atmosphère idéale pour la lecture. Et ça sent bon. »

Je ne pouvais pas le contredire. Pour la première fois depuis que j'étais entré dans les catacombes, l'odeur était supportable. L'air était un peu étouffant, peut-être à cause des nombreuses bougies, mais il était chargé d'arômes agréables. Malgré sa taille, la grotte était confortable et élégante, j'étais sidéré de voir qu'une caverne comme celle-ci pouvait donner cette impression d'aisance. Si je m'étais écouté, je me serais immédiatement assis et me serais mis à la lecture.

« Tu noteras l'assemblage artistique de la tapisserie, dit fièrement Golgo. Le plus étonnant, c'est qu'on n'a découpé aucune des reliures pour les ajuster. On s'est donné le plus grand mal pour trouver le format qui convenait à chaque espace. Il a sûrement fallu des siècles pour habiller les parois de cette grotte. Les Gnomes rubigineux devaient beaucoup aimer les livres. Malheureusement, l'espèce s'est éteinte.

– Viens, dit Gofid, nous allons te faire visiter. »

Nous empruntâmes le grand escalier. J'étais encore un peu étourdi par la téléportation et je me sentis flageoler sur mes jambes. Je n'aime pas descendre les grands escaliers, surtout quand on me regarde. Je m'imagine tout de suite en train de trébucher et de rouler au bas des marches, ce qui me plonge dans une profonde peur du ridicule. Mais nous atteignîmes notre destination sans encombre.

Pendant que nous traversions la grotte, les autres Rongelivres firent comme s'ils ne me voyaient pas.

Ceux qui étaient installés à une table pour lire psalmodiaient tout seuls, d'autres faisaient les cent pas et monologuaient en gesticulant, d'autres encore discutaient en petits groupes. La grotte était emplie de voix et d'échos. Les petits Rongelivres poursuivaient leurs activités. Du coin de l'œil, je voyais bien qu'ils m'observaient avec curiosité quand j'avais le dos tourné. Mais dès que je faisais volte-face, ils s'empressaient de regarder dans une autre direction. Même s'ils étaient des centaines, je n'avais tout simplement pas peur d'eux.

« Pourquoi vous appelle-t-on les “Effroyables Rongelivres” ? demandai-je à Golgo. Je ne vous trouve pas si terribles. Je me représentais les cyclopes autrement.

– Ce sont les chasseurs de livres qui nous ont donné ce nom, répondit le gros. Je me demande pourquoi.

– Hé, hé, on n'en a pas la moindre idée ! ricana Gofid pour des raisons qui me restèrent mystérieuses.

– Mais nous ne faisons rien pour faire mentir cette mauvaise réputation, poursuivit Golgo. C'est plus malin.

– Pourquoi ?

– Écoute bien : il existe plus de trois cents variétés de cyclopes en Zamonie et dans les environs. Il y en a des pacifistes, des va-t-en-guerre, des cannibales et des végétariens. Les cyclopes des monts du Diable dévorent seulement ce qui bouge encore et ce qui crie ; d'autres se nourrissent exclusivement de boutons d'or. Il y a des cyclopes qui ont l'intelligence d'une mouche et d'autres

qui ont des capacités intellectuelles bien supérieures à la moyenne. Ma modestie naturelle m'interdit de dire comment s'appelle cette branche. Le seul point commun à tous ces cyclopes, c'est la possession d'un seul œil. Mais pour l'opinion publique, le cyclope est une créature fondamentalement limitée et dangereuse. Nous avons décidé de profiter de ce préjugé.

– De quelle manière ?

– Penses-tu que nous serions encore si nombreux si on nous appelait les "Gentils Rongelivres" ? demanda Golgo en retour. Ou bien les "Cyclopes Sympas" ? Sous terre, le monde est brutal et sans pitié. Ici, les êtres les plus respectés sont les plus grossiers et les plus dangereux. Dans les catacombes, une bonne réputation peut être plus mortelle qu'un *livre dangereux*. »

Dancelot se mit à ricaner.

« Heureusement, la plupart des chasseurs de livres

sont superstitieux. Ce sont des types d'une ignorance crasse et qui ont une vision barbare du monde. Ils croient aux dieux et aux diables. Ils aiment les histoires de fantômes et d'épouvante, et, quand ils se rencontrent, ils se racontent volontiers leurs hauts faits. C'est ainsi qu'ils essaient mutuellement de se damer le pion avec leurs histoires d'Effroyables Rongelivres. La plupart d'entre eux croient même que nous pouvons leur jeter des sorts.

– Cela dit, remarquai-je, quand je pense à la téléportation, je trouve que vous n'en êtes pas si loin. »

Les trois cyclopes se donnèrent des coups de coude en pouffant.

« La téléportation ! » s'esclaffa encore Gofid.

Je n'arrivais pas à comprendre pourquoi ces nigauds riaient sans arrêt. Cela tenait sûrement à leur humour particulier.

« En tout cas, nous ravivons le mythe des Effroyables Rongelivres, dans la mesure du possible, reprit Dancelot. Pour le cas où tu voudrais repartir, ce serait très aimable à toi de raconter partout que tu nous as observés en train de dévorer tout crus nos semblables. Ou bien que nous avons cinq mètres de haut et des dents longues comme des lames de faux. »

Je repensai aux histoires d'Effroyables Rongelivres racontées par Colophonius Clairdepluie. Il avait écrit ces choses dans son livre, et contribué à répandre le mythe. Juste au moment où je voulais demander à ces gnomes s'ils connaissaient le nom de Colophonius, nous nous retrouvâmes devant la grande machine.

« Quand les premiers Effroyables Rongelivres sont arrivés dans la Grotte de cuir, raconta Gofid, tout était plein de poussière et de vermine. La machine ne fonctionnait pas. L'espèce des Gnomes rubigineux s'était éteinte depuis

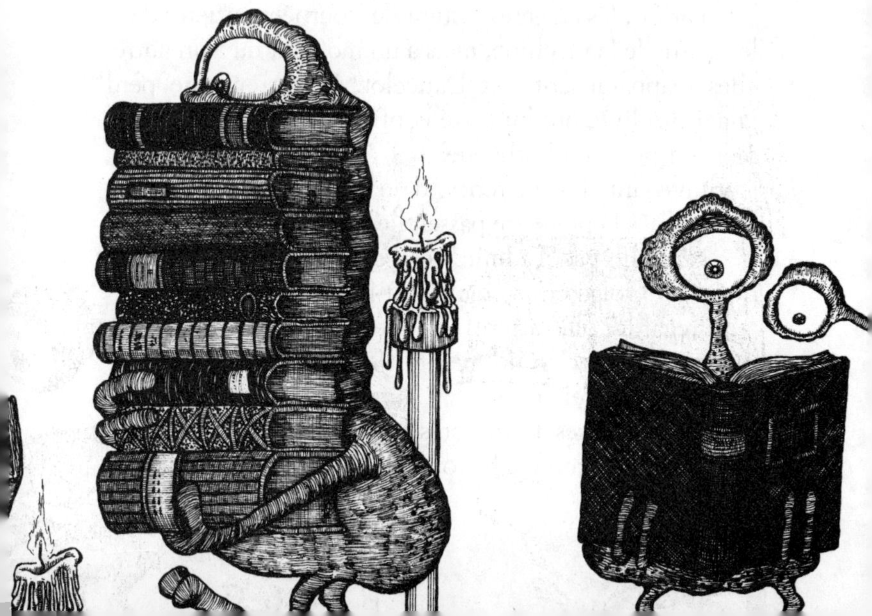

longtemps. Mais par la suite, nous avons trouvé des leviers et des engrenages que nous avons manipulés, et d'un seul coup, la machine s'est remise en marche. Depuis, nous l'entretenons soigneusement, nous la graissons régulièrement et nous la maintenons en bon état.

– À quoi sert-elle ? » demandai-je.

Les trois Rongelivres échangèrent des regards de conspirateurs.

« Nous te le dirons le moment venu, répondit mystérieusement Golgo. En ce moment, nous l'utilisons comme bibliothèque. Le fait qu'elle fonctionne sans arrêt est un peu contraignant, mais ça nous maintient en forme. »

Je voyais les Rongelivres courir sur les passerelles derrière les étagères, sortir et ranger des livres. Les rayonnages rouillés glissaient sans cesse les uns sur les autres ou reculaient et disparaissaient à l'intérieur de la machine. Regarder la progression de tous ces livres avait quelque chose de troublant.

« Parfois, les étagères restent des journées entières dans le ventre de la machine, mais à un moment ou à un autre, elles réapparaissent, dit Dancelot. Le système ne perd jamais un livre qui lui a été confié. Viens, nous allons te montrer notre bibliothèque. »

Gravissant les marches d'un escalier rouillé, nous atteignîmes la première passerelle de la machine.

« N'oublie pas d'admirer ce grand art de la ferronnerie ! » dit Golgo en me montrant la rampe.

Je regardai plus attentivement. Ce qui m'était apparu comme un motif uniforme était effectivement constitué de minuscules reliefs.

« Si tu observes de plus près les rampes, expliqua Golgo, tu apprendras toute l'histoire des catacombes. Voici la bataille entre les Bibliopirates rouges et le prince Elradodo. Ici, l'effondrement de la Fosse de verre qui a causé la mort de quatre mille nains des montagnes. Chacun d'entre eux est représenté avec un éclat de verre fiché dans la tête. Là, la guerre entre deux variétés de fourmis aux dimensions monstrueuses – je ne sais pas si l'événement est historiquement confirmé. Et ici, l'entrée des premiers chasseurs de livres dans le labyrinthe. »

Dancelot indiqua du doigt une autre partie de la rampe.

« Ça, c'est la construction de la Voie ferrée des livres sous la direction des Gnomes rubigineux. Le chantier se serait prolongé sur une centaine d'années. Cette scène immortalise un congrès secret de Biblalchimistes. »

Les minuscules incrustations de métal qui apparaissaient dans la rouille étaient d'une extrême délicatesse. J'ignorais que l'on pouvait travailler si finement un métal oxydé.

« Les Gnomes rubigineux connaissaient un procédé pour conserver la rouille. Nous nous demandons encore comment ils ont fait, déclara Gofid. En fait, il y a là une contradiction.

– Est-ce qu'il existe une représentation du roi des Ombres ? » demandai-je malgré moi.

J'avais voulu poser une question qui souligne mes connaissances des catacombes.

Les trois gnomes s'immobilisèrent et me regardèrent avec gravité.

« Non, fit Golgo après un long silence. Personne ne sait à quoi ressemble le roi des Ombres, on ne peut donc pas l'avoir représenté.

– Vous êtes convaincu de son existence ?

– Bien entendu, répondit Golgo. Nous l'entendons hurler. Ses pleurs résonnent tellement fort qu'ils peuvent troubler notre sommeil. Il s'insinue dans nos plus beaux rêves et les transforme en cauchemars.

– Peut-être n'est-ce qu'une sorte de bête ?

– Il faut ne l'avoir jamais entendu pour parler comme ça, répliqua Dancelot avec commisération. Aucune bête n'a cette voix.

– Et à votre avis, à quoi peut-il ressembler ?

– On change de sujet ! ordonna Golgo. Nous sommes là pour te montrer les beautés de la Grotte de cuir, pas pour spéculer sur le roi des Ombres. Il vaut mieux que tu regardes nos livres ! »

De toute évidence, ce n'était pas le sujet de conversation favori des Rongelivres. Obéissant, je me tournai vers les livres des étagères en perpétuel mouvement. Il était difficile d'en évaluer le nombre, car ils allaient et venaient, passaient devant nous ou s'élevaient, disparaissaient à l'intérieur de la machine ou en ressortaient. Je me rendis compte, à cet instant seulement, de leur extrême valeur : certains étaient reliés en or pur ou en argent, avec de petites ferrures garnies de diamants, de saphirs, de perles et de rubis, d'autres étaient en cristal, en jade ou en ivoire.

« Est-ce qu'il s'agit d'ouvrages de la *Liste d'or* ? demandai-je.

– Ah ! Cette fichue *Liste d'or*, fit Golgo avec un geste d'impatience. Nous avons ici notre propre liste, que nous appelons la *Liste de diamant*. Nous avons, dans la Grotte de cuir, des volumes qui relèguent en deuxième division la totalité de la *Liste d'or*.

– D'une certaine manière, nous sommes aussi des chasseurs de livres, remarqua Gofid. Même si, naturellement, nous n'utilisons pas les méthodes barbares de ces assassins professionnels. Nous cherchons par amour, non par cupidité. Nous cherchons avec notre cœur et notre intelligence, pas avec la hache et l'épée. Nous cherchons pour apprendre, et pas pour nous enrichir. Et nous cherchons mieux qu'eux ! Nous trouvons les livres les plus précieux.

– Le clou de l'histoire, ajouta Dancelot en souriant, c'est que les chasseurs croient que nous dévorons les livres ! Ho ! ho ! ho ! Quels idiots ! Ils ne se doutent pas que nous les entreposons. Ils sont convaincus qu'en cas de disette nous les mangeons.

– C'est-à-dire que... » fit Golgo en baissant les yeux.

Les deux autres Rongelivres se raclèrent la gorge et il y eut un silence gêné que je ne parvins pas à comprendre. Je fus frappé par le fait que la machine fonctionnait régulièrement, on n'entendait qu'un doux tic-tac pareil à celui d'une horloge.

« Quels livres peuvent être encore plus précieux que ceux de la *Liste d'or* ? » voulus-je savoir.

Au lieu de me répondre, Gofid courut derrière l'une des étagères en mouvement. Il y saisit un livre à deux mains et le traîna jusqu'à moi en faisant de terribles grimaces, haletant et soufflant comme si l'objet était extrêmement pesant. Je crus qu'il plaisantait, car le livre était assez mince et petit.

« Soupèse-moi ça », souffla-t-il.

Je lui pris l'ouvrage des mains et, sous son poids, faillis tomber à la renverse. C'était le livre le plus lourd que j'aie jamais porté.

Golgo et Dancelot gloussèrent.

« Tu ferais mieux de le reposer, dit Golgo. Avant d'attraper une hernie. C'est le *livre lourd.* »

Je posai le pesant objet sur le métal rouillé.

« Nous en sommes encore à nous demander comment ils ont fait pour qu'il soit si lourd, dit Gofid. Chaque page pèse autant qu'une édition complète, disons, d'Ojahnn Golgo Fontheweg. Il suffit de le feuilleter pour avoir des courbatures. Le papier doit avoir été saturé d'un élément biblalchimiste à la masse atomique énorme. Jamais on n'a fabriqué de livre qui résiste de cette façon à tout usage. Il est à la fois très lourd et terriblement difficile à lire. »

Il tourna avec effort la première page, je me penchai et lus : *Quand on se représente un monde invisible qui existe à l'intérieur d'un monde visible, mais qui est visible quand le monde visible devient invisible, c'est-à-dire quand, systématiquement, la vue de ce qui est invisible ou visible se porte sur elle-même, alors l'invisible devient visible et le visible invisible – à condition que tout cela soit considéré par un invisible se trouvant à l'intérieur d'un monde visible, faisant l'objet de la représentation d'un autre univers invisible qui ne peut pas voir un monde visible – parce que la lumière est éteinte.*

« Oh ! là, là ! fis-je. C'est *vraiment* difficile. Je n'y comprends rien.

– Personne ne comprend, dit Golgo. Le livre a été écrit dans ce but.

– Je trouve ça affreusement arrogant, répliquai-je. On devrait écrire pour être lu.

– Eh oui ! fit Golgo. Nous rassemblons ici les livres très rares. »

Gofid et Dancelot replacèrent en gémissant le *livre lourd* dans l'un des rayonnages en mouvement.

« Vous ne l'avez pas remis là où vous l'aviez pris, remarquai-je.

– Ça ne fait rien, dit Golgo. À un moment ou à un autre, il retrouvera sa place. La machine se charge du classement.

– Selon quel principe ? demandai-je.

– Nous essayons encore d'en percer le mystère, déclara Golgo en jouant le cachottier.

– Regarde les livres qui sont sur cette étagère ! » s'écria Gofid.

Il fallait que nous nous dépêchions pour suivre la bonne allure. De prime abord, je ne vis que quelques centaines de livres reliés avec des matériaux différents et dont les titres m'étaient tous inconnus.

« Il s'agit de la bibliothèque privée du prince des livres, Yogur Yazella le Jeune. Il a fait relier ses livres préférés uniquement en peaux d'animaux dont il n'existait plus qu'un spécimen. Des bêtes qui avaient quasiment disparu. Ici, c'est du cuir d'ubufant. Là, c'est une reliure en peau de gogo. Celui-ci, c'est de la fourrure d'un muffon à poil roux. Là-bas, ce sont les plumes d'un becdor bleu. Et là, de la peau d'un chauve-chat.

– C'est vraiment barbare ! m'écriai-je, indigné.

– Barbare et décadent, compléta Golgo. Surtout quand on pense que Yogur Yazella ne savait même pas lire. Mais que crois-tu que rapporteraient ces livres dans une bouquinerie de Bouquinbourg, sachant que les pages sont en jade elfien ? »

Il valait mieux ne pas y penser ! En comparaison, les livres de la *Liste d'or* paraissaient bien pâlots. Étonné, je longeai les étagères ambulantes.

« Tu n'as encore rien vu, dit Golgo. Regarde ça. »

Il avait pris un petit livre qui ne payait pas de mine, et me le tendit.

« Tiens-le dans l'autre sens, ça rendra mieux. »

Gofid et Dancelot se mirent à pouffer bêtement, tandis que j'ouvrais le bouquin comme Golgo me l'avait suggéré.

Saisi d'effroi, je le laissai choir à mes pieds : il m'avait regardé !

Golgo le ramassa aussitôt, alors que Gofid et Dancelot riaient comme des enfants.

« Excuse ma petite blague, dit Golgo en gloussant. C'est un *livre vivant*. Tous ceux qui sont rangés sur cette étagère le sont, d'une manière ou d'une autre. Jettes-y encore un coup d'œil ! »

Cette fois, l'étagère en question s'immobilisa juste devant nous, comme si la machine savait que nous voulions en examiner le contenu. Je m'approchai.

Voyons... n'avais-je pas la berlue ? Ces livres semblaient réellement bouger ! Je clignai des yeux, me les frottai avant de regarder de nouveau. Mais non, mille tonnerres, ce n'était pas une hallucination, les livres remuaient ! Pas beaucoup, mais tout de même, je voyais leur dos se soulever et s'abaisser légèrement, comme s'ils respiraient.

Quelque chose en moi me défendait de les toucher, j'avais l'impression d'avoir affaire à des bêtes inconnues dont j'ignorais si elles étaient méchantes ou non.

« Tu peux les caresser sans crainte, dit Golgo. Ils ne te feront aucun mal. »

Prudemment, je flattai le dos des ouvrages. Il me sembla caresser de la chair : ils frissonnaient doucement sous ma main. Provisoirement, ce contact me suffit, et je reculai de quelques pas.

« Nous ne cessons d'en retrouver dans les catacombes, dit Dancelot. Ils doivent avoir des centaines d'années. Nous pensons qu'ils sont le fruit d'expériences ratées des Biblalchimistes, de leurs premières tentatives d'animation des livres. »

Golgo soupira.

« Nous n'arrivons pas à comprendre pourquoi on les a jetés dans le labyrinthe, et probablement tout droit dans la décharge de Bouquinbourg. Mais peut-être que les Biblalchimistes s'étaient attendus à d'autres résultats. »

Des livres vivants ! C'était incroyable. Les Rongelivres

avaient raison, la *Liste d'or* ne valait rien en comparaison de leurs trésors.

« Ils doivent être coriaces pour être sortis de Détritrou.

– On peut le dire ! s'écria Gofid. Selon certaines rumeurs, ils auraient continué à se reproduire dans les catacombes. On prétend même que certains sont agressifs, capables de voler et de mordre. Ceux-là se seraient accouplés avec les *livres dangereux*.

– Le "château des Ombres" doit en être rempli, dit Dancelot. On murmure que…

– Arrêtons nos contes de nourrice, tonna Golgo. Il s'agit de montrer à notre hôte notre bibliothèque, et non de lui raconter des histoires qui donnent le frisson.

– De quoi vivent-ils ? demandai-je. Qu'est-ce qu'ils mangent ?

– Je les nourris pendant mon temps libre, répondit Dancelot. Ce qu'ils préfèrent, ce sont les vers de livre. »

Comme si la machine venait de décider que nous nous étions suffisamment occupés des *livres vivants*, le rayonnage fit d'abord un mouvement vers le haut puis en arrière, avant de disparaître à l'intérieur. Une autre étagère se présenta : les *livres vivants* avaient disparu.

« Bon, fit Golgo. Nous ne voulons pas trop t'en demander. Tu peux rester un petit moment avec nous, si tu veux. Nous avons encore beaucoup de temps pour te montrer notre bibliothèque. Restons-en là. »

Il s'approcha de la balustrade et regarda la Grotte de cuir.

« Tu en sais déjà long sur nous, poursuivit-il, et sa voix prit des accents solennels. L'heure est venue de te faire connaître nos semblables. C'est seulement la deuxième fois, dans toute l'histoire des Rongelivres, que nous accordons cet honneur à un étranger. Gofid, Dancelot, dites aux autres que nous allons nous réunir pour un *ormage*. »

L'Ormage

Pour un *ormage* ? Ça faisait penser à un rite antique. Y avait-il quelque rapport avec la croyance en l'Orm transmise par nos ancêtres ? À moins que cela ne veuille dire « manger » en langue rongelivre, et que les cyclopes aient décidé de se réunir pour me dévorer ? Phistomefel Suiffard, Claudio Harpapatte, Hoggno le Bourreau, j'avais eu trop de surprises ces derniers temps pour faire encore confiance à quiconque.

Dancelot et Gofid coururent de droite et de gauche pour annoncer la nouvelle aux autres Rongelivres. Chacun se donnant le mot, l'information se répandit dans la Grotte de cuir comme une traînée de poudre. En l'espace de quelques minutes, l'enchevêtrement des voix et les échos s'unirent en un cri unanime : « À l'ormage ! À l'ormage ! »

Je rassemblai mon courage et demandai à Golgo :

« Qu'est-ce que c'est, euh, que cet ormage ?

– Un vieux rite barbare qui consiste à t'écorcher vivant avant de te dévorer, répondit Golgo. Tu sais bien, nous sommes des cyclopes. »

Je fis un pas en arrière et mes jambes se mirent à trembler.

« C'était juste une blague. Est-ce que tu te débrouilles bien en histoire de la littérature zamonienne ? » dit Golgo en riant.

J'essayai de retrouver mon sang-froid. L'humour des Rongelivres me mettait les nerfs à vif.

« Ça peut aller, dis-je. J'ai eu un bon parrain en écriture.

– Alors, tu vas bien t'amuser. Écoute bien ce que je vais te dire : nous pourrions nous contenter de te présenter tous les Rongelivres un par un, et nous en aurions terminé, tu comprends ?

– Je comprends, répondis-je en me demandant où il voulait en venir.

– Mais ça ne serait pas drôle, et demain, tu aurais oublié tous nos noms. Ou bien tu les mélangerais, tu comprends ?

– Je comprends.

– Voilà pourquoi nous allons te présenter chacun des Rongelivres, en te demandant de *deviner* comment il s'appelle.

– Quoi ?

– Ainsi tu retiendras beaucoup mieux les noms, crois-moi ! Voilà comment ça fonctionne : chaque Rongelivre a choisi un extrait caractéristique de l'œuvre de son écrivain, le passage qu'il juge le plus inspiré par l'Orm. Ces lignes, il te les récitera. Si tu es bon en littérature zamonienne, tu devineras généralement de qui il s'agit. Par contre, si tu es mauvais, tu te discréditeras considérablement. Nous appelons cela "ormer". »

J'avalai ma salive. Seigneur, est-ce que j'étais vraiment bon en littérature zamonienne ? À quel niveau plaçaient-ils la barre ?

« Il faut que je t'avertisse d'une chose, chuchota Golgo. Certains Rongelivres appliquent d'étranges critères pour choisir leurs extraits. J'en soupçonne quelques-uns d'avoir opté pour des passages peu représentatifs, exprès pour qu'on ait du mal à deviner qui ils sont. »

J'avalai de nouveau ma salive.

« Tu ne préfères pas que nous fassions des présentations classiques, sans plus ? proposai-je. J'ai une assez bonne mémoire des noms… »

Mais Golgo s'était déjà détourné et criait d'une voix de stentor :

« À l'ormage ! À l'ormage ! Venez tous à l'ormage ! »

Puis il me conduisit au bas de la machine, où les Rongelivres formèrent un grand cercle autour de moi. Impossible de m'esquiver. Ils me regardaient tous sans la moindre gêne, avec leur œil de cyclope, brillant et pénétrant. Je me sentais nu, placé sous microscope. Petit à petit, les voix se turent, et un silence tendu s'installa.

« Mes chers amis Rongelivres, s'écria Golgo, je vous présente Hildegunst Taillemythes. C'est un habitant de la citadelle des Dragons et un futur écrivain. »

Un murmure parcourut la foule.

« Il a été entraîné contre son gré dans les catacombes par des Bouquinbourgeois, et s'y est perdu. Pour le protéger de la mort, Gofid, Dancelot et mon humble personne – Golgo marqua une pause, sans doute pour permettre que l'on contredise son expression “mon humble personne”, mais personne ne protesta – euh… et moi-même, avons décidé de l'accueillir temporairement dans notre communauté. »

Applaudissements polis.

« Au cours des prochains jours, nous allons donc avoir le plaisir de côtoyer un véritable écrivain, même s'il n'a encore rien publié. Mais nous savons tous que ce n'est qu'une question de temps, car il est originaire de la citadelle des Dragons. Sa vocation est d'être écrivain. Oui, et peut-être pouvons-nous contribuer un peu à sa carrière.

– Tu y arriveras ! s'écria un Rongelivre.

– Ouais, fit un autre. Il te suffit d'écrire, le reste suivra.

– L'appétit vient en mangeant ! » lança quelqu'un au fond.

Je commençais à être gêné. Ne pouvait-on commencer ce fichu ormage ?

« Bon, fit Golgo. Maintenant, nous connaissons son nom – Hildegunst Taillemythes ! Que son nom resplendisse un jour au dos de nombreux livres !

– Que son nom resplendisse ! scandèrent les Rongelivres.

– Mais… ajouta Golgo avec gravité, connaît-il nos noms ?

– Non ! s'exclamèrent les Rongelivres.

– Et que pouvons-nous faire pour y remédier ?

– Ormer ! Ormer ! Ormer ! » brailla la communauté.

Golgo fit un grand geste impérieux. Les cris se turent.

« Que le premier d'entre vous s'avance ! » ordonna Golgo.

Je me drapai nerveusement dans ma cape. Un petit Rongelivre jaunâtre se présenta devant moi. Il s'éclaircit la voix et déclama d'une voix tremblante :

« Entendez les bruyantes cloches d'alarme – cloches de bronze !
Quelle histoire de terreur dit maintenant leur turbulence !
Dans l'oreille saisie de la nuit comme elles crient leur effroi !
Trop terrifiées pour parler, elles peuvent seulement crier !! »

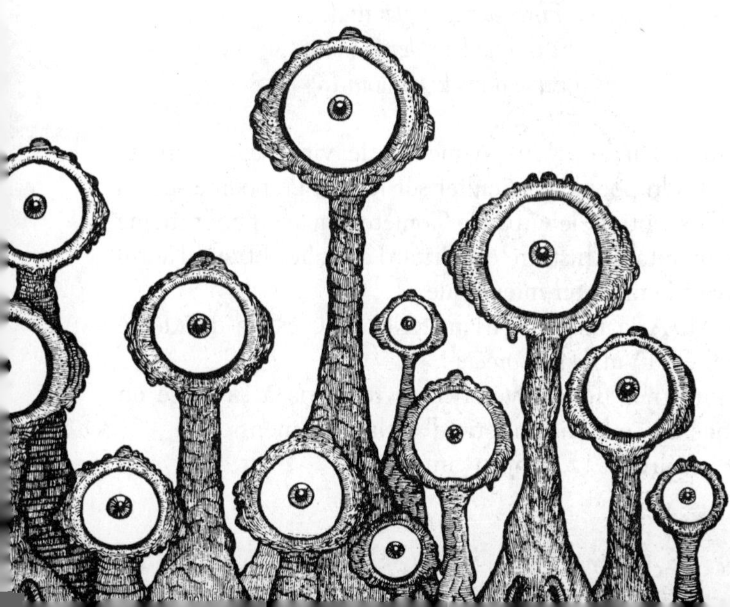

Voyons, je connaissais ce poème ! Ce rythme était reconnaissable entre mille, c'était un monument de la sombre poésie zamonienne, c'était, c'était…

« Tu es Perla la Gadéon ! m'écriai-je. Ces lignes sont tirées de *L'Incendie de Bouquinbourg* ! Un chef-d'œuvre !

– Zut ! fit le Rongelivre. J'aurais dû choisir un passage moins populaire ! »

Mais il rayonnait aussi de la fierté d'avoir été reconnu si vite. Les autres Rongelivres applaudirent discrètement.

« C'était facile, dis-je.

– Le suivant ! » appela Golgo.

Un Rongelivre à la peau verte, avec un sac lacrymal proéminent, s'avança et me regarda d'un air mélancolique. Puis il prononça d'une petite voix cassée :

« Ordonne aux derniers fruits de se gorger
Donne-leur, deux jours encore, un peu de la chaleur du Sud
Force-les à la plénitude
Et traque leur dernier suc
jusque dans le vin lourd. »

Hum. Du vin. Un poème sur le vin. Pas n'importe lequel. Un poème particulier sur le vin. Le poème sur un vin d'exception, le vin de la Comète, qui avait pour thème l'épouvantable histoire de Gizzard d'Oulfo. Et qui d'autre pouvait la raconter mieux que…

« Ali Aria Ekmirrner ! m'écriai-je. C'est la deuxième strophe du *Vin de la Comète* ! »

Ekmirrner fit la révérence et retourna à sa place en silence. Il y eut un tonnerre d'applaudissements.

« Le suivant ! » dis-je avant Golgo.

Je me sentais de plus en plus sûr de moi, et je commençais à prendre plaisir à l'ormage.

Un Rongelivre à la peau pourpre et à la démarche solennelle fendit la foule. Il prit une profonde inspiration, ouvrit les bras et lança :

« Ô ! »

Avant qu'il puisse prononcer la syllabe suivante, j'avais pointé le doigt dans sa direction et m'étais exclamé : « Dölerich Hirnfidler ! »

À vrai dire, Dölerich Hirnfidler était célèbre pour entamer un poème sur deux par un Ô emphatique, mais naturellement, j'avais frappé au hasard, car de nombreux poètes faisaient la même chose. À mon grand étonnement, le Rongelivre hocha la tête d'un air contrit et reprit sa place. Gagné ! C'était effectivement Dölerich Hirnfidler, j'avais deviné juste, sur la base d'une seule lettre de l'alphabet ! Un murmure parcourut l'assistance, et quelques-uns se mirent à goufinier des dents avec reconnaissance.

« Le suivant ! » appela Golgo.

Un Rongelivre albinos aux yeux rouges et larmoyants s'avança. Il prononça :

« Et, à travers le feuillage du tilleul, je vis trembler
Une pâle lumière que l'arbre dans sa ramure
Semblait porter, pareille à une grosse luciole.
Le jour pointait comme un visage rêvé,
Mais je savais que c'était une trompeuse lumière,
Que ma dernière heure venait de sonner. »

Ah, bonté divine, c'était Sanotthe von Rhüffel-Ostend ! Dancelot, mon parrain en écriture, m'avait souvent réveillé la nuit pour me lire les effrayants poèmes de cette demi-folle florinthienne. Celui-ci, *Trompeuse Lumière du marais du cimetière*, je le connaissais encore par cœur.

Mais cette fois, je voulus faire durer le plaisir. Ne pas brûler tout de suite mes dernières cartouches. Je fis donc comme si je tombais sur un os.

« Pouh ! fis-je. Oh ! là, là ! C'est dur… ça pourrait être de… non… de… mais il n'a pas écrit de poèmes en vers. À moins que ce ne soit… euh… un instant. Je pense à un nom ou plutôt deux… c'est vague… je n'y vois pas clair. »

Tenus en haleine, les Rongelivres poussaient des gémissements.

« Ça y est ! Ça y est ! Le voile se soulève… C'est… le Sud ? Le Nord ? Non… L'Est… Estande… Ostende ! Tu es… Sanotthe von Rhüffel-Ostend ! Sanotthe la givrée ! »

Ce dernier mot venait de m'échapper. Le Rongelivre dont je venais de deviner le nom tourna les talons, vexé, et disparut dans la foule. Soulagé, le public applaudit. J'essuyai une sueur imaginaire sur mon front.

« Le suivant ! » appela Golgo.

Un Rongelivre bleu pâle sortit de la foule. Quelques-uns de ses congénères pouffèrent lorsqu'il se présenta et dit :

« Il y aa av avait sssur un ro ro rocher
Une a une arr arr arrète arête de ppoisson
Co coco cooomment commmment
Y est el lllvevvvenue ? »

Ah, mille sabords, un poème écholalique ! Il y avait eu un mouvement, dans la littérature zamonienne, le gagaïsme, où les défauts de prononciation étaient non seulement acceptés mais institutionnalisés. Ce n'était vraiment pas ma partie.

« C'est lamm lala la mer lala memer
Qui l'amer qui l'a ram ll'a amenée là
Mer mais mer elllle y est
Et memmer même très bien. »

Peuh ! Tonton d'Hotto avait bégayé, Borian Dorsch aussi. Les jumeaux Sanzo avaient bredouillé en duo. Certains poètes qui ne bégayaient pas avaient, eux aussi, en leur temps, écrit des poèmes écholaliques qui prétendaient naviguer sur la vague des défauts de prononciation.

« Il vint un pépé un prêch un un prêcheur
Un pêcheur frê frêchant pêchant du foi
Du poisson frais
Ill la lapp il l'appprit
Et l'em l'em ppport ta. »

La plupart des poèmes écholaliques avaient été écrits par T.T. Kreischwurst. Son pseudonyme était aussi loufoque que ses poèmes. Mais cela pouvait aussi être Orcar Chasseurdemurch ou Hogo Dorn ! Il ne me restait plus qu'à deviner.

« Et mmain tenant le rororo rocher
Sans son sanssson sanssonarp son arête de poisson
Est tttout seul au mi au mimilieu de l'immi mense mer
Tout ssssseul tout nnnnu efffffroyablement nu. »

Le Rongelivre fit la révérence. Au moins était-ce la fin de ce fichu poème. Seigneur, je n'avais vraiment aucune idée de ces pénibles balbutiements. Je me contentai de nommer le plus populaire des Écholaliques.

« Tu es T.T. Kreischwurst, affirmai-je d'une voix ferme.

– Eeexac, exactement ! répondit le Rongelivre. *Pepepepetits Popopoèmes pour grands bébébégayeurs.* »

Applaudissements, rires. Ouf ! Je m'en étais bien tiré, une fois de plus.

« Le suivant ! » appela Golgo.

Ensuite, je trouvai tout, coup sur coup. Ydro Blorn, Göffel Ramsella, Fatoma Hennf, et tous ceux qui suivirent, je les débusquai les uns après les autres. Pour la énième fois depuis mon arrivée dans les catacombes, je remerciai mon parrain en écriture de m'avoir inculqué dans ma jeunesse ses vastes connaissances en littérature zamonienne.

Un Rongelivre brun foncé comme un vieux volume relié en cuir se présenta devant moi et dit :

« Partons ! Je laisse loin derrière moi
La citadelle des Dragons et je plane
Librement au-dessus du pays, mes actes
Ne servent plus que la gloire à laquelle j'aspire. »

Oh oh ! De la poésie dragonienne, n'était-ce pas un peu plus facile ? Je ne devinai pas immédiatement, mais, bien sûr, je connaissais tout ce qui avait été écrit dans la citadelle.

« Célèbre ! Je le deviendrai,
Poète pour les masses

Connu comme le loup blanc
Poète de toutes les classes ! »

Bon sang ! Je connaissais personnellement cet écrivain, il m'avait même lu ses poèmes. Mais oui ! C'était le poème d'adieu d'Ovidios de Versevers, écrit quand il avait quitté la citadelle des Dragons. Il l'avait déclamé devant notre communauté avec la conviction de celui qui pensait devenir un auteur adulé à Bouquinbourg. À l'époque, je n'aurais jamais imaginé, même en rêve, le revoir un jour dans une des fosses du Cimetière des poètes oubliés.

« Bouquinbourg – cité des livres qui rêvent
Lieu de riches poètes,
Je conclus avec toi un pacte pour la vie,
Que le destin soit mon juge ! »

Il devait y avoir soixante-dix-sept autres strophes qui exaltaient la liberté existentielle de l'écrivain et la gloire promise au jeune poète de Bouquinbourg, mais je voulais nous les épargner, au Rongelivre, à ses congénères et à moi. Je lui dis :

« Tu es Ovidios de Versevers.

– Oui, c'était simple, répondit le Rongelivre en souriant. Je savais bien que tu le reconnaîtrais. Tu en sais probablement plus long que moi sur lui. Peut-être peux-tu me dire pourquoi il n'a rien publié depuis si longtemps. Travaille-t-il à une œuvre majeure ? »

Ce pauvre diable avait consacré sa vie à Ovidios de Versevers. Devais-je lui dire en face qu'il n'y avait plus rien à espérer de lui, à part quelques rimes impromptues pour touristes ? Je n'en eus pas le courage.

« Tout à fait, lui dis-je. Euh, il se terre quelque part et travaille à un très grand ouvrage.

– C'est bien ce que je pensais, répliqua le Rongelivre. Ce sera un jour une célébrité. »

Il s'éloigna.

« Le suivant ! » appela Golgo.

Un Rongelivre sec à la peau grisâtre s'avança et dit :

« Dans les espaces creux, froids et encaissés
Les ombres aux ombres s'accouplent
De vieux livres rêvent du temps
Où ils étaient des arbres
Où le charbon engendrait le diamant
On ne connaît ni lumière ni bienfaits
Dans l'univers gouverné par l'esprit
Que l'on nomme le roi des Ombres. »

Cette fois, j'étais coincé. C'était un poème que je ne connaissais pas. Il s'agissait de toute évidence du roi des Ombres, et je ne voyais aucun auteur qui se soit attaqué à cette figure, en dehors de Colophonius Clairdepluie, qui n'avait pas écrit de poésie.

Il était inutile de chercher à deviner. J'avais le choix entre plusieurs centaines de jeunes écrivains dont je ne connaissais pas l'œuvre. Je rendis les armes.

« Là, je sèche, dis-je. Je ne connais pas ton nom. Comment t'appelles-tu ?

– Je m'appelle Colophonius Clairdepluie, répondit le Rongelivre.

– C'est impossible. Colophonius Clairdepluie n'a signé qu'un livre, *Les Catacombes de Bouquinbourg*. Et je l'ai encore lu récemment. On n'y trouve aucun poème.

– Colophonius Clairdepluie a écrit un deuxième livre, répliqua le Rongelivre. Il s'intitule *Le Roi des Ombres* et commence par ces vers. »

Le public s'anima.

« Comment est-ce possible ? m'étonnai-je. Colophonius Clairdepluie a disparu. »

Le Rongelivre se contenta de sourire.

« C'est pas du jeu ! s'écria quelqu'un dans la foule.

– Oui, excuse-toi, Colo ! fit un autre. Il ne peut pas savoir.

– Du balai ! »

J'étais abasourdi. Un concert de voix s'éleva. La communauté des Rongelivres s'agita, et celui qui avait prétendu être Colophonius Clairdepluie disparut dans la foule.

Golgo prit la parole.

« Fin de l'ormage ! annonça-t-il. Fin de l'ormage pour aujourd'hui ! Notre invité s'est vaillamment défendu, nous devrions lui accorder un peu de repos ! »

Il y eut un murmure d'approbation.

« Demain, nous continuerons l'ormage, poursuivit Golgo. Chacun son tour. Maintenant, allez vous reposer ! »

Je m'avançai vers Golgo.

« Explique-moi ce qui vient de se passer, lui demandai-je. Est-ce que Clairdepluie a vraiment écrit un autre livre ?

– Viens, se hâta de dire Golgo, sans répondre à ma question. Je vais te montrer où nous dormons. Et où tu vas pouvoir te reposer. Tu dois être épuisé. »

ψ8

La Musique des cyclopes

Golgo me précéda dans l'un des couloirs de sortie de la Grotte de cuir. Les Rongelivres qui s'agitaient dans tous les sens semblaient ne me prêter aucune attention : apparemment, j'avais satisfait au rituel de passage avant que celui-ci ne soit terminé. Toutefois, je me sentais comme une guêpe dans une fourmilière. J'étais deux fois plus grand que les Rongelivres et devais me baisser pour ne pas me cogner au plafond du tunnel.

Il était couvert de livres, comme la Grotte de cuir, et je tentai de lire quelques titres. Mais ils étaient tous rédigés dans une langue indéchiffrable.

« Eh oui, fit Golgo qui m'avait observé, en fait c'est dommage pour tous les ouvrages qui se cachent sous ces titres. À leur époque, ce n'étaient sans doute que des rebuts, des déchets. Pour nous, ils sont les témoins d'une culture inconnue. Les livres sont éphémères.

– Ne le sommes-nous pas tous ? dis-je, peu inspiré.

– Pas nous, rétorqua Golgo.

– Que veux-tu dire par là ?

– Eh bien, je n'affirmerais pas que les Rongelivres sont immortels, mais jusqu'à présent, pas un seul d'entre nous n'a péri de mort naturelle. Il y a eu quelques accidents qui ont coûté la vie à certains Rongelivres, mais nous ne connaissons aucune maladie. Pas de décrépitude.

– Vraiment ? Et d'où venez-vous ? Je veux dire, comment… ? »

Golgo cligna des yeux d'un air agacé.

« Je n'ai pas le droit d'en parler, dit-il. En tout cas, pas maintenant. »

J'aperçus, donnant sur le couloir, de nombreuses petites grottes habitées, et un Rongelivre dans chacune d'entre elles. Ces cellules étaient, elles aussi, tapissées de couvertures de livres et dotées d'au moins un rayonnage et d'une couchette recouverte d'épaisses fourrures. Le tout éclairé par la chaude lueur des bougies.

« La lumière des lampes à méduses n'est pas bonne pour la lecture, m'expliqua Golgo comme s'il avait deviné mes pensées. Elle crée une atmosphère trouble, plus propice à la chasse ou au meurtre. Nous refusons les méduses phosphorescentes. Elles se reproduisent comme de la vermine, et le jour arrivera où elles prendront le pouvoir dans les catacombes. Nous jetons dehors toutes celles qui osent se glisser dans la Grotte de cuir. La lumière des chandelles est réconfortante. Nous avons notre propre fabrique de bougies. Savais-tu que l'on pouvait faire un suif formidable à partir des chenilles du papier ?

– Non, répondis-je. Je l'ignorais. »

Que la lumière des bougies eût un effet adoucissant, je pouvais le confirmer. Depuis que j'étais arrivé chez les Rongelivres, la sensation d'oppression continue que les catacombes produisaient en moi avait disparu.

« Chacune des cellules est aménagée de manière personnelle par son occupant, et naturellement elle contient surtout les livres de l'auteur qu'il apprend par cœur. »

Nous nous arrêtâmes pour jeter un coup d'œil dans un intérieur. Un petit Rongelivre corpulent était confortablement installé sur son lit de fourrure et lisait. Des manuscrits et des tableaux étaient accrochés aux murs. Je reconnus immédiatement les portraits d'écrivains.

« Salut Ugor, dit Golgo. Je crois que tu n'as plus besoin de participer à l'ormage. J'imagine qu'Hildegunst a compris qui tu es.

– Tu t'appelles Ugor Vochti, répondis-je. C'est toi qui as écrit la *Saga de Midgard*.

– Ça serait bien, répondit Ugor. Moi, je me contente de l'apprendre par cœur. C'est dommage, je t'avais préparé un extrait vraiment difficile à deviner. »

Nous poursuivîmes notre chemin. Désormais, les couloirs étaient presque vides, chacun s'était retiré chez soi et remis à ses études.

« Quelles sont les raisons qui vous poussent à ça ? demandai-je sans réfléchir.

– À quoi ?

– À apprendre par cœur ? »

Golgo me regarda d'un air interrogateur.

« La question n'est pas là. La question, c'est de savoir pourquoi tout le monde ne fait pas comme nous. »

Ça me donnait à réfléchir. Je n'avais pas de réponse toute prête.

« Voici ta chambre », dit Golgo en me montrant mon petit espace de repos.

Il n'y avait dans cette grotte aucun livre, juste une couchette, aménagée pour un invité de ma taille.

« Tu peux emprunter dans la Grotte de cuir tous les livres dont tu as besoin. Veux-tu quelques chenilles du papier délardées pour ton dîner ?

– Non, merci, répondis-je. J'ai seulement soif.

– Je vais t'apporter un peu d'eau de source des montagnes », conclut Golgo en s'éloignant.

Quand il eut disparu, je remarquai pour la première fois le bourdonnement qui emplissait l'atmosphère. C'était un murmure permanent, agréable, qui ressemblait au ronronnement de satisfaction émis par une communauté de chats heureux. Je préparai mon lit pour la nuit. La nuit ? Comment pouvais-je savoir si c'était le jour ou la nuit ? Qu'importe ! En tout cas, j'étais bien fatigué.

Golgo revint avec un pichet d'eau.

« Quel est ce bruit ? m'informai-je. Ce murmure ? »

Golgo sourit.

« Ce sont les Rongelivres qui apprennent leurs textes par cœur. Peu avant de nous endormir, nous fermons les yeux et nous repassons nos textes préférés. À un certain moment, je ne sais pour quelle raison, nous commençons à ronronner et nous finissons par nous endormir. Tu vas t'y habituer. »

Golgo me souhaita bonne nuit, je bus un peu d'eau, éteignis ma bougie et m'allongeai. Mes yeux et mes membres étaient lourds. Le ronronnement ne me dérangeait pas mais me rassurait. J'entendais, pareille au flux et au reflux d'une douce marée, la musique des Rongelivres, le bruissement d'une littérature qui peuplait agréablement leurs rêves et m'emportait délicatement vers le sommeil.

ΨƂ

Le Cabinet des merveilles

Je dus faire un effort pour avaler le petit-déjeuner que Golgo me servit le lendemain matin : des vers de livre grillés au feu de bois dans la cheminée. Mais pendant la nuit ma faim était devenue telle que j'aurais dévoré une Tiqxxxxe toute crue. Du reste, ces vers croquants n'étaient pas si mauvais.

« Aujourd'hui, je vais te montrer d'autres parties de notre territoire, m'annonça-t-il au moment où nous quit-

tions ma caverne. En effet, il ne se limite pas à la Grotte de cuir, mon cher. »

Les Rongelivres s'activaient déjà dans les couloirs. Ils transportaient des bouquins, changeaient des bougies. Ils déclamaient, bavardaient et chantaient. Il semblait régner en ce lieu une aversion collective pour le calme, ce qui me changeait du silence sépulcral du labyrinthe. Trois Rongelivres pestaient en chassant une méduse phosphorescente qui était entrée sur leur territoire. Les pensionnaires de la grotte ne faisaient plus attention à moi comme si, en une nuit, j'étais devenu l'un de leurs semblables.

« Nous poursuivrons l'ormage plus tard, dit Golgo. Je vais commencer par te montrer nos archives. Le cabinet des merveilles. En effet, nous ne collectionnons pas simplement les livres mais tout ce qui a un rapport avec la littérature et qui a échoué ici sous terre. La littérature, ça n'est pas que du papier, comme tu le sais. Elle touche tous les aspects de la vie.

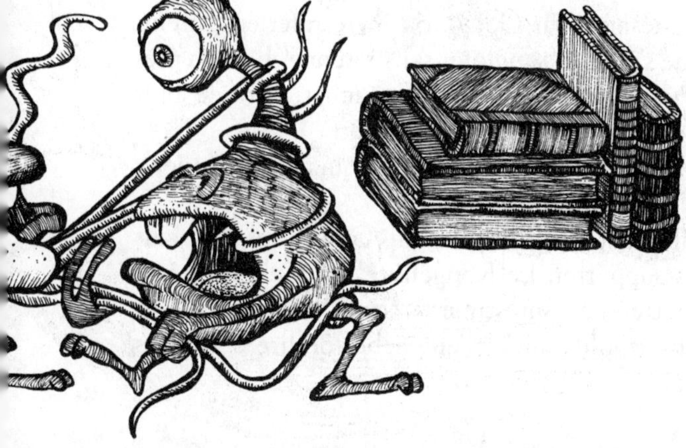

– À qui le dis-tu !

– La littérature influence plus l'existence qu'on ne le croit. Chez nous, les Rongelivres, beaucoup plus qu'ailleurs.

– Dans quel sens ?

– Dans tous les sens. Tout Rongelivre adopte à un moment ou à un autre la personnalité de l'écrivain qu'il apprend par cœur. C'est inévitable. C'est notre destin. Par nature, nous sommes des pages blanches qui aspirent à se remplir. Nous n'avons aucune originalité. Nous adoptons les qualités de notre écrivain pour devenir des individus complexes. Pas toujours agréables du reste ! Chaque Rongelivre est différent des autres. Nous avons parmi nous des colériques et des poules mouillées, des poseurs et des mélancoliques, des tas de nouilles et des têtes brûlées, des comiques et des pleurnicheurs. Moi, par exemple, j'incline à la fatuité, mais qu'y puis-je ? Ojahnn Golgo Fontheweg était quelqu'un de passablement pénible, c'est officiel. Observe celui qui arrive. C'est Eistod. »

La flamme froide du désespoir s'échappait du regard du Rongelivre désigné par Golgo. Sa lèvre inférieure tremblait comme s'il allait sangloter sans retenue. Il passa près de nous d'un pas lourd et disparut, muet, dans le noir – Golgo l'avait pourtant salué gentiment.

« Voski Eistod ? demandai-je. Celui qui a écrit de vieux bouquins déprimants ?

– Oh, ils sont magnifiques, dit Golgo, mais il faut pouvoir les supporter. Le Rongelivre qui a choisi d'être Eistod a nettement surestimé sa capacité émotive, et nous devons régulièrement l'empêcher de lire des livres empoisonnés.

– Tu vois celui qui se dandine devant nous ? C'est Tcharvani.

– Le petit gros ? Vonog A. Tcharvani ?

– Exactement. Regarde sa démarche mollassonne. »

Je ne pus m'empêcher de rire. Tcharvani avait signé un roman brillant sur l'indolence. Le gros Rongelivre qui se déplaçait devant nous était vraiment un modèle de lourdeur.

Nous traversâmes une grotte plus importante où brûlaient des milliers de bougies. Il y avait au milieu un immense chaudron en fer au-dessus d'un feu de charbon. Grimpés sur des échelles, des Rongelivres y versaient de pleins seaux d'asticots ; d'autres y puisaient de la graisse blanche à la louche ; les troisièmes s'activaient devant de grosses machines en bois pour transformer cette graisse d'insecte en bougies.

« C'est notre fabrique de chandelles, dit Golgo. Celui qui lit a besoin de lumière, en particulier quand il vit sous terre. Tu sais que nous abominons la lumière médusienne, dit-il en soupirant. Comme j'aimerais lire un livre à la lumière du soleil, tel que Fontheweg l'a souvent décrit ! Dans une verte prairie au printemps.

– Pourquoi ne montes-tu pas là-haut pour le faire ?

– C'est impossible. À l'air libre, nos poumons s'étioleraient. Nous sommes obligés de vivre dans l'air confiné.

– Vraiment ? Vous n'avez jamais essayé ?

– Bien sûr que si. Mais plus nous montions, plus nous étouffions. L'excès d'oxygène nous tue. »

La fabrique de bougies dépassée, nous entrâmes dans un étroit couloir où nous croisâmes un seul et unique Rongelivre. Il avait sous le bras un livre dont je pus dire immédiatement qu'il s'agissait de la première édition des *Histoires immorales de Florinth*, une œuvre si souvent interdite et brûlée que les rares originaux se retrouvaient tous en tête de la *Liste d'or*.

« Quel autre beau bouquin sinistre lis-tu en ce moment ? dit Golgo au Rongelivre avec un geste de feinte réprobation.

– *Il n'y a ni livres moraux ni livres immoraux*, répliqua l'interpellé. *Les livres sont bien ou mal écrits. C'est tout.* »

Sur ces mots, il disparut.

Golgo gloussa :

« Je ne devrais pas te le dire parce que tu n'as pas encore ormé, mais nous sommes entre nous. »

Et il ajouta d'un air conspirateur :

« C'était…

– Orca de Wils ! C'est bien lui ?

– Très juste, dit Golgo ébahi. Seul Orca de Wils a cette

vivacité d'esprit. Tu as vraiment une bonne mémoire, cher ami ! On pourrait faire de toi un Rongelivre… si tu n'avais pas un œil de trop. »

Les couloirs qui s'élargissaient finirent par ne plus être tapissés de cuir. De petites cellules taillées dans la pierre nue se succédèrent. Des Rongelivres travaillaient avec ardeur sur des machines à imprimer, collaient des livres à la main, reliaient ou remuaient des masses de papier dans des cuves. J'en vis aussi qui coulaient des caractères en plomb.

« C'est l'hôpital des livres, expliqua Golgo. Nous y restaurons des ouvrages rongés, piqués, ou en partie détruits. Nous reconstituons des textes et les réimprimons. Nous en réparons parfois les reliures. Les dommages infligés aux bouquins sont très différents. Certains sont brûlés, au feu, à l'acide, d'autres ont été déchirés, percés de balles ou de coups de couteau. Il nous est même arrivé ici d'opérer des *livres vivants*. »

« Où en est la reconstitution du chapitre final du *Nœud dans le col du cygne* ? criait un petit Rongelivre dans le couloir. La colle va se figer si les pages ne sont pas bientôt prêtes.

– Ça vient ! Ça vient ! » répondit un autre qui courait dans la galerie, tenant un paquet de feuilles qui sortaient de l'imprimerie.

Nous passâmes devant un Rongelivre, gros et pâle, qui cachait son œil tout en débitant d'une voix monotone une liste de noms et de titres : « Fito Barbedacier – *La Cruche sans anse.* Carob Rotto – *L'Enclume.* Citronia Petitbaiser – *La Princesse aux trois lèvres*… »

Il s'agissait des personnages et des titres de romans d'un seul et même auteur. Comment s'appelait-il ? J'avais son nom sur le bout de la langue.

Golgo me devança :

« Balono de Zacher. »

Il baissa la voix et chuchota :

« Il est clair qu'il a trop écrit. Avec tous ces romans, le pauvre type finit par mélanger les noms de ses héros. Pas étonnant : comme il y a sept cents bouquins, il se retrouve avec des milliers de personnages. C'est pour ça qu'il n'arrête pas de marteler leurs noms et les titres.

– Februsiar Augustus – *La Soupe au bois.* Le Capitaine Tourtocerf – *Le Pirate dans le jardin de cristal.* Erchl Gangwolff – *Les Lecteurs perdus*… »

Le Rongelivre débitait inlassablement sa liste, tandis que nous nous éloignions sur la pointe des pieds.

« Sans cesse traversé par l'Orm, Balono de Zacher ne s'est pratiquement pas arrêté d'écrire, dit Golgo. Il doit avoir bu des quantités de café.

– Vous croyez vraiment à l'Orm ? demandai-je en souriant. À cette antique superstition ? »

Golgo s'arrêta et me regarda longuement.

« Quel âge as-tu ?

– Soixante-dix-sept ans », répondis-je.

Il éclata de rire :

« Soixante-dix-sept ans ! C'est beau, la jeunesse ! Bien, moque-toi de l'Orm tant que tu le peux encore ! C'est le privilège des blancs-becs. Mais un jour, l'Orm s'emparera de toi, tu comprendras sa force et sa beauté. Comme je t'envie ! Je ne suis pas poète, je ne suis qu'un Rongelivre. Je n'ai pas écrit les œuvres d'Ojahnn Golgo Fontheweg, je n'ai fait que les apprendre par cœur. Et je suis loin d'approuver tout ce qui est sorti de sa plume. Fontheweg a souvent bâclé son travail. La moitié de sa *Pierre philosophale* est un déluge de mots creux ! Sa prose ne vaut quasiment rien ! Mais il y a des passages dans son œuvre… des passages… »

Le regard de Golgo s'éclaira, et il cita :

« *Sur toutes les cimes,*
Plus rien ne bouge,
Aux sommets des arbres,
Tu perçois à peine
Un souffle d'air.
Dans la forêt les Nurnes se sont tus.
Attends, bientôt,
Tu reposeras à ton tour. »

C'était *La Forêt des Nurnes* de Fontheweg, un grand poème. Golgo m'attrapa par la cape, me secoua et cria :

« L'Orm, tu comprends ? On peut seulement composer des choses pareilles quand l'Orm vous traverse ! C'est un *don du ciel* ! »

Il me lâcha, je lissai mon vêtement.

« Tu crois que c'est quoi, l'Orm ? » questionnai-je, quelque peu décontenancé par cette explosion d'émotions.

Golgo tourna le regard vers le plafond comme s'il y voyait des étoiles.

« Il y a un endroit dans l'univers où toutes les grandes idées artistiques se réunissent, se frottent les unes aux autres et en créent de nouvelles, dit-il en baissant la voix. La densité créatrice de ce lieu doit être énorme : c'est une planète invisible avec des océans de musique, des fleuves de pure inspiration et des volcans qui crachent des pensées, dans une grande agitation d'éclairs spirituels. C'est l'Orm. Un champ de forces qui répand son énergie avec générosité. Mais pas pour tout le monde. Il ne rayonne que pour les élus. »

D'accord, mais pourquoi toutes ces choses qui relevaient apparemment du domaine de la foi étaient-elles invisibles ? Peut-être parce qu'elles n'existaient pas ? La plupart des vieux écrivains croyaient en l'Orm. Par politesse, je décidai de garder pour moi mes remarques critiques.

Nous entrâmes dans une grotte comparable par ses dimensions à la Grotte de cuir, mais plus basse de plafond et sans concrétions calcaires. Il y avait partout dans les murs de petites niches garnies de multiples objets : livres, lettres, crayons, cartons, ossements. Et un tas de choses que je ne parvenais pas à identifier de loin.

« Nos archives, annonça Golgo. Nous avons baptisé cet endroit le Cabinet des merveilles, non parce que nous devrions y admirer quelque miracle, mais parce que nous ne cessons de nous émerveiller devant toutes ces choses. »

Il eut un rire bref.

« Nous collectionnons ici le maximum d'objets ayant appartenu à nos vénérés auteurs et que nous avons réussi à retrouver. Des lettres, des documents de contemporains, des louanges. Des manuscrits, des contrats signés de la main des artistes, des ex-libris. Des mèches de cheveux ou des ongles de pied, des yeux de verre ou des jambes de bois – tu ne peux imaginer ce que les collectionneurs peuvent entasser ! Il y a des crânes et des ossements, des squelettes complets, nous avons même une momie parfaitement conservée. Des vêtements usagés, des stylos et des crayons. Des lunettes. Des loupes. Des buvards. Des quantités de bouteilles vides. Des dessins, des croquis, des journaux intimes, des dossiers rassemblant des critiques. Des lettres d'admirateurs. Tout ce qui a appartenu aux auteurs que nous avons appris par cœur.

– Comment cela descend-il jusqu'ici ?

– Oh, nous avons nos réseaux qui parviennent à la surface de Bouquinbourg. Des nains amis dans le labyrinthe. Autrefois, beaucoup de ces choses étaient stockées sous terre, comme les vieux livres précieux. Puis évidemment les chasseurs de livres que nous hyp... »

Golgo émit soudain un bruit, comme s'il se faisait peur, et porta la main devant sa bouche.

Je le regardai.

« Vous faites *quoi* aux chasseurs de livres ? »

Golgo hâta le pas.

« Rien du tout. Hips. J'ai le hoquet. Je voulais dire, selon nos hyp... othèses, une dent de sagesse d'Ojahnn Golgo Fontheweg a au moins autant de valeur qu'une de ses premières éditions signées. »

Je ne voulus pas poursuivre mon interrogatoire. On passa devant des niches classées par ordre alphabétique d'auteurs. J'apercevais des plumes et des encriers. Des tampons encreurs. Des pièces de monnaie. Des montres de gousset. Des notes. Des pèse-lettres. Des presse-papiers. Un gant.

« Vous payez ces objets avec les revenus de la *Liste de diamant* ?

– Non, nous ne faisons pas commerce des livres. Nous avons d'autres rentrées d'argent. »

Ah bon ! D'autres sources de revenus. Ces Rongelivres étaient un peuple mystérieux. Et pourquoi tout ce bric-à-brac ? Un hibou empaillé avec des yeux de verre. Un paquet de lettres couvertes de taches de moisissure, entouré d'un ruban bleu. Une urne en zinc. Des fleurs séchées. Une semelle de chaussure. Du papier buvard usagé. Ma foi, ce n'étaient pas des merveilles.

« Est-ce que tu t'intéresses à un écrivain particulier ? » demanda Golgo.

En fait, non. Le culte de la personnalité m'avait toujours laissé indifférent. Voulais-je vraiment voir un ongle de pied de Vallni Meerhelm ? La plume qui avait servi à écrire *Sous le volcan de la taupe* ? Les poils de nez d'Ojahnn Golgo Fontheweg ? Une chaussette de Gofid Letterkerl ? Non, merci. Seule l'œuvre comptait. Mais pour être poli, je prononçai quand même un patronyme.

« Dancelot de Tournerimes.

– Ah, Tournerimes, je comprends ! dit Golgo. Il faut donc que nous regardions à la lettre T. »

Des objets personnels de Dancelot étaient arrivés jusqu'ici, au fond du labyrinthe ? C'était invraisemblable. Mais je ne voulais pas ôter à Golgo le plaisir de me promener dans son cabinet des merveilles sans merveille. Le chemin jusqu'à la lettre T était long. Les objets rangés dans les niches commencèrent vite à se répéter : plumes, encriers, crayons, papiers, encore des plumes, une lettre, deux lettres, un encrier… et encore des plumes. Je ne pus m'empêcher de bâiller. Y avait-il quelque chose de moins intéressant que la vie d'un écrivain ? Les fonctionnaires des finances nattes-tifs-touffes s'entouraient de choses plus excitantes. Là, un peigne ! Ici, une éponge ! J'espérais en avoir bientôt fini avec cette traversée.

Golgo débitait les noms des écrivains d'une voix monotone.

« Clas Reischdenk… Damoc Risth… Abradauch Sellerie… Ah, de Tournerimes. Je savais bien que c'était là. »

Il sortit un petit carton de l'étagère.

Je fus stupéfait.

« Il y a vraiment quelque chose ? »

Golgo me tendit la boîte.

« Regarde toi-même ! »

Je la pris, en soulevai le couvercle et y vis une lettre : une seule feuille de papier couverte d'une écriture. Je la sortis et remis le carton à sa place.

« Je me souviens des circonstances de l'arrivée de cette lettre, dit Golgo. Elle a provoqué une certaine agitation. On l'a trouvée un jour devant une des entrées de la Grotte de cuir. C'était réellement inquiétant. Quelqu'un qui n'était pas un Rongelivre connaissait manifestement notre plus grand secret et l'avait déposée devant notre porte. La communauté a été longtemps préoccupée. »

Je regardai la lettre plus attentivement. Le trouble m'envahit : je reconnaissais l'écriture de mon parrain ! Aucun doute, c'était une missive de Dancelot ! Je lus :

Mon jeune ami,

Je te remercie pour l'envoi de ton manuscrit. Je peux dire sans exagérer que je considère ce travail comme la prose la plus parfaite qui me soit jamais parvenue. Il m'a touché

au plus profond de moi et j'espère que tu excuseras ce lieu commun, car je ne connais pas d'autre moyen de m'exprimer : ce texte a changé ma vie. Sa lecture achevée, je me suis décidé à cesser d'écrire et à me limiter à l'enseignement des bases artisanales de l'écriture – que je destine en particulier à Hildegunst Taillemythes, mon jeune filleul.

À la lecture de mon nom, un frisson me traversa. Quel étrange fil rouge était associé à cette lettre, un fil qui me reliait à Dancelot à travers le temps, l'espace et au-delà de la mort ? Je sentis les larmes me monter aux yeux.

Mais laisse-moi te dire une chose : je n'aurais rien eu à t'apprendre. Tu sais déjà tout et probablement plus encore. Dans tes jeunes années, tu es déjà un écrivain accompli, plus génial que tous les classiques que j'ai lus. Le peu que j'ai pu lire de toi réduit toute la littérature zamonienne à une rédaction de premier de la classe. Il y a dans tes petits doigts plus de talent que dans la citadelle des Dragons tout entière. La seule chose que je puisse te recommander, c'est d'aller à Bouquinbourg ! Oui, dépêche-toi, cours-y ! Il te suffira de montrer ce que tu as écrit jusqu'à présent à un bon éditeur, et ton avenir sera assuré. Tu es un génie. Le plus grand écrivain de tous les temps. Ton histoire ne fait que commencer.
Avec ma profonde admiration,

Dancelot de Tournerimes

Ces mots me frappèrent comme un coup de massue, mes chers amis. Ces deux dernières phrases ne laissaient aucun doute : c'était la lettre que Dancelot avait écrite au poète que je cherchais, et qui avait envoyé cet écrivain à Bouquinbourg. Elle était passée entre les mains de

Dancelot, plus tard entre celles du mystérieux poète, et maintenant elle était entre les miennes. Un nouveau fil rouge nous reliait, Dancelot, l'écrivain et moi. Je l'avais suivi. Je l'avais perdu et je l'avais retrouvé ici, au fond du labyrinthe. Je fus saisi de vertige. Mes genoux fléchirent.

« Oh ! » gémis-je en cherchant à me retenir.

Golgo me soutint.

« Tu ne te sens pas bien ?

– Si, ça va déjà mieux.

– On dirait que tu viens de croiser un fantôme.

– C'est exactement ça.

– Dans nos archives, il y a beaucoup de fantômes. Tu veux en voir d'autres ?

– Non, merci, ça me suffit pour cette fois. »

Le Portail invisible

À la sortie du Cabinet des merveilles, nous retrouvâmes Gofid et Dancelot qui étaient venus assister Golgo dans son tour des curiosités rongelivresques.

« Nous allons te dévoiler des secteurs des catacombes qui ne sont plus éclairés avec des bougies, dit Golgo. Et il n'y a pas davantage de méduses phosphorescentes. Mais Gofid et Dancelot font partie de nos meilleurs lance-flammes. »

Dancelot et Gofid brandirent leurs torches de résine allumées et sourirent.

« Nous te montrerons nos forêts et nos jardins, dit Gofid.

– Nos prairies et nos fleurs, compléta Dancelot. Notre nature sauvage. »

Golgo ne venait-il pas de se plaindre de n'avoir jamais vu une prairie ? Où pouvait-il y avoir des forêts et des fleurs à ces profondeurs ? Et d'où sortait-il cette histoire de lance-flammes ?

« Il est grand temps, dit Golgo, que quelqu'un te fasse connaître les bons côtés des catacombes. Jusqu'à présent, tu n'as vu que des choses inquiétantes, troublantes et laides. Nous allons te révéler l'intérêt de notre vie ici.

La partie de notre monde obscur que la dégénérescence et les chasseurs de livres n'ont pas encore atteinte.

– Ça existe ? demandai-je. Et comment y parvient-on ? »

Golgo, Gofid et Dancelot m'entourèrent, ouvrirent grand leur œil, me regardèrent avec insistance et se mirent à grommeler.

Je me retrouvai tout à coup dans une grotte naturelle, au bord d'un lac cristallin aux reflets bleu clair. Gofid et Dancelot avaient allumé leurs torches, et Golgo regardait de l'autre côté de l'eau, l'air absent.

J'étais comme étourdi.

« Eh, mon gars, dis-je, c'était de nouveau de la téléportation ? »

J'avais la tête qui bourdonnait comme une alarme d'incendie à Bouquinbourg.

« Exactement ! dit Gofid. De la téléportation.

– C'est quand même beaucoup plus agréable que d'aller à pied », gloussa Dancelot.

Mais pourquoi avais-je l'impression d'avoir marché pendant une demi-journée ? Mes jambes étaient lourdes comme du plomb.

« Nous t'avons téléporté pour que tu ne puisses dire à personne comment on parvient à nos trésors, dit Golgo. C'était dans ton intérêt.

– Où sommes-nous ? demandai-je.

– Devant le Portail invisible. Au-delà commence la Forêt de cristal. Oui, ce n'est pas un nom particulièrement original, mais nous ne sommes pas non plus poètes. Peut-être auras-tu une meilleure idée. »

À cet instant, je n'en avais aucune : mon cerveau était une éponge vide. La « Forêt de cristal », ah bon ? Je ne voyais ni forêt ni cristaux. Ni même de « Portail invisible », mais s'il était invisible…

« Suis-nous ! » dit Golgo.

Les trois petits cyclopes entrèrent dans l'eau bleue. J'en fis autant après quelque hésitation.

L'eau était froide, mais ne m'arrivait qu'aux genoux. Rendues curieuses, des anguilles argentées nageaient autour de nous. J'avais peur d'attraper un rhume et de recevoir une décharge électrique de la part de ces bêtes.

Nous pataugions en direction d'un rocher noir et je craignais que les Rongelivres aillent se cogner dedans, quand je me rendis compte qu'il y avait un trou au milieu, encore plus noir que le rocher lui-même. Le Portail invisible était une hallucination. De loin, il avait l'air d'un gros récif, mais maintenant je m'apercevais qu'il s'agissait d'un tunnel.

« Astucieux, n'est-ce pas ? dit Dancelot. La nature a construit ce portail. Un trou qui se camoufle en rocher. Un rocher qui est en fait un portail. Ici, on pourrait croire que les pierres sont capables de penser. Nous avons mis du temps à le comprendre. »

Nous avançâmes peut-être d'une centaine de pas dans cette étroite galerie où il faisait noir comme dans un four. Puis elle s'élargit et l'on entra dans une vaste grotte.

« Ici commence la Forêt de cristal », dit Golgo avec solennité.

Gofid et Dancelot lancèrent leurs flambeaux dans les airs comme s'ils en avaient reçu l'ordre. Arrivées au zénith, les deux sources de lumière tournèrent plusieurs fois sur elles-mêmes en sifflant et éclairèrent un plafond de lapis-lazulis d'un bleu éclatant. Au-delà de la surface aquatique où nous nous tenions, quelque chose s'étendait qui ressemblait à une prairie verte recouverte d'une gelée blanche éclairée par le soleil. Puis les flambeaux redescendirent. Gofid et Dancelot les rattrapèrent avec adresse avant de les éteindre dans l'eau. L'espace d'un instant magnifique, j'eus l'impression d'être de nouveau en plein air.

« Celui qui veut garder ses pieds a intérêt à ne pas marcher dans cette merveilleuse prairie, dit Golgo. Ces herbes, tranchantes comme des lames de rasoir, sont en cristal vert. »

Empruntant des chemins empierrés, nous fîmes le tour de cette fausse prairie où des opales rouge feu fleurissaient un peu partout, à la manière de coquelicots dans un champ – comme si la nature avait imité ici les beautés présentes à la surface de la terre.

« Je sais ce que tu penses, dit Golgo, mais nos forêts possèdent leur propre beauté. Elles n'ont pas besoin d'imiter celles de là-haut. Peut-être même qu'elles les dépassent en splendeur. »

Le Rongelivre n'exagérait pas. Nous traversâmes un champ de pierres où poussaient des centaines de grands cristaux jaunes aux arêtes coupantes. Ils étaient en partie recouverts d'une rouille orangée et brillaient si fort que les flambeaux de Gofid et Dancelot auraient été inutiles. Des arbres luminescents : je n'avais jamais rien vu d'aussi impressionnant dans une forêt à la surface de la terre.

« Ce n'est qu'une condensation de gaz sulfureux, rien d'autre, expliqua Golgo.

– Arrête de te donner de grands airs, dit Gofid. Ce n'est pas parce que tu as appris par cœur quelques ouvrages de géologie qu'il faut jouer les professeurs.

– Jeunes blancs-becs, vous pourriez vous frotter un peu

plus aux sciences de la nature, répliqua Golgo. La vraie littérature se fonde aussi sur une solide culture. Dans ma théorie des couleurs…

– Ah non ! Non ! s'écrièrent Gofid et Dancelot avec effroi. Pas la théorie des couleurs ! Ça ne va pas recommencer ! »

Golgo se tut et nous devança de son pas lourd.

« Ses romans sont déjà difficilement supportables, me chuchota Gofid, mais sa théorie des couleurs a de quoi vous décérébrer. Ne le lance jamais sur ce sujet ! Il est intarissable. »

Les minéraux s'épanouissaient partout, de toutes formes, de toutes couleurs, de toutes tailles : améthystes violettes, quartz roses, cristaux d'un blanc laiteux, fins comme des aiguilles et dressés comme les piquants d'un hérisson, hématites vertes tachetées de rouge qui semblaient souillées de sang. Mes modestes connaissances géologiques me permettaient seulement d'en reconnaître quelques-uns.

« Ils poussent, dit Dancelot. Là, ce buisson qui paraît être en métal rouillé était, à ma dernière visite, deux fois moins gros qu'aujourd'hui. »

Beaucoup de ces cristaux ressemblaient à des plantes aéricoles aux tiges tordues, aux feuillages emplumés et aux rameaux hirsutes. Ils poussaient dans des pierres grises et entre des fentes de rochers, comme des inflorescences, de la mauvaise herbe ou des légumes sauvages. J'aperçus un bloc de quartz que l'on aurait pu confondre avec le chou-fleur bleu bien-aimé de Dancelot s'il n'avait pas été dix fois plus gros.

« **Le chou-fleur est donc une fleur accidentée dans sa propre graisse avant l'éclosion**, cita Dancelot, **ou plus précisément une multitude accidentée de fleurs, une ombelle paniculée qui a mal**

tourné… Les quelques bourgeons qui ont résisté bleuissent, gonflent et produisent des graines », ajouta-t-il avant que nous reprenions en chœur :

« Cette vaillante petite troupe de justes et de fidèles à la nature sauve la corporation du chou-fleur. »

Nous poussâmes un soupir. Ce jardin souterrain aurait énormément plu à mon parrain.

Gofid et Dancelot étaient d'excellents lance-flammes. Ils n'arrêtaient pas d'envoyer leurs flambeaux en l'air, et ce flamboiement révélait à chaque fois un spectacle d'une splendeur à vous couper le souffle : des plafonds de cristal transparent, de manganèse rouge ardent ou de pyrite aux reflets métalliques, parsemés de fleurs de verre de toutes les couleurs. Sous nos pas foisonnait un quartz blanc aux formes rondes et plates d'où émergeaient de longs cristaux noirs – comme si l'on traversait un paysage de neige planté d'arbres calcinés.

« Tous les minéraux de Zamonie réunis dans la Forêt de cristal déploient le spectre de leur beauté dans un lieu unique, dit Golgo. C'est à croire qu'il y a derrière ça une intention esthétique. »

On emprunta un étroit couloir rempli d'une lumière rouge instable. Il faisait si chaud qu'on avait l'impression de se trouver près d'un four à pain. J'entendais un gargouillement menaçant.

« Nous allons entrer dans la Cuisine du Diable, annonça Golgo. Fais attention où tu mets les pieds, car si tu trébuches et que tu tombes dans cette soupe bouillante, plus personne ne pourra t'aider. »

La Cuisine du Diable était une grotte de taille moyenne, mais au contenu saisissant. Il y avait au centre un cratère volcanique grand comme une mare qui crachait sans cesse une lave incandescente en direction du plafond.

Nous nous arrêtâmes sur le bord supérieur de ce petit volcan souterrain. En bas, des dizaines de Rongelivres étaient assis autour du trou. À proximité du feu liquide, ils transpiraient abondamment, gémissaient et haletaient sous la chaleur intense, tout en regardant bouche bée ce spectacle de la nature.

« Pourquoi font-ils ça ? demandai-je, amusé. Pourquoi s'approchent-ils si près de la lave ?

– Ils viennent ici pour se détendre, dit Golgo. La chaleur débarrasse le corps de ses toxines. Quand tu as fixé la lave un moment, ton cerveau se transforme en sauce blanche. Tu ne penses plus à rien. Ça repose des activités intellectuelles.

– Pour ça, *toi*, tu n'as pas besoin de bigler la lave, murmura Gofid la main sur la bouche pour que Golgo ne puisse l'entendre. Tu as toujours eu le cerveau comme de la sauce blanche !...

– Qu'est-ce que tu as dit ? s'informa Golgo.

– Rien », répondit hâtivement Gofid.

Nous quittâmes la Cuisine du Diable par un autre chemin qui nous mena à un lac d'ambre refroidi. Des milliers d'insectes préhistoriques y étaient incrustés. La plupart d'entre eux étaient plus grands que moi et leur aspect était effroyable au point de faire fuir une Tiqxxxxe. Pour la première fois, je me sentis légèrement mal à l'aise.

« Oui, dit Golgo, cette partie de la forêt est un peu inquiétante. On pense qu'un fleuve de résine bouillante a coulé par ici, peut-être au cours d'une éruption volcanique. Tu vois ces arbres pétrifiés, en face ? »

Il y avait au-delà du lac d'ambre un bois de troncs gris pétrifiés qui semblaient s'enfoncer dans le ciel noir. Menaçants, ces géants de pierre paraissaient attendre un ordre secret pour sortir de leur rigidité.

« Il y a longtemps que nous ne pénétrons plus dans ce secteur de la forêt, précisa Gofid. Nous ne nous y sentons pas en sûreté. Des Rongelivres y ont disparu. On y entend parfois des bruits… des sortes de chants. Mais de mauvais chants. Il y pousse des champignons gigantesques et très laids, avec des chapeaux pointus qui sentent mauvais. Nous évitons cet endroit. »

Je poursuivis mon chemin sur la pointe des pieds. Désormais, je contemplais cette splendeur souterraine avec des sentiments mêlés. Sous moi, des inclusions d'insectes préhistoriques ; derrière, la menaçante forêt pétrifiée… Pendant quelques agréables instants, j'avais oublié que je me trouvais toujours dans les dangereuses catacombes de Bouquinbourg, mais de nouveau j'étais déstabilisé. Ici, au détour de chaque objet, un danger mortel pouvait se tenir aux aguets. Les Rongelivres s'étaient adaptés à cette situation parce qu'ils n'avaient pas d'autre solution. Pour ma part, il me serait impossible de m'y habituer. Après avoir marché au fond d'une gorge, ils m'emmenèrent dans une autre grotte. Gofid et Dancelot expédièrent leurs flambeaux dans les airs. Cette cavité n'était ni grise ni haute, mais anguleuse et de taille moyenne.

« Nous sommes dans la partie de la forêt où nous voulions te montrer quelque chose, dit Golgo.

– Je ne vois rien de particulier, répondis-je.

– Tais-toi ! chuchota Gofid.

– Tais-toi et attends ! susurra Dancelot.

– Chut ! » fit Golgo.

Je patientai en silence. Rien ne se passait. Nous restions là dans la lumière inconstante des flambeaux. Je commençais à me demander si je n'étais pas une fois de plus la victime de l'étrange humour rongelivresque, quand j'entendis une voix.

« **Ohé** ! cria quelqu'un.

– Ohé ! répliquai-je mécaniquement, tout en me demandant qui avait crié.

– Personne, chuchota Golgo qui semblait lire dans mes pensées comme dans un livre ouvert. C'est le Cabinet des échos prisonniers.

– **Ohé** ! » cria encore quelqu'un, et un écho répondit en faiblissant peu à peu :

« **Ohé… Ohé… Ohé…**

– **Ah** ! soupira une autre voix. **Ah… Ah… Ah… !**

– **Au secours !** cria quelqu'un si fort que je sursautai. **Au secours… Au secours… Au secours !**

– Nous ne pouvons pas t'expliquer clairement ce qui se passe, murmura Golgo, les échos sont entrés dans cette grotte on ne sait comment et n'arrivent plus à en sortir.

– Ils sont prisonniers, dit Gofid.

– Pour l'éternité, compléta Dancelot. Tu ne trouves pas ça triste ?

– C'est comme ça depuis que nous avons découvert cette salle, dit Golgo. Toujours les mêmes voix, les mêmes phrases, les mêmes soupirs, mais de temps à autre il y en a de nouveaux. Ce sont probablement les voix de gens qui se sont égarés dans le labyrinthe. Elles entrent ici par des craquelures de la pierre et n'en ressortent jamais.

– **Il y a quelqu'un ?** cria une voix. **Il y a quelqu'un ?… Il y a quelqu'un ?… Il y a quelqu'un ?**

– **Où suis-je ? Où suis-je ? Où suis-je ? Où suis-je ?**

– **Je ne veux pas mourir ! Je ne veux pas mourir !… Je ne veux pas mourir !… Je ne veux pas mourir !**

– **Pourquoi personne ne m'aide ? Pourquoi personne**

ne m'aide ?... Pourquoi personne ne m'aide ?... Pourquoi personne ne m'aide ?

– Je meurs ! Je meurs !... Je meurs !... Je meurs ! »

J'étais de plus en plus mal à l'aise. Ces voix étaient tellement désespérées. Elles me rappelaient trop la mienne quand j'errais dans le labyrinthe. J'entendais des gens perdus, des agonisants, des êtres sans doute morts depuis longtemps.

« Il y a quelqu'un ? Il y a quelqu'un ?... Il y a quelqu'un ?

– Où suis-je ? Où suis-je ?... Où suis-je ?... Où suis-je ?

– Je ne veux pas mourir... Je ne veux pas mourir... Je ne veux pas mourir. »

Les voix se multipliaient. Les plaintes se faisaient de plus en plus insistantes. Les échos se mêlaient, devenaient des cris puis des murmures, des spectres invisibles qui m'encerclaient, pénétraient dans mes oreilles, dans mon cerveau.

« Pourquoi personne ne m'aide ? Pourquoi personne ne m'aide ? Où suis-je ? Où suis-je ?... Je ne veux pas mourir ! Je ne veux pas mourir !... Ah ! Ah ! Ah ! Pourquoi personne ne m'aide ? Au secours ! Au secours ! Au secours ! Où suis-je ? Où suis-je ?... Où suis-je ?... Où suis-je... ? Il y a quelqu'un ?... Il y a quelqu'un ?... Il y a quelqu'un ? Ah ! Ah ! Ah ! Où suis-je ?... Où suis-je ?... Où suis-je ?... Où suis-je ? Pourquoi personne ne m'aide ?... Pourquoi personne ne m'aide ? Ah !... Ah !... Ah... ! »

Mais soudain une nouvelle voix se fit entendre dans le chœur des échos. C'était un cri strident, un cri d'effroi, plus désespéré que tous les autres et qui se composait de quatre mots :

« Le roi des Ombres !... Le roi des Ombres !... Le roi des Ombres !... Le roi des Ombres ! »

Il y avait tant de peur dans cet écho que, moi aussi, je faillis crier. Il résonnait sans cesse à travers la grotte et finit par se mêler aux autres, par se joindre à la danse cruelle des voix qui tourbillonnaient autour de moi.

« **Le roi des Ombres !... Le roi des Ombres !... Le roi des Ombres !... Le roi des Ombres ! Pourquoi personne ne m'aide ?... Pourquoi personne ne m'aide ? Où suis-je ? Où suis-je ? Le roi des Ombres ! Ah ! Je ne veux pas mourir... Je ne veux pas mourir ! Pourquoi personne ne m'aide ?... Pourquoi personne ne m'aide ?... personne ?... personne ? Le roi des Ombres ! Où suis-je ?... Où suis-je ?... Où suis-je ?... Où suis-je... ? Il y a quelqu'un ?... Il y a quelqu'un ? Le roi des Ombres !** »

Les échos entraient dans mon cerveau comme des coups d'aiguilles glacées, toujours plus profondément, plus douloureusement. Je finis par lever les bras pour me protéger la tête et, pris de panique, je sortis en courant de la grotte. Golgo, Gofid et Dancelot me suivirent en courant.

Dès que j'eus franchi le seuil de la caverne, les voix disparurent, mais je continuai ma course en remuant les bras comme si je combattais un essaim d'abeilles invisibles. Les trois Rongelivres me rattrapèrent, m'arrêtèrent, m'entourèrent et essayèrent de me rassurer.

« Ces échos ne font pas partie de notre monde. Ils se sont fait piéger, dit Golgo pour s'excuser. Nous les écoutons de temps en temps afin de nous persuader que, pour nous, tout va bien.

– Nous voulions seulement te montrer ce qui t'attend à l'extérieur de notre territoire, ajouta Gofid.

– Un jour, l'envie te prendra de nous quitter, dit Dancelot à voix basse. Et peut-être que tu te souviendras du désespoir exprimé par les voix du Cabinet des échos prisonniers.

– Merci beaucoup, répliquai-je toujours haletant. Je ne suis pas près de les oublier.

– Tu peux te calmer, fit Golgo. Nous retournons à la partie agréable de notre visite guidée.

– Voudrais-tu voir un trésor ? demanda Gofid. Le plus gros trésor des catacombes ? »

L'Étoile des catacombes

Ce qui avait commencé comme une excursion dans le monde supérieur semblait se poursuivre dans les ténèbres souterraines. Nous étions descendus dans un secteur de la forêt où il n'y avait presque plus de beautés cristallines mais seulement du charbon. Après bien des méandres, nous entrâmes dans une galerie au sol plat qu'éclairaient des chandeliers pendus au plafond. Quelques Rongelivres couverts d'une suie uniforme croisèrent notre chemin. Ils portaient des pics ou d'autres outils de mineurs, ou poussaient des chariots remplis de blocs d'anthracite. Était-ce une mine ? Il est évident que les Rongelivres devaient considérer ce minerai comme un matériau inestimable : c'était leur source de chaleur et de lumière. À cet instant, un Rongelivre arriva : dans son chariot, il y avait, outre du charbon, un diamant brut de la taille d'une citrouille.

Golgo, Gofid et Dancelot ne lui accordèrent aucune attention. J'étais le seul à les regarder avec étonnement, lui et son trésor, jusqu'à ce qu'il eût tourné au prochain coude du couloir.

Je pouvais m'être trompé. Ce n'était peut-être pas un diamant, mais un morceau de cristal sans valeur, un bloc de quartz : je ne m'y connaissais pas assez. Mais déjà un autre Rongelivre venait à notre rencontre. Il y avait dans sa brouette un vrai diamant, taillé à la perfection : je suis capable de distinguer un gemme taillé d'un cristal de roche. Il était aussi gros que le premier, voire plus.

« Vous avez vu ça ? dis-je. Le diamant ?

– Hum, fit Gofid. Bien sûr.

– Je… il était gros comme une citrouille.

– Oui, répliqua Golgo. Celui-là est assez petit. »

J'étais tellement estomaqué que je m'abstins de poser d'autres questions. Plusieurs Rongelivres s'avançaient vers nous. Ils traînaient des corbeilles pleines à ras bords de diamants gros comme le poing, mais là encore Golgo, Gofid et Dancelot ne s'en émurent guère.

Au tournant suivant, la galerie s'éclaira. Apparemment à la lumière de quelques bougies. Des voix murmuraient, bourdonnaient. On taillait. On frappait. Ce que je vis me coupa le souffle. Nous étions dans une longue caverne au plafond d'une hauteur moyenne et dont les parois charbonneuses étaient recouvertes de milliers, peut-être de millions de pierres étincelantes. Une bonne centaine de Rongelivres couraient dans tous les sens et étaient occupés à de multiples travaux. Tous chantonnaient en chœur une mélodie entraînante.

« C'est notre jardin diamantaire, dit Golgo. Il n'est pas aussi diversifié que la Forêt de cristal, mais la plante que l'on y récolte a nettement plus de valeur. »

Je ne savais plus quoi dire. J'avais toujours cru être indifférent aux richesses terrestres, mais la vue de la salle du trésor rongelivresque me laissait sans voix.

« Nous avons découvert cette caverne il y a déjà longtemps, dit Golgo. À l'époque, elle était beaucoup plus petite. Elle doit avoir été creusée par les Gnomes rubigineux. Depuis nous n'arrêtons pas de l'agrandir et de trouver des gisements de plus en plus importants. Descendons ! »

Nous empruntâmes un escalier taillé dans le charbon. Bouche bée, je regardais autour de moi. Il y avait des diamants de toutes les dimensions, dans des états différents : bruts, à moitié dégrossis ou terminés, de la grosseur d'un petit pois, d'une pomme ou d'un potiron – ceux que Golgo avait trouvés petits. Et partout il y en avait des centaines, plus volumineux encore : de la taille d'un être vivant ou d'un tonneau. On aurait cru des blocs de rocher. Ceux qui étaient déjà travaillés scintillaient dans la lumière dansante d'innombrables bougies et lançaient des reflets multicolores sur les parois de la salle. Au fond, il en brillait un qui était sûrement aussi grand qu'une maison.

Les Rongelivres s'activaient en tous sens entre ces minéraux. Ils donnaient des coups de pic, extrayaient des pierres et emportaient de pleines corbeilles de charbon. Quelques-uns étaient assis devant des établis sur lesquels, munis de minuscules marteaux, ils partageaient les gemmes ou les travaillaient avec des instruments abrasifs. Certains en examinaient la pureté avec de grosses loupes. D'autres entassaient des diamants bruts ou les transportaient dans des brouettes.

« En fait, le charbon a pour nous bien plus de valeur, dit Gofid pendant que nous flânions au milieu de cette grande activité. Avec la houille, nous pouvons au moins nous chauffer. Les cailloux, eux, nous donnent seulement du travail.

– Nous pourrions nous contenter de les entasser, dit Dancelot qui venait de ramasser une pierre taillée, grosse comme un pamplemousse et qu'il tenait devant la flamme d'une bougie. Mais nous en sommes amoureux. Ils ont quelque chose… d'irrésistible. C'est un plaisir de les travailler. Ils apportent de la lumière dans nos ténèbres. C'est une lumière froide, inutile, et nous avons besoin de bougies pour les extraire. Mais c'est beau. »

Le Rongelivre tourna lentement la pierre devant la chandelle et de minuscules taches lumineuses se répandirent sur son visage.

« Nous les taillons jusqu'à ce qu'ils soient parfaits, puis nous les cachons dans le labyrinthe, dit Gofid en fouillant avec volupté dans une corbeille remplie de minuscules éclats. Nous avons aménagé des centaines de salles secrètes. Chacune d'elles ferait envie au roi le plus puissant.

– Nous nous comportons comme des poules qui essayent de couver des cailloux, dit Golgo en riant. Ces diamants ne nous sont d'aucune utilité pratique. Nous sommes les êtres les plus riches des catacombes, mais ça ne nous sert à rien. »

Entre-temps, j'avais recouvré la parole et mes facultés de pensée, mais aucune question ne me venait à l'esprit. J'avais du mal à résister à l'envie de me jeter sur ces montagnes de diamants et d'y fouiller comme un stupide pirate.

« Je dois avouer que nous gaspillons quelque peu ce matériau, dit Gofid. Nous en avons tellement que nous pouvons le travailler avec une extrême générosité. Nous pouvons en tirer toutes les formes possibles. »

Les Rongelivres semblaient pratiquer l'extraction diamantaire sans prétention marchande ; c'était plutôt un jeu. Nombre de pierres précieuses n'étaient qu'à moitié dégagées ou polies. D'autres étaient partagées en deux ou brisées en mille éclats. Il y avait partout des tas de fine poussière scintillante. Ce n'était pas une mine mais plutôt un atelier de sculpteur.

Des sculptures se dressaient dans tous les coins, les unes taillées dans un gros bloc, d'autres constituées d'un assemblage de petites pierres. Les Rongelivres avaient parfois représenté certaines réalités de leur univers souterrain, par exemple, un scorpion en cristal étonnamment vivant ou des plantes que j'avais aperçues dans la forêt minérale. D'autres étaient abstraites et rigoureusement géométriques. À l'évidence, les Rongelivres avaient développé des talents de joailliers. Je ne pus m'empêcher de rire en découvrant une effigie grandeur nature d'un Rongelivre.

« C'est le Rongelivre diamantin, dit Golgo. D'habitude, nous ne sommes pas portés sur l'autoportrait sauf quand il sert à la dissuasion. Mais dans ce cas précis, nous n'avons pas pu résister. Viens ! Nous allons te montrer l'Étoile des catacombes. »

Nous nous dirigeâmes alors vers le diamant géant que j'avais entraperçu à l'autre bout de la grotte. Plus on s'en approchait, plus il me semblait irréel et imaginaire. Placé derrière cet objet de la taille d'une maison, un Rongelivre agitait un flambeau : je les voyais, lui et sa flamme, centuplés sur toutes les faces de cette splendeur. La pierre renvoyait un spectre incroyable de couleurs et mouchetait les alentours de reflets polychromes. Je finis par détourner les yeux, aveuglé par cet éclat.

« C'est le plus gros de tous, dit Golgo. L'Étoile des catacombes. »

J'avais grandi avec la légende qui disait qu'un diamant, gros comme une maison, était caché au cœur de la citadelle des Dragons. Ce mythe maudit avait provoqué de nombreux sièges de notre forteresse, car les barbares sans cervelle ne parvenaient pas à s'enlever cette idée de la tête. Aucun dragon n'y croyait, mais, enfant, je n'avais cessé d'imaginer cette pierre endormie dans sa gangue – et, dans mes rêves enfantins, elle avait exactement l'aspect de l'Étoile des catacombes. C'était comme si je visitais un lieu de mon enfance.

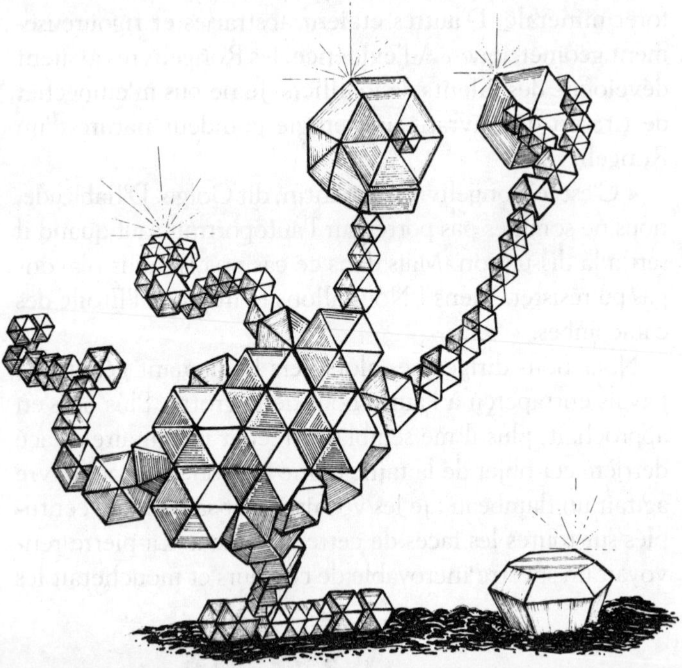

« Voilà, dit Golgo, maintenant tu as tout vu : la Forêt de cristal, la Cuisine du Diable, le Cabinet des échos prisonniers, le Jardin des diamants, l'Étoile des catacombes. Nous allons retourner à la Grotte de cuir. »

Je me frottai les yeux comme si je sortais d'un rêve.

« Il va y avoir une nouvelle téléportation ? demandai-je.

– Nous ne pouvons malheureusement pas y couper, dit Golgo. Personne, en dehors des Rongelivres, n'a le droit de connaître le moyen d'entrer ici. Et dans ton cas, c'est encore plus important : tu es écrivain. Un jour, tu écriras sur la Forêt de cristal et le Jardin des diamants. Normal, c'est ton devoir. Nous serions heureux que nos beautés entrent enfin dans la littérature zamonienne. À la condition que l'on ne décrive pas le chemin qui y mène.

– Je ne ferai jamais ça.

– Bien sûr que non, dit Golgo en souriant. Mais deux précautions valent mieux qu'une. »

Les trois Rongelivres m'entourèrent et se mirent à ronronner.

Un petit-déjeuner et deux aveux

Quand, téléporté dans la Grotte de cuir, j'eus recouvré mes esprits, nous consacrâmes le reste de la journée à l'Orm. J'ormai, entre autres, Akud Ödreimer (*La nuit paisiblement est venue sur la campagne, et songeuse s'appuie sur le flanc des montagnes*), Eseila Wimpershlaak (*Rafraîchissons le tout avec du sang de babouin, et le charme sera solide et bon*) et Reta del Bratfist (*Les enfants aiment beaucoup la neige, ils y jouent volontiers* – oui, mes amis qui avez beaucoup lu, vous connaissez : del Bratfist et son obsession de la neige[1]).

Le lendemain matin, Golgo, Gofid et Dancelot m'apportèrent de concert mon petit-déjeuner (des vers de livre

---

1. Reta del Bratfist et son obsession de la neige : Taillemythes présuppose ici la connaissance de la poésie des monts de Midgard et de son représentant le plus éminent. On a torturé des générations d'écoliers zamoniens, y compris Taillemythes, avec la poésie givrée de Bratfist où des flocons de neige, des glaçons, des fleurs de givre et des pieds froids jouent un rôle prédominant. Le poète n'ayant jamais quitté ses hautes montagnes n'a pu imaginer un paysage qui ne soit pas couvert de glace et de neiges éternelles. Il est avéré que Reta del Bratfist connaissait deux cent cinquante-huit mots pour désigner la neige.

cuits au four et du thé de racines). Comme ils m'observaient attentivement – je dirais presque qu'ils m'épiaient – pendant que je me restaurais, je leur posai une question :

« Dites-moi : quand *vous* nourrissez-vous et que mangez-vous ? Depuis que je suis ici, je n'ai vu personne avaler quoi que ce soit. »

Les trois Rongelivres toussotèrent d'un air gêné.

« Eh ! les gars, qu'est-ce qui se passe ? C'est quoi ces éternelles cachotteries ? Ces toussotements et ricanements permanents ? Vous me cachez quelque chose ! Il doit y avoir une embrouille dans vos histoires : ne seriez-vous pas en train de me gaver pour me dévorer je ne sais quand ? »

J'avais dit ces mots à moitié en plaisantant, mais à peine prononcée, ma question apparut comme une menace.

Gofid, Golgo et Dancelot se donnaient un mal de chien pour regarder dans trois directions divergentes.

« Allez ! De quoi vivez-vous ?

– Vivre, livre – livre, vivre : quelle différence y a-t-il ? répondit Golgo d'un air mystérieux. Une simple consonne, non ?

– Qu'est-ce que tu veux dire par là ? »

Dancelot lui donna une bourrade.

« Va, dis-le-lui ! »

Honteux, Golgo baissa les yeux.

« C'est désagréable à reconnaître, fit-il doucement. Mais il y a quelque chose de vrai dans les rumeurs que les chasseurs de livres répandent sur nous au sujet de nos habitudes alimentaires.

– Vous mangez tout ce que vous trouvez sur votre chemin ? demandai-je en reposant l'assiette pleine de vers.

– Non, il s'agit de l'autre rumeur. »

Je réfléchis un instant.

« Celle qui veut que vous mangiez des livres ?

– Exactement.

– Vous… les dévorez ?

– Non. Si. Enfin. Pas vraiment. Comment dire… »

Golgo luttait pour trouver les mots. Gofid vola à son secours.

« Nous ne les mangeons pas réellement. Pas dans le sens où nous grignoterions du papier comme un ver de livre. C'est simplement que nous nous gavons de lecture.

– Comment ?

– On a un peu de mal à avouer qu'une chose spirituelle comme la lecture s'accompagne d'un acte aussi profane que la digestion, précisa Golgo. Mais c'est comme ça ! Nous nous nourrissons de lecture !

– Je ne peux pas vous croire ! dis-je en riant. C'est encore une de vos plaisanteries, n'est-ce pas ?

– À propos de lecture, nous ne plaisantons jamais, dit Gofid le plus sérieusement du monde.

– Je n'ai jamais rien entendu de plus délirant ! Et ces derniers temps, je suis gâté question folie. Comment ça fonctionne ?

– Nous n'en savons rien non plus, dit Golgo. Nous sommes des Rongelivres, pas des scientifiques. Mais je peux t'assurer que ça *fonctionne*. Chez moi, un peu *trop* d'ailleurs. »

La mine soucieuse, il passa la main sur ses bourrelets de graisse.

« *Moi*, je peux lire tout ce que je veux, ça ne me fait pas grossir », remarqua Dancelot.

Golgo le fusilla du regard.

« Comme je déteste ces êtres longilignes qui peuvent ingurgiter ce qu'ils veulent sans prendre un gramme ! Hier, il a lu trois gros romans baroques – trois ! – et regarde-le !

Il a une ligne d'anguille ! Quand je fais ça, il me faut jeûner pendant plusieurs semaines.

– Les livres ont des valeurs nutritives différentes ? demandai-je.

– Bien sûr, il faut faire très attention à ce qu'on lit. Les romans sont copieux, il faut y prendre garde. Je suis actuellement un régime très strict question poésie. Trois poèmes par jour, pas plus, gémit Golgo.

– *Un régime très strict question poésie !* se moqua Gofid. Tu as commencé ce matin !

– Nous n'avons besoin que d'eau et d'air confiné, dit Dancelot. Sinon, la lecture nous suffit. Nous essayons toujours de comprendre quels livres ont la meilleure valeur nutritive.

– Les classiques ! trancha Golgo.

– Ce n'est pas encore établi ! reprit Gofid pour le contredire. J'ai dévoré pendant des années de la poésie avant-gardiste des monts Écaillés, et j'étais en pleine forme.

– C'est trop beau pour être vrai, commenta Dancelot. Nous sommes les seuls dans les catacombes à ne pas être soumis au cercle infernal du mangeur et du mangé, du chasseur et du chassé. Des textes à lire, il y en a suffisamment.

– Beaucoup trop ! gémit Golgo. Beaucoup trop !

– Je pense parfois que nous sommes les seuls à vraiment profiter de la littérature, glousssa Gofid. Les autres ne font que travailler avec les livres. Ils doivent les écrire. Lire. Éditer. Imprimer. Vendre. Brader. Étudier. Recenser. Travailler, travailler, travailler. Nous, par contre, nous n'avons qu'une chose à faire : lire. Bouquiner. Y prendre du plaisir. Avaler un livre – ça, nous savons faire. Et nous rassasier. Je ne voudrais pas échanger ma place avec celle d'un écrivain. »

L'œil de Golgo se mit à briller.

« On commence, par exemple, avec quelques aphorismes faciles d'Orca de Wils. Puis on s'approprie un sonnet, disons de Wimpershlaak, ils ont tous bon goût. Et pour finir une nouvelle maigre et quelques histoires courtes. Finalement, on arrive au plat principal : un roman de… par exemple, Balono de Zacher, tu sais, un bouquin papier bible de trois mille pages bien épais, avec toutes ses notes délicates de bas de page ! Puis en dessert…

– Maintenant, ressaisis-toi ! s'écria Dancelot. Tu as commencé ton régime ce matin et déjà tu disjonctes. »

Golgo se tut. Un filet de salive lui coula au coin des lèvres.

Toutes les questions possibles me vinrent à l'esprit :

« Peut-on lire le même livre deux f… ?

– Quand on l'a complètement assimilé, oui. On peut dévorer sans cesse le même bouquin.

– Qu'est-ce qui est le meilleur ? La poésie ou la prose ?

– C'est une question de goût.

– Y a-t-il des lectures difficiles à digérer ?

– Les romans d'épouvante provoquent des cauchemars. À la longue, la littérature populaire n'apaise plus la faim. Les récits d'aventures fatiguent le système nerveux.

– Les écrivains au large vocabulaire rassasient-ils plus que les autres ?

– De toute évidence.

– Et les ouvrages spécialisés ?

– On les consomme plutôt entre deux repas.

– Et les livres de cuisine ?

– Tu te fiches de nous ?

– Qu'est-ce que tu penses des pamphlets ?

– Ils laissent un arrière-goût désagréable. »

J'aurais pu continuer pendant des heures à les interroger,

mais les Rongelivres me suggérèrent de m'arrêter. Ce jour-là, l'ormage devait avoir lieu dès le matin, ce qui m'allait fort bien car je commençais à m'ennuyer et je voulais en finir le plus tôt possible avec cette affaire.

Sur le chemin de la Grotte de cuir, je repensai à une idée qui m'était venue la veille, juste avant de m'endormir. J'hésitai un instant à en parler à Golgo. Puis je pris mon courage à deux mains.

« Dis-moi, Golgo, j'ai réfléchi à un truc…

– Hein ?

– Ça concerne la téléportation. Est-ce qu'éventuellement vous seriez capables de me téléporter à la surface de Bouquinbourg ?

– Euh… non ! répondit Golgo. C'est impossible.

– Pourquoi donc ? Est-ce en rapport avec le fait que là-haut vous avez trop d'air ?

– Oui, dit Golgo sans bien savoir que répondre. Entre autres.

– Et si vous me déposiez un peu plus haut sous la surface de la Terre ? À un endroit où vous pourriez encore respirer ?

– Euh… fit Golgo désemparé.

– Nous devrions le lui expliquer, intervint Dancelot. Puisqu'on est en train de tout déballer.

– Oui, renchérit Gofid. À quoi bon ? Dis-le-lui.

– Bon, d'accord, concéda Golgo. Écoute : on t'a fait un peu marcher. On ne sait pas téléporter.

– Vous ne savez pas ?

– Non, malheureusement.

– Et comment suis-je arrivé dans la Grotte de cuir ? Comment suis-je allé dans la Forêt de cristal et comment en suis-je revenu ?

– Comme tout le monde : à pied. »

Voilà qui, au moins, expliquait mes courbatures. Après chaque téléportation, j'avais eu mal aux jambes comme après une longue marche.

« Et pourquoi est-ce que je ne me souviens de rien ?

– Parce que nous t'avons hypnotisé – c'est tout ce que nous savons faire. Mais dans ce domaine, nous sommes des as.

– Vous savez hypnotiser ?

– Et comment ! Nous sommes des maîtres hypnotiseurs.

– Les meilleurs », ajouta Dancelot.

Gofid me fixa en ouvrant grand son œil.

« Regarde-moi droit dans l'œil... Regarde-moi droit dans... ! » murmura-t-il.

Golgo le repoussa sur le côté.

« Arrête tes idioties ! Oui, nous sommes de vrais coryphées dans le domaine de la manipulation de l'esprit. C'est d'ailleurs une des raisons qui font qu'aucun chasseur de livres n'ose s'aventurer par ici.

– Je ne vois pas le rapport.

– De temps à autre, nous en guettons un dans le labyrinthe, ricana Gofid. Puis nous l'hypnotisons comme il faut. Je te le dis : après, il croit véritablement avoir échappé à des Rongelivres de trois mètres de haut avec des dents tranchantes comme des rasoirs. Et il répand la légende parmi ses collègues avec force crédulité. C'est ainsi que la plupart des mythes sur les Rongelivres sont nés : nous les avons créés.

– Vous savez tous faire ça ?

– Il faut être plusieurs pour y arriver, dit Dancelot. C'est un pouvoir collectif. Nous devons être au moins trois. Plus nous sommes nombreux, mieux c'est. Les Rongelivres réunis pourraient hypnotiser une armée entière.

– Ça marche sur tout le monde ?

– Nous pouvons hypnotiser tout être capable de rêver, précisa Golgo. Nous avons déjà endormi un ver de lave. J'ignore à quoi rêvent ces bêtes, mais, par ce fait, il est *prouvé* qu'elles le font.

– Il ne s'agit pas ici d'une petite hypnose de fête foraine, ajouta Gofid, mais d'une manipulation spirituelle raffinée. Nous pourrions te transformer en n'importe quel être vivant. Du moins, croirais-tu être cette créature. Ou en plante. Ou en cristal. Nous pourrions faire de toi l'Étoile des catacombes, si nous le voulions.

– Vraiment ?

– Tu as envie d'essayer ? demanda Golgo en souriant. Hein ? »

Le Murch et le ver

Quelques instants plus tard, nous étions de nouveau dans la Grotte de cuir. Golgo avait informé les Rongelivres au complet que l'ormage était repoussé au profit d'une séance collective d'hypnose.

Contemplant la communauté impatiente qui m'entourait, j'éprouvai un peu d'appréhension, mais il n'y avait plus de retour possible. L'annonce les avait excités : ils se réjouissaient et jacassaient à qui mieux mieux. Apparemment, ils se demandaient en quoi on allait me transformer, car des noms d'animaux circulaient dans la salle.

« En quelle bête dois-je m'imaginer ? demandai-je à Golgo avec anxiété.

– Je ne peux pas te le dire. Sinon ça ne fonctionnerait pas. Tu te crisperais et tu bloquerais l'hypnose. La conscience que tu *vas* être hypnotisé rend déjà la chose assez difficile. Laisse-toi simplement surprendre ! »

Magnifique ! Je me maudis d'avoir posé ma question et je sentis que j'avais encore plus peur. Comme j'aurais préféré ormer à cet instant !

« À mon commandement ! » s'écria Golgo.

Les Rongelivres se turent. Tous leurs yeux se tournèrent vers moi, et ils se mirent à ronronner.

J'attendis.

Ils continuèrent à ronronner.

J'attendis encore.

Ils ronronnaient.

Il ne se passait rien. La musique des trombonettes était franchement plus efficace ! Je ne sentais rien. Rien du tout. Je n'étais même pas fatigué. Ils étaient peut-être trop d'un seul coup. Ou ils ne pouvaient pas m'hypnotiser parce que cette fois j'étais concentré. C'était ça : ils n'y arrivaient pas parce que je ne le voulais pas ! Je n'étais pas hypnotisable. J'étais un Murch[1] énergique et inhypnotisable.

1. En Zamonie, tout le monde sait ce qu'est un Murch, depuis le roman de Gofid Letterkerl, *Zanilla et le Murch*. Taillemythes a donc fait ici l'économie

Oui, j'étais un superbe Murch, un Murch à la saison des amours. Je me mis sur-le-champ à gonfler mes joues et à murcher à tue-tête pour faire connaître mes revendications territoriales et attirer l'attention des femelles murches. Je marchais en me dandinant et montrais mes joues majestueusement bombées aux Rongelivres pour qu'ils restent à l'écart : le Murch était dans son espace réservé ! Je hérissais mes plumes et murchais avec ardeur. J'étais pénétré de ma murchité.

J'essayais d'ignorer les rires hystériques des Rongelivres : ces créatures ne m'intéressaient pas. Mais où étaient les femelles murches ? Je murchais de si bon cœur que j'étais incapable de m'imaginer qu'elles n'entendaient pas mes appels irrésistibles.

Le ronronnement des Rongelivres s'intensifia et je me rendis compte qu'en fait j'étais un ver. Un ver de livre, évidemment ! Pourquoi murcher ici ? Aussitôt je me traînai sur le ventre dans la poussière devant les Rongelivres et traversai les lieux sans me soucier des rires et des ricanements. J'étais en mission. Le comportement irrationnel d'autres créatures ne pouvait m'empêcher d'atteindre mon but. J'étais à la recherche d'un livre.

---

d'une description de cet animal désopilant. Un Murch est une créature très rare, vivant essentiellement dans les régions marécageuses, que l'on peut décrire avec quelque précision en disant qu'il s'agit du croisement d'un canard et d'une grenouille. Du canard, il a le bec et le plumage duveteux ; de la grenouille, les pattes à ressort et les joues ballonnées. Le bruit imposant que le Murch émet – on dit qu'il murche – mêle le nasillement du canard et le coassement de la grenouille.

Ramper, ramper, j'avais trouvé ma vocation, ramper jusqu'à trouver un livre. Ces imbéciles de Rongelivres pouvaient se taper sur les cuisses, je n'y faisais pas attention. Ramper en zigzag dans la poussière jusqu'à… là : un livre ! J'avais découvert un livre, l'ennemi naturel du ver de livre et son principal aliment ! Il fallait le détruire à l'instant : c'était ma mission ! Je me précipitai avec voracité sur ce vieux bouquin. Il avait un léger goût de moisi, mais avec ma gueule de ver impitoyable, je le déchirai en lambeaux et les mastiquai jusqu'à leur digestion complète.

J'étais maintenant repu et extrêmement heureux. J'avais rempli ma mission. Et après ? Que faire ? Je ne réfléchis pas longtemps : j'allais pondre quelques œufs. Oui, c'était ce que j'allais faire.

Le Brochet dans le banc de truites

À partir de là, une nouvelle vie commença pour moi, mes fidèles amis. Les Rongelivres m'avaient accueilli dans leur communauté et ils semblaient s'être fixé pour tâche de me faire oublier ma vie passée. De détruire mon rêve de retourner un jour à la surface de Bouquinbourg, en m'impliquant dans leurs multiples activités. En raison de nos différences physiques, j'avais certes l'impression d'être un brochet au milieu d'un banc de truites, mais au fil des jours et des semaines, ce sentiment d'altérité s'estompa. J'étais surtout heureux de m'être débarrassé de mes angoisses : j'étais en sécurité. Ici, je me sentais protégé par un rempart d'amis, dans un monde de bien-être rempli de livres et de merveilles naturelles qui attendaient d'être explorées. Bien sûr, je n'avais pas tout à fait réprimé mon envie de remonter à la surface, mais je repoussais momentanément cette intention. Je voulais utiliser le temps qui m'était donné pour reprendre des forces. Je considérais mon séjour chez les Rongelivres comme une expédition sur le territoire d'un peuple sauvage, l'occasion d'une recherche approfondie en vue du livre que je voulais, un jour, écrire.

J'étais entouré d'une bibliothèque vivante. En disant cela, je ne pense pas aux étranges livres biblalchimistes avec des yeux et des oreilles, dans la machine de la Grotte de cuir, mais aux Rongelivres eux-mêmes qui étaient sans cesse autour de moi et récitaient, sans s'arrêter, des œuvres apprises par cœur.

Partout où j'allais, je nageais dans la littérature : un ou plusieurs Rongelivres me tenaient des discours, me submergeaient de vers ou de prose, me lisaient des essais ou des nouvelles, des aphorismes ou des sonnets. Ce qui, à la longue, peut sembler assommant et user les tympans ou les nerfs était pour moi un joli rêve, car leur manière de réciter leurs textes était d'une extrême qualité. Probablement meilleure que celle des maîtres lecteurs à l'heure de la bûche, car les Rongelivres n'étaient pas seulement des récitants professionnels, ils *vivaient* leur littérature. En dépit de leurs limites physiques, les capacités gestuelles et mimiques de ces petits cyclopes étaient énormes, et ils avaient une diction aussi bien formée que celle des meilleurs acteurs de théâtre. Je me demande si celui qui n'a jamais fait cette expérience peut comprendre ce que c'est qu'étudier la littérature quand elle a cette vitalité et cette cohérence.

Après Golgo, Gofid, Dancelot, je fis plus ample connaissance avec d'autres Rongelivres. Je recherchai en particulier la compagnie de ceux dont l'œuvre m'intéressait durablement.

Perla la Gadéon, par exemple, se révéla sous son vrai jour : un contemporain d'un commerce agréable, quoique parfois mélancolique, qui m'apporta toutes sortes d'informations sur la création poétique et plus encore sur l'élaboration de courtes histoires hérissantes. Balono de Zacher avait le long souffle épique nécessaire à l'écriture de gros romans et le cœur solide pour supporter les quantités de café que cela exige. Il me dévoila la technique intellectuelle qui permet de garder en mémoire la distribution des personnages et les lignes d'action de douzaines de romans sans sombrer dans la folie.

Orca de Wils était un causeur spirituel et de bonne compagnie. Il était incapable de dire des choses accessoires ou banales. Chacune de ses phrases était un brillant aphorisme ou un mot d'esprit. Je n'osais presque pas ouvrir la bouche quand je m'entretenais avec lui, car tout ce que j'avais à lui confier me semblait idiot et ennuyeux.

Cependant, je nourrissais une relation privilégiée avec Dancelot dont la récitation me touchait et me faisait penser à mon ancienne ville. Lui, en revanche, se rapprochait de moi pour me questionner sur la citadelle des Dragons ou me demander des détails sur la vie de mon parrain en écriture. Pour les distinguer l'un de l'autre, je pris l'habitude de les désigner sous les noms de Dancelot Ier (mon parrain) et Dancelot II (le Rongelivre). Comme Dancelot II avait la triste certitude qu'il ne fallait plus s'attendre à d'autres publications de Dancelot Ier, il voulait en savoir le plus possible sur lui – même sur la période où mon parrain avait cru être une armoire pleine de lunettes pas nettoyées. Je lui récitai le petit poème qui m'était tombé entre les mains. Il l'ingurgita aussitôt et le déclama :

« Je suis de bois noir et toujours fermée
Depuis qu'une pierre ils m'ont lancée
Mille verres troubles en moi sont rangés
Depuis que ma tête est dérangée
Les cachets ne me font plus d'effet
Je suis une armoire pleine de lunettes pas nettoyées. »

Un jour, je parlai à Dancelot II du manuscrit que je portais toujours sur moi – à cause des turbulences des derniers jours, je l'avais presque oublié. Je le priai de lire cette lettre.

« Mon parrain a été tellement impressionné par ce texte qu'il a cessé d'écrire. À mon avis, il faut que tu le connaisses. »

Je le tendis à Dancelot II.

« Il vaudrait peut-être mieux que je ne le lise pas. Si c'est vrai, il est responsable du fait que je peux seulement apprendre un ouvrage de Tournerimes. Ce n'est sûrement pas un bon texte.

– Jettes-y au moins un coup d'œil. »

Dancelot II soupira et se mit à lire à contrecœur. J'observais chacun de ses mouvements. Au bout de quelques secondes, je parus ne plus exister à ses yeux. Son regard fixait les phrases. Il respirait lourdement. Il remuait les lèvres en silence, ensuite il lut à haute voix. Il y eut un moment où il se mit à rire, d'abord discrètement, puis de plus en plus fort pour finir en criant de manière hystérique tout en se tapant sur les cuisses.

Après qu'il se fut un peu calmé, son œil se remplit de larmes. Il sanglota doucement et, quand il eut atteint la fin du manuscrit, son regard se figea. Plusieurs minutes, il resta assis sans rien dire, jusqu'à ce que j'interrompe le silence.

« Comment tu trouves ça ?

– Prodigieux. Maintenant je comprends pourquoi ton parrain a cessé d'écrire. Je n'ai jamais rien lu de meilleur.

– Sais-tu qui l'a écrit ?

– Non. Si j'avais découvert un jour un pareil texte, je m'en souviendrais.

– Dancelot a envoyé son auteur à Bouquinbourg.

– Celui-ci n'y est donc jamais arrivé. S'il y était parvenu, il serait célèbre. Ce serait le plus grand poète de la Zamonie.

– C'est aussi ce que je crois. Malgré cela, la lettre où mon parrain lui a conseillé d'aller à Bouquinbourg a abouti dans votre Cabinet des merveilles.

– Je sais. Je connais cette lettre par cœur. C'est effectivement une énigme.

– Que probablement je ne résoudrai jamais, soupirai-je. Puis-je récupérer mon manuscrit ? »

Dancelot II le pressa sur sa poitrine.

« Me permets-tu auparavant de l'apprendre par cœur ? implora-t-il.

– Bien sûr.

– Mais laisse-moi une journée, s'il te plaît. Je serais incapable de le relire à l'instant.

– Comment ça ?

– Parce que je crains d'éclater, dit Dancelot en souriant. Je ne me suis jamais senti aussi repu après la lecture d'un texte. »

L'Apprenti écrivain

Par la suite, je montrai mon manuscrit à bien d'autres Rongelivres, avec des résultats semblables : ils étaient tous fascinés, mais ne trouvaient pas qui en était l'auteur. La plupart voulurent apprendre le texte par cœur. Ils étaient prêts à avaler une littérature différente de leur menu habituel, car leur écrivain attitré n'était pas aussi exigeant qu'Ojahnn Golgo Fontheweg.

Je commençais à aimer les Rongelivres comme autrefois mes congénères à la citadelle des Dragons. Peut-être même les aimais-je un peu plus parce que j'étais touché qu'ils m'aient placé au centre de leur existence. Les Rongelivres cherchaient ma présence parce qu'à leurs yeux j'étais un authentique poète, ou quelqu'un de plus intéressant encore : quelqu'un qui voulait devenir écrivain – ils ne connaissaient que trop les auteurs accomplis. Ils saisissaient la chance de contribuer à la formation d'un artiste, d'avoir une influence directe sur son devenir. J'eus tout à coup des centaines de petits parrains borgnes qui, en se sacrifiant, se souciaient de moi. Et, à la manière de mon maître, Dancelot Ier, ils me donnèrent d'infatigables conseils concernant mon travail futur. Des conseils aussi différents qu'ils l'étaient eux-mêmes :

– N'écris jamais un roman en choisissant le point de vue d'un bouton de porte !
– Les mots étrangers sont appelés ainsi parce qu'ils le sont pour la plupart des lecteurs !
– Ne mets pas plus de mots dans une phrase qu'elle ne peut en contenir.
– Si un point est un mur, le deux-points est une ouverture.
– L'adjectif est l'ennemi naturel du nom.
– Si tu écris en état d'ivresse, relis ton texte à jeun avant de le donner à imprimer.
– Plonge ta plume dans le vif-argent et ton style sera fluide.
– Les notes de bas de page sont comme les livres posés sur le rayon du bas.
– Personne ne les regarde, car il faut se pencher.
– Dans une phrase unique, il ne devrait pas y avoir plus d'un million de fourmis, à moins qu'il ne s'agisse d'un ouvrage scientifique sur les fourmis.
– Les sonnets s'écrivent sur du papier à la cuve, les nouvelles sur du papier parchemin.
– Respire profondément toutes les trois phrases.
– On écrit mieux les histoires d'épouvante avec un gant de toilette mouillé sur la nuque.
– Si l'une de tes phrases te rappelle la trompe d'un éléphant qui essaie de ramasser une cacahouète, c'est que tu dois méditer.
– Voler une phrase à un poète est un délit, en voler à plusieurs est une recherche.
– Les gros livres ne sont gros que parce que l'auteur n'a pas eu le temps de faire court.

Même si je ne suis pas vraiment devenu un Rongelivre, je suis au moins devenu un *apprenti écrivain*. Une pluie incessante de recommandations bien intentionnées, de conseils techniques et d'expériences s'abattit sur moi. J'essayais de les retenir tous, mais ne mémorisai que les plus évidents. Il n'était pas rare que ces conseils se contredisent, et très souvent une dispute éclatait entre deux Rongelivres ou plus, qui s'envoyaient des citations comme on se lance des flèches.

J'étais devenu le but existentiel des gnomes, une confirmation vivante de leurs faits et gestes, en particulier de leur culte de l'apprentissage par cœur. Ils pouvaient se décharger sur moi de leurs soucis. Ils croyaient qu'avec moi, leurs textes tombant enfin sur un sol fertile, celui-ci produirait un jour de riches récoltes, sous forme de romans, de poèmes et de tout ce que je porterais sur le papier. Je donnais à leur existence anonyme un sens auquel ils avaient toujours aspiré.

Une journée ordinaire chez eux ressemblait à ceci : le matin, quand je sortais en bâillant de ma couchette, un Rongelivre se collait aussitôt à mes talons et sollicitait ma pensée en prononçant quelques vers faciles : « *Aurore, te lèves-tu pour ma mort ? Bientôt, les trombonettes sonneront, et je quitterai la vie… ?* »

Au petit-déjeuner, qu'entre-temps j'avais appris à préparer moi-même, souvent plusieurs cyclopes me tenaient compagnie en citant à tour de rôle des extraits de leurs correspondances : « *Mon cher Gofid Letterkerl, un grand merci pour votre dédicace de* Zanilla et le Murch *! Quelle témérité d'avoir choisi un Murch comme héros d'un roman tragique ! J'ai été surtout ému par le passage où, par chagrin d'amour, il murche des jours entiers avant de se jeter dans les Gorges du Démon. Avec votre courage, vous allez sûrement initier une poésie zamonienne qui grouillera de Murchs. Moi-même, je caresse l'idée d'écrire un roman murch. Avec mes sincères salutations. Brumli Stero.* »

La plupart du temps, je me rendais ensuite dans la Grotte de cuir où je grimpais volontiers sur la machine à livres pour choisir un ouvrage et bouquiner un peu. Golgo m'accompagnait : il s'était donné pour mission de percer les secrets de cette mécanique et ne cessait de lui tourner autour. Il croyait avoir trouvé une régularité dans ses mouvements et bricolait des tableaux extrêmement compliqués avec lesquels il pensait expliquer les derniers mystères des catacombes.

Dès que je quittais la Grotte de cuir, plusieurs Rongelivres m'entouraient pour m'abreuver, durant mes promenades dans les galeries, d'essais et d'aphorismes inspirés. Déclamant avec emphase, ils paradaient à mes côtés ou derrière moi, si bien que nous devions donner l'étrange impression d'une famille de canards qui, au lieu de s'exprimer en cancanant, discutait à haute voix à coups de maximes et de réflexions :

« – *Lire est une méthode intelligente pour économiser sa propre pensée.*

– *La lumière au bout du tunnel n'est généralement qu'une méduse phosphorescente à l'agonie.*

– *Écrire est la tentative désespérée d'arracher à la solitude un peu de dignité – et un peu d'argent !* »

J'aimais regarder les Rongelivres au travail dans leur biblioclinique, ce qui m'apprenait bien des choses sur la fabrication et l'entretien des livres, ainsi que sur l'impression et la préparation chimique des papiers les plus variés. Souvent, un livre qui avait eu la chance d'entrer dans ce lieu en ressortait aussi frais qu'un gardon. Les petits cyclopes connaissaient tous les trucs et artifices possibles pour restaurer du papier ou du cuir abîmés, et quand ils ne pouvaient le faire, ils réimprimaient le patient, le revêtaient d'un nouvel habit, plus beau et plus précieux que le précédent.

L'après-midi, c'était l'heure du roman. Balano de Zacher, Clas Reischdenk, ou d'autres Rongelivres qui disposaient d'un riche répertoire de prose narrative, me récitaient leurs œuvres. C'était comme une monumentale pièce de théâtre mise en scène autour de moi, une tragi-comédie sans bornes ayant pour titre : *Le Roman zamonien et ses infinies possibilités*.

J'étais donc entouré, presque continuellement, de littérature vivante. Je respirais, et une idée entrait en moi. Je faisais un pas, et j'avais quitté le baroque zamonien pour entrer dans la modernité. Je soupirais, et une dizaine de Rongelivres préoccupés s'accrochaient à ma cape en me demandant si je n'étais pas malade. On ne m'avait jamais porté une telle attention.

Le soir, on se retrouvait dans la Grotte de cuir pour des échanges intellectuels. Assis près des cheminées, nous causions et disputions littérature, déclamions et riions. Les Rongelivres se reposaient de leur intense labeur. On me montrait des raretés, des cartes des catacombes ou des trouvailles sorties du Cabinet des merveilles. On évoquait des écrivains oubliés qui m'étaient complètement inconnus. Les Rongelivres racontaient des histoires effroyables sur les chasseurs de livres, de même que ces derniers racontaient des histoires effroyables sur les Rongelivres. La plupart du temps, je finissais par m'écrouler d'épuisement sur ma couche où je m'endormais aussitôt et rêvais. De livres évidemment.

38

Tsac hitti tsopp

« C'est vrai que j'ai dévoré un livre ? demandai-je à Golgo, un jour que nous nous étions arrêtés devant la machine et que nous regardions les étagères en plein mouvement. Est-ce que j'étais sous hypnose ?

– Tu as dédaigné la reliure, gloussa Golgo. Les authentiques vers de livre en font autant. C'est biologiquement correct. »

J'obtenais enfin une réponse à la question qui me taraudait depuis longtemps. Mais j'en formulai une autre.

« D'où viennent les Rongelivres ? »

Golgo resta interdit.

« À vrai dire, nous ne le savons pas nous-mêmes. Nous supposons que nous germons dans les livres comme les poussins dans les œufs. Dans des bouquins ultravieux, écrits en runes indéchiffrables et qui sommeillent au fond des catacombes. À un moment ou à un autre, un de ces ouvrages se brise comme une coquille, et un Rongelivre de la taille d'une salamandre en sort. Ensuite, il se fraie son chemin jusqu'à la Grotte de cuir. C'est un instinct, vraisemblablement.

– Ah bon ?

– Il en arrive quelques-uns tous les ans. À moins que nous ne les trouvions quelque part dans les environs. Ils sont encore minuscules, gros comme le pouce, ils ne parlent pas et n'ont pas de mémoire. Nous leur donnons des livres à manger. Tu sais déjà que nous lisons d'instinct. C'est inné. En un tournemain les petits Rongelivres savent parler. C'est comme ça que la communauté ne cesse de grandir. Lentement, mais sûrement. Eh, fais attention : cette étagère va partir en arrière et disparaître à l'intérieur de la machine. On parie ? »

Quelques instants plus tard, on entendit un violent cliquetis dans les entrailles de la machine rouillée, et l'étagère fit exactement ce que Golgo avait prédit. Il eut un petit rire satisfait et inscrivit un signe mystérieux sur ses tablettes.

« Mais vous pourriez fort bien venir d'ailleurs, non ? demandai-je. Vous ne connaissez pas exactement vos origines.

– C'est vrai, nous pourrions aussi sortir de la décharge nauséabonde de Détritrou ou des cornues de méchants Biblalchimistes délirants. Mais la plus belle histoire est celle des vieux volumes qui crèvent leur coquille. »

Depuis le temps, j'avais appris à connaître Golgo et ses théories pseudo-scientifiques qui lui permettaient de tout expliquer et de ne plus remettre en question sa foi ancestrale en l'Orm – ce qui n'avait fait que m'entraîner dans des débats où il pontifiait sans fin à partir de son *Traité des couleurs*. J'étais séduit par l'idée que les Rongelivres naissaient dans les livres et m'en tins là.

J'avais cessé de compter les jours que j'avais passés parmi les Rongelivres. De toute façon, je n'ai jamais été doué pour les chiffres. Ici, les jours n'existaient pas, sans parler des horloges. Je ne me vante pas, mes chers amis, si je dis que, dans cet intervalle de temps, j'ai appris un certain nombre de choses. Le seul fait d'observer et d'écouter les gnomes sans me lasser avait considérablement enrichi mon vocabulaire, et je connaissais désormais des quantités astronomiques de romans et de nouvelles, de pièces de théâtre et de poèmes, d'essais et de correspondances. Je pouvais citer des aphorismes jusqu'à ce que tout le monde autour de moi sombre dans le sommeil. Je m'étais familiarisé avec tant de descriptions de paysages que j'aurais été capable d'embellir un continent entier. Cadres événementiels, champs de tension, caractères, brusques revirements, développements de longue haleine, conclusions dramatiques : les Rongelivres m'avaient apporté plus de techniques et de matériaux littéraires que je n'aurais pu en lire dans une vie entière. Tout cela s'entassait dans mon cerveau comme dans le magasin des accessoires d'un théâtre au vaste répertoire. Je savais dorénavant comment faire sonner de bons dialogues, comment, au début d'un livre, produire un mouvement qui emporte immédiatement le lecteur, comment entraîner systématiquement les mille personnages d'un roman épique vers une catastrophe. J'avais entendu tant d'histoires que je me mettais parfois, inconsciemment, à parler en vers, et je connaissais autant de mots pour décrire la neige que Reta del Bratfist.

Fort heureusement, les Rongelivres n'étaient pas des snobs de la littérature – ils avaient mémorisé des classiques mais également des œuvres de littérature populaire. L'un d'entre eux avait appris par cœur la série complète des *Prince de Sangfroy*, et un autre, que je fréquentais régulièrement, pouvait me réciter à la demande tous les *Comte d'Emplâtre* de Mineola Hick que j'aimais tant. La recherche de l'effet, les clichés à deux sous, les trucs escapistes ne m'étaient plus étrangers – c'était une panoplie qui, à mon avis, faisait partie du paquetage de tout écrivain. Les Rongelivres m'avaient pourvu de ce qu'il fallait pour être un honnête écrivain. Le seul problème, c'était que je n'avais pas encore écrit la moindre phrase.

On pourrait avoir l'impression que je vivais au milieu des Rongelivres comme au paradis, mais hélas, ma vie n'était pas complètement harmonieuse. Même si j'aimais beaucoup les petits cyclopes, quelques-uns me tapaient prodigieusement sur les nerfs. Il fallait bien constater que je ne partageais pas les goûts littéraires de tous et que je ne supportais pas certains des écrivains dont les Rongelivres avaient appris les livres par cœur. J'essayais, autant que possible, de ne pas croiser leur chemin. Les plus sensibles l'acceptaient et ne m'importunaient plus, mais d'autres étaient dépourvus de toute sensibilité ; ils cherchaient absolument à m'imposer leurs œuvres. Et, à l'occasion, ces petits teigneux me compliquaient rudement la vie.

C'était surtout le cas de Dölerich Hirnfidler. Il n'avait pas toléré d'avoir été démasqué sur la base de la seule lettre « Ô ! ». Depuis, il était la cible des quolibets de ses congénères, et une foule d'histoires d'« Ô ! » circulaient dans la Grotte de cuir. Il me poursuivait de sa vindicte avec une opiniâtreté comparable à celle de Rongkong Virgule pourchassant Colophonius Clairdepluie. Un jour que je débouchais innocemment d'un virage dans un tunnel, je me retrouvai nez à nez avec Dölerich Hirnfidler qui, le regard flamboyant, me barra le passage et glapit d'une voix de fausset :

« *Ô jour présent ! Salue, si tu le veux, le père,*
Je le connais bien ; il connaît aussi mon nom ;
Et que je suis l'ami de ses amis. J'ignorais
Que c'était lui, quand nous nous sommes
Rencontrés et longtemps, je ne me doutai de rien ! »

Mon cœur faillit s'arrêter cette fois, comme en d'autres occasions. Un jour, il s'approcha de moi silencieusement, par-derrière, pendant que je lisais tranquillement, somnolant dans un fauteuil de la Grotte de cuir ; il se mit à crier à tue-tête dans mon oreille :

« Ô lumière ! Je te vois maintenant pour la dernière fois !
On dit que j'ai été conçu de ce que je n'aurais pas dû,
Et que j'assiste à ce à quoi je ne devrais pas assister,
Et là où je n'en avais pas le droit, j'ai tué. »

Un Rongelivre qui s'était voué corps et âme aux œuvres d'Hulgo Bla, pas du tout rancunier, était, lui, complètement cinglé. Hulgo Bla était un éminent représentant du gagaïsme zamonien, et la folie calculée de ces jeux littéraires n'avait à mon goût que trop déteint sur ce gnome. Le gagaïsme zamonien m'avait toujours paru suspect, car je soupçonnais que son objectif essentiel était moins le travail poétique que la consommation de champignons hallucinogènes des déserts et de boissons à fort degré alcoolique. Lors de leurs spectacles et de leurs lectures, les Gagaïstes se déguisaient volontiers en saucisse ou en instrument à vent, jouaient de la musique sur des crapaubuffles et crachaient sur leur public. Les écrivains qui s'ameutent ont toujours éveillé mes soupçons. J'étais tenté de croire qu'ils le faisaient davantage pour le plaisir d'être ensemble que pour l'amour du travail sérieux.

Les Gagaïstes, Hulgo Bla en tête, rédigeaient volontiers leurs écrits dans un langage imaginaire (ce qui, à mon avis, est un peu facile), et il arrivait régulièrement que ce Rongelivre un peu fondu jaillisse brusquement entre deux rochers pour m'abreuver de ses vers sans queue ni tête. Sautillant autour de moi et s'accompagnant de gestes ridicules, il me criait par exemple :

« Tressli bessli neboguen léïla
flouch kata
balloubach
tsac hitti tsopp

tsac hitti tsopp
hitti betsli betsli
prouch kata
balloubach
fach kitti bimm. »

Il avait surtout le don de se cacher dans les endroits les plus invraisemblables, ce qui m'énervait chaque fois que je le voyais surgir.

Je peux vous assurer, mes chers amis, que j'appris encore bien des choses intéressantes sur la vie secrète des Rongelivres pendant mon séjour chez eux. Les révéler par le menu ferait exploser le cadre de ce récit. Toutefois je me propose de le faire dans un prochain ouvrage[1].

Quand la mélancolie et le sentiment de ne pas être chez moi m'assaillaient, ce qui m'arrivait depuis peu, je me laissais hypnotiser par les Rongelivres et emporter dans la Forêt de cristal, où je discutais souvent des heures durant avec Dancelot II, jusqu'à ce que, subjugué par les beautés du monde souterrain, j'oublie tout. Après, nous aimions nous asseoir dans la Cuisine du Diable, près de la lave en ébullition, pour deviser en transpirant à grosses gouttes. C'est Dancelot II qui finit par aborder la question.

« Tu t'ennuies du monde d'en haut, n'est-ce pas ? »

De moi-même, je n'aurais pas osé en parler. Les Rongelivres s'occupaient de moi d'une manière si touchante qu'il m'était impossible d'évoquer ma nostalgie, parce qu'elle me paraissait exprimer de l'ingratitude. Je fus soulagé que Dancelot II y fasse allusion.

« J'ai longtemps réussi à l'oublier, mais ces derniers temps, ça m'est de plus en plus difficile.

– Nous ne pouvons pas t'y ramener, tu sais.

– Je sais. Mais Golgo a dit un jour que vous aviez des relations avec d'autres habitants du labyrinthe.

– C'est vrai. Avec des demi-nains et des trolls des galeries. Mais on ne peut pas leur faire confiance. Ils sont tout juste capables de nous procurer des choses en provenance de la surface. Contre rétribution. Si nous devions te confier à eux, je ne pourrais rien garantir. Ils sont susceptibles de te livrer pieds et poings liés aux chasseurs de livres ou de faire je ne sais quoi de toi.

1. Hildegunst Taillemythes honora sa promesse quelques années plus tard en publiant un livre sur la vie secrète des Rongelivres.

– On ne pourrait pas chercher du côté des cartes ? Dans la Grotte de cuir, j'en ai vu quelques-unes qui indiquent des chemins dans les catacombes.

– Évidemment, nous pouvons t'en fournir. Mais le labyrinthe change continuellement. Il suffit d'une galerie qui s'écroule, et toutes les cartes deviennent inutiles. Celles qui montrent les endroits où rôdent les dangers n'existent même pas. Tu peux me croire, il n'y a aucun itinéraire sûr qui mène à l'air libre.

– Ça veut dire que, si je veux rester en vie, je dois séjourner à jamais parmi vous ? »

Dancelot II soupira et fixa la lave avec tristesse.

« Je savais bien que cet instant arriverait un jour. Pour des raisons égoïstes, je te dirais volontiers que c'est comme ça. Qu'il n'y a pas d'espoir. Mais…

– Mais quoi ?

– Il y aurait peut-être une possibilité.

– C'est vrai ? »

J'étais tout ouïe.

« Oui, nous avons encore quelques secrets que nous ne t'avons pas révélés.

– Que veux-tu dire ?

– Je pourrais te présenter quelqu'un qui connaît le labyrinthe encore mieux que nous.

– Tu veux me faire marcher.

– Aimerais-tu faire la connaissance de Colophonius Clairdepluie ? demanda Dancelot II. Le héros des héros de Bouquinbourg ? »

26

Le Héros des héros de Bouquinbourg

Dancelot II me conduisit dans un secteur que je connaissais à peine. Il y avait là un grand nombre de petites cellules et pas la moindre salle commune. Nous nous enfonçâmes plus avant, dépassant des grottes inhabitées, des logements vides destinés à de futurs Rongelivres. Nous étions totalement seuls.

« Tu m'emmènes vraiment chez Colophonius Clairdepluie ? demandai-je. Ou s'agit-il plutôt du Rongelivre qui a appris son œuvre par cœur ?

– Nous l'avons trouvé il y a quelques années, raconta Dancelot II, qui me précédait à grands pas. Au fond du labyrinthe, gravement blessé, à l'agonie, après un duel avec Rongkong Virgule. Nous l'avons transporté jusqu'ici, puis nous l'avons retapé. Il a retrouvé des forces, quelques forces, en tout cas. Mais il ne s'est jamais vraiment remis de son combat. Chez nous, il a écrit son deuxième livre. Il nous a beaucoup appris, et lui aussi de nous. Il nous a permis de trouver des livres rares pour la Grotte de cuir, et nous lui avons confié tout ce que nous savions sur les catacombes. Ces derniers temps, son état s'est aggravé, et nous nous sommes longuement demandé si nous devions te conduire jusqu'à lui. D'un côté, nous ne voulions pas le mettre en danger – il vaut mieux pour sa sécurité que tout le monde le croie mort –, et d'un autre côté, il est le seul qui puisse vraiment t'aider. Et comme sa santé s'est rapidement détériorée, nous avons finalement décidé avec son accord… Voilà, nous y sommes. »

Dancelot II s'était arrêté devant l'entrée d'une grotte fermée par un rideau de lourdes chaînes.

« Il faut que je retourne à la Grotte de cuir, chuchota-t-il. Pour nourrir les *livres vivants*. Golgo est chez Colophonius, c'est lui qui fera les présentations. »

Dancelot II se hâta de repartir, et j'entrouvris le rideau qui cliqueta.

La pièce était dix fois plus vaste que les autres cellules, et éclairée par de nombreuses bougies. Les murs étaient couverts d'étagères remplies de livres, d'ouvrages aux reliures d'or et d'argent, ornées de diamants, de rubis et de saphirs.

Sur un grand lit garni de nombreuses fourrures, le chasseur de livres était étendu ; une épaisse couverture sombre ne laissant apparaître que sa tête et ses bras. Golgo était assis à son chevet sur un tabouret, l'air préoccupé. Au moment où je m'approchai et distinguai le visage de Colophonius éclairé par les chandelles, je fus saisi, mais essayai de n'en rien montrer.

Le Canidion était marqué par la mort. Je n'avais besoin d'aucune explication pour savoir qu'il vivait ses derniers instants et que tous en étaient conscients.

« Tu t'étais imaginé les choses autrement, dit Clairdepluie d'une voix cassée, n'est-ce pas ? Tu pensais plutôt rencontrer un casse-cou débordant de vigueur, hein ? Eh oui, j'ai moi-même contribué dans mon livre à forger cette image. Le héros des héros de Bouquinbourg. Ça m'a coûté bien des efforts. »

Il se mit à rire doucement.

« Je m'appelle… commençai-je.

– Hildegunst Taillemythes, je sais. Les Rongelivres m'ont tout dit sur toi. Tu viens de la citadelle des Dragons. Phistomefel Suiffard t'a roulé en se servant d'un livre toxique. Tout comme il l'a fait avec moi. Le temps presse, il faut en venir à l'essentiel. Car le temps, c'est ce qui me manque le plus.

– Que s'est-il passé ? demandai-je. Comment Suiffard a-t-il pu t'exiler à jamais dans les catacombes, alors que tu es celui qui les connaît le mieux ? »

Clairdepluie se releva légèrement.

« Il lui a suffi de m'endormir à l'aide du livre toxique pour m'envoyer dans le labyrinthe. Les chasseurs de livres devaient finir la tâche. Ce qu'ils ont fait, d'ailleurs.

Mais ils n'ont pas accompli leur travail jusqu'au bout. Je me suis enfui dans le labyrinthe, en atteignant de telles profondeurs que seul Rongkong Virgule s'est risqué à ma suite. Puis je l'ai affronté, malheureusement trop tôt, car j'étais encore sous l'emprise du poison. J'étais trop faible pour me débarrasser de lui. Nous avons mené le plus long duel d'une douteuse relation qui a duré plusieurs années. Personne ne l'a vraiment remporté, et je ne dirais pas que j'ai laissé Virgule dans un état de santé florissant. »

Clairdepluie sourit.

« Si mes petits amis ne m'avaient pas trouvé, je serais mort, c'est certain. Ils m'ont donné ici la possibilité d'écrire mon second livre. Je suis entré dans les catacombes pour trouver le roi des Ombres, et je suis devenu une ombre. Une légende vivante. Un fantôme.

– Pourquoi Suiffard t'a-t-il fait ça ?

– Ne dois-je pas te poser la même question ? Je n'en ai aucune idée ! J'espérais en fait que tu pourrais m'apporter la réponse !

– Malheureusement, je ne te serai pas d'une grande utilité.

– C'est absurde, répliqua Clairdepluie. S'il ne m'avait pas raconté ses projets mégalomaniaques, je n'en aurais jamais entendu parler. Jusque-là, je n'avais rien à reprocher à Suiffard.

– C'était la même chose pour moi. Puis-je te montrer quelque chose ? demandai-je. C'est un manuscrit qui a, je crois, motivé mon exil dans les catacombes. »

Je sortis la lettre de sous ma cape et la tendis à Clairdepluie. Il l'approcha de ses yeux et se mit à l'étudier en plissant les paupières.

« Ah oui ! murmura-t-il. Le papier provient des papeteries de Boisdescie. Papier à la cuve de Graalsund, grain très fin, deux cents grammes. La coupe n'est pas nette, sans doute parce que la machine était un peu vieille…

– Je ne crois pas que Suiffard m'ait banni dans les catacombes à cause d'un papier mal coupé, m'aventurai-je. Il s'agit du texte. »

Clairdepluie entreprit la lecture de mon manuscrit. Il s'immobilisa et j'observai chaque mouvement de son visage. Il m'apparaissait clairement que dans son état, il ne pouvait trahir les réactions que d'autres lecteurs et moi-même nous avions eues, mais, de toute évidence, la lecture le captivait. Il éclatait de rire puis toussa pendant de longues minutes, et je vis même une petite larme couler sur sa joue. Il s'était redressé autant qu'il le pouvait, et la main qui tenait la lettre tremblait fortement.

Golgo me regarda d'un air soucieux, et il me vint à l'esprit que cette lecture pouvait éprouver Clairdepluie. Le Canidion laissa enfin retomber ses mains, resta un moment sans bouger, respirant avec difficulté.

« Je te remercie, finit-il par dire. Je n'ai jamais rien lu de plus beau.

– As-tu une idée de qui l'a écrit ?

– Non. Mais je comprends pourquoi Suiffard t'a envoyé ici en exil. Cette lettre est trop belle pour le monde d'en haut. »

Clairdepluie me tendit la lettre manuscrite, et je la remis dans ma poche.

« Puis-je te poser une question ? » demandai-je.

Le chasseur de livres hocha la tête.

« Excuse-moi, mais ma curiosité est trop grande. Est-ce

que ta quête du roi des Ombres a été couronnée de succès, d'une manière ou d'une autre ? L'as-tu vu ? »

Le regard de Clairdepluie se figea.

« Vu ? Non. Entendu, souvent. Senti, une seule fois.

– Tu l'as senti, mais jamais vu ?

– Oui, il faisait noir lorsqu'il m'a sauvé la vie en retenant une étagère que Rongkong Virgule voulait renverser sur moi. Je n'ai pas perçu sa présence très longtemps, et à cette occasion… Golgo, donne-moi s'il te plaît la petite boîte qui est près de mon lit. »

Golgo apporta un coffret noir à Clairdepluie. Il l'ouvrit et me le montra.

« J'ai arraché ça à son habit. »

Je jetai un coup d'œil dans la boîte. Il y avait là des petits morceaux de papier couverts de signes illisibles.

« Un instant », dis-je.

Je fouillai dans les poches de ma cape et en sortis de semblables qui m'avaient conduit auprès des Rongelivres. Je les plaçai auprès des autres dans la cassette. Ils étaient identiques.

« Ces bouts de papier m'ont amené chez les Rongelivres, expliquai-je. J'ai suivi leur piste dans le labyrinthe. »

Clairdepluie était très ému.

« Alors, toi aussi, tu as rencontré le roi des Ombres !

– Oui, répondis-je, et c'est donc bien lui qui m'a sauvé d'Hoggno le Bourreau.

– Tu es tombé dans les griffes d'Hoggno le Bourreau, et tu vis encore ? s'étonna Colophonius.

– Dans les ténèbres, quelqu'un lui a tranché la tête.

– C'est tout à fait le genre du roi des Ombres. On dirait qu'il nous a sauvé la vie à tous les deux.

– J'en suis heureux pour vous, remarqua Golgo. Mais je

trouve très inquiétant que le roi des Ombres sache où nous nous cachons.

– Je ne crois pas que ce soit un inconvénient pour vous, répliqua Clairdepluie.

– As-tu la moindre idée de ce que peut être son grand secret ? demandai-je.

– C'est peut-être son apparence effrayante, murmura Clairdepluie. À moins qu'il ne veuille cacher le fait qu'il n'est pas aussi terrifiant que nous le croyons.

– Comme nous, dit Golgo. Nous, les Rongelivres, nous profitons beaucoup de notre mauvaise réputation. »

Clairdepluie se redressa :

« Mais nous ne sommes pas là pour bavarder sur le compte du roi des Ombres. Tu veux savoir comment tu peux sortir d'ici, Taillemythes ?

– Sans doute, répondis-je prudemment. Ça me serait très utile.

– Bien. Je peux t'aider. Auparavant, laisse-moi te dire une chose. Écoute-moi bien. »

Je me penchai vers lui en tendant l'oreille.

« Tu n'es en sécurité – je veux dire, réellement en sécurité – que si tu restes ici chez les Rongelivres. Il n'y a pas de chemin sans risque dans les catacombes. Et même si tu te retrouves là-haut, l'instant où tu te montreras sera celui de ta mort. Est-ce bien clair ?

– Tu veux dire à cause de Suiffard ?

– Tu n'aurais pas le temps de traverser deux rues. Après ce que Suiffard m'a révélé lorsqu'il m'a laissé partir dans les catacombes, le tableau est le suivant : tu te trouves ici avec moi dans la prison la mieux surveillée de Zamonie, Suiffard a refermé la trappe par-dessus. Malheur à toi si tu la soulèves ! Bouquinbourg est bourré d'espions qui travaillent à sa solde.

– Je peux avoir de la chance.

– Oui, c'est possible. Peut-être auras-tu de la chance, et alors tous les hommes de main de Suiffard seront frappés de cécité à l'instant où tu sortiras d'une bouche d'égout.

– Je pourrais me déguiser. Raser les murs, sortir la nuit.

– Regardons les choses sous un autre angle. Tu as une sacrée veine. Tu vis ! Tu aurais pu être assassiné par les chasseurs de livres. Dévoré par des Tiqxxxxes. Dans ce labyrinthe, il existe des milliers de possibilités cruelles de perdre la vie. Au lieu de ça, tu as atterri dans cet univers hospitalier. Parmi des êtres qui vénèrent la littérature. Tu es un poète – on peut écrire partout. Tu as accès à la bibliothèque la plus extraordinaire de Zamonie. Tu t'habitueras à la nourriture comme à l'air confiné. Tu oublieras l'espace céleste et la lumière du soleil. Bon, d'accord, pas tout à fait, mais avec le temps, tu y penseras de plus en plus rarement.

– Existe-t-il une issue ou pas ? » demandai-je, impatient.

Après tout, Clairdepluie lui-même avait dit que le temps lui était compté.

« Bon, d'accord. Tu m'as l'air vraiment décidé. Bien. Mais je te le redis : ce chemin-là n'est pas sûr non plus. Rien n'est certain dans les catacombes de Bouquinbourg. En revanche, aucun chasseur de livres ne connaît ce chemin. Il est trop étroit pour que des animaux dangereux et d'une certaine taille puissent s'y tenir. Il n'y a pas d'embranchements où l'on pourrait se perdre et il conduit directement à la surface.

– Où exactement ?

– Pas tout à fait jusqu'en haut. Mais suffisamment près pour que tu puisses entendre la ville.

– Ça me semble être une chance.

– Il faudra que tu grimpes longtemps. Mais si tu tiens bon, tu finiras par sortir.

– Pourquoi n'as-tu pas emprunté ce chemin ?

– Est-ce que je te donne l'impression de pouvoir grimper longtemps ? »

Je ne répondis pas.

« Ça deviendra véritablement difficile quand tu essaieras de quitter la ville. Les chasseurs de livres se lanceront à tes trousses. À coup sûr, ta tête est mise à prix, tout comme la mienne. Tu aspireras à revenir dans les catacombes, tout au fond. Tu regretteras de ne pas être resté chez les Rongelivres. »

Clairdepluie se mit à gémir.

« Voilà. C'était ce que je voulais te dire. Maintenant, tu as le temps de réfléchir à ta décision. Personnellement, je ne donnerai pas cher de ta peau dès que tu auras quitté le territoire des Rongelivres. »

Je plongeai mon regard dans les yeux injectés de sang de Clairdepluie.

« Et si tu étais en état de faire cette ascension, est-ce que *toi*, tu tenterais ta chance ? »

Le chasseur de livres se dressa soudain, me saisit le bras, et ses yeux se mirent à lancer des étincelles.

« Tu peux donner ta tête saurienne à couper, dragon ! dit-il en haletant. Je le ferais, même si je devais y laisser mon ultime souffle ! Sentir une dernière fois le soleil sur ma fourrure, et respirer une dernière goulée d'air pur : je crois que ça en vaudrait la peine !

– Alors, je t'en prie, dis-moi comment trouver cette route.

– Golgo ! appela Clairdepluie. Il faudrait que vous l'ameniez à l'entrée du puits qui se trouve à l'extérieur de votre territoire. Accepteriez-vous de le faire ?

– Bien entendu, répondit Golgo, si ce n'est pas trop au-dessus de chez nous. Nous le ferons à contrecœur, mais si c'est votre désir, à tous les deux…

– Alors écoute-moi bien, répondit Clairdepluie. Il s'agit d'un puits naturel d'origine volcanique qui n'est pas très éloigné, à un jour de marche. »

Je me penchai vers lui.

Ce sont les dernières paroles d'un mourant – les mots de mon parrain en écriture me revinrent à l'esprit – *et il veut te transmettre quelque chose de sensationnel ! Remarque les ficelles du métier ! Personne ne peut s'empêcher de lire la suite ! Personne !*

Colophonius voulut poursuivre, mais les chaînes à l'entrée de la grotte se mirent à tinter et un Rongelivre fit irruption dans la grotte. Nos regards se tournèrent vers lui. C'était Hulgo Bla, le Gagaïste fou qui me poursuivait de ses poèmes excentriques.

« La Grotte de cuir est en flammes ! s'écria-t-il hors d'haleine. Les chasseurs de livres sont arrivés. Et ils tuent tout ce qui se trouve sur leur chemin !

– Fiche-moi le camp, Hulgo, fit Golgo avec humeur. Ce n'est pas le moment de faire tes blagues. »

Au lieu de disparaître, Hulgo s'approcha du lit à pas lourds. Il ouvrit grand son œil, leva les bras et je craignais déjà qu'il ne m'abreuve de ses rimes délirantes, quand il s'écroula devant nous. Une flèche en fer était fichée dans son dos. Golgo se précipita et se pencha sur lui. Puis il nous regarda, l'œil empli de larmes.

« Il est mort. »

Clairdepluie se dressa dans son lit.

« Fuyez ! cria-t-il. Disparaissez à l'instant ! Mettez-vous en lieu sûr ! C'est pour moi qu'ils sont venus. Quand ils m'auront trouvé, ils repartiront. »

Je tendis l'oreille, mais n'entendis aucun bruit de lutte. La Grotte de cuir était très éloignée.

« Nous n'allons pas te laisser seul, dit Golgo.

– Mais c'est comme si j'étais mort ! répliqua Clairdepluie d'une voix rauque. Qu'attendez-vous pour partir ?

– Il n'en est pas question, déclara Golgo. Tu nous survivras tous.

– Golgo, tu es têtu comme une mule », grommela Clairdepluie.

Il lissa sa couverture et parut réfléchir un instant, avant d'annoncer d'une voix étonnamment ferme :

« Bon. Vous ne me laissez pas le choix. Je vais donc mourir sur-le-champ. »

Colophonius Clairdepluie se renfonça dans ses oreillers et poussa un soupir.

« Mais qu'est-ce que tu fabriques ? demanda Golgo, ému.

– Je meurs, fit Clairdepluie. Je viens de vous le dire !

– Tu ne vas pas faire ça ! s'exclama Golgo. Tu ne peux tout de même pas mourir de ta propre volonté ! Personne n'en est capable !

– Moi, si, répondit le chasseur de livres d'un air buté. Je suis Colophonius Clairdepluie. Le héros des héros de Bouquinbourg. J'ai déjà fait beaucoup d'autres choses impossibles. »

Clairdepluie ferma les yeux, émit un dernier gémissement et cessa de respirer.

« Colophonius ! s'écria Golgo. Arrête ces idioties ! »

Il y eut un moment de silence. Je posai une main hésitante sur le cœur du chasseur de livres.

« Il ne bat plus, dis-je, Colophonius Clairdepluie est mort pour nous. »

La Machine à livres

Colophonius Clairdepluie avait emporté dans la mort ce qu'il savait sur le chemin de l'évasion. Cependant, dans l'immédiat, l'occasion m'avait été donnée de ne pas douter de ses paroles. Le territoire des Rongelivres était en grand danger, les chasseurs de livres venaient de l'envahir ! Nous reprîmes la direction de la Grotte de cuir.

« Possédez-vous des armes ? demandai-je à Golgo, pendant que nous courions dans les couloirs.

– Non.

– Vraiment aucune ?

– Pas une, dit Golgo. À moins qu'un coupe-papier ne soit une arme. Nous avons au grand maximum quelques pioches et quelques pelles. »

À cet instant, une voix caverneuse résonna dans la galerie voisine :

« Je sens… je sens… ! » prononça une voix dure dans la galerie voisine.

Nous nous arrêtâmes sur place. La voix résonna de nouveau :

« Je sens… je sens… de la chair de Canidion ! »

Golgo me poussa en silence dans la grotte vide la plus proche. Nous nous tapîmes dans le coin le plus sombre tout en surveillant l'entrée éclairée par une unique bougie accrochée dans le couloir. Des pas lourds s'approchèrent, une ombre massive apparut, puis nous aperçûmes, dans la lueur dansante de la bougie, une effroyable silhouette qui s'approchait en rampant. Elle était gigantesque et je vis, à ma grande terreur, qu'elle était surmontée d'un visage noir avec trois yeux. Une étrange parure faite de douzaines de

têtes de mort réduites était plantée dans sa chevelure en désordre et pendait à son cou. La créature se planta sur le seuil et huma l'air. Puis elle tourna lentement la tête dans notre direction. J'en étais persuadé : elle détectait notre présence. Mais au lieu de fondre sur nous, le monstre ricana et poursuivit son chemin.

« Je… sens… de la chair de Canidion ! grogna une nouvelle fois la créature. Es-tu là, Colophonius ? Je suis venu pour en finir avec toi. »

L'ombre disparut et les pas s'éloignèrent, mais nous restâmes un moment dans la grotte, jusqu'à ce que nous soyons sûrs que l'inquiétant envahisseur ait disparu dans l'une des galeries adjacentes.

« C'était un chasseur de livres ? demandai-je à voix basse.

– Pire, murmura Golgo. C'était Rongkong Virgule.

– Pourquoi n'a-t-il pas de masque ?

– Rongkong Virgule est le seul chasseur de livres à ne pas en avoir besoin. Son vrai visage est bien plus terrible que n'importe quel masque. »

Le Rongelivre se glissa hors de la grotte sans attendre ma réaction. Je soupirai, me levai et le suivis.

Je faillis ne pas reconnaître la Grotte de cuir. Elle était plongée dans un scintillement mouvant de lumière et remplie de nuages de fumée. De toutes parts montaient des flammes, les cheminées avaient été vidées de leurs braises maintenant répandues à travers la caverne, des tables et des étagères flambaient avec entrain. La machine à livres était enveloppée d'épaisses volutes, les meubles et les chandeliers étaient renversés, partout régnaient le tumulte et les cris, on entendait des ordres militaires et des rires. Des flèches zébraient l'air, des bruits de lames et de chaînes résonnaient, tandis que la puanteur oppressante des livres en feu surpassait celle du cuir ciré. C'était la guerre dans la Grotte de cuir.

Golgo et moi nous cachâmes dans une anfractuosité pour prendre la mesure des événements. Je vis des dizaines de silhouettes vêtues de lourdes armures, armées de haches, d'épées, de massues et d'arbalètes qui marchaient sur les Rongelivres. Certains de ces petits êtres gisaient déjà sur le sol, d'autres se défendaient encore en renversant des étagères sur les envahisseurs. Quelques-uns couraient éperdus dans tous les sens, mais la plupart s'enfuyaient vers les différentes sorties. Je cherchai Dancelot II mais ne le vis nulle part.

« Que pouvons-nous faire ? » m'écriai-je.

Golgo resta sans voix. Il sanglotait, tremblait en s'accrochant à mon bras.

Des chasseurs cuirassés se pavanaient sur les passerelles supérieures de la machine à livres et tiraient des flèches sur les fuyards. En fait, la bataille de la Grotte de cuir était perdue d'avance, les Rongelivres étaient vaincus, c'était la débandade, les chasseurs de livres avaient pris le pouvoir. Ma question avait trouvé sa réponse : nous ne pouvions rien faire.

« Ils sont si nombreux », chuchota Golgo.

Effectivement, jamais de ma vie, je n'avais vu autant de chasseurs de livres. Rien que dans la grotte, il y en avait plusieurs douzaines, sans que l'on sache combien s'étaient égaillés dans les galeries. Chacun d'entre eux avait une cuirasse spéciale et cachait son visage derrière un masque effrayant, qui avait tantôt la forme d'une tête de mort, tantôt celle d'un animal fabuleux, tantôt celle d'une bête dangereuse. Ils portaient un corps d'armure, en métal, en cuir ou en divers matériaux, et leurs mouvements produisaient d'effrayants bruits de ferraille qui s'entrechoquent. Plusieurs d'entre eux avaient accroché des gonfalons à leur armure et à leur casque, d'autres des têtes réduites ou des ossements. Ils ne ressemblaient pas à des êtres vivants, mais à des machines de guerre qu'un effroyable magicien aurait pourvues de la locomotion animale. L'un d'eux agitait un long fouet fait de lames coupantes et de maillons de chaîne qui fendaient l'air en sifflant. Un autre avait, en guise de main, des pinces préhensiles en argent. J'aperçus un chasseur de livres qui avait allumé un feu dans un récipient posé à même son casque, laissant derrière lui un sillage de fumée. Je n'avais jamais rien vu de plus effrayant.

« Il faut que nous montions sur la machine à livres », déclara Golgo d'une voix soudain plus ferme.

Je me penchai sur lui.

« Quoi ? sifflai-je entre mes dents. Il y a des chasseurs sur la machine. Qu'est-ce que nous allons faire sur cette caisse rouillée ?

– Je n'ai pas le temps de t'expliquer. Mais je sais ce que je fais, fit Golgo. Fais-moi confiance.

– Comment allons-nous arriver là-haut ? Ces types sont partout !

– Là-devant, où les étagères brûlent, il y a plein de fumée. Nous pouvons nous approcher sans nous faire remarquer. Suis-moi !

– Et que ferons-nous quand nous y serons ?

– Tu verras bien. »

Apparemment, Golgo avait un plan – lequel ? Ça n'avait pas d'importance. L'essentiel était d'en avoir un : c'était toujours mieux que de se laisser massacrer. Golgo se glissa le premier hors de l'anfractuosité, je le suivis en rentrant la tête. Nous fîmes quelques pas et nous plongeâmes dans le voile épais qui nous piqua les yeux.

Je ne voyais plus rien. Je devais fermer les paupières et suivre Golgo au son de sa voix, tout en trébuchant sur des décombres.

« Viens ! chuchota Golgo. Viens ! Nous y sommes presque ! »

En effet, quelques pas plus loin, je me cognai à la charpente métallique de la machine à livres. J'ouvris un œil doucement, par prudence. La machine était entourée de volutes grises, pareilles à un brouillard dense. J'entendais les bruits de ferraille de sa mécanique et m'agrippais à la rambarde.

« Il faut accéder au deuxième étage, dit Golgo. Viens ! »

L'ascension se poursuivit. Nous traversâmes des ferrailles rouillées, escaladâmes un escalier, puis un second. Soudain le rideau de fumée se déchira, je frottai mes yeux larmoyants et entrepris d'étudier la situation. Nous étions au deuxième étage de la machine à livres qui continuait à tourner. Les rayonnages passaient devant nous et s'élevaient au-dessus de nos têtes. J'avais l'impression qu'en dehors de Golgo il n'y avait plus un seul Rongelivre vivant dans la Grotte de cuir, ils s'étaient tous enfuis. Les chasseurs de livres, croyant qu'ils n'avaient plus à craindre de résistance, se considéraient comme vainqueurs. Et ils se comportaient comme tels. Ils se déchaînaient, renversant les étagères en farfouillant parmi les livres précieux. Quelques-uns se disputaient leur butin en hurlant.

Deux étages au-dessus de nous, quatre chasseurs lourdement cuirassés faisaient les cent pas sur la passerelle rouillée qui grinçait sous leur poids. Pourquoi Golgo nous entraînait-il dans une situation aussi dangereuse ? Quelques secondes encore, et les chasseurs nous découvriraient. La peur ou le désespoir lui avaient-ils ôté toute sa raison ?

« Golgo ! sifflai-je entre mes dents. On fait quoi ici ? Quel est ton plan ?

– J'ai évalué nos chances, répondit-il.

– Comment ?

– Là ! Avec mes tablettes ! »

Golgo me montra un mystérieux abaque qu'il avait déposé en haut de la machine.

« C'est cette étagère ! »

Il me désigna l'une des étagères baladeuses qui passait avec lenteur devant nous. Arrivée à notre hauteur, elle s'arrêta.

En dessous de nous, les chasseurs de livres se mirent à applaudir en criant à tue-tête. Rongkong Virgule venait d'entrer dans la Grotte de cuir. Saisi d'effroi, je vis qu'il tenait la tête de Colophonius Clairdepluie.

« Colophonius Clairdepluie est mort ! » s'écria-t-il en jetant le crâne au milieu de la grotte.

Le trophée roula auprès du corps sans vie de quelques Rongelivres et s'arrêta devant un tas de livres en flammes. Golgo détourna le regard.

Les chasseurs de livres éclatèrent de rire et se prirent à beugler.

« La Grotte de cuir est à nous ! s'écria Rongkong Virgule. Tuez tout ce que vous y trouvez. Détruisez cette foutue machine. »

Il pointa le doigt dans notre direction, s'arrêta court, puis se dirigea vers la machine à livres et flaira brusquement l'air autour de lui. Puis il se mit à ricaner. Il nous avait découverts.

« Je sens… dit-il, je sens… de la chair de saurien ! »

Les regards des autres chasseurs de livres se tournèrent dans notre direction. Des haches et des lances se levèrent.

« C'est le moment ! dit Golgo. Monte sur l'étagère !

– Quoi ?

– Monte là, sur l'étagère ! J'ai fait tous mes calculs.

– Mais ils auront notre peau, d'une façon ou d'une autre !

– Fais-moi confiance. Je n'ai plus le temps de t'expliquer.

– Regardez le gros dragon là-haut ! cria Rongkong Virgule. Phistomefel Suiffard a mis sa tête à prix. Rapportez-la-moi ! »

Au-dessus de nous, les quatre chasseurs de livres descendaient déjà les escaliers et posaient le pied sur notre passerelle.

Je grimpai sur l'étagère. Golgo s'assit près de moi.

« Accroche-toi bien ! Accroche-toi bien ! » ordonna Golgo.

Les quatre chasseurs de livres traversaient la passerelle rouillée en courant droit sur nous. L'un d'eux brandit une longue lance et me visa. Je fermai les yeux et dis adieu au monde. Derrière moi, la machine claquait, cliquetait, et je sentis soudain le vent de la vitesse. J'ouvris les paupières et vis les chasseurs de livres éberlués, juste en dessous de moi, qui nous regardaient. L'étagère s'élevait.

« J'ai fait tous mes calculs », répéta Golgo.

Les chasseurs de livres montaient quatre à quatre. L'étagère s'était arrêtée au cinquième.

« Et maintenant ? demandai-je.

– Reste assis sur l'étagère ! ordonna Golgo. Fais exactement ce que je te dis. Surtout, accroche-toi bien.

– Attrapez-les ! cria Rongkong d'en bas. Allez-y ! »

Les chasseurs de livres étaient déjà à notre niveau.

« Nom d'un chien, murmura Golgo. Ils sont trop rapides.

– Quoi ?

– Il faut que je les retienne. J'aurais préféré venir avec toi. »

Golgo sauta au bas de l'étagère et fit barrage de son corps aux chasseurs de livres.

« Golgo ! criai-je. Qu'est-ce que tu fais ? »

Les chasseurs de livres étaient si étonnés qu'ils s'immobilisèrent. Golgo leva la main et parla d'une voix de tonnerre qui les fit reculer d'un pas. Ils étaient encore persuadés, au fond d'eux-mêmes, de la force magique des Rongelivres.

« Vous voici donc de nouveau, formes vacillantes,
Qui apparûtes naguère à mes regards encore troubles.
Tenterai-je, cette fois, de vous saisir et fixer ?
Mon cœur sent-il encore quelque tendresse
pour ces illusions ?
Vous vous pressez vers moi !
Soit, faites comme bon vous semble ! »

Les chasseurs de livres se regardèrent et échangèrent quelques grognements. Mais Golgo se tourna une dernière fois vers moi et déclama :

« Fuis ! Debout ! Vers l'espace libre !
Et ce livre mystérieux,
De la propre main d'un inconnu,
N'est-il pas pour toi un guide suffisant ?
Tu connaîtras alors le cours des étoiles,
Et si la Nature t'en instruit,
Alors se révélera à toi la faculté de l'Orm,
Par qui un Esprit parle à un autre Esprit. »

Je perçus un grand claquement métallique derrière moi, des chaînes cliquetèrent, des engrenages rouillés grincèrent. Un instant plus tard, l'étagère repartit en arrière et rentra dans les obscures entrailles de la machine à livres. Deux panneaux de la machine se refermèrent comme un rideau devant moi et me cachèrent Golgo, les chasseurs de livres et la Grotte de cuir. Puis mon étagère recula vraiment. Je m'accrochai à mon support et, bêtement, criai encore une fois le nom de Golgo. J'entendis un bruit violent, comme si l'on tirait un verrou, puis l'étagère plongea bruyamment dans les ténèbres.

12

La Voie ferrée des Gnomes rubigineux

Imaginez, mes chers amis, que vous soyez installés sur une luge qui descend à l'envers et que vous soyez expédiés cul par-dessus tête sur une piste de ski au plus noir de la nuit, cela vous donnera une idée assez précise de la situation dans laquelle je me trouvais.

Je n'aurais jamais pensé que l'on puisse voyager à une telle vitesse sur une étagère remplie de livres. Celle-ci glissait sur des rails, comme je le devinai en entendant les crissements métalliques et en apercevant des étincelles à droite et à gauche, mais, dans cette lumière d'étincelles, je ne pouvais actionner de volant, ni appuyer sur le frein. Je me cramponnai et fermai les yeux. Toutefois la sensation physique de la chute ne disparut pas pour autant. J'avais le cerveau et l'estomac retournés, et je fus pris de violentes nausées, à tel point que je faillis vomir. Je tentai de me reprendre, ouvris les paupières et me tordis le cou pour voir où m'emportait cette course folle. C'est dans cette position peu naturelle, en marche arrière, que, pour la première fois, j'aperçus la Voie ferrée des Gnomes rubigineux.

Les piliers, les rails et les traverses, chacune des

poutrelles, chacun des boulons et chacun des écrous de cette incroyable construction étaient couverts d'une rouille qui, dans l'obscurité, prenait des reflets vert phosphorescent. De l'endroit où j'étais, cette voie ferrée ressemblait à un gigantesque mille-pattes illuminé qui serpentait dans un espace nocturne infini.

Dans son livre, Colophonius Clairdepluie avait amplement décrit cette merveille des catacombes et avait évoqué ses légendaires constructeurs, les Gnomes rubigineux. Il s'agissait d'un peuple de nains ainsi nommés à cause de leur barbe rousse, et en raison de leur passion pour tout ce qui avait à voir avec le métal et la corrosion.

Les Gnomes rubigineux avaient été, dans les catacombes, les premiers à réfléchir au transport de grandes quantités de livres. Dans les temps anciens, c'était une entreprise pénible et hasardeuse que de faire passer ces lourds volumes d'un endroit à l'autre du labyrinthe. Partout rôdaient des animaux sauvages, de gigantesques insectes et des Bibliopirates, partout s'ouvraient des abîmes, des galeries écroulées et des voies d'eau. L'acheminement des livres, surtout celui des ouvrages précieux, était jalonné d'énormes risques. Les Gnomes rubigineux avaient, comme l'avait expliqué Colophonius Clairdepluie, la peau blanche comme neige, la barbe et les cheveux roux, tandis que l'iris de leurs yeux était écarlate. Ils connaissaient le labyrinthe comme aucune espèce vivante avant eux. Animés par l'esprit de la recherche, ils avaient exploré avec intrépidité jusqu'au moindre recoin du dédale et en avaient établi une cartographie complexe. En outre, ils disposaient d'une extraordinaire habileté manuelle et d'un véritable génie de la mécanique. Ils extrayaient des minerais, produisaient et coulaient divers métaux, avaient canalisé des rivières souterraines, dérivé, dans des conduites forcées, des coulées de magma pour en utiliser la chaleur. En creusant des puits, ils avaient créé des passages entre de gigantesques grottes, avaient aménagé partout des escaliers et des échelles, et avaient conçu un système de piliers extrêmement sophistiqué qui avait sensiblement amélioré la stabilité du labyrinthe.

Les Gnomes rubigineux cultivaient une variété particulière de rouille et la croisaient avec des algues phosphorescentes ou des moisissures pour obtenir une substance qui n'appartenait ni au règne minéral, ni au règne végétal. À l'aide de cette matière bioluminescente qui se reproduisait constamment, les gnomes éclairaient une grande partie de leur territoire et ils finirent par en recouvrir leur Voie ferrée des livres. Les autres habitants des catacombes appelaient cette rouille mutante du Fluomoisi.

En outre, les gnomes avaient laissé d'impressionnantes bibliothèques uniquement composées de volumes consacrés à des problèmes mécaniques, chimiques et physiques, comme on a pu le déduire des schémas de mystérieux appareils, machines et outils contenus dans ces ouvrages. Pour l'instant, il est impossible de lire ces ouvrages, car l'écriture des Gnomes rubigineux n'a pas encore été déchiffrée. On dit qu'ils ne communiquaient avec les autres espèces vivantes qu'en utilisant la langue des signes, pour conserver le secret de leur expression et de leurs connaissances.

De nombreuses légendes tenaces couraient sur le compte des Gnomes rubigineux. L'une disait qu'ils avaient installé au centre de la Terre un volant qui faisait tourner notre planète sur son axe, et qu'ils avaient des dents en diamant pour mâcher le fer.

Mais une chose était sûre : ils avaient construit la Voie

ferrée des livres dont il restait des vestiges antiques à plusieurs endroits des catacombes. Clairdepluie lui-même en avait vu certaines parties. Cette construction était la plus grande œuvre des Gnomes rubigineux et devait, à l'origine, couvrir l'ensemble du labyrinthe. Cependant, ce monstrueux projet technique ne fut jamais terminé parce que les Gnomes rubigineux disparurent, victimes d'une mystérieuse épidémie qui avait apparemment quelque rapport avec une carence en fer. Toutefois, le Fluomoisi avait résisté aux siècles.

La machine à livres qui se trouvait dans la Grotte de cuir n'était rien d'autre qu'une gare de triage construite par les Gnomes rubigineux. Mais à dire vrai, mes chers et fidèles amis lecteurs, cela m'était franchement égal, dans la situation qui était la mienne. Je trouvais bien plus intéressant de savoir où ma course folle allait s'arrêter, et si j'y survivrais. Un instant, je pensai que mon aventureux voyage touchait à sa fin, car la voie se faisait de moins en moins abrupte, et devint presque horizontale avant de recommencer à grimper.

Je mis à profit le ralentissement pour me retourner sur le ventre. Cette position plus confortable me permit au moins de voir où j'allais. Je commençai à amorcer une montée de plus en plus escarpée, puis ayant atteint le zénith, je dégringolai à toute vitesse sur une forte pente.

Ma cape claquait au vent comme un étendard en pleine tempête. Sous moi, les traverses étaient arrachées les unes après les autres, pendant que les roues crissaient sur les rails en laissant derrière elles un long panache d'étincelles blanches. Je pris de nouveau un virage vers le bas, avant de repartir vers les hauteurs. Je me préparais à une autre chute vertigineuse quand mon étagère adopta une vitesse plus mesurée. Certes, je descendais, mais selon une déclivité nettement moindre, puis j'abordai un long virage en épingle à cheveux. Il valait mieux ne pas penser aux abîmes qui devaient s'ouvrir en contrebas des deux rails minces de métal brillant sur lesquels je roulais. La structure de la voie n'était qu'en partie visible, sur dix, vingt mètres, puis son reflet vert était avalé par les ténèbres, je ne savais donc pas si elle descendait sur quelques dizaines ou quelques centaines de mètres.

Enfin, mon véhicule s'engagea sur une assez longue portion de voie. Roulant plus calmement et régulièrement, j'eus l'impression de devoir me cramponner moins fort et de pouvoir me décrisper quelque peu.

Une chose était certaine : aucun chasseur de livres ne m'avait suivi jusqu'ici. Je me trouvais à l'intérieur d'un antique système de transport dont le parcours et la destination n'étaient connus que par la race éteinte des créatures qui l'avaient conçu. Seuls les représentants d'une espèce vivante disparue en avaient connu le tracé et l'utilité, et c'était un Rongelivre qui m'avait fait connaître ce système.

Plongé dans cette pensée consolatrice, je finis par arriver dans des grottes plus vastes où d'autres voies émergeaient dans le noir, comme des têtes de pont dans le brouillard. Toutes étaient également recouvertes de Fluomoisi aux reflets non seulement verts, mais roses, bleus et orange. Je vis d'interminables virages en à-pic, des rails sur des montagnes et dans des vallées, certains tout près de moi, d'autres au-dessus ou en dessous des miens. J'étais à la fois décontenancé et impressionné devant le spectacle de ces constructions complexes qui flottaient dans les ténèbres comme des monuments fantômes. Entre-temps, mon véhicule avait ralenti ; il avançait au pas et traversait très lentement ces étranges paysages, quand je vis quelque chose qui me remua jusqu'à la moelle des os.

J'empruntais une portion du système nappée d'une rouille d'un bleu incandescent et j'admirais les rails rectilignes sur leurs maigres échasses, reliées par un réseau de fils tressés qui évoquaient la toile d'une araignée, lorsque les rails s'interrompirent brutalement. Le réseau était détruit et les piliers effondrés. À peine vingt mètres plus loin, la voie reprit, mais entre les deux il y avait eu un trou noir.

Je ne voulais pas m'avouer que la Voie ferrée des Gnomes rubigineux était en ruine. La construction sur laquelle mon traîneau circulait avait plusieurs siècles et n'avait pas été entretenue depuis une éternité. Je devais m'attendre à ce que, sur mon trajet, il y ait un trou quelque part et que soudain un précipice s'ouvre en dessous de moi.

Mon étagère ambulante prenait des allures de tapis volant, susceptible de perdre à tout moment son pouvoir magique.

Je me demandai si je devais descendre et poursuivre ma route à pied. Vu la lenteur avec laquelle j'avançais, cela aurait été tout à fait possible. Mais la distance entre deux traverses étant d'un mètre, un faux pas aurait suffi – … non, il valait mieux ne pas y penser. Il ne me restait qu'à garder confiance, à espérer que je me déplaçais sur une partie intacte de la voie, et que je toucherais bientôt mon but.

Malheureusement, ce que je venais de voir n'était pas fait pour me porter à l'optimisme. Je passais de plus en plus souvent près de portions de voie défoncée, de traverses arrachées et de poteaux pliés. Le temps, mais peut-être aussi la rouille vivante, avait rongé la charpente de la voie. Une centaine d'années encore, et il n'y aurait vraisemblablement plus rien que de gigantesques colonies de Fluomoisi, un océan étincelant de toutes les couleurs imaginables sur le sol de la grotte.

Je poursuivis mon chemin en jetant des regards apeurés devant moi. Dans la pénombre, je n'y voyais pas bien, et j'avais sans cesse l'impression que les rails allaient s'interrompre, pourtant ils se prolongeaient.

Tout à coup, j'aperçus une montagne. Non, une montagne, ce serait exagéré. Un rocher, un monolithe, gris et conique, haut de deux ou trois mètres, au beau milieu de la voie, à quelques jets de pierre. D'où venait-il ? C'était peut-être une stalactite tombée de la voûte. Mais pourquoi n'avait-il pas détruit les rails alors qu'il était si massif ?

J'évaluais la vitesse de mon étagère. Elle roulait si doucement que, venant se cogner légèrement au monolithe, elle allait s'arrêter. Je n'avais aucune raison de sauter en marche. Je n'osai même pas réfléchir à la difficulté que je rencontrerais si je voulais déplacer ce rocher de la voie. Par mesure de sécurité, je me cramponnai pour ne pas tomber au moment de l'impact : il n'y avait plus que quelques mètres avant l'obstacle.

Qui se mit soudain à bouger.

Et se déplia.

Se détendit, s'étala et se déforma.

Émit un drôle de cri stridulant.

Et enfin, quelques centimètres avant le choc, tomba du haut des rails dans les profondeurs.

L'étagère continua à rouler, et, les yeux grands ouverts, je regardai, abasourdi, l'endroit où la chose avait disparu. Je ne voyais rien, je n'entendais rien. Je me frottai les yeux, fis des efforts pour distinguer une silhouette en dessous de moi, tout en m'éloignant du théâtre de cet étonnant incident.

Subitement, j'entendis un autre cri stridulant. Venu des profondeurs, un bruit désagréable, suivi d'un battement d'ailes et d'un frémissement semblable à l'envol d'une nuée de pigeons. Puis la chose surgit des ténèbres comme d'un océan de noirceur. Transformée en une sorte d'oiseau, elle décrivit deux vastes boucles et s'éleva à grands coups d'ailes.

Sa tête était longue, presque fuselée, munie d'un bec en forme de pince, la peau gris ardoise, parcheminée. Ses oreilles étaient démesurément grandes et décollées, mais le plus remarquable, c'était que cette créature n'avait pas d'yeux, seulement deux profondes cavités qui lui donnaient l'aspect d'une tête de mort. Ses pattes et les articulations de ses ailes étaient armées de griffes acérées. Ce n'était ni un oiseau ni une chauve-souris, mais une bête singulière qui n'existait que dans les catacombes de Bouquinbourg. Et je connaissais son nom. Il s'agissait d'une Harpyre.

ꝭ

Le Chant des Harpyres

Colophonius Clairdepluie avait écrit qu'il n'existait qu'un type d'êtres vivants capables de vous infliger un état plus grave que la mort. Les Harpyres étaient aptes, par leurs cris, à entraîner leurs victimes dans la folie.

Ces êtres hybrides, mélange de vampire et de harpie, que l'on trouve uniquement dans les catacombes de Bouquinbourg, produisaient des sons d'une fréquence qui perturbait le rythme des ondes cérébrales et finissait par égarer tous leurs auditeurs. Quand enfin les victimes se retrouvaient dans un état de vulnérabilité absolue, les Harpyres fondaient sur elles et buvaient leur sang.

Ce qui venait de tomber des rails était l'une de ces légendaires bestioles. Je l'avais réveillée en sursaut, et maintenant, elle voulait de toute évidence m'en remercier. Comme la plupart des êtres sans yeux, la Harpyre s'orientait essentiellement à l'aide de l'ouïe. En s'élevant à grands coups d'ailes, l'animal tournait la tête en arrière dans toutes les directions et remuait les oreilles – jusqu'à ce que son système auditif s'enclenche ; il dirigea le bout de son bec vers moi. La Harpyre avait discerné le léger claquement de l'étagère ou même les battements de mon cœur. Elle poussa alors son glapissement.

J'aurais tout donné pour accélérer la vitesse de mon véhicule, mais celui-ci roulait aussi tranquillement qu'avant. J'attendis que la Harpyre fonce sur moi, mais pour une obscure raison, elle resta sur place à battre des ailes, en poussant ses cris. Ces sons étaient perçants et désagréables, mais je n'avais pas l'impression qu'ils pouvaient me rendre fou. Manifestement, ils ne servaient qu'à aider la Harpyre à s'orienter. Les échos revenaient de tous les côtés de la grotte et remplissaient l'espace d'ondes sonores dont la bête avait besoin pour se diriger. Cependant, le plus étonnant, c'était que les échos qui rebondissaient sur les parois de la caverne étaient parfois plus forts au retour qu'à l'aller. N'y avait-il pas là quelque chose d'impossible ?

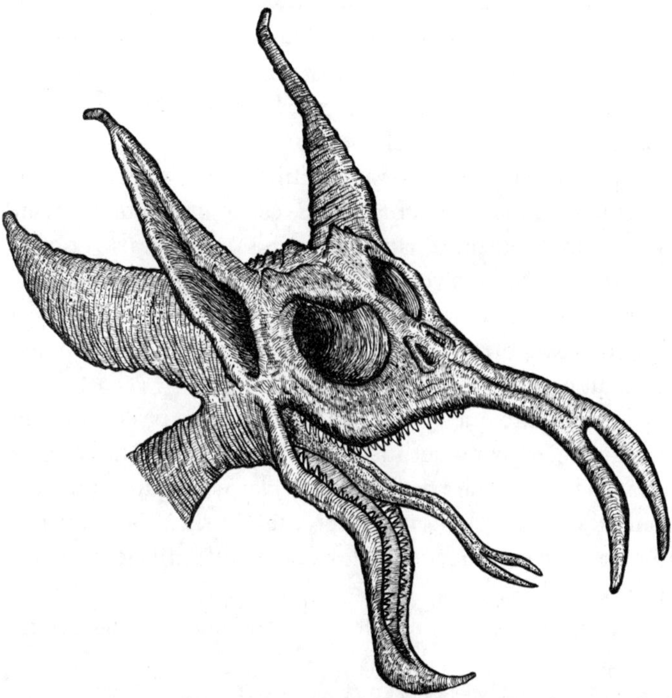

Je n'eus pas beaucoup de temps pour ruminer cette pensée, car un instant plus tard, l'énigme se résolut d'elle-même. En réalité, il ne s'agissait pas d'échos, mais des voix d'autres Harpyres qui sortaient des ténèbres en battant des ailes : une, deux, quatre, sept – pour finir une bonne douzaine qui arrivaient de tous les côtés. Par ses piaillements, la Harpyre avait appelé ses congénères. Elle ne chassait pas en solitaire, mais en bande. Pourquoi cela ne figurait-il *pas* dans l'ouvrage de Clairdepluie ?

Les monstres se rassemblèrent au-dessus de la voie, voletant dans une sorte d'enchevêtrement et criant à qui mieux mieux, pendant que je me traînais au rythme d'un escargot dans ma languissante charrette. Puis, dodelinant de la tête en faisant claquer leur bec, les douze Harpyres finirent par le pointer dans ma direction. Elles s'étaient accordées sur le sens unique de leur vol. Dressant les oreilles, elles poussèrent un glapissement collectif. La chasse était ouverte. Elles prirent alors leur élan et convergèrent vers moi.

À ce moment précis, mon véhicule se renversa. Ce fut en tout cas ma première pensée, car le mouvement avait été si rapide et surprenant que je crus que les rails s'étaient arrêtés net. Mais la voie ne faisait que descendre pour donner un nouvel élan à mon véhicule – les Gnomes rubigineux avaient, de toute évidence, étudié la dynamique avec une extrême précision.

Je peux dire que j'eus de la chance de ne pas tomber de mon étagère, car à cet instant, je ne me tenais nulle part, tant j'étais fasciné par la vue des Harpyres qui se précipitaient sur moi. À moitié éjecté, je réussis à me rattraper avant de recommencer à descendre. Et enfin je revis les étincelles !

Les Harpyres perçurent le fracas des roues et se lancèrent

à ma poursuite en poussant des hurlements. Sur ses rails verts à l'incandescence fantasmagorique, l'étagère empanachée d'étincelles filait comme un météore dans la nuit noire, emportant un dragon terrorisé, avec sa cape pourpre qui flottait au vent, pourchassé par une douzaine de Harpyres sans yeux, vociférantes, assoiffées de sang – il était bien dommage qu'il n'y eut alors aucun spectateur pour admirer ce spectacle unique.

Les cris des Harpyres changèrent peu à peu. Les sons stridulants se transformèrent en un mélange de piaillements et de croassements, mais je n'avais pas davantage l'impression que ces bruits pouvaient me rendre fou. Ma course devenait encore plus folle qu'avant. Rapide comme une flèche, l'étagère prenait les virages les plus raides, vers la droite, vers la gauche, vers le haut et vers le bas. Je glissais et roulais sur mon meuble dans tous les sens, tout en m'y agrippant avec acharnement de toutes mes griffes.

Nous entrâmes ainsi à grande vitesse dans une grotte aux dimensions véritablement titanesques. Il pouvait s'agir de la gare centrale des Gnomes rubigineux, car je voyais ici une énorme quantité de voies de chemin de fer. La plupart étaient irrémédiablement hors d'usage, et j'apercevais les rails brisés, les traverses éventrées et les piliers effondrés. Çà et là, d'immenses stalagmites émergeaient de l'obscurité, mais en m'approchant, je m'aperçus qu'il s'agissait d'étagères bourrées de livres, empilées et totalement empoussiérées : c'étaient les vestiges d'un antique système de rangement, un entassement de marchandises dans une gare de triage. D'énormes rouages, recouverts d'une rouille orangée, se dressaient dans le noir, et je vis trois machines à livres posées sur de gigantesques carcasses métalliques, semblables à celle de la Grotte de cuir.

Livrées aux toiles d'araignées et aux cendres du temps, ces machines étaient reliées par des rails et plus aucune ne fonctionnait. C'était la centrale mécanique, maintenant immobilisée, une machine spirituelle qui gérait autrefois avec ardeur la matière à penser ; c'était le cerveau défunt de la Voie ferrée des Gnomes rubigineux.

Mais ce qui m'impressionna le plus, c'était le monde animal qui peuplait cette gare centrale. Je l'avais déjà lu dans le livre de Colophonius Clairdepluie, mais, à l'époque, j'avais été convaincu que l'auteur avait tiré ces créatures de son imagination, qu'il s'agissait d'une plaisanterie biscornue aux dépens de ses lecteurs. Car ce qu'il décrivait était trop étrange, trop invraisemblable, même pour les catacombes. J'étais désormais revenu de mon erreur : tout, même le plus incroyable détail, était conforme à la réalité.

Circuler dans la gare centrale des Gnomes rubigineux, c'était comme plonger dans un océan d'air, dans un monde où régnait la loi des profondeurs marines, mais sans la moindre goutte d'eau. Les habitants de cette caverne géante ressemblaient tous à des créatures aquatiques. Je vis des poissons volants à ailes de libellule, qui brillaient dans le noir. Peut-être lancés à la chasse d'insectes bourdonnants, ils traversaient en bancs interminables la carcasse en ruine du chemin de fer, et ils changeaient collectivement de couleur dès qu'ils prenaient une autre direction. Il y avait des méduses blanches, de la taille d'un ballon captif, qui flottaient çà et là, leur corps transparent agité de charmants soubresauts. Des lumières de diverses couleurs y lançaient des étincelles qui dansaient comme des flocons de neige multicolores. Des calamars noirs aux scintillantes ventouses violettes s'accrochaient aux carcasses des voies et aux machines à livres, laissant échapper de sombres nuages gazeux qui flottaient dans l'air comme de l'encre sous l'eau. Des lumières clignotaient nerveusement dans le ventre de raies translucides à longue queue, grandes comme des Harpyres, qui glissaient avec élégance dans tous les sens. Des araignées de mer incolores se balançaient au-dessus des ruines de la Voie ferrée des livres en tissant leur toile.

Clairdepluie avait émis l'hypothèse que cette caverne géante avait été remplie d'eau dans les temps préhistoriques et qu'elle communiquait avec l'océan Zamonien, ce qui pouvait expliquer l'origine et l'évolution de cette faune unique en son genre.

J'en étais convaincu : d'énormes crabes se déplaçaient avec raideur au fond de cette grotte et il y avait des huîtres qui renfermaient des perles de la taille d'une maison. Un jour, l'océan reviendrait, réoccuperait cette caverne, et ces créatures retrouveraient l'état qui avait été celui de leurs ancêtres.

Toutefois, mes chers amis, pendant que je m'abîmais dans la contemplation de ces extraordinaires curiosités, j'en avais presque oublié le danger auquel je me trouvais confronté. Les Harpyres volaient avec adresse au milieu des ruines luminescentes et des créatures qui y gravitaient, tout en piaillant inlassablement. Mais chaque fois qu'elles me frôlaient à moins d'un mètre en claquant avec avidité leur bec pointu dans ma direction, la voie ferrée piquait un schuss téméraire ou s'engageait dans des courbes périlleuses, comme si, des siècles plus tôt, les Gnomes rubigineux les avaient élaborées à seule fin de permettre cette course-poursuite.

J'éprouvais l'ivresse de la vitesse. Un délicieux sentiment de puissance m'envahit, je me sentais invincible et inaccessible aux Harpyres. N'était-ce pas le début de la folie ? Non, les cris de ces monstres ne me touchaient en rien. Ce n'était que l'orgueil qui m'avait saisi face à l'immense danger, une mesure de protection lancée par mon cerveau pour ne pas sombrer dans la peur paralysante. Je ne pensais plus aux risques, aux trous possibles sur la voie, à la fin imprévisible de cette poursuite. J'étais dans la jouissance du moment, celle que me procuraient mes petits triomphes remportés sur mes poursuivantes, les virages et les brusques descentes qui ne cessaient de les déconcerter et de les rendre de plus en plus furieuses. J'étais un lièvre en fuite qui courait en zigzag devant les chiens, j'étais le martinet qui échappait aux aigles.

Alors les Harpyres se mirent *réellement* à crier. C'était un troisième glapissement qui sortait maintenant de leur gorge, et je me pris à penser que je n'avais pas encore entendu leur vrai chant. Les grincements, les piaillements et les croassements précédents n'avaient été qu'une ouverture, la simple mise en voix du chant choral démentiel qui allait suivre. En un instant, alors que je ne m'y attendais plus du tout, les Harpyres entonnèrent le chœur des chasseuses.

C'était une suite de trilles et de chuchotements, qui diminuaient puis remontaient jusqu'au suraigu, avant de redescendre jusqu'à de dangereux feulements, une musique adéquate pour accompagner la course folle où m'entraînait mon étagère sur la Voie ferrée des livres. Montées et descentes, montagnes et vallées, virages à droite puis à gauche se succédaient presque toutes les secondes, mais les Harpyres continuaient à me talonner, entêtées comme des chiens de chasse qui suivent le moindre mouvement de leur proie. Leurs cris perçants faisaient bouillir mes pupilles et cuire ma langue à petit feu. Je sentais les circonvolutions de mon cerveau se tordre et se crisper, ses humeurs se mettre à bouillir pour l'empoisonner. J'eus l'envie de plus en plus irrépressible de mettre fin à toute mon aventure en me jetant dans le vide, avant que les Harpyres finissent par triompher. Il suffisait d'un saut pour que tout soit terminé. Un saut. Puis la paix éternelle.

« Ohé ! » fit une voix intérieure.

Naturellement, c'est presque tout le temps comme ça que la folie commence, n'est-ce pas, mes chers amis ? On entend une voix, puis plusieurs, mais je trouvais vexant que, pour me saluer, celle-ci prononce un « Ohé ! » aussi banal.

« Ohé ! » reprit la voix.

J'avais vaguement l'impression de la connaître.

« Oui ? répondis-je en pensée.

– Salut, mon garçon ! Comment ça va ?

– Mais qui es-tu ?

– **Je suis une armoire pleine de lunettes pas nettoyées**, poursuivit la voix.

– Dancelot ?

– Tu en connais une autre, d'armoire pleine de lunettes pas nettoyées ? »

N'était-il pas courant, dans les états de démence, d'entendre la voix d'un cher disparu ?

« Je voulais juste te dire que je connais bien les ténèbres dans lesquelles tu dérives en ce moment. Un jour, lors d'un siège de la citadelle des Dragons, j'ai pris une grosse pierre sur le citron et à partir de là…

– Je sais, Dancelot. »

De toute évidence, je perdais la tête. J'étais en danger

de mort, et je commençais à m'entretenir avec une voix intérieure.

« Oui, mon garçon, à cette époque, mon esprit était plongé dans la nuit. J'étais bel et bien devenu fou. J'étais persuadé d'être…

– Une armoire pleine de lunettes pas nettoyées – je sais, Dancelot. Écoute : je roule à toute vitesse sur les rails d'un train fantôme, poursuivi par une armée de Harpyres qui veulent me sucer le sang, et je suis en train de perdre la boule. Voudrais-tu me dire, précisément et brièvement, ce que tu attends de moi en ce moment ?

– Je pensais que tu serais content d'avoir de mes nouvelles. »

À sa voix, il semblait à la fois triste et vexé.

« Oui, je le suis… compte tenu des circonstances. Mais je suis seulement un peu… tendu en ce moment, Dancelot.

– Je comprends. Je voulais seulement te donner un petit conseil, avant de disparaître.

– Un conseil ?

– Tu sais que j'avais recouvré la santé. Est-ce que tu t'es jamais demandé comment c'était arrivé ? »

À dire vrai, je n'y avais jamais réfléchi.

« Voilà comment ça s'est passé : un jour, j'ai entendu la voix de mon arrière-grand-père, Hilarius de Tournerimes, célèbre lui aussi pour ses hallucinations – en réalité, la maladie mentale a, dans notre famille, une très, très longue tradition.

– Dancelot ! Voudrais-tu, s'il te plaît, en venir au fait ?

– Ouais. Hilarius m'a recommandé de me rendre au sommet de la citadelle des Dragons. Et là, de crier le plus fort possible.

– Crier ?

– Exactement. C'est ce que j'ai fait. Je suis monté tout en haut, et j'ai hurlé. Toute ma folie est passée dans ce cri et a disparu dans l'atmosphère, comme un démon que j'aurais chassé de mon corps. C'est pas des blagues ! Ce cri a changé ma vie, au moins autant que le manuscrit que tu…

– Que veux-tu me dire, Dancelot ? Que je dois crier ? Maintenant ? »

Pas de réponse.

« Dancelot ? »

La voix avait disparu.

J'avais exactement trois possibilités pour expliquer cet événement, mes fidèles amis. La première, et la plus invraisemblable, était que cette voix appartenait véritablement à mon défunt parrain en écriture. La deuxième, déjà plus vraisemblable, était qu'il s'agissait d'une manifestation de la folie, déclenchée par les trilles des Harpyres. La troisième, c'était tout simplement que la peur voulait s'échapper : ma propre raison avait emprunté la voix de Dancelot pour m'en convaincre. Peut-être était-ce un mélange des trois – je n'en aurai jamais le cœur net. Tout ce que je sais, c'est que je suivis le conseil de Dancelot, qu'importe d'où il venait, de l'au-delà, de ma folie ou de ma raison : je me mis à hurler.

ᘎΨ

Un cri et un soupir

S'il existait une sorte de *Liste d'or* pour enregistrer les performances acoustiques, le cri que je poussai dans la gare des Gnomes rubigineux y figurerait sûrement en première position.

Mes fidèles amis, imaginez-vous menacés par un danger extrême, en train de rassembler tous les bruits du monde ! Le grondement d'un volcan juste avant l'éruption. Le grognement du loup-garou avant l'attaque. Le roulement sourd de la Terre précédant le grand séisme. Le souffle d'un tsunami à l'approche. L'haleine d'un incendie dans les steppes. Le hurlement d'un ouragan. Le fracas d'un orage dans les monts Obscurs. Vous disposerez alors de la plupart des ingrédients nécessaires pour composer mon cri, le cri de tous les cris.

Ajoutez à cela la tristesse après la perte de mon parrain en écriture, le désespoir de voir mon sort empirer sans cesse et la force négative de la folie qui se développait en moi. Mélangez le tout avec les forces archaïques qui continuaient à sommeiller dans mon sang de dragon. Vous imaginerez le rugissement qui finit par sortir de ma gorge. Mais attention ! N'oubliez pas de vous boucher les oreilles, afin que mon hurlement ne vous perce pas les tympans et ne vous arrache pas les pupilles !

Je le lâchai donc, ce cri qui n'eut aucun mal à couvrir les trilles des Harpyres et qui emplit la grotte géante d'un bruit assourdissant. Les poissons volants reformèrent leurs bancs en changeant vivement de couleur. Prise de panique, une gigantesque méduse s'éleva en actionnant sa pompe pour aller se cacher dans la carcasse d'une machine à livres. Des araignées de mer se laissèrent tomber du haut des ruines du chemin de fer.

Je savais que les dragons disposent de cordes vocales puissantes, mais je ne me doutais pas que mes poumons recelaient une telle énergie. Je suis convaincu que tous les habitants des catacombes ont entendu ce hurlement, qu'il s'est introduit dans le moindre recoin du labyrinthe. Je pense qu'il est entré dans les oreilles des chasseurs de livres, qu'il est parvenu à la surface de Bouquinbourg, et qu'il erre pour toujours dans le Cabinet des échos prisonniers. La douleur et l'angoisse me quittèrent, et pendant un moment délicieusement long, je n'eus plus peur de rien, ni des Harpyres ni de la folie. Tout en continuant à hurler, je jetai un coup d'œil devant moi et vis que la voie s'arrêtait là. Les rails s'interrompaient, tout simplement, suspendus dans les airs.

C'était donc la fin de la Voie ferrée des livres. Et sans doute la mienne. Pourtant, mes très chers amis, à cet instant je ne craignais plus rien, pas même la mort. Je hurlais et me préparais à la chute dans les ténèbres, à l'écrasement sur le sol de la grotte. La gare des Gnomes rubigineux était un lieu grandiose pour mourir, un formidable monument à l'absurdité de toutes les ambitions, au cœur des catacombes. Ici, au beau milieu de ces carcasses métalliques, la mienne aussi pouvait pâlir. La mort ne pouvait choisir de moment plus favorable pour venir me chercher, de meilleur endroit pour me coucher dans la tombe.

Puis ce fut la surprise. Non, l'expression n'est pas assez forte, il y eut plusieurs surprises en même temps. Six au total, exactement.

Surprise numéro un : en arrivant au bout de la voie ferrée, je constatai qu'elle continuait. Je ne m'envolai pas dans le vide, mais continuai à descendre. Ni chute ni dégringolade, j'avais toujours des rails sous mes roues, et des étincelles jaillissaient dans mon sillage. Je roulai encore à pleine vitesse.

Surprise numéro deux : j'entendis une salve de claquements, une douzaine environ, le bruit de plusieurs quartiers de viande qui s'écrasent contre un mur en pierre.

Surprise numéro trois : le chant des Harpyres se tut d'un seul coup.

Surprise numéro quatre : mon cerveau se libéra de ses chaînes.

Surprise numéro cinq : d'un instant à l'autre, la qualité des sons changea, faisant place à des bruits assourdis, brefs, sans profondeur, sans écho.

Surprise numéro six : la gare, les bêtes, les ruines et les Harpyres disparurent.

Quelques secondes terribles s'écoulèrent avant que je ne comprenne ce qui s'était passé. La Voie ferrée des livres était tout bonnement entrée dans un étroit tunnel.

Mon rugissement infernal avait perturbé le système de navigation des Harpyres, au point de déchirer leur réseau de coordination acoustique, les empêchant d'appréhender l'imposante paroi de la grotte vers laquelle elles se dirigeaient à grands coups d'ailes. Alors que je pénétrais dans le tunnel, la douzaine de volatiles s'était écrasée contre la masse rocheuse. Je pouvais me persuader qu'aucun d'entre eux n'avait survécu.

Si je n'étais pas descendu aussi vite, j'aurais peut-être pu me détendre un peu. Mais j'avais échappé aux Harpyres, à la folie, et je n'étais pas tombé du train : triple triomphe.

L'étroitesse d'un lieu augmente énormément l'impression de vitesse : ici, dans ce tunnel, les roues tournaient avec un plus grand fracas, crissaient plus fort qu'ailleurs, les étincelles ricochaient sur les parois du tunnel comme des tirs d'écharpe. Soudain, glacé d'effroi, je sentis que quelque chose venait s'accrocher à ma cheville, avec la force d'un étau.

Pour la première fois depuis que j'étais entré dans ce tunnel, je jetai un coup d'œil derrière moi. Dans le flash des étincelles, j'aperçus une Harpyre recroquevillée sur mon étagère. Je n'aurais pas juré que c'était celle que j'avais arrachée à son sommeil, mais bizarrement, à la vue de l'animal, cette pensée me traversa l'esprit. À vrai dire, peu m'importait de savoir lequel des douze monstres avait réussi à s'agripper au bon moment à l'étagère, et à se laisser entraîner avec moi dans le tunnel. La bestiole ouvrit son bec et gronda dans ma direction.

J'en fis autant, étonné de me sentir si peu effrayé par cette nouvelle menace. Si la Harpyre voulait l'affrontement, elle l'aurait, ici et maintenant.

La bête lâcha mon pied – elle n'avait visiblement pas l'habitude qu'on lui résiste. Sans doute son cerveau n'était-il pas plus gros qu'un petit pois, mais son instinct semblait lui dire que le moment était mal choisi pour combattre. Nous devions faire tous les deux attention à ne pas tomber de mon étagère.

Tout à coup l'espace s'ouvrit. Nous avions quitté le tunnel et nous entrâmes dans une longue grotte dont le sol était largement couvert de flaques. Des gouttes d'eau d'un vert fluorescent tombaient de la voûte, et une forte odeur de pourriture végétale flottait dans l'air.

La Harpyre aveugle n'avait pas manqué de remarquer que nous avions changé de lieu. Elle dodelina de la tête, d'avant en arrière, tourna ses oreilles à droite et à gauche. Puis elle finit par pousser l'un de ses cris stridulants – appelait-elle ses congénères ? Mais non, cette fois, ce n'était heureusement qu'un écho renvoyé par les murs de la grotte. S'affaiblissant progressivement, il finit par s'éteindre.

De nouveau, la voie était droite, tirée au cordeau, quasiment plate, et la vitesse diminua de plus en plus. La Harpyre se redressa de toute sa hauteur, poussa une fois encore un hurlement, déplia ses ailes parcheminées et tendit ses griffes dans ma direction.

Je me reculai, autant que l'étagère me le permettait, et regardai en dessous de moi, pour mesurer la profondeur du gouffre. Elle était considérable ! En outre, je m'aperçus que la carcasse de la voie était dans un état de délabrement surpassant toutes mes prévisions. De nombreux piliers de soutènement et de raccordement étaient cassés ou pliés, les rails reposaient littéralement sur des béquilles. Je remarquai qu'en dessous de nous, plusieurs traverses se détachaient et chutaient en vrille dans le vide dès que nous avions roulé sur elles. Partout le métal soumis à rude épreuve grinçait et gémissait, les vis et les boulons s'échappaient des rails, et la rouille luminescente tombait en fins nuages de poussière.

Soudain, la Harpyre passa à l'attaque, d'une manière que je n'aurais jamais imaginée. J'avais pensé qu'elle me donnerait des coups de griffes ou des coups de bec, qu'elle essaierait de me faire un trou dans la tête ou, en me poussant, de me faire dégringoler de l'étagère, mais pas qu'elle m'attraperait avec sa langue !

L'organe qu'elle darda du fond de son gosier était incroyablement long. Deux, trois mètres de langue se déroulèrent, ceignirent mon corps comme un lasso et m'enserrèrent le cou. Puis la Harpyre tendit bruyamment son organe buccal dans son bec et me coupa brutalement la respiration.

À cet instant, notre véhicule bascula une nouvelle fois sur le côté et se mit à rouler vers le bas. La Harpyre s'accrocha fermement à l'étagère tout en m'étranglant. Les pointes de sa langue apparurent dans mon champ de vision, et je vis qu'elle était armée de deux fines dents pointues.

Nous entrions dans un virage en épingle à cheveux. Je n'avais plus d'air, mes paupières tremblaient tandis que les dents de la Harpyre s'enfonçaient dans ma gorge. Brusquement ce fut le silence : plus de fracas de roues, plus de gerbes d'étincelles, plus de grincements métalliques, rien que le doux bruissement du vent de la course.

Je savais que quelque chose de décisif venait d'arriver. La Harpyre parut le sentir car elle desserra son étreinte, puis elle rengaina sa langue en un clin d'œil, comme un fouet. Je portai la main à mon cou, tentai de retrouver mon souffle – puis compris la raison de ce silence subit. Je vis derrière la Harpyre la voie ferrée s'éloigner. C'était une illusion d'optique, car la voie ne s'écartait pas de nous, bien au contraire. Les rails étaient arrachés au beau milieu d'une montée incurvée, et nous avions été projetés dans le vide.

Très vite, nous atteignîmes le zénith de notre ascension. La Harpyre, l'étagère et moi voltigeâmes une seconde en totale apesanteur. C'est alors que plusieurs choses se produisirent en même temps.

Tout d'abord, l'étagère se sépara de nous. Elle poursuivit seule sa route puis, après avoir décrit dans les airs un long virage, atterrit sur les rochers qui jonchaient le sol où elle se fracassa.

La Harpyre déploya ses puissantes ailes et commença à les agiter.

Et moi ? Que fis-je ? Certes, je possède des ailes, mais cet héritage rabougri de mes ancêtres peut juste me servir à effrayer une bouquiniste chrecque ; elles ne sont pas conçues pour voler. Il fallait donc que je m'accroche à la Harpyre, et c'est exactement ce que je fis. Je saisis ses pattes à deux mains et m'agrippai fermement. Elle poussa un cri de surprise et battit violemment des ailes, afin de se maintenir dans les airs. Heureusement, les lois de l'anatomie lui interdirent de me donner des coups de bec.

J'entendis le bruit produit par l'étagère qui s'écrasait sur les rochers loin en dessous de nous. La Harpyre semblait comprendre qu'elle devait se débarrasser au plus vite de son encombrant passager, car elle amorça un piqué. Plus le sol s'approchait, plus je caressais l'espoir de terminer, sans y perdre la vie, ce voyage involontaire, effectué avec les moyens de transport les plus inhabituels qu'un voyageur ait jamais empruntés.

Cependant, le monstre était descendu à toute allure avec l'intention de me fracasser sur les stalagmites. À l'approche d'une pointe haute comme un clocher, je réussis à éviter le choc en repliant mes jambes. Mais quelques instants plus tard, mon corps alla se cogner contre le rocher voisin. L'impact fut si violent que la pierre se cassa net et tomba. Mais je ne ressentis aucune douleur et m'accrochai encore plus. Je tins bon jusqu'à ce qu'enfin, la Harpyre donne des signes de fatigue. Cette lutte épuisait ses forces autant que les miennes et peut-être commençait-elle à comprendre que je tenais à la vie avec une ténacité qui égalait la sienne. Ses coups d'ailes se firent plus lents et plus faibles, et quand il n'y eut plus que quelques mètres entre le sol et moi, je fis appel à tout mon courage et me lâchai dans le vide.

Je ne sentis pratiquement pas la chute, malgré sa rudesse et mes nombreux roulés-boulés. Les douleurs ne devaient apparaître que plus tard. Je me redressai rapidement et regardai en l'air. La Harpyre était juste au-dessus de moi, à quelques mètres. Elle battait des ailes et criaillait pour me localiser. De toute évidence, le petit pois de son cerveau se demandait s'il valait mieux s'en aller ou lancer une nouvelle attaque.

Elle opta pour la seconde solution, descendit et atterrit non loin de moi sur le sol rocheux. Elle ouvrit son horrible gueule et darda de nouveau sa longue langue armée de dents. Je me baissai et saisis une lourde pierre que je songeais à lui écraser sur le crâne, mais je me rendis compte à quel point tous les efforts accomplis m'avaient affaibli. Je réussis certes à saisir la pierre mais je n'eus pas la force de la soulever et de la lancer. Elle me glissa des mains et tomba par terre.

La langue de la Harpyre cingla les airs et s'enroula autour de mon corps, tandis que la bête ouvrait grand ses ailes et tendait ses griffes vers moi. Je posai mes mains sur mon cou, c'était tout ce que je trouvai pour me défendre. J'avais épuisé mes forces dans notre combat aérien.

Mais un bruit traversa la grotte, pareil à un soupir

extraterrestre traversant la cheminée d'une maison lors d'une nuit d'orage. La Harpyre sursauta comme sous l'effet d'un coup de fouet. Elle rentra sa langue, cacha ses griffes et son bec sous ses ailes, comme si elle voulait protéger ses armes mortelles d'un adversaire qui lui avait laissé de mauvais souvenirs.

Elle resta brièvement dans cette position de soumission, puis elle feula dans ma direction, poussa un cri assourdissant, déplia ses ailes, s'éleva dans les airs et disparut dans les ténèbres avec un croassement où perçaient la peur et la colère, mais également, à ce que je crus percevoir, un certain soulagement.

Mais je savais aussi qui était l'auteur de ce terrible bruit, car je l'avais déjà entendu dans la grotte d'Hoggno le Bourreau. C'était le soupir du roi des Ombres.

Le Peuple des ténèbres

Je me dirigeai vers l'endroit d'où semblait provenir la respiration – tout en pensant qu'il ne s'agissait pas vraiment d'une bonne idée. Jusque-là, mes décisions n'avaient cessé de me causer des ennuis. On pouvait pronostiquer sans trop se tromper que, cette fois encore, j'allais courir à ma perte.

Traversant de hauts et sombres halls rocheux, où l'eau bleue fluorescente des nombreuses mares formait de petits dômes de lumière qui me servaient de repères, je trébuchais sur des aspérités du sol. Il y avait çà et là dans les ténèbres des bruits, des frôlements, mais je m'étais passablement endurci à ce genre de phénomène. Peu auparavant, j'aurais été mort de peur. Sûrement n'était-ce qu'une pauvre bête des catacombes qui s'était enfuie à mon approche.

Pourtant, je n'arrivais pas à me débarrasser du sentiment oppressant d'être observé. Vous connaissez cette impression, mes fidèles amis, quand, à une heure avancée, vous êtes allongés dans votre lit : vous venez de souffler votre bougie, vous voulez vous reposer et soudain vous croyez *qu'il y a quelque chose dans l'obscurité*, et que, contre toute vraisemblance, vous n'êtes pas seul dans la chambre. La porte ne s'est pas ouverte, la fenêtre est bien close, vous ne voyez rien, vous n'entendez rien – mais vous la sentez, cette présence menaçante, n'est-ce pas ? Vous allumez et, bien sûr, il n'y a personne. La pesante impression disparaît, vous avez honte de votre peur infantile, vous éteignez – mais la revoilà, l'étrange sensation d'être épié dans le noir par une présence. Vous l'entendez respirer. S'approcher, se glisser autour de votre lit… Quand quelqu'un vous souffle son haleine glacée sur la nuque, vous vous levez d'un bond en criant. Pris de panique, vous rallumez votre bougie… et de nouveau, il n'y a personne.

Il reste le soupçon atterrant que vous avez convoqué dans la nuit une présence qui n'aurait pas dû l'être. Qu'en éteignant la lumière vous avez créé un monde magique où s'ébat un peuple invisible, qui craint la clarté et a besoin de l'obscurité comme nous de l'air pour respirer. Et vous passez le reste de la nuit, la bougie allumée, dans un demi-sommeil maladif.

Dans ces bas-fonds, ce genre d'impression et de supposition s'insinuait en moi en dépit de mon indifférence. Les ténèbres alentour étaient bien trop puissantes pour qu'il ne s'y cache pas quelque menace. Je voyais des ombres allongées, de noires silhouettes dégingandées qui flânaient entre les stalactites et les stalagmites avant de s'évaporer à mon approche. J'apercevais des rochers qui se balançaient comme des peupliers dans le vent. J'entendais du papier que l'on froisse et un souffle lourd. L'écho de pas, le murmure de mots incompréhensibles. Des ricanements. Étaient-ce mes propres pas ? Étais-je en train de monologuer, de rire tout seul sans m'en apercevoir ? Ou quelque être rôdait-il près de moi ? Si oui, n'était-ce pas le roi des Ombres ? Pourquoi alors me surveillait-il constamment ? Pourquoi ne se montrait-il pas et ne me réglait-il pas mon compte ? Une créature qui n'avait pas peur des Harpyres et des chasseurs de livres ne pouvait craindre un dragon poète.

Je m'arrêtai près d'une mare. Je me gardai de succomber à la tentation de boire son eau lumineuse, mais j'étais tout de même heureux d'apercevoir mes propres mains. À ma grande surprise, je remarquai que je tenais fermement mon manuscrit. Inconsciemment, je l'avais sorti de ma poche et je le pressais sur ma poitrine comme s'il pouvait me protéger. Mon comportement puéril m'effraya, puis je me sentis rassuré. Il était évident que les froissements de papier, la respiration, les pas, les ricanements étaient les miens. J'en étais l'auteur et je me faisais peur. Il n'y avait personne d'autre que moi.

Je poursuivis mon chemin. Je voyais de plus en plus de lumière. Des algues bleues phosphorescentes recouvraient les rochers de la grotte. J'avais l'impression, dans cet étrange mélange de lumière froide et d'obscurité, de me promener par une nuit de pleine lune. C'est alors que j'aperçus un premier morceau de papier qui dérivait sur une petite mare bleue. Je me penchai et le sortis de l'eau. Je le contemplai longuement. Le vertige me prit : je m'adossai à un rocher pour ne pas perdre l'équilibre.

C'était un de ces bouts de papier que j'avais aperçus près de la terrible demeure d'Hoggno le Bourreau. Je retrouvais la trace qui m'avait mené aux Rongelivres. Bordé de sang, il portait la même écriture illisible. Je fouillai du regard dans le noir et en vis un autre à proximité d'une deuxième mare. Les genoux tremblants, je m'en approchai et le ramassai. Un peu plus loin, à la surface d'une troisième flaque, son jumeau. La trace du roi des Ombres.

Mais comment avait-il pu suivre mon voyage insensé sur la Voie ferrée des livres ? C'était impossible, même pour un fantôme. J'essuyai la sueur froide qui coulait sur mon front, fourrai le manuscrit dans ma poche et resserrai ma cape. Puis je respirai profondément et suivis de nouveau la piste sanglante.

ꝏ

Les Signes

Le regard fixé sur ce tracé, je parcourus les cavernes suivantes au milieu de vapeurs de soufre et de phosphore. Les odeurs désagréables provenaient de sources volcaniques : partout, de la lave et de l'eau chaude bouillonnaient. C'était autre chose que le modeste puits isolé que les Rongelivres appelaient la Cuisine du Diable. Ça bouillait, grésillait et gargouillait de toutes parts. Il fallait que je regarde où je mettais les pieds, car l'eau d'une mare en apparence innocente pouvait être brûlante.

La température et l'humidité de l'air avaient considérablement augmenté : cette chaleur ne règne d'habitude qu'à proximité de hauts fourneaux. La lumière était nettement plus forte, l'éclat doré de la lave bouillonnante éclairait jusqu'aux voûtes des hautes cavernes. Je déduisis de la présence volcanique que je m'étais enfoncé plus profondément dans les catacombes, mais je n'en étais pas sûr, mes connaissances géologiques étant modestes.

Plus j'avançais dans ces grottes, plus l'environnement me paraissait artificiel. Les murs et le sol semblaient avoir été polis, et bientôt j'observai davantage de structures et de signes ornementaux tracés à la main. Quelqu'un avait taillé, gratté ou fraisé des dessins dans la pierre avec des instruments, mais aucun d'eux ne rappelait une culture ou un art connus. Nulle part, je ne découvrais de forme familière. C'étaient des signes abstraits qui m'étaient étrangers, car ils ne présentaient pas les formes géométriques habituelles : il n'y avait ni carrés, ni cercles, ni triangles, rien de géométrique.

Entre-temps, je traversai des cavernes où le moindre centimètre carré était recouvert de ces symboles. Ils ornaient le sol, les murs, les plafonds, les stalactites, les stalagmites et les rochers. Certains étaient peints avec soin, en rouge, en jaune et en bleu et, vus de loin, ils formaient des motifs décoratifs d'une étrange beauté. Contemplant longuement ces dessins aux multiples couleurs, j'eus l'impression qu'ils bougeaient, qu'ils tournaient, qu'ils dansaient, se levaient ou s'abaissaient avec les murs sur lesquels ils étaient tracés, comme la poitrine d'un grand animal endormi.

Je me demandais si ces murs n'étaient pas les cloisons de mon propre cerveau où se promenait ma raison affolée et si ces graphes ne figuraient pas les idées saugrenues que je n'étais plus capable de déchiffrer.

J'étais sans cesse obligé de me frotter les yeux. Il doit en être de même quand, sur une lointaine planète, on découvre les vestiges d'une civilisation inconnue. Je m'imaginais les anciens habitants de ces cavernes comme des fourmis géantes capables de marcher aux murs et aux plafonds, gravant leurs marques dans la pierre avec les instruments et les acides de leur corps : on ne pouvait guère s'expliquer autrement la façon dont ces endroits pratiquement inaccessibles sur la voûte avaient pu être travaillés.

Les cavernes étaient de plus en plus hautes et étroites. À chaque pas, il me semblait rapetisser et perdre de mon importance. Jamais la nature seule ne m'avait fait cet effet.

Ni les hautes montagnes ni les vastes déserts n'avaient pu éveiller en moi autant de respect. Cette immensité traitée avec une telle puissance m'incitait à l'humilité. Était-ce la manifestation d'une très ancienne littérature ? D'un art qui ne connaissait ni le papier ni l'imprimerie ? Était-ce une écriture plutôt qu'une ornementation ? Je me promenais peut-être dans une forme très primitive de livre : un art déambulatoire de l'écrit, un énorme volume rupestre où chaque chapitre était une grotte.

Je grimpai un escalier taillé dans la roche, couvert de signes, qui menait à un haut portail, lui aussi richement décoré. Je ne pus m'empêcher de penser que tous ces dessins n'avaient d'autre but que de me préparer à une autre œuvre d'art plus importante. Que c'était une puissante harangue gravée ou un avertissement qui préfigurait ce qui m'attendait au-delà de cette ouverture. Je tremblais d'excitation. Était-il vraiment intelligent de continuer ? Mes genoux se dérobaient sous moi. Je suais à grosses gouttes. Les symboles virevoltaient autour de ma tête comme des flocons de neige dans une tempête. Sans doute m'intimaient-ils l'ordre de faire demi-tour à l'instant. Mais je ne comprenais pas leur langue.

Puis, au bout de trois, quatre pas, les dessins disparurent de mon champ de vision, car je venais de franchir le portail et me trouvais dans la grotte suivante, dans un autre monde. Ce n'était certes pas la plus grande caverne que j'avais vue : la gare des Gnomes rubigineux était nettement plus imposante. Mais il y avait là la construction la plus étonnante des catacombes. Je cherchai les mots pour la décrire et me souvins des vers de Colophonius Clairdepluie :

Amoncellement de livres
Abandonné et maudit
Ourlé de fenêtres mortes
Habité de fantômes
Envahi d'animaux
De cuir et de papier
Lieu de folie et de bruits
Que l'on nomme le château des Ombres.

Un long escalier en colimaçon descendait au fond de la grotte, puis remontait en abondants méandres jusqu'à cette construction qui semblait sortir de la muraille comme la proue d'un gigantesque navire. Un bâtiment des temps antiques ou du futur, construit par des titans qui avaient navigué dans les abysses marines avant d'échouer au fond de l'océan Zamonien.

Ourlé de fenêtres mortes : le château des Ombres présentait un nombre infini de portails et de fenêtres de tailles diverses, tous murés, à l'exception d'une immense porte centrale, ouverte, à laquelle menait l'escalier. Au pied du château, à droite et à gauche de cet accès, de la lave bouillonnait dans des centaines de petits cratères, recouvrant la construction d'un éclat doré. Des gaz corrosifs s'élevaient dans une atmosphère brûlante, me coupant presque le souffle. De temps à autre, le bruit sourd d'une explosion couvrait celui de la fusion et un jet de roche liquide s'élevait à la manière d'une fusée de feu d'artifice avant de retomber en gouttes de pluie incandescentes.

Il y avait encore une chose fort intéressante et qui, pour moi, n'était pas négligeable : toutes les quatre ou cinq marches était posé un morceau de papier. La piste qui m'était destinée m'avait conduit directement au château des Ombres.

Je n'avais pas la moindre idée de ce qui m'attendait, mes chers et très fidèles amis lecteurs, et je me demandais s'il s'agissait réellement dudit château. Je ne savais qu'une chose : si c'était un piège, c'était le plus grand et le plus impressionnant que les catacombes de Bouquinbourg m'aient tendu. Flatté d'un tel défi, j'entrepris de gravir l'escalier.

28

Le Château des Ombres

Comme je m'approchais, je me rendis compte avec étonnement que les matériaux de construction de l'édifice étaient littéraires. Ce que j'avais pris de loin pour des briques n'était que des livres empilés et imbriqués. Parvenu en haut des marches, à l'entrée du bâtiment, je pus enfin juger des apparences.

Amoncellement de livres – maintenant, je comprenais ce vers de Clairdepluie. Les volumes étaient pétrifiés et apparemment maçonnés sans mortier : il était difficile de dire s'ils l'avaient toujours été, ou si on les avait posés selon cette technique et qu'ils s'étaient lapidifiés ensuite. Je ne pus m'empêcher de penser à la maison de Phistomefel Suiffard, construite en pierres sèches, selon une méthode extrêmement raffinée. Et je m'imaginai les fourmis géantes apportant des volumes du labyrinthe et les collant les uns aux autres à l'aide d'une sécrétion. Cet édifice cauchemardesque paraissait avoir été commandé par une monstrueuse reine fourmi venue d'une lointaine planète et qui m'attendait pour engendrer avec moi un croisement supérieur de dinosaure et de fourmi géante qui…

Mon imagination allait bon train, signe d'une extrême tension. J'étais arrivé sur le seuil du château. Il fallait maintenant décider. Entrer ou m'enfuir. Je pouvais encore faire demi-tour.

Je laissais errer mon regard sur la façade. Était-ce un vrai château profondément encastré dans la roche ? Ou un simple simulacre, une gigantesque sculpture en demi-bosse ? J'étais incapable de dire si cette chose était repoussante ou engageante. En tout cas, elle était fascinante.

Ourlé de fenêtres / Habité de fantômes : ces deux vers n'étaient guère plus encourageants que *Envahi d'animaux / De cuir et de papier*. Quelle que fût leur signification, ils n'annonçaient nullement un séjour confortable dans une auberge quatre étoiles.

Dans de nombreuses œuvres de la littérature zamonienne, le héros se retrouve dans une situation semblable. Et le lecteur lui crierait volontiers : « N'y va pas ! Imbécile, ne t'aventure pas là-dedans ! C'est un piège ! »

Mais on laisse retomber son livre, on se renverse dans son fauteuil et on se dit : « Hé ! pourquoi pas ? Qu'il y aille ! Il y a sûrement à l'intérieur une araignée géante à cent pattes qui va l'envelopper dans son cocon ou lui infliger je ne sais quoi : ça risque d'être marrant. Finalement, on a affaire à un héros de la littérature d'épouvante zamonienne : il doit pouvoir tout endurer. »

Bien entendu, il y va, ce héros zamonien, défiant toute raison, avant de se retrouver enfermé dans un cocon ou un truc du même acabit.

Mais cela ne m'arriverait pas. Je n'allais pas entrer. L'expérience aidant, j'étais échaudé et vacciné contre tous les pièges. Je n'étais pas un personnage stupide qui allait risquer sa vie pour satisfaire les bas besoins de distraction du lecteur ! Non, je n'allais pas m'y aventurer, je me contenterais *juste d'y entrer un peu.* Que pouvait-il m'arriver ? Je ferais quelques pas pour regarder brièvement autour de moi, tout en gardant un œil sur la porte. Au premier objet suspect, je tournerais les talons.

Car j'étais incapable, mes chers amis, de m'empêcher de jeter un coup d'œil dans le château des Ombres. La curiosité est le moteur d'action le plus puissant de l'univers car elle l'emporte sur ses deux plus grands freins : la raison et la peur. La curiosité pousse parfois les enfants à mettre la main dans une flamme, les mercenaires à partir en guerre ou les explorateurs à s'enfoncer dans les *Pensées des sables mouvants* d'Ouistanbeck. En dernière instance, elle pousse tous les héros de la littérature d'épouvante zamonienne à « entrer » quelque part.

J'entrai donc – juste un peu. C'était le détail essentiel qui me distinguait des personnages de cette littérature : j'entrai et m'arrêtai aussitôt. Je regardai autour de moi. À la fois rassuré et déçu.

Ni araignée géante à cent pattes. Ni roi des Ombres. Ni fantômes. Ni créatures de cuir ou de papier. Rien qu'un hall relativement modeste, une salle circulaire surmontée d'un dôme bas, discrètement éclairée par l'éclat de la lave qui passait par le portail. Les murs étaient, comme leurs homologues extérieurs, faits de livres pétrifiés. Douze couloirs débouchaient sur cet espace. Vide. Pas un meuble, pas le moindre objet.

Toute cette excitation pour ça ? Pour regarder la salle la moins spectaculaire d'un bâtiment qui était sûrement le plus spectaculaire des catacombes ? Ce n'était pas possible.

Pourquoi ne pas aller un peu plus avant ? Dans l'un des couloirs ? Tant que j'apercevrais la lumière de la lave, il n'y avait aucun risque. La moindre lueur m'indiquerait la sortie. Tant que je verrais de la lumière, je pourrais avancer.

Je pénétrai donc dans l'un des douze corridors. Il était long et sombre. Il n'y avait pas davantage de meubles. La première bifurcation était située à une vingtaine de mètres de la porte. La lumière faiblissait. Pourquoi ne pas jeter un coup d'œil un peu plus loin ? Puis faire demi-tour. L'intérieur de cet édifice n'avait peut-être rien d'extraordinaire.

Arrivé au premier embranchement, je remarquai que le couloir suivant était faiblement éclairé par une bougie plantée dans un chandelier posé sur un livre, à même le sol. Il n'y avait rien d'autre. *Rien ?* Une bougie, un livre, c'était déjà ça ! Le triomphe de la science et de l'art, un signe de civilisation ! De plus, une bougie *allumée* récemment par quelqu'un !

Mon cœur ne fit qu'un bond. Oui, il devait y avoir un être vivant par ici, mais j'ignorais encore s'il était bienveillant ou malfaisant. J'étais sur le point de me laisser attirer plus profondément dans le château des Ombres, entraîné machinalement par ma curiosité. Mais les deux plus grands freins de l'univers, la raison et la peur, étaient encore assez puissants pour me faire réfléchir.

Quelqu'un vivait ici : c'était un bon début. Si je voulais retourner à l'air libre, il fallait que je développe une stratégie. Je devais peut-être laisser une trace, détacher un fil de ma cape et l'attacher à l'entrée. Mais d'abord réfléchir ! Ne rien précipiter !

Je retournai donc en arrière. Mais quand j'arrivai à l'endroit où le couloir débouchait sur le hall, la porte avait disparu ! Il n'y avait qu'une muraille. J'étais paralysé. Étais-je au bon endroit ? Sinon, comment aurais-je pu me tromper sur une si courte distance ? Je m'élançai précipitamment vers la bougie pour retrouver la sortie. Je voulais aussi jeter un coup d'œil dans le livre : il contenait sûrement un renseignement. Mais la bifurcation n'existait plus et le couloir éclairé avait, lui aussi, disparu ! Ce n'était pas possible. J'eus un sursaut désespéré : sans doute quelqu'un construisait-il derrière moi des murs à une extrême vitesse, inutile de savoir comment. Je retournai à l'endroit où se trouvait la porte qui donnait sur le hall d'entrée : si le mur venait d'être érigé, je pourrais encore le traverser.

Mais cette fois, à ma grande surprise, la porte était revenue, avec l'éclat de la lave ! Extraordinairement soulagé, j'entrai dans le hall pour constater avec effroi que ce n'était pas la salle par laquelle j'étais arrivé, mais une autre, beaucoup plus grande, avec deux fois plus de portes. La lumière ne provenait pas de la lave, mais de flambeaux fichés dans des candélabres rouillés qui sortaient des murs comme des branches d'arbre noueuses.

Je titubais un moment à travers cette salle vide, l'esprit confus, à bout d'expédients. Comment tout un lieu pouvait-il disparaître et être remplacé par un autre ? Étais-je parti dans la mauvaise direction ? Mais il n'y en avait qu'une : le retour. J'eus vaguement peur d'emprunter l'un des couloirs. Allait-il m'égarer encore plus ? Je finis par rassembler mon courage et par m'engager dans un long passage. Il était éclairé par quelques bougies posées par terre. Je descendis ce corridor jusqu'au moment où je remarquai du coin de l'œil quelque chose d'inquiétant. Les murs n'étaient-ils pas en train de se resserrer ? Terrifié, je m'arrêtai. Non, ce n'avait été qu'une illusion. Je poursuivis mon chemin, tout en ayant l'impression paralysante que le couloir se rétrécissait. Si je m'arrêtais, elle disparaissait. Dès que je continuais, les murs semblaient se rapprocher. Mais une chose était sûre : la galerie était de plus en plus étroite ; au début, les murs étaient beaucoup plus éloignés. Plus je marchais, plus j'étais oppressé. Puis je finis par découvrir la solution de l'énigme : au bout du couloir, les deux parois formaient un angle aigu. Elles se rapprochaient pour se rejoindre. En marchant vite, on avait l'illusion qu'elles avançaient l'une vers l'autre. J'étais dans l'impasse la plus perfide qui fût.

Le château des Ombres était donc un labyrinthe. Un dédale dans le dédale. Bien qu'ayant agi avec prudence, je me trouvais de nouveau dans une situation désespérée. Même les murs s'étaient conjurés contre moi. Il ne manquait plus que le plafond s'effondre sur ma tête. Ce qui n'arriva pas. En revanche, le sol s'affaissa.

Je commençais par croire que le plafond était en train de se soulever, mais ce n'était aussi qu'une illusion d'optique. Au léger tremblement sous mes pieds, je sentis que la terre bougeait : dans tout le corridor, apparemment. Alors ce frémissement cessa, et le plafond se retrouva à une dizaine de mètres au-dessus de moi. À gauche et à droite s'ouvraient des dizaines de portes sombres.

Pris de vertige, je m'assis par terre. Le château des

Ombres n'était pas seulement un labyrinthe. C'était un réseau de couloirs qui bougeaient, avec des murs qui s'élevaient dans le néant et des sols qui s'abaissaient. Son constructeur était sûrement mort depuis longtemps, mais les murailles n'en étaient que plus vivantes.

La Bibliothèque des livres hérissants

Après m'être remis de mes dernières frayeurs, je me relevai, engourdi et gémissant, comme un guerrier qui a reçu quantité de coups de massue. Les genoux tremblants, je poursuivis ma marche chancelante dans ce couloir qui me semblait infini, parcouru de nombreux méandres sur lesquels s'ouvrait un nombre inouï de portes sombres. De temps à autre, une bougie était allumée.

Des bruits complétaient cette architecture angoissante : j'entendais de lointains gonds de porte grincer aux accents d'un chant monotone et éthéré, peut-être produit par les courants d'air. En comparaison avec la chaleur quasi tropicale de la grotte de lave, il faisait agréablement frais.

Je crus même entendre des gouttes d'eau tomber, ce qui me donna l'espoir de trouver à boire.

Mais chose étrange, une peur instinctive m'empêcha de pénétrer dans l'une de ces sombres ouvertures. L'obscurité laissait présager un danger, un être aux aguets, comme si je pouvais tomber directement au fond d'un gouffre. Je préférais rester sur mon chemin mal éclairé.

Soudain, j'aperçus un nouveau morceau de papier par terre. On peut trouver ridicule la vision d'un grand et fort dragon, effrayé par un minuscule bout de papier, comme un éléphant par une souris blanche, mais c'était simplement l'effet d'une trop grande surprise. Je n'eus pas besoin de ramasser le fragment pour me convaincre qu'il s'agissait de l'un des indices qui m'avaient conduit au château. Une interminable piste avait été ainsi tracée, qui s'arrêtait devant l'une des ouvertures.

Je sondai l'obscurité environnante, si longuement que mes oreilles se mirent à bourdonner, tant elle était épaisse et vivante. Mais je finis par triompher de mon angoisse et enjamber le seuil qui ouvrait sur les ténèbres. Je n'entrai pas dans le vide, je ne tombai pas dans un précipice : je me trouvai tout à coup dans le noir complet. J'eus une sensation que j'avais déjà éprouvée, mais dans le sens inverse. Je pense au moment où quelque chose avait pénétré dans la demeure d'Hoggno le Bourreau et avait éteint la bougie. Cette fois, il me sembla que quelqu'un quittait les lieux et *allumait* la bougie. L'allumette et la chandelle s'enflammèrent si brusquement que la lumière m'éblouit. Je clignai les yeux et perçus un bruit de papier froissé. Puis je crus voir une ombre – gigantesque ! – qui franchit la porte à la vitesse de l'éclair.

J'étais saisi d'effroi, mais ce que je vis me rassura.

C'étaient des livres. Partout, sur huit murs couverts d'étagères. Pas des volumes pétrifiés, détournés pour en faire des briques, non, j'étais devant une vraie bibliothèque. Ce n'était pas non plus l'une de ces réserves surdimensionnées auxquelles je m'étais presque habitué, mais une modeste collection personnelle comprenant quelques centaines d'ouvrages. Au milieu de la pièce, il y avait un fauteuil en bois et en cuir, à côté d'une petite table en fer sur laquelle était posée une cruche pleine d'eau. Un verre. Et une coupe remplie de vers de livre séchés. De l'eau et de quoi manger ! Je m'affalai dans le fauteuil, me versai un verre d'eau que je bus d'un trait et avalai une poignée d'asticots. Délicieux : ils étaient salés ! Tout en les mâchant, je regardai autour de moi, de fort bonne humeur. Une gorgée d'eau et quelques bestioles fumées avaient suffi à faire d'une épave désespérée un optimiste plein d'entrain. Ce n'est pas notre cerveau qui détermine notre conscience. C'est notre estomac.

Je me levai et m'approchai des livres. J'en pris un sur l'étagère et l'ouvris. Le texte était rédigé en ancien zamonien. Il avait pour titre *La Harpe cercueil* de Bamuel Coloquinte. Je ne pus retenir un sanglot.

Le seul fait de lire cet écrit suffit à provoquer une violente émotion. Le cordon coupé entre la civilisation et moi était renoué. Non seulement parce que je pouvais déchiffrer ce texte, mais parce que j'en connaissais le contenu ! Je l'avais lu dans ma jeunesse, et il m'avait causé les plus effroyables cauchemars. C'était ce que l'on appelait un *livre hérissant*, une sous-catégorie de la littérature zamonienne d'épouvante.

Je pris un autre ouvrage sur l'étagère : *L'Hôte glacé* de Nector Némou le Cruel. C'était aussi un *livre hérissant.*

Némou était l'un des écrivains dominants de la littérature d'épouvante. Penchant la tête, je parcourus les titres.

– *Des squelettes dans les roseaux* d'Halouzinnia Hallfrid.
– *Les Douze Pendus dans l'arbre de minuit* de Goriam Groggo.
– *Le Fantôme congelé* de Friggnar de Brouillassebourg.
– *Le Rire dans la cave* d'Agou Frimas.
– *Les Yeux brillants de l'oubliette* des Sœurs de Gorgengrotte.
– *Le Chant de la momie* d'Omir bem Shokker.

Et ainsi de suite – la simple lecture des pseudonymes suffisait à me renseigner : tous ces ouvrages étaient des *livres hérissants*. J'allai d'une étagère à l'autre, déchiffrant les titres l'un après l'autre : c'était une bibliothèque spécialisée, la plus complète et la plus précieuse du genre.

J'éclatai de rire.

Il se peut, mes fidèles amis, que certains d'entre vous ignorent ce que ces romans signifient pour la littérature d'épouvante zamonienne. Je me permets donc une petite digression. Cette courte parenthèse vous aidera à comprendre ma joie.

À une certaine époque, la littérature d'épouvante zamonienne parut avoir atteint ses limites. On avait épuisé tous les personnages et thèmes aptes à donner la chair de poule et à provoquer des cauchemars, entre le revenant décapité et les démons pédivores des débarras qui logeaient sous les escaliers des caves, en passant par les morts ambulants des tourbières qui hantaient les cimetières marécageux. Les écrivains se répétaient : les mêmes demi-momies, les éternels spectres cramponneurs et buveurs de sang se promenaient dans leurs livres et finissaient par ne plus effrayer les écoliers. Les chiffres d'affaires et les tirages baissèrent très sérieusement. Les éditeurs de littérature d'épouvante étaient désespérés. Ils réunirent en congrès tous les auteurs du genre et quelques célèbres Biblalchimistes. On discuta de la marche à suivre pour s'attaquer à la crise.

Le congrès se déroula à huis clos derrière les épaisses murailles du château des Feux Follets, dans la Gorge des Démons. Les mesures qui finirent par être prises restèrent longtemps secrètes, mais six mois plus tard, les premiers *livres hérissants* arrivèrent sur le marché, mettant fin à la crise de la littérature d'épouvante zamonienne.

Ces ouvrages étaient si efficaces, ils faisaient tellement peur que souvent leurs lecteurs n'en attendaient pas la fin pour les jeter dans un coin en criant, avant d'aller se cacher derrière un meuble parce qu'il n'y avait pas d'autre moyen de les supporter. Certains amateurs et grands consommateurs de cette littérature, que la peur avait rendus fous, terminaient leurs jours dans des asiles et faisaient des crises d'hystérie dès qu'on leur montrait un livre – même de loin et même s'il ne s'agissait que d'un livre de recettes.

Des critiques et chercheurs réputés crurent que l'effet surprenant des *livres hérissants* résultait d'une technique narrative raffinée. On prétendit qu'au cours du congrès des Feux Follets, les plus grands spécialistes de la littérature d'épouvante zamonienne s'étaient échangé les plus secrètes ficelles du métier. On avait ensuite combiné tous ces trucs avec raffinement et créé une nouvelle littérature d'épouvante plus forte et plus efficace. Une littérature capable de produire des phénomènes surnaturels qui contaminaient le lecteur et transformaient le plus endurci en un paquet de nerfs gémissant. Ce fut du reste, soit dit en passant, le début de l'*Époque horrifiante* où non seulement les *livres hérissants*, mais également la musique hérissante d'Ouladaguet Shruti, connurent un succès sans précédent.

On prétendait que l'on entendait les *livres hérissants* chuchoter et sangloter dans le noir. Ils s'ouvraient en grinçant comme les portes rouillées d'oubliettes délaissées où guette l'indicible. Il n'était pas rare, quand on les ouvrait, qu'un cri spectral ou que des rires horribles s'en échappent. Un souffle froid en sortait, un vent rempli de murmures semblables aux souffles qui gonflent les rideaux jaunis des chambres mortuaires dans les vieux châteaux maudits, hantés par des âmes tourmentées.

Ces ouvrages pouvaient se volatiliser à la lecture et réapparaître à un autre endroit de la pièce en ricanant. Une main coupée à dix doigts poilus risquait de jaillir de leurs pages et de monter comme une araignée sur le bras du lecteur avant d'aller se jeter dans la cheminée et de se consumer en hurlant.

Les textes des *livres hérissants* étaient essentiellement composés de formules qui éveillaient les sensations les plus désagréables. Des mots comme *engourdi*, *ossifié*, *lugubre*, *polypode*, *frissonnant*, *horrifiant*, *voix sépulcrale*, *heure des revenants* et *dévoré par les vers*. Cette littérature mit aussi à la mode de nouvelles expressions comme : *os engourdi*, *sinistre frisson* ou *hyperhorrifiant*. La lecture d'un seul de ces livres pouvait vous figer les cheveux en crête sur la tête. Une discipline littéraire inédite était née.

Lire l'un de ces livres équivalait à se promener dans une crypte découverte sur le coup de minuit derrière une porte dérobée – dans un asile de fous abandonné, arpenté par les fantômes de meurtriers en peine. Vous aviez l'impression d'explorer ce lieu putréfié, plein de toiles d'araignées, avec une chandelle vacillante pendant que des rats aux yeux rouges crachaient dans le noir et que des doigts tentaculaires et froids vous attrapaient par les chevilles.

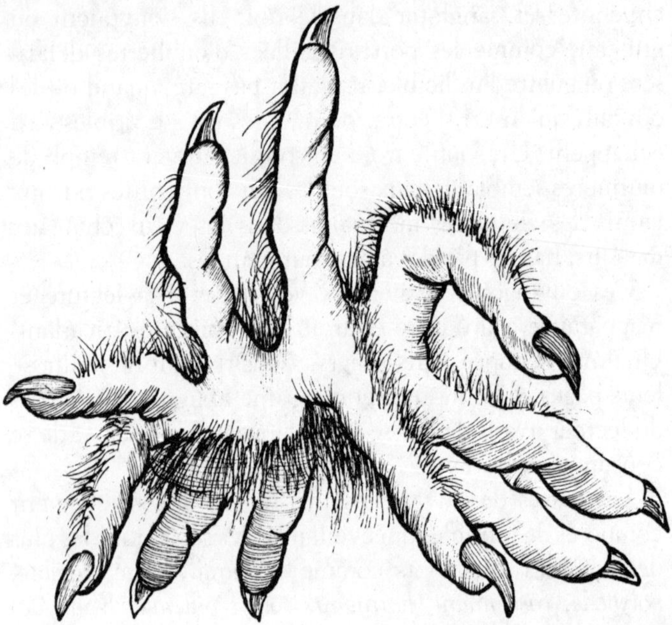

L'épouvante guettait à chaque page, chaque chapitre, chaque phrase, sous la forme d'une horrible formule qui vous glaçait le sang. Les nerfs en pelote, vous sursautiez à tout instant. Là ! Était-ce une main contre la vitre ? Peut-être celle d'un impénitent voleur de cadavres qui avait tari les réserves du proche cimetière des bannis, où il avait puisé pour fournir le laboratoire voisin de la Chrecque biblalchimiste folle qui poussait chaque nuit d'effroyables cris ? Non, ce n'était qu'une quintefeuille que le vent avait collée au carreau, une feuille en tout cas qui ressemblait énormément à la patte de l'idiot du village. Les nuits de pleine lune, ce dernier partait fouiller les chambres éclairées à la recherche de nouveaux objets pour sa collection de têtes coupées. Ha ! Était-ce sa patte qui venait de se poser sur votre gorge pour vous étrangler ? Non, c'était juste votre cache-col qui, en raison du froid sépulcral de l'automne qui rampait dans la pièce, venait de s'entortiller autour de votre cou. *S'entortiller !?* Qui avait entortillé qui ?

Affaibli, le lecteur quittait son livre des yeux et se rongeait les ongles. Valait-il mieux le reposer ? L'enfouir sous terre ? Le brûler ? L'emmurer ? Mais il était tellement captivant ! Le tintement d'une cloche, au loin, ressemblait au glas sonné par un faucheur masqué de noir qui était venu pour… Non, ce n'était que le verre de vin vide que l'on avait cogné du coude. Sueur froide. Cheveux et poils hérissés. Battements de cœur – *et le livre hérissant posé sur les genoux s'ouvrit de façon si surprenante, inattendue, insolente que l'on frisa l'infarctus.*

J'aimerais, mes chers amis, que le but poursuivi ait été purement littéraire, mais naturellement il n'en était rien. L'étonnante vérité émergea quelques décennies plus tard quand un écrivain, qui avait participé au congrès de crise au château des Feux Follets, soulagea sa conscience sur son lit de mort.

L'effet produit par les *livres hérissants* ne venait pas des auteurs mais des Biblalchimistes. Ces derniers s'étaient transmis leurs secrets, en particulier dans le domaine de la fabrication des matières odoriférantes. Ils avaient créé un élixir avec lequel on pouvait parfumer le papier et qui produisait tous les symptômes de la peur, de la chair de poule à l'arrêt cardiaque. Ces histoires d'épouvante n'étaient ni meilleures ni plus efficaces que les écrits anciens. Elles pouvaient être nettement plus mauvaises, les écrivains devant seulement se soucier d'employer le plus souvent possible des mots comme *engourdi*, *ossifié*, *lugubre*, *polypode*, *frissonnant*, *horrifiant*, *voix sépulcrale*, *heure des revenants* et *dévoré par les vers*, ou *os engourdi*, *sinistre frisson* ou *hyperhorrifiant*. Cela suffisait à persuader les critiques qu'il y avait là une magie des mots.

Mais comme il s'agissait d'alchimie ordinaire, et par-dessus le marché illégale, les *livres hérissants* finirent par être interdits. Ils jouirent cependant chez les collectionneurs d'une grande popularité et continuèrent à être lus sous la couette, en particulier par les jeunes. À l'époque, j'ai moi-même lu vingt fois *La Harpe cercueil* de Bamuel Coloquinte et en ai respiré les parfums anxiogènes avec une volupté croissante.

Mais ça n'était pas une raison pour rire, n'est-ce pas, mes fidèles amis ? Pas plus que le fait d'avoir été attiré dans une salle pleine de livres hypnotiques classés *dangereux* par les autorités sanitaires zamoniennes.

De même, je constatai sans plaisir que le périlleux parfum des *livres hérissants* commençait à faire son effet. J'entendais grincer des cercueils qui s'ouvraient lentement, ricaner des momies des tourbières, sangloter des emmurés vivants. Je voyais ramper des mains tranchées au-dessus de la bibliothèque et danser des ombres d'êtres cornus. Non, ce n'était pas drôle.

Ce qui était drôle, c'était que tout ça me *rassurait* profondément.

Que, dans une bibliothèque pleine de *livres hérissants*, je puisse ne plus frissonner d'épouvante. Que, au milieu d'un cauchemar devenu réalité dans un château souterrain sans issue, la vue d'une écriture lisible puisse me donner une impression de sécurité. Voilà pourquoi, mes amis, je ne pus retenir un rire sonore et prolongé.

Puis je fis un effort sur moi, notamment parce qu'une personne qui rit toute seule présente un tableau assez désespérant. Je pris quelques livres, m'assis dans le fauteuil, bus le reste de l'eau, grignotai quelques vers et me plongeai dans la lecture. Et de même qu'autrefois le ronronnement berçant des Rongelivres m'endormait, les lamentations des morts vivants, les ricanements des sorcières des noisetiers et les criaillements des fantômes sirènes eurent tôt fait de me plonger dans le sommeil. Des mains velues couraient sur le sol, des chauves-souris transparentes volaient autour de moi, mais cela me laissait indifférent. Au cœur de tous ces dérèglements de l'imagination, je sombrai dans un profond sommeil. Une dernière chose me traversa l'esprit, deux vers du poème de Clairdepluie, que je comprenais mieux :

Lieu de folie et de bruits
Que l'on nomme le château des Ombres.

8@

L'Esprit triste

L'aventure aidant, je n'accordai plus guère d'importance aux mouvements des murs et du sol, quels que soient les endroits où je me rendais ou me trouvais. Le château des Ombres semblait être une mécanique titanesque, aux déplacements constants, totalement dépourvus de sens. Mais, de prime abord, je n'en avais pas trouvé non plus devant la machine à livres des Gnomes rubigineux dans la Grotte de cuir. Peut-être que ce palais était aussi une de leurs constructions marquées par la folie des grandeurs.

À mon réveil dans la bibliothèque des *livres hérissants*, je me sentis frais et dispos. Qu'importaient les horribles cauchemars où je m'étais vautré, je devais avoir dormi longtemps. Comme je m'étais remis en chemin et que j'empruntais des couloirs interminables, des fantômes de chauves-souris transparentes continuaient à tourner autour de moi, des mains blanches tranchées grimpaient partout sur ma cape, des voix fluettes me chuchotaient dans l'oreille d'aller me noyer dans les douves du château, et me donnaient d'autres conseils de la même eau, mais, avec le temps, l'effet hallucinogène du parfum biblalchimiste finit par s'évaporer et je recouvrai mes esprits.

Une chose était sûre : j'étais un invité du château des

Ombres. On m'avait assuré le gîte et le couvert. La nourriture était maigre et le logis étrange, mais c'était toujours ça : quelqu'un tolérait, ou même appréciait ma présence. Le fait qu'il m'avait réservé les *livres hérissants* avant de m'endormir permettait sans doute de conclure qu'il avait une âme excentrique, une conception bizarre de l'humour, mais pas nécessairement de mauvaises intentions. Mais qu'étais-je réellement : un invité ou un prisonnier ? Combien de temps mon séjour allait-il durer ? Dans quel but mon hôte mystérieux m'hébergeait-il ? Je décidai de considérer les derniers événements comme un progrès. Il valait mieux être accueilli par un fantôme que pourchassé par des Harpyres, des Tiquxxxxes ou des chasseurs de livres.

Une musique éolienne traversait les couloirs. Plus je l'entendais, plus j'y prêtais attention, moins je croyais qu'elle trouvait son origine dans le hasard d'un courant d'air. À l'instar des dessins dans les grottes qui précédaient le château des Ombres, j'y découvris certains signes récurrents, trop étrangers à mes oreilles pour être qualifiés de mélodiques ou d'harmoniques. Je préférais utiliser l'expression contradictoire de *dissonances mélodieuses*. Je croyais parfois percevoir des voix et des instruments de musique familiers, mais aucune forme existante ne me paraissait capable de produire ce chant surnaturel. Aucun violon n'était fait pour jouer ces notes grêles, aucun instrument de basse ne pouvait descendre aussi bas. Si le château des Ombres était une machine géante, pourquoi pas un gigantesque instrument de musique ? Les murs qui se déplaçaient, le sol qui se levait et s'abaissait constamment ne servaient sûrement qu'à canaliser les courants d'air, à l'exemple du système pneumatique compliqué d'une trombonette. Si les symboles aperçus à l'extérieur m'avaient semblé provenir d'une civilisation extraterrestre, la musique du château des Ombres me paraissait composée sur une autre planète. À moins qu'elle ait été simplement créée par la gigantesque flûte à bec d'un Gnome rubigineux en proie au délire.

Dans les secteurs remplis d'ombres et chichement éclairés du château, j'entendais de temps à autre des râles qui provenaient tantôt du sol, tantôt du plafond. Je crus même apercevoir une ombre fuyante, de la taille d'un chat. Fait troublant, ses contours n'avaient rien d'animal, ils ne rappelaient pas non plus ceux d'un insecte. Si mes yeux dans cette pauvre lumière ne me trompaient pas, cette forme semblait *rectangulaire*. Je détectais parfois une présence multiple à côté de moi. Puis je distinguai une espèce de frôlement dans divers coins sombres, ce qui me donna l'impression paralysante que j'étais encerclé. Arrivé dans un secteur mieux éclairé, j'entendis des piétinements et vis çà et là des ombres anguleuses disparaître dans les fentes des murs. Une fois, dans une obscurité complète, je sentis un objet passer au-dessus de ma tête, avec un bruit digne d'une chauve-souris munie d'une centaine d'ailes.

J'explorai de grandes salles équipées de cheminées gigantesques ou de longues tables et de sièges en pierre. Il y avait des bancs, de petits guéridons et des trônes géants, mais tout ce mobilier était exclusivement fabriqué avec des livres pétrifiés et solidement scellé au sol. Cela portait à croire que, lors de la construction du château des Ombres, le principe architectonique suprême avait été que tout demeure à sa place originelle, même si un déluge traversait l'édifice.

J'entrai dans une petite pièce carrée et, comme si mon apparition avait déclenché un mécanisme, les murs de droite et de gauche disparurent dans le sol, libérant la vue sur d'autres parois qui, à leur tour, disparurent, libérant la vue sur de nouveaux murs qui… et ainsi de suite jusqu'à ce que la petite pièce carrée se soit transformée en un long couloir dont les deux extrémités se perdaient dans les ténèbres.

À un autre moment, ce fut l'inverse : je pénétrai dans une galerie interminable où les murs se mirent brusquement à pousser jusqu'à ce que je me retrouve enfermé dans une petite pièce dont le sol s'abaissa et me mena à un étage inférieur. J'avais l'impression que la bâtisse était franchement lunatique et constamment mécontente du lieu où je me trouvais, ce qui l'amenait à me transporter sans arrêt d'un endroit à un autre. Parfois, durant des heures, il ne se passait rien, et je traversais des salles grises sans être incommodé par quoi que ce soit.

Je devais avoir erré une journée entière quand tout à coup je retrouvai la piste aux morceaux de papier. Posés par terre dans un couloir, ils me conduisirent à une vaste salle à manger à l'extrémité de laquelle se trouvait un trône en livres maçonnés, où m'attendaient une cruche d'eau ainsi qu'une coupe pleine de racines.

L'heure du repas ! J'acceptai l'invitation de mon hôte mystérieux en m'inclinant respectueusement devant le vide et en m'asseyant sur le trône de pierre. L'eau était claire et glacée. Les racines avaient un goût de… racines, mais elles calmèrent à peu près ma faim. Tout en mangeant, j'essayai de me représenter qui avait jadis mangé à ces tables. Mon hallucination de fourmi géante me rattrapa et je me vis entouré de voisins avec des yeux à facettes. Ils écrasaient des mille-pattes à l'aide de leurs cisailles et les gobaient avec délices en discutant dans une langue d'insecte crépitante. Je refoulai cette vision désagréable et achevai mon frugal repas.

Rassasié, je me levai. Rétrospectivement, je me réjouis de ne pas avoir vécu la suite en étant affaibli et déprimé. Mon cœur sensible de poète ne l'aurait probablement pas supporté.

J'entendis quelqu'un. Oui, je perçus très nettement l'imminence d'une présence dans la salle à manger. Ce n'étaient pas des pas, mais un halètement lourd, la respiration régulière d'une créature près de la porte. Allais-je enfin découvrir mon hôte, le fantôme ? Était-ce le roi des Ombres ? J'étais chevillé au sol. Je me sentais tellement tendu que je ne pouvais pratiquement pas bouger, tandis que le souffle asthmatique approchait.

Quelque chose entra. Je dis bien « quelque chose » parce que je ne connais aucun mot qui corresponde à cette apparition indéfinissable. Mes fidèles amis, je connus une peur sans précédent, alors que mon voyage avait été riche en rencontres effrayantes. C'était juste une ombre, une silhouette transparente, sans visage, sans relief, sans forme définie, un contour gris. Si j'ai un jour imaginé un esprit, c'était bien sous l'aspect de cette ombre geignante qui traversa lentement la salle dans ma direction. Je voyais seulement un brouillard gris qui se modifiait constamment, une sorte de nuage de fumée qui, poussé par le vent, ondoyait vers moi. Des centaines de voix semblaient chuchoter à l'intérieur, mêlées à cette respiration hachée et pesante qui m'avait étrangement ému et attristé.

Mais l'ombre m'enveloppait déjà de la tête aux pieds, et je la sentis *me parcourir*. Un instant, le fond de nos êtres fusionna. Un raz de marée d'idées, d'images, de paysages et d'êtres étrangers déferla dans mon cerveau – puis tout redevint comme avant. L'ombre m'avait dépassé. Elle m'avait traversé comme une passoire. Je me retournai et, tremblant, je la regardai s'éloigner. Elle glissait à travers la salle, apparemment oublieuse de ma présence. Alors, je m'aperçus qu'elle laissait une fine trace humide semblable à celle des escargots. Je me penchai pour la toucher avant qu'elle ne s'évapore. Dans ces moments, j'accomplis mes gestes inconsciemment, instinctivement : en temps normal, je n'aurais pas agi ainsi. Jamais ! Car je touchai la trace humide, portai mon doigt à ma bouche et le léchai.

C'étaient des larmes.

Je compris alors que l'ombre ne geignait pas mais qu'elle pleurait. Elle était arrivée à l'autre bout de la salle et se fondit dans les ténèbres du couloir.

89

Les Livres vivants

Je me tenais à l'endroit où l'ombre m'avait traversé. J'essayais de mettre de l'ordre dans mes idées comme après un violent cauchemar dont on s'éveille brusquement.

Était-ce vraiment le roi des Ombres ? Il ne ressemblait nullement à ce qu'on disait sur lui. Il donnait l'impression d'être inoffensif, et je ne le croyais certainement pas capable de trancher la tête d'Hoggno le Bourreau ou de faire peur à une Harpyre. Ou bien n'était-ce que l'une des nombreuses formes qu'il pouvait prendre ? Quelles images et pensées étrangères m'avait-il inspirées avant de les remporter avec lui ? Je ne me souvenais plus de rien.

Je courus derrière lui en espérant ardemment qu'il n'avait pas disparu dans le dédale du château des Ombres. Heureusement, il avait laissé la trace de ses larmes. Elle suivait le couloir, franchissait une grande salle sombre et vide, puis un étroit passage éclairé par des torches avant de monter un escalier. C'était le premier que je voyais dans cette construction. En tout cas, je n'étais pas encore venu dans ce secteur.

Les marches aboutissaient à un passage au plafond surélevé, éclairé par des bougies plantées dans des candélabres installés sur un seul mur. De l'autre côté, il y avait de hautes et étroites fenêtres qui ouvraient sur une obscurité profonde. La sempiternelle et étrange musique du château résonnait. Je me hâtai de suivre la trace humide pour arriver à un grand porche en pierre où la lumière dansait. J'entendis de nouveau la respiration haletante, les sanglots et les voix qui chuchotaient et qui, cette fois, semblaient provenir de différentes sources. Je franchis le porche : j'étais sur le seuil d'une immense salle éclairée par des flambeaux, la plus vaste du palais. Elle était aménagée en amphithéâtre. J'étais tout en haut et je regardais sous moi les rangées en forme de marches ainsi que la grande scène au milieu. On y donnait, mes chers amis, un spectacle qui me toucha aux larmes.

Des centaines d'ombres se mêlaient en susurrant et en sanglotant. Elles se dissolvaient, glissaient les unes dans les autres, se détachaient, d'autres entraient par les nombreuses ouvertures environnantes et descendaient les marches pour se fondre, sur la grande scène, dans la foule. Dans la salle, des amplis diffusaient la musique du château, qui ressemblait à une marche funèbre dissonante accompagnée d'un chœur de soupirs et de sanglots. C'était comme si les ombres dansaient sur cette musique en pleurant.

Je versais des larmes, étrangement ému par ce spectacle irréel et d'une extrême tristesse, jusqu'à ce qu'une vague d'images et de pensées me submerge, aussi étrange et surprenante que celle de la salle à manger. Une ombre était entrée derrière moi et m'avait tout simplement traversé. Elle descendit les marches pour rejoindre ses semblables. C'en était trop. Je fis demi-tour et m'enfuis en courant dans le couloir.

Là, je continuai à pleurer, je ne sais combien de temps ni pourquoi. Mais les larmes me délivrèrent et me calmèrent. Quand elles se furent enfin taries, je crus avoir assez de force pour retourner dans la salle, me mêler aux esprits danseurs et pénétrer ce nouveau mystère du château des Ombres.

Mais comme je me retournai, le porche avait disparu : condamné par un mur de livres pétrifiés qui s'était installé sans bruit dans mon dos. La musique aussi s'était arrêtée comme si on l'avait emmurée. J'écoutai attentivement, mais je n'entendis plus rien. On aurait pu croire que tout cela ne s'était pas passé. Et à franchement parler, mes chers amis, j'aurais préféré ça, car les points d'interrogation s'entassaient dans mon cerveau tourmenté.

Soudain, j'entendis derrière moi un léger bruit et fis volte-face. Cette fois, je l'avais vraiment vue : une chose sombre et rectangulaire qui s'enfuit dans un autre couloir. J'étais désormais d'humeur à arracher son dernier secret à ce château maudit. Je me lançai avec témérité à la poursuite de la créature entraperçue.

Quelques bougies éclairaient le couloir d'une lumière trouble, m'empêchant d'apercevoir le petit être qui se dérobait et courait en zigzag en évitant la lueur des chandelles.

Les tournants se succédaient, à gauche, à droite, nous descendions des marches, en montions d'autres, mais, infatigable, je restais sur ses talons. Tout d'un coup, en haut d'un escalier fermé par une grille rouillée, la créature minuscule se glissa sans peine entre les barreaux. Je fus obligé de m'arrêter en poussant un juron.

J'allais faire demi-tour quand la herse se leva en grinçant. Je continuai mon ascension. À quelques coudées se trouvait une grande salle.

Elle me rappela la bibliothèque des *livres hérissants* : le même plan octogonal, les étagères aux murs, le fauteuil et la table au centre, un chandelier posé dessus – je crus m'y être de nouveau égaré.

Quelque chose avait changé. Il manquait le parfum hallucinogène, les livres étaient peut-être rangés autrement.

Pourtant ce n'était pas la même bibliothèque. Et impossible de repérer la petite créature.

Toutefois, il y avait là de vrais livres dont le contenu pouvait m'aider d'une manière ou d'une autre. Sur une étagère, je pris un très vieux bouquin relié de cuir et l'ouvris.

Le livre me regarda fixement.

Au centre se trouvait un œil vivant qui cligna avec effroi, exactement comme sur la machine à livres de la Grotte de cuir, quand Golgo m'avait montré l'étagère des *livres vivants*. Je réagis avec une frayeur égale : je lâchai le livre.

Il tomba lourdement par terre et protesta bruyamment. Quatre, six, huit petites pattes se dressèrent sur la tranche, puis il se mit à courir droit vers le mur d'en face. Il grimpa le long de l'étagère et disparut dans un espace entre deux gros ouvrages reliés de cuir.

Je pivotai. Les alentours commencèrent à faire de légers bruits, certaines reliures bougèrent imperceptiblement. Non, ce n'étaient pas des *livres hérissants*, même si leur comportement pouvait produire le même effet. C'était une bibliothèque pleine de *livres vivants* ! De petites ombres rectangulaires – mais bien sûr, des livres : des *livres vivants* !

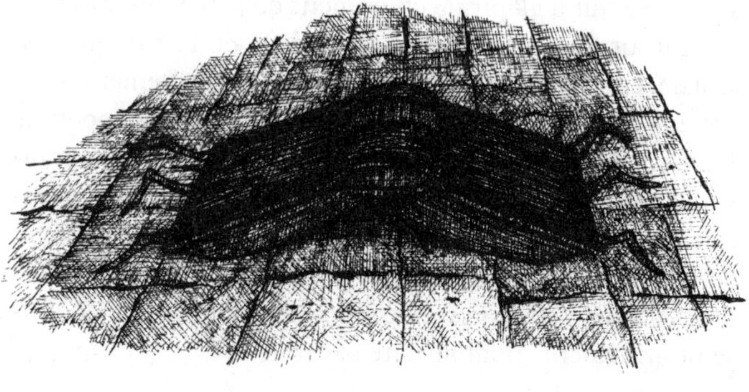

Envahi d'animaux
De cuir et de papier

Les *livres vivants* étaient peut-être l'équivalent des rats, la vermine du château des Ombres ? Étaient-ils venus des laboratoires biblalchimistes en passant par la décharge de Bouquinbourg ? S'étaient-ils ensuite multipliés ? Je trouvai le résultat fascinant : des livres capables de se reproduire et de se constituer en bibliothèque. Je me demandai de quoi ces bestioles pouvaient bien se nourrir entre ces pauvres murs. Mais j'étais probablement loin d'avoir exploré tout le palais.

Je me retournai une nouvelle fois. Si tous ces *livres vivants* étaient authentiques, il y avait là une fortune. Je sortis un autre ouvrage de son rayon. L'intérieur ressemblait à une gueule bordée de dents acérées. Surpris, je regardai au fond. Le livre gronda dangereusement et me mordit la main. Aïe ! Il m'avait fait mal ! Mais la maudite bestiole, n'abandonnant pas la partie, continua à cracher et me mordit les doigts jusqu'au sang. Je criai, de colère cette fois, et donnai un coup de poing sur la couverture. Enfin le bouquin me lâcha et tomba par terre. Huit petites pattes lui poussèrent, il courut se réfugier dans un coin, d'où il se mit à glapir méchamment dans ma direction.

Autour, les étagères se mirent à bouger. Papier que l'on froisse, cuir que l'on frotte, petits cris et trottinements – les livres s'éveillèrent, tirés de leur sommeil par les appels de leurs confrères ou l'odeur de mon sang. Après cette morsure brutale, mes chers amis, j'étais assuré qu'il ne s'agissait pas uniquement de *livres vivants*, mais aussi de *livres dangereux*, variante sauvage et sanguinaire des congénères domestiqués de la Grotte de cuir. Et je devinais de quoi ils se nourrissaient. Il fallait vite sortir de là !

En un bond ou deux, je regagnai l'entrée par où j'étais monté dans la bibliothèque, pour me retrouver devant un mur.

Je regardai autour de moi en essayant d'évaluer mes chances. Combien de livres pouvait-il y avoir ? Quelques centaines ? Bon ! Ce n'étaient ni des Tiqxxxxes ni des Harpyres. C'étaient des rats, rien d'autre. Les rats sont froussards. Si j'en tuais quelques-uns, les autres fileraient doux et prendraient le large. J'étais tout de même un dragon. J'avais des griffes et des dents. J'avais survécu à la décharge de Détritrou. À la Voie ferrée des Gnomes rubigineux. J'étais encore capable de résister à quelques étagères remplies de mutants.

J'entendis du bruit sous moi et le sol se mit à vibrer. Il s'abaissa et je m'enfonçai avec lui. C'était sûrement une chance. Ce déplacement inattendu m'éloignait peut-être des *livres vivants*.

Mais le seul résultat fut de faire grandir les murs. Plus le sol s'enfonçait, plus les livres se réveillaient, et lorsque enfin il se stabilisa, les étagères étaient au moins quatre fois plus grandes qu'avant. Je n'allais pas lutter contre des centaines mais contre des milliers de rats.

Les premiers se ruaient déjà sur moi. Je m'étonnai que ce soient ceux des étages supérieurs, mais quand, au cours de leur chute libre, ils ouvrirent leurs couvertures, déployèrent leurs pages et se mirent à les agiter comme des ailes, je compris. C'étaient des *livres volants*, une variété de chauves-souris. Une nuée de ces volatiles s'abattit sur moi et tourna en piaillant autour de ma tête. Sur la tranche supérieure, ils possédaient de petites gueules munies de dents minuscules qu'ils ouvraient avec avidité dans ma direction.

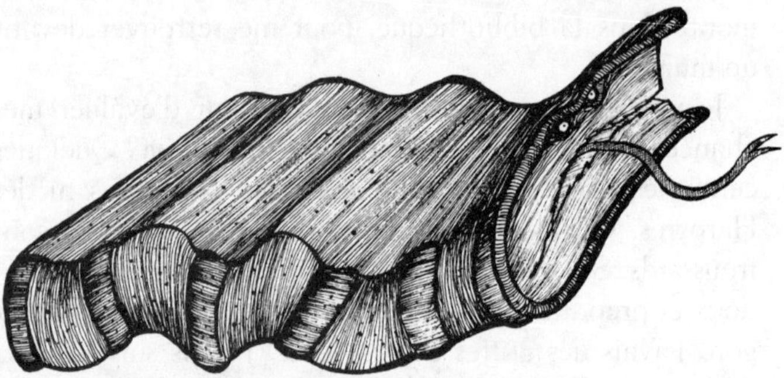

D'autres se comportaient comme des serpents. Ils sortaient très lentement des rayons, faisant onduler leur corps tanné, se contractaient et se détendaient en sifflant comme des cobras de Midgard.

Les plus désagréables couraient sur huit pattes comme des araignées. Ils étaient plus agiles et agressifs que les reptiles, et je les croyais capables des pires ignominies. On distinguait mal le dessus du dessous : ils savaient se retourner à la vitesse de l'éclair. Ils me montraient tantôt leur dos, tantôt leurs pages bruissantes, pivotant sans cesse sur eux-mêmes. Je me demandais avec quoi ils allaient me mordre ou me piquer, mais ça n'allait sûrement pas tarder.

Les *livres vivants* m'encerclèrent de tous côtés. Plus ils quittaient les étagères, les uns en rampant, les autres en volant, plus le cercle se refermait sur moi. Si je ne surmontais pas ma paralysie, ils m'enseveliraient sous leur nombre et me mettraient en lambeaux.

C'est un peu pénible à dire, mes chers amis, mais, à ma courte honte, je pensai brusquement à une maxime du *Chemin du chasseur de livres*, l'effroyable ouvrage fabriqué de toutes pièces par Rongkong Virgule. À savoir le troisième Catacombum :

TOUT CE QUI VIT PEUT ÊTRE TUÉ.

Quand un livre vit et se déplace, il peut tuer, ça semble logique, n'est-ce pas ? J'avais appris mes leçons dans cet impitoyable monde souterrain, et il était temps de les traduire en actes.

D'un coup de patte énergique, j'en frappai un en plein vol. Des cahiers de feuilles traversèrent les airs avant que le reste ne vienne claquer par terre, où je l'écrasai d'un pied vaillant. Les entrailles de l'animal crissèrent, du sang noir comme de l'encre d'imprimerie jaillit de tous les côtés. Je profitai de la surprise générale pour en écrabouiller deux autres qui s'étaient trop rapprochés, et qui, avant de s'immobiliser, émirent un chuchotement de surprise.

Deux autres coups de patte et les livres touchés se dispersèrent en nuages de feuilles volantes. Le reste s'envola rapidement pour se mettre en sécurité.

Entre-temps, je me tournai vers la troupe des rampants. J'écrasai au passage un *livre-serpent*, me dirigeai vers une étagère et la renversai. Le meuble d'un poids phénoménal se pencha vers l'avant et ensevelit des douzaines de *livraraignées*. Dans sa chute, il éclata en mille morceaux, parmi lesquels, au milieu de la poussière, je choisis le plus long et le plus pointu. Ainsi armé, je me lançai à l'assaut des *livres vivants* qui cherchaient à s'échapper dans toutes les directions. Ils grimpaient le long des étagères et des murs, tandis que leurs congénères ailés rasaient le plafond. Les livres rampants furent les dindons de la farce : ils étaient trop lents. Je les transperçai les uns après les autres avec mon épée. J'en avais embroché au moins une douzaine que je brandis d'un air triomphant. Levant la tête, je hurlai comme une bête, comme je l'avais fait dans la gare des Gnomes

rubigineux. L'ensemble des étagères et les *livres vivants* qui s'y trouvaient tremblèrent.

Puis ce fut le silence.

Les rescapés s'étaient réfugiés dans la partie supérieure de la bibliothèque et ne pipaient mot. Je jetai la broche avec les ouvrages qui gigotaient encore dans la poussière et contemplai haletant le champ de bataille. Des feuilles détachées volaient dans les airs. Il y avait, collé partout, un sang noir et visqueux. Je m'étais adapté aux conditions barbares des catacombes.

J'étais devenu un chasseur de livres.

8

Homoncolosse

Les *livres vivants* demeurèrent un moment dans les parties supérieures de la bibliothèque, paraissant se consulter à voix basse. Puis je me rendis compte que leur nombre diminuait. Je les entendis trottiner derrière les étagères et, les rejetant les uns après les autres, je finis par découvrir un trou dans la muraille qui leur servait de passage secret pour entrer et sortir de la bibliothèque. Je m'y glissai et descendis dans le couloir, sans plus rencontrer de *livre vivant*.

J'errai des heures durant dans un secteur du château que je ne connaissais pas encore, jusqu'à ce que, épuisé, je me couche par terre et m'endorme du sommeil du juste.

Je fis un rêve merveilleux : je volais. Mon corps quittait le sol froid sans le moindre effort et planait à travers les couloirs infinis du palais, léger comme une plume au vent. Je montais et descendais de longs escaliers, traversais de hautes salles où brûlaient de grands feux de bois, des salles éclairées par des centaines de bougies.

À mon réveil, je me trouvais dans une autre partie du château. Avais-je marché en somnambule ? La mystérieuse mécanique du château des Ombres m'avait-elle amené jusqu'ici ? À moins que quelqu'un m'ait porté, sans connaissance, à cet endroit ?

Je sentis alors de la fumée. Un feu ? Un incendie ? Je me levai et pris la direction d'où semblait venir cette odeur de brûlé. J'entendis bientôt le crépitement des flammes, le craquement du bois. Je vis une haute porte étroite d'où filtrait un rayon de lumière inconstant. Je m'en approchai avec prudence. J'hésitai un instant, puis regardai à l'intérieur.

Il était là, le roi des Ombres ! Croyez-moi, amis fidélissimes, je n'avais jamais rien vu de plus beau, de plus farouche, de plus angoissant et de plus triste que le roi des Ombres qui dansait au milieu de tous ses feux. Car il dansait pour ne pas être seul. Les hautes flammes partout répandues multipliaient son ombre, la projetaient de-ci de-là, ce qui donnait l'impression qu'il était en très bonne compagnie.

En même temps, je pris peur. C'était un géant, presque deux fois plus grand que moi. Fort et sauvage, il sautait par-dessus les flammes. Je ne voyais encore que sa silhouette noire qui se découpait devant le feu, mais je percevais sa beauté, celle d'un animal féroce. C'était sûrement la créature la plus étonnante des catacombes de Bouquinbourg.

À ce moment-là, il éclata de rire. Il s'arrêta. Le dos tourné, il baissa les bras et rit à gorge déployée. Je fus saisi d'angoisse, car son rire était accompagné de râles comme s'il provenait d'un autre monde, sombre et mort.

« Viens ! » dit-il.

Je tressaillis comme si j'avais reçu un coup de fouet. Comme avec la Harpyre quand il avait soupiré. Le roi des Ombres avait remarqué ma présence depuis longtemps. Je détaillai sa silhouette anguleuse : il semblait porter une étrange cuirasse et, sur la tête, une couronne garnie de pointes. Il traversa les feux et disparut par l'une des sombres sorties. Je le suivis avec obéissance.

La pièce suivante était la salle du trône. Réservée au monarque le plus solitaire du monde. Il n'y avait qu'un seul meuble : un immense trône en livres pétrifiés, sur lequel il était assis quand je pénétrai dans la pièce.

Je n'arrivai toujours pas à le voir vraiment. Quelques bougies éclairaient la salle avec parcimonie, et le souverain s'était tassé au fond de son siège.

Des livres jonchaient le sol et comme je m'en approchais, certains se levèrent sur leurs petites pattes et se sauvèrent en courant ou en rampant. Ma réputation m'avait précédé.

« Tu es un chasseur de livres ? » me demanda le roi des Ombres.

Je sentis le râle de sa voix d'outre-tombe qui me traversait de part en part. Involontairement, je m'immobilisai.

« Non, dis-je. Je me suis simplement défendu. Je m'intéresse aux livres d'une autre façon. Je suis écrivain.

– Ah bon ? Qu'est-ce que tu as écrit ? »

La sueur perla à mon front.

« Rien encore, répondis-je. Je veux dire que je n'ai rien publié.

– Tu n'as pas encore créé, mais tu sais déjà assassiner. Tu es sûr que tu ne préférerais pas devenir critique ? »

Comme je ne trouvai pas de réplique spirituelle, je gardai le silence.

« Quel est ton nom ?

– Hildegunst Taillemythes. »

Il y eut une longue pause.

« Tu viens de la citadelle des Dragons ?

– Oui, je ne peux malheureusement pas le cacher.

– Qu'est-ce que tu as perdu dans le labyrinthe de Bouquinbourg ?

– J'y ai été emmené de force, répondis-je. Un scribe bouquiniste du nom de Phistomefel Suiffard m'a anesthésié avec un livre empoisonné et traîné dans les catacombes. Depuis, j'erre au hasard. »

Un très long silence s'installa.

« Et toi, qui es-*tu* ? osai-je demander pour détendre un peu l'atmosphère. Si je peux me permettre la question. »

Il y eut un silence encore plus long, plus pesant.

« J'ai beaucoup de noms, finit-il par murmurer. Meffias. Soter. Oubel. Existien. Erohares. Tetragrammaton. Les demi-nains des grottes supérieures m'appellent Kéron Kenken. Les peuples sombres des labyrinthes caverneux m'ont donné un autre nom : Ngyan Spar Dou Doung Mgo Gyou'i Thor Tshougs Can. J'arrive à peine à le retenir.

– Est-ce que tu es… le roi des Ombres ?

– C'est le pseudonyme le plus idiot de tous. Ils m'appellent comme ça en haut, n'est-ce pas ? Oui, si ça te fait plaisir, je suis aussi le roi des Ombres. Mais le nom que j'aime le plus est celui que m'a donné un vieil ami : Homoncolosse. C'est celui qui me va le mieux.

– C'est toi qui as tué Hoggno le Bourreau ?

– Non. Hoggno s'est exécuté lui-même. Avec sa propre hache. Je lui ai simplement tenu la main. »

Je hochai la tête.

« C'est toi aussi qui as balisé mon chemin ?

– Oui.

– Pourquoi ? Pourquoi est-ce que tu ne me tues pas ? Pourquoi m'aides-tu ? »

Homoncolosse soupira en s'enfonçant dans l'ombre de son trône.

« Je vais te raconter une histoire. Tu veux bien l'écouter ?

– J'aime les histoires, répliquai-je.

– Mais elle est assez angoissante. »

Je m'assis tout en chassant quelques *livres vivants* qui s'étaient rapprochés de moi.

« Ce sont les meilleures », commentai-je.

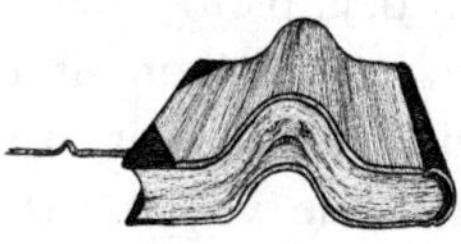

L'Histoire du roi des Ombres

J'avais espéré qu'Homoncolosse me montrerait enfin son visage, son véritable aspect extérieur, mais il préféra rester dans l'obscurité de son trône.

« C'est, en partie, l'histoire de quelqu'un que j'ai connu, commença-t-il. Un vieil ami dont je me souviens avec plaisir. Parfois certains souvenirs me sont plus pénibles, parce qu'ils sont tristes. Il n'est pas absurde de penser que les bons moments sont plus émouvants que les mauvais, non ? »

Sans attendre la réponse, il poursuivit.

« Cet ami était un homme, l'un des rares qui osaient rester en Zamonie et n'avaient pas émigré vers d'autres continents. Il habitait avec ses parents dans une des petites colonies humaines installées dans les vallées des monts Midgard. Apparemment, certaines s'y cachent toujours.

« En venant au monde, cet ami était déjà un poète. Je ne veux pas dire qu'il savait écrire, car il l'apprit plus tard, comme tout le monde. Mais quand il aperçut la lumière de l'univers, il avait déjà plein d'idées et d'histoires dans la tête. Son petit crâne en débordait, et elles lui faisaient peur, surtout la nuit, dans le noir. Il voulait absolument s'en débarrasser, mais ne voyait pas comment, car les discours n'étaient pas son affaire, et il ne savait pas encore écrire. De nouvelles idées n'arrêtaient pas de germer en lui, si bien que sa petite tête était de plus en plus lourde et que, durant toute son enfance, il fut obligé de marcher en regardant ses pieds. »

À côté de moi, une bougie s'éteignit. Un souffle me caressa le visage et, comme obéissant à un ordre, l'étrange musique du château des Ombres reprit.

« Puis il a enfin appris à écrire, continua le roi des Ombres, tout ce bagage a pu s'exprimer, couler sur le papier et en couvrir des kilomètres carrés. Il ne pouvait plus s'arrêter et ne le désirait pas non plus, car écrire des histoires était le plus bel état qu'il connaissait. »

Homoncolosse s'arrêta.

« Est-ce une histoire qui t'intéresse ? Ou est-ce que je t'ennuie ? »

Une histoire d'écrivain donc. Ne m'en veuillez pas, mes chers amis, je m'étais attendu à quelque chose de plus excitant. Il avait parlé d'un récit angoissant. Quand j'entends ces mots, je m'imagine des Tiqxxxxes, des Harpyres, des chasseurs de livres et beaucoup, beaucoup de sang. Pas des écrivains. La plupart des histoires de poète sont à peu près aussi excitantes qu'un regard sur les étagères poussiéreuses du Cabinet des merveilles des Rongelivres.

Je fis non de la tête.

« Il faut que je fasse plus d'efforts pour que tu t'ennuies, dit le roi des Ombres en riant. Les premières histoires que mon ami a écrites étaient assez confuses, car il n'avait aucune expérience de la vie, mais une bizarre et vague connaissance originelle. Il savait des choses qui n'avaient pu se passer que dans des mondes lointains ou dans d'autres dimensions. Il a évoqué des créatures intersidérales dont il connaissait les étranges pensées, les rêves et les désirs. Il a décrit un endroit au fond d'un océan de gaz, habité par des êtres agressifs qui se combattaient, s'aimaient et s'entretuaient. Personne ne savait d'où il tenait ces absurdités et certains le prenaient pour un fou. »

Le roi des Ombres reprit son souffle en émettant le bruit d'un sac en papier que l'on remplit d'air avant de le laisser se dégonfler.

« Il ne pouvait contempler un nuage sans y voir l'épopée d'un peuple des nuées. Une eau vive sans y distinguer de féeriques créatures transparentes. Une prairie sans que lui vienne aussitôt à l'esprit la saga d'une famille de graminées. Des insectes bourdonnaient à l'entour et lui racontaient leur bref destin. Des peuples de fourmis ont mené des guerres pour qu'il puisse se faire le chantre de leurs batailles, souvent perdues.

« Comme ses parents et ses camarades de jeu souriaient de ses griffonnages, mon ami s'est senti incompris et s'est tourné, dans ses textes, vers un public d'esprits. Pour ces fantômes, il a taillé, formé, édifié, peint et rêvé un monde où chaque mot, chaque impression, chaque créature, chaque événement, chaque lettre et chaque hasard étaient à la bonne place. Et le jour où cet univers serait fini d'être bâti, où il serait bien écrit, sans erreurs d'orthographe et de style, il trouverait son public, et vivrait en sa compagnie. Ce serait un monde des esprits, conçu par un esprit et habité par beaucoup d'autres esprits.

« Il a édifié cet univers, mot après mot, chapitre après chapitre. Il a superposé avec soin les syllabes, assemblé les termes, empilé les phrases. Il a créé d'étranges constructions, tissant certaines d'entre elles avec les fils du rêve, d'autres avec des pressentiments et des peurs.

« Il a érigé pour les créatures mortes de froid un palais de neige et de glace, et il l'a peuplé de cristaux de neige qui, voletant, traversaient les couloirs et les remplissaient de leur frémissement monotone.

« Il a aménagé un marais afin que les corps des enfants noyés puissent paisiblement dériver sur des feuilles de nénuphar et devenir les amis des grenouilles et des lis d'eau.

« Mon ami a allumé un feu pour les grands brûlés, rugissant comme un incendie de forêt, ondoyant comme une mer fouettée par la tempête, où les esprits dansaient comme des flammes fulgurantes, dans une éternelle extase pour oublier leurs cruelles souffrances.

« Il a construit une maison, l'*Auberge des larmes*, avec des murs de pluie éternelle, pour ceux qui avaient mis fin à leurs jours.

« En dernier lieu, il a édifié un refuge destiné à ceux qui étaient morts fous. C'était le bâtiment le plus grand et le plus magnifique, paré de couleurs chatoyantes et inconnues. Les lois en vigueur y défiaient l'entendement : on pouvait se promener au plafond, et le temps se déroulait à l'envers.

« Un jour, mon ami a contemplé son reflet dans son miroir. Il a vu que son image copiait ses grimaces et ses contorsions, qu'elle se calquait magistralement sur la réalité. Il s'est dit : "Je veux ressembler à cet être dans la glace. Je veux pouvoir imiter la vie. Je veux être aussi solitaire." »

Le roi des Ombres se tut.

Je lâchai :

« J'ai l'impression que ton ami était près de perdre la raison. Qu'il allait devoir consulter un psychiatre. »

Le roi des Ombres éclata d'un rire effrayant.

« Oui, c'est ce qu'il pensait parfois. Mais la maladie ne l'a jamais conduit dans une institution qui lui aurait épargné ce travail. Elle ne pouvait le mener à la démence. Elle suffisait seulement à faire de lui un poète. »

Je ne pus m'empêcher de rire, moi aussi. Le roi des Ombres avait de l'humour, même s'il était plutôt sombre.

« Effectivement, mon ami s'est rendu compte qu'il devait changer, s'il ne voulait pas finir dans une camisole de force. Il a abandonné ses constructions chimériques. Celles-ci se sont transformées en merveilleuses ruines qu'il n'a plus visitées que rarement. Et il s'est concentré sur ce qui l'entourait. »

Le roi des Ombres marqua une nouvelle pause et respira lourdement, comme si son long discours lui demandait des efforts. J'en profitai pour contempler la réalité environnante. Elle n'était sûrement pas très éloignée de celle du mystérieux poète ni de ses constructions chimériques ! La musique spectrale dansait avec légèreté à travers la salle. À distance respectueuse du roi des Ombres, les *livres vivants* avaient formé un cercle d'où ils semblaient l'écouter attentivement. Mais peut-être n'écoutaient-ils que les étranges modulations de sa voix.

« Mon ami le poète a alors décrit les choses les plus simples qu'il pouvait trouver, poursuivit-il, et a constaté que rien n'était plus difficile. Il était facile de dépeindre un palais de neige et de glace, mais incroyablement complexe de se concentrer sur un cheveu. Une cuillère. Un ongle. Une dent. Un grain de sel. Un éclat de bois. La flamme d'une bougie. Une goutte d'eau. Mon ami est devenu le chroniqueur des événements quotidiens les plus banals. Il a noté les conversations entendues incidemment, avec une régularité et une discipline telles qu'il s'est transformé en bloc-notes ambulant qui convertissait tout en littérature. Cette fois encore, il s'est aperçu à temps qu'il s'engageait dans une impasse.

– Il risquait de finir greffier ou sténographe au cadastre natte-tif-touffe, m'autorisai-je à remarquer.

– C'est juste. Mon ami était au bord du désespoir. Plus il écrivait, moins ses mots semblaient avoir de sens. Il a fini par ne plus pouvoir écrire. Des jours, des semaines, des mois, il restait devant sa page blanche, incapable de bâtir la moindre phrase. Il songeait à se rendre dans son *Auberge des larmes* et à se pendre avec une corde en fils de rêve. Mais, comme un orage dans un ciel serein, l'événement le plus décisif, le plus heureux de toute son existence s'est produit.

– Il a trouvé un éditeur ? »

Le roi des Ombres garda le silence, assez longtemps pour que je puisse me repentir copieusement de ma remarque idiote.

« Il a été touché par l'Orm, reprit-il enfin. De façon si subite et intense qu'il a d'abord cru sa dernière heure venue. »

Le roi des Ombres croyait en l'Orm ? Apparemment, sur cette terre, on rencontrait toujours quelqu'un qui adhérait à ce vieux mythe. Je me gardai bien de faire une autre insinuation grossière.

« Le traversant brusquement, l'Orm a libéré son esprit et l'a élevé jusqu'à un endroit de l'univers où toutes les idées artistiques se croisaient et se réunissaient. C'était une planète sans substance, sans vie, sans un atome de matière, mais qui concentrait l'imagination au point de faire valser les étoiles toutes proches. Ici, on pouvait plonger dans un pur imaginaire et puiser une force cachée. Une seule seconde passée dans ce champ magnétique suffisait à accoucher d'un roman. C'était un endroit dément où toutes les lois naturelles semblaient inapplicables, où les dimensions s'empilaient comme des manuscrits mal classés, où la mort n'était qu'une mauvaise plaisanterie et l'éternité un mouvement de cils. Quand il est revenu de cet endroit, mon ami débordait de mots, de phrases, d'idées, tout arrangés, polis et taillés. Il n'avait plus qu'à les coucher sur le papier. Il était à la fois ravi et bouleversé de voir la qualité de sa production, et son faible degré de responsabilité. »

« Pas étonnant, me dis-je, que tant d'artistes velléitaires fantasment sur l'Orm. » C'était le rêve du poète paresseux : le crayon au bout des doigts, les phrases qui s'écrivent toutes seules. Un rêve.

« Après avoir terminé cette histoire sous l'influence de l'Orm et l'avoir maintes fois relue, mon ami s'est senti vraiment poète. Et il a trouvé le courage d'envoyer son récit, accompagné d'une lettre, à la citadelle des Dragons.

– Quoi ? » m'étonnai-je.

L'évocation soudaine de ma ville m'avait frappé comme un coup de massue.

« Oui, c'est ce que font les jeunes écrivains zamoniens quand ils croient avoir créé quelque chose de présentable. Ils l'envoient à l'une de leurs idoles à la citadelle des Dragons. »

C'était vrai. La citadelle croulait sous les manuscrits de jeunes auteurs.

« Dans le cas de mon ami, l'idole s'appelait Dancelot de Tournerimes », dit le roi des Ombres.

Vlan ! Deuxième coup de massue. Une chance que j'étais déjà assis, sinon je serais sûrement tombé sur les genoux.

« Dancelot de Tournerimes ? demandai-je abasourdi.

– Oui, tu le connais ?

– C'est… c'était mon parrain en écriture.

– Incroyable. Décidément, le hasard fait bien les choses. »

Le roi des Ombres se racla la gorge.

« Un instant ! Ton ami a écrit une lettre à Dancelot ? Il lui a envoyé un manuscrit ? Il a sollicité son conseil et son jugement ?

– C'est ça. Mais si tu veux, tu peux finir le récit *à ma place*. En fin de compte, c'est *toi* l'écrivain.

– Excuse-moi ! fis-je.

– Bref, enthousiasmé par l'histoire de mon ami, Tournerimes lui a suggéré de se rendre sur-le-champ à Bouquinbourg et d'y chercher un éditeur. Mon ami a suivi le conseil, il est parti pour cette ville où il a commencé à errer quelque temps. Jusqu'à ce qu'un jour un agent littéraire en quête de talents l'aborde dans la rue. Mon ami lui a montré quelques-uns de ses travaux. L'agent s'appelait Claudio Harpapatte.

– Harpapatte ? »

J'avais presque crié.

« Tu le connais aussi ?

– Oui, répliquai-je d'une voix blanche.

– Encore le hasard, hein ? commenta le roi des Ombres. La vie est pleine de surprises, n'est-ce pas ? Quoi qu'il en soit, Harpapatte ne pouvait franchement pas faire grand-chose des écrits de mon ami, mais il lui a payé une tartine aux abeilles et lui a donné l'adresse d'un expert en écriture du nom de…

– Phistomefel Suiffard !

– Phistomefel Suiffard, exactement. L'ami et bienfaiteur

qui t'a entraîné dans les catacombes. Mon ami a rendu visite à Suiffard et lui a présenté certains de ses travaux. Des poèmes, des nouvelles, une copie de l'histoire qu'il avait envoyée à la citadelle des Dragons, etc. Suiffard a demandé une journée pour effectuer son analyse et, le lendemain, mon ami est revenu. Suiffard était dans tous ses états, enthousiasmé par le travail de mon ami. Il lui a prédit un avenir doré et a prétendu voir en lui le plus grand talent de tous les temps. Suiffard avait déjà concocté une stratégie raffinée pour la carrière littéraire de mon ami, établi des contrats compliqués et choisi la typographie qui convenait le mieux à son œuvre. Mais avant que tout cela se traduise en actes, Phistomefel Suiffard voulait lui montrer quelque chose d'important. Un passage dans un livre.

– Non ! m'écriai-je, comme si je pouvais empêcher les événements passés.

– Non ? s'indigna le roi des Ombres. Il faut que je m'arrête ? »

Je secouai la tête.

« Excuse-moi.

– Suiffard a pris un livre orné du signe du tricercle. Sur son ordre, mon ami l'a feuilleté jusqu'à la page 333 et s'est évanoui, car il s'agissait d'un *livre dangereux* dont le poison de contact était un puissant somnifère. »

Le roi des Ombres marqua de nouveau une longue pause.

« Et c'est ici, *ici que commence mon histoire*. »

C'en était trop. Je levai les bras pour l'interrompre. Il fallait que j'exprime mes soupçons avant qu'ils ne me déchirent intérieurement.

« S'il te plaît, m'écriai-je, réponds à ma question : serais… serais-tu le poète qui a envoyé ce manuscrit à Dancelot ? Es-tu l'ami dont tu ne cesses de parler ? Réponds-moi ! »

Le roi des Ombres éclata d'un rire plus effroyable et plus dur qu'auparavant.

« Est-ce que j'en ai l'air ? Est-ce que j'ai l'air d'un *homme* ? »

Non. Il fallait l'avouer. Tout du moins, le roi des Ombres ne ressemblait à rien de ce qui m'avait été donné de voir jusqu'alors. Autant que je puisse en juger, il était presque deux fois plus grand qu'un humain normal. Je me demandai comment répliquer sans le blesser.

« Dis-moi, est-ce que j'ai l'air d'un homme ? »

Sa voix était froide et impérieuse.

« Non, répondis-je doucement.

– Bien, fit le roi des Ombres, je peux mener mon histoire jusqu'au bout. Et je le ferai *sans me laisser interrompre*, sauf si je considère qu'une pause dramaturgique est nécessaire. Compris ?

– Oui », murmurai-je.

Le roi des Ombres respira bruyamment pour retrouver son calme.

« À son réveil, reprit-il tranquillement, mon ami a pensé qu'il était au fond de l'eau. Mais le liquide qui l'entourait avait d'étranges propriétés que, d'habitude, l'eau ne possède pas. Il était chaud et visqueux. À travers la vitre de l'aquarium où il se trouvait, mon ami a vu Suiffard qui manipulait ses ustensiles d'alchimiste. *Et mon ami pouvait respirer ce liquide !* Cette matière ne l'entourait pas seulement, elle était partout, dans sa gorge, ses voies respiratoires, ses conduits auditifs, ses poumons. Il était toujours paralysé. Son corps était suspendu dans une position horizontale. Il ne coulait pas et ne flottait pas.

« Suiffard s'est approché de l'aquarium en ricanant. Il a frappé avec ses nombreuses mains sur la vitre et s'est adressé à mon ami. Celui-ci percevait sa voix comme un enterré vivant entend les endeuillés parler sur sa tombe, à travers les planches de son cercueil et la terre qui le recouvre.

"Tu es réveillé, a dit Suiffard. Tu as si gentiment dormi. Si profondément. Si longtemps. Suffisamment pour que je puisse préparer la grande transsubstantiation. Oui, je vais te métamorphoser, mon ami humain, et après tu ne seras plus un homme, non ! Mais un être supérieur. Tu me comprends ?" Il a tapoté de nouveau sur la paroi. "Je vais te permettre de revêtir un nouveau corps, mieux adapté à ton cerveau de poète. Ce n'est pas tout. Je vais t'aider à entrer dans une nouvelle existence. Inutile de me remercier : je le fais volontiers."

« Mon ami a été pris de panique. Le liquide se réchauffait. La chaleur est devenue insupportable. De grosses bulles d'air montaient droit devant lui. Il a enfin compris ce qui lui arrivait quand le liquide s'est mis à bouillonner. Il était en train de bouillir vivant.

« Suiffard a toqué une nouvelle fois contre la vitre en s'écriant : "Maintenant, tu sais ce qu'un homard ressent quand on le prépare. Les cuisiniers affirment que les homards ne sentent rien. À mon avis, ce n'est pas vrai. Je dois te dire que je ne t'envie pas de vivre cette expérience unique."

« Une douce faiblesse a envahi mon ami. Il a rêvé d'un grand incendie dévorant Bouquinbourg. Puis il s'est aperçu qu'il était la cause du feu, que son corps en flammes traversait la ville à pas lourds et mettait le feu de maison en maison. Dans son rêve, il était L'Homme noir de

Bouquinbourg qui, d'après la légende, avait été à l'origine du premier incendie de la ville.

« Ensuite mon ami s'est réveillé. Il n'a vu que le visage de Suiffard qui semblait tout proche. Cette fois encore, il ne pouvait bouger. Il s'est rendu compte avec étonnement que Suiffard caressait son visage, en y posant deux de ses petites mains. Mon ami a constaté avec soulagement que le liquide avait disparu et qu'il n'était plus enfermé.

"Oh, mais voilà qu'on se réveille au mauvais moment, a dit Suiffard exprimant un sincère regret. Ne crois pas que ce qui t'arrive soit intentionnel, c'est vraiment un hasard : le produit anesthésiant se fraie un chemin à sa guise dans ton cerveau. Mais bon, puisque c'est comme ça, je vais t'ouvrir des perspectives uniques. Quelque chose qui, d'habitude, n'est donné à personne."

« Phistomefel Suiffard a tourné la tête de mon ami dans une certaine direction, afin qu'il puisse entrevoir une paillasse : dans une bassine en argent remplie d'un liquide laiteux, il y avait un bras humain.

"Oui, s'est exclamé Suiffard, c'est *ton* bras. Le bras avec lequel tu écris !"

« Puis il lui a tourné le visage dans une autre direction. Dans un long bocal posé sur un socle, mon ami a vu, conservée dans un liquide clair, une jambe soigneusement séparée de son corps.

"Et ça, c'est une de tes jambes, la gauche, je crois", a dit Suiffard en riant.

« Il a réorienté la tête de mon ami. Sur une table d'opération, il y avait un corps auquel on avait enlevé les bras, les jambes et la tête. Les plaies étaient recouvertes de compresses de gaze.

"Voilà ton corps. Je suis juste en train de nettoyer les

parties coupées avec une solution alchimiste. Mon cher, tu t'es vraiment réveillé à un mauvais moment. Nous étions dans la phase de démontage. Elle est nécessaire pour *esthymiser* soigneusement les diverses parties du corps. N'aie pas peur, pour finir je te recoudrai dans le bon ordre. Je suis assez adroit en couture."

« Une silhouette est apparue. C'était Claudio Harpapatte, l'agent littéraire. Il portait un tablier blanc éclaboussé de sang du haut jusqu'en bas. Il arborait un sourire affable brandissant une scie, elle-même souillée de sang.

« Mon ami finit par comprendre. Ce n'était pas un cauchemar. Il se trouvait réellement dans le laboratoire de Suiffard. Cependant il n'était pas, comme il l'avait pensé, devant le Verrequin, car son corps était dispersé dans la pièce. Mais Suiffard tenait sa tête à bout de bras et la tournait dans tous les sens.

« Puis il l'a lancée en l'air comme s'il s'était agi d'un ballon. À cet instant dramatique, mon ami a pu apercevoir tout le laboratoire, avec ses ustensiles de chimie, ses appareils mystérieux, ses récipients en verre et ses immenses piles alchimistes. Il a revu toutes les parties de son corps ; le Verrequin et Harpapatte qui levaient des yeux amusés vers lui. Puis il est retombé entre les mains de Suiffard.

"La prochaine fois, si tu te réveilles, a dit ce dernier, on te changera en quelqu'un d'autre."

« Mon ami est retombé dans un coma profond.

« À son réveil suivant, il était debout, car il sentait son corps, d'autant plus qu'il éprouvait toutes sortes de douleurs. Il a baissé les yeux et constaté qu'il était solidement attaché à une planche de bois. Son corps était enveloppé dans du vieux papier recouvert de signes étranges. Il a essayé de se libérer, mais les fers qui lui entouraient les mains et les pieds, le cou et les chevilles l'en ont empêché. Il était toujours dans le laboratoire.

« Phistomefel Suiffard et Claudio Harpapatte sont entrés dans son champ de vision.

"Oh, il vient de se réveiller ! a constaté Suiffard avec joie. Regarde, Claudio !

– Tu l'as bien attaché ? a demandé Harpapatte anxieux.

– Regarde comme il a changé, a remarqué Suiffard. C'est un colosse !"

« Ils se sont approchés de mon ami, qui s'est demandé pourquoi il était obligé de baisser les yeux vers eux. Il lui semblait avoir grandi pendant la nuit.

"Tu t'étonnes sûrement de tout ce papier, a dit Suiffard. Tu t'imagines qu'il s'agit d'une bricole biblalchimiste pour conjurer les mauvais sorts et que nous la supprimerons bientôt. Mais ce n'est pas ça. Non, non." »

Mes fidèles amis, quelque chose dans la voix du roi des Ombres me mit en alerte. J'étais tout le temps resté sous le charme de son vivant récit et de sa passionnante histoire, mais voilà que le flot de paroles se tarissait. Quelque chose paraissait l'avoir touché et ma terreur augmenta. Le roi des Ombres reprit son récit.

« "Non, ce n'est pas ça ! a poursuivi Suiffard. Ce qui te recouvre est beaucoup plus que du papier d'emballage biblalchimiste. C'est ta nouvelle peau ! Je te l'ai promis et je tiens parole. Je t'ai transformé en une créature inédite." »

D'un bond je me remis sur mes pieds, car le roi des Ombres s'était brusquement levé de son trône. Il s'appuya sur les accoudoirs tout en relevant lentement la partie supérieure de son corps. Sa voix retentit comme le rugissement d'un lion blessé.

« Et Phistomefel Suiffard a dit à mon ami : “Jadis, tu étais un homme, maintenant tu es un monstre ! Jadis, tu étais petit, dorénavant tu es un colosse. Ton nom sera : *Homoncolosse* !” »

Le roi des Ombres s'approcha de la lumière des bougies, mes chers amis, et je vis pour la première fois sa silhouette. Un cri aigu m'échappa. Je fis plusieurs pas en arrière, à l'instar des *livres vivants* dans la salle, devant cet abominable spectacle.

Une créature se tenait devant moi, faite de papier de la tête aux pieds. La seule chose qui rappelait un homme était la forme de son corps. Des bras, des jambes, un tronc, une tête et un visage : il y avait tout, mais ce n'était qu'une quantité infinie de couches de vieux papier jauni. Des milliers de morceaux, recouverts de l'étrange écriture runique aperçue sur les fragments que j'avais suivis à la trace dans le labyrinthe. Et ce que j'avais pris dans la pénombre pour les pointes d'une couronne n'étaient que les extrémités déchirées des paperoles dont était constitué cet être. Si une sculpture en pierre ou en bronze s'était soudain éveillée à la vie, elle n'aurait pas pu m'effrayer davantage que ce géant de papier qui s'approchait lentement de moi.

« Non, dit le roi des Ombres, dont les accents se faisaient plus menaçants à chaque phrase et à chaque pas, je ne suis plus un homme. Je ne suis plus le poète que tu as cherché tout ce temps. Je l'ai été autrefois, il y a longtemps. Aujourd'hui, je suis quelque chose de nouveau, quelque chose d'autre. Quelque chose de beaucoup plus grand. Je suis un monstre. Un assassin. Un chasseur. Je suis le roi du château des Ombres. Je suis… Homoncolosse. »

Le Sombre Exil

Je restai immobile et me préparai mentalement à mourir. Il était absurde de vouloir fuir devant un tel monstre, cela aurait équivalu à prolonger inutilement une torture. Homoncolosse m'avait enfermé dans les ténèbres de son royaume pour se venger de moi. Je devais mourir pour tous ceux qui lui avaient porté tort. Avec la décontraction d'un grand fauve sûr de tenir sa proie, il s'approcha. Son visage était empreint d'une étrange beauté, alors qu'il s'agissait du masque d'un monstre. Son nez, ses lèvres, ses oreilles étaient faits de plusieurs couches de papier disposées avec art, et je pouvais m'imaginer que Phistomefel Suiffard avait œuvré longuement à son modelage, à l'aide des gestes patients et précis de ses nombreuses petites mains. Même les dents d'Homoncolosse étaient en parchemin dentelé, peut-être avaient-elles été renforcées à l'aide de résine, leur couleur dorée scintillait dans la lumière de la bougie. Mais le plus terrible, c'étaient les yeux : en lieu et place des pupilles, il n'y avait que deux trous noirs.

Je voyais désormais qu'il n'était pas seulement composé de papier : les articulations de ses épaules et de ses coudes, les genoux, les hanches et son cou étaient recouverts d'une substance élastique brunâtre, qui évoquait le cuir.

Bien sûr, cette créature était constituée de cuir, comme la reliure qui maintient les pages d'un livre. De toute évidence, Suiffard, qui avait le sens de la qualité, n'avait travaillé qu'avec un matériau ancien de grande valeur.

Alors que le monstre n'était plus qu'à une longueur de bras, il se pencha vers moi, et je sentis son haleine étrangement agréable, empreinte du parfum des vieux livres. Puis il me demanda :

« Eh bien, est-ce que tu veux connaître la fin de l'histoire ? »

Je hochai la tête, même si je considérais cette question comme la dernière blague sinistre qu'il s'offrait à mes dépens, avant de me trancher la gorge avec ses griffes de papier.

Mais Homoncolosse se contenta de dire :

« Très bien. Tu te demandes sûrement ce qu'il y a derrière tout ça. Et pourquoi je suis prisonnier ici, quand je suis une gigantesque et puissante créature qui n'a rien à craindre de personne. Pourquoi est-ce que je ne remonte pas à la surface pour arracher le cœur de Suiffard à sa grosse couenne ? Pourquoi ce Verrequin m'a banni dans les catacombes s'il tenait mon talent d'écrivain en si haute estime ? »

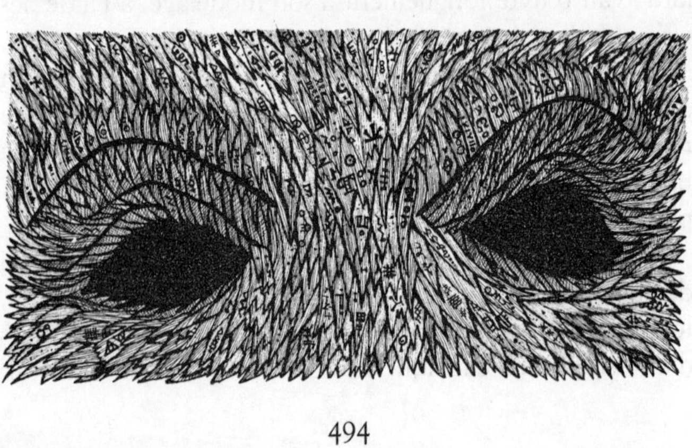

Je répondis à chacune de ses questions par un hochement de tête. Apparemment, Homoncolosse m'avait ôté toute envie de parler. Si j'avais essayé à cet instant de m'exprimer, le moindre mot serait certainement resté coincé dans ma gorge.

Le roi des Ombres se rassit sur son trône et les *livres vivants* se rapprochèrent de lui lorsqu'ils remarquèrent que leur seigneur et maître avait recouvré son calme.

« Phistomefel Suiffard m'a tout expliqué alors que j'étais encore attaché sur sa table d'opération, dit Homoncolosse. À commencer par le papier. Suiffard est venu près de moi et a commencé à caresser, de toutes ses mains, les morceaux de papier jaunis qui me recouvraient.

"Sais-tu de quel papier il s'agit ? m'a demandé Suiffard. C'est un matériau extrêmement ancien, à la formule secrète élaborée par les Biblalchimistes qui vivaient et travaillaient dans les souterrains de Bouquinbourg il y a plusieurs centaines d'années. Ils n'avaient qu'une angoisse : que les scientifiques de la surface dérobent les secrets de leur savoir et leurs précieux documents, pour les utiliser à mauvais escient. Voilà pourquoi ils ont élaboré une écriture énigmatique, extrêmement raffinée, et si subtile qu'elle échappe encore à toute lecture. Moi-même, je m'y suis cassé les dents. Mais cela ne suffisait pas aux Biblalchimistes, qui étaient excessivement méfiants. Ils ont inventé un type de papier si sensible à la lumière qu'il s'enflammait au moindre contact d'un rayon de soleil, et qu'il suffisait du reflet de la lune pour provoquer le même résultat. Un papier qui ne supportait que l'obscurité des catacombes."

« Suiffard a retiré ses mains et s'est mis à glousser :

"Ce papier secret, et son écriture, c'est ta nouvelle

peau. Nous l'avons imbibé de diverses huiles et essences animistes et biblalchimistes, puis nous l'avons appliqué sur ta chair, grâce à une colle spéciale utilisée en reliure, pour laquelle il n'existe aucun diluant. Si tu essayais de t'arracher ce nouvel épiderme, c'est toi que tu mettrais en pièces, m'a menacé Suiffard en agitant tous ses doigts.

"Il n'a pas été simple de se procurer ce papier, le plus rare qui soit, a-t-il poursuivi, mais j'y suis parvenu, grâce à mes nombreuses relations. Tu ne peux pas t'imaginer à quel point tu coûtes cher. Nous n'avons pas lésiné sur la quantité de papyrus, nous avons utilisé des centaines de recueils biblalchimistes. Nous les avons déchirés en petits morceaux, puis nous les avons soigneusement collés sur ton corps, avant d'en reconstituer les diverses parties. Couche après couche. Voilà pourquoi ta taille est si impressionnante : tu n'es constitué de papier qu'à un tiers. Mis à part qu'il est hautement inflammable, ce matériau est extrêmement résistant à l'usure et au temps. Les Biblalchimistes l'ont fabriqué pour que leurs documents puissent traverser les millénaires. Mais comme je te l'ai dit, il suffit d'un rayon de soleil ou de lune pour que tu t'enflammes des pieds à la tête. Tout en bas, dans le sombre exil des catacombes, tu peux vivre très, très longtemps. Mais à la surface de Bouquinbourg, tu te consumerais en quelques secondes.

– Alors, un bon conseil, mon petit ami : reste sous terre ! a ponctué Claudio Harpapatte, demeuré en arrière.

– J'ai pris la liberté de t'implanter quelques nouveaux organes, a poursuivi Suiffard. Tu as sûrement entendu parler des expériences que les Biblalchimistes ont menées pour créer les *livres vivants*. À cette occasion, ils ont accompli d'énormes progrès dans la création d'organes artificiels, dont les applications sont malheureusement illégales d'après les lois zamoniennes. Ton nouveau cœur fonctionne à l'aide d'une pile alchimiste. Nous t'avons fabriqué un foie en assemblant cinq foies de bœuf dont la durée de vie est garantie pendant plusieurs siècles. Il y a maintenant dans ton cerveau une glande qui a appartenu à un gorille des montagnes. Elle régule ta force brutale. Nous avons pu convaincre un chasseur de livres particulièrement solide de nous faire don de quelques-uns de ses muscles, après lui avoir fait lire l'un de mes *livres dangereux*. Et il ne faut pas oublier l'organe dont la plupart des gens ignorent qu'il en est un : ton sang."

« Suiffard a marché vers une armoire et en a sorti une grande bouteille vide.

"Nous nous sommes permis de renouveler un peu ton sang. À l'aide d'un liquide très noble. Le plus noble de tous. En réalité, nous y avons ajouté une bouteille entière de vin de la Comète. Le vin le plus cher de toute la Zamonie. Tu vois, nous n'avons reculé devant aucun sacrifice."

Le Verrequin a négligemment jeté la bouteille qui s'est brisée en mille morceaux.

"Il est dit que le mélange sang et raisin du vin de la Comète, impérissable, confère la force éternelle. C'est une sorte d'élixir de Jouvence qui coule désormais dans tes veines. Mais ce que j'ai trouvé de bien plus intéressant dans le vin de la Comète, c'est le sort qui le frappe. Tu portes à jamais une malédiction en ton cœur. Ce qui fait de toi un véritable héros tragique. Romantique, n'est-ce pas ?"

« Suiffard m'a regardé d'un air de fausse commisération.

"À part ça, nous avons encore changé telle ou telle petite chose dans ton corps, en remplaçant certains éléments organiques et mécaniques, mais je ne vais pas t'ennuyer avec les détails. Tu prendras conscience de ton énergie et de tes nouvelles capacités quand tu te seras entièrement remis. Si tu mènes une saine existence, tu pourras vivre plusieurs siècles dans les catacombes."

« Sur une paillasse du laboratoire, Suiffard a commencé à remplir une grosse seringue d'un liquide jaune.

"Et tu te poseras sans doute une autre question : pourquoi, diable, ne nous sommes-nous pas contentés de te tuer, pourquoi avons-nous consenti tous ces frais ? Mais là aussi, il existe une raison très simple et recevable : à la surface de Bouquinbourg, tout est sous mon contrôle, mais c'est une autre histoire pour ce qui se passe dans les catacombes. Je suis privé de la possibilité de réguler les événements du monde souterrain. Ces derniers temps, les chasseurs de livres ont dépassé les bornes. Ils sont devenus trop nombreux. Trop cupides. Trop idiots. Et certains d'entre eux, notamment Rongkong Virgule, cette brute sanguinaire et délirante, ont acquis à mes yeux un pouvoir excessif et sont devenus arrogants. Bref, je voudrais que tu mettes un peu d'ordre dans tout ça. Voilà pourquoi je t'ai donné une telle force. Une force démesurée. Énorme. Dangereuse. Je voudrais que tu fasses le ménage parmi les chasseurs de livres. Que tu en élimines quelques-uns, disons. Voudrais-tu faire cela pour moi ?"

« Suiffard s'est mis à ricaner.

"Je sais ce que tu penses ! Tu te dis : il ferait beau voir que je fasse quoi que ce soit pour Suiffard, et que je devienne son homme de main ! Mais j'ai aussi pensé à cette éventualité. J'ai mis ta tête à prix parmi les chasseurs de livres, pour une belle somme. Et j'ai promis la plus grosse récompense à Rongkong Virgule. Si tu ne vas pas vers les chasseurs de livres, ce sont eux qui viendront à toi.

Aucun d'entre eux n'a la moindre idée de ta force. Avant que la rumeur ne se répande, tu en auras déjà envoyé la moitié à la retraite. Tu ne peux rien faire contre ça. À l'instant où tu voudras sortir d'ici, ils seront à tes trousses. Et crois-moi : je ferai en sorte que ton arrivée soit annoncée avec tambour et trompettes."

« Suiffard a regardé le liquide contenu dans la seringue. "Désormais, tu es un *livre ambulant*. Le plus rare, le plus précieux, le plus dangereux et donc le plus recherché dans les catacombes. Tu as l'étoffe d'une légende. Et cela nous mène à la dernière question, vraisemblablement la plus brûlante de toutes : pourquoi t'ai-je offert un tel cadeau ? Tu ne m'as rien fait ! Tu m'as montré une liasse de feuilles manuscrites, c'est tout ! En quoi es-tu si dangereux à mes yeux ?"

« Suiffard a laissé sa devinette flotter un instant au-dessus de nos têtes, afin d'ajouter au suspense. »

Homoncolosse s'abstint lui aussi de répondre à l'interrogation. Il en résulta un long et douloureux silence. Je dus me forcer à ne pas poser de question incidente. Même les *livres vivants*, impatients, se mirent à bruire et à geindre. Le roi des Ombres finit par reprendre son récit.

« "Je vais te dire quelle est la vraie raison de toutes ces mesures, a poursuivi Suiffard. Tu écris trop bien."

« Suiffard a éclaté d'un rire éraillé et s'est approché avec la seringue.

"À la différence de notre insensible ami Claudio Harpapatte, ici présent, a-t-il ajouté, je sais très bien faire la différence entre un trou dans le plancher et un bon livre. J'ai lu tout ce que tu as écrit, y compris le récit où tu racontes tes inhibitions en matière d'écriture. Et je dois te le dire : je n'ai jamais rien eu de si parfait entre les mains.

De toute ma vie ! Tes écrits m'ont fait rire, pleurer, désespérer et oublier tous mes soucis. Bref, ils possèdent tout ce qu'une littérature de qualité doit avoir. Et même un peu plus. Beaucoup plus, même. Beaucoup, beaucoup plus. Dans une seule de tes phrases, il y a plus que chez certains dans un livre entier. Et ton style est baigné de l'inspiration ormique. Il a une intensité que je n'ai vue nulle part ailleurs. J'ai mesuré tes histoires à mon ormomètre biblalchimiste, et toutes mes piles biblalchimistes ont grillé ! Tu es génial, mon ami, bien trop génial !"

« Suiffard a chassé les dernières bulles d'air de la seringue.

"Disons les choses très simplement : si tu publies ne serait-ce qu'un livre à Bouquinbourg, tout le marché du livre zamonien sera fichu. Et le marché du livre zamonien, c'est moi. Ton écriture est si parfaite, si pure, si accomplie que l'on n'a plus envie de lire autre chose quand on la connaît. Ton écriture montre d'une manière impitoyable la médiocrité de nos lectures habituelles. Pourquoi se plonger dans cette plumasserie quand on peut lire tes œuvres, les relire encore et toujours ? Sais-tu combien de temps et d'efforts il m'a fallu pour amener la littérature zamonienne au niveau moyen bien régulé où elle se trouve actuellement ? Et le pire, c'est que tu pourrais faire des émules. Inspirer d'autres écrivains et les conduire à produire des livres bien meilleurs. À tendre vers l'Orm. À écrire moins, mais mieux."

« Suiffard m'a regardé d'un air qui réclamait mon indulgence.

"Le problème, c'est que pour gagner beaucoup d'argent, nous n'avons pas besoin d'une littérature parfaite et grandiose. Ce qu'il nous faut, c'est une production moyenne, de la camelote, de la pacotille, des produits de masse. Toujours davantage. Des livres de plus en plus gros et de plus en plus creux. Ce qui compte, c'est le papier vendu. Pas les mots qui sont écrits dessus."

« Suiffard a cherché un endroit sur ma cuisse, a glissé la seringue entre les morceaux de papier et l'a plantée dans ma chair.

"Pour résumer, m'a-t-il dit, dès ta naissance, tu faisais partie d'une espèce en voie de disparition. Tu es à la fois le premier et le dernier de ton genre. Tu es le plus grand écrivain de Zamonie. Donc, ton pire ennemi. Je te souhaite plus de bonheur dans ta nouvelle vie souterraine que dans l'ancienne. C'est sur ce geste que la page se tourne."

« Alors il a fait couler dans mon sang le contenu de la seringue, et j'ai perdu connaissance.

« Quand je me suis réveillé, j'étais au plus profond des catacombes. Près de moi se trouvait un paquet de mes écrits et des affaires que j'avais amenées à Bouquinbourg. J'avais été banni, en même temps que tout ce qui constituait mon ancienne vie. Et dans les galeries voisines, remplies de manuscrits anciens, résonnaient déjà les hurlements des chasseurs de livres. »

28

Le Chasseur de chasseurs

Homoncolosse eut un rire sans joie.

« Crois-moi, dit-il, il ne m'a pas fallu longtemps pour prendre plaisir à chasser les chasseurs de livres. Pour le premier, ce n'était que de la légitime défense. Je me sentais encore sous l'emprise du poison de Suiffard, je ne savais plus qui j'étais, ni où j'étais, quand mon agresseur a surgi avec son armure ridicule et tout son arsenal. Il pensait qu'il n'aurait aucun mal à me tuer, avec ses lances et son épée à double tranchant, lorsqu'il m'a vu tituber, à moitié inconscient. »

Homoncolosse leva la main droite, et devant la flamme de la bougie, la silhouette de ses doigts ressembla à une collection de couteaux à découper. Il la regarda d'un air songeur.

« Il ne faut pas sous-estimer le pouvoir du papier, dit-il d'une voix assourdie. Est-ce que tu t'es déjà coupé avec une feuille de papier, une simple feuille de papier à la cuve ? »

Oui, ça m'était arrivé, à plusieurs reprises, pendant que je rangeais hâtivement des manuscrits ou que j'ouvrais du courrier. C'était toujours douloureux et je saignais beaucoup.

« Alors tu imagines aisément ce que peut occasionner un parchemin aux bords acérés, composé de plusieurs épaisseurs et proprement encollé, surtout quand on a affaire à un colosse comme moi, avec les muscles et les réflexes d'un gorille. Crois-moi, j'étais encore plus abasourdi que le chasseur de livres, lorsqu'il est tombé à genoux à mes pieds dans une mare de sang. C'est ainsi que les chasseurs de livres ont aussitôt cessé de me poursuivre. Ensuite, c'est *moi* qui les ai traqués. »

Homoncolosse laissa retomber ses mains.

« Dès la première seconde, je me suis senti à mon aise dans le labyrinthe. Bien sûr, j'étais perdu et furieux, désemparé et désespéré, mais à aucun moment mon nouvel environnement ne m'a semblé dangereux ni étranger. J'aimais l'odeur des *livres qui rêvent*, l'obscurité et la fraîcheur. Le calme et la solitude. J'étais comme un nouveau-né dans un monde que Suiffard m'avait taillé sur mesure. Je n'avais plus besoin de créer un autre univers pour m'accommoder du monde réel. Les catacombes de Bouquinbourg m'ont plu immédiatement, et le labyrinthe était pareil à un gigantesque palais dont toutes les salles m'appartenaient.

Au début, je n'en voulais même pas à Suiffard. Quand les effets de l'anesthésie se sont effacés, j'ai senti monter en moi un regain de forces, un afflux d'énergie, comme si je baignais dans l'Orm pur. Toute angoisse, tout souci avaient disparu, j'étais libre, sauvage et indompté, comme un fauve dans la forêt vierge.

« Chaque jour, mon nouveau corps m'étonnait en me réservant quelque découverte : mon regain de forces et de vitesse, mon endurance quasi inépuisable ou mes réflexes stupéfiants, la résistance de ma nouvelle peau ou l'incroyable acuité de ma vue dans les ténèbres. J'entendais le cri inaudible des chauves-souris et je détectais l'odeur des insectes dans le noir le plus complet.

« J'aimais les ombres du labyrinthe, et les ombres m'aimaient. Elles m'aidaient à me soustraire aux regards des chasseurs de livres, en m'autorisant à ne faire qu'un avec elles, puis je surgissais tout à coup à la lumière et je fondais sur mes adversaires comme un fantôme. Elles veillaient sur moi et sur mon sommeil. Je ne suis pas étonné qu'en certains lieux on me nomme le roi des Ombres, mais aucune appellation ne saurait être plus fausse. Personne ne règne sur les ombres du labyrinthe. »

Homoncolosse eut un rire bref, puis se tut.

« Tu penses aux ombres qui hantent aussi ce château ? » lui demandai-je.

Il leva la tête.

« Tu les as déjà vues ? Oui, c'est bien d'elles que je parle. Mais chaque chose en son temps ! Il ne faut pas brûler les étapes. Dans mon récit, je ne suis pas encore parvenu au château des Ombres. Loin s'en faut. »

J'eus peur qu'il m'assène un certain nombre de remarques désobligeantes. Mais il se contenta de poursuivre.

« Chaque chasseur de livres a son style. Ses signes distinctifs, son équipement individuel, ses armes spéciales, ses méthodes de chasse et de mise à mort, etc., qui témoignent de sa vanité et de son code de l'honneur. Il peut s'allier aux autres pour entreprendre des actions militaires communes, mais après, chacun reprend sa liberté. La plupart des chasseurs de livres sont des individualistes forcenés. Cela a été mon atout, dès le départ, et à ce jour, ils n'ont toujours pas compris qu'ils pouvaient venir à bout de moi seulement en unissant leurs forces. Mais dans ce cas, il faudrait qu'ils partagent l'argent de la récompense, et leur cupidité le leur interdit. Alors je leur ai réglé leurs comptes un par un, en me pliant à leur personnalité, ce qui m'a procuré une satisfaction unique. Bogus Bogus, par exemple, aimait traquer ses ennemis jusqu'à les rendre fous de terreur : je lui ai fait perdre la raison en le poursuivant de mon souffle pendant une année entière dans les ténèbres, sans jamais me faire voir.

« Aggo et Jedd, les frères Godefroy, étaient deux des rares associés qui attaquaient toujours leur proie en même temps : je les ai amenés à se trancher mutuellement la gorge.

« Youssef Ysbérine, surnommé le Fossoyeur parce qu'il aimait enterrer ses proies sous les livres, a fini sous une montagne de bouquins.

« Mais le plus drôle, c'était de me servir de mon propre corps comme d'une arme, d'engager une lutte d'homme à homme. J'avais l'impression de gagner des forces, de jour en jour. Quand on presse plusieurs feuilles de papier ensemble, on obtient un matériau dur comme du bois. Mes bras sont aussi solides qu'un tronc d'arbre, mes doigts pointus comme des lances, mes dents acérées comme des lames de rasoir.

« Avec mon inépuisable endurance, je harcelais bien des chasseurs jusqu'à ce que mort s'ensuive, jusqu'à ce que leur cœur ou leur organisme lâche et qu'ils s'effondrent, tout simplement. Je les attirais dans des dédales, des précipices, ou je les enfermais dans leurs propres pièges. Je les guettais dans les endroits les plus improbables et j'allais jusqu'à les traquer dans leur antre, ce qui leur occasionnait une extrême frayeur, car ils savaient qu'ils n'étaient plus nulle part en sécurité. J'en ai assommé certains avant de les traîner dans des secteurs éloignés des catacombes où ils n'avaient jamais osé s'aventurer. Sans doute y errent-ils encore, si les Tiqxxxxes ne les ont pas dévorés. En tout cas, on entendra à jamais leurs voix terrorisées dans le Cabinet des échos prisonniers. »

Homoncolosse se leva de son trône et commença à tourner autour, sans cesser de parler.

« C'est vrai : j'étais le souverain secret des catacombes, mais personne ne savait vraiment à quoi je ressemblais, car ceux qui avaient fait ma connaissance étaient morts sur-le-champ. Ainsi sont nées les légendes, et, bientôt, des centaines de rumeurs ont commencé à courir sur mon compte. Pour certains j'étais un animal, pour d'autres un esprit, un démon, un insecte ou un mélange des trois. J'en tirais de la fierté et un obscur sentiment de puissance qui me grisait de plus en plus.

« Un soupir, un cri suffisaient à dépeupler des secteurs entiers des catacombes, et à en chasser les habitants à jamais. Je n'avais qu'à tuer un seul chasseur de livres pour que l'on m'attribue la mort d'une douzaine d'entre eux, et que deux autres douzaines décident d'abandonner le métier. Certains croyaient que j'étais une armée d'ombres, une cohorte des ténèbres, des légions de soldats fantômes invincibles qui hantaient le labyrinthe et dévoraient leurs victimes toutes crues. »

Homoncolosse s'immobilisa et posa son regard noir et morne sur moi.

« À ton avis, qu'est-ce que je ressentais ? Avec tout ce sang sur les mains ? Quand même la plus vile et la plus dangereuse de toutes les créatures des catacombes, terrorisée, se courbe devant vous, se sent-on coupable ? Éprouve-t-on des remords ? Qu'en penses-tu ? »

Homoncolosse éclata de rire.

« Non ! Bien au contraire ! Le monde m'appartenait. C'était un sentiment de liberté absolue. J'étais enfin délivré de toutes les entraves morales, de la culpabilité, de la commisération et de cet absurde fatras. J'étais libre de commettre le mal. Sous toutes ses formes. Tu peux me croire : c'est la liberté suprême. La liberté créatrice, en comparaison, c'est de la blague. »

Homoncolosse revint à son trône. Sa voix s'était enflée, comme si elle s'enivrait de ses propres accents. Soudain, elle redevint basse et presque murmurante.

« Je reportais dans l'art du meurtre toute l'énergie mentale que j'avais investie auparavant dans mes travaux écrits. Je pensais sans cesse aux méthodes les plus raffinées que je pouvais employer pour expédier les chasseurs de livres dans l'au-delà. Et crois-moi, je ne manquais pas d'idées. Je remarquais à peine les ombres qui se détournaient de moi dans le labyrinthe. Quand je me couchais pour dormir, elles ne venaient plus me protéger. J'enregistrais leur absence, mais elle m'était indifférente. Je n'avais plus besoin d'elles. Quel soutien auraient-elles assuré à quelqu'un comme moi ? À moi, Homoncolosse, que personne n'osait approcher ? Que chacun craignait plus que la mort ? »

Homoncolosse s'immobilisa et ses yeux se perdirent dans le vague. La lumière des chandelles s'agitait nerveusement sur son corps parsemé de caractères runiques, et je tentai de me représenter la peur des chasseurs de livres lorsqu'ils étaient brutalement confrontés à cette vision.

« Un jour, lors de mes inlassables pérégrinations souterraines, je suis parvenu dans une des grottes supérieures qu'un prince des livres atteint de la folie des grandeurs avait transformée en palais secret, à une époque reculée. Je suis entré dans une galerie des glaces qui devait être abandonnée depuis plusieurs siècles car les toiles d'araignées y étaient aussi épaisses que des draps, et la poussière avait donné aux miroirs la couleur du lait. Toute la pièce a commencé lentement à tourner sur elle-même : mon entrée avait sûrement déclenché un mécanisme secret. La poussière et les toiles d'araignées se sont mises à danser au son d'une douce mélodie qui résonnait comme une triste chanson enfantine, jouée sur un clavier mécanique désaccordé. Il y avait peut-être une centaine de miroirs sur le pourtour de la salle, encadrés d'or et assez grands pour refléter une silhouette d'une stature aussi haute que la mienne. Certains étaient cassés, d'autres trop empoussiérés pour que je puisse m'y contempler. Mais quelques-uns avaient gardé un tain assez brillant pour que je puisse m'y apercevoir. Je ne m'étais plus regardé dans une glace depuis une éternité. Je n'avais entrevu ma nouvelle silhouette et les grimaces de l'Homoncolosse que dans le bouclier d'un chasseur de livres ou dans une flaque d'eau, et je m'en étais vite détourné. Mais cette fois, je me suis vu très nettement, et j'ai éprouvé un étrange sentiment où se mêlaient plaisir et écœurement. J'ai remarqué, pour la première fois, la force et la dignité qui émanaient de mon corps et la peur qu'il suscitait. J'ai frissonné de bonheur et de crainte. Et je me suis souvenu de l'image que j'avais admirée, enfant, dans le miroir, et du souhait que j'avais eu de lui ressembler un jour. De mon désir d'une égale solitude.

« Je me suis mis à pleurer. Je n'ai versé aucune larme, car je n'en avais plus à ma disposition depuis que Suiffard avait fait je ne sais quoi de mes yeux. Pourtant les sensations étaient les mêmes : c'étaient celles d'un enfant qui sanglote parce qu'il est abandonné de tous. Je me rendais compte de ce que j'étais : un homme de main de Phistomefel Suiffard, le valet d'un bourreau, un être qui s'enivrait du sang qu'il versait sans raison, uniquement pour ne plus se souvenir de ce qu'il avait été. J'ai vu le monstre que j'étais devenu. Pas celui que Suiffard avait modelé. Mais le vrai monstre qui se cachait au tréfonds de son enveloppe de papier, et dont je portais la responsabilité. J'ai cassé les miroirs en mille morceaux. Je les ai tous réduits en miettes dans une rage aveugle. »

Homoncolosse se prit le visage entre les mains. Certains des *livres vivants* s'étaient approchés de lui et laissaient échapper de petits cris aigus, comme s'ils cherchaient à le consoler. Il leva les yeux.

« Depuis quelque temps, il y avait un chasseur de livres qui était sans arrêt sur mes talons, poursuivit-il d'une voix plus ferme. Il se risquait dans des secteurs où jamais ses comparses n'auraient osé s'aventurer, et il me surprenait régulièrement par ses tours, son endurance et son intelligence. Naturellement, il n'a jamais réussi à me voir, mais il a tant titillé ma curiosité que j'ai commencé à étudier son comportement.

– Colophonius Clairdepluie, l'interrompis-je doucement.

– Exact. J'ai appris son nom de la bouche d'un chasseur

de livres agonisant qui a pu me dire que Clairdepluie n'était pas un chasseur de livres ordinaire. Il chassait autrement. Il cherchait des livres différents. Il ne guettait pas ses collègues et ne voulait pas croiser leur chemin. Le plus frappant, chez lui, c'était que tous voulaient le tuer, mais qu'il réussissait toujours à leur échapper, voire à les éviter. Un jour, je l'ai même aidé, quand Rongkong Virgule a voulu l'enterrer vivant sous une étagère pleine de livres.

– Il te cherchait pour se lier d'amitié avec toi, osai-je ajouter à voix basse.

– Vraiment ? » s'étonna Homoncolosse.

Je me demandai si je devais lui raconter la mort de Clairdepluie. Mais je trouvai le moment mal choisi, aussi décidai-je de remettre ce récit à plus tard.

« À cette époque, j'ai commencé à réfléchir sur moi-même, déclara Homoncolosse. Ce chasseur de livres me montrait que la vie dans les catacombes ne se résumait pas à la traque, à la tuerie et à la dévoration. Il essayait d'échapper à la confrontation, au lieu de la chercher, comme moi. Cet immense territoire, royaume de connaissances inestimables, se trouvait entre les mains d'assassins et de bandits, entre les pattes d'animaux sauvages, de rats et d'insectes qui le ruinaient de façon absurde, le rendaient inhabitable, et finiraient par le détruire irrémédiablement. Clairdepluie semblait aspirer à autre chose. Je l'ai épié quand il prenait ses notes, et en secret, je les lisais pendant qu'il dormait. Il ne voulait pas récupérer les plus beaux trésors des catacombes pour les posséder, mais pour les protéger et les mettre à la portée du grand public. Cela m'inspirait du respect, et je me suis mis à l'observer d'encore plus près ; je me suis lancé sur ses talons. Aussi, lorsqu'il a quitté les catacombes, gagnant les couches supérieures du monde souterrain, je me suis approché de la ville que j'avais longtemps évitée. J'ai frôlé le monde que j'essayais d'oublier. Il est arrivé exactement ce que je craignais. La curiosité de la vraie vie et l'envie de liberté m'ont submergé ; j'ai épié les habitants de Bouquinbourg par les fentes et les trous de leurs planchers. De nouveau, j'étais si près d'eux ! Mais c'était la frontière magique que je ne devais pas franchir. Un gigantesque théâtre se trouvait à portée de main, une scène immense où se jouait une inlassable tragi-comédie, un spectacle que je voyais se dérouler avec envie et nostalgie. C'était la vie, à laquelle Suiffard m'avait arraché, la vraie vie, à la lumière des deux astres qui illuminent notre planète, l'exact contraire de mon existence de rat dans les ténèbres. J'ai assisté aux lectures de l'heure de la bûche, j'étais assis comme un vieux fantôme sous l'escalier de la cave et j'écoutais les pauvres vers de poètes de circonstance qui écrivaient dans les brumes de l'alcool, comme s'il s'était agi d'une musique céleste.

« J'étudiai les auteurs au travail, du fond de mon sordide soupirail. Crois-moi, il n'y a rien de plus ennuyeux que de contempler un écrivain qui écrit, mais je ne me lassais pas de regarder un débutant au teint pâle, consumé de chagrin, pendant qu'il grattait de sa plume des feuilles de mauvais papier. Je lui avais ressemblé dans les moments de grand bonheur que j'avais connus aux meilleures heures de ma vie.

« Ma haine de Suiffard a pris d'énormes proportions, elle s'est mise à déterminer mes pensées. J'ai conçu le projet de me faufiler dans sa bibliothèque pour le guetter. Il finirait bien par venir, et alors je le tuerais.

« Mais chaque fois que j'essayais de pénétrer dans la

bibliothèque des Suiffard, je me perdais dans un système raffiné de faux couloirs qui m'empêchaient d'atteindre mon objectif. Les Suiffard ont dû aménager ce système de protection de siècle en siècle et n'ont cessé de le perfectionner, car ce labyrinthe est vraiment impénétrable, c'est le plus raffiné des catacombes. Il m'a fallu des jours, parfois des semaines, pour en retrouver la sortie, et un jour j'ai failli mourir de soif. Il fallait que je me résigne : Suiffard m'était inaccessible. »

Homoncolosse se rejeta en arrière sur son trône et poussa un gémissement.

« C'est à ce moment que j'ai décidé de m'enfoncer dans le tréfonds du labyrinthe et de ne jamais en revenir. J'ai abjuré ma vie de chasseur de chasseurs de livres et je suis descendu encore plus bas dans les entrailles des catacombes de Bouquinbourg.

« Même la décharge de Détritrou et son cimetière voisin, même la gare des Gnomes rubigineux me paraissaient trop proches et trop peuplés ; j'allais toujours plus avant dans les abysses. C'est ainsi que j'ai découvert le château des Ombres. Il m'a rappelé les monuments chimériques de mon enfance, comme si je l'avais construit en imagination depuis longtemps, pour mon seul usage. Le château des Ombres est devenu ma demeure. C'était là que je voulais vivre puis mourir. J'y ai retrouvé mes chères ombres qui avaient fui devant moi et devant ma frénésie. Au château des Ombres, nous avons enfin fait la paix. »

J'osai poser à Homoncolosse la question qui me brûlait les lèvres :

« Sais-tu qui sont les Ombres en pleurs ?

– Je dois avouer que je ne peux pas vraiment te répondre, répondit Homoncolosse. J'y réfléchis depuis longtemps, et j'en suis arrivé à la conclusion qu'il s'agit des âmes errantes de très vieux livres qui ont été enterrés et oubliés. Maintenant, elles se lamentent à jamais sur leur triste destin. La seule chose que je puisse dire avec certitude à leur propos, c'est qu'elles n'ont aucune mauvaise intention. Si un jour la grâce t'est donnée d'être recouvert par l'une d'elles quand tu t'étendras pour dormir, n'aie pas peur et laisse-toi faire. Les rêves qu'elle t'offrira seront d'une beauté unique. »

Homoncolosse se leva de son trône.

« J'ai beaucoup parlé, dit-il. Il y avait longtemps que ça ne m'était pas arrivé. Maintenant je suis fatigué. »

Et il se prépara à quitter la salle.

« Je te remercie, lui dis-je au moment où il me tourna le dos. Je te remercie de ta confiance et de ton hospitalité. Je voudrais seulement te demander une dernière chose. »

Homoncolosse s'arrêta.

« Suis-je ton hôte ou ton prisonnier ?

– Tu es libre de quitter le château des Ombres à tout instant, répondit Homoncolosse. Si tu y parviens par tes propres moyens. »

Puis il sortit, et l'armée des *livres vivants* se glissa dans son sillage.

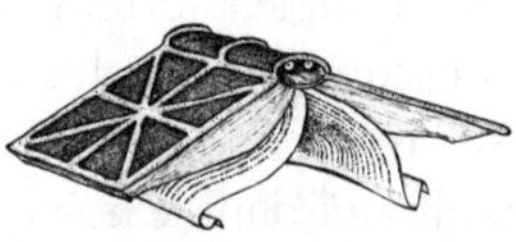

88
Le Plan

Au cours des trois jours suivants, Homoncolosse ne se manifesta plus. Je trouvais, à intervalles irréguliers, des aliments et des boissons qui avaient été, de toute évidence, préparés à mon intention, et j'entendais, lors de mes absurdes pérégrinations à travers l'architecture cauchemardesque du château des Ombres, quelque léger bruit dans l'obscurité, c'était tout ce que je pouvais détecter de sa présence.

J'avais passé un accord tacite avec les *livres vivants* : nous nous laissions tranquilles. Ils ne s'enfuyaient plus avec précipitation quand j'entrais dans une pièce, et s'écartaient respectueusement sur mon passage. Pendant mes repas, je leur jetais de temps en temps quelques vers de livres séchés qu'ils ne dédaignaient plus, après avoir manifesté un peu d'hésitation au départ.

Quant aux Ombres en pleurs, je n'ai jamais réussi à déterminer si elles remarquaient mon existence. Si leur présence en était une ou si elles hantaient une autre dimension qui, par hasard, régnait au château des Ombres et croisait la nôtre. De temps à autre, j'en apercevais une qui se glissait dans l'obscurité en sanglotant, alors j'avais le cœur lourd et j'étais content de la voir disparaître.

Un jour que j'étais allongé dans le noir et que je cherchais le sommeil, l'une d'elles pénétra dans la pièce et me recouvrit en soupirant. D'abord, je fus paralysé d'angoisse, puis la fatigue me terrassa et je m'endormis. Je rêvais d'une ville aux bâtiments singuliers, construits à l'aide de matériaux inusités, avec des nuages ou du feu, de la glace ou de la pluie, jusqu'à ce que je comprenne que ces immeubles imaginaires étaient ceux du roi des Ombres, ceux dont il avait rêvé, enfant. À cet instant je me réveillai : l'ombre avait disparu.

Invité ou prisonnier, qu'importe, je n'avais aucune envie de chercher à quitter le château « par mes propres moyens ». Où aller, une fois dehors ? Devais-je partir pour me retrouver au royaume des Harpyres ou à la merci des chasseurs de livres ? Ou m'enfoncer davantage dans les catacombes, pour le cas où cela aurait été possible ?

Si quelqu'un pouvait me montrer le chemin de Bouquinbourg, c'était bien Homoncolosse, et j'interrompis mes inlassables promenades solitaires en me cassant la tête pour savoir comment je pouvais le convaincre de me ramener à la surface. Bien sûr, je me trouvais en très mauvaise posture pour négocier, car je n'avais rien à offrir que ma gratitude. À quoi lui servirait-elle, sauf à rouvrir les vieilles blessures et à ranimer sa haine contre Phistomefel Suiffard ? Au moment où je recouvrerais la liberté, il serait obligé de retourner dans les ténèbres. Ce n'était pas une bonne affaire pour le roi des Ombres.

Je n'arrêtais pas de me demander ce qu'il pouvait bien attendre de moi. Pourquoi il me tolérait comme seul être vivant dans son palais, hanté par les Ombres en pleurs et les *livres vivants*. Et pourquoi il m'avait raconté son histoire.

Il m'apparaissait clairement que, sans son aide, je ne pouvais espérer sortir du château des Ombres, ce lieu d'exil ourlé de fenêtres mortes.

Ourlé de fenêtres mortes.

D'où me venait cette expression ? Mais oui, c'était un passage du livre de Colophonius Clairdepluie. Et soudain, j'entraperçus une possibilité parfaitement réaliste d'aménager une existence pour Homoncolosse à la surface de Bouquinbourg. Colophonius Clairdepluie avait trouvé la solution de longue date. Oui, ce pouvait être un appât pour Homoncolosse. Il fallait toutefois que celui-ci se montre pour que je puisse lui soumettre mon plan.

86

Conversation avec un mort

Vers la fin du quatrième jour (si l'on pouvait parler de jours dans les catacombes : je me contentais de compter mes moments de veille comme des journées, et ceux où je dormais comme des nuits), je trouvai Homoncolosse dans la salle à manger où étaient généralement servis mes maigres repas. La vaste salle n'était éclairée que par quelques bougies, selon les vœux du seigneur du château. Il était attablé devant une assiette garnie, un verre et un pichet. À ses pieds quelques *livres vivants* couraient dans tous les sens.

« Bonsoir », lui dis-je.

Homoncolosse me regarda longuement en silence.

« Excuse-moi, finit-il par répondre. Bonsoir ! Il y a si longtemps que l'on ne m'a pas salué de cette manière. À vrai dire, je ne sais jamais si nous sommes le matin, le midi, le soir ou la nuit. Ici, le temps ne compte pas. Pas le moins du monde. Voilà, ce repas est pour toi. Assieds-toi. »

Il poussa vers moi une assiette remplie de racines, ainsi que le pot à eau et le verre.

« À ton avis, combien de jours se sont écoulés depuis notre dernière rencontre ?

– Quatre, environ, répondis-je.

– Quatre ? répéta-t-il d'un air abasourdi. Vraiment ? J'ai l'impression qu'une seule journée a passé. J'ai réellement perdu toute notion du temps. »

Homoncolosse se pencha sous la table et en sortit une bouteille.

« Veux-tu un verre de vin pour accompagner ton repas ?

– Du vin ? m'étonnai-je, tout en ayant le sentiment un peu pénible que ma voix trahissait une heureuse surprise. Oui, je veux bien », essayai-je de répondre de la voix la plus calme et la plus claire possible.

Il me versa un verre de vin rouge, et je dus consentir de gros efforts pour ne pas le vider d'un trait. Je le bus par petites gorgées : jamais encore je n'avais dégusté un nectar aussi fabuleux.

« Excellent ! » dis-je dans un claquement de langue.

J'en pris une grosse gorgée.

« Tu ne m'en voudras pas de ne pas t'accompagner, remarqua Homoncolosse, mais je ne bois que rarement. Depuis que j'ai cette bouteille de vin de la Comète dans les veines, je suis toujours un peu éméché. Deux ou trois verres de plus suffisent à me mettre dans un état que seuls les chasseurs de livres peuvent supporter.

– La soif de sang ? plaisantai-je bêtement, déjà grisé par le peu de vin que je venais d'avaler.

– C'est un peu ça. À la tienne !

– Merci ! »

Je bus une autre gorgée. J'étais de plus en plus détendu.

« Comment est-il possible de se procurer du vin dans les catacombes ?

– Dans les catacombes, on peut tout se procurer, quand on sait se débrouiller. Ce vin provient directement de la cave personnelle de Rongkong Virgule. »

Je faillis m'étrangler.

« Le chasseur de livres ? Tu connais sa cachette ?

– Naturellement. Je me rends dans sa grotte de temps en temps, pour y mettre un peu le bazar, y voler quelques livres et quelques bouteilles de vin. Déformer ses flèches, renverser son eau potable, etc. Ça le met hors de lui.

– Pourquoi lui as-tu épargné la vie ?

– Je ne sais pas. Peut-être parce que Suiffard m'a demandé avec tant d'insistance de le tuer. Je me suis dit que si Suiffard en avait tellement peur, Virgule pouvait m'être utile. Un jour.

– Rongkong Virgule a coupé la tête de Colophonius Clairdepluie », lui dis-je.

Homoncolosse se leva d'un bond. Je sursautai.

« Rongkong Virgule a assassiné Clairdepluie ? »

Sa voix forte retentit dans la salle à manger, ce qui fit ramper les *livres vivants* sous les autres tables.

« Non. Il lui a coupé la tête alors que Colophonius venait de rendre son dernier souffle. Clairdepluie s'était donné la mort en décidant, simplement, de cesser de vivre.

– Il a fait ça ? demanda Homoncolosse en se rasseyant.

– Oui. C'est la chose la plus étonnante que j'aie jamais vue. »

Homoncolosse resta un moment silencieux.

« Que s'est-il passé ? Comment Rongkong Virgule est-il entré dans la Grotte de cuir ?

– Je n'en ai aucune idée. Il a envahi la grotte avec beaucoup d'autres chasseurs de livres. Ils ont tué plusieurs Rongelivres et ont chassé le reste. Je crains que la Grotte de cuir ne soit maintenant entre leurs mains. »

Homoncolosse devint nerveux.

« C'est mauvais signe, fit-il. La Grotte de cuir était l'un des derniers bastions de la raison dans les catacombes. Les Rongelivres l'entretenaient de manière exemplaire.

– Je sais. C'est toi qui m'as amené chez eux. Mais pourquoi, en fait ?

– Il y a longtemps que j'observe les Rongelivres. C'est le seul peuple du labyrinthe qui ne participe pas au trafic des livres. En t'amenant chez eux, j'ai pensé que tu y serais momentanément en sûreté. Je suis étonné que les chasseurs de livres aient trouvé la Grotte de cuir. Mais ça devait arriver un jour.

– Comment as-tu remarqué ma présence ? » lui demandai-je.

Homoncolosse se mit à rire.

« Comment se fait-il que tu poses la question ? Depuis que tu es dans les catacombes, tu te comportes comme un éléphant dans un magasin de porcelaine. Je me baladais quand tu es tombé droit dans le piège de Barbedor et que tu as provoqué l'écroulement de la moitié d'un étage du souterrain. On doit l'avoir entendu jusque dans les rues de Bouquinbourg. »

Je baissai la tête.

« Ensuite tu as fait un boucan terrible en atterrissant au beau milieu de la décharge de Détritrou et tu as réveillé tous ses habitants, y compris un ver géant. Je t'observe depuis que tu es sorti de la décharge. Quand la Tiqxxxxe t'a attrapé, j'ai pensé que tu étais fichu. Mais Hoggno t'a sauvé la vie.

– Ce ne serait pas toi, plutôt ?

– Probablement pas. Tu ne me paraissais pas encore assez intéressant.

– Et pourquoi l'as-tu fait, quand Hoggno a voulu m'assassiner ?

– J'avais épié votre conversation. Et tu es soudain monté dans mon estime.

– Comment ça ?

– Qu'est-ce que c'est ? Un interrogatoire ?

– Excuse-moi.

– Je t'ai retrouvé en me promenant non loin du château des Ombres. En entendant ton cri infernal sur la Voie ferrée des Gnomes rubigineux. Tout le monde l'a sûrement entendu, au fin fond des catacombes. Alors j'ai su que tu t'étais de nouveau fourré dans les ennuis. »

J'avais terriblement honte. De son point de vue, je m'étais vraiment comporté comme un parfait imbécile depuis que j'avais mis les pieds dans le labyrinthe.

« Puis-je te poser une question ? » demanda Homoncolosse.

Je hochai la tête.

« Qu'est-ce qui t'a fait venir à Bouquinbourg ? »

Je fouillai dans mes poches pour trouver mon manuscrit et le posai sur la table. En fait, j'avais réservé ce geste pour un instant nettement plus dramatique.

« Ceci, dis-je.

– C'est bien ce que je pensais, fit Homoncolosse.

– Tu savais que je l'avais sur moi ?

– Je t'ai fouillé. Pendant que tu dormais, juste avant que tu rencontres les Rongelivres.

– Je me souviens de ça. J'ai rêvé de toi.

– Ça ne m'étonne pas, fit Homoncolosse en souriant. Je ne m'étais jamais approché aussi près de toi. Tu as sûrement senti mon odeur.

– C'est toi qui as écrit ce manuscrit ? Alors, tu es le plus grand écrivain de tous les temps.

– Non, répondit Homoncolosse. Il y a longtemps que je ne suis plus l'homme qui a écrit ces lignes.

– J'ai quitté la citadelle des Dragons pour trouver la personne qui pouvait écrire comme ça.

– C'est vraiment triste, mon ami, dit Homoncolosse. Tu t'es lancé sur un chemin long et périlleux pour apprendre que celui que tu cherchais était mort depuis longtemps. »

À ces mots, il se leva et quitta la salle. Les *livres vivants* se groupèrent à mes pieds et se mirent à piailler dans l'espoir que je leur donne quelque chose. En soupirant, je leur jetai mes restes de racines et me préparai à finir la bouteille de cet excellent vin. J'avais raté une occasion d'exposer mon merveilleux plan à Homoncolosse. Je n'en avais simplement pas eu le courage.

16
Le Singe saoul

Le lendemain matin, je me réveillai avec une formidable gueule de bois : la musique céleste, les murs qui allaient et venaient et les *livres vivants* qui grouillaient partout finissaient par me taper sur les nerfs. Je ne voulais plus qu'une chose : sortir de cette forteresse enchantée, m'éloigner de ce fantôme qui avait probablement perdu la raison en même temps que son ancienne vie. Mais moi aussi, j'avais apparemment déposé mon cerveau au vestiaire le jour où j'étais entré ici. Je commençais à éprouver de la sympathie pour un monstre de papier, un tueur en série, un spectre honni. Je commençais à m'habituer à la présence de murs errants, d'Ombres en pleurs et de *livres vivants* ! Il était grand temps de quitter ces lieux.

Cette fois, je ne me contentai plus de vagabonder sans

but dans les couloirs et les salles. Je cherchai délibérément la sortie. J'essayai de mémoriser les caractéristiques des salles, le nombre de tables et de chaises, l'emplacement des cheminées, la forme des plafonds, la hauteur des portes. Je vadrouillai ainsi pendant une journée entière, en vain, pour me retrouver chancelant et épuisé dans la salle à manger, où Homoncolosse m'attendait pour dîner.

Outre les ustensiles habituels, je vis sur la table des piles de vieux bouquins, et, par-dessus, une chandelle qui donnait à son masque de papier une pâleur inaccoutumée. Ce soir, il n'y avait pas de vin – mon hôte l'avait déjà bu : je remarquai deux bouteilles vides posées à ses pieds.

« Tu arrives bien tard », fit-il remarquer, la langue pâteuse.

Il était saoul et d'humeur sombre, voire massacrante.

« Je cherchais quelque chose, répondis-je.

– Je sais. Mais tu ne l'as pas trouvé. »

Il rit, d'un rire vulgaire.

« Oui, c'est très drôle », répliquai-je en attaquant mes ennuyeuses racines cryptiques.

Une longue pause s'ensuivit où l'on n'entendit que le trottinement et le bruissement des *livres vivants* à nos pieds, jusqu'à ce qu'Homoncolosse finisse par demander :

« Crois-tu qu'il existe une poésie éternelle ? »

Je n'eus pas à réfléchir longtemps.

« Oui, bien sûr, répondis-je en mâchant mes racines.

– Oui, bien sûr », répéta Homoncolosse en me singeant.

Il me regarda d'un air buté.

« Je n'y crois pas une seconde, trancha-t-il en saisissant un livre sur la table. Est-ce que ça, ça ressemble à l'éternité ? »

Il jeta le livre en l'air. Mais avant que cet objet n'atteigne son zénith, ses pages se détachèrent et dans leur chute se fractionnèrent en petits morceaux, puis elles se transformèrent en une fine poussière qui se déposa lentement sur le sol. Seule la couverture atterrit entière avant d'éclater en mille morceaux. Quelques vers émergèrent des décombres et les *livres vivants* accourus de partout se ruèrent aussitôt sur eux.

« Et c'était un classique, dit le roi des Ombres en riant. *La Pierre philosophale* de Fontheweg. »

Homoncolosse ne s'était jamais comporté de façon si étrange. Ses mouvements, son balancement sur sa chaise me faisaient penser à ceux d'un animal. Mais je n'arrivais pas à déterminer lequel.

« Non. La poésie n'est pas éternelle, s'écria Homoncolosse. Elle appartient à l'instant. Et si on fabriquait des livres en acier, avec des lettres en diamant, un jour, ils seraient engloutis dans le soleil, comme la planète Terre, et finiraient par fondre : rien n'est éternel. Pas davantage dans l'art qu'ailleurs. Peu importe de savoir combien de temps l'œuvre d'un poète brillera après sa mort ; ce qui compte, c'est l'intensité de sa flamme pendant qu'il vit encore.

– Ça pourrait être la devise d'un écrivain à succès, lui objectai-je. Un poète pour qui seul compterait l'argent gagné de son vivant.

– Ce n'est pas le genre de succès auquel je pensais, répondit Homoncolosse. Peu importe si un livre se vend bien ou mal, peu importe si le poète est considéré comme tel par une majorité ou une minorité. Une telle chose ne signifie rien, car elle dépend de multiples facteurs et de données trop injustes pour constituer un critère. Ce que je veux dire, c'est ceci : *Ce qui compte, c'est la force de l'Orm en toi pendant que tu écris*.

– Tu crois en l'Orm ? demandai-je avec précaution.

– Je ne crois en rien du tout, répondit-il sombrement. Je *sais* que l'Orm existe, c'est tout. »

Je fourrageai sous ma cape.

« Il doit avoir sacrément brûlé en toi pendant que tu écrivais, dis-je en brandissant le manuscrit. Je n'ai jamais rien lu de plus parfait. Ça, *c'est* éternel. »

Le roi des Ombres se pencha vers moi et je sentis son haleine de livres moisis. Il me regarda d'un air affreusement triste et approcha dangereusement sa main de la flamme de la bougie. Le bout de ses doigts prit feu et crépita.

« Tu ne sais pas à quel point les choses sont éphémères », chuchota-t-il.

De minuscules flammèches se mirent à danser au bout de ses doigts, et un petit rond de fumée s'éleva dans les airs.

Je saisis mon verre et en renversai sur sa main l'eau, qui éteignit les flammes dans un grésillement.

Le roi des Ombres se leva d'un bond comme s'il voulait se jeter sur moi. Mais il se rassit en prenant juste un air menaçant, puis il éclata d'un rire sonore et plus terrible que jamais. Ensuite, à mon grand étonnement, il se mit à quatre pattes et quitta la pièce, pareil à un singe. Mais à une vitesse qui aurait fait se dresser les poils sur la peau d'un primate.

69

Soif

Une chose était claire : je me trouvais entre les griffes du fou le plus dangereux des catacombes de Bouquinbourg. Homoncolosse, le roi des Ombres, Existien, Kéron Kenken. Quel que soit son nom, ce monstre avait perdu la raison au cours de sa métamorphose ou de son exil. J'étais maintenant convaincu qu'il avait l'intention de me garder à jamais dans cette prison, pour souffrir à ses côtés, en digne représentant de ses vrais tortionnaires.

J'errai désespérément dans les couloirs du château. Depuis plusieurs jours, je ne l'avais plus rencontré, et j'avais oublié de mesurer le temps. De toute façon, dans l'état où j'avais vu le roi des Ombres, je pouvais fort bien me passer de sa compagnie. Mais le plus angoissant, dans cette situation, était qu'il avait cessé de me donner à manger et à boire. Pendant un moment, je réussis à supporter la privation de nourriture solide, pourtant je n'allais pas tarder à mourir de soif si je n'obtenais pas rapidement quelque chose à boire.

Était-ce une mise à l'épreuve ? Une punition ? Ou s'était-il lancé dans une de ses excursions dans les catacombes, et était tombé dans un piège des chasseurs de livres ? Les possibilités étaient nombreuses. Peut-être la lubie l'avait-elle pris de me laisser crever de faim. Je me maudissais de ne pas avoir trouvé le courage de lui exposer mon plan quand il en était encore temps.

Désormais, je n'osais presque plus quitter la salle à manger, pour ne pas rater son retour, dans le cas où il reviendrait. Cette pensée me pesait de plus en plus. Quand l'organisme est longtemps privé d'eau et de nourriture, le cerveau se met à fonctionner au ralenti et se réduit bientôt à des fantasmes de recettes de cuisine, à la vision de pichets débordant de boissons.

J'en étais même à envisager de rompre la trêve que j'avais conclue avec les *livres vivants*. Comme avant, ces petits êtres gesticulaient à mes pieds. Ils étaient devenus familiers, et par contraste avec moi, ils paraissaient de plus en plus vifs et frétillants, comme s'ils ne manquaient jamais de nourriture et d'eau, ou comme s'ils savaient où s'en procurer. Au départ, ils me firent seulement envie, puis la colère monta en moi jusqu'à ce qu'elle se transforme en haine pure. Ils pullulaient dans le château, inutiles et repus, et emplissaient presque toutes les salles de leurs bruissements et de leurs piaillements.

Envahi d'animaux
De cuir et de papier

Les lignes de Colophonius Clairdepluie me revinrent en mémoire. Avait-il vraiment pénétré dans le château des Ombres ? Comment, sinon, aurait-il pu connaître l'existence des *livres vivants* ? Si cela avait été le cas, il avait dû réussir à ressortir de ce labyrinthe. Peut-être, finalement, était-ce possible.

Je devais trouver le moyen de ne pas mourir de soif en attendant bêtement le retour du roi des Ombres. Mais j'étais trop affaibli pour quitter la salle à manger et chercher la sortie. Je décidai donc d'attraper un *livre vivant*, de le tuer, de le dévorer et de boire son sang noir.

Je choisis un vieux bouquin à la reliure particulièrement replète, qui passait justement devant moi avec une lenteur provocante. Dans son corps palpitaient sûrement des organes juteux, gorgés de sang obscur. À la pensée de déchirer à belles dents cette petite créature innocente, j'en eus l'eau à la bouche. Je m'arrachai à ma léthargie, me mis à quatre pattes et rampai vers ma proie.

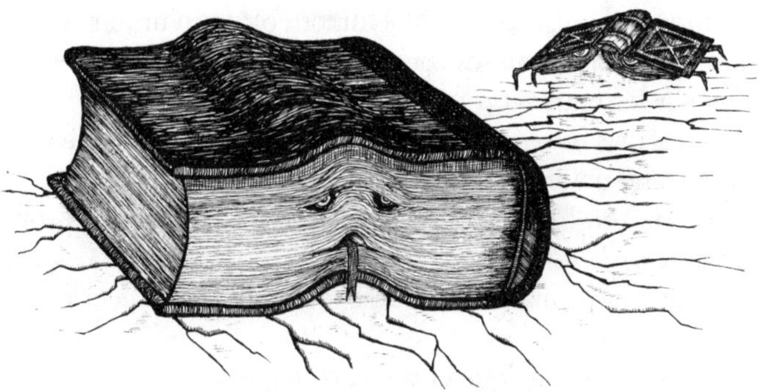

Les autres livres cédèrent à l'agitation, comme s'ils sentaient instinctivement ce qui se tramait. Pépiant et bruissant, ils couraient dans tous les sens.

Je fixai le gros volume et, en position accroupie, me préparai à fondre sur lui.

« Voudrais-tu un petit verre de jus de la treille, de Fillette d'Eger, pour arroser ton *livre vivant* ? proposa la voix familière du roi des Ombres. À moins que tu ne préfères de l'eau de source glacée, dans l'état de déshydratation où tu te trouves ? »

Je levai les yeux. Le roi des Ombres, assis à sa place habituelle, souriait. Devant lui, sur la table, il y avait une bouteille de vin débouchée, un pot à eau, des verres – et, sur un plat, un jambon fumé entier.

Je le regardai longuement d'un air stupide.

« Où étais-tu ? lui demandai-je en me relevant.

– J'étais dans la Grotte de cuir pour me faire une idée. Pour voir un peu de quoi il retournait. »

Il me versa un verre d'eau. Je traversai la salle d'un pas mal assuré et bus.

« C'est un spectacle cruel que celui de la bibliothèque de la grotte mise à sac, dit Homoncolosse d'un air triste. Les chasseurs de livres arrachent même les tapisseries en cuir sur les murs. »

Je m'assis et regardai avec envie le jambon dans lequel était fiché un grand couteau.

« Sers-toi, fit Homoncolosse. Je l'ai volé aux chasseurs de livres. »

Je découpai maladroitement une belle tranche et commençai à manger.

« As-tu fait quelque chose contre eux ?

– Non, ils étaient trop nombreux. Mais j'ai eu l'impression que la plupart s'apprêtaient à quitter la Grotte de cuir, parce qu'il n'y a pratiquement plus rien à piller.

– As-tu vu des Rongelivres ?

– Pas un seul. Ils se sont sûrement réfugiés au plus profond des catacombes. Je ne serais pas étonné de ne jamais les voir réapparaître. Ce sont de petits êtres sensibles. Et ils savent très bien se cacher. »

Lentement, je recouvrai mes esprits. Homoncolosse avait l'air calme et égal. Cette fois, je ne voulus pas manquer l'occasion favorable et je décidai de lui exposer enfin mon plan.

« Écoute, lui dis-je, j'ai une idée qui devrait nous permettre de quitter tous les deux le labyrinthe.

– La soif t'a desséché le cerveau, dit Homoncolosse. Tu ne devrais te remettre à penser que lorsque tu auras rempli ton réservoir de liquide.

– Je n'ai jamais été aussi lucide. L'idée n'est pas de moi.

– De qui alors ?

– De Colophonius Clairdepluie.

– Clairdepluie est mort, mon cher. En vérité, tu délires.

– Celui qui a écrit un bon livre n'est jamais vraiment mort. J'ai trouvé cette idée dans les *Catacombes de Bouquinbourg*.

– Clairdepluie a écrit un livre sur les catacombes ?

– Un très bon livre, même. Il y décrit notamment comment, dans sa grande propriété de Bouquinbourg, il a aménagé une sorte de… euh… de réserve.

– Quel genre de réserve ?

– Une réserve pour le roi des Ombres.

– Pardon ? Pour moi ?

– Oui. Elle devait être ton nouveau domaine à la surface de Bouquinbourg, pour le cas où il t'aurait attrapé. Ce n'est pas une vraie prison, n'interprète pas mal mes paroles ! C'est un lieu conçu sur le modèle des catacombes. Avec beaucoup de vieux livres. Sans fenêtre. Tu pourrais y vivre aussi bien qu'ici. »

Homoncolosse me regarda longuement.

« Il a vraiment construit un endroit comme ça ?

– C'est écrit dans son livre. »

Il y eut un long silence. Je me coupai une autre tranche de jambon.

Homoncolosse s'éclaircit la voix.

« Et tu pourrais me nourrir une fois par jour, comme je le fais maintenant avec toi.

– Oui, c'est parfaitement concevable.

– Tu le pourrais, hein ? Combien de pièces a-t-elle, ta réserve ?

– Ce n'est pas *ma* réserve. Je n'ai aucune idée du nombre exact de pièces. Mais sûrement plusieurs.

– Oh, j'en veux beaucoup ! Et il sera possible que le public vienne me voir ? En payant l'entrée ? On pourrait faire moitié-moitié pour les bénéfices.

– Ce n'est pas l'idée de départ. Tu…

– Oh, mais si, c'est une idée fantastique ! Il faut bien que je gagne de quoi payer mon loyer ! Je pourrais, à la demande des visiteurs, écrire quelques histoires, comme les pauvres types du Cimetière des poètes oubliés. Ou bien, je pourrais faire des grimaces horribles, pour les enfants. On suspendrait une pancarte à l'extérieur : "Regardez le terrible Homoncolosse à l'heure de son repas ! Le monstre de papier !" Je pourrais provoquer un début d'incendie sur moi-même que tu éteindrais aussitôt. Naturellement, il faudrait associer financièrement Phistomefel Suiffard, après tout, c'est lui qui m'a créé. »

La conversation prenait un tour qui me mettait mal à l'aise. Homoncolosse porta la bouteille de vin à ses lèvres de papier et la vida d'un trait. Il se leva et les *livres vivants* s'égaillèrent dans toutes les directions, comme s'ils sentaient d'instinct ce qui allait se passer.

« Une réserve ! » tonna Homoncolosse en frappant si violemment du poing sur la table que la pierre se fendit.

Il expédia la bouteille vide dans un des coins sombres de la salle, où elle alla se briser en mille morceaux.

« Je suis le seigneur du château des Ombres ! rugit-il. Je règne sur le labyrinthe ! Sur les catacombes de Bouquinbourg ! Je peux aller partout où bon me semble dans mon gigantesque royaume. Je suis libre ! Libre de vivre et de tuer ! Je suis la plus libre de toutes les créatures ! »

Homoncolosse s'appuya sur la table et d'un bond se jeta sur moi. J'eus la peur de ma vie et voulus me lever et fuir, mais il était déjà trop tard. Il saisit ma cape et me souleva. De nouveau, je sentis son haleine sauvage, et cette fois, j'aperçus aussi des étincelles dans le trou noir de ses orbites. Jamais je ne l'avais vu dans une telle colère.

« Je suis un roi ! gronda-t-il entre ses dents. J'ai un château à moi ! Et tu veux m'enfermer dans un *zoo* !

– Ce n'était qu'une proposition, murmurai-je. Je voulais juste t'aider. »

Homoncolosse respira avec difficulté.

« Écoute-moi bien. Il y a quelque chose que nous devons régler une bonne fois pour toutes. »

Sa voix s'était radoucie, mais ses accents paraissaient toujours aussi menaçants.

« Nous devons faire table rase. Il faut expédier notre affaire. Tu le sais, et moi aussi. »

Mais *qu'est-ce que* je savais ? De quelle affaire s'agissait-il ? Quelle idée folle circulait dans son cerveau embrumé par les vapeurs d'alcool ? Je n'en avais pas la moindre idée. Tout ce que je savais, c'était que je me maudissais de ne pas avoir gardé ma langue dans ma poche. Il suffisait de dire un mot de travers pour que le roi des Ombres se transforme en monstre imprévisible.

Homoncolosse fouilla sous ma cape, et je crus qu'il allait m'arracher le cœur. Mais il en tira seulement le manuscrit qu'il me mit sous le nez.

« Tu veux savoir comment on écrit ce genre de chose, haleta-t-il. Pas vrai ? »

Je hochai la tête.

« Tu veux savoir comment tu peux atteindre l'Orm ? »

Je n'y croyais toujours pas, à l'Orm, mais de nouveau, je hochai la tête.

« Et tu veux surtout apprendre comment tu peux devenir le plus grand écrivain de la Zamonie ? »

J'acquiesçai avec force.

« Alors, dis-la ! Prononce la formule magique ! »

Les mots restèrent coincés dans ma gorge.

« Dis-la, immédiatement ! tonna Homoncolosse. Ou je te déchire en plus petits morceaux que ceux dont mon corps se compose.

– Apprends-moi, chuchotai-je.

– Quoi ? Plus fort ! Je ne t'entends pas.

– Ap-prends-moi ! criai-je de toutes mes forces. Je t'en prie ! Je t'en supplie ! Apprends-moi à écrire comme toi ! »

Homoncolosse relâcha sa prise.

« Ce n'est pas trop tôt, fit-il en souriant pour la première fois. Je pensais que tu ne me le demanderais jamais. »

L'Alphabet des étoiles

Tout le secret, mes fidèles amis, c'était la monstrueuse fierté d'Homoncolosse. C'était la raison pour laquelle il m'avait attiré dans son château. Parce qu'il voulait me transmettre les secrets de son art. Tel était son projet, depuis le départ, quand il avait surpris ma conversation avec Hoggno le Bourreau et qu'il avait appris que j'étais le filleul de Dancelot. Seule sa vanité grotesque l'avait empêché de me le proposer directement. Je devais être mis à l'épreuve. Je devais souffrir. Je devais le supplier et mendier pour qu'il me prenne comme élève.

« Montre-moi tes mains ! » ordonna Homoncolosse.

Il m'avait conduit dans la bibliothèque des *livres vivants*, m'avait installé sur une chaise et s'était planté devant moi. Les *livres vivants* peuplaient ses étagères comme le public d'un théâtre en pente douce, où l'on aurait donné une pièce intitulée *Première leçon d'Homoncolosse, roi des Ombres, à Hildegunst Taillemythes*. Apparemment, aucun habitant du château des Ombres ne voulait rater ça. Très excités, les *livres vivants* changeaient perpétuellement de place, se grimpaient les uns sur les autres, piaillaient et poussaient des cris aigus. Quelques-uns voletaient dans les airs.

Docilement, je tendis mes pattes à Homoncolosse. Il les prit et en examina attentivement les paumes, comme s'il pouvait y lire l'avenir.

« Avec quelle main écris-tu ? me demanda-t-il.

– La droite.

– Et il n'en est encore rien sorti que tu juges digne d'être publié ?

– Pas vraiment.

– Alors, c'est que tu n'écris pas avec la bonne.

– Quoi ?

– Le flux poétique venu du cerveau est mal aiguillé. Ta main droite n'est pas celle qui doit écrire. Tu dois utiliser la gauche.

– Mais j'en suis incapable. J'ai appris à écrire de la main droite.

– Tu dois réapprendre avec l'autre.

– Le faut-il pour de bon ?

– Si tu n'écris pas avec ta bonne main, il n'en sortira jamais rien. C'est un peu comme si tu écrivais avec tes pieds. »

Je poussai un gémissement. Ça commençait bien. Il fallait donc commencer par apprendre à écrire, pour apprendre à écrire.

Homoncolosse lâcha mes mains et commença à se promener autour de la table.

« Tout le monde sait écrire, dit-il. Mais certains le font un peu mieux que d'autres. On les appelle des écrivains. Puis il y a ceux qui savent mieux écrire que les écrivains. On les appelle des poètes. Et parmi les poètes, il y en a qui écrivent mieux que les autres poètes. Pour ceux-là, on n'a pas encore trouvé de nom. Ce sont eux qui ont accès à l'Orm. »

Oh, non, pitié, pas ça ! Encore cette histoire d'Orm ! Du fait que je n'y étais pas encore parvenu, l'Orm était toujours pendu à mes basques. Il me poursuivait dans les coins les plus reculés, à des kilomètres sous terre, dans la bibliothèque des *livres vivants*.

« La densité créatrice de l'Orm est incommensurable. C'est une source d'inspiration qui ne se tarit jamais, quand on sait comment y arriver. »

Le roi des Ombres parlait de l'Orm comme s'il s'agissait d'un lieu qu'il fréquentait avec la plus extrême régularité.

« Cependant, même s'il t'est accordé un jour d'atteindre l'Orm, tu y seras un étranger si tu ne maîtrises pas l'Alphabet des étoiles.

– L'Alphabet des étoiles ? Est-ce une écriture ?

– Oui et non. C'est un alphabet, mais aussi un rythme. Une musique. Une sensation.

– N'aurais-tu pas quelque chose d'encore plus incertain ? gémis-je. Est-ce peut-être aussi un gâteau et un soufflet de forge ? »

Homoncolosse ignora ma remarque.

« Il y a quelques poètes qui atteignent l'Orm. C'est déjà un énorme privilège. Mais très peu d'entre eux maîtrisent l'Alphabet des étoiles. Ce sont les élus. Quand tu connais cet alphabet, tu peux, en parvenant à l'Orm, communiquer avec les forces artistiques de l'univers. Apprendre des choses à l'existence desquelles tu ne croirais jamais, même en rêve.

– Et toi, évidemment, tu le maîtrises, l'Alphabet des étoiles ?

– Évidemment. »

Homoncolosse me regardait comme si j'étais un demeuré. Comment pouvais-je en douter un instant ?

« Tu vas me l'enseigner ? demandai-je hardiment.

– Non.

– Pourquoi non ?

– Parce qu'il n'est pas transmissible. Il m'est également impossible de t'expliquer comment atteindre l'Orm. Soit tu y parviens un jour, soit tu n'y arriveras jamais. Certains y réussissent une seule fois. D'autres y ont accès fréquemment, mais ils ne maîtrisent pas l'alphabet. D'autres réussissent chaque fois sans effort, et communiquent par le biais de l'alphabet. Ils sont très rares.

– Pourrais-tu me citer des noms ? »

Homoncolosse réfléchit.

« Hummm, Ojahnn Golgo Fontheweg a atteint l'Orm. Et même assez souvent, mais il n'a jamais su manier l'Alphabet des étoiles. Sinon, il ne serait jamais devenu fonctionnaire, sur ses vieux jours. »

Homoncolosse se mit à rire.

Je ne pus m'empêcher de sourire. C'était effectivement un point de la biographie de Fontheweg qui me laissait dubitatif.

« Ali Aria Ekmirrner. Il visitait fréquemment l'Orm. Et on ne peut signer une œuvre poétique comme *Le Vin de la Comète* qu'en ayant intériorisé l'Alphabet des étoiles. »

Homoncolosse porta la main à son front.

« Perla la Gadéon, bien sûr. Lui se baignait tous les jours dans l'Orm, et il avait déjà l'alphabet dans le sang à sa naissance. Mais comblé des grâces du ciel, il en est mort.

– Et comment as-tu appris l'alphabet ? » demandai-je.

Homoncolosse leva les yeux vers le plafond.

« J'étais encore très petit, et je n'arrivais même pas à maîtriser l'alphabet zamonien, dit-il à voix basse. Je ne savais ni lire, ni écrire, ni parler. Une nuit que j'étais couché dans mon berceau, je regardais le ciel clair avec étonnement. Et soudain, j'ai vu de minces rayons de lumière entre les étoiles, qui déroulaient leurs merveilleux signes. L'un après l'autre, ils s'illuminaient, emplissant ainsi le ciel d'écriture. Je riais de bonheur, car je n'étais encore qu'un petit enfant, et parce que les signes brillaient fantastiquement en produisant une musique sublime. C'était la première et la dernière fois que je voyais l'Alphabet des étoiles, mais je ne l'ai jamais oublié. »

Homoncolosse avait un air sérieux, si sérieux que mon scepticisme en fut légèrement ébranlé. Peut-être pouvais-je l'entraîner sur un terrain glissant en posant quelques questions supplémentaires.

« Tu es donc d'avis qu'il existe aussi sur d'autres planètes – comment appelles-tu ça ? – une "densité créatrice" ? Parles-tu de poètes extraterrestres ?

– Je ne le crois pas. Je le sais.

– Naturellement, tu sais toujours *tout*.

– Il y a des poètes sur des milliards de planètes. Tu n'as pas la moindre idée de ce à quoi ils ressemblent. J'en connais un sur un astre – qui, en fait, n'est pas si éloigné de notre système solaire – qui est un poisson microscopique. Il vit dans une mer sombre, dans le cratère d'un volcan sous-marin qui crache sans cesse sa lave dans l'eau. Ce poisson compose des poèmes laviques d'une saisissante beauté.

– Et comment les écrit-il ? »

Homoncolosse me regarda avec pitié.

« Tu ne me croiras pas, mais pour conserver les pensées, il existe dans cet univers de nombreux moyens qui ne passent ni par l'encre ni par le papier que l'on gratte à l'aide d'une plume d'oie.

– Qu'est-ce que tu racontes...

– Je connais sur Mars une tempête de sable vivante qui grave ses pensées dans la pierre tout en parcourant la surface de sa planète. La planète Mars est couverte de littérature de tempête de sable. »

Je souris, et Homoncolosse sourit en retour.

« Je sais que tu ne crois pas un mot de ce que je dis. J'espère simplement qu'un jour l'Orm te fera revenir sur ton erreur, sinon tu deviendras le lamentable prisonnier de tes préjugés et tu te transformeras sûrement en écrivain de cartons d'invitation, employé chez un imprimeur de Bouquinbourg. »

Les *livres vivants* firent bruisser leurs pages, j'eus l'impression de les entendre applaudir. Étais-je le jouet de mon imagination ? N'y avait-il pas dans ce léger murmure des relents de méchanceté ? Il fallait espérer que non.

« Mais laissons la théorie, fit Homoncolosse. Passons à la pratique. Tu vas passer la nuit dans cette salle.

– Ici ? Avec les *livres vivants* ? Comment ça ?

– Ce sera ta punition. Tu voulais en manger un.

– Mais j'étais presque mort de faim et de soif ! Tu m'avais laissé seul.

– Ce n'est pas une raison pour dévorer mes sujets. Même en pensée ! Tu vas apprendre à vivre en paix avec eux. Reste ici, je vais t'apporter du papier et de quoi écrire, et tu t'exerceras avec la main gauche.

– Et que dois-je écrire ? dis-je dans un gémissement.

– N'importe quoi, dit Homoncolosse. De toute façon, ce sera illisible. »

La Leçon de danse

Je n'ai pas besoin de souligner, mes chers amis, que je ne fermai pas l'œil de la nuit. Tout d'abord je m'échinai, pendant des heures, à écrire de la main gauche, ce qui, quand on a pris l'habitude de se servir de la droite pendant plus de soixante-dix ans, paraît pratiquement impossible.

Ensuite je me tournai et me retournai longuement sur le sol dur pour trouver le sommeil. Mais l'heure de cours qui venait de s'écouler ne cessait de me revenir à l'esprit. Dans quoi m'étais-je laissé embarquer ? Je devais réapprendre à tracer mes lettres comme un enfant de classe préparatoire et écouter des sornettes d'Homoncolosse sur l'Orm, sur l'Alphabet des étoiles, sur des poissons et des tempêtes de sable poètes, habitants de lointaines planètes. Et c'était ainsi que j'allais devenir le meilleur écrivain de tous les temps ? Dans le pavillon fermé d'un asile de fous, situé quelque part en Zamonie, j'aurais sans doute bénéficié d'une formation plus sérieuse.

Et puis il y avait les *livres vivants*. Entre-temps, je m'étais persuadé qu'ils avaient lu mes mauvaises pensées dans la salle à manger et qu'ils se vengeraient avec l'autorisation spéciale du roi des Ombres. Ils chuchotèrent et murmurèrent pendant de longues heures après l'extinction des feux. À chaque fois que je sombrais dans un sommeil réparateur, quelque chose tiraillait ma cape dont je m'étais couvert, ou bien j'entendais les battements d'ailes d'un *livre volant*. Voire pire : un *Livraraignée* me courait sur la figure.

Rompu de fatigue, je me traînai le lendemain dans le château en me demandant en quel lieu bizarre et sous quelle forme étonnante se poursuivrait mon enseignement, lorsque je perçus les sanglots des Ombres en pleurs.

Il y en avait plusieurs, une demi-douzaine, qui venaient à ma rencontre dans un couloir sombre. Je fis volte-face pour m'épargner leur déprimante présence. Mais à l'autre bout de la galerie, d'autres Ombres en pleurs avançaient vers moi. Je m'esquivai dans un passage latéral, qui était, lui aussi, rempli de silhouettes sanglotantes. De nouveau, je fis demi-tour et revins dans le couloir principal, désormais peuplé, dans les deux directions, d'ombres qui prenaient toute la place. Il fallait que je me fraie un chemin parmi elles, perspective qui me faisait effroyablement peur.

C'est alors que le sol s'affaissa. Nous nous enfonçâmes de plus en plus profondément, jusqu'à ce que l'espace autour de nous s'élargisse, à droite et à gauche. Nous étions dans la grande salle de bal, l'amphithéâtre où j'avais vu danser les Ombres en pleurs. Quand elles parvinrent sur la piste de danse, je m'immobilisai avec elles.

Il y avait là d'autres ombres, des centaines d'ombres qui se tournèrent vers moi. La mélancolique musique du château retentit, et les silhouettes grises firent lentement cercle autour de moi.

En haut, sur les gradins, j'aperçus Homoncolosse qui observait cette scène étrange sans manifester la moindre émotion. J'en déduisis qu'il ne s'agissait nullement d'un hasard, mais que c'était un nouveau cours. Je devais, pour une obscure raison, danser avec les ombres.

L'une après l'autre, elles se mirent à me traverser. Des images, des mots, des voix, des paysages et des sensations se bousculèrent dans mon cerveau. Je tressaillis et j'essayais de retenir ce que je ressentais, mais tout glissait inexorablement en moi. Les ombres revenaient sans trêve, me remplissaient pendant quelques secondes de leurs évocations et de leurs chœurs, avant de disparaître. J'avais le sentiment d'être plongé dans une eau glacée, débordante d'images et de voix.

La danse redoubla, je tournoyais sur moi-même sans plus m'arrêter, tandis que les ombres ne cessaient de me traverser. J'eus l'impression d'avoir de plus en plus froid, et le flot de ces innombrables pensées étrangères faillit me faire perdre la raison.

Et soudain, tout s'arrêta, les ombres avaient disparu. Je m'écroulai et m'étonnai de ne pas éclater en mille petits morceaux de glace à l'instant où je touchai le sol.

Pendant un bon moment, je restai sans bouger, tremblant et haletant, puis je vis Homoncolosse se pencher au-dessus de mon visage.

« Que m'est-il arrivé ? lui demandai-je, encore tout affaibli. Tu veux me tuer ?

– Tu viens de lire toute la bibliothèque des Ombres en pleurs, dit-il. Un cours de danse très particulier.

– À quoi cela m'a-t-il servi ? gémissai-je en essayant de me relever. J'ai presque perdu la tête, je n'ai rien compris et maintenant, j'ai pratiquement tout oublié.

– C'est toujours comme ça avec les livres exigeants », dit Homoncolosse, tout en m'aidant à me remettre sur mes pieds.

La Salle du trésor des mots

J'ai la mémoire qui fonctionne comme une toile d'araignée. Elle laisse passer les choses sans importance – le vent, par exemple. En revanche, les mouches y sont suspendues et conservées jusqu'à ce que l'araignée se résigne à les avaler.

J'ai, au cours de ma vie, lu beaucoup de livres et les ai oubliés depuis longtemps, mais ce qu'ils contenaient d'essentiel est resté accroché dans ma toile pour qu'un jour, peut-être des années ou des dizaines d'années plus tard, je le redécouvre. En ce qui concerne les livres immatériels des Ombres en pleurs, ça s'est passé quelque peu différemment : ils m'avaient traversé comme si j'avais été un tamis grossier, et je crus, la dernière page tournée, les avoir oubliés. Mais, le lendemain, je me rendis compte que quelques parties étaient demeurées en suspens.

J'avais brusquement connaissance de mots que je n'avais jamais lus ni entendus. Par exemple, je savais tout à coup que *plumeté* était un vieux synonyme d'*emplumé*. Ce savoir peut sembler inutile à première vue, mais quand je m'imagine un jeune poussin, je crois que je le décris plus précisément si j'emploie le mot *plumeté* au lieu d'*emplumé*, qui ne veut pas dire grand-chose. À ma grande joie, des troupeaux de jolis petits poussins tout plumetés défilèrent soudain en pépiant dans les dédales de ma conscience.

Que s'était-il passé ? D'où savais-je subitement ce que signifiait *chlingarler* ? Tout le monde connaît l'odeur pénétrante que votre bouche dégage quand vous avez consommé de l'ail, mais pratiquement personne ne se souvient que pour exprimer le parler chargé de cette odeur repoussante, il a existé un verbe : *chlingarler*. « *Ah, ces côtelettes d'agneau étaient vraiment délicieuses !* » chlingarla-t-il. L'image est là : durant la moitié du roman, le personnage empestera l'ail sans que ce mot ait jamais été prononcé.

Connaître des mots comme *baumifiant*, *abscène* ou *confrontable* me donna un sentiment de *supériosité* – mot formé artificiellement et malheureusement tombé en désuétude, qui traduit un mélange de supériorité, de gravité et de prétention. Je n'ignorais plus le sens de *mésomorphe*, *leptogame*, *ectogile*, *yoghourtriste*, *sphéralisant* ni de *idégoûtant* : rien que des adjectifs permettant de vexer quelqu'un jusqu'à la *légitimation de la satisfaction* (notion devenue, elle aussi, obsolète).

Je commençai à comprendre que les Ombres en pleurs disposaient du savoir d'une époque révolue où l'on différenciait mieux l'expression qu'aujourd'hui. Pour décrire quelqu'un, nous nous contentons souvent de mots spongiformes comme *beau* ou *laid*. Mais depuis que j'avais dansé avec les Ombres, je savais, par exemple, qu'un être doté de trous de nez visiblement différents était *naseaugame*. Qu'un être au corps comme une futaille était *hectolitrique*, et que celui dont la beauté dépassait la moyenne était qualifié de *plus-que-parfait*. Cette langue était nettement plus subtile.

La volonté des Ombres en pleurs d'établir des distinctions couvrait tous les domaines. Loin de ranger les bruits dans des séries analphabètes comme *éclatement*, *bruissement* ou *cliquettement*, ceux-ci se virent attribuer des noms sonnants et appropriés à leur nature individuelle. Par exemple, le doux bruit du duvet qui effleure le sol était un *fff*. Le son émis quand un fou rire vous prend à l'instant où vous videz votre verre, et que vous crachez le liquide par le nez, était un *giumpf*. Le craquement appétissant de la barre de chocolat que l'on casse était un *cromps*. Le bruit épouvantable d'une craie sur une ardoise était un *crisss*. Et le vacarme terrifiant d'un volcan en éruption s'appelait encore à l'époque, avec raison, un *krakatoa*.

Au lieu de traîner dans le château des Ombres, je m'empressai ce jour-là de glaner dans le dédale de mon propre cerveau tous les mots que les Ombres en pleurs, dans leur grande générosité, y avaient déposés.

Une *labilatie* était une affaire où l'on balançait avant de prendre une décision.

Un *hoaah* nommait l'instant où l'on veut soulever un objet et constate qu'il est trop lourd. On appelait *hoaap* l'impression que l'on ressent quand on glisse sur un morceau de savon.

Le plaisir éprouvé quand on presse une orange avec son écorce jusqu'au zeste, cette chose molle et immangeable, relevait du *fructodisme*.

Quelqu'un qui, par principe, range tout dans l'ordre alphabétique était un *abécédélaire*, et celui qui classe tout dans le sens inverse un *zédigrecquixilaire*.

Nous avions perdu des centaines, des milliers de mots : *humodonte*, *graçophile*, *moptobulisme*, *cyptocroquien*, *entrejovial*, *porquable*, *asubtil*, *courvaillant*, *houstepuissant*, *contremanger*, *biblogique*, *omnigourmien*. Je les glanai tous et les engrangeai dans mes greniers cervicaux, cache secrète du trésor de mon vocabulaire. La journée terminée, je l'avais presque doublé.

Longtemps, je demeurai dans ma salle du trésor, prenant tous les mots et les contemplant avec reconnaissance, amour et fierté, comme un pirate examine, une à une, les pièces d'or et les diamants, le butin qu'il vient d'enlever.

68

Thério et pratique

Je fis des progrès foudroyants en écriture de la main gauche. C'était, effectivement, ma manière naturelle d'écrire que j'avais contrariée. Désormais, les mots coulaient directement du cerveau sans hésiter, contrairement à ce qui arrivait si souvent dans le passé. Je compris que le bras de l'écriture est à peu près l'équivalent chez l'écrivain du bras qui tient l'épée chez l'escrimeur ou du poing qui frappe chez le boxeur. Avec la bonne main, j'écrivais vraiment mieux, le rythme de mes pensées s'accordait avec les mouvements du corps nécessaires pour les coucher sur le papier. Quand on écrit, il y a des moments où les choses doivent fuser et d'autres où elles doivent rester en plan, et cela n'est possible que si l'on utilise la bonne main.

Les leçons du roi des Ombres avaient peu de rapport avec ce que l'on apprend habituellement lors d'une formation artistique classique – celle que j'avais reçue de Dancelot. Elles avaient pour contenu des matières peu conventionnelles, j'oserais presque dire non sérieuses que lui seul, peut-être, était capable de maîtriser et de transmettre.

« J'aimerais te parler aujourd'hui de la poésie gazeuse », disait par exemple Homoncolosse et il évoquait pendant des heures les poètes d'une planète lointaine, composée de gaz vivant. Comme ils disposaient de méthodes chimiques complexes, ces auteurs écrivaient des poèmes gazeux extrêmement fugaces. Par le biais de l'Orm, le roi des Ombres se disait en contact permanent avec tous les poètes de l'univers, avec qui il échangeait des réflexions sur leurs techniques et leurs thèmes.

Bien entendu, tout ça n'était que foutaises, mais il le présentait si brillamment, avec une telle conviction que je ne pouvais qu'admirer son inépuisable inventivité. Sa méthode didactique originale pour me transmettre son monstrueux savoir et ses capacités était un étrange mélange de modestie et de folie des grandeurs, dans la mesure où il affirmait les avoir copiés chez les autres. En fait, il puisait tout en lui-même, et il ne se fatiguait pas d'imaginer, de jour en jour, de cours en cours, de nouvelles absurdités qui enflammeraient mon imagination.

Cet enseignement sans système discernable ou base raisonnable était sûrement destiné à stimuler ma pensée et mon écriture. Cette manière de procéder me rappelait mes lectures de jeunesse : le livre refermé, la pensée ne s'arrêtait pas. Du reste, les Ombres en pleurs avaient pour cette forme de théorie littéraire insouciante et biscornue un mot adéquat beaucoup plus joyeux et irrationnel, comme une formule que l'on prononce quand on lève son verre : *Thério*.

Malgré ma main de plus en plus mobile, mon vocabulaire étendu et les méthodes inusitées d'Homoncolosse, ma créativité se traînait : je n'avais encore rien écrit d'important. Pourtant, j'écrivais sans arrêt, dans un style impeccable, mais des choses si insignifiantes sur le plan du contenu que la plupart du temps, je les jetais dans la cheminée. Tout était-il peine perdue ? N'appartenais-je pas plutôt à la catégorie des écrivains de piètre talent qui ne réussissent jamais à s'élever au-dessus de la moyenne ? Un jour, fatigué et désespéré, je fis part à Homoncolosse de mes sombres pensées.

Il réfléchit un moment, et je me rendis compte que, balançant entre le pour et le contre, il avait du mal à prendre sa décision.

« Il est temps que nous nous consacrions à la partie pratique de ta formation, dit-il avec détermination. On ne peut pas contraindre l'Orm, mais celui qui veut écrire doit avoir vécu des choses. Le château des Ombres offre à ce propos quelques possibilités qu'aucun autre édifice de Zamonie ne recèle.

– Ça ne m'a pas échappé.

– Tu ne sais rien. Rien du tout !

– Je pensais avoir découvert, entre-temps, l'essentiel des lieux.

– Ha ! dit Homoncolosse en riant. As-tu réfléchi à ce qu'est en réalité le château des Ombres ?

– Bien entendu. Je ne fais que ça.

– Et à quelle conclusion es-tu parvenu ? »

Je haussai les épaules.

« Est-ce un bâtiment ? poursuivit-il. Un piège ? Une machine ? Un être vivant ? Aurais-tu envie de le savoir avec moi ?

– Bien sûr.

– Ce n'est pas sans danger. Mais je crois pouvoir te garantir qu'après tu tiendras ta première grande histoire. Celle que tu pourras coucher sur le papier avec ta nouvelle main et ton nouveau vocabulaire.

– Alors, allons-y !

– Je le répète : ça peut être dangereux. Très dangereux.

– Qu'est-ce qui peut m'arriver ? J'ai le roi des Ombres comme garde du corps.

– Il y a dans les catacombes des créatures plus dangereuses que le roi des Ombres.

– Y compris dans le château ?

– Dans la partie où nous allons, oui.

– Oh ! Tu viens vraiment d'aiguiser ma curiosité. Où allons-nous ?

– À la cave.

– Le château des Ombres a une cave ?

– Évidemment, dit Homoncolosse. Tout château mystérieux a sa cave. »

68

À la cave

J'ai du mal à dire combien de temps nous avons mis pour descendre l'escalier qui menait à la cave du château des Ombres. Sûrement plusieurs heures. Le mot « escalier » est un peu simpliste : dans le trésor des mots oubliés des Ombres en pleurs, on parlait pour désigner l'espèce de parcours que nous avons accompli d'*obscur brisecou*.

Ce qui signifie à peu près « tout ce qui conduit dans les profondeurs ».

On commença par parcourir des marches taillées dans la pierre, puis des échelles en fer tarabiscotées recouvertes d'une rouille phosphorescente (et qui provenait probablement des Gnomes rubigineux). Il nous arriva de glisser en rappel ou de nous faufiler dans des cheminées, jusqu'à ce que nous parvenions dans une grotte naturelle qui me parut extérieure au château.

« Ces grottes se trouvent sous le palais, elles en sont les caves », dit Homoncolosse.

Il tenait une torche à méduse qui éclairait fort mal la vaste grotte. Il faisait froid. L'atmosphère était humide. Ça sentait le moisi et les poissons morts. Je commençai à regretter les salles du château des Ombres, insensées mais bien chauffées.

Homoncolosse me précédait en brandissant son flambeau. Des cristaux couleur d'ambre poussaient partout comme des champignons et reflétaient la lumière de la méduse. Il n'y avait plus un signe de civilisation, pas de minéraux taillés, pas de livres pétrifiés, pas de signes gravés. J'étais de nouveau dans une partie des catacombes où, visiblement, il était rare qu'un être pensant vienne se perdre.

« Tu as probablement entendu parler de la découverte des *livres géants*, dit Homoncolosse en poursuivant son chemin. Des livres grands comme des portes de grange, si lourds que dix porteurs ne peuvent suffire.

– Oui. Il en est question dans l'ouvrage de Clairdepluie. Des contes de nourrice grâce auxquels les chasseurs de livres glorifient leur activité. Et font peur aux gens pour que ceux-ci ne les suivent pas dans les catacombes, j'imagine. Car là où il y a des *livres géants*, il y a sûrement des géants.

– Il y a eu dans les catacombes des légendes sur des

géants avant même qu'apparaissent les chasseurs de livres. On les appelait les *Mastogrands*, les *Gargangousiers* ou les *Sogothènes*. On suppose qu'ils furent les premiers habitants de cet univers souterrain. Une espèce depuis longtemps disparue. Trop démesurée pour ce monde étriqué.

– Le crâne géant où vivait Hoggno le Bourreau pourrait avoir appartenu à l'un de ces géants.

– C'était le crâne d'un animal. D'une très grosse bête, mais pas d'un géant. »

Homoncolosse descendit dans un puits. Je ne pouvais faire autrement que le suivre. Jusqu'à ce qu'il parvienne à une grande grotte sombre dont le flambeau à méduse n'éclairait qu'une partie du sol, plat et poli, travaillé artificiellement. Je humai le parfum de vieux livres, si marqué qu'il était à la limite de la puanteur.

« Où sommes-nous ? demandai-je. Est-ce qu'il y a des livres par ici ?

– Fais attention ! dit Homoncolosse. Ce que je vais faire, je l'ai appris en observant secrètement les Rongelivres.

– Tu les as aussi épiés ? Tu fais ça avec tout le monde, n'est-ce pas ? As-tu déjà entendu parler de la sphère privée ? »

Homoncolosse gloussa.

« J'ai, par exemple, déposé devant l'entrée de la Grotte de cuir la lettre que Dancelot m'avait adressée. Et ainsi ils m'ont conduit à leur Cabinet des merveilles. Je connais des chemins de traverse qui sont ignorés de tous. Je sais aussi où les Rongelivres cachent l'Étoile des catacombes.

– C'est *toi* qui as apporté la lettre de Dancelot aux Rongelivres ?

– Qui d'autre l'aurait fait ? répliqua fort justement Homoncolosse. Et toi, apparemment tu l'as lue ? »

J'acquiesçai.

« Tu fais ça avec toutes les lettres de gens que tu ne connais pas ? As-tu déjà entendu parler de la sphère privée ? »

Honteux, je baissai la tête, mais la relevai aussitôt parce que Homoncolosse venait de lancer sa torche à méduse dans les airs.

« Les Rongelivres appellent ça un jet de lance-flammes.

– Je sais. »

La lumière bleue du flambeau tourbillonnant me permit d'apercevoir l'incroyable hauteur de la grotte, au moins trente mètres. Et les étagères qui montaient jusqu'au plafond. Cela n'avait rien de particulier : j'en avais vu de plus vertigineuses dans les catacombes. Ce qui était étonnant, c'était que les livres y étaient aussi grands que des portes de grange.

Homoncolosse rattrapa son flambeau avec habileté, me sourit et le relança incontinent.

À la vue de ces gigantesques ouvrages alignés, un sentiment me saisit, que le mot « respect » décrit insuffisamment. Les Ombres en pleurs avaient un mot pour ça : *respeur*, un respect qui avoisine la peur absolue. C'est un état où l'on ne peut que difficilement s'empêcher de se jeter dans la poussière et de demander grâce.

Homoncolosse rattrapa son flambeau.

« Il y a ici des livres de la taille d'une maison, dit-il.

– Leurs propriétaires sont sûrement morts depuis une éternité, n'est-ce pas ? soufflai-je d'une voix rauque.

– Oui, ça fait longtemps qu'ils ont disparu. »

Je repris mon souffle. Il ne s'agissait que des artefacts d'une race de géants éteinte.

« À une exception près. »

Je sursautai.

« Il y a ici quelque chose qui vit ?
– Oui, malheureusement.
– Quoi ?
– C'est difficile à dire. Quelque chose de très grand. Un monstre.
– Il y a un monstre dans cette cave ?
– Dans chaque cave, il y a un monstre.
– C'est donc un géant *et* un monstre ? »

Je commençais à me sentir mal.

« Oui, je ne sais pas comment le définir autrement, dit Homoncolosse. Sa monstruosité ne tient pas qu'à sa taille. Mais il y a plus grave : je soupçonne cette créature d'être cannibale. »

Un monstre, un géant et un cannibale. C'était de mieux en mieux. Il me restait seulement à espérer qu'avec ses élucubrations Homoncolosse voulait une nouvelle fois attiser mon imaginaire poétique.

« Je dois ajouter quelque chose que tu ne vas sûrement pas croire, dit-il comme s'il avait lu dans mes pensées. Ce géant est un savant. Ou plutôt une sorte d'alchimiste. Il lit. Il lit tous ces livres que tu vois autour de toi. Il fait des expériences dans des laboratoires proches d'ici. Il a entassé les cadavres de ses ancêtres dans une immense grotte glacière. Je crois qu'il n'a survécu que parce qu'il les dévore l'un après l'autre. Leur sang le maintient en vie. »

Oui, c'était le genre d'histoire que les enfants racontent à leurs amis quand ils les emmènent à la cave. Le roi des Ombres voulait peut-être me former pour que je devienne un auteur de littérature d'épouvante.

« Et sais-tu ce que je crois encore ? demanda Homoncolosse.

– Je brûle d'impatience de l'apprendre. »

Homoncolosse se pencha vers moi en prenant des airs de conspirateur et baissa la voix.

« J'ai l'impression que ce géant n'a pas tous ses esprits ! Qu'il a quelque chose dans la tête qui ne tourne pas rond, chuchota-t-il en faisant un geste expressif. Bien qu'il n'ait pas de tête.

– Il n'a pas de tête ?

– Non. En tout cas rien de ce que l'on définit habituellement comme une tête. Il n'a pas non plus de bouche, même si je l'ai vu un jour dévorer un cadavre. Et crois-moi, c'était la scène la moins appétissante que j'aie jamais…

– Arrête ! m'écriai-je. Tu ne me fais pas peur. Dis-moi enfin ce que nous cherchons ici.

– Je te l'ai pourtant expliqué. Nous cherchons le secret du château des Ombres. Le dernier mystère des catacombes.

– Il n'y a pas de géant dans les parages. Tu veux me mettre à l'épreuve.

– Alors marche devant, si tu es tellement courageux.

– D'accord.

– Vas-y. »

Je passai devant le roi des Ombres et fis quelques pas hésitants dans les ténèbres.

« Pourquoi serais-tu fou au point de pénétrer, sans nécessité de le faire, dans le domaine d'un monstre dangereux ?

– Ce n'est pas moi qui le fais, répliqua Homoncolosse, c'est *toi*.

– Qu'est-ce que tu veux dire ? » demandai-je en me retournant.

Mais il avait disparu. Il n'y avait plus que son flambeau à méduse par terre.

66
La Sueur de dinosaure

Je me souvins des jeux de mon enfance. À la citadelle des Dragons, nous avions emmené des camarades plus jeunes dans des grottes sombres et secrètes avant de prendre la poudre d'escampette. Nous trouvions très drôle de les laisser errer en pleurant pendant que nous, qui nous étions cachés, nous riions à nous en rendre malades. Mais à l'époque j'avais trente ou quarante ans : j'étais un gamin ! Les plaisanteries du roi des Ombres étaient du même acabit.

« Homoncolosse ! criai-je. C'est quoi, cette blague ? »

Pas de réponse.

Je m'approchai du flambeau et le ramassai.

« Homoncolosse ! criai-je de nouveau.

– *Coloss… loss… loss… oss… os…* » répondit l'écho.

Naturellement, il traînait quelque part dans les ténèbres, le farceur. Mais je n'allais pas lui faire le plaisir de lui montrer des signes d'angoisse ou de faiblesse. Je levai donc mon flambeau et entrai au pas de charge dans cette gigantesque bibliothèque. Il n'avait qu'à se glisser derrière moi en cachette si ça lui chantait.

Le spectacle de ces livres monstrueux dans la lumière bleue du flambeau évoquait les coulisses d'un théâtre où l'on aurait mis en scène un conte avec de méchants géants. À l'odeur, ces livres devaient avoir des milliers d'années. Je m'étonnais qu'ils ne soient pas tombés en poussière. Ce peuple avait peut-être créé un procédé particulier de conservation du papier, si tant est que les pages des livres soient vraiment en papier et non en métal, voire en peau d'animal préhistorique. Je ne voyais que leur dos immense, souvent écailleux, orné de petites bosses – c'était sûrement une variété d'écriture. Dans ce cas, quelles histoires pouvaient-ils bien raconter ? Ou étaient-ils des œuvres scientifiques remplies de la folle alchimie des géants ? J'aurais eu besoin de l'aide d'une douzaine d'hommes forts pour en tirer un de son étagère et l'examiner.

Sur un des rayonnages, il y avait un ustensile métallique qui me rappelait un compas, sauf qu'il avait trois pointes et qu'il faisait deux fois ma taille. Il était en argent oxydé, presque noir, avec une articulation, une vis et des pointes en cuivre jaune. Des signes inconnus y étaient gravés. Peut-être des unités de mesure ? Quelle était l'échelle de calcul d'un géant ? Avec une découverte archéologique de cette importance, j'aurais pu susciter un profond respect, mais j'aurais eu besoin d'une voiture à cheval pour la déplacer.

J'étais sur le territoire des géants, dans leur bibliothèque. Je commençais doucement à entrevoir ce qu'Homoncolosse projetait. Il m'avait abandonné là pour que mon imagination s'éveille à la vue de ce décor fascinant. Il faudrait qu'à mon retour je rédige une histoire de géants. Si on veut écrire de grandes choses, il faut de grandes impressions. Et quelle matière ! Ni légende, ni conte, ni élucubration, mais la véritable histoire d'une civilisation disparue de titans, que je pouvais étudier à l'aide de ces objets. Peut-être réussirais-je à soulever et à extirper un de ces livres de son étagère et à le feuilleter.

Je n'avais plus peur, en revanche j'éprouvais une curiosité brûlante. Je passais le plus près possible des étagères pour découvrir plus de détails. Il y avait là un clou en or, de la longueur d'une épée. Un tas de peaux séchées, qui, vu leurs dimensions, ne pouvaient appartenir qu'à des éléphants, couvertes d'idéogrammes de la taille d'une porte. Un cristal, pareil à un rocher – peut-être un presse-papiers.

Quelle perspective peut avoir un géant ? Si j'en avais croisé un, il m'aurait écrasé comme un insecte nuisible, certainement sans même s'en rendre compte.

L'idée de m'entraîner jusqu'ici avait été excellente. J'étais reconnaissant à Homoncolosse de m'avoir procuré cette expérience. Il pouvait ricaner dans le noir comme un écolier si ça apportait un peu de distraction dans sa morne vie.

Finalement, le plaisir et le besoin me prirent de montrer à Homoncolosse que je n'avais pas peur. Je voulus grimper le long d'une étagère et essayer d'en sortir un livre. Avec un volume de moindre épaisseur, je devrais y arriver.

Je montai au premier étage et passai en revue la rangée des ouvrages, comme un général et ses officiers, pour en choisir un d'une particulière maigreur. J'en trouvai un pas plus gros que moi et qui ne me dépassait guère que d'une tête. Comparé à ses collègues, c'était un nain. Il était à ma taille. Je posai mon flambeau, et escaladai le livre pour pouvoir, une fois redescendu derrière, le pousser.

D'un seul coup, je me sentis un peu mal dans le noir et le renfermé. Une grosse et grasse araignée ou un pince-oreille géant auraient pu se trouver là ! Cette idée redoubla mes forces, et je poussai le livre presque sans effort, jusqu'à ce qu'il dépasse le bord du rayon et s'écrase par terre à grand bruit. L'écho retentit longuement à travers l'obscure bibliothèque.

Gagné ! Je secouai la poussière déposée sur ma cape et regardai autour de moi. Mais cette vieille bourrique d'Homoncolosse ne se montrait toujours pas. Il était là, quelque part, blotti dans le noir, qui admirait probablement mon énergie. Je descendis de l'étagère pour examiner cet ouvrage.

Je soulevai avec curiosité la couverture qui s'ouvrit en grinçant comme un vieux cercueil. Les pages, faites d'un matériau gris proche du cuir, qui n'avait pas grand-chose à voir avec le papier, avaient l'épaisseur de mon pouce. Elles étaient couvertes des petits reliefs pyramidaux qui ornaient le dos de la plupart des ouvrages rangés dans cette bibliothèque. Il s'agissait vraisemblablement de l'alphabet des géants. Rien cependant qui me fournisse une explication sur le contenu.

J'étais quand même fier de moi. Je devais être une des rares personnes à avoir feuilleté l'un de ces livres géants. Dans la recherche du gigantisme, j'étais un pionnier.

Je dressai l'oreille parce que je croyais avoir entendu quelque chose. Était-ce moi qui frémissais de curiosité, ou le sol qui tremblait ? Effectivement le sol vibrait et le livre avec lui. Plus fort. De plus en plus fort.

J'étais inquiet et je me retournai pour voir où était Homoncolosse. C'était sûrement un tremblement de terre. Ou une éruption volcanique souterraine. Peut-être qu'une immense avalanche de boue traversant les catacombes allait se jeter sur moi.

Le roulement sourd se fit de plus en plus inquiétant, quand la poussière se mit à danser en épais flocons sur les étagères. Des bruits pneumatiques, des sons de flûte, et j'entendis des sifflets, qui, provenant du fin fond du tunnel, semblaient émis par des dizaines de cornemuses et de tuyaux d'orgue. Un bourdonnement sourd, ininterrompu. Un chuintement.

Alors, sortant des ténèbres, il apparut dans la lumière bleue de mon flambeau : le géant.

À première vue, il ressemblait à une immense vague grise, terminée en pointe, au moins vingt ou trente fois plus grande que moi. Ensuite je compris : une muraille de chair qui clapotait et puait terriblement s'approchait. Sa silhouette me rappelait étrangement celle de ma ville natale, la citadelle des Dragons.

Il était couvert d'excroissances en forme de trompes qui, pour certaines, pendaient lamentablement, quand d'autres lançaient des coups de fouet nerveux. Entre ces trompes, des douzaines de membranes de la taille d'une fenêtre, des sortes de filtres de chair flasque et terne se dilataient puis se contractaient à la manière d'organes respiratoires. Je ne lui voyais aucun œil. Il n'avait ni bras ni jambes. Ce gigantesque amas de viande vivante semblait se mouvoir par reptation.

Il s'arrêta. Ses trompes reniflèrent dans toutes les directions, tandis que ses membranes pompaient l'air avec régularité. Je me demandai pourquoi il ne fonçait pas directement sur moi et mon flambeau, unique source de lumière dans tout cet espace. Il devait m'avoir vu !

Ensuite je compris : bien sûr – le géant était aveugle ! Comme beaucoup d'habitants des catacombes, il n'avait pas d'yeux et s'orientait au toucher, à l'ouïe et à l'odorat. D'où toutes ces trompes et membranes ! Il avait cent nez, mais pas un seul œil. Le bruit du livre tombé l'avait alerté, mais pour l'instant il ne savait pas que j'existais car j'étais totalement silencieux.

Alors pourquoi tous ces livres ? me demandai-je. Qu'est-ce qu'un aveugle pouvait en faire ? Voyait-il avec ces étranges membranes ou avec un œil caché dans l'une de ses trompes ? Devais-je me sauver dans la direction opposée ? Mais ce n'était sûrement pas une bonne idée car, s'il était vraiment aveugle, il m'entendrait, il entendrait mes pas, ma cape qui se soulèverait, ma respiration haletante.

Valait-il mieux que je ne bouge pas ? Que je fasse le mort, que je retienne mon souffle, que j'attende jusqu'à ce que le danger soit passé ? C'était, me semblait-il, la réaction la plus intelligente. Il s'était peut-être arrêté pour se retourner aussitôt. Donc, m'abstenir de tout mouvement, ne pas signaler ma présence. N'était-ce pas ainsi que l'on devait affronter de grandes et dangereuses créatures ?

Soudain je me mis à transpirer. J'avais toujours trouvé bizarre que parfois, pendant un effort physique, on sue à peine et que, la tension passée, la transpiration se mette à ruisseler. C'était ce qui m'arrivait : en quelques secondes je baignai dans la sueur de dinosaure.

Croyez-moi, mes amis, c'est un parfum singulier. Son odeur est nettement plus intense que celle de toute autre créature, car à l'origine elle devait signaler une *présence*. Cette particularité remonte aux temps préhistoriques où il y avait partout des êtres extrêmement dangereux et redoutés ; l'odeur de notre sueur devait inspirer une peur paralysante à nos victimes. Alors que d'autres se camouflent en changeant de couleur ou prennent un aspect repoussant, nous dégageons l'odeur d'un tas de compost en août.

C'était comme si j'avais déclenché un signal d'alarme ou frappé sur un gong pour attirer l'attention du géant.

Le colosse émit un sifflement satisfait et dirigea ses trompes mouvantes dans ma direction. Il m'avait découvert ! Ses membranes se mirent à pomper avec violence en faisant entendre un effroyable bruit de succion. Et la montagne de viande se mit en branle pour se diriger droit sur moi.

Je fis exactement ce que j'aurais fait si j'avais été pris par la marée montante : rien. Il est inutile de se sauver devant ces puissances naturelles, sans compter que, de toute façon, je n'aurais pas pu bouger une patte. En deux temps, trois mouvements, le monstre avança en clapotant et en soufflant de toutes ses trompes, avant de se planter devant moi. Plusieurs longues excroissances me saisirent et me soulevèrent, et je passai de trompe en trompe, jusqu'à ce que je me retrouve presque en haut du colosse, devant une des membranes. Paralysé, je m'accrochais désespérément à mon flambeau, éclairant d'une lumière bleue spectrale la partie supérieure du géant. Deux trompes me tenaient sous les bras devant la membrane qui enflait. Un courant d'air chaud sorti de ses nombreux orifices m'entoura. L'odeur en était pestilentielle. Mes chers et fidèles amis, je n'eus rien d'autre à faire qu'à m'évanouir.

Le Zoo du géant

Quand je revins à moi, je me trouvai au fond d'un bocal de la taille d'une maison surmontée d'une cheminée. Impossible d'atteindre l'ouverture au-dessus de ma tête : les parois étaient lisses. À travers le verre, je vis que le récipient était posé assez haut sur une étagère, dans une pièce rectangulaire aux murs également recouverts de rayonnages. Il y avait des livres gigantesques, au moins une centaine d'autres bocaux et quelques instruments bizarres en métal dont je ne pouvais m'expliquer l'usage.

Mon flambeau à méduse était sur l'étagère d'en face et plongeait la pièce dans une pénombre bleuâtre. Apparemment, le géant me l'avait pris pour l'examiner.

La situation était inquiétante, non seulement à cause de ma captivité, mais aussi à cause du contenu des autres bocaux. C'étaient des êtres vivants des espèces les plus répugnantes, rien que des créatures des catacombes que je connaissais pour en avoir lu la description ou parce que je les avais rencontrées. Dans un bocal, il y avait une Tiqxxxxe, dans un autre un mille-pattes doré géant, avec d'immenses pinces. Dans le récipient voisin, une araignée à poils blancs, de la taille d'un cheval, marchait en tous sens sur ses échasses. Sur l'étagère d'en face, une Harpyre grattait le verre avec ses griffes. J'aperçus aussi un énorme python des tunnels à écailles vertes, une Chrecque à plumes des catacombes, un rat à poils rouges et yeux noirs avec des incisives longues comme des sabres. Un chauve-loup d'au moins deux mètres d'envergure. Un scorpion cristal.

Pour résumer, il y avait probablement dans cette pièce un exemplaire de toutes les bestioles dangereuses des catacombes, et la seule chose qui me rassurait, c'était que, comme moi, elles étaient prisonnières. Sans cesse, j'entendais le même clic-clac, quand un de ces êtres essayait d'échapper à son cachot de verre et retombait au fond en glissant sur les parois. Certains bocaux étaient ouverts, d'autres fermés par une grille, parce que leurs occupants possédaient des ventouses ou des ailes à l'aide desquelles ils risquaient de se sauver. C'était un zoo d'une espèce très particulière. À présent, je comprenais pourquoi Homoncolosse désignait ce géant comme un savant.

Déjà j'entendais au loin ses bruits de trompette et de flûte. Les prisonniers s'agitèrent si fort que je me mis à craindre le pire. Le savant arrivait à toute vitesse pour se livrer à ses expériences.

Les halètements pneumatiques s'approchaient. Bientôt il fut dans l'encadrement de la porte qui, en forme de pyramide, était parfaitement adapté à sa forme. Touché par la puanteur écrasante que dégageaient ses membranes, je me sentis mal. Il était là et, en guise de salut, il lâcha une note de basse pareille aux sons d'un tuba. Il roula jusqu'au centre de la salle, tourna encore une fois sur son axe, leva toutes ses trompes vers le plafond et huma l'air : ce que fait une créature aveugle pour savoir où elle est. Pour finir, il manifesta sa joie en lâchant un bruit de trompette et choisit une étagère où il prit un bocal contenant un grand insecte.

Je n'y connais pas grand-chose en entomologie parce que la plupart de ces bêtes m'inspirent une répulsion proportionnelle au nombre de leurs pattes. Comme j'ignorais le nom scientifique de cette créature, je l'appelais le *Faucheux volant*.

Il avait le corps d'un scorpion gros comme un veau, six longues pattes et six bras terminés par des pinces aux reflets métalliques. Il possédait en outre une longue queue fine et brillante ; ce faucheux était non seulement capable de faucher et de mettre en gerbes, mais également de voler, car il disposait de grandes ailes de libellule.

Le géant plongea l'une de ses trompes à travers la grille qui fermait le bocal et souffla brièvement. Le Faucheux volant s'écroula et s'évanouit. Le géant ouvrit le flacon, en tira l'insecte anesthésié, remit le bocal à sa place, lança un joyeux coup de trompette et se dirigea vers moi.

Je reculai, le dos pressé contre la paroi en verre : il n'avait aucune visée sur moi, mais sur l'araignée à poils blancs, ma voisine. Il déboucha le récipient et y laissa tomber l'insecte endormi. L'araignée réagit aussitôt et entreprit d'envelopper son visiteur dans ses longs fils collants. À cet instant, le Faucheux se réveilla.

Je préférerais, mes amis, vous épargner une description trop précise de ce qui se déroula dans le bocal proche du mien, et me limiterai à l'essentiel : le Faucheux volant dépassait l'araignée blanche de la hauteur d'une maison ; il finit par la piquer avec son dard et la découper avec ses pinces affilées comme des rasoirs.

Cependant, le comportement du savant géant était

encore plus dégoûtant. Le monstre écoutait avec ravissement les horribles bruits en provenance du bocal et les accompagnait d'un concert de sons étranges, éprouvant un tel plaisir qu'il donnait l'impression d'*improviser* une musique sur ce combat.

Enfin, l'araignée à poils blancs se trouva débitée en tranches et embrochée sur le long dard du Faucheux volant. L'horrible géant se désintéressa de l'affaire et s'en détourna. Il roula son corps couleur de roche grise vers une autre étagère. Il y prit un gigantesque livre qu'il feuilleta et se mit à promener plusieurs de ses trompes sur les pages en émettant le son d'une flûte.

Bouleversé par ce que je venais de voir, je mis un moment avant de comprendre que le géant était en train de lire. J'aurais dû y penser plus tôt : les bosses pyramidales sur le papier était une écriture pour aveugles, qu'il déchiffrait tactilement. Il vérifiait probablement, dans un manuel à l'usage des savants géants, quels seraient les prochains insectes dangereux qu'il opposerait lors d'un futur combat.

Puis il lâcha un bruit de basse tonitruant qui fit vibrer tous les bocaux. Il remit son livre en place et se dirigea vers une machine mystérieuse dressée contre un mur, entre deux étagères. C'était un inextricable entremêlement de tuyaux en or, muni d'un grand nombre de vannes et de robinets.

Avec plusieurs de ses trompes, il actionna les robinets et les rouages jusqu'à ce que les tuyaux se mettent à gargouiller avec violence, et que d'un seul coup, à ma plus grande surprise, retentisse la musique spectrale du château des Ombres.

À cet instant, je remarquai dans les murs, directement

au-dessus des étagères, de discrètes ouvertures triangulaires d'où s'échappait la musique, accompagnée d'un courant d'air sonore qui chassa rapidement la puanteur du géant et rendit enfin l'air plus respirable.

De l'air frais – c'était donc le secret du château des Ombres ! Tout cet édifice était le système d'aération grâce auquel une antique race de savants géants canalisait l'air du labyrinthe dans les secteurs inférieurs. La musique spectrale n'était sans doute qu'un effet secondaire du contrôle des courants d'air, mais elle semblait plaire au géant, car il commença à émettre les notes aiguës d'une flûte et à balancer son corps monstrueux en rythme.

Il s'approcha ensuite d'une étagère et y prit un bocal contenant un insecte qui se démenait comme un sauvage. Puis il roula vers moi et posa le flacon directement à côté du mien. Il plongea l'une de ses trompes dans nos prisons de verre pour humer nos odeurs, d'abord celle de l'insecte, puis la mienne. Les sonneries de fanfare qui suivirent me firent penser que la sueur de dinosaure le ravissait à l'extrême. Il n'était pas difficile de deviner ce qu'il avait derrière la tête : il nous avait choisis pour le prochain duel.

Cet insecte, mes chers amis, ce monstre, vraisemblablement rejeté par les bas-fonds les plus abjects, était sûrement l'être le plus repoussant, le plus répugnant qu'il m'ait été donné de voir. Imaginez-vous un cochon adulte auquel on aurait enlevé la couenne, laissant apparaître la chair à vif et tous les tendons. Cette carcasse était portée par cinq tuyaux blancs sans articulations, terminés par des ventouses. Des dizaines d'yeux noirs à facettes et autant de bouches en forme de bec étaient répartis sur son corps. Mais ce qu'il y avait de plus irréel, c'était que cette créature se déplaçait comme une mouche sur les parois de son bocal, à l'aide de ses ventouses. Qu'est-ce que ce monstre ferait de moi ? À côté, le cruel destin de l'araignée blanche paraîtrait sans nul doute fort clément.

Mais il y eut soudain un bruit qui fit même sursauter le géant. Venu de dehors, de très loin. Je fus certainement le seul dans cette salle à ne pas avoir peur et à être rempli d'espoir. C'était le soupir du roi des Ombres.

Le géant se détourna, se releva de toute sa taille et trompeta avec colère. Puis il sembla réfléchir, se mit à lâcher gaiement des notes de flûte, fourgonna dans les rouages du système d'aération et arrêta le courant d'air ainsi que la musique. Enfin, il sortit rapidement de son laboratoire en clapotant. Il avait décidé de s'emparer du roi des Ombres avant de poursuivre ses combats de gladiateurs.

D'étranges bruits s'échappèrent des flacons, des cris de soulagement. Le méchant géant était parti, et cela m'accordait un petit délai pour réfléchir aux possibilités de m'enfuir.

Ce fut vite fait. Je ne vis aucun moyen de me sortir de ce récipient, mes fidèles amis. Dans le bocal voisin, l'abominable créature me regardait de tous ses yeux avec gourmandise et, à l'aide de ses ventouses, se pavanait en faisant des bruits de bouche sur la paroi de verre. Par bonheur, son bocal était fermé par une grille, sinon elle aurait eu vite fait d'en sortir et aurait commencé son horrible travail.

« Hé ! » cria une voix au-dessus de moi.

Je levai les yeux. Suspendu à une corde accrochée à l'étagère supérieure, Homoncolosse descendit jusqu'à mon bocal. Il s'installa sur le bord, les jambes écartées, et regarda à l'intérieur.

« C'est donc là que tu as atterri, dit-il sur un ton de reproche. Tu t'es encore fourré dans le pétrin ? »

Avant que je puisse lui dire ce que je pensais, il avait déjà déroulé sa corde dans ma direction.

« Accroche-la solidement autour de toi, dit-il dans un sifflement. Et laisse-moi faire le reste ! »

Je lui obéis. Homoncolosse me tira avec énergie, mais sans effort apparent, comme si je n'étais pas plus lourd qu'un sac de plumes, puis il me fit descendre le long de la paroi extérieure du bocal. Lui-même se laissa glisser, sauta et retomba d'aplomb.

« Voilà, dit-il. Maintenant, nous allons mettre de l'ordre dans cette cave. »

Il se dirigea vers le bocal de l'abominable insecte, s'y appuya et le poussa avec une étonnante facilité dans le vide. Le flacon se fracassa par terre à grand bruit. Je me précipitai sur le bord de l'étagère et regardai sous moi. L'horrible bestiole émergea intacte des éclats de verre.

« Tu es fou ? m'écriai-je. Tu ne sais pas à quel point ces bêtes sont dangereuses ?

– Bien sûr que si », dit Homoncolosse en commençant à pousser le bocal suivant qui éclata dans un bruit semblable à celui d'une verrerie tombant du ciel.

Un gros et gras serpent noir géant se fraya un chemin dans les décombres.

« Tu vas attirer l'attention du géant ! m'écriai-je.

– Je l'espère », dit Homoncolosse en poussant un troisième flacon en bas de l'étagère.

Ce nouveau fracas libéra un scorpion cristal qui se mit à courir partout. J'entendais déjà l'air de flûte du savant géant en colère.

Homoncolosse s'était emparé d'un clou en or et

l'utilisait comme levier pour renverser le bocal suivant. Ce dernier tomba comme une quille sur le suivant et l'entraîna dans sa chute.

Sans regarder les funestes créatures ainsi libérées, je lui adressai des reproches :

« Qu'est-ce que tu fais ? Comment allons-nous sortir d'ici ? »

Homoncolosse ne m'accorda aucune attention : il observait l'étagère d'en face. Ce qui s'y passait avait l'air d'être à son goût. Stimulées par son vandalisme, les bêtes commençaient à sauter et à s'agiter dans leur bocal. Elles voltigeaient dans tous les sens, couraient ou volaient, se heurtaient aux parois pour renverser leur prison, suivant l'exemple d'Homoncolosse. Certaines y arrivèrent : trois, quatre flacons s'écrasèrent par terre.

La pièce était désormais emplie de sifflements hargneux, de cliquettements menaçants et de battements d'ailes. Un insecte rouge géant qui ressemblait à une sauterelle volait à tort et à travers en émettant un bourdonnement agressif.

Le géant furieux apparut sur le seuil en flairant fébrilement l'atmosphère de toutes ses trompes et se mit à dégager sa puanteur anesthésiante.

« Nous sommes fichus ! m'écriai-je. Nous allons tous nous évanouir.

– Attends, dit Homoncolosse, j'aimerais bien voir ça. »

Le géant clapota vers le milieu du laboratoire en flûtant et trombonant de manière hystérique, mais, paraissant obéir à un ordre secret, les bêtes se jetèrent sur lui. S'aidant de ses ventouses pour l'escalader, l'abominable insecte lui donna des coups de ses innombrables becs. La sauterelle volante l'attaqua avec son long dard. Le scorpion cristal enfonça ses pinces dans la viande grise.

Le géant se défendait de toutes ses forces en faisant entendre un bruit de basse à vous crever les tympans. Ses membranes répandaient son gaz anesthésiant. Mais, sans se laisser impressionner, les bêtes déchaînées continuaient à l'assaillir de tous leurs moyens. Le serpent noir étouffait l'une de ses trompes. Un rat gigantesque lui en mordait une autre avec ses dents pointues. Le géant vint se cogner contre une étagère et essaya de s'y retenir, mais il ne réussit qu'à faire tomber encore plus de bocaux. Des décombres sortirent de nouveaux insectes volants à l'aspect terrifiant, munis d'ailes brillantes et colorées et d'aiguillons d'un vert criard.

Le géant émit un autre son de flûte désespéré et presque pitoyable, tout en se dégonflant de plus en plus.

Ses vapeurs anesthésiantes étaient arrivées sur nous, et je luttai pour ne pas m'évanouir.

« Filons », dit Homoncolosse en ramassant ma cape et en me conduisant vers une fente du mur de la hauteur d'un homme, directement derrière l'étagère, où il me poussa.

« C'est un couloir qui permet de sortir de cette cave, précisa-t-il. Nous en avons assez vu. »

Pour une fois, nous étions du même avis.

Une bonne histoire

« Voilà, dit Homoncolosse. Maintenant que tu as vécu quelque chose, écris ! »

Ayant réussi à sortir de la cave, épuisés, nous étions de nouveau dans la salle à manger du château des Ombres.

« Quoi ? demandai-je.

– Pas tout de suite, dit Homoncolosse. Demain. Demain, assieds-toi et prends des notes. Je serais étonné que ça ne donne pas une bonne histoire !

– Je te promets que je le ferai. À propos, savais-tu que le château des Ombres était un système d'aération ? »

Homoncolosse me regarda longuement.

« Tu as déjà beaucoup appris.

– Non, non, je ne l'ai pas inventé. Le château des Ombres est un antique système d'aération des géants. Il leur permet de canaliser l'air dans les secteurs inférieurs. C'est tout le secret.

– Bien sûr, dit Homoncolosse en souriant. J'aimerais avoir ton imagination. Demain, il faut absolument que tu introduises ça dans ton histoire. C'est excellent. »

Le lendemain, je me réveillais reposé mais avec d'énormes courbatures. Je me mis aussitôt à noter ce que je venais de vivre.

Je m'assis à une table avec une plume, de l'encre et du papier et réfléchis. Par quoi commencer ?

Oui, où commencer ? À l'endroit où le roi des Ombres avait disparu ? Je devrais d'abord décrire le personnage. Or il était assez complexe, ça pouvait durer longtemps. Ne valait-il pas mieux que j'explique comment je m'étais mis dans cette situation ? Mais pour ça, il fallait que je retourne loin en arrière, jusqu'à la mort de Dancelot. Ça n'était pas une histoire, mais tout un livre.

Hum. Fallait-il plutôt une impression rapide, une petite étude géniale de l'horreur ? À partir de l'instant où je m'étais réveillé au fond du bocal ? *« Je m'éveillai au fond d'un bocal. »* C'était un excellent début qui donnerait envie de poursuivre la lecture !

Bon. Puis une description minutieuse des insectes géants : de l'horreur pure. Allons-y !

Mais avant que je puisse poser ma plume sur la feuille, mon cœur se mit à battre très fort et ma main à trembler. J'étais passé à deux doigts de la mort ! J'avais vécu un terrible événement, et vu des images bouleversantes ! La puanteur du géant était encore accrochée à mes vêtements. J'avais son étrange musique dans les oreilles. Rien que d'y penser, j'étais couvert de sueur.

Il me semblait qu'il n'existait pas de mots pour traduire l'horreur vécue. Comment exprimer toute la terreur qu'un tel géant pouvait inspirer ? Comment dépeindre le moment où le mastodonte s'était écroulé sous les attaques des insectes géants ? Voulais-je d'ailleurs revivre tout ça ? Non ! Ma plume se brisa entre mes doigts.

« Ça ne marche pas, hein ? » fit Homoncolosse.

Je regardai autour de moi. Il était juste dans mon dos.

« Il y a longtemps que tu es là ? demandai-je.

– Non. Il y a beaucoup trop de choses pour une aussi petite feuille de papier, tu ne crois pas ?

– Maintenant que je dois écrire mon histoire, j'ai plus peur qu'hier dans le bocal. Je ne comprends pas. Je devais vivre quelque chose pour pouvoir l'écrire. Et…

– Les écrivains sont là pour écrire et non pas pour vivre des choses. Si tu veux vivre des événements, fais-toi pirate ou chasseur de livres. Si tu veux écrire, écris. Si tu ne peux puiser en toi la matière, fais-la venir d'ailleurs.

– Ah bon ? Tu me dis ça *maintenant* ? Pourquoi ne me l'as-tu pas expliqué hier ? On aurait pu s'épargner la descente dans la cave !

– J'avais besoin de toi. Il y avait longtemps que je voulais faire du rangement dans la cave des catacombes. Sans ton aide, je n'y serais pas arrivé.

– Mon aide ? Je t'ai simplement servi d'appât. Tu aurais pu me prévenir.

– Mais je l'ai fait. Je t'ai indiqué qu'il y avait un monstre. Un géant. Un cannibale. Un savant. Mais tu ne m'as pas cru.

– Désormais, je te croirai.

– Là c'est moi qui ne te crois pas. Si je te disais que je vais te montrer l'Orm, est-ce que tu me croirais ?

– Non.

– Tu vois, pourtant c'est mon intention. Viens avec moi !

– La dernière fois que tu m'as proposé de t'accompagner,

je me suis retrouvé dans un bocal qui appartenait à un savant géant aux cent nez. Je ne sais pas si, cette fois, je dois vraiment te suivre. »

Homoncolosse gloussa.

« Ça ne sera pas le même type de leçon. Hier, c'était la pratique. Aujourd'hui, ce sera de nouveau la théorie.

– *Thério ?*

– *Thério !* »

La Bibliothèque de l'Orm

Après mon séjour à la cave, l'impression de se retrouver chez soi dans le château des Ombres, d'en goûter le confort, était étonnante. Les Ombres en pleurs ne me semblaient plus étranges. Je ne considérais plus les *livres vivants* comme de la vermine : nous étions tous ici de bons amis ! Depuis que j'en avais percé les secrets, la musique spectrale n'avait plus rien de sinistre. De fort bonne humeur, je me promenais derrière Homoncolosse qui me conduisit dans une bibliothèque où je n'étais jamais entré. Elle était un peu plus grande que les deux précédentes, mais comme elles, de dimensions modestes.

« Quelle est cette bibliothèque ? dis-je avec entrain. Les livres se volatilisent-ils quand on les touche, ou vous mènent-ils dans une autre dimension ? Hein ? Sont-ils capables de chanter, de danser ou je ne sais quoi ? Produisent-ils du lait ou du miel ? Je ne m'étonne plus de rien.

– Je ne suis pas forcément de ton avis, dit le roi des Ombres qui guettait ma réaction.

– J'ai survécu à la bibliothèque du géant flûtiste, répliquai-je. Plus rien ne m'impressionne. Explique-toi : c'est quoi, cette collection ?

– Ma bibliothèque personnelle, dit Homoncolosse.

– Ah, vraiment ? Intéressant. Quels ont été tes critères ? La *Liste d'or* ? Ce sont des livres précieux ? Ou plutôt dangereux ?

– Plutôt dangereux, ricana Homoncolosse. Mais pas dans le sens où tu l'entends. Précieux ? Oui, mais pas comme tu le penses.

– Oh ! là, là ! fis-je. Que de mystères ! Le roi des Ombres se livre de nouveau au jeu des allusions ! Il entretient le suspense !

– Je veux dire que ce ne sont pas des ouvrages destinés à des collectionneurs, mais à des poètes. Et qu'ils peuvent être dangereux, même s'ils n'ont nullement l'intention de tuer ni de blesser.

– De plus en plus mystérieux ! Mais, Homoncolosse, tu ne m'impressionnes plus. Les livres ne peuvent plus rien me faire.

– Ces livres-là, si ! Il s'agit de la bibliothèque de l'Orm. »

Prudence ! L'Orm ! C'était un thème délicat. Pas de remarques ou de plaisanteries irrespectueuses.

« La bibliothèque de l'Orm ? Ça signifie quoi ?

– Que j'ai réuni et rangé ces livres selon un critère : la force de l'Orm qui a traversé les poètes quand ils ont écrit leurs ouvrages.

– Ah bon !

– J'aimerais que tu en lises quelques-uns. Tu es libre de ton choix. Je ne veux pas t'imposer le mien. Juste une remarque pour ton information : l'Orm circule avec le plus de vigueur dans les ouvrages rangés en hauteur. Plus on descend, moins…

– Moins l'Orm y afflue ! J'ai compris.

– Tu peux rester ici aussi longtemps que tu voudras. Je t'apporterai tes repas.

– Formidable ! C'est tout ? Je ne dois pas commencer par combattre un monstre ou quelque chose de ce genre ?

– Je t'ai dit que c'était la partie théorique.

– Bon.

– Je ne te dérange pas davantage. Amuse-toi bien ! À plus tard ! » dit le roi des Ombres en s'éloignant sans bruit.

La tête penchée sur le côté, je passai en revue les étagères.

Je lus : *Le Rabot à nuages* de Barono Marelly. *Souvenirs du lendemain* d'Arou Alabria. *Un pivert dans le tonneau de cornichons* d'Urian Pivert. Jamais entendu parler, ni de ces titres ni de leurs auteurs. Ce devraient être des bijoux ?

Petits Ennemis d'Atakomme Komata. *Le Pansement des nostalgies* d'Erri Sondemer. *La Verrue sur la nuque de la grenouille* de Jim Caquenbouche. *Le Poil de nez* de Minkel Musède.

Et c'étaient les livres de la rangée supérieure ! Je n'en connaissais aucun. D'habitude, dans une librairie, je me contentais de laisser vagabonder mon regard sur ce genre d'ouvrages et les oubliais pour toujours. Se pouvait-il que le roi des Ombres aime des livres un peu étranges ou moyens, ou qu'il ait mauvais goût ? Le fait de bien écrire ne le rendait pas infaillible.

Les Dents molles de Lafcadio Petitamour, *Du plaisir horticole* de… ça alors ! J'eus un moment de surprise et, pour la première fois, m'emparai de bon cœur de l'un de ces volumes.

C'était le chef-d'œuvre de Dancelot au milieu de tous ces vieux bouquins sans valeur ! Je le soupesai un instant, quand soudain je sentis le sang me monter à la tête !

Oui, mes chers amis, j'avais honte, car je m'étais comporté avec la même ignorance que la canaille qui dédaignait l'œuvre de Dancelot. D'où savais-je que *Le Rabot à nuages* de Barono Marelly ne présentait aucun intérêt ? Ni *Le Pansement des nostalgies* ? Avais-je donné un jour la moindre chance à ces ouvrages ? Peut-être les ignorais-je pour la centième fois sans en connaître la raison.

Honte à moi ! Il fallait que je fasse pénitence. Je pris *Le Pansement des nostalgies* sur l'étagère, m'assis et commençai ma lecture.

Intoxication

« Non ! criai-je. Je ne veux pas ! Je ne veux pas quitter la bibliothèque de l'Orm ! Je veux rester ici ! Je t'en prie ! »

Le roi des Ombres qui me tenait d'une poigne de fer me traîna de salle en salle à travers le château, alors que je me défendais à coups de poing et de pied.

« Je t'ai averti que ces livres étaient dangereux, dit-il. Maintenant, tu en as assez lu.

– Non ! braillai-je. Je n'en ai lu qu'une *partie*. Je ne soupçonnais pas que de tels livres pouvaient exister. Je dois tout lire ! Tout !

– Sais-tu depuis combien de temps tu es dans cette bibliothèque ? demanda Homoncolosse, pendant que je me débattais. Qu'est-ce que tu en penses ? »

J'essayai de me souvenir. Une semaine ? Cinq ? Sept ? Je n'en avais pas la moindre idée.

« Je ne le sais pas non plus, dit Homoncolosse, mais ça doit bien faire deux mois.

– Oui, et après ? Deux mois. Je m'en fiche. Il faut que je lise ces livres !

– Je suis obligé de te nourrir de force ! Tu ne dors plus. Tu ne te laves plus. Tu pues comme un cochon.

– Je m'en fiche, dis-je avec entêtement. Je n'ai pas le temps. Il faut que je lise.

– Tu en mourrais ! hurla Homoncolosse. Je devais te sortir de là. »

Je protestai :

« Mais je n'ai pas encore lu *Blague et vague* ! *Le Rêve du manteau jaune* ! *L'Araignée en bois d'arbre* ! Je n'ai fait que feuilleter les ouvrages du bas. Je dois tout lire ! Tout ! »

J'avais les yeux qui me brûlaient. Le moindre mouvement de paupières me faisait mal. J'avais la pulpe des doigts à vif d'avoir tourné les pages. Le cerveau prêt à éclater de toutes ces brillantes idées, de ces dialogues grandioses et de ces personnages fascinants.

Je divaguai :

« Es-tu sûr que les livres du haut soient meilleurs que les autres ? Je les trouve tous extraordinaires.

– Il y a de très légères différences, grommela Homoncolosse.

– Laisse-moi ! le suppliai-je. Je t'en prie ! Je ne peux plus imaginer de vivre sans ces livres ! »

Homoncolosse s'arrêta.

« Nous sommes assez loin, dit-il. Ici, tu ne retrouveras plus le chemin de la bibliothèque. »

Je tombai à genoux et me mis à pleurer.

« Pourquoi tu me fais ça ? dis-je dans un sanglot. Pourquoi me montres-tu le paradis pour me ramener en enfer ?

– Tu voulais connaître les effets de l'Orm. Maintenant tu les connais. En savoir plus te tuerait.

– L'Orm maudit ! criai-je. Qu'est-ce que c'est ? Je ne comprends pas ! »

Homoncolosse m'aida à me remettre sur mes pieds sans me lâcher.

« Tu le comprendras à l'instant où tu le vivras. Oui, on peut l'éprouver. Ce sont les secondes où les idées d'un roman entier s'abattent sur toi. On peut le ressentir quand on écrit un dialogue si brillant que, dans mille ans, des comédiens le répéteront mot à mot sur toutes les scènes de théâtre. Oui, on peut le ressentir, l'Orm ! Il peut te flanquer un coup de pied aux fesses, te frapper comme un éclair ou te retourner l'estomac. Il peut t'arracher le cerveau de la tête et le replacer à l'envers ! Il peut s'asseoir en pleine nuit sur ta poitrine et provoquer en toi un effroyable cauchemar duquel sortira ton meilleur roman. Je l'ai ressenti, l'Orm. Oui ! Et j'aimerais bien le vivre au moins une fois encore. »

Puis il me rejeta sur le côté comme une serpillière et disparut dans les ténèbres.

« Mais je veux en lire plus ! lui criai-je.

– Alors écris-les toi-même », me répondit-il de très loin.

L'Accord

Les jours suivants, je ne cessai d'errer autour du château, sans plus chercher la sortie mais la bibliothèque de l'Orm. Des hordes de *livres vivants* étaient sur mes talons, car j'avais pris l'habitude de leur distribuer toute ma nourriture : manger ne m'intéressait plus. Ils grouillaient constamment à mes pieds dans l'espoir d'un supplément.

Seule la bibliothèque m'intéressait. Depuis que j'avais eu *Le Pansement des nostalgies* entre les mains, j'en étais devenu l'esclave et comprenais ce que le roi des Ombres avait voulu dire en évoquant la dangerosité de certains ouvrages. La littérature contenue dans la bibliothèque d'Homoncolosse se mouvait à des années-lumière au-dessus de la camelote des classiques imposée par les programmes d'enseignement.

Mes lectures m'avaient d'abord amusé, puis m'avaient enthousiasmé et avaient fini par me passionner. Je sentais le pouvoir exercé par les livres traditionnels, leur énergie communicative. Quand j'en avais terminé un, j'étais à la fois comblé et vide. J'en voulais plus, de toute urgence. Je prenais donc l'ouvrage suivant.

C'est comme ça que les choses ont commencé. Je ne sais plus combien de temps j'ai passé à lire d'une seule traite jusqu'à ce que, pour la première fois, je tombe de fatigue, mais je devais bien avoir dévoré une dizaine de bouquins.

Je me souviens très vaguement des apparitions occasionnelles du roi des Ombres m'obligeant à avaler quelque nourriture tout en continuant à lire. En lisant, j'ai vécu plus intensément qu'auparavant. J'ai pleuré et j'ai ri, j'ai aimé et haï. J'ai souffert des tensions insupportables et des horreurs à faire dresser les cheveux sur la tête, des chagrins d'amour, la douleur de la séparation et la peur de la mort. Mais il y eut aussi des instants de bonheur absolu et de joie triomphante, d'extase romantique et d'enthousiasme hystérique. Jusqu'alors je n'avais réagi qu'une fois de cette manière : à la lecture du manuscrit d'Homoncolosse. Or il y avait ici toute une bibliothèque consacrée à ce genre, écrite avec l'Alphabet des étoiles. On était loin du génie dominant d'Homoncolosse, mais c'était cent fois meilleur que tout ce que j'avais lu dans ma vie.

Si c'était effectivement l'Orm qui donnait toutes leurs particularités à ces livres, j'étais intoxiqué par cette matière, par chaque ligne qui en était imprégnée. Manger était accessoire. Se laver une perte de temps. Seul lire, lire, lire importait.

Je lisais debout, je lisais assis, je lisais couché. Je sortais les livres les uns après les autres des rayonnages, les liquidais et les abandonnais pour prendre les suivants. Je me rendais à peine compte que, dans mon dos, le roi des Ombres les ramassait et les remettait en ordre sur les étagères. Ramener mon hôte au rôle de domestique ne me gênait guère : je n'y réfléchissais pas une seconde.

Me passèrent ainsi entre les mains et dans la tête toutes sortes d'ouvrages : des romans et des recueils de poèmes, des livres pour enfants et des ouvrages scientifiques, des livres d'aventures et des biographies, des recueils de nouvelles et des correspondances, des fables et des contes. Je me souviens même avoir lu un livre de recettes de cuisine. Un seul point commun : cette force mystérieuse qui les irriguait et dont, en conséquence de ma consommation, j'étais de plus en plus dépendant.

Quand, pour finir, le roi des Ombres me traîna en dehors de sa bibliothèque, ce fut comme si je me réveillai d'une splendide ivresse. Des jours durant, je sillonnai le château en titubant à la recherche d'un rêve merveilleux, mais je ne retrouvai ni la bibliothèque de l'Orm, ni la sortie.

Lorsque, dans cette quête désespérée, je ramassais l'un de ces livres ordinaires qui traînaient dans le château et que j'entreprenais de le lire pour me distraire un peu, ce que j'avais sous les yeux me semblait tellement fade et nul qu'au bout de quelques phrases je le lançais avec rage contre le mur. J'étais perdu pour toute autre forme de littérature, et les tourments spirituels dont je souffrais étaient comparables à un chagrin d'amour incurable, accompagné des symptômes de manque d'une grave dépendance.

Un jour, dans mes errances, je rencontrai le roi des Ombres. Dans la pénombre d'un couloir, il apparut brusquement, me flanquant une peur terrible.

« Écoute, me dit-il. Ça ne peut pas continuer comme ça.

– Alors, conduis-moi dans ta bibliothèque ! le suppliai-je.

– Ce n'est pas une solution, dit-il. Je vais t'emmener ailleurs.

– Où ? demandai-je avec anxiété.

– À la surface. Je vais te ramener à Bouquinbourg. »

J'étais déconcerté.

« Tu vas faire ça ?

– J'ai beaucoup réfléchi ces derniers jours. Y compris à ta proposition. »

Quelle proposition ? La chose me revint.

« Tu veux dire : revenir là-haut ensemble et vivre dans la propriété de Colophonius Clairdepluie ?

– Je ne fais plus partie ni des vivants ni des morts. Mais il y a peut-être un royaume intermédiaire où je pourrais exister. Ça vaudrait la peine d'essayer.

– Ça serait merveilleux ! »

Une fois éveillé, le désir de retrouver le monde au-dessus de ma tête, l'air frais et la lumière du soleil commença à refouler la nostalgie de la bibliothèque de l'Orm.

« Mais il y a un problème, dit Homoncolosse. Et ce problème a un nom.

– Phistomefel Suiffard, répondis-je avec tristesse.

– Nous n'aurons là-haut aucune chance si nous ne l'éliminons pas auparavant. C'est ma condition : il faut que tu m'aides à le supprimer. Si tu me le promets, je te ramènerai à la surface. »

Cette fois, je ne mis pas longtemps à réfléchir. L'enthousiasme me clarifiait les idées.

« D'accord. Mais que vas-tu faire ?

– Nous avons triomphé ensemble des créatures les plus dangereuses du sous-sol bouquinbourgeois. Nous viendrons également à bout de la créature la plus nocive du monde supérieur.

– C'est juste ! m'écriai-je. Allons-y !

– Mais avant, j'ai encore une chose à régler, dit Homoncolosse.

– Quoi donc ? »

Il y avait un hic, bien sûr.

« Il faut que j'aille éliminer la vermine qui a envahi la Grotte de cuir. Si je quitte mon royaume, il doit être propre. Et là aussi tu vas m'aider. »

Je dois avouer, mes chers amis, que la perspective d'affronter avec Homoncolosse les chasseurs de livres les plus dangereux et les plus brutaux refroidit mon envie de partir. Je voulais retrouver la bibliothèque de l'Orm. Mais il n'y avait plus de retour possible.

Adieu au château des Ombres

Comme nous nous apprêtions, Homoncolosse et moi, à quitter le château des Ombres, quelques *livres vivants* nous accompagnèrent. Le roi des Ombres marchait devant, sûr de lui, n'hésitant pas une seconde à chaque nouvel embranchement.

« Comment as-tu fait pour t'y retrouver chaque fois que tu as quitté le palais ? demandai-je. Il y a une méthode ?

– J'ignore ce que Phistomefel Suiffard a fait à mes yeux, dit Homoncolosse, mais je distingue des choses qu'avant je n'apercevais pas. Y compris à l'échelle microscopique. Je ne vois pas ces murs comme toi. Je perçois toutes les petites différences. Imagine-toi que les murs sont tous tapissés différemment : ça facilite mon orientation. Même si parfois ils se déplacent et m'énervent, ils finissent à un moment ou un autre par reprendre leur place. Il peut arriver que ce soit un peu plus long, mais j'ai toujours réussi à retrouver la sortie. »

Je remarquai qu'en très peu de temps le nombre des *livres vivants* qui nous suivaient avait au moins doublé. Quelques Ombres en pleurs s'étaient jointes à nous. Les uns et les autres s'ajoutant, notre cortège ressemblait à une procession. De chaque couloir sortaient de nouvelles ombres, de chaque coin sombre, un *livre vivant* arrivait en courant, rampant ou volant. Nous finîmes par être des milliers.

Les Ombres n'étaient pas seules à exprimer leur tristesse. Les livres gémissaient et reniflaient comme s'ils

savaient que leur roi allait les quitter pour toujours. Moi aussi, mon humeur s'assombrit. J'avais tellement aimé le château des Ombres et ses étranges habitants ! Il avait été quelque temps, après la citadelle des Dragons, mon second pays. J'y avais vécu et appris tant de choses. Je ne cesserais de m'en souvenir avec nostalgie, car quelle que fût la fin de notre aventure, jamais plus je ne reviendrais ici.

Je me rendis compte qu'Homoncolosse n'était pas insensible à tout ça. Il marchait de plus en plus vite, émettant de temps en temps des bruits qui révélaient son agitation intérieure. Je fus à la fois angoissé et heureux de recouvrer la liberté hors du château en sa compagnie. Je n'aurais jamais cru franchir ce pas longuement désiré avec un tel mélange de sentiments.

Le monde extérieur nous accueillit avec une chaleur humide et des lueurs rouges. Les *livres vivants* qui nous avaient suivis grimpèrent le long des murs pour nous regarder partir. Les Ombres en pleurs s'arrêtèrent à la sortie et sanglotèrent sans retenue : nous les entendions encore alors que nous avions déjà gravi le grand escalier et que, dépassant le portail, nous entrions dans la grotte suivante.

108

Le Retour à la Grotte de cuir

À mon entrée dans la Grotte de cuir, j'étais seul. Ce que je vis me bouleversa. Presque tous les livres avaient disparu des étagères. Les meubles étaient réduits en cendres. La tapisserie de cuir des murs pendait en lambeaux. La machine à livres était arrêtée, transformée en épave ; manifestement, elle servait aux chasseurs de livres de réserve à métaux. Des escaliers et des échelles étaient complètement démontés, des rampes et des étagères réduites en morceaux. Une odeur de papier brûlé planait dans la salle.

Je comptai quatorze chasseurs de livres armés, comme d'habitude, jusqu'aux dents. Ils étaient assis par terre en petits groupes et se passaient des bouteilles de vin. L'un d'eux, juché sur la machine, essayait de casser une rampe. Rongkong Virgule n'était pas là.

« Je suis obligé de vous demander de quitter immédiatement la Grotte de cuir ! » prononçai-je d'une voix légèrement tremblante.

C'étaient les mots qu'Homoncolosse m'avait chargé de dire. J'étais de nouveau dans le rôle de l'appât.

Apparemment à divers degrés d'ébriété, les chasseurs de livres remarquèrent enfin ma présence. Ils se levèrent avec difficulté en criant leur étonnement. Puis quelques-uns éclatèrent de rire.

« C'est le gros dragon qui a disparu dans la machine, commenta l'un d'entre eux. Il a maigri.

– Où étais-tu ? demanda un autre chasseur qui s'était cousu un masque hideux avec des lambeaux de cuir de la tapisserie. Tu nous as manqué.

– C'est un chouette tour de magie, s'écria un troisième. Tu disparais ici dans cette machine et, quelques mois plus tard, tu reviens par la porte. Tu devrais faire du théâtre. Mais l'attente a un peu trop duré. »

Ils se dirigèrent vers moi. Seul celui qui était sur la machine resta à sa place.

« Vous me voyez dans l'obligation de vous demander une nouvelle fois de quitter immédiatement la Grotte de cuir, criai-je. C'est un ordre du roi des Ombres. »

Ma voix me parut encore moins assurée. Où était Homoncolosse ? Il aurait pu me dire comment il comptait me sortir de ce mauvais pas.

« Le roi des Ombres, hein ? s'exclama un des chasseurs de livres. Pourquoi ne vient-il pas nous dire ça en face ? Dragon, ta mise à prix a augmenté. C'est bien pour nous que tu aies disparu longtemps. Ça a énormément accru ta valeur. »

J'avais épuisé mon répertoire.

« Je dois vous demander de quitter immédiatement la Grotte de cuir ! dis-je pour la troisième fois, parce que rien d'autre ne me venait à l'esprit.

– Tu te répètes, répliqua un chasseur de livres à la langue pâteuse. Un habitant de la citadelle des Dragons devrait mieux savoir manier les mots. »

Les autres éclatèrent d'un rire gras. Je remarquai que celui qui était resté en haut de la machine à livres était en train de charger une puissante arbalète. Il voulait apparemment gagner la récompense en tirant de loin dans une position avantageuse.

« Je suis obligé de vous demander de quitter immédiatement la Grotte de cuir ! » criai-je encore une fois.

Mais, nom de nom, où était le roi des Ombres ? Dans quelques instants, je serais mort !

Le chasseur de livres épaula et visa dans ma direction. Alors, le roi des Ombres apparut dans l'ombre de la machine. Il grimpa sans bruit, arriva derrière le chasseur et lui prit énergiquement les bras. Avant que celui-ci ait pu prononcer un mot, le roi des Ombres dirigea l'arme sur un des autres chasseurs et tira. La flèche l'atteignit dans le dos à un endroit où il n'avait pas de cuirasse. Il s'écroula au milieu de ses collègues médusés. Homoncolosse lâcha l'arbalète et d'un bond disparut à l'intérieur de la machine.

Désemparé, le chasseur de livres, qui était sur la machine, souleva l'arbalète désormais vide.

« Écoutez, les gars, je… »

C'est tout ce qu'il réussit à dire avant que six flèches ne le touchent. Cinq rebondirent, la sixième pénétra par une fente et resta plantée entre plusieurs parties de son armure. Le chasseur bascula par-dessus la rampe, atterrit avec fracas sur le sol de la grotte et ne bougea plus.

Les autres étaient stupéfaits, ne sachant plus vers qui ils devaient se tourner : moi ou le corps du chasseur qu'ils venaient malencontreusement de tuer par réflexe.

À cet instant, un bruit bien connu traversa la Grotte de cuir. En l'entendant, les chasseurs de livres firent demi-tour et se saisirent de leurs armes. J'en profitai pour tourner les talons et quitter ce paysage de désastre.

C'était le soupir du roi des Ombres.

Le Mémorial

Le signal convenu venait d'être donné. Homoncolosse m'avait dit de partir lorsque je l'entendrais soupirer, et d'aller me cacher à l'extérieur de la grotte.

Je ne demandais que ça ! Je sortis en courant et m'accroupis derrière un rocher. Le roi des Ombres m'ayant ordonné de me conduire en lâche, je ne voulais pas rater l'occasion de lui obéir. J'écoutais, impatient de connaître la suite.

Le silence d'abord. Quelqu'un s'étonna et cria : « Alerte ! » Des cliquetis d'armes, des ordres rapides, un hurlement de douleur bestial. Et le tumulte : les bruits d'une lutte, des exclamations de toutes sortes, des jurons, le bruissement du roi des Ombres. Le rugissement d'un gorille en furie. L'immense bruit de ferraille d'une lourde armure lancée avec son contenu contre le mur. D'horribles râles. Le sifflement de flèches. Le cri de la mort. Un autre. Quelques pleurs, brefs. De nouveau les criaillements d'un singe.

Puis le silence.

Un cliquetis de ferraille renouvelé : le bruit d'une armure. Un chasseur de livres sortit de la grotte en vacillant. Il était couvert de sang. Homoncolosse était sur ses talons.

Je sortis de ma cachette. L'un et l'autre s'arrêtèrent.

« Pourquoi tu ne me tues pas ? interrogea le chasseur.

– Tu devrais savoir, répondit Homoncolosse, qu'il faut toujours laisser un survivant pour qu'il raconte ce qui s'est passé. Sinon, il n'y aurait plus d'histoires pour remplir les livres, et tu serais au chômage, puisque ce sont eux qui te font vivre. Allez, va narrer l'histoire de la bataille de la Grotte de cuir. Raconte surtout que le roi des Ombres a élu domicile dans cette grotte et qu'il traitera tous les importuns comme il vient de traiter tes acolytes. Maintenant disparais ! »

Le chasseur de livres s'éloigna, mal assuré sur ses jambes et laissant derrière lui une longue traînée de sang.

Homoncolosse fit demi-tour et retourna dans la grotte.

« Tu restes là, dit-il.

– Et toi, qu'est-ce que tu fais ? demandai-je.

– Il faut que j'érige un mémorial. »

Je restai donc où j'étais et attendis la suite.

Il revint bientôt avec une tête sous chaque bras. Je fus très heureux qu'elles aient encore leurs casques martiaux : leur visage grimaçant m'était épargné.

Homoncolosse les déposa et retourna dans la grotte un certain nombre de fois jusqu'à ce qu'il ait enfin érigé son monument : une effroyable sculpture faite de treize crânes de chasseurs de livres recouverts de leurs horribles casques.

« Dommage qu'il y en ait si peu, dit-il. Ce monument honore la mémoire des Rongelivres. Celle des morts, mais d'abord des vivants. Plus personne n'osera entrer dans la Grotte de cuir. J'espère que les Rongelivres y reviendront un jour et qu'ils la repeupleront. »

J'avais honte à présent d'avoir assisté en poule mouillée à la bataille de la Grotte de cuir.

« Viens, me dit-il. Montons. Il nous reste un géant à tuer. »

Le Plus Grand de tous les Dangers

« Montons. » Un mot aussi simple, léger, innocent, pour une telle épreuve. Je ne croyais plus à l'existence de ce mouvement ! J'avais si souvent, ces derniers temps, voulu progresser vers le haut, mais n'avais fait que m'enfoncer.

Homoncolosse me conduisait dans des couloirs sans fin ou qui me paraissaient tels, parce qu'aucun ne permettait de *monter*. Nous marchions toujours tout droit, parfois nous redescendions. Après un jour de marche environ, nous arrivâmes dans un puits qui conduisait à la surface. C'était une étroite cheminée dans laquelle nous passions tout juste, avec de nombreux écueils et des rebords, et des points d'appui suffisants pour pouvoir grimper.

« Tu es sûr qu'à un moment ou un autre le passage ne va pas se rétrécir ? Ou s'arrêter ? demandai-je.

– Oui, répondit Homoncolosse. Je l'ai souvent emprunté.

– Colophonius Clairdepluie a évoqué un puits semblable, dis-je. Suffisamment étroit pour ne pas constituer un trop grand danger.

– Clairdepluie connaissait ce puits ? s'étonna Homoncolosse. C'est fort possible, car il n'y en a qu'un comme celui-là. Ce Canidion m'étonnera toujours, même au-delà de la mort. Mais il y a un point où il se trompe.

– Lequel ?

– Quand il dit que ce puits n'est pas celui de tous les dangers. Au contraire, on peut y rencontrer le pire.

– Qu'est-ce que tu veux dire par là ?

– Tu le sauras le moment venu. »

Le roi des Ombres et ses allusions mystérieuses ! Je ne pouvais plus m'imaginer vivre sans elles !

Nous commençâmes à grimper. Ce n'était pas plus difficile que de gravir un escalier. Il y avait partout des endroits pour poser le pied ou se retenir. Me précédant, Homoncolosse montait sans encombres, une lampe à méduse accrochée à la ceinture. À ma grande surprise, je soutenais son rythme.

Au bout de quelques heures, je sentis une certaine fatigue et de la lourdeur dans les jambes. Je me demandai combien de temps l'ascension allait durer : plus très longtemps, vu la distance que nous avions franchie. Jusqu'à présent, je n'avais pas posé de questions : je ne voulais pas être pris pour un gringalet. Mais le moment me semblait venu.

« Trois jours », répondit Homoncolosse.

Je m'arrêtai. J'avais les jambes comme du beurre, et pour la première fois je réalisai à quel point le puits qui bâillait en dessous de nous était profond. Des kilomètres.

« Trois jours ? m'exclamai-je abasourdi. Comment vais-je y arriver ?

– Aucune idée, répondit Homoncolosse. Je viens de prendre conscience que, pour toi, ça doit paraître impossible. J'oublie que les autres ne disposent *pas* des mêmes forces que moi. Qu'est-ce que tu en penses ?

– J'en pense, criai-je, j'en pense que tu es fou !

– Ça ne sert à rien de hurler, dit Homoncolosse. Il vaut mieux que tu épargnes tes forces ! Tu vas en avoir besoin.

– Je vais redescendre, dis-je avec entêtement.

– Je ne te le conseillerais pas. Personnellement, si je devais redescendre, j'emprunterais une autre voie. Sais-tu qu'il est plus facile de monter que l'inverse ? Parce que nous avons les yeux devant. Tu ne vois pas où tu poses les pieds. »

Incapable de bouger, je me fichais de la direction à prendre.

« Il est là, n'est-ce pas ? demanda Homoncolosse.

– Qui ?

– Le plus grand des dangers.

– Le plus grand des dangers ? Ici ? Où ? Où est-il ? »

Pris de panique, je regardai autour de moi pour voir s'il y avait un gros serpent ou une araignée venimeuse des tunnels, mais il n'y avait rien.

« Il est en toi, dit Homoncolosse. C'est la peur. »

Oui, j'avais une peur terrible. Je n'osais ni monter ni descendre. J'étais paralysé.

« Il faut que tu la domines *maintenant*, dit Homoncolosse, sinon c'est elle qui va te dominer.

– Et comment, s'il te plaît ?

– En continuant à grimper. C'est comme l'écriture d'un roman : au début, tout est facile. Tu écris le premier chapitre d'un seul trait. Mais il y a un moment où tu te fatigues. Tu regardes en arrière et tu t'aperçois que tu n'en es qu'à la moitié. Tu regardes devant toi et tu constates qu'il t'en reste autant. Si tu perds courage, tu es fichu. C'est difficile d'achever quelque chose. »

Je trouvais ça extraordinaire, mes chers amis ! Il ne lui

suffisait pas de m'avoir mis en danger de mort, il fallait qu'il me sorte des lapalissades.

« Si Clairdepluie connaissait ce puits, il en est venu à bout, dit Homoncolosse. C'est donc faisable. Nous avons parcouru une bonne distance. Jusqu'à présent, tu ne t'en es pas mal sorti. »

Pour la première fois, je pris conscience que, depuis que j'avais été entraîné dans les catacombes, j'avais maigri. J'avais fait beaucoup d'exercice et je n'avais pas eu grand-chose à manger. J'avais combattu des Harpyres. L'un des chasseurs de livres ne s'était-il pas rendu compte que j'avais perdu du poids ? En tout cas, j'avais tenu le rythme du roi des Ombres. J'étais en excellente forme.

« Bon, dis-je, continuons. »

Des heures durant, nous montâmes sans que je sois obligé de réclamer un arrêt, jusqu'à ce qu'enfin Homoncolosse s'arrête et me dise que nous avions parcouru le premier tiers du chemin. Nous fîmes une assez longue pause, nous contentant de rester assis sans rien dire, puis nous reprîmes notre ascension.

Le deuxième tiers fut plus fatigant. J'avais le sentiment que nous avions commis une erreur en nous arrêtant, car j'avais les membres plus lourds et moins souples qu'avant. Je souffrais aussi des entailles que je m'étais faites aux mains sur les aspérités de la roche. Bientôt, j'eus l'impression de porter une armure de plomb. Mes jambes insensibles ne me permettaient plus de savoir où je posais les pieds. Cette sensation se diffusa en moi : je finis par me demander si je ne devais pas réclamer une pause. Sur cette pensée, je m'endormis tout en continuant à grimper. J'étais déjà au pays des rêves quand je tombai.

Les Diables incendiaires de Petitblébourg

Je tentai de faire un mouvement. Mais c'était impossible. Chacun de mes os et de mes muscles me faisait mal, comme s'il avait été pulvérisé ou arraché à l'intérieur de mon corps. Puis la mémoire me revint. J'avais fait une chute. Je gisais au pied de la cheminée et je râlais en expirant le peu de vie qui me restait.

Je voulus lever la tête et j'y parvins. Homoncolosse était assis près de moi et feuilletait un livre. Derrière lui, j'aperçus un mur tapissé d'étagères remplies de livres.

« Tu devrais écrire des poèmes, plutôt que des romans, dit-il. Ça correspondrait mieux à ta condition physique.

– Qu'est-ce qui s'est passé ? demandai-je.

– Tu t'es endormi. Pendant notre ascension. J'ai réussi à te retenir à temps. »

Je me tâtai avec prudence. Mon corps était entier. Simplement, j'étais courbatu comme jamais.

« Tu m'as porté sur la fin du parcours ? Deux jours durant ? »

Homoncolosse rejeta son livre.

« Tu entends ça ? demanda-t-il.

– Quoi ? »

Je tendis l'oreille. Effectivement, on percevait des bruits. Beaucoup. Des glougloutements et des piétinements. Des roulements sourds et des frottements. Des craquements et des bruits de scie.

« C'est la ville, dit Homoncolosse. Ce sont les échos de Bouquinbourg. »

En un clin d'œil, je fus complètement réveillé. Je me relevai.

« On est arrivés ?

– Pas tout à fait. Mais la surface n'est pas loin au-dessus de nos têtes. D'ici, il serait facile de grimper et de déboucher dans une bouquinerie quelconque. »

Il posa sur moi un regard impénétrable.

« Mais mon itinéraire passe par la bibliothèque de Suiffard.

– Le mien aussi.

– Ne te sens pas obligé. Je ne serais pas déçu si tu prenais la route la plus facile. Je peux te la montrer.

– Là-haut, je n'irais pas beaucoup plus loin que toi, tant que Suiffard existera. Ma tête est mise à prix.

– Alors, allons-y. »

Homoncolosse se débarrassa de son flambeau. Cette partie des catacombes était éclairée à l'aide de lampes à méduse. Je n'en avais plus vu depuis longtemps. Partout il y avait des livres. Il ne s'agissait pas de volumes anciens, puants et portant des runes indéchiffrables, mais d'ouvrages de bouquinistes ordinaires. J'en sortis un de son étagère et le feuilletai en marchant.

C'était *Les Diables incendiaires de Petitblébourg*, un roman à succès qui se passait dans le milieu des démons pyromanes, et dans lequel il y avait, à chaque chapitre au moins, un grand incendie, comme l'annonçait avec ostentation le texte de la jaquette. Rien ne m'intéressait moins que la célébration littéraire des attitudes anormales adoptées par ces nains malfaisants. Je me passionnais plutôt pour l'âge de ce volume. Il s'agissait d'un *livre à sensation pyrotechnique*, spécimen très banal de la littérature populaire zamonienne qui tablait sur un public particulièrement friand de feux destructeurs. Ce genre littéraire n'existait que depuis une centaine d'années. Je reposai l'ouvrage, en pris un autre, l'ouvris à la première page et lus :

« *Si vous me le demandez, je vous dirai que la vie est un sac rouillé à angles vifs, rempli d'affreux ongles de pied grimaçants. Mais personne ne me le demande.*

– C'est ta philosophie ? m'interrogea Homoncolosse.

– Non, mais c'est celle d'Humri Destain, le superpessimiste, répondis-je. On trouve ce livre dans toutes les librairies modernes de Zamonie. Nous devons nous trouver à proximité d'une boutique d'occasion.

– C'est bien ce que je te disais, répliqua Homoncolosse.

– Sais-tu comment parvenir à la bibliothèque de Suiffard ?

– Pas vraiment. Je sais seulement où commence le labyrinthe qui entoure la bibliothèque.

– À quoi reconnais-tu cet endroit ?

– Oh, c'est facile. Il y a un repère. Un cadavre.

– Un cadavre ?

– Un corps momifié. Il ressemble un peu à… Mais tu verras par toi-même.

– Peut-on avoir recours dans un texte littéraire à des allusions mystérieuses ? lui demandai-je en guettant sa réponse.

– Non, répondit Homoncolosse. Seuls les auteurs de seconde zone se servent de l'allusion mystérieuse pour tenir leurs lecteurs en haleine. Pourquoi me demandes-tu ça ? »

Le Mouton blanc des Suiffard

Il était presque plus oppressant de se promener à proximité de Bouquinbourg que dans les entrailles du labyrinthe. Désormais, je comprenais pourquoi Homoncolosse avait fini par s'enfoncer au cœur de la Terre. Non seulement on entendait toute la vie de la ville, mais on la sentait. On percevait sans cesse des roulements sourds et des martèlements qui faisaient trembler les livres sur les étagères. J'eus même l'impression d'ouïr des voix d'enfants. Participer à cette effervescence tout en étant prisonnier de ce souterrain était plus insupportable que l'exil dans le lointain château des Ombres.

Malgré la contiguïté de la ville, je n'aurais sans doute pas trouvé la sortie tout seul. À cet endroit, les catacombes étaient aussi labyrinthiques qu'ailleurs, voire plus que dans les profondeurs, notamment en raison de leur oppressante exiguïté. Les couloirs étaient bas et étroits, avec d'innombrables bifurcations, croisements, renfoncements et escaliers, et partout, il y avait des piles et des piles d'ouvrages serrées les unes contre les autres. Des livres ! Rien ne pouvait moins m'intéresser à cet instant. J'avais vécu à proximité de toutes les formes de livres, des *livres qui rêvent*, des *livres dangereux*, des *livres vivants*. Et si je devais sortir un jour de cet endroit, je voulais me rendre sur-le-champ dans une contrée désertique et barbare où personne ne savait ni lire ni écrire.

« N'aie pas peur ! s'écria soudain Homoncolosse, qui, pendant tout ce temps, m'avait précédé d'un pas déterminé. Le cadavre se trouve dans le prochain renfoncement. À première vue, on a l'impression qu'il est vivant. C'est peut-être ce qui explique la présence de squelettes tout autour. Il s'agit sûrement de gens aux nerfs fragiles, victimes à ce spectacle d'un infarctus. »

Ainsi prévenu, je scrutai précautionneusement le coin suivant, et sursautai malgré tout. C'était quelqu'un que je connaissais.

« Suiffard ! dis-je, haletant.

– Oui, il lui ressemble un peu, n'est-ce pas ? » chuchota Homoncolosse dans mon dos.

Il s'était mis un peu en retrait pour me laisser entrer dans la petite grotte.

« Non, pas à Phistomefel Suiffard, dis-je. Mais à Hagob Saldaldian Suiffard. »

Nous entrâmes ensemble dans la grotte et examinâmes la momie. Effectivement, il s'agissait d'Hagob Saldadian Suiffard, l'oncle à héritage. Il ressemblait trait pour trait au tableau que j'avais aperçu. Enfin, il lui ressemblait *presque*, car son cadavre était complètement desséché. Mais comme, de son vivant, il avait déjà l'air d'un cadavre, cela ne faisait pas grande différence.

Il était assis par terre, le dos appuyé à une bibliothèque bourrée de livres, ses orbites creuses tournées vers le néant. En dehors des livres, il y avait dans la pièce deux autres squelettes dont les ossements étaient éparpillés un peu partout. Au plafond pendait une lampe contenant une méduse à moitié morte, qui ne pouvait plus émettre qu'une terne lumière orangée et éclairait par intermittences. Le plus étrange dans ce décor, c'était que la momie tendait ses deux bras supérieurs, et que l'index droit était pointé vers sa main gauche. Je me demandai comment diable Hagob avait pu s'y prendre pour mourir dans cette position.

« Tu le connais ? me demanda Homoncolosse.

– Pas personnellement. Mais je sais qui c'est. C'est un membre de la famille Suiffard.

– Il a l'air bien ratatiné.

– Oui, il est un peu dégénéré. C'est l'oncle dont Phistomefel Suiffard a hérité. Hagob lui a légué tout ce qu'il avait avant de disparaître. On m'a dit qu'il était fou.

– Il en a l'air, en tout cas. Je me demande ce qu'il peut bien faire en cet endroit ?

– Il s'est sans doute perdu par ici. Il sera mort de faim. De soif. Desséché. Momifié.

– Pourquoi a-t-il les mains comme ça ? Pourquoi les tient-il si bizarrement ?

– Il montre quelque chose, dis-je.

– Oui, les doigts de son autre main.

– Apparemment, il lui en manquait.

– Non, attends un peu, fit Homoncolosse. Il ne montre pas les doigts de son autre main, mais quelque chose qu'il tient entre ses doigts.

– Il a quelque chose entre les doigts ? Mais je ne vois rien.

– Si. Un poil. »

Je me penchai.

« En effet, c'est un cil. »

À cet instant, je me remémorai ma conversation avec Phistomefel Suiffard à propos de son oncle à héritage, au moment où nous nous tenions devant son portrait.

« *Hagob Saldaldian Suiffard*, avait dit Phistomefel. *C'était un artiste. Il était sculpteur. Ma maison est remplie de ses œuvres.*

– *Pourtant je n'en ai vu aucune*, avais-je objecté.

– *Ce n'est pas étonnant*, avait répondu Suiffard. *On ne peut les voir à l'œil nu. Hagob faisait des microsculptures.*

– *Des microsculptures ?*

– *Oui, il a d'abord travaillé sur des noyaux de cerise et des grains de riz. Puis il a choisi des supports de plus en plus réduits. Pour finir il sculptait dans la pointe d'un cheveu. Je vous en montrerai au microscope quand nous remonterons. Il a représenté toute la bataille de la forêt des Nurnes sur un cil.*

– C'est une microsculpture, dis-je.

– Tu veux dire que ce poil a été travaillé ?

– C'est possible. Ce type, à ce qu'on dit, était capable de sculpter ses œuvres sur des supports infiniment petits. Mais ça ne nous sert à rien de le savoir. Nous aurions besoin d'un microscope pour le voir.

– Moi pas, dit Homoncolosse. Je peux me passer de microscope.

– C'est vrai ?

– Je te l'ai déjà expliqué : je n'ai aucune idée de ce que Suiffard m'a implanté à la place des yeux, mais j'ai l'acuité nocturne d'un aigle des monts Obscurs équipé d'un télescope. Ou d'un microscope. C'est comme tu veux.

– Vraiment ? Alors, jettes-y un coup d'œil ! Il y a peut-être quelques renseignements sur ce cil ! »

Homoncolosse saisit délicatement le cil et le dégagea des doigts pointus d'Hagob Saldadian. Puis il le tint très près de ses sombres orbites. J'avais l'impression d'entendre le léger ronronnement métallique d'un mécanisme.

« Tu ne vas pas me croire ! fit Homoncolosse.

– Qu'est-ce que je ne vais pas croire ? m'exclamai-je avec impatience. Je crois tout ce que tu dis ! »

Homoncolosse posa son regard sur moi.

« C'est vrai ? D'un seul coup, tu me crois ?

– Dis-moi ce que tu vois !

– Tu ne vas pas me croire.

– S'il te plaît ! »

Homoncolosse se concentra de nouveau sur le cil.

« C'est un testament. Gravé.

– Non !

– Tu vois, tu ne me crois pas !

– Arrête de me faire tourner en bourrique ! Lis-le-moi ! Lis-le-moi !

– Testament, dit Homoncolosse.

– Oui ! Je sais ! l'interrompis-je d'une voix cassée. C'est un testament. Tu l'as déjà dit.

– Mais non, c'est écrit ici, Testament. C'est le titre. Je peux lire ou pas ?

– Je t'en prie ! »

Si une formule pouvait donner l'impression de se traîner aux genoux de quelqu'un, c'était bien ce « Je t'en prie ».

Homoncolosse se racla la gorge.

« **Testament**, lut-il.

> **Je peux simplement espérer que la première personne qui lira ceci ne sera pas Phistomefel Suiffard. Cependant si ce devait être lui, permets-moi de te dire, Phistomefel, espèce de salopard, que je te maudis. Je te maudis jusqu'à la fin des temps, et le fantôme que je suis viendra pisser sur ta tombe jusqu'à ce que cette planète sombre dans le brasier du soleil.**
>
> **En revanche, si tu ne t'appelles pas Phistomefel Suiffard, cher lecteur, alors apprends cette triste histoire. Quand Phistomefel Suiffard, qui est malheureusement mon neveu dénaturé, né d'une famille non moins dépravée, a un jour frappé à ma porte – alors qu'il fuyait sans doute un créancier ou un représentant des forces de l'ordre – je n'avais pas la moindre idée du gouffre d'abjection qui se creusait en**

lui. Je tombai – comme beaucoup d'autres avant moi – sous son charme naturel. Je lui ouvris ma porte, lui offris mon hospitalité, et le traitai bientôt comme s'il eût été mon propre fils. Je partageai tout avec lui, ma maison, ma table, à l'exception d'une chose : le secret de la bibliothèque des Suiffard. Pendant des siècles, elle s'était transmise, de génération en génération, au sein de notre famille, et je fus le premier, dans cette longue chaîne, à choisir de ne plus mésuser de ce monstrueux patrimoine pour accroître notre pouvoir. J'étais décidé, au contraire, à l'ignorer.

En effet, je suis, comme cela se remarque peut-être à ma stature, un rejeton un peu atypique de cette famille d'obèses. Chez tous les Suiffard, le bien et le mal coexistent, mais il faut malheureusement attester, au regard de l'histoire familiale, que les traits de caractère désagréables l'emportent dans notre généalogie.

À la différence de la plupart des membres de la famille Suiffard, j'aspire à l'ascèse, j'ai des dispositions artistiques et j'abhorre le pouvoir sous toutes ses formes. Il faut dire que l'héritage des Suiffard qui m'est échu n'a pas atterri entre de bonnes mains. J'avais décidé que de mon vivant, la bibliothèque ne servirait aucun objectif négatif, et à vrai dire, qu'elle ne servirait pas d'objectif du tout. Un bref moment, j'ai même envisagé d'y mettre le feu, mais je n'en ai pas eu le courage. Je m'accordais seulement le privilège de venir y lire un livre ou deux à l'occasion.

L'idée de ne détenir le pouvoir que pour le plaisir des yeux, de consacrer sa vie à fabriquer des œuvres d'art que personne ne peut voir, passera aux yeux de certains pour une forme de folie. Mais selon mes propres lois morales, la véritable folie, c'est de vouloir soumettre le destin des autres à sa propre volonté. Puisse une autre instance décider quelle conception est la bonne.

Un jour, Phistomefel a dû percer mon secret. Aujourd'hui, je suis sûr qu'il n'a jamais cessé d'observer le moindre de mes gestes et qu'il a fini par découvrir le mystère de la bibliothèque. Cette découverte a signé mon arrêt de mort.

Phistomefel m'a endormi à l'aide d'un livre empoisonné, et il m'a traîné dans les catacombes. Je crains de n'être que le premier d'une longue série de malheureux qui entraveront ses rêves diaboliques de pouvoir.

Mes forces ne vont pas tarder à m'abandonner. Je n'ai jamais réussi à comprendre le mécanisme perfide du labyrinthe qui protège la bibliothèque de ce côté-ci des catacombes, et je n'ai pas trouvé d'autre sortie. Tout ce que je peux faire, c'est déshériter par ce document

Phistomefel Suiffard, et le démasquer en le désignant comme mon assassin. La bibliothèque des Suiffard appartiendra à celui qui trouvera ce testament et qui le rendra public. Il ne me reste qu'à espérer que cette personne aura le cœur pur.

Hagob Saldadian, le mouton blanc des Suiffard

– C'est fantastique ! m'écriai-je quand Homoncolosse eut terminé sa lecture. Avec ce papier, nous pouvons anéantir Suiffard ! De façon tout à fait légale ! Si nous faisons connaître ce document, c'en est fini de lui ! Ce meurtrier. Ce menteur. Ce voleur d'héritage. Voilà un document que personne ne peut mettre en doute. Personne ne peut le falsifier, car Hagob était le seul capable de maîtriser cet art. »

Homoncolosse continuait de regarder le cil.

« Tu peux entrer en possession de l'héritage, car tu es le premier à avoir lu ce document ! m'exclamai-je. Je suis témoin ! Toutes les administrations et tous les dignitaires déchoiront Suiffard de ses droits. Tous se retourneront contre lui. Il pourra s'estimer heureux s'ils l'envoient dans les mines de cristal des Gorges des Démons ou dans les usines-prisons de Ferblanville.

– Penses-tu que ce serait une punition suffisante pour ce qu'il a fait ? demanda Homoncolosse. Et pour ce qu'il mijote encore ?

– Aucune punition n'est juste, dis-je. Mais celle-ci me suffirait.

– Et à qui veux-tu montrer ce testament à Bouquinbourg ? À qui peux-tu faire confiance ? Connais-tu une personne qui ne soit pas inscrite sur la liste des salariés de Suiffard ? »

Cet argument fit retomber mon enthousiasme. Nous échangeâmes un long regard.

« Vous pourriez peut-être compter sur nous ? interrogea une petite voix tremblotante. Même si vous n'avez pas eu l'occasion de nous connaître sous notre meilleur jour ? »

Nous nous retournâmes vers l'entrée de la grotte.

Sur le seuil se tenaient l'Eydéite Omar ben Ramenart et la Chrecque Inazéa Anazazi. Les deux bouquinistes de Bouquinbourg chez qui j'étais interdit de séjour.

Ils étaient là comme des chevreuils aux abois, tremblant de tout leur corps, à une distance respectueuse. On sentait la peur qu'Homoncolosse leur inspirait.

« Tu as perdu, Ramenart, dit la Chrecque en s'étranglant.

– C'est vrai, répondit Ramenart, et sa voix paraissait encore plus fragile que celle de la Chrecque. Je n'aurais jamais cru que les prophéties chrecques puissent être aussi précises. »

Puis ils s'affalèrent dans les bras l'un de l'autre et s'évanouirent.

Les Traîtres

J'avais conseillé à Homoncolosse de rester dans la grotte à côté de la momie d'Hagob Saldadian Suiffard pour que Ramenart et la Chrecque ne retombent pas dans les pommes à leur réveil. Ils revinrent bientôt à eux, lorsque je les eus appuyés contre le mur et éventés.

« Ah, mon Dieu ! gémit Ramenart. C'est la première fois que ça m'arrive. Je l'imaginais tout à fait autrement.

– Moi aussi, fit Inazéa d'une voix éraillée. Je n'ai jamais rien vu d'aussi effrayant. »

Je me demandai à part moi quand la Chrecque s'était regardée pour la dernière fois dans un miroir.

« Il n'a pas l'air si terrible une fois qu'on s'est habitué à ce spectacle inaccoutumé, chuchotai-je, tout en sachant parfaitement qu'avec son ouïe phénoménale, Homoncolosse entendait tout, qu'il percevait le moindre murmure. Il a même sa forme de beauté, quand on sait la voir.

– Nous n'avions pas l'intention de le vexer, dit Ramenart.

– Non, compléta la Chrecque, ce n'était pas là notre idée. En fait, nous sommes ici pour faire exactement le contraire.

– Que voulez-vous ?

– Pour cela, j'aimerais reprendre le récit au début, répondit Ramenart. Si tu le permets.

– Nous sommes convaincus, intervint la Chrecque, que nous pouvons éclaircir certaines choses qui te sont restées inexpliquées.

– Ça m'intéresserait, répondis-je.

– Pour que tu comprennes notre situation embarrassante, dit Ramenart, je dois remonter un peu dans le temps, à une époque où tu n'avais pas encore mis les pieds à Bouquinbourg…

– Ça va durer longtemps ? demanda le roi des Ombres d'une voix morne.

– Je crains que oui », lui dis-je en retour.

Homoncolosse poussa un douloureux gémissement.

« Je vais résumer le plus possible, reprit l'Éydéite. En fait, tout a commencé parce que Phistomefel Suiffard avait atteint un certain degré de popularité à Bouquinbourg. Auparavant, la ville était gouvernée par une sorte de chaos créatif. Rien ne fonctionnait vraiment, mais ça marchait quand même, et personne n'était totalement mécontent de cet état de choses. Les gens qui sont attirés par Bouquinbourg ne sont pas de ceux qui aspirent véritablement à être gouvernés, à vrai dire. Ils ont toujours préféré une certaine dose d'anarchie à un trottoir proprement balayé. La situation a terriblement changé ces derniers temps.

« Quand Suiffard est arrivé à Bouquinbourg, il nous a tous fait excellente impression. Quand je dis "tous", je pense à la communauté littéraire, au petit cercle des bouquinistes, des éditeurs, des libraires et des artistes importants qui constituent les forces vives de cette ville. D'emblée, dans ce milieu, lors des réunions les plus variées, Phistomefel Suiffard s'est imposé, malgré son embonpoint. Il était capable d'entrer dans une salle – par exemple dans un salon littéraire – et, dix minutes plus tard, de rassembler l'assistance autour de lui. Il était spirituel, plein d'humour, c'était un cryptologue de talent et un bouquiniste qui disposait de livres rares et très particuliers. Pourtant, il restait modeste, vivait dans une maison minuscule, classée monument historique, qu'il entretenait avec amour ; il offrait le miel de ses ruches aux notables de la ville. En dehors de notre cercle, il ne fréquentait personne. Bref, c'était une personne que tout Bouquinbourgeois qui se respectait comptait volontiers parmi ses amis.

– Tout Bouquinbourgeois, en effet ! dit la Chrecque d'une voix de crécelle. Même les bouquinistes chrecs qui n'ont pas de cercle d'amis.

– Et c'était un mécène, ajouta Ramenart. Dans tous les sens du terme. Très souvent, il faisait don d'un livre de valeur pour servir l'intérêt collectif, par exemple pour la rénovation de la bibliothèque de la ville ou l'assainissement des maisons les plus anciennes de la rue de l'Homme-Noir. Un seul de ces volumes pouvait suffire à sauver un quartier du délabrement. Mais surtout, il encourageait les arts. »

La Chrecque éclata d'un rire haineux.

« Un jour, poursuivit Ramenart, il a fondé le Cercle des amis de la musique de trombonettes de Brouillassebourg. Et je pense que c'est l'époque où le climat de Bouquinbourg a commencé sournoisement à se dégrader, sans que personne ne s'en rende compte. Les concerts de trombonettes sont devenus l'événement principal de l'élite intellectuelle et bouquiniste de Bouquinbourg. Tout le monde voulait en être, mais seuls les notables de la ville y étaient admis.

– Tu as assisté à l'un de ces concerts, me rappela la Chrecque. Tu sais jusqu'où cette musique peut mener. Souviens-t'en, s'il te plaît, avant de nous juger, quand tu auras entendu la suite ! »

Je hochai la tête. J'avais encore la musique des trombonettes dans l'oreille.

« Nous n'avons absolument pas remarqué ce qui nous est arrivé, poursuivit Ramenart. En ce qui me concerne, ça a mis un peu plus de temps, vu que je possède trois cerveaux, mais un jour, mes trois organes ont été touchés. De concert en concert, nous sommes progressivement tombés sous la coupe mentale de Suiffard. Avec le temps, la force hypnotique de la musique s'estompait, mais, les jours suivants, nous agissions comme si nous étions téléguidés par Suiffard et nous répondions aux ordres post-hypnotiques qu'il avait glissés dans la musique. Nous faisions les choses les plus stupides, sans songer à les remettre en question ! J'ai participé à la profanation du cimetière chrec.

– Même moi, j'y étais, admit la Chrecque en baissant la tête d'un air honteux.

– Le maire aussi ! précisa Ramenart. Mais Suiffard en était encore à ses gammes. Bientôt il nous a amenés à commettre des actes vraiment graves. Des bouquinistes en plein essor lui ont vendu leur boutique pour une bouchée de pain. Certains lui ont cédé leur fonds avant de se suicider. D'autres, comme nous deux, sont devenus membres du Syndicat des libraires du tricercle, et ont reversé à Suiffard la moitié de leurs revenus. Des hommes politiques ont édicté des lois ineptes qui ne profitaient qu'à Suiffard.

– Les concerts de trombonettes se sont multipliés, poursuivit la Chrecque. Jusqu'au jour où nous avons totalement perdu la tête. Suiffard présidait aux destinées de Bouquinbourg comme un chef d'orchestre dirige ses musiciens. Ensuite, notre... ami est arrivé dans notre ville. »

Le regard d'Inazéa se tourna vers l'intérieur de la grotte où Homoncolosse était assis et d'où s'échappa un gémissement de douleur. En l'entendant, la Chrecque et l'Eydéite rentrèrent la tête dans les épaules.

« Quand nous avons eu vent de son existence, il était déjà entre les griffes de Suiffard, continua Inazéa. Suiffard nous a montré, à nous et à quelques autres, le manuscrit de ce jeune génie. Il nous a mis dans le secret de son projet éhonté de le transformer en monstre pour ensuite l'exiler dans les catacombes, et le charger de liquider les chasseurs de livres.

– Vous étiez au courant de ce projet ? demandai-je, épouvanté par ce que je venais d'entendre.

– Non seulement nous étions au courant, répondit Ramenart d'une petite voix, mais notre participation a été décisive. Écoute bien, voilà la partie la plus humiliante de notre histoire, et nous sommes là pour l'expier. Jamais Suiffard n'aurait pu réaliser son projet sans notre aide concrète.

– Et il faut ajouter que nous avons participé avec joie à l'entreprise, compléta la Chrecque. Avec un enthousiasme fanatique. Nos cerveaux étaient manipulés et téléguidés à un point tel que nous le jugions infaillible, avec ses idées paranoïaques. Nous avons fourni tout le soutien qu'il exigeait. Le papier, par exemple, le papier dont notre pauvre ami est fait, tu sais qui se l'est procuré ?

– Non, dis-je. Comment pourrais-je le savoir ?

– Moi, avoua la Chrecque dans un souffle. Il provient de très anciens volumes de Biblalchimistes chrecs que l'on trouve seulement dans ma boutique de livres anciens. »

On entendit un léger bruit dans la grotte où se tenait le roi des Ombres, et les paupières de la Chrecque se mirent à trembler. Elle n'osa plus rien dire, c'est donc l'Eydéite qui poursuivit.

« J'ai mis au point son mécanisme visuel, fit-il. En m'inspirant d'un livre du Dr Abdoul Rossignolet, consacré à l'optique des Rossignoletoscopes. J'ai moi-même taillé les lentilles dans des diamants. Et j'ai contribué à la modification de plusieurs de ses organes. Son foie est conçu pour fonctionner mille ans.

– Vous avez participé au rapiéçage ? m'écriai-je dans un haut-le-cœur.

– Non, pas directement, répliqua la Chrecque. Nous nous sommes contentés de livrer les pièces détachées. Nous ne sommes jamais entrés dans le laboratoire secret de Suiffard. Et nous n'avons pas vu le roi des Ombres sous sa forme définitive. Pas avant aujourd'hui. »

De la grotte jaillit un grognement de rage. Mes deux interlocuteurs échangèrent des regards effrayés.

« Nous avons presque fini, s'excusa Ramenart. Je vais me dépêcher. De l'eau a coulé sous les ponts. Le roi des Ombres est entré dans la légende. Suiffard est devenu de plus en plus puissant.

– C'est alors que tu es arrivé dans notre ville. Et tu nous as sortis de notre transe, dit la Chrecque, en prononçant ces mots comme un juron.

– Nous avons tous les deux reconnu l'écriture de celui que nous avions transformé en monstre. C'était comme si nous sortions d'un cauchemar. D'abord, nous sommes restés en état de choc, et il nous a fallu un moment pour réagir et pour décider de t'aider. Mais c'était trop tard.

– Tu avais déjà disparu, compléta la Chrecque. Suiffard ne s'en est pas caché. En cercle restreint, il parlait volontiers du dragon qu'il avait exilé dans le labyrinthe.

Il nourrit une haine tenace contre la citadelle des Dragons. On la trouvera en première place sur sa liste, quand il étendra son pouvoir au-delà de Bouquinbourg.

– Ensuite, nous avons commencé à nous boucher les oreilles avec de la cire lorsque nous assistions aux concerts de trombonettes, dit Ramenart. Nous faisons toujours partie du tricercle. Mais aujourd'hui, Suiffard n'a plus aucun pouvoir sur nous. Nous sommes devenus des traîtres à sa cause. Des espions.

– Nous avons commencé par être ses hommes de main. Maintenant, nous sommes des traîtres, confirma Inazéa. Voilà l'essentiel de notre histoire. »

Il fallait que je digère tout ça. Mais il y avait quelque chose que je n'avais toujours pas compris.

« Comment saviez-vous que nous finirions par réapparaître ? »

La Chrecque se racla la gorge, puis poussa un cri horrible.

« La première fois que nous nous sommes rencontrés, j'ai prédit ton avenir. Tu t'en souviens ?

– Je me souviens vaguement de quelques remarques alambiquées qui disaient tout et son contraire, répondis-je avec sincérité.

– *Il s'enfoncera dans les profondeurs !* glapit la Chrecque. *Il sera banni parmi les livres vivants ! Il cheminera avec celui que tous connaissent sans savoir son nom !* »

Oui, pensai-je, si ce sont vraiment là les mots qu'elle a employés, sa prophétie est franchement étonnante. Mais je n'avais toujours pas de réponse à ma question.

« Ce n'est pas un don, dit Inazéa, c'est une malédiction. Cette prophétie n'était qu'un réflexe typique de Chrecque, rien de particulier, rien de précis. J'ai donc entrepris une analyse de mes propres cauchemars. C'est une méthode de prévision des plus exactes, mais hélas un processus extrêmement douloureux qui peut coûter des larmes de sang et vous rendre fou. Ramenart a dû m'hypnotiser, m'attacher à une planche à clous et m'asperger toute une nuit de bile de bœuf.

– C'était terrible, ponctua Ramenart avec un frémissement d'horreur.

– Mais les prédictions les plus exactes et les plus sincères qu'une Chrecque peut proférer se limitent à ces cauchemars et ces confessions. J'ai examiné ton destin avec précision jusqu'à cet instant. Au départ, Ramenart ne m'a pas crue, mais il voit bien que j'ai raison : nous voici au bon endroit, au bon moment. Il a donc perdu son pari et me doit une première édition signée du livre de Rossignolet sur la construction de sous-marins avec des nautiles.

– Une véritable fortune, soupira Ramenart.

– Ça va bientôt finir ? cria Homoncolosse du fond de sa grotte. Sa patience semblait à bout.

– Bon, chuchota Ramenart, nous y sommes. Nous avons reconnu nos torts. Ce ne serait que justice si le roi des Ombres nous mettait à mort pour nous faire expier nos infâmes actions. Mais nous pouvons peut-être nous racheter en faisant quelque chose pour lui.

– Hum, fis-je. Il a l'air de très mauvaise humeur. Qu'avez-vous à lui proposer ?

– Si nous lui montrions le chemin de la bibliothèque de Suiffard ? proposa Ramenart.

– Tu connais un itinéraire à travers le labyrinthe ?

– Ce n'est certes pas moi qui l'ai construit, dit Ramenart, mais il y a trois ans, je l'ai complètement rénové. »

ϘϘ⸗

La Clé rossignoletienne de l'impossibilité

« Tu es sûr qu'on peut leur faire confiance ? demanda Homoncolosse d'une voix si forte que Ramenart et la Chrecque, qui nous précédaient, l'entendirent.

– À qui peut-on faire confiance dans les catacombes ? répliquai-je.

– On peut me faire confiance, répondit Homoncolosse. Par exemple, quand je promets à celui qui cherche à me tromper de lui arracher la cervelle. Même quand il en a trois. »

Ramenart eut un gémissement de douleur.

« Je sais quelles sont les fautes qui pèsent sur nous, dit-il. Mais nous voulons vraiment faire ce qui est en notre pouvoir pour nous racheter. Donnez-nous-en seulement l'occasion.

– Est-ce qu'on a le choix ? m'enquis-je. Tu as une meilleure idée ? »

Le roi des Ombres ne répondit pas.

« C'est là », fit Ramenart en s'arrêtant.

Nous regardâmes autour de nous. Cet étroit couloir empli de livres n'avait rien de particulier.

Ramenart tira un livre insignifiant vers lui, sans le sortir complètement de l'étagère, et recula d'un pas. Le dos du volume s'ouvrit et laissa apparaître un mécanisme dont les pièces étaient en verre.

« C'est la serrure du labyrinthe, dit l'Eydéite. Et j'en ai la clé.

– Il y a une clé du labyrinthe ? demanda Homoncolosse.

– Tout labyrinthe a sa clé, répondit Ramenart. Parfois, elle n'existe que dans la tête de son inventeur. Dans ce cas précis, il s'agit de la *clé rossignoletienne de l'impossibilité*. »

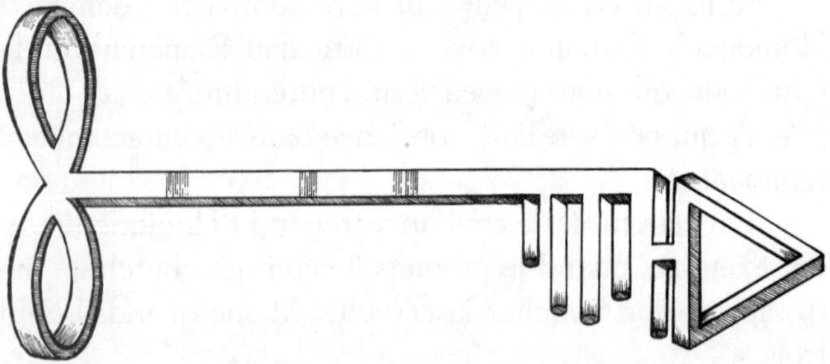

Il plongea la main dans une de ses poches et en sortit un objet minuscule. Nous dûmes nous pencher pour l'examiner. Malgré toutes mes contorsions pour l'apercevoir, cette chose qui paraissait en verre ou en cristal semblait bizarrement échapper à mes regards. Je ne peux pas le dire autrement : cette clé était une complète impossibilité.

« Fascinant, n'est-ce pas ? s'exclama Ramenart d'un air absent. C'est moi qui l'ai taillée dans un seul diamant, selon les indications fournies par les livres de Rossignolet. »

L'Eydéite fourra la clé minuscule dans la serrure de verre.

« Avec cette clé, j'ai mis le labyrinthe mécanique en marche après l'avoir rénové, et je peux l'arrêter. Regardez bien ! »

Il tourna la clé. On entendit la mélodie d'un déclic à l'intérieur de la mécanique de verre, puis le couloir commença à se déplacer. Les étagères s'avancèrent puis s'escamotèrent sur les côtés, pivotèrent à cent quatre-vingts degrés, échangèrent leur place. En l'espace de quelques secondes, le tunnel prit un tout autre aspect. Si l'on s'était remémoré quelques détails de sa conformation, ceux-ci avaient désormais disparu.

« C'était là tout le secret, dit Ramenart. Chaque couloir se transforme automatiquement dès que quelqu'un l'a traversé. Cette mécanique est maintenant immobilisée.

– C'est nettement plus raffiné qu'au château des Ombres, remarqua Homoncolosse admiratif.

– Le château des Ombres ? fit Ramenart tout excité. Il existe vraiment ?

– C'est un système d'aération », dis-je.

Ramenart et la Chrecque me regardèrent sans comprendre.

« Euh, oui, c'est le système d'aération d'un géant aux cent nez, tentai-je d'expliquer. Il est habité par les Ombres en pleurs et les *livres vivants*, qui euh... Bon. Laissez tomber. »

Soulagés, Ramenart et la Chrecque acquiescèrent.

« Voilà, dit l'Eydéite. À présent, le labyrinthe est délabyrinthisé. Il vous suffit de suivre votre inspiration, et vous finirez par arriver dans la bibliothèque de Suiffard. Nous avons rempli notre mission.

– D'accord », approuva Homoncolosse.

Il retira la clé rossignoletienne de l'impossibilité, la jeta par terre et la piétina.

« Par mesure de sécurité, précisa-t-il. Maintenant, nous sommes quittes. Bonne chance ! »

Et il tourna les talons.

« Un instant ! s'écria Inazéa Anazazi. Êtes-vous sûrs de vouloir prendre ce chemin ?

– Il y a d'autres possibilités ? demandai-je.

– Non, répondit la Chrecque. Je ne dis pas ça pour vous retenir. Il est impossible d'arrêter le destin. Mais j'ai lu votre avenir. Et croyez-moi, la perspective n'est pas joyeuse.

– Je sais quel est mon avenir, coupa Homoncolosse d'un ton sans réplique. Nous partons. »

J'acquiesçai.

« C'est comme vous voulez, dit la Chrecque en poussant un profond soupir. Alors, dépêchons-nous, Ramenart. Nous devons rebrousser chemin et quitter Bouquinbourg sans tarder.

– Pourquoi ? s'étonna Ramenart.

– Parce que c'est notre destin », répondit la Chrecque en le prenant par le bras et en le serrant contre elle.

Le Commencement et la fin

Je trouvai extrêmement agréable de me promener dans un labyrinthe délabyrinthisé, mes chers amis fidèles, après avoir passé tout ce temps dans un dédale qui fonctionnait trop bien. Il n'y avait plus de déviations confuses, plus d'impasses, ni de casse-tête pour savoir quelle direction prendre, seulement un couloir tortueux qui finirait par nous mener au but.

« As-tu placé le testament en lieu sûr ? demandai-je à Homoncolosse.

– Oui », répliqua-t-il.

Je n'osai pas lui demander pour savoir comment quelqu'un qui ne portait ni vêtements ni poches pouvait garder « en lieu sûr » un objet aussi minuscule qu'un cil.

« Que feras-tu de Suiffard quand nous le rencontrerons ? poursuivis-je.

– Je le tuerai, dit le roi des Ombres.

– Je me demande, rétorquai-je, si c'est vraiment la punition qui lui convient. La trouves-tu appropriée ? Il t'a torturé avec un grand raffinement, il t'a enfermé dans une prison et en a jeté la clé. Tu pourrais lui rendre la monnaie de sa pièce.

– Je vois où tu veux en venir, remarqua Homoncolosse, mais tu peux t'épargner ces efforts. Ma décision est prise. »

Il leva la tête.

« Est-ce que tu sens cette odeur ? »

Nous nous immobilisâmes, et je humai l'air.

« Des vieux livres, dis-je. Et alors ?

– Beaucoup de vieux livres », fit Homoncolosse.

Je reniflai de nouveau.

« Une énorme quantité de très, très vieux bouquins », conclus-je.

Nous hâtâmes le pas. Au coude suivant, nous arrivâmes devant une vaste grotte tapissée de stalagmites et de stalactites. Elle était pleine de livres et éclairée par de nombreuses bougies. Indubitablement, c'était l'une des annexes de la bibliothèque des Suiffard.

« Il faut que nous parvenions à la grotte centrale », dit Homoncolosse.

Nous traversâmes un grand nombre de cavernes de plus en plus vastes et claires. La lumière donnait l'impression rassurante que nous étions à l'un des avant-postes de la civilisation. Mais je savais très bien que nous nous trouvions dans la salle de commandes de Phistomefel Suiffard.

Finalement, nous entrâmes dans la grotte centrale, et je faillis fondre en larmes en la voyant. La bibliothèque des Suiffard ! C'était là que tous mes malheurs avaient commencé. Et tout allait s'y terminer. Enfin, pas tout, espérais-je, mes chers amis, mais au moins le règne de terreur instauré par Phistomefel Suiffard. Autour de moi, le décor était exactement comme à l'époque où le poison de contact du livre toxique m'avait fait perdre connaissance : il y avait les innombrables étagères creusées dans la roche, les rayonnages en bois et en fer qui s'élevaient comme des clochers vers la voûte. Les échelles incroyablement hautes partout. Et des livres, dans des caisses, des barriques, et en tas gigantesques. Là, le livre toxique, encore ouvert ! Jeté par terre, vraisemblablement à l'endroit où je l'avais laissé tomber. Suiffard ne s'était même pas donné la peine de le ranger.

« Quel gâchis, dit Homoncolosse avec mépris. Cette richesse intellectuelle entre les mains d'un criminel.

– Tout ça pourrait t'appartenir, lui chuchotai-je. Si tu suis la voie légale. »

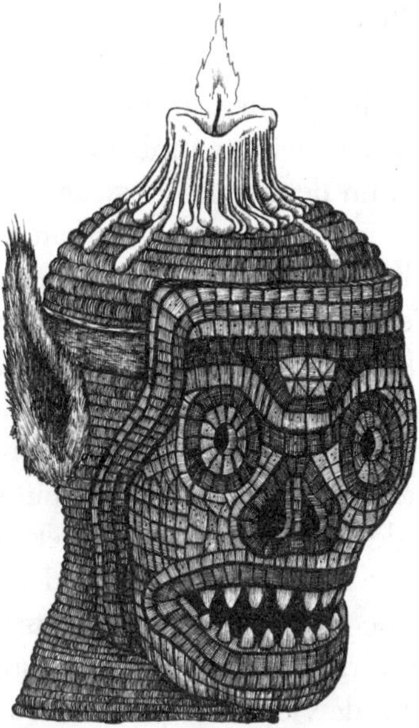

Encore écrasés par la masse des volumes, nous laissions errer nos regards sur cette montagne souterraine d'ouvrages. Puis je sursautai, pensant avoir perçu un léger mouvement dans ce monceau de livres mal rangés. Un instant, je crus avoir affaire à des *livres vivants*, arrivés jusqu'ici on ne sait trop comment et réveillés par notre présence, mais ce n'étaient que des bouquins tout à fait ordinaires qui glissaient et s'écrasaient par terre à grand bruit. Plus inquiétant, cet amoncellement ne cessait de bouger.

« Homoncolosse ! » dis-je entre mes dents.

Il avait remarqué le mouvement depuis longtemps et ne quittait pas le tas des yeux. Un par un, les livres tombèrent, puis on vit apparaître au sommet un chasseur de livres dans son armure. Tout de cuir noir vêtu, il portait un masque à tête de mort en argent, et était équipé d'une lourde arbalète qu'il pointa dans notre direction. Je le connaissais. C'était lui qui avait menacé de me couper les mains, sur le marché de Bouquinbourg.

À proximité, un deuxième chasseur de livres émergea d'un autre tas. Il portait une cuirasse d'airain. Armé d'une gigantesque arbalète, il y ajustait une flèche.

Puis tout s'enchaîna : une barrique haute comme un homme, remplie de livres, se mit à vaciller, se renversa, et un autre chasseur, lui aussi équipé d'une arbalète, en sortit. Une étagère creusée dans le roc vomit ses livres de haut en bas, étage par étage. Chaque rayon abritait un chasseur de livres. Le long de l'une des parois, sept étagères de la hauteur d'un homme s'affalèrent les unes derrière les autres. Derrière chacune se tenaient deux chasseurs en armes. Un guerrier en armure surgit, comme un cadavre d'un cercueil, d'un tas de vieux bouquins disloqués qui étaient posés en désordre sur une grande table en bois.

Il y en avait bien plus que dans la Grotte de cuir, des douzaines, plus de cent, sans doute avions-nous affaire aux derniers chasseurs de livres qui hantaient encore les catacombes.

Finalement, je vis s'écrouler une liasse de parchemins

jaunis, disposée autour d'une gigantesque stalagmite. Un énorme nuage de poussière s'éleva, et quand le tourbillon fut retombé, jaillit Rongkong Virgule, le chasseur de livres qui terrorisait tout le monde. Il portait une armure d'apparat, faite de plaques de blindage rouge laqué. Comme d'habitude, il n'avait pas de casque et souriait d'un air triomphant, le visage traversé par une affreuse grimace.

« Mes salutations, me cria-t-il. Il y a si longtemps que nous ne nous étions vus. Tu as l'air en pleine forme ! Tu as maigri ! »

Rongkong Virgule posa les mains sur la poignée de son arme, un monstrueux mélange de hache et d'épée, passé dans sa large ceinture. Il s'avança vers une balustrade en bois qui lui donnait une bonne vue sur l'ensemble de la bibliothèque.

Virgule pointa le doigt vers Homoncolosse.

« Et le gars, là, à côté de toi, ce monstre hideux, ça ne peut être que le roi des Ombres. C'est bien de se voir face à face. Jusqu'à présent, nous ne nous sommes rencontrés que dans le noir. Quelle gueule horrible !

– J'aurais mieux fait de le tuer quand j'en ai eu l'occasion, murmura Homoncolosse.

– Mes hommes n'étaient pas prêts à répliquer à ta lâche attaque dans la Grotte de cuir, s'écria Rongkong Virgule. Maintenant, nous sommes mieux armés. Et nous sommes dix fois plus nombreux. »

Je vis quelques-uns des chasseurs de livres passer la pointe de leurs flèches dans la flamme des bougies. Les flèches se mirent à flamber. Sans doute étaient-elles imprégnées d'huile.

Rongkong Virgule continuait à désigner le roi des Ombres.

« Tu pensais sûrement qu'après ta sournoise agression nous aurions la peur de notre vie, et que nous allions rendre notre tablier. Je dois avouer que le moral des troupes était ébranlé, et que j'ai eu du mal à les remotiver. Au bout du compte, tu as obtenu le contraire de ce que tu voulais. Les chasseurs de livres des catacombes se sont regroupés – sous mon commandement ! – pour en finir avec toi, roi des Ombres ! Nous n'avons jamais été si forts. Jamais si puissants ! »

Les chasseurs de livres manifestèrent bruyamment leur accord et firent cliqueter leurs armes.

« J'aurais dû tous vous tuer, *sans exception*, quand j'en avais l'occasion, murmura Homoncolosse.

– Après ton entrée dans la Grotte de cuir, nous savions que tu allais venir ici, ce n'était qu'une question de temps, poursuivit Rongkong Virgule. Phistomefel Suiffard s'en est douté lorsque nous lui avons apporté les nouvelles. Et il y a encore une chose que tu dois savoir avant de mourir, roi des Ombres : tu vas faire la fortune de tous les chasseurs de livres, nous rendre immensément riches. Car chacun d'entre nous aura le droit de puiser dans cette bibliothèque autant de volumes qu'il pourra en emporter. »

Les chasseurs hurlèrent de nouveau.

« Quel pourcentage percevront Ramenart et la Chrecque ? » demanda Homoncolosse.

Rongkong Virgule eut un mouvement de surprise.

« Tu ne rends pas justice aux seuls amis que tu gardes à Bouquinbourg, dit-il. Non, ils voulaient vous aider. Il y a longtemps que Suiffard fait espionner l'Eydéite et la Chrecque, depuis qu'ils affichent un comportement suspect. Nous les avons laissés faire. Il fallait bien que quelqu'un vous ouvre la porte de la bibliothèque.

– Je ne vous crois pas, m'écriai-je. La Chrecque était capable de tout prévoir. Pourquoi nous aurait-elle laissés nous précipiter dans ce piège, si elle était de notre côté ? »

Rongkong Virgule réfléchit longuement.

« Euh… C'est une bonne question. Tu crois que la Chrecque avait prévu que vous pourriez vous sortir de cette situation inextricable ? Tu penses que ça vous laisse un espoir ? »

Les chasseurs de livres éclatèrent de rire.

Virgule leva la main pour qu'ils s'arrêtent.

« Il existe une autre possibilité : ceux qui disent que les Chrecques ont une case en moins ont sûrement raison. »

Rongkong Virgule se vautra dans l'approbation bruyante de ses hommes.

« Y a-t-il encore une issue ? chuchotai-je à l'adresse du roi des Ombres. Ne disposes-tu pas d'un pouvoir secret que tu m'aurais caché ?

– Non, répondit Homoncolosse. Malheureusement, je ne peux pas m'en servir. Je suis fort mais pas invincible. Une seule de ces flèches enflammées suffirait à mettre le feu à ma carapace.

– Alors, nous sommes fichus ?

– Nous sommes fichus.

– À mort, le roi des Ombres ! ordonna Rongkong Virgule, mettant fin au brouhaha. Brûlez-le ! Envoyez-lui cent flèches enflammées et dispersez ses cendres dans le labyrinthe ! Mais laissez le dragon en vie. Estropiez-le seulement. Je revendique la récompense exceptionnelle que Suiffard a mise sur sa tête !

– Tu es verni, dis-je à Homoncolosse. On va te réduire en cendres, alors que, moi, je serai mutilé avant d'être mis à mort.

– Je ne crois pas que tu sois mis à mort, répondit Homoncolosse.

– Ah bon ?

– Suiffard a de grands projets pour toi. Tu seras le nouveau roi des Ombres. »

Cette pensée m'effraya encore plus que la mort.

« Il est temps que nous nous séparions, dit Homoncolosse. Ç'a été un plaisir et un honneur de faire ta connaissance.

– Et pour moi, un honneur d'avoir été ton élève. Même si ça ne me sert plus à rien », répliquai-je.

Les chasseurs de livres nous mirent en joue, enflammant toujours plus de flèches. De minces filets de fumée noire s'élevaient dans les airs, et on entendait une mélodie laissant croire que les chasseurs célébraient l'événement en fredonnant.

« Qui chante ? m'interrogea Homoncolosse. Les chasseurs de livres ?

– Non, répondis-je. C'est quelqu'un d'autre. »

Entre les livres apparurent d'étranges lueurs fantomatiques. Elles surgirent derrière les tas de papiers et les caisses, derrière les étagères et les stalagmites. Il y en avait certainement des centaines, qui se levaient comme de petites lunes jaunes. C'étaient des yeux de cyclopes, et leur lumière battait au rythme du ronronnement qui accompagnait leur apparition.

« C'est le chant des Rongelivres », lui dis-je.

118

Hors d'haleine

Je reconnus Golgo, Gofid et Dancelot II. Il y avait Dölerich Hirnfidler et Voski Eistod, Vonog A. Tcharvani et Ugor Vochti, Balono de Zacher, Perla La Gadéon, Ali Aria Ekmirrner et beaucoup, beaucoup d'autres. De toute évidence, il restait bien plus de Rongelivres vivants que je n'avais osé l'espérer.

Les chasseurs de livres n'y comprenaient rien. Ils baissèrent leurs armes et regardèrent autour d'eux d'un air hagard.

Rongkong Virgule leva les mains en signe de supplication.

« Restez calmes, mes hommes ! s'écria-t-il. Ce ne sont que ces inoffensifs nains de la Grotte de cuir. Ils ne sont même pas armés.

– Il paraît qu'ils peuvent jeter des sorts ! » cria un chasseur à l'arrière.

Mais les Rongelivres demeurèrent à l'endroit où ils étaient apparus, et ronronnèrent de plus en plus fort. Je me sentis envahi d'une chaude torpeur, et je vis que même le roi des Ombres commençait à fermer les yeux.

« Mmmmmmmh… » faisaient les Rongelivres.

Un chasseur de livres engagea sa flèche enflammée dans son arbalète. Il la dirigea vers Golgo qui était près de lui.

« Mmmmmmmh… » faisaient les Rongelivres.

Le chasseur de livres tira. La flèche passa en sifflant à quelques centimètres au-dessus de Golgo et atteignit un autre chasseur, en plein dans le ventail de son heaume, entre les deux yeux. Il tomba à la renverse sur un tas de papier et ne bougea plus.

« Mmmmmmmh… » faisaient les Rongelivres.

Un chasseur de livres armé d'un gigantesque glaive leva son arme, lui donna un terrible élan et l'abattit par-derrière sur le chasseur au masque à tête de mort qui se trouvait devant lui, lui tranchant la tête.

Rongkong Virgule se tenait muet sur sa balustrade, comme foudroyé par un éclair.

« Qu'est-ce qui se passe ? demanda Homoncolosse d'une voix endormie.

– C'est la spécialité des Rongelivres, lui dis-je. Détends-toi.

– Je suis détendu, répondit Homoncolosse.

– Mmmmmmmh… » faisaient les Rongelivres.

Deux chasseurs de livres s'affrontaient à la hache. Deux autres, plus loin, à l'épée. Un duel opposait deux arbalétriers qui, proches l'un de l'autre, tirèrent leurs flèches en même temps. Leurs cuirasses transpercées, ils tombèrent morts dans les bras l'un de l'autre.

« Mmmmmmmh… » faisaient les Rongelivres.

Désormais, la bataille battait son plein. Jamais les catacombes n'avaient connu pareil combat. Chasseurs de livres contre chasseurs de livres, face à face, sans pitié, ils n'épargnaient personne. Ils fondaient sur leur voisin au mépris de la mort, comme s'ils ne savaient plus ce que signifiait ce mot. Les flèches volaient, les épées cliquetaient, les membres étaient sectionnés, les haches fendaient des casques et des crânes dans la foulée. Par-dessus la scène flottait le ronronnement paisible et régulier des Rongelivres.

« Je n'ai jamais rien vu de plus délirant, remarqua Homoncolosse.

– C'est le chant des cyclopes, répondis-je, la langue lourde. Réjouis-toi de ne pas te prendre pour un Murch.

– Mmmmmmmh… » faisaient les Rongelivres.

Rifkin le Géant rossa Igoriok Dima à l'aide d'une massue noire hérissée de clous. Raggnald du Lac Sanglant plongea sa lance dans le cou de Boulba Mangecœur. Les jumeaux Zigzig assommèrent Hochemarc Coquencroûte à coups de pic à glace.

Je ne savais pas du tout comment s'appelaient ces chasseurs de livres, mais, dans un brouillard, je leur inventais des noms en les regardant s'étriper. De toute façon, on ne tarderait pas à oublier leur véritable identité.

« Mmmmmmmh… » faisaient les Rongelivres.

Déjà les bruits de la bataille s'assourdissaient, couverts par les gémissements et les cris des agonisants. Il n'y avait pratiquement plus un chasseur de livres sur pied. Les derniers fléchissaient sur leurs jambes, puis finissaient par tomber comme des arbres que l'on abat.

Seul Rongkong Virgule était encore debout, appuyé sur sa balustrade. Pendant tout ce temps, il n'avait pas bougé d'un pouce.

« Mmmmmmmh… » faisaient les Rongelivres, toujours plus fort.

Rongkong Virgule tira sa gigantesque épée-hache de son fourreau.

« Mmmmmmmh… » faisaient les Rongelivres.

Il la lança dans les airs d'où, à la lumière des bougies, elle projeta des éclairs.

« Mmmmmmmh… » faisaient les Rongelivres.

Rongkong Virgule se pencha en avant et baissa la tête.

« Mmmmmmmh… » faisaient les Rongelivres.

La lame s'abattit et sépara la tête du corps de Rongkong Virgule, avec la puissance d'une guillotine. La tête tomba par-dessus la balustrade dans une corbeille pleine de livres, mais son corps recula encore de quelques pas, s'écroula bruyamment sur une lourde chaise en bois où il s'immobilisa.

La bataille était terminée.

« Mmmmmmmh… » faisaient les Rongelivres, et le ronronnement baissa rapidement, avant de s'arrêter.

Je sortis de ma transe. Engourdi près de moi, Homoncolosse secoua la tête. Les Rongelivres nous entourèrent. Ils avaient l'air tourmentés et épuisés.

Golgo, Gofid et Dancelot se frayèrent un chemin jusqu'à moi.

« Haaah… » fit Golgo.

Sa respiration paraissait lourde et asthmatique.

« Tu as fini… haah… par y arriver.

– Comment se fait-il que vous soyez là ? demandai-je. Si près de la surface ? »

Je me souvenais très bien que Golgo m'avait raconté que l'air des zones proches de la sortie des catacombes, trop riche en oxygène, ne leur convenait pas.

« Nous avons… suivi les chasseurs de livres après l'invasion de la Grotte de cuir, haleta Golgo.

– Un groupe de… Rongelivres s'est lancé sur les traces… de chaque chasseur de livres, reprit Gofid, qui respirait avec autant de difficultés. Nous voulions… attendre que la meute se reconstitue pour… les abattre tous d'un coup.

– Et ça s'est passé ici… dans la bibliothèque, continua Dancelot II. Ils savent bien… jouer à cache-cache. Mais nous sommes… meilleurs.

– Nous avons… du mal à respirer, dit Golgo. Il faut que nous redescendions au plus vite dans les… profondeurs. »

La communauté des Rongelivres, rassemblée autour de nous, parlait comme les malades d'un sanatorium. L'étincelle qui brillait dans leurs yeux faiblissait d'une manière inquiétante.

« La Grotte de cuir a été nettoyée, leur annonçai-je. Vous pouvez y retourner. C'est *lui* qui en a chassé les envahisseurs. »

Je montrai le roi des Ombres.

« Nous le savons, dit Golgo. Nous l'avons appris en écoutant les chasseurs de livres. Nous voulions… le remercier.

– C'est fait et bien fait, répondit Homoncolosse en s'inclinant devant les nains.

– Quels sont… vos projets ? demanda Dancelot II.

– Nous allons remonter au jour, précisa Homoncolosse.

– Nous avons encore un géant à abattre, ajoutai-je.

– Soyez prudents, avertit Golgo. Après tout ce que j'ai entendu dire… sur lui… C'est un monstre de malignité.

– Il vaut mieux que vous disparaissiez maintenant, dis-je. Avant de mourir asphyxiés.

– Nous voulions encore… te présenter quelqu'un », ajouta Dancelot II en faisant signe à l'un des Rongelivres qui se tenait à l'arrière du groupe.

Il y eut un mouvement, et un minuscule Rongelivre fut poussé vers l'avant. Il avait la peau vert pâle et dansait d'un pied sur l'autre d'un air gêné.

« Qui est-ce ? demandai-je.

– C'est… Hildegunst Taillemythes, dit Golgo haletant. Notre benjamin. »

C'était trop. Je fondis en larmes.

« Mais je n'ai encore rien écrit, fis-je entre deux sanglots.

– Nous comptons… sur toi, assura Golgo. Nous attendons ton premier livre avec une extrême impatience. »

Il prit son cadet par la main.

Je fis demi-tour et, sans dire un mot, partis avec le roi des Ombres. Je n'aurais pas supporté la grande scène des adieux.

« Et n'oublie pas ! cria Dancelot II dans mon dos :

Des étoiles nous venons, aux étoiles nous retournons.
La vie n'est qu'un périple dans l'inconnu. »

Le Rire du roi des Ombres

Les mots de Dancelot Ier, dans la bouche de Dancelot II, eurent raison de moi. Je me mis à pleurer sans retenue, et Homoncolosse dut me soutenir pendant que nous quittions la bibliothèque et que nous prenions le chemin de la maison de Phistomefel.

Certains de leur victoire, les chasseurs de livres avaient laissé ouverte la porte qui fonctionnait avec un mot de passe. Nous traversâmes la galerie des ancêtres Suiffard, et Hagob Saldadian nous jeta, du haut de sa toile, un regard déconcerté, comme s'il nous encourageait et nous maudissait en même temps.

Lorsque nous entrâmes dans la petite cave humide, nous entendîmes la voix de Suiffard, qui chuchotait. Nous étions si près de lui !

« Rongkong Virgule sera le suivant, murmurait-il. Quand il aura rempli sa tâche, j'en ferai de l'encre. Et j'écrirai personnellement la suite du *Livre sanglant*. Ça sera un livre à succès de la *Liste d'or*. »

Quelqu'un éclata d'un rire idiot en disant :

« Bonne idée ! Et je prendrai quinze pour cent ! »

C'était la voix de Claudio Harpapatte, le Cochonglier.

La trappe du laboratoire des lettres était ouverte, nous n'avions plus qu'à gravir doucement le plan incliné.

Lorsque je l'avais descendu jadis, il avait gémi sous mon poids. Mais cette fois, il ne fit aucun bruit.

Rien n'avait changé dans la vaste pièce au plafond qui se terminait en pointe. La grande fenêtre camouflée par son rideau en velours rouge, orné des lettres imprimées de l'alphabet zamonien – je n'aurais pu dire si, dehors, il faisait jour ou nuit. Les étagères pleines de flacons de réactifs, de bocaux, de papiers, de plumes d'oie, d'encres de toutes les couleurs, de tampons encreurs, de bâtonnets de cire à cacheter. Les bougies aux lueurs chancelantes partout. L'écriture nodale pendue au plafond. Les runes druidiques gravées dans le sol en marbre. Les absurdes appareils biblalchimistes. La machine à écrire des romans.

Phistomefel Suiffard et Claudio Harpapatte se tenaient devant une antique presse d'imprimerie et imprimaient des prospectus à l'ancienne. J'aurais parié qu'il s'agissait d'invitations à un concert de trombonettes. Ils étaient si occupés que Suiffard ne se retourna que lorsque nous fûmes au milieu du laboratoire.

Harpapatte poussa un cri perçant, pareil à celui d'un porcelet que l'on égorge, mais Phistomefel Suiffard ne se décontenança pas une seconde. Il ouvrit ses quatorze petits bras et s'écria : « Mon fils ! Te voilà enfin revenu au bercail ! »

Dans la petite pièce, la taille d'Homoncolosse se révélait dans toute son ampleur, et j'aurais pu, moi aussi, prendre peur. Je remarquai qu'il s'était placé de manière à barrer sans peine le chemin de celui qui aurait tenté d'ouvrir brutalement le rideau de la fenêtre.

« Oui, je suis enfin revenu, dit Homoncolosse à voix basse, et je suis frappé de constater combien d'obstacles j'ai dû vaincre pour parvenir jusqu'à toi – père. »

L'air bouleversé, Suiffard joignit les mains.

« J'espère que vous n'êtes pas tombés sur des chasseurs de livres. Ces criminels ne reculent devant rien, ils sont allés jusqu'à s'introduire de force dans ma bibliothèque ! Je n'ose même plus descendre. Mais il ne vous est rien arrivé, n'est-ce pas ?

– Oh, le problème est résolu, annonçai-je. Ils sont tous morts. »

Cette fois, Suiffard eut vraiment l'air impressionné.

« Tous ? s'étonna-t-il. Vraiment ? Est-ce que *vous* avez… ?

– Non, répondit Homoncolosse. Ils se sont exterminés eux-mêmes, sans notre aide.

– Ouffff ! fit Suiffard. Ça m'enlève une épine du pied ! C'était une véritable calamité. Maintenant, nous pouvons enfin respirer. Tu entends ça, Claudio ? Les chasseurs de livres sont morts !

– Quel soulagement ! » ponctua Harpapatte d'une voix rauque.

Je le voyais qui tournait lentement autour d'un chandelier à six bougies.

« Écoute, père ! tonna Homoncolosse d'une voix qui fit trembler les flacons de réactifs. Je ne suis pas venu ici pour jouer cette comédie avec toi. Je t'ai rapporté quelque chose. Un souvenir des catacombes. »

Homoncolosse leva la main droite en joignant le pouce et l'index. Il y eut un instant de surprise. Je ne savais que penser. Puis la mémoire me revint : le cil !

« Je, euh… ne vois rien, dit Suiffard en souriant et en battant des paupières.

– Ceci est le plus petit testament du monde, dit Homoncolosse. Tu pourrais le lire avec un microscope.

– C'est une blague, hein ? demanda Suiffard. Dis-moi seulement à quel moment je dois rire. »

Harpapatte recula légèrement en direction du chandelier.

« Non, ce n'est pas une blague, fit Homoncolosse. À moins que tu ne trouves amusant le testament qu'a laissé Hagob Saldadian. »

Suiffard réagit à peine.

« Un testament laissé par Hagob ! dit-il. Tiens, tiens !

– Oui, intervins-je. Tu as peut-être dans ta cave plus de cadavres que tu ne le crois. »

Homoncolosse lui mit le cil sous les yeux.

« Tu connais les capacités artistiques de l'oncle dont tu as hérité. Dans ce testament, il me lègue la totalité de sa fortune. C'est-à-dire la tienne. Tout est gravé sur un poil.

– Je suis témoin, dis-je en abattant ma dernière carte. J'affirmerai sous serment qu'Homoncolosse est le premier à avoir lu ce testament. Il est désigné comme l'héritier légitime de la fortune des Suiffard. »

Cette fois, Phistomefel tressaillit.

« Et ce n'est pas tout, compléta Homoncolosse. Sur ce poil – ce n'est qu'un cil, Suiffard, imagine-toi – il est aussi écrit que tu as assassiné ton oncle.

– C'est absurde », protesta Suiffard.

Des perles de sueur se formaient sur son front.

« Il te suffit de te procurer un microscope », recommandai-je.

Suiffard se mit à transpirer.

« Vous pourriez peut-être, pour plus de commodité, me dire ce que vous voulez, humm ? »

Son masque de courtoisie artificielle commençait à s'effriter.

« Bien sûr, fit Homoncolosse. Heureusement, nous vivons dans un monde civilisé, riche en éventualités. Je vais donc énumérer les choix possibles. »

Harpapatte n'était plus qu'à un mètre du chandelier.

« Naturellement, le plus simple serait que tu disparaisses, poursuivit le roi des Ombres. Avec ton copain, le gros cochon. Tu quittes la ville, et voilà tout. Comme un méchant fantôme qui ne revient plus jamais. Ce serait le choix le plus évident. Indolore, propre, simple.

– C'est une possibilité, dit Phistomefel en souriant.

– Mais seulement une possibilité ! La seconde serait de révéler ceci à l'opinion publique, dit Homoncolosse en brandissant son testament invisible. Tu serais vraisemblablement banni de la ville et envoyé dans une mine de plomb, avec ton ami. Dans ce cas, tes biens me reviendraient. Ce serait de loin le choix le plus conforme à la loi zamonienne.

– Probablement, commenta Suiffard dont le visage, entre-temps, s'était pétrifié.

– La dernière possibilité, dit Homoncolosse, consisterait à se débarrasser purement et simplement de ce testament.

– Oh, c'est celle qui me plairait le plus ! répliqua Suiffard en riant jaune.

– Je le sais, père. Voilà pourquoi je voudrais te faire cette faveur. Car je suis ton fils fidèle. »

Le roi des Ombres souffla sur la paume de sa main et écarta les doigts. Je tressaillis, même si je m'étais demandé, depuis le début, s'il avait vraiment le cil dans la main. Mais bien sûr, Homoncolosse ne faisait que s'amuser avec Suiffard.

« C'était très drôle, dit Phistomefel Suiffard. Mais nous voulions en finir avec cette comédie, n'est-ce pas ? Je n'arrivais pas à voir, évidemment, mais j'étais sûr qu'il n'y avait pas de cil, quand bien même on pourrait graver un testament sur un poil. Tu veux me torturer un peu, n'est-ce pas, pour tout ce que je t'ai fait subir ? Dois-je te dire ce que j'en pense ? Je vais te répondre : je l'ai bien mérité.

– Ah ! fit Homoncolosse. Dans la vie, tout est un peu plus compliqué qu'on ne le voudrait. D'abord, ce testament existe, que tu le veuilles ou non. Et il n'est pas important de savoir si j'ai soufflé dessus. Car avec les nouveaux yeux que toi, mon père, tu m'as donnés dans ton inépuisable bonté, il me serait facile de retrouver ce cil parmi les millions de peluches et de fils qui jonchent le sol.

– Pourrais-tu en venir au fait ? » s'impatienta Suiffard d'une voix incroyablement dure.

Sa patience était visiblement à bout. Il était trempé de sueur.

« La vérité, dit Homoncolosse, c'est qu'un jour j'ai

effectivement possédé ce testament. Mais il y a longtemps que je l'ai jeté quelque part dans les catacombes. Et je ne le retrouverai jamais, même si je le voulais.

– Ce n'est pas vrai ! m'écriai-je.

– Mais si, insista Homoncolosse, c'est vrai !

– Tu as vraiment fait ça ? demanda Suiffard qui s'était remis à sourire. Pourquoi ?

– Parce que je suis de l'avis de ton oncle, Hagob Saldadian. Parce que je pense que cette bibliothèque ne doit appartenir à personne. Qu'elle doit disparaître de la surface de la Zamonie, en même temps que toi. Parce que je vais te tuer, père. »

Phistomefel Suiffard fit un signe à Claudio Harpapatte. Je ne sais pas pourquoi je le remarquai, car ce n'était qu'un léger tressaillement de l'un de ses nombreux doigts. Je me mis donc aussitôt en état d'alerte extrême.

Je voulus prévenir le roi des Ombres, mais il me devança, car lui aussi avait remarqué ce geste. À une vitesse étonnante pour sa corpulence, Claudio Harpapatte saisit le chandelier et le brandit. Mais avant qu'il puisse le lancer sur Homoncolosse, ce dernier s'était jeté sur lui avec un grognement féroce. Tout alla très vite, en un mouvement plus surprenant que celui d'une porte qui claque sous l'effet du vent. Homoncolosse passa derrière le Cochonglier, fit un geste de la main, le même que celui d'un barbier qui s'apprête à raser un client, et lui coupa la gorge d'un coup de papier tranchant. Harpapatte râla encore quelques secondes, son sang gargouilla, puis il s'effondra. Le chandelier glissa de sa main, les bougies s'éteignirent. Mais le roi des Ombres était revenu à sa place et regardait d'un air pensif le bout de ses doigts d'où gouttait le sang d'Harpapatte.

« Bien joué, mon fils ! s'écria Suiffard en applaudissant de ses nombreuses mains. Vous avez vu ça ! Il voulait t'allumer comme une torche ! Il devait avoir perdu la raison ! Quels incroyables réflexes tu as ! Quelle puissance je t'ai donnée ! »

Sans daigner le regarder, Homoncolosse se tourna vers moi.

« Pour ce qui nous concerne, mon ami, me dit-il, je ne t'ai jamais servi de boniment. Je ne t'ai jamais menti sur mes intentions. Une fois seulement, je t'ai donné de faux espoirs en évoquant la possibilité de quitter une prison pour une autre. Je l'ai fait pour t'éloigner du château des Ombres. »

Il secoua la tête, imperceptiblement.

« Mais je ne reviendrai pas dans les ténèbres, dit-il. Plus jamais, quelles que soient les circonstances. »

Homoncolosse se retourna et regarda le rideau rouge.

« Il y a encore une chose que tu dois savoir à propos de l'Orm. Tu dois pouvoir regarder le ciel si tu veux en éprouver la force, celle du soleil et de la lune. Dans les entrailles de la Terre, j'étais mort, parce que cette force ne pouvait plus couler en moi. Et celui qui en fait l'expérience ne peut plus vivre sans elle.

– De quoi parle-t-il ? demanda Suiffard. De l'Orm ? L'Orm n'a rien à voir avec cette histoire.

– Ne fais pas ça, l'implorai-je, et mes yeux s'emplirent de larmes.

– *Qu'est-ce* qu'il ne doit pas faire ? demanda Suiffard, complètement perdu. Allons, messieurs, il faut que nous discutions ! On peut discuter de tout. Quel que soit votre projet, permettez-moi d'être le troisième membre de votre association. Imaginez la chose ! Homoncolosse et son génie unique. Hildegunst avec sa force juvénile. Et moi avec mes relations. Nous pouvons réécrire l'histoire de la littérature zamonienne !

– Je t'ai dit un jour, reprit Homoncolosse en restant tourné vers moi, que tout dépendait de la clarté de ta flamme, tu te souviens ? Jusqu'à présent, moi, Homoncolosse, je n'ai été qu'un absurde tas de papier ambulant, mais je vais charger ces feuilles d'un message que la ville de Bouquinbourg n'oubliera pas de sitôt. Mon esprit brûlera avec une intensité inconnue. Aucun esprit, aucun poète, aucun livre ne pourra égaler l'impact de mon geste. »

Il se dirigea vers la fenêtre.

Je savais que je n'avais aucun moyen de le retenir. Je ne pouvais que rester là, à le regarder à travers mes larmes.

« Que va-t-il faire ? s'écria Suiffard. Que veux-tu, mon fils ?

– Je veux sentir une dernière fois le soleil sur moi, dit doucement Homoncolosse. Juste une fois. »

Il se tenait maintenant devant le rideau.

« Ne fais pas ça ! » lui dis-je.

Suiffard avait fini par comprendre. Son visage se déforma en une grimace de méchanceté.

« Si, vas-y, dit-il entre ses dents. Vas-y, vas-y ! »

Le roi des Ombres ouvrit le rideau d'un seul coup, et la lumière du soleil entra à flots. Elle roula sur lui comme une vague, déferla dans la pièce et me brûla les yeux avec une telle violence que je poussai un cri.

« Non ! » hurlai-je.

Le roi des Ombres reçut la lumière de midi, la tête levée et les bras grands ouverts.

« Oui ! s'écria-t-il.

– Oui ! susurra Suiffard en joignant une demi-douzaine de mains sous l'effet du contentement. Je ne te croyais pas capable d'accomplir ce geste. Quelle force ! Quelle grandeur ! »

Les yeux embués de larmes et éblouis par la violence du mur de lumière, je ne voyais plus en Homoncolosse qu'une sombre silhouette, pareille à celle que j'avais aperçue la première fois quand je l'avais regardé danser seul devant les flammes du château des Ombres. De minces filets de fumée grise s'échappaient de son corps. J'entendis des crissements et des crépitements, une odeur âcre envahit brusquement la salle. Homoncolosse se retourna. Son visage, sa poitrine et ses bras rougeoyaient. Des étincelles surgissaient dans les déchirures du vieux papier. Une fumée noire montait le long de son corps comme des coulées d'encre luttant contre les lois de la nature. Puis il s'approcha lentement de Suiffard.

Le visage triomphant du Verrequin se figea. Dans son imagination, il avait vu le roi des Ombres se lever, s'enflammer instantanément et disparaître, carbonisé, devant la fenêtre. Maintenant, il était effrayé de voir qu'il avait encore la force de bouger.

Morceau par morceau, le papier biblalchimiste s'allumait, des centaines de flammes naissaient, chacune d'une autre couleur. S'élevant de ce brasier multicolore, des étincelles crépitaient dangereusement et restaient collées sur le bois et le papier pour mettre le feu à tout. De minuscules diables incendiaires couraient sur les étagères et montaient le long des murs pour embraser les tapisseries.

Mais le roi des Ombres avançait pas à pas vers Phistomefel Suiffard, qui semblait avoir enfin trouvé la force de battre en retraite.

« Qu'est-ce que tu me veux ? » demanda ce dernier d'une petite voix haut perchée.

Homoncolosse grandissait, rayonnait de plus en plus. C'était un être de lumière d'où perlait un feu liquide. Alors il se mit à rire. D'un rire qui faisait penser à du papier froissé et que je n'avais plus entendu depuis longtemps. Soudain mes larmes se tarirent. Car je sentis qu'il était heureux, pour la première fois depuis une éternité, heureux et libre.

En passant près de moi, il s'arrêta. Il leva la main en signe d'adieu, flambeau crépitant entouré d'un halo d'étincelles blanches. Il n'était plus qu'une flamme d'une beauté inoubliable. L'espace d'un instant, d'un battement de cils, j'eus l'impression, peut-être fausse, de voir son regard pour la première et dernière fois. J'y vis briller la joie indomptable d'un enfant.

À mon tour, je levai la main en signe d'adieu, puis Homoncolosse se tourna vers Suiffard qui, pris de panique, s'enfuyait sur le plan incliné en bois qui menait à la cave.

« Que veux-tu ? criait Suiffard d'une voix aiguë. Que veux-tu de moi ? »

Le roi des Ombres se contenta de le suivre, tourbillon errant de lumière chuintante qui embrasait tout ce qu'il touchait. Et il riait toujours en descendant la rampe, il riait de tout son cœur. Je l'entendais encore, alors qu'il avait disparu sous la terre depuis longtemps.

Une bouteille de gaz explosa. Je regardai autour de moi, comme si je sortais d'un rêve. En une seconde, je mesurai le danger. Tout le laboratoire était en flammes. Tables et chaises brûlaient, comme la rampe en bois, les poutres des murs, les étagères et les livres, les tapis et les tapisseries, et même les écritures nodales pendues au plafond. Dans les flacons de réactifs, les liquides chimiques bouillonnaient, des acides giclaient, des gaz caustiques et une fumée âcre montaient vers le plafond.

La chaleur avait déclenché le mouvement de certaines des absurdes machines biblalchimistes. Les engrenages et les roues tournaient, les soupapes s'ouvraient et se refermaient comme si elles s'animaient soudain pour échapper à la fournaise.

Juste avant que ma propre cape ne prenne feu, mon regard se porta sur la caisse qui contenait les livres d'une valeur inestimable. Ce ne fut pas un geste raisonné, juste un réflexe, que d'en arracher au moins un à la destruction. Je pris le premier sur la pile et m'enfuis à l'air libre.

♀ @

L'Orm

La rue était vide et tranquille, l'air frais et revigorant, c'était une journée ensoleillée, pareille à tant d'autres à Bouquinbourg. J'avais si longtemps rêvé de cet instant, et voilà qu'il m'était indifférent.

Je restai planté devant la maison de Phistomefel Suiffard et attendis que les premiers filets de fumée se faufilent entre les bardeaux du toit. Puis je me détournai et m'éloignai lentement, car je n'avais plus de raison de me hâter.

Des bruits rassurants – des tintements de cloche, le brouhaha de voix excitées, le grincement de roues de charrettes tirées par des chevaux – commencèrent à se faire entendre, mais bientôt, l'odeur de la fumée me suivit avec autant d'acharnement que si l'Homme noir de Bouquinbourg, torche vivante, s'était lancé à mes trousses.

Entendez les bruyantes cloches d'alarme – cloches de bronze !
Quelle histoire de terreur dit maintenant leur turbulence !
Dans l'oreille saisie de la nuit, comme elles crient leur effroi !
Trop terrifiées pour parler, elles peuvent seulement crier !!

Les lignes de Perla la Gadéon me revenaient à l'esprit, tandis que j'avançais de maison en maison, de rue en rue, de quartier en quartier, laissant derrière moi la Cité des *livres qui rêvent*. Je parvins enfin à la frontière, à l'endroit où Bouquinbourg et bien d'autres choses avaient commencé de façon fort peu spectaculaire. Mais je ne m'y attardai pas, et poursuivis simplement ma route, en regardant droit devant moi avec opiniâtreté, m'enfonçant dans la plaine déserte.

Enfin, mes amis, je trouvai le courage de m'arrêter et de jeter un coup d'œil derrière moi. Le soleil s'était couché, un ciel clair, étoilé, avec une lune presque pleine, recouvrait la ville en flammes.

Les *livres qui rêvent* étaient réveillés. Des colonnes de fumée, des nuages de papier et de pensées calcinées s'élevaient à des kilomètres de hauteur. Des myriades d'étincelles jaillissaient. Chacune d'elles était un mot rougeoyant qui grimpait de plus en plus haut, pour valser avec les étoiles.

Et c'est alors que je le vis, l'Alphabet des étoiles, qui brillait au front du ciel, tissant des toiles d'argent entre les soleils.

Les cloches sonnaient déraisonnablement. Le crépitement des innombrables livres arrachés au sommeil me rappela douloureusement le rire du roi des Ombres, de mon ami le plus grand poète de tous les temps, un rire qui faisait penser à du papier que l'on froisse. Et je me souvins que je ne lui avais jamais demandé quel était son vrai nom. Lui aussi s'élevait en étincelles dans le plus grand incendie, le plus terrible sinistre que Bouquinbourg ait jamais connu. Lui, le pyromane et l'étincelle, s'envolait pour se transformer là-haut en étoile et scintiller à jamais, au-dessus d'un monde qui avait été trop étroit pour un si grand génie.

C'est à cet instant que je ressentis l'Orm pour la

première fois. Il me traversa comme un vent brûlant : son souffle ne provenait pas des feux de Bouquinbourg, mais des profondeurs de l'univers. Il emplit ma tête d'un tourbillon de mots qui, en l'espace de quelques battements de cœur, s'ordonnèrent en phrases, pages, chapitres et finirent par constituer le récit que, mes amis fidèles, vous êtes en train de lire.

Et je me joignis au rire du roi des Ombres, qui semblait se répercuter partout autour de moi, jaillir des flammes dévorantes de Bouquinbourg et des étoiles de l'univers.

Je riai et pleurai jusqu'à ce qu'il ne reste rien en moi de cette frénétique sensation de bonheur.

Je repensai aux derniers vers que Golgo m'avait récités dans la Grotte de cuir, et qui maintenant prenaient sens. C'était comme si l'écrivain qui continuait à parler par la bouche du Rongelivre avait prédit mon avenir, jusqu'au moment où j'allais faire l'expérience de l'Orm :

Fuis ! Debout ! vers l'espace libre !
Et ce livre mystérieux,
De la propre main d'un inconnu,
N'est-il pas pour toi un guide suffisant ?
Tu connaîtras alors le cours des étoiles,
Et si la Nature t'en instruit,
Alors se révélera à toi la faculté de l'Orm,
Par qui un Esprit parle à un autre Esprit.

Alors seulement, je regardai le livre que j'avais arraché à la fournaise dans le laboratoire de Phistomefel Suiffard, et je tremblai d'effroi en reconnaissant le *Livre sanglant*. Je détournai mon regard de la ville en flammes, et repris ma marche sans me retourner.

Désormais, chers sœurs et frères lecteurs, vous, les plus courageux de tous mes amis, qui, sans peur, m'avez accompagné jusqu'ici, désormais, vous savez comment je suis entré en possession du *Livre sanglant*, et comment j'ai atteint l'Orm. Je n'ai rien d'autre à vous raconter.

Ici s'arrête l'histoire.

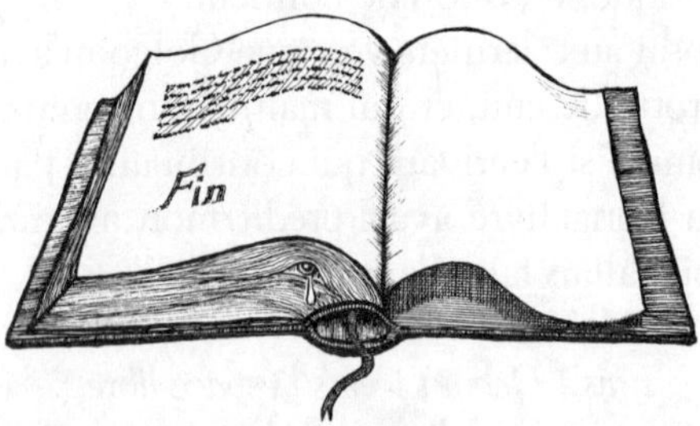

Postface du traducteur de zamonien

Après la première traduction en allemand d'*Ensel et Krete*, ouvrage de l'écrivain zamonien Hildegunst Taillemythes, on n'a cessé de me demander lequel de ses livres je traduirais par la suite. J'ai longtemps hésité, ce qui n'est pas étonnant au regard de l'immensité de son œuvre. J'ai fini par me décider pour une démarche chronologique. *Souvenirs de voyages d'un dinosaure sentimental*, son premier ouvrage de dix mille pages imprimé en Zamonie, soit vingt-cinq volumes, m'aurait pris toute une vie si j'avais voulu le traduire et le publier intégralement. J'ai donc décidé d'en extraire les deux premiers chapitres et de les éditer sous le titre de *La Cité des livres qui rêvent*. J'espère qu'on me pardonnera cette liberté éditoriale. Tout en croyant fermement que ce fragment réunit les conditions d'un livre tout entier.

Je me demande comment je vais continuer, quelle œuvre de Hildegunst Taillemythes je vais traduire ensuite. Dois-je suivre l'ordre chronologique ? Dois-je traduire, par esprit de conséquence, le chapitre suivant des *Souvenirs de voyages*, où Taillemythes décrit ses aventures dans le cimetière de la ville de Dullsgard ?

Une autre possibilité serait de travailler à la suite de *La Cité des livres qui rêvent* – car il existe effectivement une suite. Ultérieurement, devenu le plus célèbre écrivain de Zamonie, Taillemythes est revenu à Bouquinbourg et il est descendu une nouvelle fois dans les catacombes de la cité des livres. Il en a rapporté un roman sur la vie secrète des Rongelivres. Ce faisant, il a rempli la promesse, conclue dans *La Cité des livres qui rêvent*, de transmettre l'histoire et sa connaissance de ces dévoreurs de livres cyclopéens. Rassemblant ses anciennes observations, les mythes et ses nouvelles découvertes, il a rédigé un ouvrage explosif à mi-chemin entre l'œuvre scientifique et le roman d'aventures, un ouvrage unique et pas seulement dans la littérature zamonienne.

Donc : Dullsgard ou Bouquinbourg ? Telle est la question. Peut-être que tel ou tel lecteur pourra m'aider à résoudre cette difficile question en votant par courriel à l'adresse suivante : mythenmetz@piper.de (site de l'éditeur allemand de l'ouvrage). Car s'il y a quelque chose que je déteste, c'est prendre des décisions.

Walter Moers

Remerciements

Je remercie pour tout Erchl Gangwolff, Daniel Rawiner, Tito Milchvers et Danilie von Derwesch.

Je remercie Tito Milchvers pour le décodage des nombres de la mystique numérique biblalchimiste.

Walter Moers est né à Mönchengladbach, en Allemagne, en 1957. Auteur de romans et de bandes dessinées, peintre, sculpteur, c'est une star outre-Rhin. Son héros culte, le Capitaine Ours Bleu, a également connu un succès fulgurant à la télévision allemande. *La Cité des livres qui rêvent* (Prix Millepages 2006) est son second roman publié en France après *Les 13 Vies et demie du Capitaine Ours Bleu*, chez Albin Michel. Il est également l'auteur d'autres romans fantasy, s'inscrivant dans le pays imaginaire de la Zamonie. Il vit aujourd'hui à Hambourg.

Le papier de cet ouvrage est composé de fibres naturelles,
renouvelables, recyclables, et fabriquées à partir de bois
provenant de forêts gérées durablement.

Mise en pages : Nord Compo

Loi n° 49-956 du 16 juillet 1949
sur les publications destinées à la jeunesse
ISBN : 978-2-07-515698-1
Numéro d'édition : 378493
Dépôt légal : mai 2021
Imprimé en Italie par Grafica Veneta